後藤正治ノンフィクション集

補巻

<第11巻>

ブレーンセンター

目次

天人…………………… 9

序章　言葉力　11
第一章　浅草橋　27
第二章　青春日記　65
第三章　横浜支局　83
第四章　戦後の原点　109
第五章　昭和二十八年組　145
第六章　上野署　183
第七章　特派員　221
第八章　名作の旅　259

第九章　ロンドン再び　295
第十章　有楽町　341
第十一章　男の心　365
第十二章　執筆者　395
第十三章　遠い視線　425
終章　法隆寺　453
あとがき　482
解説　河原理子　487
主要参考図書　498
人名索引　508

拗ね者たらん…………511

第Ⅰ部
第一章　第二の出発――『現代家系論』　515
第二章　人間を描く――『日本ネオ官僚論』　538
第三章　己は何者か――『私のなかの朝鮮人』　555
第四章　生涯、社会部記者――『体験的新聞紙学』　580
第五章　世界を歩く――『ニューヨークの日本人』　606
第六章　事件の全体像を――『誘拐』　633
第Ⅱ部
第七章　負の歴史を問う――『私戦』　667

第八章　雑兵への憧憬——『K2に憑かれた男たち』　689
第九章　国家を信ぜず——『村が消えた』　718
第十章　スクープ記者の陥穽——『不当逮捕』　741
第十一章　アウトローの挽歌——『疵』　774
第十二章　わが青春期——『警察回り』　800
第十三章　大スターの物語——『「戦後」美空ひばりとその時代』　822
第十四章　放牧の自由人——『評伝　今西錦司』　847
第III部
第十五章　インタビュー人物論——『戦後の巨星　二十四の物語』　871
第十六章　未完のノンフィクション——『岐路』　892
第十七章　灯を手渡す——『複眼で見よ』　917

第十八章　病床にありて――『時代を視る眼』　943
第十九章　自伝的ノンフィクション――『我、拗ね者として生涯を閉ず』　964
終　章　漢（おとこ）たらん　1000
あとがき　1038
解説にかえて　伊集院静　1042
第十一巻への覚書　1047

本文中の肩書は単行本刊行時（二〇一八年十一月）に準じます

天人

深代惇郎と新聞の時代

2014

序章

言葉力

朝日新聞朝刊一面の下段にあるコラム、「天声人語」が大阪朝日新聞ではじまったのは一九〇四（明治三十七）年である。大正期に入って、東京朝日新聞でも「東人西人」というコラムがスタートしている。一九四〇（昭和十五）年、東西朝日の題字が朝日新聞として統一されたとき、朝刊コラムも「有題無題」というタイトルに一本化された。さらに戦後になって「天声人語」という名が復活する。

新聞各紙はそれぞれコラムをもつが、歴史があり、多くの読者を有し、もっとも社会的な影響力をもつコラムは「天声人語」であったろう。

中学生のころ、国語の教諭で、しきりに新聞のコラムを読みなさいという先生がいた。わが家の購読紙は朝日だったので、新聞を授業に持参し、コラム文を書き写したことがあった。加えて、試験に出るからであったろうが、「天声人語」の読者となったのはそれ以来である。

日々の習慣とはおそるべきもので、いまに至るまで、半世紀余、このコラムの読者であり続けてきた。もっとも近年は、流し読みのずぼらな読者となってはいるが――。

振り返っていえば、それは私が社会人となって三年目の年ということになる。「天声人語」の熱心な読者であったころだ。新聞社のなかで、このコラム欄がどういう仕組みのもとで出稿されているのか、書き手は毎日同じ人であるのか、そうであったとして誰であるのか――ということは知りようがないし取り立てて関心もなかった。ただ、書き手が替わったのではないか……と思ったときがある。漠(ばく)とした印象だった。

それからしばらくして訃報が載った。朝日新聞の縮刷版で見返すとこう記されている。一九七五（昭和五十）年十二月十七日付夕刊である。

深代　惇郎氏（ふかしろ・じゅんろう＝朝日新聞論説委員、天声人語担当）十七日午前三時十分、急性骨髄性白血病のため、東京都千代田区富士見町二ノ三、東京警察病院で死去、四十六歳。告別式の日取りは未定。喪主は妻義子さん。自宅は横浜市磯子区岡村町××××。

昭和二十八年、朝日新聞入社。ロンドン、ニューヨーク各特派員、東京本社社会部次長などを経て、四十三年、論説委員（教育問題担当）、四十六年五月、ヨーロッパ総局長（ロンドン）、四十八年一月、論説委員。同年二月から五十年十一月一日、入院するまで、コラム「天声人語」を執筆した。

絶筆となった十一月一日付の天声人語は、「かぜで寝床にふせりながら、上原和著『斑鳩（いかるが）の白い道のうえに』（朝日新聞社）という本を読んだ」との書き出しで、政争に明け暮れて、四十九歳で世を去った悲劇の聖徳太子をしのび、「いつかもう一度、法隆寺を訪ねてみたい」と結んでいる。

黒々とした髪に大きな瞳、ふっくらとした風貌の顔写真も添えられている。四十六歳――。この訃報記事もかすかに記憶にある。顔写真の記憶は週刊誌の追悼記事であったかもしれないが、こんな若い人であったのかと意外に思ったものだった。「天声人語」の書き手として、それまで私がなんとなく勝手にイメージしていたのは、白髪の、老学者のような人物像だった。

やがてコラムを抜粋した本が出た。いまも拙宅の本棚にある『深代惇郎の天声人語』（朝日新聞社）で、「発行　昭和五十一年九月二十日第一刷」とある。幾度か読み返してきた。ただ、一気に通読できたことが一度もない。一ページ一編。一つひとつの分量はわずかなのであるが、読み手にふっと思考することを誘うものがある。五つ六つ読むと、小休止してごろんと横になりたくなるような、不思議な味わいの本であり続けてきた。

「天声人語」の発足から七十年たった日の朝刊で、このコラムの歩みと意味するものについて、深代が自ら記している。世と新聞の変遷の流れが伝わってくる。加えて、この書き手の姿勢の一端もうかがえる。

きょうは、このコラム「天声人語」の満七十歳の誕生日にあたる。いささかの手前ミソながら、それについての一文を供することを許されたい▼大阪朝日新聞にお目見えしたのは明治三十七年一月五日、日露戦争の一カ月前だった。鳥居素川の筆による第一回は、主戦論を述べて威勢がよい。「政府では成るべく向ふから先に火ぶたを切らせ様として居るらしいが、ドンドンやって早く片づけるが得策」といっている▼その後は大正デモクラシーの旗を掲げたが、日米開戦前年に「有題無題」、戦局ただならぬ昭和十八年に「神風賦」と改題された。「天声人語」が復活したのは、終戦直後の二十年九月。したがって七十年の歴史も、五年間は他の表題だった。復活第一回には「何故戦はねばならなかったか、深き想ひを致さねばならぬ」との反省を書いている▼日露の主戦論で登場し、太平洋戦争の反省で復活する間に、近代日本の歴史がそのまま横たわっている。草創期には西村天囚、中野正剛、長谷川如是閑らの論客が交代で筆をとったが、永井瓢斎が専念するようになって紙価は高まり、西日本に「天声人語の会」が生まれるほどだった。戦後は荒垣秀雄氏が十八年書きつづけた▼二十二年の中秋の名月には「来年の今月今夜は国民の涙でなく、モクモクと出る煙突の煙で、名月を思い切り曇らせてみたい」とある。焼け野原の壕舎（ごうしゃ）で月を見る人の多い時代だった。その十五年後、三十七年十二月には「東京や大阪の空は、ドジョウの住むドブのようだ」といい、「青空をとりもどせ」と書かねばならなかった▼「天声人語」は「天に声あり、人をして語らしむ」の意。しばしばこの欄を、人を導く「天の声」であるべしといわれる方がいるが、本意ではない。民の言葉を天の声とせよ、というのが先人の心であったが、その至らざるの嘆きはつきない。【一九七四（昭和四十九）年一月五日】

新聞のコラムニストは一般にいうエッセイストとは性格が異なる。森羅万象、日々生起するホットなニュース、社会的な課題をまな板に載せて論評することを課せられている。あくまでジャーナリストの筆によるエッセイである。時がたてば使われた素材は古びていくのは当然であるが、深代惇郎の「天声人語」はいま読み返してもなお、立ち止まらせるものを含んでいる。

文章は滑らかにして自在である。難しいことをわかりやすく伝えていく。曖昧(あいまい)さがない。書き出しから一気に話題が転換することがしばしばあって、結語はまず予測できない。構成に定まった形というものがない。古今東西の、政治、社会、文化、歴史……への造詣(ぞうけい)と見識の深さはおのずと伝わってくるが、あくまで自分のアタマでモノを考え、言葉を紡ぎ出している。文体は抑制が利いていて、ウイットに富んでいる。そして、文の背後に、血の通った一人の人間が立っている――。

深代がこのコラム欄を担当したのは二年九ヵ月とごく短いが、洛陽の紙価を高からしめた書き手だった。「天声人語」「天人」という言葉から深代惇郎を連想する人はいまも多い。故人となって随分と時が流れたが、他紙を含め、新聞史上最高のコラムニストという評を耳にする。それには、〝早世したコラムニスト〟という点にかかわるものがあるのかもしれぬが、それを割り引いたとしてもなお、評は故あるものと思える。

「法隆寺」の絶筆以降、もう紙面では読むことができなくなったが、以降も、このコラムニストとのかすかな〝出会い〟があったように思う。

たとえば、ノンフィクション作家・本田靖春の『警察回り』（新潮社・一九八六年）のなかでの出会いである。

この著は本田の著作のなかでは異色作というべきもので、読売新聞社会部にあった若き日を回顧した〝青春記〟である。昭和三十年代のはじめ、本田が上野署詰めの記者であったころだ。署の裏手に「素娥」なるトリスバーがあって、ママの「バアさん」が仕切るこのバーが各社の記者たちが入り乱れて出入りする「第二の記者クラブ」となっていく。上野署と素娥を主舞台に、自身と面々の〝無頼ぶり〟をたっぷりと紹介しつつ、新聞ジャーナリズムが潑溂としていた良き時代を回想している。

面々の一人に深代惇郎がいた。この本も幾度か読み返してきたが、いつも際立って印象深いのが深代を描いたページである。

記者クラブでの彼の姿を本田はこんな風に描いている。

警察回りは「出席原稿」を送り終えると、夕刊最終版の締切まで、記者クラブでいわゆる「突発」の警戒にあたる。その時間潰しに麻雀や花札が始まるのだが、そうした遊びにほとんど加わらず、暇さえあれば汚れたソファに横になって独り読書にふけっていた男がいた。

ソファも汚れていたが、暑い時季を除いて彼がいつも身につけていたダスターコートも、それに負けず劣らず汚れていた。

どうせソファが汚れているのだから、というのが彼の言い分で、少なくとも一シーズンは洗濯に出すことはなかったのではあるまいか。ときにボタンが何日もとれたままになっていたりして、身なりにはかまわない男であった。

髪は俗にいうくせっ毛で、床屋へはめったに行かないものだから、だいたいもじゃもじゃの頭をしていた。背丈はあまり高いほうではない。その身体によれよれのダスターコートをまとった姿は、テレビの『刑事コロンボ』に通じるものがある。しかし、ピーター・フォークがそうした扮装でブラウン管に登場するのはずっと後年のことであるから、彼には何の関係もない。

身支度はそういう風であったが、彼自身は透き通った白い肌をしていて、それが清潔感につながっていた。白皙（はくせき）といえば、皮膚の色の白さばかりでなく、知性を思わせる。彼の場合はまさにそれであった。

彼の死を知らされたとき私は、クラブのソファに横たわっていた姿と、活潑とはいえない身の動き、それに、あまりにも白かった顔を想い浮かべて、短命は警察（サツ）回り時代にすでにして宿命づけられていたのか、などと考えたりしたが、そのようなことであきらめきれるものではなかった。

あるいはまた、記者仲間の一人が、深代と本田の評として、「バアさん、深ちゃんとポンちゃん（本田＝引用者注）の二人に賭けてみるといいよ。競馬で云ふと深ちゃんは本命で伸びるのは間違いない。絶対に取れるよ。その点、ポンちゃんは穴だなあ。当れば大儲けだけど、外れるとスッテンテンになる。スリルがあるね。どっちも楽しみだよ」と語っていることを引用しつつ、こう言葉を添えている。

競馬でいえば、深代は何十年に一度出るか出ないかの名馬である。当方、初めから競争意識など持ち合わせていなかった。おそらく他の仲間たちもそうであったろう。

資質からいっても、知識や教養の面でも、また人間性においても、彼は飛び抜けていた。その認識が全員にあって、クラブの調和が保たれていたように思う。警察（サツ）回り時代の仲間で、二十数年にもわたって会合を続けている私たちのような例は、他に一つもない。深代は死ぬまでその中心にいた。その感覚は歿後も変わらず、常に彼が話題になるのである。

本田の全著作を通して、これ以上、敬意と親愛を込めて他者を評したことはないと思える一文である。故人を語るさいの礼節の類が含まれてはいようが、それを差し引いたとしても深代惇郎という人物が図抜けた存在であったことが伝わってくる。後述するように、深代が逝き、バアさんが逝き、本田が逝ったいまも、生き残った仲間によって「会合」は持続されている。

私は本田靖春に二度、お目にかかっている。

一度目は、拙著の文庫本の解説を書いていただいたさいのこと(『空白の軌跡』講談社文庫)。刊行後しばらくして、杉並区井草の自宅を訪ねた。御礼を口実に、私は本田その人と会いたかったのである。書きものと書き手の乖離感のない人で、多分に諧謔と韜晦精神に富んだ、そして、芯に硬質の熱いものを秘めた人であった。もう一度は、私のはじめてのエッセイ集の編纂にさいして、それに加える一章としてホテルの一室で対談をしていただいた(『漂流世代のメッセージ』講談社)。

そのどちらかでの席であった。雑談に移ったさい、深代惇郎の名前が出、このような問答をしたことを覚えている。

――かのような知性はいかにして生まれたとお考えですか。

「……生まれ育った環境もあり、朝日という環境もあったでしょう。もっと広く時代が深代を生んだといっていいんでしょうが、彼の場合は天賦としかいいようのないものも授かっていたでしょうしね。これは難問だね」

近年、地方紙で紙面審査の委員をつとめさせてもらってきた。紙面の講評を続けるなかで、新聞の役割と課題といった、少し広い意味で新聞を見詰めることが増えた。私の抱くジャーナリズムの地図は、新聞が目抜きの大通りを走っているというものである。雑誌やテレビは周辺にある通りで、自身が携わってきたノンフィクションはひとつの小道というほどのものである。新聞批判を口にしつつも、常々しっかりとした中心軸を担ってほしいと思ってきた。

速報性という点ではテレビやインターネットに及ばずとも、その信頼性という意味では、いまも相対的に新聞は最上位にある。事件報道ひとつを取っても、取材陣の態勢は他を圧して厚い。手間隙を要する活字メディアは人力の上に成立する。加えて、信頼度を養ったのはこれまでの長い蓄積の所産でもあろう。

信頼というのは間違いを犯さないという意味ではない。人はだれも間違うときがある。間違いを小さく小さくしていく努力。そして間違いをしたさいの謙虚さと誠実さである。

ジャーナリズムはいま、大きな試練にさらされている。ひとつは、インターネットなどのニューメディアの普及で、その基盤が侵蝕されつつあることだ。さらに長期不況のなか、広告収入が減少し、経営基盤が揺らいでいることである。これらは新聞、出版、放送界を通していえることであるが、新聞は若年層の購読離れという側面も加わっている。

新聞社の幹部やOBと意見をかわすことも増えた。志を持ち続けている新聞人は決して少なくない。ただ、新聞の将来という話題になると、憂いを口にする新聞人が多くなってきた。

メディア全体が大きな過渡期に洗われているのだろう。将来を予見することは困難であるし、構造的な流れの変化に対して個々の人間ができることは限られている。けれども、どのような時代においても、人が〈言葉〉を不要とすることはありえない。たとえ紙媒体が電子媒体に替わろうともそのことは動かない。

問題は、外側の変化ばかりではなく内側に、つまり紙面の〈言葉力〉にかかわっているのではあるまいか。言葉の力とは、記者一人ひとりの取材力と思考力と表現力である。ジャーナリズムはどこまでいってもジャーナリストたちの〈手仕事〉によって担われることは変わりようがない。

広く、世の職場や家庭のなかで、今朝読んだ新聞記事がふっと話題にのぼることがあった。口には出さずとも脳裡に留まっている言葉があった。たとえば深代惇郎のコラムのような——。

彼は何を宿していたのか、力ある言葉の紡ぎ手であったとすればどこに由来していたのか、そもそも深代その人は何者であったのか——。彼が生きた時代はもう遠くへと去ってはいるが、この伝説のコラムニストの足跡をたどることは、〈言葉の復権〉という意味で今日的意味があるのかもしれない。「難問」の予感はずっと抜けず、先が視(み)えないままに及び腰で歩きはじめた。

第一章
浅草橋

1

JR総武線・浅草橋駅の東口改札を出るとすぐ、通りに面して人形店のビルが立ち並んでいる。ひときわ大きい構えの店が「久月（きゅうげつ）」で、創業は江戸・天保（てんぽう）年間。店のフロアには、鎧（よろい）・兜（かぶと）姿の立派な武者人形が並んでいる。南隣も人形店であるが、かつてこの地所には「深代商店」という喫煙具を扱う店があった。現在の住所表示でいえば、駅改札口は東京都台東区浅草橋一丁目。南北に走る江戸通り（旧・電車通り）に面した一角は台東区柳橋一丁目である。

深代惇郎の父、守三郎が神田旅籠町（はたごちょう）（現・千代田区外神田）に喫煙具の専門店を開いたのは一九二四（大正十三）年である。店はその後、岩本町、日本橋馬喰町（ばくろちょう）へと移り変わって、一九三七（昭和十二）年、浅草橋の当地へと落ち着いた。地名でいえば柳橋であるのだが、深代の肉親も友人たちも「浅草橋の家」と呼ぶので、本稿でも浅草橋と書くことにする。

深代商店は大正、昭和、平成と存続し、次男・徹郎が受け継いだ。いま徹郎は代表取締役会長にあって、社長職は守三郎からいえば孫、洋平の代となっている。喫煙具や日用雑貨を扱う「フカシロ」という屋号の会社になっているが、蔵前一丁目の地に立派な自社ビルを構えている。

守三郎の長男、惇郎が生まれたのは一九二九（昭和四）年四月である。少年期から大学卒業まで、惇郎はこの浅草橋の自宅で暮らしている。新聞記者となって以降も、両親の暮らす浅草橋の実家にはしばしば立ち寄り、寝泊まりもしていた。深代惇郎の〈故郷の地〉といっていいであろう。

界隈を歩いてみた。

旧深代商店の裏手を歩いて行くとすぐに隅田川に突き当たる。河畔はいま散歩道として整備されていて、ベンチがあり、ゆったりとした空間となっている。

川向こうは両国。国技館、旧安田庭園などが見える。川は一時よりはきれいになったというが、どんよりと濁った川面に小波（さざなみ）が立っている。深代少年が暮らした昭和のはじめ、隅田川はいまより澄んではいたが、泳げるほどの透明度はなくて、夏場、界隈の子供たちが泳ぎに向かうのは千葉方面の海水浴場だった。

江戸通りはかつて、市（都）電が走っていたが、姿を消してもう久しい。浅草橋から北へ、地名は蔵前、駒形、浅草と続いていくが、人形、玩具、文具、ビーズ……そんな看板を掛けた問屋や小売店が目立つ。裏通りに入ると、小さな町工場もある。界隈は長く、商い人と居職（いじょく）の職人たちが暮らす街だった。

浅草橋から南へ、総武線のガードを越えて歩いていくと、掘割の神田川の橋と出くわす。隅田川に注ぐ河畔の一帯、柳橋は花街として知られた。昭和三十年代頃まで、料亭や船宿が立ち並び、芸者衆の姿も数多く見られた。いま河口には、屋形船を模した船も繋留（けいりゅう）されているが、往時の風情は乏しい。

江戸通りに面してある飲食店は、今風のチェーン店ばかりでなんだか入る気がしない。裏通りの路地をぶらついていると、旧（ふる）い感じの蕎麦（そば）屋、てんぷら屋、鰻（うなぎ）屋などの暖簾（のれん）がぶら下がっている。鰻屋に入って畳部屋に腰を下ろした。初老の先客がひとりいて、鰻をアテに酒を飲んでいる。外はまだ明るかったが、いかにも旨そうに映って、こちらもそれにならった。

『東京の下町』（サイマル出版会・一九七七年）という本を読んだ。

著者の北村金太郎は、第一銀行から実業界に進んだ人物で、青少年時代、明治末期から昭和初期にかけてであるが、浅草・蔵前で過ごした。往時の下町の風物、行事ごと、人々の暮らしぶりや気風がよく伝わってくる。

「下町」は「山の手」に対抗する言葉としてあった。山の手が、主にインテリや勤め人が住む住宅地であるのに対し、下町は庶民が暮らす商いの地。気質も風習もおのずと異なる。

下町もまた広い。当時の東京の下町は、東京十五区のうちの、浅草、下谷(したや)、神田、日本橋、京橋の五区ぐらいであって、芝と本郷が下町と山の手の中間地区、本所(ほんじょ)、深川は「川向こう」といって下町とはいわなかったものである、とある。

下町のいわゆる「義理人情」についてはこう記されている。

「下町」というと、すぐ「義理人情」という言葉が対句のように浮かんでくるが、明治大正そして昭和ひとけた代までは、そうした対句も、充分成り立ったと思う。というよりは、その頃の下町人自身は、義理人情が身についていて、いわば空気のような存在で、特に意識の上に浮かび上がってくる観念ではなかった。

「山の手」人種のしらじらしいつきあい振りが、見ていて我慢できない、よくあんな体裁だけで、中身のない、うわっつらだけのつきあいができるもんだと、軽蔑したり悪口は言っても、義理人情を表看板にして、ひけらかす下町人はいなかった。それほど義理人情は、下町人にとっては、あたりまえのことだったのである。

深代淳郎はこの地で生まれ育った。生粋の下町育ちといっていい。北村よりはふた世代ほど下であるから下町人としての〃濃度〃は薄れていようし、自身の〈故郷〉を口にすることも少ない人だった。それでも、その生活スタイルやものの見方のなかに、下町人の気風は見え隠れする。

「天声人語」のなかで、銭湯や落語や祭りや花火大会など、下町の風物がふっと顔を出している文がいくつかある。

深代は趣味の多い人ではなかったが、古典落語は好んで、志ん生、文楽、円生が登場する寄席にはよく足を運んだ。この三人の名人芸の背後には、おそらく江戸期から昭和のある時期まで、脈々と流れていた東京の下町文化の精髄というものが染み込んでいた。志ん生が死んだとき、深代は「天声人語」で、名人たちへの敬愛を込めた追悼文を書いている。

「エエ、考えるッてぇと、なんでございますな、やっぱり、どうしても、しょうがないもんでしてな、オイ、目のさめるようないい女だよ、まるで空襲警報みたいな女だよ」▼落語の古今亭志ん生が語り出す「まくら」の奔放さは、天下一品だった。意味をなさぬような語り口から、次第にかもし出す味わいは、だれもマネができない。円生が、このライバルを評したそうだ▼「私は志ん生と道場で仕合いをすれば相当に打ちこむことができますが、野天で真剣勝負となると、だいぶ斬られます」（宇野信夫「芸の世界百章」）。端正な芸風をもつ円生が、野天の真剣だとやられそうだといったのは、言う人の眼の立派さにも感心するし、言われた志ん生のうまさもなるほどと思わせる▼彼が住んでいた「なめくじ長屋」の話は有名だが、その体験が、貧乏ばなしを絶品のものにした。塩をふりかけても、五、六寸ぐれえの大なめくじがシッポではじきとばして、神さんのカカトに食いついた、というのは本当の話なのか、どうか▼その志ん生が紫綬褒章をもらったことがある。「シジュホーショーってなんです」と人にきいたら、「世の中のためになった人にくれる勲章だ」というので、びっくり仰天した。「ほかのことならともかく、そんなこと、あたしは身に覚えがねえ」といったので、まるで罪人を捕まえるような話になってしまったという▼脳いっ血で倒れてからは、庭の金魚をみては「丈夫だね。死ぬかと思っても、なかなか死なないね」と、自分を茶化していた。彼の話は、やるたびにちがったものになったが、その逆に、寸分の違いもなくみがき上げた芸を披露したのは、桂文楽だった。二年前、その文楽が死んだときいて、頭からフトンをかぶって泣いた志ん生も、きょうが自分の葬式となった。【一九七三（昭和四十八）年九月二十三日】

深代は温厚で物静か、およそ癖のない人であったが、「野暮（やぼ）」は嫌った。無頓着なようでいてお洒落であり、共にした飲食の代はいつも自分持ちで押し通した。粋（いき）な都会風（アーバンボーイ）であることを課していた風でもある。東京の下町人に由来している部分があったように思える。

コラムニスト・深代惇郎にあった特徴のひとつは目線の低さである。権力や権威というものに伏する志向はまるでなかったし、地位や肩書きというもので人を見ることもなかった。好悪の念を表に出すこともめったになかったが、独りよがりの高慢さは嫌った。それは生来の気質であり、自身の歩みのなかで身につけていったものであろうが、下町に身を置いて過ごした歳月が自然と培ったものもあるのかもしれない。

深代を言い表すものとして、リベラリストという言葉を使っても差し支えあるまい。リベラルの原意「個人として自立した自由の民」という意においてである。それを養ったものは〈教養〉と〈時代〉であったろうが、ここにもまた〈故郷〉がかかわってあったように思えるのである。

2

深代惇郎の父・守三郎は群馬・沼田近郊の農村出身で、大正のはじめ、高等小学校を卒業して上京し、西洋雑貨や輸入喫煙具を扱う福中商店に「小僧さん」として入っている。福中商店は大正後期より丸の内ビル内に店を構えている。

奉公先で仕事を覚え、やがて暖簾分けしてもらって自前の店をもつ。それがこの時代、若者が世に出て行くひとつのコースであり、下町の商い人を形成した仕組みでもあったが、守三郎もこの流れに沿った一人であった。

母・マチは麻布の魚屋の娘で、私立女子商業学校（現・嘉悦学園）を卒業、日本橋界隈にあった中小銀行に勤め、縁あって守三郎と所帯をもった。長男・惇郎、四歳下の長女・英子、十一歳下の次男・徹郎と三人の子供を授かり、育てた。

守三郎が浅草橋に深代商店を構えたのは昭和十年代に入ってからであるが、喫煙具の草分け的な専門店となり、商いはおおむね順調だったようである。百貨店等に輸入品を卸し、パイプについては千葉・中山で自前の製造工場をもっていた。

浅草橋の店舗の間口は五間。隣の久月が八間であるから結構広い。家屋は木造二階建てで、一階が店舗と家族の住居、二階の大部屋には三段ベッドが並んでいて、小僧さんたちが寝泊まりしていた。店を仕切っていたのは通いの番頭たちで、女中さんも複数いた。家族と従業員たちを合わせて十余人、家の中はいつも賑やかだった。隣近所は、人形店、薬屋、パン屋、乾物屋など。弁護士の住まいもあった。

深代惇郎はこの家から日本橋千代田小学校（戦災で廃校）、府立三中（現・都立両国高校）へ通っている。小学校の入学が一九三六（昭和十一）年。二・二六事件が起きている。翌年には盧溝橋事件が勃発し、以降、日中戦争が泥沼化していく。中学入学が一九四二（昭和十七）年。太平洋戦争がはじまっていた。少年期から思春期、時代は戦争の暗雲に覆われた時代だった。

英子は七十代後半の老婦人であるが、明朗で、しゃきしゃきした感じの、いかにも下町育ちの娘という風情を残している。

商家の一人娘といえば甘やかされて育ったようにも思えるが、そうではなかったという。小学校の高学年になるともう「おさんどん（台所仕事）」などをやらされた。それは下町の商家の習いでもあった。

家の中の風景を思い浮かべると、父は客人たちとワイワイ言って談笑している姿、母は和机の前に座って金銭の出し入れをソロバンに入れている姿が浮かぶ。

両親から勉強しなさいといわれた記憶はない。放任主義であり、「雑草育ち」であった。「お兄ちゃん」の惇郎は、もの静かな若者だった。勉強はよくできたが、しゃかりきになって勉強している様子はなかった。たいてい居間のちゃぶ台下か炬燵(こたつ)に足を入れて寝そべりながら雑誌や本を読んでいる――というのが瞼(まぶた)に残っている姿である。

自宅から電車道（江戸通り）を挟んで向こう側、総武線のガードを越えたところに小川書店という本屋があって、惇郎は子供のころからよく出入りしていた。『少年倶楽部』の発売日には開店と同時に駆けつけて購入し、読み終えるとすぐ返しにいく。ほとんど汚れていない。書店のオヤジさんが近所の〝少年顧客〟に値引きして引き取ってくれるのだった。いま同所には本屋は見えず、白っぽいビルとなって一階は蕎麦屋となっている。

これは戦後の一高時代であったか。惇郎は風呂場まで新聞や雑誌を持ち込み、湯船につかって読んでいるうちにのぼせ上がり、ひっくり返ったという逸話も残している。

守三郎も活字好きで、従業員が多かったせいもあろう、新聞は朝日、毎日、読売、日経の四紙を取っていた。雑誌は『改造』『中央公論』を、戦後は『文藝春秋』『世界』を購読していた。明治・大正文学全集なども揃っていた。ただ、本棚はあっても書斎というものはないのが下町風であった。

惇郎と英子は仲のいい兄妹だった。

兄が新聞記者になってしばらく、ズボンのアイロンかけと靴磨きは英子の役目だった。兄は一見、無頓着なようでいて実はこまかい注文が出されている。アイロンをぴしっとかけて、ぴんと筋が張ってしまうといけない。さりげなく筋があるというのが兄の好みであった。靴もまたピカピカに磨くのではなく、一歩手前の、さらっと光沢のある程度が好みであった。

後年、兄は海外によく出るようになるが、帰国時にはいつも妹にお土産を買ってきた。バッグやマフラーの類であるが、気持がこもっていた。一度、誕生日に洋犬の子犬をプレゼントされて、これにはびっくりしたものである。

英子は深代惇郎の少年期からの友人、望月礼二郎のもとに嫁いだ。

望月にとって深代惇郎は義兄ということになるが、府立三中・一高・東大法学部での同窓でもある。さらに深代を見知ったのは小学生時代からというから、深代の若き日をもっとももよく知る一人であろう。

望月もまた東京の下町育ちで、商家の出身である。深代と似たような環境で大きくなっている。父は山梨の出身。礼二郎という名は、大正末から昭和にかけて首相をつとめた若槻礼次郎にあやかってつけられたとか。「なんとも安易な話で、オヤジの教養のなさを示しているようなもので」と笑う。

望月の実家は浅草松葉町（現・松が谷）にあって、グローブ、サッカーボールなどスポーツ用品の製造と卸店を営んでいた。

地元の松葉小学校に通っていた小学生時代、子供たちの間で人気があったのがバスケットボールで、毎年、大会は日本橋千代田小学校で開かれていた。深代少年はライバル校の中心選手だった。中学で同窓となる。学年は望月が一学年下であるが、深代が一高入試で浪人している関係で、高校から二人は同級生ともなった。

中学時代から望月は浅草橋の深代宅にしょっちゅう出入りしてきた。なんといっても浅草橋駅からすぐということで足の便がいい。深代宅は学生仲間の溜まり場ともなっていたが、それは深代の両親が息子の友人たちが出入りするのを歓迎したせいもあった。

大学を卒業後、深代はジャーナリストとなったが、望月は研究者の道を歩んだ。東大社会科学研究所の助手となり、英米の民法を専攻、フルブライト留学生としてハーバード大学ロースクールにも留学している。帰国後、東北大学法学部の助教授・教授、東大社研教授、神奈川大学法学部教授などを歴任した。

望月はいま、千葉・市川市の自宅で英子と二人暮らしである。八十歳を超えたが、矍鑠（かくしゃく）としてお元気そうである。申し分のない老紳士であるが、堅苦しい学者の雰囲気はさらさらなく、どこかさばけた感じのする人である。下町の出ということが関与している部分もあるように思える。

深代惇郎は一九四〇（昭和十五）年の生まれであるから、兄・惇郎とは十一歳離れている。「父に近いような兄貴」であった。

少年期、徹郎に残っている兄の姿も、穏やかでいつも本を読んでいる、というものである。声を荒らげることはなかったし、叱られたことも一度もない。

徹郎が自宅ということで記憶にとどめる最初は、浅草橋ではなく、疎開地の、総武線・本八幡（もとやわた）駅に近い市川の家である。

一九四五（昭和二十）年三月十日、東京大空襲によって下町一帯は灰燼（かいじん）と化す。深代商店のあった浅草橋の一角はかろうじて延焼を免れたのであるが、もはや商売どころではない。家族はこれ以前から市川に移っていた。

戦後、徹郎は一年生までは市川の小学校に、二年生から浅草橋に戻って近くの小学校に通っている。

市川も浅草橋も、人の出入りが多い家だった。兄の友人たちで記憶するのは、望月はじめ、長戸路政行、中野純、馬場昌平といった同窓生たちである。

後年、徹郎は青山学院大学を卒業し、アメリカ留学をしている。渡米したのはケネディ大統領が暗殺された年というから一九六三（昭和三十八）年のこと。ニューヨークに滞在し、その後カリフォルニア大学バークレイ校で経営（貿易）を学んで――当人によれば「単なる遊学」ということであるが――いる。

惇郎はすでにニューヨーク支局勤務を体験しており、アメリカの事情はよく知っていた。「いろいろ見聞を広めて体験することはいいことだ」と、弟の留学を後押ししてくれた。

これには深代商店の後継もからんでいた。惇郎はどこから見ても商家の後継ぎというタイプではないし、ビジネスに興味を抱いているとは思えない。そのことは父もよくわかっていたようで、長男の進路は本人に任せた。父や兄から言い渡されたというわけではなかったが、「自然と」徹郎が後継者となっていく。

浅草橋の家と店を守り育てていく任は、次男・徹郎にゆだねられていく。

さらに後年、兄・惇郎が早世し、父・守三郎と母・マチも彼岸へと去っていくが、兄の夫人・義子、元夫人、兄と元夫人の間に生まれた長女、長男たちとの行き来を続けてきたのは徹郎である。過日、惇郎の三十三回忌が執り行われたが、そういう世話役も徹郎が担ってきた。この人もまた、万事心得た、さらっとした下町人の風情がある。

3

両親から子供が授かるものはそれぞれであり、濃淡の度合いもまたそれぞれであろう。

深代惇郎は色白な男子であったが、これはマチ譲りである。守三郎からのものは直接的には浮かばないのであるが、人の原質という意味で受け継いでいるものもあるのかもしれない。

娘・英子の言から取り出すと、父・守三郎の人物像は「酒の肴になる男」「一人お天下さん」「ハイカラ好み」「無類の新しもん好き」……といったものである。

あるとき父は、英語学校の夜間部に入りたいと言い出した。通学には、当時珍しかったオートバイで通うという。それはいいのであるが、夜は酒を飲むから行きそびれる。ある日、友人たちとの宴会の途中、思い出したのであろう、急に席を立った。そしてオートバイにまたがって学校に向かったのであるが、酔っ払っているものだからころんでしまった。結局、英語はモノにならなかった。

趣味多き人でもあった。歌舞伎、落語、芝居……催しものにはマメに足を運ぶ。家族みんなで出かけることもよくあって、帰りに旨いものを食べて帰る。そういう一家であった。

下町気質というべきか、父は威張っているものが嫌いで、とりわけ陸軍嫌いであった。市電に乗っていて、長靴（ちょうか）にサーベル姿の将校の姿を見ると露骨にプイと横を向く。この時代、市電が皇居・宮城前にさしかかると、乗客たちは帽子を脱いで敬礼するのが習わしであったが、父は知らん顔をしている。英子は子供心にも恥ずかしく思ったものである。そして、どういうわけか海軍はいいというのである。

望月にとって守三郎は、学生時代は「深代のオヤジさん」、のちに義父となる人であるが、まず浮かぶのは「話好き」ということである。

浅草橋の家で深代たちと談笑していると守三郎が割り込んでくる。新しい、知的なものへの関心が旺盛だった。当時流行の西田哲学の『善の研究』について望月たちが話していると、「真理はひとつなんていうけれども二つって場合もあるんじゃないかい」とかなんとかいって、輪に入ってくる。

「望月君、難しい本ばかりもなんだから、なにかこう色っぽいものはないのかね」

「ありますよ。バルザックの『風流滑稽譚』なんてどうです」

「なんだ、そりゃ？」

守三郎との会話は愉快でもあった。

守三郎は息子の友だちはイコール自分の友だちと思っている風でもあって、事実、望月は深代がいてもいなくても浅草橋の家に勝手に入り込んでひとときを過ごしたものだった。麻雀台を囲んでいるのが、深代親子のそれぞれの友人である場合もあった。

深代の家の床の間には、堺枯川（利彦）の書が掛けられていた。明治から昭和初期にかけて、堺は平民社、日本社会党、東京無産党、エスペラント協会結成などにかかわり、東京市会議員をつとめた時期もある。大逆事件ののちは活動家たちの生計維持のために「売文社」という〝編集プロダクション〟をつくり、翻訳、広告、編集などにも手を染めた幅広い社会運動家である。浅草公会堂などで政談演説会がしばしば催された時代であって、そのさいに入手したものであろうという。

望月は「大正デモクラシー」という言葉を耳にすると守三郎を連想する。いわゆる学問を習得したわけではないのだが、知的関心の旺盛な、そしてかなりの教養人であり、健全な批判精神を有した中産階層である。

戦時下となり、物資の統制令が敷かれ、喫煙具やスポーツ用品など「贅沢品」を扱う商家も活気を失っていくが、彼らはまたしたたかな下町の商人であった。統制違反を取り締まる私服刑事が来店するときもあったが、その目をかいくぐり、闇のマーケットを使って物資を確保し、なんとかやりくりをする。もともと「お上」への帰属意識は薄く、信じてはいないのである。

そうはいっても、別段〝反体制〟というわけでもない。資本主義社会を担っているのは俺たちだよね――そんな守三郎の言を望月は覚えている。

知的好奇心、教養、上からではない平場の目線、漠とした野党的精神……下町のオヤジさんたちが保持していたものは、どこかで息子たち世代に継承されていったように思える。

守三郎にとって長男の惇郎は、可愛い自慢の息子だった。惇郎にとって父は、青年期にはそれなりに父と子の葛藤もあったのであろうが、後年はそれも過ぎ去り、息子にとっても「いいオヤジ」であったようである。

久保田誠一は深代惇郎が可愛がった朝日の後輩記者である。東京本社の社会部・外報部時代、「久保田君、ちょっと行こうか」と、深代からよく誘いがかかった。浅草橋の家も何度か訪れていて、守三郎も見知っていた。

ある日、二人が向かったのは銀座七丁目の蕎麦屋であったが、先客に守三郎がいた。待ち合わせしていたようだった。深代は「今日は親爺に小遣いをせびる用件もあったので」とかいって、久保田に説明ともつかぬ説明をしつつ、そのまま酒の席となった。

仲むつまじくていい親子だな――と思うことが、久保田には幾度かあった。

深代惇郎が亡くなって、初七日の日であったか、浅草橋の自宅に身内のものが集まった。席上、夫人の義子がひどく嘆き悲しんでいた。その思いはだれもが等しく抱いたものであったが、守三郎がこういって夫人を慰めたことを望月は覚えている。

「そう嘆きなさんな。もうひとりぐらいまたつくってやるから」

夫の言に、マチはこう答えて応酬した。

「あたしゃもういやですよ」

どんな気の利いたジョークも虚しいときであったが、それでも座はわずかになごんだ。守三郎は自身が悲嘆の底にあってなお、そんなひと言が吐ける男であった。

深代惇郎は、とびきり上質のユーモアのセンスを持ち合わせたコラムニストだった。


大きな声ではいえないが、ふとしたことで盗聴テープが筆者の手に入った。驚いたことに、先日の閣議の様子がそっくり録音されているではないか。そのサワリを、こっそりご紹介しよう▼テープを信用できるなら、この日の閣議の話題はやはり田中内閣の人気についてであった。内閣支持率は二〇％台を低迷し、神戸市長選も敗れた。「〝世界の田中〟になり、大減税、新幹線計画も打ち出したのに――」という嘆息が、まずきこえた。「やはりインフレが痛い」「評論でなく、案を出してほしい」。首相の声も心なしかさえない▼そのとき「ゴルフ庁はどうか」という声があった。「ゴルフ人口は一説に一千万人、低くみても六百万人。参院選前に放っておくテはない」と、熱弁を振るっている。『赤旗』もゴルフ記事を出しているね」という声は、官房長官らしい▼「尾崎将司の立候補打診をすべきだ」という人もいた。ゴルフ減税、総理大臣杯などの案が出た。「長官をだれにするかね」「やはりホールインワンの総理兼任でしょう」「いや、本場のイギリスでのスコアがお恥ずかしい」と、首相はめずらしく反省の様子だ▼「石原慎太郎君はどうだ」「彼は飛ばしすぎだ」。話はきまらずに、つぎにゴルフ庁の構成に移った。たちまち役所の陣取り競争だ。「バンカーがある」といっているのは建設相らしい。芝生を力説しているのは環境庁長官。農地転用を指摘するのは農相。娯楽遊興税について、蔵相が弁じている▼キャデーの労基法を労相が一席。官庁ゴルフを行政管理庁長官。レクリエーションの元締めだ、とがんばっているのは文相。結局「ゴルフ庁設置に関する審議会」を設けるところで、テープは終わっている。あのテープ、どこにしまったのか、その後いくら捜しても見つからない。【一九七三（昭和四十八）年十月三十一日】

「今太閤」とも呼ばれた田中角栄首相の時代である。原油価格の高騰による第一次石油危機が勃発した直後であったが、金脈問題はまだ露になっておらず、権勢を極めていた時期である。盗聴といえば、ニクソン米大統領を失脚させる「ウォーターゲート事件」が発覚したのはこの前年である。

この日のコラム、一見、いかにもありそうな体裁を装っているが、ジョークの類であることはすぐわかる。欧米の新聞コラムにはエープリルフール的「架空話」はよく見られるが、日本のメディアには馴染みが薄い。ひと騒動が起きるのであるが、それは後述したい。

ともあれ、深代は茶目っ気のある人だった。ひょっとしてそれは、父・守三郎からの密かなＤＮＡの伝承であったのかもしれない。

第二章
青春日記

1

『東京都立両国高校七十年史』が刊行されたのは一九七一（昭和四十六）年であるが、戦時下の（旧制）府立三中時代の日々を回顧した、四十四回生・深代惇郎の短文「思い出」が収録されている。

私たちは太平洋戦争の翌年に入学した。勤労動員で工場ではたらかされ、戦災で大部分が家を焼かれ、焼死した友人も少なくなかった。軍事教練では、大いにシゴかれた。こうした軍事一色の世の中だったことを考えれば、三中には比較的自由があったように思う。時代に先走って興奮しているような先生は、あまりいなかった。敵性語だといわれた英語を、みんなよく勉強した。長い軍人勅諭を暗誦できたものはほめられたが、（高山）樗牛（ちょぎゅう）や（徳冨）蘆花（ろか）の美文や英語教科書を暗誦してこなかった方が、よっぽどこっぴどくしかられた。

先に北村金太郎の『東京の下町』を引用したが、府立三中についてこのような記述が見える。

とにかく、府立三中は、他の府立中学とは、一風変わった中学校であった。在学中は、そんな風にも考えていなかったが、卒業後、他の府立中学の卒業生と親しく交わるようになってから、その違いがわかり、当時の一中（現・都立日比谷高校＝引用者注）、四中（現・都立戸山高校＝同）が、進学一辺倒の予備校的教育を専らにしていることを知った。……

他の府立中学校との違いは、父兄層の違いからきていたと思う。一中、四中の父兄には、官吏・軍人・会社銀行員などサラリーマンが多かったのに、三中には、そうした層がほとんどいなかった。大部分が商工業者で、それこそ文字通りの、下町の中学、下町っ子の中学校であった。

卒業後の進路志望も、一高、一橋、蔵前（東京高等工業学校、現・東京工業大学＝同）の三校が本命で、その次が、慶応、早稲田というところで、当時の中学校としては珍しいことに、陸軍士官学校、海軍兵学校、海軍機関学校などの、陸海軍の学校への入学志望者がほとんどいなかった。こうしたことが、一中、四中と違うところで、下町っ子の中学校のゆえんでもあったろう。

このような校風の中学としては少数派ということになろうか、深代惇郎は三中三年修了の時点で、海軍兵学校予科に進んでいる。受験が一九四四（昭和十九）年秋、入学が翌四五（昭和二十）年四月の第七十八期生。最後の海兵出身者ともなっている。

深代はなぜ海兵へ進んだのか。理由を記したものは見当たらないが、『深代惇郎の青春日記』（朝日新聞社）の「原文ノート」（後述）には、「人に流されているように思われても今迄の僕を振返ると、大切な事は何時も一人で決めて来た。三中に入る時も兵学校も一高に入る時も法科に入る時も、いつでも誰にも左右されず自分の途を自分で撰んで来た」という記述が見える。もとより自身で選んだ進路だった。

海兵は全国の俊才が集まる難関校であり、少年たちの憧れの学校だった。戦時下となり、定員は年々増員され、七十八期生の入学者は四千四十八名に達している。

望月礼二郎や長戸路政行によれば、府立三中から海兵に入ったのは毎年数人であったろうというが、この年は三十人を超えている。長戸路については後に触れたいが、三中・一高・東大を通じて深代の同窓であり、生涯にわたる親友だった。

二人によれば、海兵は陸士より人気があり、成績のいい生徒には教師の勧めがあったこと、それにまだ中学生のこと、あまり突き詰めて考えていなかったはずというのであるが、そうであったのかもしれない。

合格の電報がきたとき、母のマチがひどく困惑していたことを妹の英子は憶えている。父は不在で、どうやら兄は黙って受験していたらしい。お父さんが許すかどうか……電報を一日郵便局で留め置いてもらうことはできないか……とつぶやいていた。それは、戦況の行方を鑑（かんが）みての、わが子の行く末を案じる気持とも重なったものであったろう。

第七十八期生が入学した校舎は、広島・江田島ではなく、長崎・針尾（はりお）島につくられた海軍兵学校針尾分校で、いまリゾート観光地ハウステンボスとなっている地である。

その一人に大岡次郎がいる。大阪の布施中学（現・府立布施高校）の出身。入学した生徒はまず部に分かれ、さらに十二の分隊に分けられた。一分隊四十八から五十人。大岡の所属は六部二分隊（六〇二（ろくまるに））で、深代は七部七分隊（七〇七（ななまるなな））。学校生活で寝起きをともにしたのは分隊仲間であり、深代との面識はない。

すでに本土への空襲が続き、沖縄戦がはじまろうとしていた。もとより生徒たちは大本営発表の勝ち戦を信じていて、戦況の実際を知るのは戦後になってからである。

分校の地は静かだった。この時期においても、士官育成のために即席の軍事教育を施すというのではなく、あくまで「学校」であり「学校予科」だった。そうであったことを、大岡は振り返って不思議にも思う。

広い敷地に、校舎、宿舎、講堂、体育館、図書館、食堂などの建物が並び、学科は国語、数学、理科、地理、漢文、英語などで、「戦」にかかわるものはなかった。

敵性語ということで英語が忌避されていた時代であるが、ここでは生徒全員に英英辞典が与えられ、授業での会話は英語だった。夜には、スピーカーから流れる「スピーチ」の時間があって、素材に日本や英国の昔話などが使われていた。

兵学校は、英国海軍を模した、教養と人格を備えた士官育成を掲げていたが、それは敗色濃いこの時期においても継承されていた。教官から戦地の話が出ることはなかったし、神がかり的な思想を聞くこともなかった。そして、学校全体の空気として、現在の戦況にかかわらず将来国を担う人材を育てるという黙契（もっけい）があるようにも感じられた。

針尾島での生活は四ヵ月で終わる。米軍の九州上陸が予想されるということで、学校は山口・防府（ほうふ）にあった海軍通信施設へと移動する。八月十五日、終戦。玉音放送が流されたが、ガーガーいうばかりで意味がわからない。戦争に負けたと知ったのは翌日だった。

戦後、大岡は京都の同志社予科に進み、同大文学部を卒業している。学生時代、のめり込んだのは太宰治と文学で、同人誌を編集したりした。焼け野が原となった大阪のバラック建ての古書店で、太宰の『右大臣実朝』を入手し、世にこのような世界があったのかと目を開く思いをしたことを憶えている。

大岡の実家は、大阪で江戸期から続く老舗の材木問屋「そげ重（じゅう）」で、十五代目を継いだ。かたわら、七十八期生の関西地区の世話役を続け、戦史研究家ともなった。大阪・阿倍野の自宅応接間の書棚は、天井まで戦史関連書で埋まっていた。神田神保町の専門店より揃っているでしょう、という。

兵学校最後の校長は中将・栗田健男。レイテ沖海戦では、主力戦艦を率い、レイテ湾に集結する米艦隊に接近しつつ「謎の反転」をした提督としても知られている。戦後、大岡は元校長と幾度か会う機会があり、長年の研究結果として『正説　レイテ沖の栗田艦隊』（新風書房・二〇一〇年）を刊行している。

「反転」が、通説ともされてきた「指揮官の疲労による判断ミス」ではなく、空母を主力とする〝おとり艦隊〟小沢艦隊からの通信不調と、新たに沖合に現れた――事実ではなかったが――米主力艦隊との決戦を求めてのものであったことを明らかにしている。

2

大岡から「海軍兵学校第七十八期会　分隊別名簿」（一九九二年版）の冊子を借り受けた。「七〇七」分隊四十八名の自宅・勤務先が載っている。物故者を含め、その仕事先を見ると、ジャーナリズムに関連するのは深代一人で、鉄鋼、鉱山、ゴム、建設、合織、商社、生保などの企業、あるいは医師、大学教授、県教育委員会、自営……と、職業は千差万別である。戦後の日本を担った世代であることがひしひしと伝わってくる。

横浜に住む中野瑛一郎の勤務先は三井鉱山。『役員四季報』（一九九七年版）では「副社長・営業本部長」となっていた。

中野は神奈川の湘南中学（現・県立湘南高校）から海兵に入っている。

「訊かれればお国のためにと答えたでしょうが、まだ子供です。正直いえば難しいことなになにも考えちゃいなかったですよ。友人が陸士の予科を受けたというので、じゃあ俺は海軍だというようなものでしたね」

少年の日の選択をそう振り返る。針尾島の回想は大岡のそれと重なっている。嫌な思い出はなにもない。「大事にされて、白い飯も十二分に食べて、修学旅行の延長であったような」日々であったとか。

終戦となり、七十八期生はそれぞれ出身の中学に復学する。わけのわからんうちに海兵に行って、わけのわからんままに帰ってきたなぁ——と思ったものだった。

戦後、七十八期生はそれぞれの道で人生の年輪を重ねていく。昭和四十年頃という から彼らが働き盛りとなっていた時代である。中野のもとに、「第一回　七〇七分隊会の集い」という案内状が届いた。場所は新宿のレストランだった。

会場に出向いて、自身、びっくりしたことがひとつある。

少年期に出会い、別れて以来、再会はおよそ二十年ぶりである。同じ分隊とはいえ、はっきりと顔と名を覚えているのは、宿舎の二段ベッドの上下左右、近回りにいた連中で、他は曖昧であった。深代とも離れていたので打ち解けた会話をした憶えはなかった。

顔を見て果たしてわかるか……。杞憂(きゆう)であった。顔を合わせた瞬間、全員の名前がすらすらと浮かんできた。

「おい、深代、お前さん、縮れ毛だったのか」

それが深代にかけた第一声だった。海兵時、全員が丸坊主頭であったので、思わずそんな言葉がついて出た。少年の日の記憶は古層で生き続けていた。


以降、七〇七を取って七月七日が定例会の日となった。深代が「天声人語」を書いていた時期、中野の話にとても興味を示したことがあった。

中野が三井鉱山三池鉱業所に出張した折に耳にした小話で、石炭の積み出し港、三池港内港の水門の取り替えにかかわる一件だった。

埠頭（ふとう）や桟橋（さんばし）には耐水性のあるグリーンハートという木材が使われるが、内港の水門も取り替えの時期にきていた。ただ、この木材は南米のガイアナなどが主産地で、入手しにくい。探しはじめると、灯台下暗し、鉱業所の倉庫奥にグリーンハートが保管されていた。どうやら築港のさい、創業時の所長でのち三井財閥の総帥となる団琢磨（だんたくま）が何十年先を見越して購入していたらしい。やはり明治の人は偉かったばい――という話である。

「中野、その話、もらっていいかい」と、深代がいう。「もちろんいいけれども事実関係はきちんと確かめてくれよな」と中野は答えた。この年の冬、深代の訃報が伝えられた。小話が使われることはなかった。

深代義子は、夫が亡くなってから分隊会の会合に出席したことがある。生前、夫はこの集いに出ることを楽しみにしていた。そんなこともあって顔を出したのであるが、女性の出席ははじめてとかで、とても歓迎してくれた。一次会が終わり、なお中野たちと銀座の店を何軒か回った。男たちは気持のいい紳士で、深代のことを懐かしげに語った。

会合はいまも続けられている。七月七日に加え、年末にも開かれるようになった。年ごとに参加者が欠けていくなか、会えるときに会っておこうという趣旨で年二回となった。神奈川出身者だけの会合も生まれている。

中野にとって、同窓会的な会合は大学もあるし会社関係もある。ただ、七〇七分隊会の集まりはひと味異なるものがある。なぜなんだろう……と思うことがある。

海兵予科が中野に残したものに、小さな生活習慣がある。就寝する前にはきちんと服やシャツを畳むこと、集合時間には五分前に出向いていること……は以降、変わらぬ癖となっている。

分隊員としてともに過ごした日々は短い。戦後、就いた仕事はそれぞれに異なり、モノの見方も考え方もまた違う。共通項はとくにない。それなのに、会に向かうとき、なにか心中弾むものがある。

往時、全員が十四歳か十五歳の少年だった。海兵予科に入った動機もそれぞれであったろうが、少なくともその選択に得か損かというような計算はなかった。真っ白な若者だった。だからではないか……。

深代惇郎もそのようなときをもった少年だった。

3

終戦となり、深代惇郎は府立三中に復学する。卒業が一九四七（昭和二十二）年。新聞記者になるまでの年譜を追えば、四八（昭和二十三）年、第一高等学校文科丙類に入学。四九（昭和二十四）年、東京大学教養学部文科入学。五一（昭和二十六）年、東京大学法学部政治学科入学。五三（昭和二十八）年、卒業、である。その青春期は、戦後が生々しく息づいていた昭和二十年代だった。

没後、深代の著作が四冊、刊行されている。いずれも朝日新聞社からで、『深代惇郎の天声人語』（一九七六年）、『続　深代惇郎の天声人語』（一九七七年）、『深代惇郎エッセイ集』（一九七七年）、『深代惇郎の青春日記』（一九七八年、以下『青春日記』と略す）である。文庫版シリーズとなっている『天声人語8』（一九八一年）を加えると五冊ということになる。

深代本の編集を担ったのは、出版局にいた涌井昭治である。本書の取材のかかわりで朝日新聞のOBと会うと、「涌井が元気ならなぁ……」という声を何度か耳にした。傍目にも二人は仲が良かったからである。

深代と涌井は一九五三（昭和二十八）年入社の同期生。涌井は社会部、出版局畑を進み、『週刊朝日』編集長、出版局長、九州朝日放送社長などをつとめている。『青春日記』の「『あとがき』に代えて――ある墓碑銘」のなかで、この本をまとめた意図について、涌井はこう記している。

実は私たちの間で、死後三年も経てない友人の日記を公開することに、ためらいがなかったわけではない。御遺族の了解を得て発表に踏み切るに至ったのは、まず彼自身が大学時代の日記の中で「人に見られることを感じている。筆もそれとにらみ合わせて進めていく」と、半ば公開を意識しているかのような意図がうかがわれること。次に、友人あての書簡も、発表して憚らない内容のものは、自分の筆で日記の中に書き写していること。最後に、これが最も重要な点だが、『青春日記』が物語る深代惇郎の類まれな資質である。『深代天声人語正続編』『同エッセイ集』の読者の多くは、この日記の中に彼の卓越性を解く、いくつかの鍵を見出すに違いない。

『青春日記』の〝原本〟も見る機会を得た。深代の長女が保管していたもので、「何かのお役に立ちますなら」ということで預からせてもらったものである。

もう父の亡くなった年齢を超えてしまいました――。都内のホテルでお目にかかったさい、まずそう口にした。大学受験を控える娘をもつ母になっていますということであったが、若々しい。どこかに父・惇郎の面影を残している。

原本は、二冊の大学ノート大の日記帳で、一冊目の表紙裏には「自一九五一年一月十日（大学二年）至一九五二年十二月二十七日（大学四年）」と記入されている。二冊目は、卒業前後から、新聞社に入社し横浜支局で勤務をはじめた時期の日記となっている。柔らかくて丸みのある、読みやすい文字である。英文も交じっている。

『青春日記』は、恋愛など深代のごく私的な事柄にかかわる記述、および家族や友人など固有名詞が含まれる箇所などは削除（あるいは匿名に）され、全体量とすれば原本の三分の一程度となっている。

原文ノートを含め「日記」から読み取れる感想をひと言でいえば、ここにごくまっとうな青春がある、というものである。そして、涌井のいうごとく、深代惇郎という人物の骨格と原質が漠然とではあれ感じ取れることである。

『青春日記』では割愛されているが、原文ノートでは友人たちが固有名詞で登場する。しばしば登場する名に「望月（礼二郎）」と「長戸路（政行）」がある。長戸路は「トロ」とも記されている。深代は彼らとよく飯を食べ、酒を飲み、読書会を開き、互いの家に泊まり、小旅行をしている。

長戸路は千葉の出身。大学卒業後は弁護士となり、法律事務所を主宰し、現在は学校法人・千葉敬愛学園の学園長をつとめている。

酒脱な人柄だった。深代についてさまざまな思い出を語ったあと、こう付け加えた。

「なにしろ深代とは近過ぎるんでねぇ。世の中では立派な人だとなっていても、女房から見ればうちの亭主はそんな人じゃありませんよと思うのと似ているかもね。いま思うのは、深代ははやく死んでしまったけれども、天声人語という仕事と出会って、そのために命を燃やして逝ったということ。そういう対象は誰もがもてるわけではないのであって、その意味では羨ましい人生を送った奴と思うね」

本田靖春の『警察回り（サツまわり）』でも、長戸路は深代の友人で弁護士の「トロさん」として幾度か登場している。

「バアさん」の仕切るトリスバー、「素娥（そが）」に立ち退き問題が持ち上がった折、当時ロンドンにいた深代が長戸路をバアさんに紹介した。そのさいの手紙が残されていて、それが引用されたりしているのであるが、二人の間柄が伝わってくる。

お便りありがとう。相変らず元気で、相変らずピーピーのよし、何よりだ。

店の立退き問題について、中学以来大学までいっしょの親友がいるから手紙を出しておく。好漢、それにぼくとは特別の仲だから遠慮はいらない。今月中に便りをするから、来月早々バアさんから要点を書いた手紙を出したらよい。住所は市川市××××、名前は長戸路政行。謝礼の心配は無用。もしなにがしか必要な場合は、目いっぱい値切ってあげる。

立ち退き問題はこの後、「トロさんの尽力で円満に話し合いがつき、バアさんは立ち退き料をもらって店を明け渡すことになった」と記されている。深代から便りがきたことを長戸路は憶えていた。

「ええ憶えていますよ。上野に、これこれの店があってこういうバアさんがいるからよろしく頼むと。ただし、カネは一銭も取ってはならぬと書いてあったな」

『青春日記』から伝わってくるのは、戦争と敗戦をなんとか潜り抜け、慎ましくもまた新たな息吹きが漂う戦後に青春期を送った世代の匂いである。

東京大空襲の直後、長戸路は市川から両国にあった三中まで歩いて向かった日が忘れられない。一面が黒く焼けただれ、中学校の建物も鉄骨だけ残して焼け落ちていた。途中、焼死体がごろごろところがっていた。「この世の終わり」と思える風景だった。

終戦後の記憶としてまず浮かぶのは「明るい電気」である。

「夜になって電気がぱっぱっと灯る。電気ってこんなにも明るいものかと思う。それだけでうれしい。芋と水団と大豆滓だけでも腹一杯食べられたらうれしい。本を読めるだけでうれしい。外国の映画を見るだけでうれしい。なんでもかんでもうれしがっちまう。だからいろんなものを吸収できたんだろうね」

長戸路や深代は、旧制高校最後の学年を送っている。エリート的な〝教養主義〟が残存していた世代でもあろうが、長戸路によれば深代はそういうものをむしろ毛嫌いしていた。

価値観を含め、すべてが焼け野が原となった戦後、新しく立ち現れたものを貪欲に吸収していった世代――。とりわけ知的なものへの吸収力を持ち合わせていたのが深代だったのだろう。


深代が読書家であったことには触れてきたが、『青春日記』には、このような本の題名が見られる。

マルタン・デュ・ガール『チボー家の人々　一九一四年夏』、H・ラスキー『現代革命の考察』上下、河合栄治郎『英国社会主義史研究』、M・ウェーバー『社会科学と価値判断の諸問題』、J・S・ミル『自由論』、高村光太郎『典型』、P・M・スウィージー『社会主義』、中村光夫『風俗小説論』、福沢諭吉『学問のすゝめ』、ロマン・ロラン『魅せられたる魂』、前田蓮山『原敬伝』上下、『原敬日記』、信夫清三郎『大正政治史』、島崎敏樹『感情の世界』、アラン『幸福論』、スウィフト『奴婢訓』

……。

この時代、学生たちが手にした書物の類がしのばれるが、読書領域は広い。深代天人の特徴のひとつは、柔軟さ、幅の広さであったが、そのことは若き日の読書傾向からも垣間見える。

昭和二十年代、戦争に唯一反対した政党としての「共産党神話」が残っていた時代である。社会主義社会が未来を開くものとして映っていた時代でもあった。『青春日記』にこんな一文も見える。

マルクス・エンゲルス選集の『フランスに於ける階級闘争』『国際評論』を買う。マル・エン選集を全部揃えようかと思う。現代を理解するに何よりも先ずマルクシズムを知らねばならぬ。彼に従うにしても、彼を超えるにしても。

『青春日記』には「全学連闘士N君へ」という手紙の草稿も載っているが、結構、学生運動家とも付き合っていた様子がうかがえる。深代は青年期——その後も含めて——マルキシズムを忌避(きひ)することはなかったが、それに染まることもなかった。

後年、日本における社会主義の先駆者、荒畑寒村を論じた「天声人語」は味わい深い。

「アラハタ・カンソンって、どんな人だい」。「なんでも社会主義の方じゃ、名の通ったじいさんらしいよ」。こんど「朝日賞」をうけた社会主義者カンソンは、いまの若者には遠い存在かも知れない▼「寒村自伝」（論争社）を読んで、この八十七歳の老人が日本政治史の日の当たらない部分の「生き証人」であることを、改めて思い知らされた。横須賀海軍造船工廠の見習工のとき、弁当箱を包んだ「万朝報」を広げ、幸徳秋水、堺枯川の退社の辞を読んだのは明治三十六年十月十二日である▼日露戦争の直前、世をおおう主戦論のなかで、この二人の社会主義者は非戦を唱え、万朝報を去る理由をのべた悲壮な宣言を掲載した。「寒村自伝」は、この日の感激を書き出しにしてはじまる。彼の生涯は、そのまま弾圧につぐ弾圧の中で生き続けた日本の反体制の歴史でもあった▼獄中からシャバへ、行きつ戻りつの生活が続けられる。その間に、枯川、秋水、河上肇、木下尚江、片山潜、大杉栄、管野須賀子といった、日本の社会主義の土壌となった人たちが歴史教科書風ではなく、生身の人間として登場する。その著作を読む者は抜群な記憶力、精細な描写に敬服するだろう▼文体に流れるポエジーを感じとる人も多いにちがいない。明治四十一年の赤旗事件では、旗ザオで警官隊とやり合い逮捕されるが、なぎ倒そうとした相手が老齢の巡査と知って一瞬ひるむといった部分に、この人の人間味が伝わってくる。吉原の女を妻とし「私より数等人間の質が上であった」と、亡妻をしのんでいる▼鈴木茂三郎が飼い犬を手放したと聞き「飼い犬を人にやるような人間はロクなものでない。以後交際を断る」と腹を立てる人でもある。占領中は愛猫(あいびょう)を「マッカーサー」と名づけた皮肉屋でもある。彼は現実政治家であるには純な魂をもちすぎていたのだとしても、それは寒村の名誉であろう▼イデオロギーの衣装をはげば中身は寒々とした人間が多いと思われるなかで、その心がそれにふさわしいイデオロギーを必要とした人である。【一九七五(昭和五十)年一月六日】

短文のなかに、荒畑寒村の人物像が余すところなく描かれている。そして、何を大切なものとして汲み上げるべきなのかという価値観が滲み出ている。

この文が記されたのは四十代半ばである。すでにさまざまなイズムに接し、それを信奉する人々と触れ合い、現実世界での出来事を知見し、いわば大人の年輪を重ねていた時代である。青春期にすでに、深代がこういう高みある境地にあったとは考えにくいが、結局のところ問題とすべきは〈人間〉なのだという基底にあるスタンスは、『青春日記』の叙述からも感じ取れるのである。

4

人の青春期、大きな比重を占めるのは恋愛である。『青春日記』（原文ノート）には、ある女性への恋情がしばしば記されている。また別の女性から慕われている様も記されている。想う人には想われず世はままならず……というのが青春期における常なのであろう。

「ラブレター」についてこんな考察コメントを寄せているところがある。


ラブレターとは？

「返事が来なければ致し方ないものなり」

「出来そうにもない事を約束するものなり」

「何度も読み返すものなり」

「書いてないところを読んで欲しいものなり」（ラジオ『とんち教室』より）

僕があえて追加するとすれば、
「何度も書き直し読み返すものなり」
「ポストの前でどうしようかともう一度考え直すものなり」
「夜書くものなり」
「誰からでも貰えば一寸嬉しいものなり」

『青春日記』には、「敗北」というタイトルの「創作」が載っている。三角関係にある男女のすれ違いを淡い感傷タッチで描いたもので、巧みな小説とは思えぬが、この時期に起きていた事柄が投影されているのだろう。

そういう面でいえば、青年・深代惇郎はごく普通の男である。自身、「石部金吉ではない」と記している箇所もある。

浅草にストリップを観る。看板に偽りあり。あまりツマラヌので途中で出る。

しかし、浅草の町は楽しい。映画俳優が来たとかで口をぽかんとあけている物見高い人々。幕の隙間からちらりと見せる奇術。十円のうどん。二十円の天ぷらそば。ストリップ劇場に置いた児童育成運動の看板。結局は半値迄下げる正札のついたズボンや背広のつるし。ボロを着た人に迄手を引張るカフェーの客引き。実に浅草は面白いところだ。そこには気取らない人生の縮図がいつものぞかれる。

映画や演劇などもよく観ていたこともわかる。

午後、映画『無防備都市』を見る。魂の勝利。外に出てから泣けて仕方がなかった。このような感激をいつまでも持ち続けていたい。花火のようではなく、もっと地味にしっかりと。人間は偉大だ。『どん底』ではないが「こんなにも偉大なのだ」。僕もあのたくましい偉大な人間達の大行列に加わりたい。

『無防備都市』は戦後間もなく公開されたイタリア映画で、いまもネオリアリズムの傑作とされている。監督ロベルト・ロッセリーニ。第二次世界大戦末期、ナチス・ドイツ軍の支配下にあったローマでの抵抗運動を描いたもので、ゲシュタポに次々と捕らわれていく人々をリアルタッチで描いている。

昭和二十年代、新劇が元気な時代であったが、こんな寸評を寄せたページも見える。

夜、文学座の『祖国喪失』を観る。原作堀田善衛、脚色加藤道夫、主演芥川比呂志。

感想。

上海の国際的雰囲気はうかがわれた。その点、日、英、中、露の会話のチャンポンは成功したといえよう。芥川の風貌は随分、得をしている。

脚色は原作を読んでないから、たしかなことはいえぬが、器用に筋を通したようだ。（伊藤＝引用者注）喜朔の装置は特に優れているとも思えぬが破綻はない。

しかし、根本の問題として全体に漂うあのインテリ臭が気に入らぬ。歴史の流れに浮んでいるアブクのようなインテリの外に、もっと素朴で、健康で、単純な民衆がいるのを何故無視しているのだろう。

深代の「天声人語」から想起されるのはあくまで理知の人というものであるが、その実、豊富な感情量を持ち合わせた資質の持ち主であったことが伝わってくる。

「自己嫌悪」もまた青春の季節につきものの感情であろう。こんな鬱屈した感情を吐き出しているページもある。


　下らぬ野心で自分のしたい事も出来ず、下らぬ倫理でのびのびと寝る事も出来ず、下らぬ虚栄で自分を飾らねばならず、下らぬ形式で胸一杯に息する暇もなく、下らぬ常識で下らなさを放り出す事も出来ない。

　こんな哀れな一人の人間。下らないと思うなら、もっといいと思う事をやったらどうだ。しかし去勢されてしまった男は、ただ他人と同じように、他人と違わないようにと汲々とする。千万人といえども火にも水にも、といったモラル・バックボーンは持ち合わせぬ。

　しゃくに障るほど適当な人間、適当な生活、適当な行動。適当な血の運行、適当な消化状態。適当な健康と適当な病気。そして、時々顔を出す原始的な反逆性。

　お前も適当に死ぬ事だろう。みんなと同じように。そしてそれはお前の望んでいた事だ。ここにも、近代人と云う愚劣極まる典型がある。笑いたくなるような愚劣さ、泣き出したくなるような愚劣さ。

5

深代惇郎と長い交友をもった涌井昭治は、「ある墓碑銘」のなかで、深代のもつ一面をこう記している。

生前、知人、友人仲間での深代評は「筆太の記者」「バランスと抑制のきいた人間」「情緒に溺れぬ論理の男」ということに相場が決まっていた。友人の一人として、あえて否定はしないが同時に彼は豊かな情念の持ち主であったように思う。

『青春日記』のなかでも「映画『無防備都市』を見る。魂の勝利。外に出てから泣けて仕方がなかった」（10ページ）「酒を飲んだ時、夜、散歩する時、友人が来た時、こんな時は僕のセンチメンタル腺の分泌が最も活発になる」（79ページ）……と多感の青年であったことを示す個所がいくつかある。

話は飛ぶが、四年前の春、京都で小学五年の男の子が、自殺した母親を悲しんで後追い心中した事件があった。この悲痛な話は「竜治君の死」というタイトルで『天声人語正編』（38ページ）に収録されている。「『みんなが親切にしてくれへんかったせいや』という竜治君の遺書が、読む者を打ちのめすのだ」と、その日のコラムを書き終えた時、彼の目にあふれるほどの涙が浮んでいたことを私は知っている。

ここで涌井が指摘している「天声人語」は以下である。

小学校五年の男の子が、自殺した母親を悲しんで「後追い心中」をしたという京都のニュースを読んだ。ただ暗然として、言うべき言葉がない▼竜治君（一〇）は無職の母親（四八）と、二人暮らしだった。学校の成績もトップクラスだし、明るくてやさしい子だったと教師はいっている。母親は高血圧と心臓病の持病をもち、月に二、三回倒れた。発作を起こすと口もきけない。看病と家事一切は、彼の小さな肩にまかせられていた。その竜治君が五日夕方、近所の病院の屋上から飛び降り自殺した▼手にしっかり握られていたメモには「お母さんが悪くなって、医者に来てくれと連絡したけど来てくれなかった」「家には母も死んでいます」と書かれてあった。警官が自宅にかけつけたら、母親も電気ゴタツの中で死んでいた。「発作が苦しい、死にたい」という書き置きがあり、服毒自殺だった▼母子とも死んでしまった今となって、事実を知ることはなかなか難しい。竜治君は母親の発作で、医者に電話したり、かけずり回ったにちがいない。十歳の子供の話に、医者がその事情をよくのみ込めなかったのかも知れぬ。医者が来てくれないと知って、母親は絶望のあまり目の前で薬を飲んだのかも知れぬ▼あるいは竜治君が走りまわっている間に、服毒したのかも知れぬ。母親のまくらのわきに竜治君のまくらも並んでいたというから、少年は母親の死をひとりで見とったのかも知れぬ。世間の無情をうらみながら、どこからもお医者を連れて来られなかった自責が、わが身をさいなんだのかも知れぬ。すべては想像するほかはない。だがどう想像しても、持っていき場のない救いのなさが黒々と心に残る▼「みんなが親切にしてくれへんかったせいや」という竜治君の遺書が、読む者を打ちのめすのだ。【一九七四（昭和四十九）年四月十日】

深代のコラムとしては珍しく、起きた事実に対し、多分に想像しうることだけを記して、そのまま筆を離したという気配がある。それ以外にできなかったのだ。精緻な考察や気の利いたレトリックを駆使した言葉を連ねたとて何になろう。

事件のニュースを読んで打ちのめされ、書かずにはいられなかった。感情のおもむくままに筆を走らせ、書き終え、涙をためてただ呆然(ぼうぜん)としていた――。ここに生身の深代惇郎がいる。

すぐれたコラムニストになる素養としての条件はなんだろう――。ふとそう思う。知識、教養、体験、見識、文章力……いずれも大切だ。ただ、このようなものは、やがて迎える月日のなかで蓄積され磨かれていく。畢竟(ひっきょう)、文は人なりであるならば、要(かなめ)に位置するものは、人としての器量や度量と呼ばれるもの、さらにその芯にある〈心根〉であろう。このことにおいて深代は恵まれたものをもっていた。青春の季節に到来する普遍のもの、錯誤や自己嫌悪をくぐりつつ、やがて開花する花は、知らず知らずのうちに青い内皮の中でその芯を育んでいた。

第三章
横浜支局

1

『青春日記』のなかで、大学卒業後の進路についてちらほら記述が見えるのは、一九五二（昭和二十七）年、四年生の夏頃からである。

みんな、就職就職と騒ぎ出した。未曾有の就職難というのが今年の秋の定評だ。

朝日、共同、ＮＨＫと、ジャーナリズムを三つ。日本郵船、大阪商船、と海運を二つ、今のところ受けようと思っている。商事関係は向いていない。僕の性質には商売人になる素質がないようだ。生産会社はどこか派手なところで一流の適当なのがあれば受けてみてもいい。

「朝鮮特需」も過ぎて景気は落ち込み、就職難の時代であったが、のんびり構えていた様子がうかがえる。『青春日記』（原文ノート）には、「外交官試験を受けることにした」という一文も見えるが、受けないままに卒業している。とくにジャーナリスト志望の学生ではなかったようであるが、ジャーナリズムへの考察は折々、日記においても散見できる。

ゲーテを生み、カントを生んだ国ドイツにおいて、なぜにヒトラーという怪物が君臨し、人類に甚大な惨劇をもたらしたのか。ミニコミ誌であろう、『ディアボロ』という「回覧誌」に寄せた文を日記にも載せている。

趣旨は、ヒトラーのナチ党はプロパガンダと謀略を使いつつも選挙で多数を得て政権を握った。背景に第一次世界大戦の敗戦がある。親は息子を失い、妻は夫を失った。腕を、脚を失った帰還兵たちは侵略主義の報いだとされた。巨額の賠償金を科せられ、超インフレが進行し、職はない。打ちひしがれた人々に良識を期待することはむつかしい。そこへファシズムが忍び寄る。ヒトラーは新聞やラジオを巧妙に利用した。マスコミは人々の理性を鈍らせる道具ともなる――。

ドイツにおける時代状況を見詰め、マスコミの果たした役割を考察している。ナチズムがマスコミを支配しつつも数人の集まりを警戒したことを取り上げ、小さなコミュニケーションの意義を強調している。学生らしいというべきか、「それは小さなレジスタンスであるが、最も大切なレジスタンスである」と、生硬な言葉で論考を締め括っている。

自由、あるいは少数派についての考察もある。ミルの自由論の背景にある功利思想、「俺はお前の意見には反対だが、お前がそれをいう権利は死を賭して守ってやろう」という有名な言葉が生まれた背景、多数決によって権利を奪われる少数派のために自由は常に準備されなければならない……などについて論じている。

未だ草稿というべき記述であるが、学生時代、深代が自由と少数派という点に幾度も思いをめぐらせていたことは記憶しておきたい。

『アサヒグラフ』の原爆特集号を見て衝撃を受け、核兵器と冷戦時代に覆われた人類の行く末にペシミスティックな思いもめぐらせている。

このような悲惨極まる殺戮（さつりく）を正当化する政治や正義などあるはずがないと論じ、「僕の求めるのは、それよりも何よりも先ず、お互いがこの事実に対して採るべき厳粛な精神的態度である。そこに於ても人類が尚一致出来ないとするなら、人間の歴史は絶望と考えるより外あるまい」と記している。

世に出て記者となり、見聞を広め、さまざまな体験を重ねていく。それはもろもろの世間の垢（あか）を付着させ、青臭い理念を磨耗させていくことでもあるが、根本的な意味での自由主義者(リベラリスト)、少数意見を尊ぶ民主主義者(デモクラット)という二点は、深代の記者生活を通して変わらぬ立ち位置だった。

新聞記者になりたいとする気持は徐々に固まっていったようである。

夜、父に新聞社に行きたい旨告ぐ。或は、頭からどやされるかと思ったのに、意外にも僕の意志を通してくれる。思いがけなかったし、嬉しかった。父が僕に記者を許してくれるほど自由な人とは思わなかった。

秋に入り、深代は毎日新聞社および朝日新聞社の入社試験を受けている。

毎日新聞社、第一次は通ったものの、今日、成績を聞いたところ二十番見当の由。採用十人としても極めて危険なところにいる。千人の受験者の事を考えると少々優越感も感じられるが、十人採用を考えると憂鬱になる。この状態だと朝日新聞も楽観出来まい。

蹴られれば、ますます思慕の想いは募るばかり。入ってみれば、大したところでもあるまい。何と女に似ている事か。今の気持は補欠でも入りたいほどだ。こんな惨めな気持を女に対して持った事が……？　やっぱり就職（新聞社と同義語）と女は似ている。

『青春日記』（原文ノート）には、この後、一般企業の入社試験は取りやめ、朝日は一次試験を通過、毎日二次試験通過、朝日口頭試問、毎日口頭試問……と、両社への試験状況のメモ書きが見られる。作文の題は朝日が「昨今の世相」、毎日が「會いたい人」であったとある。

深代らしいというべきか、〝左翼学生〟の入社を過敏におそれる新聞社への皮肉を込めて、このような一文も書いている。

毎日の口頭試問、体格検査あり。昨日の朝日新聞より僕自身の立場をやや右に調節する。可笑しな話だが、その可笑しな事をしないと馬鹿をみる。可笑しな奴か馬鹿な奴か、何れかを選ばなくてはならない。

毎日の調書の中に短所を記入する項がある。妥協性と書いておいたが、その意味に気附いた試験官は恐らく居るまい。口頭試問の時、結局妥協せざるを得ない事を知って居たからだ。僕の短所としてより入社試験の短所のつもりで書き入れた。

あれを読んだ人はただそのまま、僕の短所として、受けとったかも知れぬが、きっと僕にその様な短所を生じさせるであろう口頭試問（或は入社試験）に対するアイロニイとして書いたのである。このヒステリックなアスピリンエイジ（〝左翼熱の解熱期〟という意か＝引用者注）に対する一受験生のささやかなレジスタンスである。

新聞社に心惹かれつつ、もとよりそれは株式会社であり、世の通念と風潮に染まった組織体であり、言論というタテマエのなかで別天地に存在しているわけではないことを重々認識している。新聞に過剰な幻想は抱いていない。一九五二（昭和二十七）年十一月十日の日記は、一行、こう記されている。

立太子の式（公式に皇太子となる儀式＝引用者注）あり。興味なし。新聞の愚劣さ！

この後、毎日と朝日の双方から合格通知がくるが、毎日は辞退している。いまもマスコミ界への入社は狭き門であるが、この当時、新聞社へ入ることは超難関であった。よほどよくできたのであろう。

後年、深代は就職の問題を素材にした「天声人語」を幾度か書いている。いまでいう「就活」模様を俎上に載せつつ、さらっと若い読者へのメッセージを込めている。深代天人には、隠し味のごとく若者への呼びかけを含んだものが少なくないが、往時、私は共感をもってそのメッセージを受け止めた記憶がある。読者がコラムに引き寄せられるのは、文章の巧みさや切れ味の良さもあるけれども、結局は内容である。書き手の思考と志向に対して読み手の共振があるかどうかである。この日のものは深代の〈思想〉がよく出ていると思える一編。

毎朝のように、出勤の電車で身だしなみのよい若者たちを見かける。真っ白いワイシャツに、きちんと背広を着て、髪もさっぱりと刈ってある。熱心にメモしている手帳をのぞくと、会社の名がぎっしりと書いてあった。電車を降りると、出口を見定めるためか、プラットホームで左右を見回す▼一日から解禁された

「会社訪問」に出陣する学生たちだ。就職難時代を迎えて、今年の戦場はきびしい。「会社訪問」という慣習が定着してきたのは、たぶん、この二、三年のことだろう。目あての会社を訪ね、その説明を聞き、自分の目で職場のふん囲気を知る▼「会社訪問とはお見合いなり」ということで、週刊誌がいっせいに特集を出している。受付嬢に注意せよ、派手なシャツは避けよ、長居は無用、といった会社訪問のハウツー記事が満載されている。「就職ジャーナル」九月号に、「会社訪問べからず集二十五カ条」という記事が出ていた▼「お辞儀は軽視すべからず」。両手を太ももの辺にそろえて体を折ること。「会社を間違えるべからず」は、会社訪問の数が多くなると、つい会社の名前を間違えて言うこともある。これは絶対に禁物。「長髪、ジーパンをはくべからず」で、こういう出で立ちは損はしても得をすることはない▼「ヒラをバカにすべからず」。応対に出る若手の人事課員はおそらくヒラであろうが、人物評価では社長より、世代の近いヒラの評点の方がからいという教訓だ。「ボク・オレは使うべからず」。「ワタクシ」と言えるように訓練しておかねばならない、というのもあった▼就職とは競争であり、成功する者がいるから失敗する者も出る。だが、就職の成否と人生の成否とは関係はない。ハウツー物の説く寸法に合わせて尾ヒレをつける人間には、なっ

てほしくない。自然な自分であれば、それがよい。志は我に存す。毀誉は他人の事。【一九七五（昭和五十）年九月四日】

受験シーズンの春、大学受験を取り上げた天人においても、同じトーンのメッセージでもって締め括っている一編がある（一九七三〔昭和四十八〕年二月二十八日）。

「……▼『春風得意』とは、中国の官吏登用試験『科挙』に合格し、春風に吹かれて長安の町を闊歩する人のさまだ。志を得ず、春風なお身にしみる『春愁』『春恨』の人もある。やがて春風は、人さまざまに吹くだろうが、何ほどのことやある。一枚のペーパー・テストで、人生の何事が決められるものか▼得意淡然、失意泰然の概あるべし」――と。

2

朝日新聞社への入社が決まる。『青春日記』によれば、一九五三（昭和二十八）年春、東京本社に配属された「練習生」（記者部門における定期の一次採用者）は十四人。出身大学の内訳は、「東大九人、一橋大二人、東北大、文理大（現・筑波大学）、外語大（東京外国語大学）各一人」と記されている。

なお、この年は旧制・新制の卒業年次が重なり、大卒者の数が多かった。各企業に対し新卒者の雇用促進という労働省の通達も出され、朝日では二次採用で練習生を上回る数の記者が入社している。全国紙にとっては新しい支局・通信局の開設、ページ数や夕刊の配布区域が増えていく拡張期を迎えつつあることもあったろう。

「練習生」というのは朝日の社内用語で、幹部候補生という意を含んでいる。もっとも、二次以降の採用者から編集局長や社長も生まれており、入社後、とくに色分けされることはなかった。

日記によれば、三月末から社に出向いていたとあるが、この年の三月、ソ連の首相・スターリンの死去によって「スターリン暴落」が引き起こされ、予算委員会で首相・吉田茂の「バカヤロー」発言に端を発して衆議院が解散されている。

新聞社に入った記者たちがまず地方の支局に配属されるのは、いまも往時も変わらない。深代の赴任地は横浜だった。

横浜支局は、いま中区日本大通にあるが、当時は中区尾上町、ＪＲ桜木町駅にほど近い。角地に建つ、戦災を免れた細長いビルで、一階と三、四階に神奈川新聞が、二階に朝日新聞横浜支局が入居していた。

記者第一歩は誰しも警察回りからはじまるが、すぐにうんざりしてしまった様子が『青春日記』の一文には見える。

サツ回りを始めて十日。馴れるほど仕事が下らなくなる。殺人、強盗、傷害、自殺、心中、火事、売淫、窃盗専門担当。盗み聞き、盗み見の有能さいかんが仕事を左右する。

根性も次第に堕落していくのではなかろうか。事件記者たるものは、死人がいれば、コロシだったらと思い、火事があれば、放火なら、と心の底で秘かに望む。僕はしからず。しかし、先輩たちはどうもそのような精神構造になっているらしい。警報本部に電話をかける。「何かありませんか。交通事故、強盗、火事などはないですか」。「何もないんですか」。その次に、「それは良かったですね」と心からいえる人は正によき記者だ。

事件を望む心――人間がいかに環境、立場で物を感じ判断しようとするかがよく分る。……

僕は、記者の心を語りながら、その矛盾が社会のどの片隅にも表われている社会そのものの悪を指摘して来た。

そして、その社会をよくするために、記者の役割がいかに重大であるかを想うとき、僕は、記者の心もこの社会の悪の一環として批判されなければならないと思う。よくない社会は自分の外にばかりあるのではない。社会は自分たちの外と内に存在している。

当時の支局員の名簿が残っている。支局長・衣奈(えな)多喜男、次長・菅野(かんの)長吉以下記者十五人で、写真・車両・庶務担当各一人。横浜は東京本社管内でもっとも所帯の大きい「特別支局」であった。

支局員名簿に「(原)坂田允孝(みつたか)」という名前がある。(原)は「原稿係り」の略で、「ボーイ」とか「子供さん」とも呼ばれた。

当時、坂田は県内の定時制高校に通う高校生であったが、支局でアルバイトをつとめていたのは理由がある。戦前、父・源三は朝日新聞記者であったが、戦後、結核で亡くなる。その縁で、支局に住み込みのアルバイト員となったのである。

海外との主たる行き来が、飛行機ではなく船であった頃である。横浜港にやって来る外国船は、入国手続きが完了するまで、一旦、外港に停泊する。要人が乗っていると、その間、記者たちが小船に乗って客船に乗り込み、取材を行う。急ぎの場合は、東京・有楽町の本社まで伝書鳩を使って写真フィルムが送られた。

原稿係りの主たる仕事は朝夕で、朝は鉛筆削り。記者たちの各テーブルにころがっている鉛筆を集め、小刀を使って削っておく。百本余りあった。併せて一枚三行のザラ紙原稿の束を並べておく。隣は宿直用の畳部屋で、毎日クリーニングされた寝巻きを各人の棚に入れておくのも日々の仕事だった。

夕刻近くになると、県庁、市役所、県警本部の記者クラブを自転車で回り、記者たちの書いた原稿を支局に持ち帰る。デスクが手を入れた原稿を封筒に収め、桜木町から京浜東北線の電車に乗って有楽町の本社まで運ぶ。多くは神奈川県版で使われる原稿である。

支局長の衣奈は、戦時中、ローマ支局長をつとめている。日本がドイツ、イタリアとともに枢軸国と呼ばれた時代。ローマを拠点に、ドイツ占領下のパリ、連合国軍のノルマンディ上陸、ムッソリーニの失脚など、ヨーロッパ戦線の模様を日本へ伝えた。終戦前後にはスウェーデンにあってストックホルムから記事を送った。

坂田に映っていた衣奈は、紙面の細かいことは口出しせず、原稿チェックはデスクの菅野およびサブデスクの伊藤長門(ながと)にまかせ、時間があるともっぱらローターリー・

クラブに出入りしていた姿である。

新入としてやって来た深代の印象として残っているのは、ふくよかで、鷹揚（おうよう）な感じの青年というものである。せかせかした張り切りボーイの多い若手支局員のなかでは珍しいタイプの記者だった。

その後、坂田は中央大学に進み、卒業後、神奈川新聞を経て朝日新聞記者となっている。入社後は、二度目の仕事先となった横浜支局などで勤務した後、学芸畑を歩き、後年、編集委員になっている。

坂田が支局員として横浜支局にあったころ、社が主催した「ミロのビーナス展」にかかわって、深代と「リレー記事」を書いた記憶が残っている。これには東京本社の企画総務となっていた衣奈もかかわっている。

門外不出、ルーブル美術館の至宝といわれた「ミロのビーナス」の日本公開が実現したのは、衣奈のフランスにおける人脈が寄与した。厳重に梱包（こんぽう）されたビーナスを積み込んだ船が横浜港に着いたのは一九六四（昭和三十九）年三月のこと。港到着を坂田が、そして上野・国立西洋美術館での展示会の模様を深代が書いたはずという。

展示会からいえば十年後ということになる。深代は「天声人語」で、急逝したフランスのポンピドゥー大統領を取り上げている（一九七四［昭和四十九］年四月四日）。ポンピドゥーにとっては首相在任時であるが、ミロのビーナスとともに来日したさいの「一コマ」も登場する。「役所の作文と思えるわが首相あいさつ」とは異なり、「死すべき人間よ　われは美わし　石の夢のように――」というボードレールの詩を引いて美神をたたえ、「いつの日か、クウダラクァンノン（百済観音）をルーブルに迎えたい」と挨拶をしたと記している。

3

記者仲間は、伊藤長門のことを「長門（ちょうもん）さん」と呼んでいた。横浜支局時代、伊藤と深代はサブデスクと新人記者として出会い、親しい間柄となり、二人が支局を離れてからも交友は続いた。年齢は十歳、伊藤が上である。

JR鎌倉駅の改札口で――という約束を電話でかわした。一九一九（大正八）年生まれであるから九十三歳のはず。駅まで足を運んでもらうのは恐縮することであったが、押し切られた。ソフト帽を被り、姿勢よく立っている老人がその人であった。

駅近くの喫茶店に入り、深代の思い出をうかがった。ほぼ話が済むと、荷物になりますが、といわれて自選短歌集『蒼穹』を手渡された。八十代半ばになってはじめた趣味という。開いたページに、《ガダルカナル敗退したる兵士らにまづは野生のレモンを食わす》という一首が見えた。ガダルカナル戦にかかわる記憶を直接語りうる人はいまや数少ないであろう。感慨を覚えるものがあった。

太平洋戦争がはじまった一九四一（昭和十六）年が二十二歳。もっとも戦死者の多い世代である。

伊藤は宮城・石巻の出身。開戦後間もなく、早稲田大学政経学部を繰り上げ卒業し、仙台の東部第三十一部隊輜重兵連隊の車両部に配属された。兵士や軍需品の輸送を受け持つサポート隊で、南方への移動も歩兵部隊が足の速い輸送船をあてがわれると輜重部隊はボロ船であったが、万事塞翁が馬である。そのことが生死を分けることにもなった。

太平洋戦争の天王山、ガダルカナル戦に敗れ、生き残った兵士たちへの撤収作戦が行われたのは一九四三（昭和十八）年二月。ラバウルにいた伊藤の部隊はブーゲンビル島に渡って掘っ立て小屋を建て、駆逐艦で運ばれてくる兵士たちの収容に当たった。連合艦隊司令長官・山本五十六の乗った一式陸攻が島の上空で米軍機に撃墜されるのはこの二ヵ月後である。

レモンを食わす——の一首はその折の情景である。衰弱し切った兵士たちは米や乾燥野菜を受け付けない。まずレモンの汁を飲ませたのである。ガダルカナル島での戦死者は二万四千余人に上っているが、その多くが餓死および赤痢・マラリアによる戦病死だった。

輜重兵連隊の部隊は、その後、フィリピン、マレー、北ビルマ、中国・雲南省、インドシナと転戦、終戦をベトナムで迎えている。

《敗戦後のニュース追いたる記者なりき粥一椀で目くらみしつつ》

戦後、伊藤は、宮城を拠点とする東北の有力紙・河北新報で記者生活をはじめている。故郷に帰った日、採用募集のチラシが目に留まり、早大生だった頃、新聞記者になるのもいいかと思ったことが甦った。二年後、スカウトされる形で朝日新聞社に移る。仙台、千葉支局を経て横浜支局にやってきたのは一九五三（昭和二十八）年秋、深代の赴任より半年遅れであった。

落ち着いた、ゆったりした感じのいかにも好青年と映る若者が深代だった。伊藤は内勤のサブデスク。記者たちの原稿チェックが業務であったが、深代の原稿に手を入れつつ、そんな印象はさらに深まった。記者にもそれぞれ向き不向き、得手不得手がある。警察回りばかりさせて筆を荒れさせたくないな、とも思った。

遊軍をさせたらどうでしょう――。支局長の衣奈に進言したのは伊藤である。伊藤はこの後、東京本社の整理部を経て盛岡、長野、水戸の支局長をつとめていく。各支局で遊軍に指名した記者は他にもいるが、新人記者では深代以外にはいない。新米とはいえ、書いてくるものに、他の記者にはない何かプラスするものがあったからである。

遊軍記者になってから、深代原稿で記憶するものに「カトリック修道院」がある。市内にあるフランス系の修道院で、一般には知られざるシスターたちの日常と暮らしを伝える囲みの連載である。素材としてフレッシュであり、読み物として面白い。やっこさんを遊軍にして良かったな、と思ったものだ。他にもいくつか、市井ネタで深代の読み物的な連載を掲載した。

戦後のモノのない時代である。支局周辺で夜遅くに開いている食いもの屋といえば小さな中華料理屋があるくらいで、記者たちは一人ひと皿ずつ注文し、それを分け合って食べたものだった。万事、慎ましやかな時代であった。

そんな席であったか、「長門さん、広岡さんという編集局長は冷たい人でしたよ」

と深代がこぼしたことがあった。深代がロンドン大学の留学生試験をパスし、社を一時休職してイギリスに行きたい意向をもっていることは耳にしていた。支局長を通して、当時の編集局長・広岡知男に挨拶がてら頼みに行ったらしい。その顚末であった。

このときからいえば二十年後ということになる。深代の葬儀と告別式が東京・築地本願寺で執り行われたさい、社長となっていた広岡は弔辞のなかでこの一件に触れている（朝日社報『朝日人』・一九七六年二月号）。

たしか、昭和三十年の二、三月ごろのことではなかったかと思います。ある日、若い記者が編集局長室に私を訪ねてきました。やや遠慮がちな態度で局長室に入ってきた彼は、ポツリと「横浜支局の深代です。御意見を伺いたいことがあるのですが……」といいました。

私が「何かね」と聞くと、彼は「実は以前にイギリス政府の奨学金の試験を受けたのですが、最近大使館から、イギリスの大学で一年間、政治学の研究をさせるといってきたのです。社から一年間の休暇を貰うというようなことが出来るでしょうか」、といいました。

私は「君は新聞記者になりたいのか、学者になりたいのか、どちらかね。新聞記者の最初の訓練期間は大変重要なんだ。もし記者になるのだったら、留学はやめ給え。もし留学して学問の道に進むのなら、社をやめ給え」と答えました。

彼は、「考えてみます」といってその日は帰っていきました。

しばらくして、また彼がやってきました。「この前の件ですが、留学はやめることにしました。大使館に断りました」、というのです。私は、ただ「そうか」とだけ答えました。その時、私は多分、笑顔ではなかったでしょうが、心は微笑していました。知性に充ちた容貌と態度、ムダな言葉は一言もはかず、一語一語選び抜いたスキのない発言、そして魅力ある明かるい人柄。私は、心から、好ましい後輩という印象を受けたのでありました。昭和三十四年十月、当時としては異例の若さで、彼を語学練習生としてイギリスに出し、引き続いてロンドン、ニューヨークの特派員として経験を積ませることになったのは、この時のイキサツや印象によるものでありました。

このような広岡の受け止め方を、もちろん深代は知らない。伊藤には「会社を辞めて行こうかと思っているんですがね」とも口にした。

「何もいますぐ行かなくてもいいんじゃないか。社内にも語学留学の制度があるんだし、チャンスはこれからいくらでもあるよ」

そういって慰めたものだった。

深代はなぜイギリス留学を企図したのか。『青春日記』（原文ノート）にも「留学生試験」云々の記述があるが、卒業後も志望をもち続けていたのだろう。あるいは新聞記者という仕事にいささか疑念を抱きはじめてのことであったのか、さらに伊藤の慰留がなければ退社していたのか……いまとなっては不明である。

警察、地検、裁判所、遊軍と回って、深代の横浜暮らしは三年十ヵ月に及んでいる。

この間、大事故として伊藤が記憶しているものに、神奈川・相模湖での遊覧船の転覆事故（一九五四〔昭和二十九〕年十月、死者二十二人）と戸塚区にある養老院の火災事故（一九五五〔昭和三十〕年二月、死者九十九人）がある。支局あげて取り組んだ報道であったが、深代個人の取材や記事は記憶にとどめていない。

伊藤と深代の関係は職場を離れてからも続いた。伊藤は当時、パイプ党であったが、「親父の目を盗んでかすめ取ってきましたので」といいながら、ダンヒル製のパイプをくれた日もあった。

　あるいはニューヨークから帰ってくるとマックスフライ製のゴルフボールを手渡される、伊藤が支局を移るとわかると有楽町の日本外国特派員協会のクラブで送別会をしてくれる、支局長会議で本社に出向くと、夜、自宅に招かれ家庭料理を振る舞われる……初任地で出会った先輩記者に対する深代の心遣いは変わることなく続いた。

　伊藤は深代に対し、ひとつ小さな悔いを残している。深代が「天声人語」を書きはじめて三年目の夏の終わりだった。当時、伊藤は社を定年退職し、嘱託となって校閲職にあった。校閲の席にやって来た深代が、「長門さん、ちょっと……」と声をかけてきた日があった。軽く言葉を交わして別れたが、それが最後となった。

　間もなく、入院―面会謝絶―死去……となるなんて夢にも思っていない。ひょっとしてあのとき、深代は何か打ち明け話でもあってやって来たのではなかろうか、そうであるなら仕事をおっぽり出してでも話を聞いておいたのに……。

　深代との長い交流を振り返って、嫌なことや不快なことはまったくない。互いに人生哲学を披露したことはなかったし、新聞はどうあるべきかなんぞということを口にしたこともない。それでいて、深代と同席しているといつも、「春風駘蕩（たいとう）」というべきものが漂って気分がよかった。初対面で受けた、「好漢」という像は一貫して動くことがなかった。

――伊藤長門にお目にかかって一年余りたった日のこと。ノンフィクション雑誌『G2』（二〇一三年五月）に掲載した拙文、「天人　コラムニスト深代惇郎と新聞の時代」（前編）を送ったところ、長女の眞美さんよりご丁寧な「代筆」の礼状をいただいた。文面によれば、この後、伊藤は脳梗塞を起こし、一時生死の境をさまよったものの、幸い快復途上にあり、短歌もつくりはじめているとのことであった。「朝日歌壇」に採用された一首も添えられていた（二〇一三［平成二十五］年三月十八日）。

《九十四歳ＩＣＵより生還しカーテン揺らす微風に遇う》

第四章

戦後の原点

1

『深代惇郎の天声人語』に「あとがき」を寄せているのは、当時、論説顧問にあった森恭三である。深代「天声人語」の意味を十全に語り、かつ早い訣(わか)れへの哀惜の念が溢れていて、印象深い。

私が深代君の『天声人語』を愛読したのは、それが常に何か考えさせるものを与えてくれたからである。こんど、朝日新聞編集委員秋山康男、学芸部酒井寛、週刊朝日編集長涌井昭治君らが選んだ深代作品をまとめて読み返してみて、特にその感が深い。

文章は流麗で、リズムがあり、スラスラと一気に読んでしまう。ところが、読みおわって、すぐには次へと読み移ってゆくことができない。ふーむ、と考えこんでしまうからだ。

毎朝の新聞の場合には、そうはっきりとは気がつかなかった。まっさきに読む

『天声人語』は楽しみだったが、他の記事へ読み移ってゆくのに、さほど抵抗を感じないで済んだ。異質の文章だったからである。しかし深代君の書いたものばかりを次から次へと読む段になると、そう早くは読めない。それは、一編一編がきわめて短いのに、濃縮され、重量感があるからだ。

そこには強烈な問題意識がある。年月を経ても生き残って来、今後もなお生き残ってゆくであろう問題意識だ。論理の筋が通っていて、説得力がある。ユーモアをまじえ、わさびがきいている。反骨精神は強いが、人間をみる眼は温かい。

『天声人語』は長年の伝統で、改行しない。改行すべきところには▼印がくる。一編は原則として五個の▼印をもって構築される。いわば飛び石づたいの文章だ。

論説委員室のOBと現役とが、年に一回、食事をともにすることになっている。去年（昭和五十年）の夏の会合で、深代君が自己紹介をかねて、次のような趣旨のあいさつをしたのを、私は覚えている――。

「ゲラ刷りをみて、飛び石のかっこうが今日は良かったとか、悪かったとか、思っています。ちかごろ、何事によらず、五つの飛び石で物を考えるクセがつきました。そのために私の考え方が固定化するようなことがあってはならないと、反省しています」と。

深代君はきびしく自分自身を見つめていたのである。最善を尽くしつつあるという自負もあったに相違ない。その半面、思考がマンネリズムにおちいってはならぬという自省が、強く働いていたのであろう。

実はそのころ私は、不吉な予感をもっていた。深代君の『天声人語』がいつまでつづくかという不安である。でき過ぎている、どこかに無理がある、長つづきしないのではないか、というのが、私の不安の原因であった。だが、こんなに早く、こんな形で破局が来ようとは、思いもよらなかった。……

深代君は、ふだん、健康に恵まれ過ぎていた。そこには同君自身ばかりでなく、周囲にも過信があった。同君が敗血症で倒れたと聞いて、私は見舞いの絵はがきを書いた。同君は私が、四十二歳の厄年に大病したことを知っているので、私の言葉に注意を払ってくれると思ったからだ――。

「滝つぼに呑まれたときには、息をつめて沈むだけ沈んでゆく度胸が肝要です。沈む流れは、かならず浮かぶ流れに変わるのですから」と。

それから、もう一枚書いた。それは、病気は休養して人間を深める好機だ、という趣旨だった。だが投函前、深代君の母堂の訪問をうけた。病気は敗血症ではなく、白血病で、絶望だとのお話だった。私の絵はがきを、くりかえし読んでいる、ともおっしゃった。

ああ、結果的には、私は深代君にウソをついてしまった。だが、どう書いて激励すればよかったのだろうか。

深代君は、三年（ママ）あまり『天声人語』を書くために、学生時代、そして記者時代をつうじて、修行してきたといえよう。そして生命を燃焼しつくしたのであった。

これ以前、森恭三の名を、私は『朝日ジャーナル』の巻頭コラム「風速計」を書き続けた記者として知る程度であったが、この文への強い印象に誘われ、自伝的回想を盛り込んだ『記者遍路』（朝日新聞社・一九七四年）、『私の朝日新聞社史』（田畑書店・一九八一年）を手に取った。

読了して感じるのは、森は戦後の朝日の、ひいては日本の新聞ジャーナリズムの骨格をつくった一人だということである。深代にとっては大先輩であるが、時代状況と〈戦後の原点〉を押さえておく意味で、この章では森、および編集局長から社長になった広岡知男について記しておきたい。また深代の義兄で、政治記者として鳴らした三浦甲子二（みうらきねじ）についても触れておきたい。深代の人生上の出来事において、浅からぬ縁があった記者である。三人の共通項は、戦後間もない時期、労働組合のリーダーであったことである。それもまた、敗戦後、激動した新聞界の様相を物語っている。

森は一九〇七（明治四十）年、兵庫県生まれ。旧制大阪高校を経て東大法学部に進んでいるが、旧制神戸一中（現・県立神戸高校）時代に父を失い、母子家庭で育った苦学生だった。

大学時代は昭和のはじめ。近しい級友たちが治安維持法下の共産党の活動にかかわっていく。森は思想的には社会主義に引かれつつ、一歩退いた「帝大セツルメント」、貧困家庭の法律相談などの社会活動に打ち込んだとある。リベラルなヒューマニスト――というのが、両書から、また記者生活を通じて伝わってくる森の人物像の輪郭である。

一九三〇（昭和五）年、大阪朝日新聞の経済部から森の記者生活がはじまっている。三七（昭和十二）年、ニューヨーク支局勤務となり、大戦前夜の日米関係の報道にあたった。イギリスにも滞在している。英米の国力を伝える、客観的な目で記した原稿を送るが、日中戦争の戦勝ムードに覆われた日本国内の時勢に沿わず、採用されたものは少なかった。

日米開戦と同時に敵国人として抑留され、日米交換船・浅間丸で帰国する。帰国後は、海軍報道班員として、ラバウル、トラック、ジャワ、シンガポール、上海などを転々とする。

一九四五（昭和二十）年八月十五日の敗戦を境に日本社会の様相は一変する。ダグラス・マッカーサー率いるＧＨＱ（連合国軍総司令部）の占領軍が進駐し、戦争指導部および社会の中枢を形成した層はその地位を退き、追われていく。新聞界も例外ではなかった。

十一月七日、朝日新聞一面に「宣言　国民と共に立たん――本社、新陣容で『建設』へ」という見出しの囲み記事が載った。

支那事変勃発以来、大東亜戦争終結にいたるまで、朝日新聞の果したる重要なる役割にかんがみ、我等こゝに責任を国民の前に明らかにするとともに、新たなる機構と陣容とをもつて、新日本建設に全力を傾倒せんことを期するものである。

今回村山社長、上野取締役会長以下全重役、および編輯総長、同局長、論説両

主幹が総辞職するに至つたのは、開戦より戦時中を通じ、幾多の制約があつたとはいへ、真実の報道、厳正なる批判の重責を十分に果し得ず、またこの制約打破に微力、つひに敗戦にいたり、国民をして事態の進展に無知なるまゝ今日の窮境に陥らしめた罪を天下に謝せんがためである。

今後の朝日新聞は、全従業員の総意を基調として運営さるべく、常に国民とともに立ち、その声を声とするであらう。いまや狂瀾怒濤の秋、日本民主主義の確立途上来るべき諸々の困難に対し、朝日新聞はあくまで国民の機関たることをこゝに宣言するものである。

この文を書いたのは、当時政経部デスクだった森である。東京本社七階の講堂で、朝日新聞の戦争責任の明確化と社内の民主主義体制確立を要求する全従業員大会が開かれていた最中、政経部長より命じられ、一気に書き上げたと記している。

戦時中、すべての新聞は国家総力戦の一翼を担った。二・二六事件では、朝日は反乱部隊の襲撃を受けている。反乱軍の将校たちの目には自分たちの意に沿わぬ媒体と映っていたのであるが、やがて日中戦争の拡大とともに新聞は急速に戦時色に沿うものとなっていく。

大阪朝日は時勢に染まることに後れを見せたが、それも多少の遅早に過ぎず、太平洋戦争の勃発とともに国内の全新聞は大本営発表をなぞる戦勝報道を続け、戦意高揚の紙面づくりに努めた。当局の検閲は厳しく、それ以外の報道が許されなかったからであるが、もはや事実を伝えるジャーナリズムとはいえない新聞となっていった。その責任を問い、新たな民主主義という理念のもとに再出発を期するという宣言である。

新体制移行への原動力となったのは労働組合だった。戦後まもなく、企業や事業体で労組結成が相次ぐが、新聞、通信、放送（ＮＨＫ）のマスコミ各労組は横断組織「新聞単一」（日本新聞通信放送労働組合）を結成する。この時期、労働運動を主導していたのは日本共産党の影響色濃い「産別会議」（全日本産業別労働組合会議）で、新聞単一は産別会議の中核を担っていた。

日本社会の頭上には絶対的権力としてＧＨＱが存在し、「民主化」が時代の旗印であった。戦争期の反作用として、共産党・左翼陣営の意気盛んなる時代ではあったが、ＧＨＱはやがて占領政策の基軸を、「容共」から冷戦時代に対応する「反共」へと転換させていく。共産党の主導する〈革命〉は、客観情勢としても主体的力量としてもなかったという他にない。
党による上意下達(じょういかたつ)を体質とする共産党系グループとそれ以外のグループとの路線上の相違は露となり、新聞各労組は別組織の結成、産別（新聞単一）からの離脱、新聞労連の結成へと進んでいく。朝日でいえば、一時期、三つの組合があったが、やがて朝日新聞労組として一本化されていく。この間、森は新聞単一朝日支部委員長、朝日新聞労組委員長などをつとめ、路線転換の流れをつくる理論的支柱の役割を果たしていく。

森の考え方の骨子にあったのは、新聞の紙面制作と労組運営は別個であるべきという「二権分立」である。戦前の体験を省み、たとえそれが労組であれ、全権を握るものが存在し、新聞がチェック機能のない一元的支配のもとに置かれることを排した。「森コース」とも呼ばれたが、別の言い方で中身を要約すれば「非戦前・非共産」である。森の背景には、社会主義的志向から出発しつつ現実的なアメリカの労働運動を知ることがあった。

それが最良の選択であったかどうかはともあれ、当時の時代状況下ではそれしかなかったという意味で、よりベターな、よりましな選択であったろう。それはイコール、戦後のジャーナリズムの、ひいては日本社会の選択とも重なっている。

森はその後、結核の療養で、また緑内障の病で社業を離れる時期があるが、ヨーロッパ総局長、論説主幹、論説顧問などを歴任し、『朝日ジャーナル』の巻頭コラムを、一九六一（昭和三十六）年から十五年間にわたって書き続け、「朝日の良心」ともいわれた。

深代は『青春日記』のなかで、森との出会いをこう記している。語学練習生として渡英するさいの相談事であった。

一九五九年（昭和三十四年）十月二十一日（水）雨

……午後四時、森恭三さんに予め電話して、論説委員室に訪れ、英国滞在の心得など聞く。初対面だが、真摯で物柔かな紳士。有益な忠告をうけたまわる。

▽一年半で語学が上達すると期待していくと向うでノイローゼになる。勉強するにはいろいろな方法があるが、ニュー・ステーツマンに下宿広告をだすことをすすめる。この場合、相手がインテリであり、また、日本人を承知で入れるから不愉快な目に会うことがない。

ロンドンにいれば、会話の上達が遅くなるから、スコットランドのエジンバラるのも一策。

あたりで暮すことをすすめる。あとの半分をフランスで暮してフランス語を覚えるのも一策。

デービス・スクール（会話学校）に通うことは、友人ができるというチャンスはあるが、われわれのアンバランスの語学力には不適当だ。

▽テープレコーダー、ラジオ、テレビをつねに利用し、本は読まぬようにする。

▽旅行を出来るだけすること。生活は四十ポンドに押さえ、月八十ポンドは貯金するよう。二等の汽車、バスで旅行し、庶民とふれあうことが必要。映画も安いところで見るように。レストランでは一流で一流の食事をして、その国の食事を知ること。

▽下宿が決ったら、入るときに主人、家族に「自分は善意をもって生活するつもりだが、生活の習慣の違いで思わざる失礼をするかも知れない。そのときは遠慮なく注意してくれるよう」断わること。

▽日記を丹念に記し、収支決算書を毎日書くこと。

二十余歳下の後輩記者に、懇切丁寧にイギリス生活のノウハウを教授している様が伝わってくる。また、森という人物の、几帳面さや目線の置き所といったものも伝わってくる。

有楽町の東京本社ビルのなかで、編集局は三階にあり、論説グループは四階フロアに席を占めていた。深代が「天声人語」を書いていた時期、森は六十代後半で論説顧問の小部屋にいることが多かった。『深代淳郎の天声人語』への「あとがき」から察するに、卓越した文を書く後輩記者を、慈しみをもって見詰めていた老ジャーナリストの姿が浮かんでくる。

2

深代の告別式にさいして、広岡知男が弔辞で、往時の深代のロンドン大学への留学希望にまつわる出来事を述べたことは先に記した。弔辞の後半では深代天人の意味するものについて述べている。趣旨は同じであるが、そのことを本田靖春との対談ではより赤裸々に語っているので、こちらのほうから引用してみたい。対談は『週刊現代』で行われたものであったが、この部分は誌面では割愛され、『警察(サツ)回り』に収録されている。

あなたのおっしゃる通り、彼の人柄は非常に温かかった。それは、記者として重要な要素だと思うけれど、さらに彼には広範な知識と教養があったですよ。ぼくが非常に嘱望したのは、すぐれた平衡感覚ですね。知識が偏らない。全体を見渡して、そこから安定点を見出す。そういう非常に均衡感のある人間でしたよ。朝日も人材はたくさんおると思うけど、彼のような天賦を持った人間はそうざらにはいないです。何十年に一人という人物だったと私は思いますね。

それに、ぼくらにないもののひとつとして、素晴らしい表現力があったからね。あれだけの名文家はそんなにたくさんはいないです。「天声人語」というのは朝日の選り抜きが担当するわけですけれども、彼に匹敵するほどの人間はいないですね。いうちゃわるいけど、荒垣さん（注・荒垣秀雄氏）よりあれのほうが上だ。荒垣さんは文章をこなすのはうまいけれども、深代君の書くもののほうがはるかに内容があるってことですよね。

あれはなんでもできるんだ。社長でもできる人だからね。「天声人語」をあと二、三年やらせて、論説主幹のほうに行くか、取締役のほうへ入れて社長コース、マネジメントのほうへね、上のほうへ持っていくかということを考えて、渡辺君（注・渡辺誠毅前社長）が当時副社長だったかな、彼に「ぼくはそういうふうに思うが、君はどう思うか」といったら、「まったく賛成です」といってましたよ。だから、もし彼が生きていれば、「天声人語」も素晴らしいけど、もっとひらけた仕事をしてたんじゃないかと思いますけどね。ガンで死なれて、がっかりしちゃったんだ。ほんと。惜しかったねえ（昭和五十九年十二月十一日収録）。

戦後、深代以前に「天声人語」を担当した書き手は、嘉治隆一、荒垣秀雄、入江徳郎、疋田桂一郎の四人である。なかでも荒垣は、一九四六（昭和二十一）年四月から十七年余、執筆を続けた。名文家として名高い書き手であったが、広岡の口にかかると深代と比べていえば相当落ちるということになる。

社長候補云々については、広岡は弔辞においても述べている。

このたびの取材において、深代をよく知る朝日のOBたちに共通の質問をした。もし深代が長く生きていたらその後どんな道を歩んだろうか、と。二つの答えがあった。

一つは、「天声人語」を長く書き続けただろうし、そうであってほしかった、というもの。さらに、葬儀での広岡発言には反発を覚えたとする人も幾人かいた。深代は組織の上に立つことを人生の主目的とする人間ではなく、そもそも広岡さんは深代という人間をわかっておらん、というのである。

もう一つは、少数であったが、その後の新聞界の状況を鑑みていえば、深代のような人物にトップに座ってもらって、その舵取りをやってもらうのも益あることであったかもしれない、と。

ともあれ、深代の筆力と器量は、社のトップに座る人間も瞠目させるに十分なるものがあった。


『朝日新聞労働組合史』（朝日新聞労働組合・一九八二年）の「歴代本部執行部名簿」には、敗戦からおよそ一年後、新聞単一朝日支部委員長には森恭三、副委員長（兼東京支部分会長）に広岡知男の名が見える。「森―広岡ライン」とも呼ばれた。

広岡知男は一九〇七（明治四十）年生まれであるから森と同年齢である。野球少年で、旧制市岡中学（現・大阪府立市岡高校）時代に甲子園に遊撃手として出場、東大時代には東京六大学で首位打者にもなっている。晩年は日本学生野球協会会長などもつとめた。

大阪朝日新聞への入社は森より二年遅れの一九三二（昭和七）年。森の『私の朝日新聞社史』には、組合運動のなかで広岡の名が何度も出てくる。

朝日支部の大会がひらかれる前の午後、東京編集局の職場大会が行なわれました。広岡君がストライキ反対の大演説をぶったのは、このときです。彼は最初、私の側にいました。その気配で、何かやるつもりだな、ということを、私は感じていました。しかし彼が社会部の外勤記者たちの机の上に仁王立ちになったときには驚きました。「勝てるという確信もなしに大衆を闘いに引きずりこむ執行部は〝東条〟だ！」と叫んだのです。

戦後間もなく、読売新聞では労組委員長が編集局長を兼ねた時期がある（第一次読売争議）。経営側の巻き返しがあって労組は分裂、強硬派の執行部は追われていくのであるが（第二次読売争議）、一九四六（昭和二十一）年秋、読売労組支援を主眼に「新聞ゼネスト」（十月闘争）が企図されたさいの、朝日社内での一幕である。

朝日、毎日らの主要労組が参加しなかったことにより新聞ゼネストは不発に終わり、やがて新聞界は大枠「森コース」に沿って歩んでいくのであるが、早大・大隈講堂で開かれた新聞単一の緊急臨時全国大会が終わった日の模様を、森はこんな風に書いている。

増山太助氏の『産別会議10月闘争』(五月社、一九七八年)には、この大会で暴露された〝スト破り事件〟として、「陰謀」の総帥は朝日の広岡知男、日経の経済部次長だった石田博英(後の代議士＝引用者注)その他だったように書いていますが、共産党の人たちはなんでも「陰謀」にしてしまう。スターリンが反対派をすべて「帝国主義のスパイ」と断じたのと同じ発想法です。

広岡君は毎日から意見を聞かれて答えただけです。ストライキ反対の彼の態度ははっきりしていて、裏で動くようなことはありません。彼は無愛想な男だから冷たい人間だというふうに誤解されることがある。それだけに敵も多かったのでしょう。……

新聞単一の大会が終った夜のことを思い出します。私と広岡君は大隈講堂の隅に言葉なく立っていました。そこへ若い報道記者が、「勝利者であるのに何故……」と話しかけてきました。何故もっと晴れ晴れした顔をしないのか、と聞きたかったのでしょう。私は「そんな、勝ったとか、負けたとかいう問題ではないんだよ」と答えました。ブゼンという表現があります。私はさぞ憮然たる表情だったろうと、自分でも思うのです。

二人が、盟友として活動していた若き日の模様が伝わってくる。

その後、二人は組合を離れ、社の中枢を担っていくが、森がペンを手放さなかったのに対し、広岡は管理職の階段を上っていく。深代が入社した当時は東京本社経済部長で、さらに編集局次長を経て同局長になっている。深代がイギリス留学の相談に訪れたのはこのころである。


広岡は一時期、西部本社代表に左遷されている。やがて東京に戻って編集局長に復帰、専務取締役となり、社長の座に座るのであるが、この間、「村山事件」「朝日騒動」と呼ばれるものを挟んでいる。社主・村山家と経営陣との争い事であるが、深代が在籍した時代の社内状況を知っておく意味で簡単に触れておきたい。

朝日新聞社のルーツは、一八七九（明治十二）年、大阪の地で創刊された小さな新聞であるが、創刊から二年後、村山龍平（りょうへい）と上野理一が経営権を譲り受ける。明治から大正期、新聞界は群雄割拠が続くが、東京に進出した朝日は東西を合わせ最有力紙の地位を確立していく。経営トップの社長・会長・社主は、村山・上野両家の血縁者がつとめてきた。筆頭株主の村山家と経営・編集局サイドは、折々に摩擦を繰り返しつつも、新聞は「社会的公器」という認識が双方にあって、それなりに棲み分けを続けてきた。

敗戦となり、社長・村山長挙は「公職追放指定者」となって退陣するが、追放解除とともに社主に、さらに社長に復帰する。村山長挙は旧岸和田藩主・岡部家の出で、村山龍平の長女・藤子と結婚し、婿養子となった人物である。

森の『私の朝日新聞社史』によれば、村山本人に戦争責任の自覚などはまったくなく、組合運動にたずさわっていたものはおしなべて「アカ」という認識であったという。

村山事件は、一九六三（昭和三十八）年から翌年にかけて起きた騒動であるが、この時期、村山家が新聞とは無縁な事業に乗り出そうとしたり、新聞を私物化する振る舞いもあって、社内に不協和音が生じていた。

販売・業務部門の実力者、永井大三が取締役を解任されたことに全国の販売店が反発、納金をストップすることで騒ぎとなった。加えて、木村照彦編集局長に北海道支社長への辞令が発令されたものの木村はこれに従わず、混乱が広がった。元来、永井も木村も村山家に近しい人物であったが、不興をかったのである。

一連の社内騒動は、役員会多数で村山の社長退任が決まることによって収拾される。広岡は編集局長に復帰し、三年後に社長に就任する。以降、会長職を含め、十余年、トップの座にあったが、村山家との軋轢（あつれき）はその後も続いた。一九八〇（昭和五十五）年、広岡は社内政治もからまって不本意な形で会長職から退くが、それは深代の没後のことである。

広岡への人物評はさまざまである。「親中国」の姿勢、あるいは強引な社内運営を批判する声もあるが、少なくとも創業家周辺の人々よりはまっとうなジャーナリストであり新聞人だった。

社内紛争は、どんな企業でも大なり小なり見られることである。朝日の場合、創業家（資本）と経営・編集陣の対立は宿痾（しゅくあ）のごとき様相を呈しているが、それはともあれ、深代が社に在籍した一九五〇年代から七〇年代、新聞紙面は活力があり、面白い企画が次々に生まれ、名物記者たちも数多く輩出した。上層部に人を得たこと、さらに新聞社の経営環境が良好だったこともかかわりがあろう。

象徴的な意味で人物名を挙げれば、一九五〇年代終わりから六〇年代前半にかけて社会部長にあった田代喜久雄（きくお）がいる。「名社会部長」とも呼ばれた。

深代と入社同期で、深代の没後「天声人語」を担当した辰濃（たつの）和男は、『ぼんやりの時間』（岩波書店・二〇一〇年）のなかで、若手の一社会部員であったころ、「T氏（田代）」に呼ばれ、このような指示を受けたと記している。

T社会部長に呼ばれた。

「南太平洋に行ってこい。タヒチとか、あっちのほうだ。おもしろい話を探して、キッタハッタじゃない特集記事を書いてくれ。写真部と一緒だ」

それだけだった。ふだんからおおざっぱなものいいをする人だったが、その時もそれでおしまいだった。南太平洋といったって、どの島へ行き、なにを書けばいいのか。だいたい南太平洋ってどのあたりをいうのか。南の島にはそんなに「おもしろいもの」がころがっているのか。

見当もつかず、新聞社内の調査部に駆けこみ、資料集めにかかった。

田代は、深代の前任の天人担当者である疋田桂一郎、また著名な〝探検記者〟となる本多勝一など、目をつけた記者たちを起用して縦横に仕事をさせた。のち田代は編集局長となり、編集担当役員を経てテレビ朝日に移るが、社長時代に「ニュースステーション」を発足させている。

『朝日新聞社史　資料編』（朝日新聞百年史編修委員会・一九九五年）によれば、終戦時、朝日新聞の発行部数は三百二十三万部。深代が入社した一九五三（昭和二十八）年でいえば三百六十五万部。以降も経済成長と軌を一にして部数は右肩上がりを続け、深代が病没した一九七五（昭和五十）年では六百八十六万部となっている。部数においても朝日は読売を抑えて業界トップを維持していた。

3

横浜支局時代、深代は結婚をしている。相手は支局で県政を担当していた記者・三浦甲子二の、異母の妹である。二人の子を授かったものの、後に結婚生活は破綻している。私生活上の出来事であるが、このことがコラムニスト・深代惇郎に及ぼしたものもどこかにあったように思える。そして、深代とはおよそ何もかも対極にあった義兄の政治記者の姿が、ふっと影絵のように浮かぶ折もあるのである。

『朝日新聞労働組合史』の「執行部名簿」には、三浦甲子二という名前が幾度か見える。一九四七（昭和二十二）年、新聞単一朝日支部の「業務選出執行委員」、あるいは朝日新聞労組六期（一九五一年）、七期（五一年）の「書記長（東京・発送）」、などである。

三浦は秋田の出身。戦後まもなく朝日新聞社の現業職に入り、組合運動にかかわった。現業は共産党系勢力の強い職場であったが、三浦は森―広岡ラインに属する活動家であり、広岡との強いつながりはこの時期に生まれている。

朝日新聞ＯＢの今西光男は、『占領期の朝日新聞と戦争責任　村山長挙と緒方竹虎』（朝日新聞社・二〇〇八年）において、この時期の模様を詳細に描いているが、三浦が登場する箇所も見える。一九四八（昭和二十三）年の「十月闘争」にかかわるくだりである。

しかし、今度は執行部の強硬姿勢に批判的な販売、発送などの職場から、「要求貫徹委員会」の撤廃要求が噴き出した。この要求の先頭に立ったのが当時二三歳の発送部員で業務局を代表して同委員会委員になっていた三浦甲子二（きねじ）だった。三浦ら業務局の撤廃要求は否決されたが、この三浦らの動きがその後の組合分裂へとつながっていく。三浦はこのあと、異例の抜擢で、編集局、しかも政治部に異動し、次長でありながら同部の実権を握った。後に日本教育テレビ（現在のテレビ朝日）の許認可などをめぐり活躍し、テレビ朝日の実力者として、政界にも隠然たる影響力を持つ人物になる。

努力家であったのだろう、三浦は組合運動のかたわら慶応大学に入り、一九五一(昭和二十六)年に法学部を卒業、編集局に転じ、長野支局から記者生活をはじめている。その後、横浜支局を経て政治部へと移っている。

取材のなかで、三浦甲子二の人物評について、相反するふたつの評を耳にした。ひとつは、アクの強い、人を人とも思わぬ強引な男、寝業に長けた策士云々——という悪評である。

もうひとつは、そういう一面はあるにせよ、勘働きが抜群で、人間的な魅力があった。面倒見がよくて、情実家でもあった。そうでなければあれほど人脈をもった情報通にはなれない——という評価派である。

深代と同期入社で、後にアメリカ総局長、論説主幹などをつとめた松山幸雄のことは次章で記したいが、最初の赴任地が長野であり、支局で三浦と席を並べている。ともに県政を担当し、選挙になれば、並んで自転車を漕いで選挙事務所を回り、屋台でラーメンをすすった間柄である。松山二十二歳、三浦二十八歳の若き日である。

どちらも当たっていますね——というのが松山の答えだった。長野支局時代、三浦についてこんな思い出が松山にある。

ある日、刑務所帰りという男が支局に上がりこみ、ゴムひもを買ってくれとすごんだ。新聞社の支局に押し売りとは間の抜けた話であるが、そのうち男が暴れ出した。柔道の心得のある三浦が男を押さえつけ、警察に突き出した。さらに後日談があって、三浦は身元引受人となって男を警察からもらい下げ、就職の面倒までみたという。

三浦甲子二という人物の一面を物語っているエピソードであろう。

ある朝日OBより、三浦は当初、妹を松山に紹介したのであるが進展せず、二番目として横浜で深代に紹介した——という真偽定かならぬ話を耳にした。松山は苦笑しつつ、「妹さんとも面識はありましたが、そんなことはありませんでしたよ」と答えたものである。

松山は次男であるが、この当時、医学部のインターン生だった兄が山で遭難死し、母の悲嘆はなはだしく、自身の結婚などまるで考えられない時期だったという。ただ、自身と深代が三浦のお眼鏡にかなった若手記者であったのは確かだった。三浦のお気に入りは、同期生では一に深代、二に松山、三に富森叡児（とみのもりえいじ）（同時期に長野支局に在籍。後の政治部長、編集局長）であったろうという。

松山も深代も、その後、海外と論説畑を歩み、いわば朝日の知性派を代表する記者となっていく。三浦は英語をまるで解せず、文学や芸術を好むというタイプではまったくない。「ジャガ（イモ）」あるいは「ゴジラ」というニックネームにも人物像がしのばれる。人はおそらく、自分が持ち合わせていないものをもつ人を好むものであるのだろう。

深代の横浜支局時代、伊藤長門が上司であったことは前記した。伊藤に残っている三浦像は、「深代とはまるで異なる」。

三浦は県政を担当していて、仕事はよくできた。

有力県議や県庁の幹部をメンバーとする「朝メシ会」を主宰していた。一記者がそういう会をもつのは珍しいし、まだ三十歳そこそこの若手である。夜は夜で必ず会合をもち、派手に社の車を乗り回してもいた。

自民党神奈川県連会長は時の実力者、河野一郎。河野も元をたどれば朝日ＯＢであるが、三浦の堅い情報源となるのはこの頃からである。社内に、〝三浦伝説〟として残っている話がいくつかあるが、河野がらみが多い。

鳩山一郎内閣の改造人事の予想で、朝日の顔ぶれが他紙とかなり異なっていた。河野は鳩山派の大番頭であり、そのルートからつくられた記事であったが、さすがに心配になったのか、早朝、三浦は小田原の河野邸に出向いた。

「もし間違っていたらハラを切らなきゃならん」

「なに慌ててるんだ。閣僚を決めるのはこのオレだ。今日出た名前の通りになるから安心しろ」

そんな会話があって、その通りに収まったとか。

鳩山内閣は、第一次、第二次、第三次と三度組閣されているが、縮刷版で各紙の主要閣僚人事の予測と結果を照合すれば、比較的朝日の予測精度が高い。第一次では、朝日のみ、農林大臣に河野の名を単独で「有力」と報じている（一九五四［昭和二十九］年十二月十日）。三浦情報が寄与した部分もあったのだろう。それが政治部への道を切り開いたのであろう。

若き日、同じ政治部記者として三浦のよきライバルであったのが渡邉恒雄（現・読売新聞グループ本社会長・主筆）である。『渡邉恒雄回顧録』（中央公論新社・二〇〇〇年）で、三浦をこのように語っている。

すか。

——先ほど六一年の池田（勇人＝引用者注）首相のアジア四ヵ国歴訪時に同行取材したという話がありましたが、当時はどのように取材し、送稿していたのですか。

渡邉　このときは面白かったよ。いっしょに行ったのが、朝日新聞の三浦甲子二（みうらきねじ）や毎日新聞の細川隆一郎（ほそかわりゅういちろう）だからね。

三浦とは、とくに仲がよかったんだけれど、彼は取材対象者の深層の情報を得ることができた数少ない記者。僕は高く評価していた。だけど原稿が書けなかったんだけどね。（笑）

——書けないとはどういう意味ですか。

渡邉　書く訓練をしていなかったんだろうな。三浦は苦労したんだよ。朝日に発送のアルバイトから入ったんだから。

その後、横浜支局に行って、そこで神奈川に選挙区があった河野一郎と仲よくなって、のしてきたんだ。

それはともかく、いまと違って海外から原稿を送るときには、タイプライターを使ってローマ字で打つ。それを電報局に持っていって打電してもらう。しかしタイプライターを三浦も細川も打てないんだよ。……

しかし三浦は、政治家との関係では凄いやつだったよ。たとえば河野一郎が「おい三浦君、これはどうだろう」なんて言うと、「ああ、そうだ」という調子なんだよ。僕はそんな口のききかたできませんよ。僕が「中曽根さん、この件はどうですか」と言うところを「おい中曽根、おまえはどうだ」だったからね。

これは三浦の一種の処世術なんだろうけれど、初対面の人の前でやるんだよ。これで相手はすごいと思うんだな。実際、河野一郎の場合は、たしかに三浦の言うことを聞いていたからね。

角さん（田中角栄）も、だしにされたらしい。「この前、おれの寝ているところに三浦が電話をかけてきて、『角さん、いまパリにいるんだよ』とか言いやがるんだ」と言っていた。

どうもその横に然るべき人物がいて、その会話を聞かせているんだよ。調べていくと、たいがいの政治家はみんなやられているんだ。それで「三浦さんというのは、大変えらい方なんですね」となるわけだ。（笑）

――政治家はそういう発言や電話をいやがらないんですか。

渡邉　三浦の迫力に圧倒されてしまうんだな。（笑）

三浦のもつ特有の〝迫力〟については、朝日社内においても数多くの逸話が残っている。

深代の同期生、佐伯晋（後の社会部長、専務取締役）については次章で触れたいが、一社会部員であった時代、三浦が編集局で見せた寸劇のごとき一幕を覚えている。

池田勇人内閣の時代、公定歩合が上ったときがあった。いちはやく経済部の記者が情報をキャッチしたのであるが、一パーセントか二パーセントか、上げ幅がつかめない。記者たちが日銀・大蔵省へ探りを入れるが、固い箝口令（かんこうれい）が敷かれていた。夜、締め切り時間ぎりぎりになってなおつかめない。

三浦の出番だった。一本、電話をかけた。総理私邸の、内密にされている電話番号であるようだった。

「おい、オヤジ、一本か、二本か……」という声がして、すぐ電話は終わった。

「一パーセントだ」

三浦の声とともに、翌朝トップの見出しがつくられていった。

優れた政治記者とはなにか——という問いがあるように思えるが、それはまた、時代のなかで移り変わっていくものなのだろう。三浦や渡邉の時代、派閥の領袖（りょうしゅう）クラスに食い込み、コアの情報をいちはやく握ることが記者の手腕とされていた。現在の記者たちと比べ、政治家と記者の距離は近く、見方を変えればその〝癒着度〟も一線を越えていたことになる。

　三浦が朝日の政治部に所属したのは一九五〇年代から六〇年代半ばであるが、特別な、あるいは特異なる才をもつ政治記者だった。お行儀のいい記者が多い朝日のなかではまるで異色だった。果たしてあるべきジャーナリストであったのかという問いは残るが、この時代、最右翼に位置する政治記者であったのは確かだった。

〝政治のプロ〟三浦はむろん、社内政治にもかかわってきた。販売・業務部門の実力者、永井大三に可愛がられ、広岡知男の懐刀となり、一時期には村山家とも昵懇な関係を築いていた。三浦の異名のひとつに、「老人キラー」なるものもあった。

　社内には「反三浦派」も存在した。一九六五（昭和四十）年、三浦は日本教育テレビ（後のテレビ朝日）に移る。テレビ朝日時代にも三浦は凄腕を見せた。一九八〇年のモスクワ五輪にさいして、ＮＨＫ・民放連合を相手に回して一社独占放送権を獲得し、「民放界のドン」とも呼ばれていく。専務取締役にあった一九八五（昭和六十）年、心筋梗塞で急死する。享年六十。

深代惇郎の足跡をたどっていて気づくことがある。社内政治の類にはまったく関与していないことである。

村山事件の当時は若手の一社会部員であり、もとより介在する立場にもいなかったが、その後の歩みを含めてそうなのである。義兄・三浦甲子二の名前を口にすることもまったくといっていいほどなかった。社内で、二人が縁戚関係にあることを知らない人もいた。二人は近くて、また遠い間柄だった。

社会部を経て外報畑を歩んだ久保田誠一、同じく社会部を経て夕刊のコラム「素粒子」を担当した轡田隆史(くつわだたかふみ)は深代が可愛がった後輩記者で、夕刻になると深代からよくお誘いがかかった。深代との酒席では、通常サラリーマンが好むところの、社内政治に関する話題は上らなかった。深代が好んで語るのは、コラム執筆にかかわること、世相にかかわる話題、書物や歴史的な出来事などであって、社内人事のことは口にしたことがない。人の悪口もいわなかった。

生来、その種のことを好まぬ人であったのだろうと思う。何事であれ、深代は〝群れる〟ことが嫌いだった。と同時に、社内政治に触れることとは、身近にあった〝政治のプロ〟の影がよぎることであり、それはまた痛みの伴う思いを誘うことであったからではあるまいか。そのように感じることがある。

深代がヨーロッパ総局長にあったころ、夫妻の離婚が決まる。その後、子供たちは母のもとで育ち、深代は再婚した。夫婦の関係は他者にはうかがい知れぬことである。憶測は控えたいし、する必要もあるまい。ただひとつ、そのことがコラムニスト・深代惇郎にもたらしたものがあったのではないかということを思う。

深代が、ふっと沈んだ、暗い顔をしているときを記憶する友人・知人たちが幾人かいる。深くモノを考えるものは暗さを含みもつことを避けられない。そのことは不思議でもなんでもないが、そんな折々、家庭にまつわる思いがかかわってあったのかもしれない。

深代は申し分のないエリートである。明晰（めいせき）な頭脳と豊かな人間性をもった人である。ただし、そのことと個の人生の歩みが順調であるかどうかはまた別の事柄である。

コラムニストとはジャーナリストであるとともに〈作家〉でもある。作家は人生で遭遇するさまざまな出来事を養分としうる。人間のもつ弱さや愚かさや挫折を噛み締めたことのないものがどうして人の心に届くものを書けようか。人生上のつまずきはまた一方で、コラムニスト・深代惇郎になにものかを付与したように思えるのである。

第五章

昭和二十八年組

1

朝日新聞のOBから「昭和二十八年組」という言葉がよく聞かれた。この年は記者部門の追加募集が行われ、入社した数が多かった。そのこともあってか、のちに社の中枢を担う記者たちが多く出たことによってそのような呼び名が生まれた。

「天声人語」の書き手となるのは、平均すれば数年に一人であるが、この年からは二人の書き手が生まれている（深代惇郎、辰濃和男）。編集局長は四人（中江利忠、富森叡児、伊藤邦男、柴田俊治＝大阪本社）、論説主幹（松山幸雄）、アメリカ総局長（同）、ヨーロッパ総局長（深代惇郎）、出版局長（涌井昭治）、専務取締役（佐伯晋）、代表取締役社長（中江利忠）……などである。

記者たちは入社後、地方の支局に勤務する。その後本社に戻り、社会部、政治部、経済部、外報部、学芸部などに配属され、さらにそれぞれの畑に沿って記者生活を送っていく。同期生たちは案外、職場をともにすることは少ない。

個性はそれぞれであり、肩触れ合ってなお一人ひとり違うのが人というものである。そうではあるが、同時代に生まれ育ち、若き日々を過ごした。その時代の空気を吸ったという意味では同質の基盤を有している。モノの見方、感じ方、立ち居振る舞いにおいてどこか通底するものをもつのが同世代というものであろう。

昭和二十八年組はいま、年齢でいえば八十代前半となっている。すでに故人となった人も多く、健在ではあるが病床にあって面談がかなわなかった人もいる。

ここでは三人の同期生のことを記しておきたい。それぞれ深代との行き来があった。そして、彼らの志向と歩みのなかにまた、深代惇郎の〈後姿〉を見るように思えるからである。

来歴という点からいえば、松山幸雄は深代ととても似通っている。ともに東京の下町育ち。特派員時代が長く、その後、論説に所属した。視野の広さと柔軟性、広義のリベラリスト、ソフトな人となりやユーモアのセンスという点においても相通じるものを感じる。

松山は、江戸川区小松川の商店街で呉服屋を営む家で育っている。

朝は納豆、アサリ、シジミ売りの、夕方になると豆腐売りの声が聞こえる。近所はといえば、蕎麦屋があって、その隣はハンコ屋。オヤジさんが細かい手仕事をしている頭上から東京六大学の野球中継のラジオが流れている。その隣は薬屋。スポーツ好きの主人で、ピストン堀口の試合や国技館に相撲見物に連れて行ってくれた。確か、双葉山が安藝ノ海に七十連勝を阻止された前日だった……。

大陸への出征兵士の見送り、戦死者の遺骨の出迎え、防空演習……下町の界隈も戦時色が濃くなってはいくが、子供たちの世界はのんびりしていた。荒川用水路で泳ぎ、釣りをした。紙芝居、サーカス、縁日の夜店、メンコやビー玉……少年の日々に刻まれた記憶は深代にも重なるものであろう。

いまも記憶する本に、下村宏（海南）の『これからの日本、これからの世界』（日本少國民文庫）がある。発刊は一九三六（昭和十一）年。二・二六事件が起きた年であるが、広い視野から世界の中の日本を説く開明的な本で、ニューヨーク・マンハッタンの摩天楼、カリフォルニアの油田、イギリス・イートン校の写真なども収められていた。目を大きく開かせてくれる、少年期における「この一冊」的な本だった。

さらに、横井春野の『野球通になるまで』（野球界社）がある。刊行は一九三〇（昭和五）年。六大学のスターたちの写真が載っていて、野球の歴史とルールの解説書ともなっていた。ゴムボールひとつで、野球小僧たちは連日、野っぱらで日が落ちるまでアメリカ生まれのスポーツに興じていた。

中学は府立七中（現・都立墨田川高校）。東京大空襲で、小松川一帯も焼け野が原となるが、一家は埼玉・川越に疎開をしていて被災を免れた。

終戦となり、進駐軍がやって来る。「鬼畜米英」は一気に「民主主義」の世となるが、さほど違和感はなく、すぐに野球に興じ、ジャズやポップスに親しんだ。戦時下、アメリカを敵とする教えは「カサブタのごときもの」で、あっという間に消えていった。

校庭で野球に興じていると、日系二世の下士官が見物していて、日本語で「英語を勉強していまにアメリカにもやって来なさい」といった。まことにかっこ良く映った。英語に興味をもつ小さな契機となった。

一高・東大法学部を経て、松山は朝日新聞社に入る。別段ジャーナリスト志望というわけではなかったが、法律家には魅力を感じず、役所やビジネス界にも食指が動かず、新聞社が残った。小学生時代から新聞の切り抜きをしていたというから、新聞への興味はずっとあったのだろう。
支局運——という言葉が業界言葉として残っている。記者たちが最初に配属される支局の、支局長の姿勢やその地方の風土によって記者たちのその後がかなり左右されるという意である。

もっとも松山は支局勤務から記者生活がはじまることを知らなかった。有楽町の東京本社へ初出勤した日、編集局長の信夫韓一郎（しのぶかんいちろう）より「これからみんな外へ出てもらう」といわれた。松山は面接で「海外特派員」という志望を口にしていたので、「さすが朝日はすごいな。さっそく外国暮らしか」と思ったところへ、「長野支局勤務」という辞令をもらった。

長野に着き、支局のビルを探すが見当たらない。支局はしもた屋の家で、玄関で靴を脱いで上がると、五、六人の記者がごろごろしていた。

「バカヤロー解散」で衆議院選挙が行われていた最中である。仕事はじめは選挙取材であったが、「君の足はこれだ」といわれて渡されたのは古い自転車であった。

どの候補者の事務所に行っても、まずお茶としょっぱい菜っ葉の漬物が出される。「野沢菜」を口にしたのははじめてであった。あまり興味ないな、アイゼンハワーとスチーブンソンの大統領選挙なら面白いが……と思っていた。「どうしようもない青二才の若造でした」と振り返る。

長野暮らしは三年半続く。「トニー谷の長男誘拐事件」では、東京で犯人が逮捕された直後、犯人の実家が長野・上山田町（かみやまだまち）にあるという情報が入り、警察より先に子供を見つけるという特ダネにも遭遇する。特段、事件に強い記者ではなく、抜かれたことも多かったが、信州・長野の地は多くのものを「若造」にもたらしてくれた。

支局長を松林冏（けい）といった。読書家の温厚な人柄で、よくこういわれた。

「松山君、夜は酒飲んで麻雀するだけじゃもったいないじゃないか。君たちは将来がある。寝る前は三十分でもいい、硬い本を読むか英文の雑誌を読むようにしなさい」

若いものを育てる志向をもった人だった。松山に『ニューズウィーク』を読む習慣がついたのはこれ以降である。〝松林門下生〟のなかから多くの海外特派員が出たのは偶然ではなかった。

信州の地は、知的なもの文化的なものを尊ぶ風土がある。そのせいかどうか、魅力ある人物が数多くいた。

知事の林虎雄は右派社会党の出身であったが、農民運動から叩き上げた政治家で、「外柔内剛」という言葉が当てはまる人物だった。東京育ちの松山にとって戦前の農民運動などまるで知らない世界である。知事公舎で、お茶だけすすりつつ老運動家の回顧談に聞き入ったものである。林は勉強家で、長野の治水と電力をどうするかといった課題にもきちんとした見取り図をもっていた。理想家でありまた現実主義者だった。

地元紙、信濃毎日新聞の記者たちは優秀だった。ずっと後年、松山が朝日を退いてのちのこととなるが、信毎に長くコラムを連載したのは、この時代の交流が半世紀を超えて続いていたからである。

支局に恵まれた――しみじみと思うことがよくあった。

東京本社に戻った松山は、政治部を経て、ワシントン特派員になっている。羽田を後にしたのは一九六一（昭和三十六）年九月。パンアメリカンのプロペラ機はウェーク島で給油し、ホノルルを経てサンフランシスコに着く。国内線に乗り換え、シカゴ、ニューヨークに寄り道しつつ、ワシントンへと入った。

ケネディ大統領の時代である。若さ、知性、雄弁……魅力溢れる大統領であったが、ボストン訛りの英語は聞き取りにくく、英語の習得ではたっぷり苦労をした。

ケネディが遊説中のテキサス・ダラスの路上で暗殺されたのは一九六三（昭和三十八）年十一月二十二日。日本人記者で現地から「ダラス発」の記事を送ったのは松山のみである。通りに面した倉庫ビル六階からリー・オズワルドの発射したライフル弾が大統領の命を奪ったが、果たして単独犯であったのかどうか、いまなお謎は残っている。

この後、松山は幾度か暗殺現場に立ち寄っている。背後に何らかの共謀(コンスピラシー)が存在していて共犯者がいたと推測するのが自然、というのが事件に対する見解である。ホワイトハウス、国務省、議会……首都ワシントンでの記者生活が続いていく。

政治部にあったころ、松山は三人の首相、鳩山一郎、石橋湛山(たんざん)、岸信介の番記者、また平河クラブ(自民党)を担当した。各派閥の領袖へ〝夜討ち朝駆け〟を行い、顔つなぎをしつついかに政治家の懐に入り込むかが政治記者の手腕とされていたが、当地ではもとより〝夜回り〟などというものはない。その記者がいかなる記事を書き、いかなる見識をもっているかが評価のすべてであった。お国変われば記者風習も変わるである。

初渡米でニューヨークの空港に着いたとき、空港まで出迎えてくれたのが、一足先にニューヨーク特派員になっていた深代だった。深代の運転する車がマンハッタンの中に入ると、天に向かって伸びる摩天楼のビル街が目に入ってくる。少年期に読んだ愛読書が浮かんできた。

深代とは赴任地が異なり、頻繁に会うことはなかったが、折々、内外の地で顔を合わせるたびに食事をともにした。浅草橋の深代の家にも何度か訪れている。手紙のやりとりはよくした。モノの見方、感じ方に相通じるものがあって、「心通う関係」は、訣れの日まで続いた。

思わず吹き出したよ――深代からそんな文面の手紙をもらった日もあった。ニューヨーク・メトロポリタンのオペラ歌手、アンナ・モッフォへのインタビュー記事への感想である。一九七四（昭和四十九）年三月二十七日付であるから、松山がニューヨーク支局長、深代が「天声人語」を書いていた時代である。

この時期、モッフォは来日公演を控えていた。見出しは「京都が楽しみのプリマアンナ・モッフォ」。マンハッタンの自宅でくつろぐスナップ写真が添えられていて、フィラデルフィアのイタリア系の貧しい靴屋の娘として育ったモッフォが歌劇界のスターとなっていく半生を紹介しつつ、こう締め括られている。

日本では四月九日の大阪国際フェスティバルを皮切りに、名古屋、東京で演奏会を開く。「アンコール用に日本の歌を準備しておこうと思うのだけど何がいいかしら。〝さくら、さくら〟と〝荒城の月〟？　どんなメロディーですか。歌ってごらんなさい――」新聞記者を長くやっているといろんな目にあう。メトロポリタンのプリマドンナの前で歌を歌わせられるとは……。「そのメロディーなら聞いたことあります。でも私はなるたけ新しい歌をおぼえたい――」イタリア名画のコレクションにうずまった部屋。笑うたびに上品な香水のにおいがふくよかに流れる。年齢不詳。三十八歳ぐらいという説が有力である。

松山でなくとも、当代一といわれるプリマドンナの前で歌を披露するのは冷や汗が出よう。深代よりの便りは、松山の歌唱力をたたえるヒヤカシの手紙であった。

松山のアメリカ勤務は、ワシントン特派員、ニューヨーク支局長、アメリカ総局長（ワシントン）と都合三度あるが、一九七〇年代前半のニューヨーク支局長時代が一番楽しかったという。

ホワイトハウスのあるワシントンは「地雷の上を歩いている日々」で、何が起きるかわからない。夜のパーティに出ていても気を緩めることができない。

ニューヨークは経済・金融と文化の中心地であるが、国際機関としてマークしなければならないのは国連ぐらいで、記者たちはいわば〝国際遊軍〟である。

支局はニューヨーク・タイムズ社の中にあって、支局長と記者、それにアシスタントとして長く勤務している日系二世の「ボブさん（ロバート津田）」の三人態勢。西海岸や南米に契約通信員はいたが支局はまだ開設されておらず、全米およびアメリカ大陸全域が守備範囲である。ゴルフ界の王者、ジャック・ニクラウスに会いに行ったり、三冠馬セクレタリアトの取材ということで家族を連れてベルモントパーク競馬場に出向いたりもした。

アメリカ総局長時代にはロッキード事件に遭遇するが、他紙をリードする取材ができたのは、アメリカ人よりもうまいといわれた英語使いの達人、村上吉男がいたおかげという。

その後、松山は論説副主幹、主幹と、朝日論説陣の中心となっていく。

長い記者生活のなかで、内外を含め、秀でた記者、優れたジャーナリストに数多く出会った。深代もその一人ということになるが、「彼は別格」という。

「名記者や名文家というのは時代ごとにいて、現役でも何人か名前が浮かぶが、すべて自分で努力をして鍛え上げたなかでいい書き手になっていった。深代君の場合、もちろん努力もしたんだろうが、もうはじめからそうだったという印象がある。できる記者というのは概してクセがあって変人が多いんだけど、彼は人柄もよかったしね。ビロードのようなといいますか、柔らかくかつ強くて破れない」

記者個人の力量というのは自然と伝わってくる。若き日、社内では松山と深代をライバルと見る見方もあったが、松山はこれを否定する。

「深代君をライバルと思ったことは一度もないですよ。ずっと一目も二目も置いていましたから。とにかく別格でした。編集局長をつとめられる人は何人もいるだろうが、天人はそうはいかない。付け焼き刃的な知識では毎日は書けない。さらにセックスアピールというか、文章に艶がなくてはならない。梅檀は双葉より芳しといいますが、天賦のものでしょうね。同期で将来、もし天人を書ける記者がいるとすればまず深代君、そして辰濃君だと思っていた。その通りになりましたがね」

深代が「天声人語」を書いていた時期、松山はワシントンにいた。新聞は一日遅れで届く。ざっと紙面を眺めたあとで、いつも深代天人を熟読した。共鳴し、感服し、ニヤリとしつつ読んでいた。「ふっくらとした味」が好きだった。そして、突然の訃報に接するのである。

「天折という言葉が当たるのかどうかわかりませんが、わずか三年弱、天人を書いてふっといなくなった。僕の長い記者生活を通じてこれほどの書き手には出会っていない。モーツァルトやシューベルトのようにといえば大げさかもしれませんが、神様がこのような書き手をふっと地上に寄越して、そしてさっと天に召し上げた。そんな感触がいまも残っていますね……」

2

中江利忠が朝日新聞社社長に就任したのは一九八九年六月、平成元年である。沖縄・西表島の海で起きたいわゆる「サンゴ事件」で一柳東一郎が引責辞任し、急遽、後任者となった。社長在任は一九九六（平成八）年六月まで、七年に及んでいる。

新聞社にとって厳しい時代が到来していた。経営引き締めという嫌われ役を担わざるを得ない時期、トップの座にあった。社長時代の〝受難〟をいえば、右翼活動家・野村秋介による「拳銃自殺事件」なるものもあった。

参議院議員選挙に際して、「たたかう国民連合・風の会」より野村が立候補したのであるが、『週刊朝日』の名物風刺イラスト「ブラック・アングル」に、〝虱の党〟という揶揄とも受け取れる言葉があった。これに対し、野村側からの抗議が続いて、そのなかで起きた唐突なる出来事だった。

一九九三（平成五）年十月二十日、築地の朝日新聞東京本社十五階の役員応接室。朝日側は、誤解を招いた点はお詫びするとし、冷静なやりとりが続いていたのであるが、野村は突如、「皇居はどちらになりますか」といって立ち上がり、皇居に向かい、大声で三度「スメラミコトイヤサカ！」と発語した。そして、壁を背に胡坐(あぐら)をかいて座り込み、拳銃を二丁取り出し、自身に向けて三発、発射した。制止する間もない、当初から企図していたと思われる自裁行為だった。発射された銃弾の弾の一発は、いまも壁の中に残っているとのことである。

少年期、中江が新聞に強く目線を引き寄せられたのは、終戦の秋、朝日一面に載った「宣言　国民と共に立たん――本社、新陣容で『建設』へ」という見出しの囲み記事である。先に触れた、森恭三の筆による新聞の再出発宣言である。中江は旧制千葉中学の四年生だった。

その通りだ――と思いつつ中学生は文言を読んでいた。新聞記者になりたいと思った最初のきっかけともなった。

一高・東大文学部を経て、中江は朝日に入社している。

中江は千葉師範附属小学校の卒業生であるが、同級生に深代の友人でのち弁護士となる長戸路政行がいた。一高生のころ、長戸路から深代を紹介してもらったことをかすかに記憶するがおぼろげである。

一高から東大時代、中江が打ち込んだのは学生運動だった。

全学連はなやかなりしころ、である。共産党が左翼運動を主導していた時代で、全学連も共産党の指導下にあったが、主流派（所感派）・反主流派（国際派）の分裂が学生運動にも持ち込まれ、混乱期だった。この後、全学連は〝鬼っ子〟となって新左翼を形成していくのであるが、その前夜の時代である。

中江は、党組織からは距離を置いた「反戦学生同盟」および文学部自治会の中で活動していた。敗戦の余燼が色濃く残り、朝鮮半島では戦火が燃え広がっていた。平和という言葉が切実にリアリティをもっていた。東大五月祭では「平和のための五月祭」と記した大きな横断幕をつくったものだった。

中江は文学青年でもあって、のちに芥川賞作家となる日野啓三、推理小説作家となる佐野洋、詩人となる大岡信らとともに同人雑誌『現代文学』の編集にかかわったりもしていた。

就職シーズンとなり、マスコミ各社を受けるが、学生運動歴のせいか、肋膜炎の既往歴があったせいか、面接ではねられる。ラジオ局の文化放送には合格し、数日「見習い」として出向いたが、活字ジャーナリズムへの思いが断ちがたい。朝日の二次募集で合格し、新聞社を選んだ。後年、社長になるとは「夢にも」であった。

中江が配属された支局は静岡。記憶にこびりついているのは第五福竜丸事件の「後追い取材」である。

中部太平洋マーシャル諸島沖のビキニ環礁で操業していたマグロ延縄（はえなわ）漁船・第五福竜丸が、アメリカの水爆実験による「死の灰」を浴びたのは一九五四（昭和二十九）年三月である。二十三人の乗組員が大量の放射能を浴びたが、もとよりそれが危険な灰とは知る由もない。母港の焼津（やいづ）港に帰港してのち、体調不良を覚えた乗組員たちが市内の病院に次々と入院した。九月になって無線長・久保山愛吉が亡くなっている。

この大ニュースをいちはやく伝えたのは読売で、朝日は抜かれた。

早朝、叩き起こされ、すぐ焼津に向かった。乗組員たちは市立病院の畳部屋で横になっていた。「灰は残っていませんか」と尋ねると、帰港中、何度かスコールに出くわし、もう流されてないだろうという。

焼津港の一隅に、福竜丸は係留されていた。当時は立ち入り禁止の「縄」が張られることもめったになく、取材はオープンでやりやすい時代だった。中江は船に乗り込み、目をこらす。窓枠にわずかに灰が残っている。原稿用のザラ紙ですくい、「粉薬のように」包み込んでポケットに入れた。静岡大学の先生に頼んで分析してもらおう、なんとか読売に一矢むくいたい――。

支局に戻って報告すると、支局長に「バカヤロー、早く捨ててしまえ！」と叱られた。報道各社に、船体は立ち入り禁止、立ち入ったものは白血球の検査をすべし、という通達がきていた。

中江は諦め切れない。捨てたふりをして、隣の販売店の植え込みに〝粉薬〟を隠しておいた。翌日、覗いてみると紙だけが残って中身の灰は消えている。どうやら販売店の幼児が包みを開け、側溝に撒き散らしてしまったらしい。話は広がり、「支局汚染」という騒動ともなった。若き日の一幕であった。


月一回、社内向けに刊行されている「通信部報」があって、各支局・通信部の新人記者の記事も掲載される。中江が深代惇郎の名前を覚えたのは部報である。エッセイ的な小話であるのだが、内容に奥行きがあって文章がシャープ。こんな文を書く男なのだ――と思っていた。

静岡に四年在籍し、その後、中江は横浜支局に移る。東京本社に上がる深代と入れ違いであった。横浜に一年半在籍し、中江も東京へと戻った。第一志望・社会部、第二志望・学芸部としておいたのであるが、どういうわけか経済部配属となった。以降、中江は経済部記者を八年余つとめた後、デスク、名古屋本社経済部長、東京本社経済部長、編集局次長……となっていく。

東京本社が有楽町から築地に移転したのは一九八〇（昭和五十五）年のこと。深代が亡くなって五年後であるが、移転時、中江は編集局長をつとめている。

経済畑を歩んだ中江と、社会部、外報部、論説を歩いた深代が席をともにすることはなかったが、経済部と社会部はテーマが近しい。公害、消費者問題、交通事故と自動車産業……など横断的企画で仕事をともにすることが何度かあった。

時期により、互いに「兵隊」であったり「デスク」であったりしたが、チームに深代がいると安心できた。とにかくよく勉強する。原稿はいつも、「データ」と「現場」と「考察」という要素がきちんと盛り込まれている。十知っていて二か三を使うのが深代流で、深みと余裕がある。胡椒（こしょう）が利いてユーモアもある。いずれ天人を書くであろう同期生——そう中江は思っていた。

中江にインタビューしたさい、中江は深代の書いた三編の「天声人語」をコピーして持参していた。これ、読んでいただけましたか、といって差し出した。私も強い印象を受けていた連続コラムである。

日付は一九七五（昭和五十）年八月十四日、十五日、十六日付のもので、終戦記念日をはさんで三日間、敗戦にまつわることを書いている。三日連続で同テーマを扱ったものはこれ以外にない。この四ヵ月後、深代は鬼籍に入っている。ふと世に残した遺言のようにも受け取れるのである。

天人を担当した二年九ヵ月、海外出張などの折を除き、ほぼ毎日、深代は天人を書いた。総数およそ千編のなかで中江がこの三作を選んでいたことは、いかにも同世代の同期生らしく思えた。

十四日付では、「『回想の八月』もあすがクライマックスとなる。昭和二十年八月十五日。烈日の一日だった。『なぜ戦争に反対しなかったのか』と素直に問う世代に、三十年前のこの日を伝えることはむずかしい。過去はただ過ぎに過ぎる。『現在』は絶えず『過去』を再構築する▼……」という書き出しからはじまり、歌人・斎藤茂吉、作家・高見順、評論家・石橋湛山、作家・永井荷風の日記を引用しつつ、それぞれの「八月十五日」について記している。

この日、深代は海軍兵学校予科の生徒で、山口・防府の海軍通信施設にあったことは前記した。このコラムを書きつつ、自身にとっての八月十五日を浮かべていただろう。

中江は中学四年生。千葉・船橋にあった軍需工場、海軍の戦闘機や体当たりして自爆する「人間爆弾」用の部品をつくる工場に勤労動員されていた。米軍の艦載機グラマンが低空飛行で旋回して機銃掃射し、目の前にいた工員が撃たれて倒れたこともあった。東京大空襲の翌日は、東京の下町にある本社工場へ書類を届けることを命じられ、寸断された交通網を乗り継ぎ、黒焦げ死体が散乱する焼け跡をさまよい歩いた。

二人はともに一九二九（昭和四）年生まれである。「兵隊に取られることをぎりぎり免れた年次」であるが、少年期、それぞれの戦争にかかわる体験をもっている。八月十五日は、忘れることのできない、世代としての〈原点の日〉であった。

十五日付では、玉音放送の録音を終えた昭和天皇のその日を記している。

ポツダム宣言を受諾するか否か、戦争指導部が最後までこだわったのは「国体の護持」であったが、「先方の回答のままでよい」と答えたのは天皇自身だった。「今では想像のつきにくい狂信の時代」、陸軍はなお「尊厳なる国体護持は、最後の一人に至るまで戦い抜きてこそ可能」と主張した。「日本の教育は、『精神』に泥酔し、『言葉』に踊り狂う人間たちを作った」が、「天皇は、立憲君主にふさわしい消極的な人間として育てられたが、合理的な思考は失われなかった」と記している。

この年の秋、史上初の天皇の訪米が予定されていた。ラスト、「……▼茫々三十年の後、来月三十日には、リンカーンの国を訪れる史上はじめての天皇となる」と結んでいる。

以下は、十六日付の「天声人語」である。

一昨日、昨日につづいて、もう一度「敗戦」のことを書く。敗戦によって、われわれの精神構造や行動様式は変わったのか。三十年の歳月は何を変え、何を変えなかったのか▼敗戦後九カ月して極東軍事裁判が開かれ、戦争指導者たちの責任が問われた。そこで指導者たちは何を主張したかを、丸山真男『現代政治の思想と行動』（未来社）からみてみたい。木戸被告（元内大臣）は、日独伊軍事同盟について「私個人としては、この同盟に反対でありました。しかし現実の問題としては、これを絶対に拒否することは困難だと思います」と答えている▼東郷被告（元外相）も同じ問題で「私の個人的意見は反対でありましたが、すべて物事には成り行きがあります」と述べた。大勢の流れに反対の意見を述べるのは私情をさしはさむものだ、という考え方であろう。「既成事実」こそすべての王であり、それに従わねばならぬという理屈は、他国人には理解の超えるものだったに違いない▼この点で、小磯被告（元首相）を論難する検事の言葉は痛烈だった。「あなたは三月事件にも、満州事件にも、中国における日本の冒険にも、三国同盟にも、対米戦争にも反対してきた。あなたはこれらに反対して、なぜ次から次へと政府の要職を受け入れ、一生懸命に反対する重要事項の指導者の一人になってしまったのか」（以上要約）▼これに対し小磯被告は「自分の意見は意見。国策がいやしくも決定せられました以上は、それに従って努力する」と答えている。指導者のだれもが戦争を望まなかったが、戦争は突如として天変地異のごとく起こったような錯覚さえ持たせる。実は「天変地異」ではなく国策であったのに、それに責任をもつ者は一人も現れない。そして勝手に「天皇」が使われ、「英霊の声」が利用された▼「個人としては別だ」「それが世論だ」という言い方で個の責任を免れようとする無責任な集団主義は、はたして克服されたのであろうか。

事の起こりから終焉（しゅうえん）まで、集団主義の中で個人の責任を消し去っていった戦争指導部の体質を問うている。

「過去はただ過ぎに過ぎる」けれども、「茫々三十年」の節目に立って記されたコラムである。ふと思い立って記されたという論考ではない。長い年月をかけて、戦争と日本社会のかかわりについて思いをめぐらせてきた一端が披瀝されている。

この国に、「『精神』に泥酔し」「『言葉』に踊り狂う」「狂信の時代」があった。なにがそうさせたのか。「国策」を担ったはずの戦争指導者たちも個人としては戦争に賛同はしなかったという。個の責任が、漠とした〈空気〉の中へと拡散し溶かし込まれていく社会、その鵺的なる風土。戦後三十年を経て、「無責任な集団主義は、はたして克服されたのであろうか」と問いかけている。そうとはいえまい……。書き手は苦い思いをめぐらせ、読者もまた同種の思いを嚙み締めるのである。

3

佐伯晋は社会部畑を歩んだ記者である。深代が「天声人語」を書いていた時期でいえば、社会部の首都圏部長、社会部長代理を務めていた。

有楽町の社屋。社会部、政治部、学芸部、外報部などが集まる編集局は三階、深代のいる論説委員室は四階。夕刻、翌日朝刊の大刷りが上がってくるころ、ぶらっと深代が佐伯の席に現れる。雑談し、そのまま連れ立って巷へと足が向く日があった。軽くやって切り上げるのであるが、小料理屋あたりに腰を据え、いろんな話題をめぐって議論をする日もあった。

「まあ意見は食い違っても君の判断力の確かさだけは評価するよ」

そう深代からいわれたことを記憶する。あるいは何についてであったか、路上で並んで歩いているさいのひと言であったが、「それが君のいけないところだ」とびしっといわれたこともあった。日頃、温厚な深代の口から出た言葉だけによく覚えている。

長い付き合いが断ち切られたのは、入社年次からいえば二十三年目の冬である。秋口に入った頃、佐伯は廊下で深代と出くわした。ひどく疲れた風で顔色がよくない。気になってこういった。

「おい、大丈夫かい。顔色がよくないぞ」

「うん、まあね。歯が痛んで出血してなかなか治らないんだ……腰痛もあってね」

そんな問答はその後もあった。

「腰痛はどうなった？」

「よくないなぁ。駅の階段の上り下りが辛くてね」

「一度、きちんとしたところで診てもらわないといけないぞ。われわれもそろそろ歳（とし）

なんだから」

「うん、わかった」

秋が深まった日、『週刊朝日』編集長をしていた涌井昭治が席にやってきた。周りに人がいないことを見計らって、佐伯にこういった。

「深代が入院した……どうも駄目のようなんだ」

「ええ？　なんだって！」

急性骨髄性白血病という病名ははじめて耳にするものであったが、血液の癌であり、容易ならざる病であることはわかる。暗然とする以外になかった。

数日して、「君とは会いたいといっている」という伝言を涌井から受け取った。すでに面会謝絶となっていたが、佐伯は涌井に、なんとか会いたいと頼んでいた。その返事であった。

入院先の飯田橋の東京警察病院に出向いた。小さな一人部屋のベッドに、生気を失い、だらーんとした感じで深代が横たわっていた。目は開いているが力がない。か細い声で、こういった。

「良くならねぇんだよ……」

「なにいってんだ。また一緒に仕事をしようよ」

そう口にしつつ、言葉に詰まった。

その日からおよそひと月後、悲しい知らせが届いた。

佐伯は一九三一（昭和六）年一月の早生まれである。大学卒業年次は深代・松山・中江と同年であるが、戦後の学制改革によって生まれた新制大学の一期生でもある。旧制府立六中（現・都立新宿高校）、一橋大学経済学部を卒業し、朝日に入社している。

最初の赴任地は八王子支局。他の新人記者と同じように、ここで新聞記者のイロハを叩き込まれた。『通信部報』があり、口コミもあって、同期生の動向は伝わってくる。よくできる記者として耳にするのは、まずは長野支局の松山幸雄と浦和支局の辰濃和男であった。

新人記者の関心事ははやく東京本社に呼び戻されることである。入社三年目になって松山と辰濃が、四年目になって深代が本社に呼ばれた。佐伯は内心、おおいに焦りを覚えたものだ。五年目に入ってようやくお呼びがかかった。

スクープであれ〝特オチ〟であれ、記者たちはだれも若き日の思い出を持つものであるが、佐伯にとってのそれは「美智子妃の潜行取材」である。

皇太子（今上天皇）の妃にだれが選ばれるか――。当時、マスコミ各社にとって最大のスクープネタだった。正式発表があるまで公表を控えるという報道協定が結ばれていたが、社内に「皇太子妃取材グループ」がつくられ、佐伯は若手記者としてこれに加わった。

旧皇族や華族ではない、非財閥系の会社社長の令嬢、英語のよくできる聖心女子大卒業生……取材グループがいちはやく有力情報をつかんだのは一九五八（昭和三十三）年五月である。「日清製粉社長、正田英三郎の長女、美智子さん」という名が浮かんでいた。

六月、佐伯は同僚記者とともに品川区東五反田の正田邸をはじめて訪れた。母の冨美夫人の応対は、一分の隙もない「金城鉄壁」というものであったが、話が持ち上がり、進行しているという手ごたえはあった。

以降も、自宅や軽井沢の別荘で接触を重ねた。夫人は「最上のお相手が、かならずしも最適とはかぎりません。つり合いが大事です」という言葉を口にする。皇室に嫁いだとして果たして娘が幸せになるのだろうか、という母の思いが伝わってくる。

やがて各社もマークしはじめたが、佐伯は正田家の信頼を得たようで、出入りが許されるほとんど唯一の記者となっていた。秋に入り、箱根のホテルで静養中の美智子さんとの面談も行っている。すでに気持は固まっていたのだろう、自身の結婚観を口にした。慎重な言い回しながらその意を解すれば、決して皇太子だから選ぶのではない、一人の男性として心触れ合う相手がたまたまプリンスだった、というものだった。

報道協定が解除された日、ほぼ一ページ全面を埋める署名原稿「正田家を見つめて六カ月」が掲載された。昭和三十三年十一月二十七日付の夕刊です――。半世紀以上前の日付をすらすらっと佐伯は口にした。

この記事は、『現代教養全集5　マス・コミの世界』（筑摩書房・一九五九年）にも収録されているが、編集にあたった文芸評論家の臼井吉見（うすいよしみ）は、「当の美智子さんと母親、わけても母親の心底にひそむ、底知れぬ不安と躊躇を伝えた人間的（ヒューメン）な記事」と評している。

佐伯に会った際、「参考になればと思いまして」といいつつ、「朝日旧友会」の会報のコピーを手渡してくれた。

私はこの〝深代取材〟のなかで、深代と同年配の人たちと会った。松山や中江もそうであったが、共通していたのは、約束の場所には時間前に現れ、資料を持参してもらっていたことである。すべて初対面の人であったが、背広とネクタイ姿で、万事きちんとした老紳士たちであった。世代としての律儀さのようなものを感じたものである。

「朝日旧友会」は朝日新聞OBの会で、会報のコピーは、佐伯が七十七歳になった年、会で行った「喜寿記念講演」が収録されていた（二〇〇七年三月号）。表題は「われらは何者と問いかける佐伯さん」。

深代が生きていたらこのようなことを話したのではないかと思いつつ講演したという。昭和のはじめに生まれた自分たち世代の特性について語っている。

「昭和老人」という呼び方があるそうですがと語りはじめ、明治の文明開化のころ、旧時代の生き残りが「天保老人」といわれた故事と重ねられていること、平成の若者から見れば自分たちはもう「前時代の遺物」であろうが「一身にして二世を経た（いきた）」という意味では確かに共通するものがあるかもしれない、と話を続けていく。

われわれの世代にとって二世を分かつ出来事はいうまでもなく昭和二十年八月の敗戦であって、あの日で世の中の価値基準が一日にしてひっくりかえった。その時、きょう会賓にしていただいた昭和六年組は十三歳か十四歳、中学校の二年生か三年生です。この年齢というのは大変大きな意味を持っているように私は思います。

つまり子どもでもない、大人でもない、その中間期で、大人になりかけた感受性の強い自我が出来て、一人前の大人になる人格形成のちょうど真っただ中で激変に際会したわけです。大人になりかけの眼で大混乱と荒廃の社会を見つめることになった、やや〝特異な世代〟なのです。敗戦のとき何歳だったか、というのはあとから振り返ってみると意外に大きな意味をもっていることに私は気づきます。

さらに、このように話を続けている。

学校教育でいえば、昭和五年度生まれの大学卒業生を取り出すと、戦前教育を八年、戦後教育を同じく八年受けた。少年期から思春期にかけて、双方の教育を体験したのは、この前後、昭和三・四年から七・八年生まれあたりで、同世代としての匂いを感じる。

この世代は戦前派ではない。軍国少年と呼ばれることもあるが、まだ年端もいかない少年であり、戦前の時代精神に深くかかわる自我は育っていなかった。

戦中派でもない。疎開や勤労動員、また空襲などの体験はあれ、実際に戦場に投入され、あるいは特攻隊員として生死の淵をさまよった年代ではない。

戦後派かといえば、そうともいえない。戦後の民主教育とその思潮をまっさらな白紙に吸い取った純粋戦後派とは異なる。「戦後の理念を素直に吸い込んだのではなく、戦前に教えられたことと引き比べながらかじりとるように」受け入れていった。戦後の「窮乏社会」で人生を再スタートさせたこの世代は、社会に出ても理屈はいわず、与えられた環境のなかで前へ、前へと進んで行った。後ろを振り返らず、現実に立ち向かうことにおいてリアリストであり、遊ぶことには不器用で、ただひたすら働き続けた——。

もとより世代としてひと括りにする危うさも佐伯は語っている。同世代であれ、性格や人生観、思想信条は人それぞれである。そのうえでなお残るものとしての世代である。

個人差が非常に大きいということで、一色にくくると迷惑をする人がたくさん出てきて、いままで私が言ったようなことについて、同世代の方の中にはおれは全然違うと思っている方も多いと思います。

それを承知で無理にというか私の独断でいうと、われわれはちょうど人格形成がはじまる時期に敗戦に伴う大人たちの変節、きのうまで皇国史観を教えていた先生がとたんに民主主義の使徒になったみたいな言い方でわれわれを説教したとか、食うや食わずのときの買い出しで見せた大人たちのエゴむき出しのありさまとかを、非常に多感な時期の目で、人間の本性にひそむ弱さ、もろさ、矮小さを見てしまった妙な共通体験がある。そういう妙な世代だというのが一つの答えになるのではないかという気がします。

――戦前派でも戦中派でも戦後派でもない世代。そこに深代惇郎を解く鍵のひとつがあるのかもしれないと思う。

佐伯の講演録を読みつつ、また懇談しつつ、ふと同世代のジャーナリストが記した一文が脳裏に浮かんできた。『警察(サツ)回り』の著者、本田靖春の文で、交流のあった歌手、フランク永井が自殺未遂を起こしたさいの一件に触れたエッセイ「フランク永井さんのこと」である(『いまの世の中どうなってるの』収録、文藝春秋・一九八七年)。ちなみにフランク永井は昭和七年、本田は昭和八年生まれである。

ここで本田は、フランク永井の自殺未遂の原因が、憶測されている男女問題とするのは短絡すぎる気がするとし、五十代の「退行期鬱病」に触れつつ、後半部でこう記している。

私たち昭和ヒトケタは軍国主義教育が最も煮つまった中で育った。学校で教えられたことは、とどのつまり、天皇陛下のために身命を投げうつこと、それだけである。死は、さほど遠くない将来に設定された、私たちの目標であった。中学に進んで、私の場合でいうと陸軍幼年学校を受験するなど、〝死に仕度〟が本格化しようとしている矢先に、日本は敗れた。私たちの目標は失われたのである。

焼け跡・闇市に代表される敗戦の混乱の中で、大人たちはその日の糧を得るために、人間の持つ本性をあらわにした。教育勅語に盛られた徳目を叩き込まれ、それ以外のところで自我を目ざめさせるにいたらなかった私たち少年は、純といえば純であり、稚い(おさない)といえば稚くもあり、くりひろげられるケダモノの世界にたじろぐばかりであった。

私たち昭和ヒトケタ、とくにその後半に属する世代は、程度の差はあっても、ニヒリズムを内側に抱えている。単純に人嫌いといいかえてもよいのかもしれない。それは、敗戦体験に根ざしているのである。

フランクさんは人当たりのよいことで定評がある。いつもダジャレを連発して、周囲を明るくすることに気を配っていたという。それは取りも直さず、人嫌いの裏返しの表現ではないのだろうか。そういえばフランクさんは私との対談の中で、対人関係について、いくら親しい間柄であっても、お互いのあいだにほどのよい距離を保つのが望ましい、といった。人当たりのよさは、ためにするものではない。そこに、私たちの世代に特有のニヒリズムのかげを見るのである。

佐伯の語っていることと同じではないが重なりがある。心のもっとも柔らかな時期、時代の激変に呑み込まれ、それが世代としての襞（ひだ）のようなものを残したことを、ともに語り、記している。

本田の一家は終戦後、朝鮮半島から引き揚げてきた。引き揚げ者の子弟としてさまざまな苦労をなめた。比較していえば、深代は恵まれた環境のもとに成長した。同世代人の体験もそれぞれであり、同列に並べて括ることはできないが、個別の体験の相違を小差とするような大波が押し寄せ、「二つの世」に翻弄（ほんろう）されたのが彼らだった。

深代惇郎の人物風景には、およそ「人嫌い」とか「ニヒリズム」のかげはない。ただ、持ち前の強靭な抑制力によって、それらは体内に折り畳んで沈められていたのかもしれないとも思う。

深代天人に通底して流れるのは、ある確かな〈視点〉である。右であれ左であれ、深代はファナティックなものを嫌い、排した。均衡を測ることにおいて精巧なセンサーを体内に宿していた。それはバランスとか折衷とか中庸とか呼ばれるものではなく、健康な懐疑主義といえば近いか。

そういう視線を培ったものには、〈世代的遺産〉も加わっていたはずである。若くして見るべきほどのものは見た世代、あるいは見なくてすめばそれに越したことのないものまで見た世代。時の権力の、あるいは主義主張やイデオロギーという〈共同幻想〉の虚妄とむなしさをたっぷりと味わったものたちの世代としての眼力である。

遭遇した時代の変容を網膜の奥に仕舞い込みつつ、黒々とした瞳がじっと人と世を見詰めている――。深代の文に漂う気配である。

第六章

上野署

1

毎日、コラムを書いていると、きょうは思うような材料が見当たらないという日もある。書くことがなくて、書かねばならぬときは動物園に電話を入れる、というのが昔から新聞記者の習性の一つにあった▼「サル山のボス争いはどうです」。先方は、そんな話を準備してくれたものだ。そこできょうは、上野動物園に電話したら「話題はありませんねえ」。つれない返事を聞きながら、むかし、夏のことだが、例によって上野に電話をしたことを思い出した。林寿郎さんが飼育課長のころだった▼「そうね、何もありませんね。動物の競泳大会でもやりますか」。さっそくサル、ブタ、ニワトリ、ヒツジ、チンパンジーなどをプールのコース順に並べて、いっせいに水にほうり込んだ。競泳成績はおぼえていないが、サルがあれほど泳ぎ達者だと初めて知った。ブタが短い脚を使って、大きな図体をうまく泳がせるのにも感心した▼その写真が新聞に大きく出たが、「問題意識が低い」といった読者の投書は来なかった。他のニュース報道なら「もっと鋭くえぐれ」といった激励やらシッタをもらうのだが、サルとブタの競泳について「背景を深く掘り下げる」必要はなかったからであろう。もっとも昨今は「この紙不足のご時世に何事ぞ」と、おこる人がいるかも知れない▼書くことがなくて、動物園にも異変がなくて、トイレットペーパーも出回ってきて、雪月花にも感慨がわかないときは、政治の悪口を書くといってはふがいない話だが、そういう時もある。本人は、ほかにないから書いているのであって、そう朝から晩まで悲憤慷慨（ひふんこうがい）しているわけでもないのに、コラムだけは次第に憂国のボルテージが上がって、自分とはいささかちぐはぐの「書生論」になる▼ジャーナリズムには、そういう気のひけるところがある。【一九七三（昭和四十八）年十二月三日】

深代天人には、上野動物園がからむ話が何編か登場するが、これはそのひとつ。内容はどうというものではないのだが、深代らしいというべきか、日々執筆を強いられるコラムニストというものの、微かな自虐も込めたユーモラスな文で、私の好きな一編である。

横浜支局の勤務を終えて、深代は東京本社社会部に所属し、警察回りとなり、浅草、上野、丸の内、銀座の各署を担当している。一九五〇年代後半、二十代後半の日々である。

上野署は、台東・荒川・足立区を包括する警視庁第六方面の拠点的な署である。署の建物は、戦前からある石造りのがっちりしたもので、一階正面は半円状のカウンターになっていた。防犯と交通の窓口があって、右隅の空間に記者クラブが設けられ、ベニヤ板のドアに「台東記者会」という看板が掛かっている。四畳半ほどの部屋で、中央のテーブルは麻雀台が占拠し、端にソファがあって薄汚れた毛布が載っていた。

深代の上野時代の日々は、先に触れた本田靖春著の『警察回り』に寸描されている。署の裏手にあるトリスバー、「バアさん」が仕切る「素娥」が〝第二記者クラブ〟と化し、同時代を共にした記者たちが、同窓会「素娥の会」を続けてきたことも前記したが、四人のメンバーに会うことができた。産経、東京（読売）、NHKのOB、それに亡くなった朝日OBの夫人であるが、この時代の空気と、少し外側から見た深代像を知ることができて興味深いものがあった。

馬見塚達雄は産経新聞の記者だった。

馬見塚とは珍しい苗字である。先祖のルーツは、九州・阿蘇の地で勢力を張った馬見塚一族とのこと。早大文学部を卒業、産経入社が一九五六（昭和三十一）年。立川支局を経て、六方面・七方面の担当となった。七方面はいわゆる「川向こう」、隅田川の東地域で、本所署に記者クラブがあった。

　馬見塚の回想から伝わってくる往時の日々は、まずはのどかなるものである。

　上野署への出勤は朝の十時頃。広報担当官から前夜に六方面で起きた事件や出来事を聞くことからスタートするが、あったとしても交通事故、小火、窃盗の類で、ベタ記事になるかならないかというもの。朝・毎・読・産経・東京、夕刊紙の内外タイムス、東京タイムズ、それにＮＨＫが常駐記者を置いていたが、早朝ヒアリングは代表者一人が聞いて、クラブの掲示板にメモを張り出しておく。日々のことに各社間の競争意識はほとんどなくて、耳にしたことは教え合っていた。

　夕刊の締め切りが昼過ぎ。それが済むと、熱心な記者は各署回り、六方面でいえば浅草、蔵前、荒川、谷中、坂本（現・下谷）、南千住、千住、西新井などの各署に出向くのであるが、本田、深代、馬見塚らの〝些事にはこだわらず派〟の面々はそんなことはせず、行動自由となる。携帯電話はもちろんポケベルもまだ登場していない。署を出てしまえば社の上司につかまるおそれはなかった。

　署に残った連中で、「そろそろはじめるか」との声とともに麻雀か花札の開帳となる。抜群に強かったのが本田で、「プロがやるといかん」といって、あまり加わることはなかった。

本田が署を出て向かう先は、品川区にある地方競馬、大井競馬場であることが多く、馬見塚も競馬場の「ガラガラの下で」よく待ち合わせたものだ。まだ画像オッズなどない時代で、配当金の数字がガラガラと回って表示される機械である。馬見ちゃん――と本田や深代は呼んでいた――よ、予想紙などはアテにするな。馬券は馬を見て買うもんだ――というのが「ポンちゃん（本田）」の口癖であったが、〝自力眼〟の成果はといえばさて？　というのがその成績であった。

署の近くに「神吉（かみよし）」という銭湯があって、午後三時にオープンする。記者たちは素娥にタオル、洗面器、石鹸（せっけん）を預けていて、それを手に一番風呂へと向かう。

夜は「突発」に備え、署の記者クラブか素娥で、とぐろを巻いて過ごす。突発ニュース用にＮＨＫのラジオが音を絞って流れてはいたが、素娥ではもう出来上がっている記者もいて、〝待機〟しているような飲みに来ているような、判然としない時間が流れていく。九時、十時頃になると三々五々姿を消していく――というあたりが日々の流れであった。「殺し」など捜査本部が設けられる事件が勃発すれば「夜回り」が必要となるが、この時期に起きた大きな事件といえば、荒川での「連続通り魔事件」

ぐらいである。

「深ちゃん」はといえば、麻雀——強くはなかったが——もしたし、酒も飲んだ。ただ、羽目をはずすことはなかった。深代が酔っ払ったというような姿は見たことがない。座に加わっていないときは、ソファにゴロンと横になって文庫本を読んでいる——というのが浮かぶ姿である。

別段カタブツというのではない。酒落っ気があって、江戸っ子の風情がある。自然体の、およそ癖のない男。ただ、それでいて存在感がある。馬見塚は長い記者生活を送っていくが、深代のような男に出会うことはなかった。

固有の存在感は本田にもあった。立ち居振る舞いのタイプとすれば深代は「紳士」、本田は「無頼派」であるが、どこか相通じるものがあって、秘めたる志、とでもいうべき気配があった。

ふたりはいい仲だった。『警察(サツ)回り』には「バアさんのノート」がしばしば引用されているが、深代と本田の、ある夜の様子をバアさんはこう記している。

深代氏は本田氏と「素娥」でよく飲み明かした。二人が話し始めると長くなるので、私は店の娘達を先に帰しておいて、一人で相手した。しかし、話の中身が私には難しすぎて、何のことだかさっぱりわからない。

警察（サツ）回りを卒業した遊軍時代であるが、本田は読売紙上で「黄色い血追放キャンペーン」を張り、献血制度の定着に寄与する仕事に取り組んでいく。ノンフィクション界に転じてからは数多くの秀作を書き記していく。深代は後年、「天声人語」を担当し、新聞界きっての名文家と呼ばれていく。若き日、そのことを馬見塚は予見していたわけではなかったが、あの二人ならと、ちっとも不思議なことではなかった。

本田の読売退社後も、二人の交友は長く続いていくが、それは後章に譲ろう。

その後、馬見塚は社会部勤務を経て、『夕刊フジ』の創刊にかかわり、同紙の編集局長もつとめた。さらにその後、本社に戻って論説委員となる。

論説時代、朝刊コラム「産経抄」を週一回、担当した時期がある。「産経抄」は、おそらく空前絶後の記録ということになるのだろう、石井英夫が三十五年にわたって書き続けた。この名物コラムニストについても後章で触れたく思うが、産経では執筆者に週一回の休みが設けられており、二年余り、日曜日用のコラムを任された。週一回とはいえ、それなりのものを書くのは大変だ。「深代の凄さ」をあらためて知ったものだった。ああ、俺にはあれほどのものは書けないな、と思う日があった。

社風として、朝日がリベラルであるとすれば産経は保守的である。『夕刊フジ』に、朝日を批判した記事が載ることもあった。

「素娥の会」で深代と顔を合わせると、「深ちゃん、ケチをつけて申し訳なかったな」と〝仁義〟を切ると、深代は「いいよいいよ、相互批判がないとジャーナリズムは駄目になっていく」と、それをとがめるような様子はまるでなかった。懐の深い、泰然とした風情は、一貫して変わらなかった。

馬見塚の思い出を聞いていると、『警察回り(サツ)』の読後感として覚えた同じものがふっと差し込んでくる。この時代は新聞記者にとって良き時代であったのだろうなという感想である。

馬見塚は洒脱な人で、こんな言葉を口にした。

「確かにそうですね。振り返っていえば不思議な時代でしたね……馬鹿ばかりやって、新聞のあるべき姿はどうかなんて小難しい話など少しもしなかったけれども、それぞれが何かを持っていた……社の同僚よりも、上野署にいた他社の連中のほうによほど親しみを覚えていましたしね……深ちゃんにポンちゃん、ずっと生き続けてほしかった人が早く死ぬ。俺みたいなどうでもいいのが残ってしまって……」

2

大塚凡夫は東京新聞の記者だった。

名は「つねお」であるが、仲間内では「ボン」「ボンちゃん」が呼び名で、本田などは「ボン公」と呼ぶことが多かった。中大法学部を卒業して東京新聞に入社、六方面担当となり、最初の勤務地が上野署であった。

大塚に残っている深代の姿は馬見塚のそれと重なっている。見るからにエリートの秀才であるのだが、ざっくばらんで偉ぶらない。ぼそっとジョークを言ってみんなを笑わせるときがある。深代が山の手ではなく下町出身と聞いて、なるほどと思うところがあった。ごく普通の好青年——というのが大塚の目に映っていた深代像である。

記者仲間で、バアさんのお気に入りは、一に深代、二に本田だった。

「あたしゃ日本にいてもなんの心配もしてないんだ。だって朝日の深ちゃんだろ、読売のポンちゃんだろう、この二人が保証人になってくれてるんだからね」

とよく口にした。

バアさんの父方は中国（台湾）の出身者で、バアさんは終戦後に来日し、苦労して上野に小さな店を開いた。『警察回り』には、バアさんの外国人登録の保証人となり、また日本に帰化するにあたって書類作成に尽力したのが、深代や本田、それに深代の友人で弁護士の「トロさん」こと長戸路政行であったことが記されている。

大塚の見るところ、深代は熱心な事件記者ではなかった。管内の署回りなどはほとんどせず、大抵クラブのソファに寝転んで、眠っているか本を読んでいる。色白で目が大きく、どてっとした感じは、上野動物園のアシカを想起させるものがあったが、バアさんも「ノート」においてこのような一文を書き留めている。

思へば彼は決して大声で物を云はない人だった。あまり笑い声を聞いたこともない。シャックル様に笑う人だった。そして彼は瞬きをしない。いつも目はパッチリあけている。物を云ふ時、相手の顔をじっと見つめて瞬きもしないので、女性だったらシビレルから気を付けなさい、誤解されるよ、と注意して上げたら、バアさんもそう感じるのか、シメシメだ、と。

彼が昭和三十四年の秋に初めて欧州へ行った時、バアさんが淋しくて彼の事ばかり云ひ暮らしていたら、上野の記者クラブの連中が、良く似たのがいるから逢わせてやる、といって、私を連れ出した。どこへ行くのかと思ってついて行ったら、上野動物園のアザラシの池だった。似てるだろう、と云はれて見てみると、なるほど水の中にいるのに瞬き一つしないでぢっとしている。彼の目にそっくりだった事を憶えている。

バアさんを上野動物園へと連れ出した面々のなかに大塚が入っていたかどうか、記憶は薄れている。

大塚は東京新聞に三年在籍した後、読売新聞に移っている。「来ないか」と誘ってくれたのは本田だった。

大塚の見るところ、「新聞記者になるために生まれてきた男」が本田だった。酒強く、麻雀強く、博打好き。お洒落で、歌もうまい。持ち歌にフランク永井の歌があって、これはなかなか聞かせた。

悪戯（いたずら）好きでもあった。素娥はトリスバーであり、高級酒など置いてないが、本田は棚上に〝ジョニ赤〟をキープしていた。ジョニ赤の空瓶（あきびん）にトリスを入れただけの代物であるのだが、新しい客と連れ立ってやって来ると、「今日は旨い酒を飲んでください」といって、瓶を手もとに引き寄せるのであった。

このような〝無頼ぶり〟はむろん外面（そとづら）のスタイルであって、正義感の強い、最硬派の記者が本田だった。万事、物事のケジメはきちんとしていた。

新聞記者が大事にされていた時代である。署の年配の警察官が、若い記者たちを「記者さん」とさんづけで呼んで、ぞんざいには扱わなかった。例年、署の幹部とクラブ員の忘年会の費用は署持ちが慣例であったが、それを会費制に改めたのが本田だった。

本田との付き合いは長く続いた。

後年、本田が病床にあって、東京女子医大に入院中の日だった。素娥の会のメンバーが揃って見舞った日がある。お前さんたちが来たならこんなところに燻（くすぶ）ってはおれんといって、本田は病室を抜け出し、みんなを新宿のビアホールに誘った。隣の病室に入院中のヤクザの親分と親しくなったとか、そんな面白話を披露しつつ、上機嫌だった。

会としての「お見舞い」を手渡すのが揃って出向いた理由だった。本田がその種のことを嫌がるのはわかっており、〝混乱のうちに〟置いて帰るのを意図したが、先刻承知の本田であって、ついに受け取ることはなかった。

本田靖春が亡くなったのは二〇〇四（平成十六）年十二月、七十一歳であった。素娥の「盟友」と比べていえば四半世紀、長生きをしたことになる。本田の遺作となった『我、拗ね者として生涯を閉ず』（講談社・二〇〇五年）は、大塚にとって「大切な本」となり続けている。

読売に移った大塚は、社会部に所属して都内各署と警視庁を、地方部に移ってからは札幌、横浜、成田支局を担当した。東京に戻ってからは日曜版のデスクを、さらに編集委員となって定年退職している。

警視庁の捜査一課担当のとき、「吉展ちゃん誘拐殺人事件」と遭遇している。戦後もっとも有名な誘拐事件であり、はじめて「報道協定」が結ばれた事件でもあった。

本田の代表作のひとつ『誘拐』（文藝春秋・一九七七年）は、この事件を扱ったノンフィクションであるが、事件勃発は一九六三（昭和三十八）年三月。台東区に住む四歳の男児・村越吉展ちゃんが誘拐され、行方不明のまま身代金を奪われた。容疑者として小原保が幾度も浮かび上がるが、アリバイの有無、脅迫電話の声質の鑑定、嘘発見器の信憑性……など、事件は複雑な経緯をたどった。小原は任意の調べで再々勾留されるが、その是非、さらに小原のシロ・クロをめぐって各紙の見解は分かれた。アリバイが崩れ、小原が「吉展ちゃんを誘拐した日の夜に殺害し、荒川区南千住のお寺の墓地に埋めた」と自供したのは事件発生から二年四ヵ月後であった。

小原が「落ちた」という情報をいちはやくつかんだ大塚は、捜査員たちの車をマークし、現場の円通寺境内にも先回りする形で入っていた。深夜、捜査員たちが白骨化していた遺体を発見したさい、側にいた。咄嗟（とっさ）にズボンを脱いでステテコ姿となっていたので、寺の住職と映ったのであろう、とがめられることはなかった。

新聞を破ったら血が滲む——大塚の話のなかで聞かれた言葉である。もうひとつ、「新聞が好きでたまらない連中が新聞をつくっていた」という言葉も耳朶（じだ）に残った。

おそらく、大塚が、馬見塚が、本田が、深代が、「血が滲む」ものとして思いをいたす部分はそれぞれに微妙に差異があったろう。ジャーナリストとしてのその後の歩みが異なっていたように。ただ一点、新聞を愛していたことにおいては連なっていた。

大塚によれば、上野署の仲間たちと、原稿の書き方とか、伝え方の工夫ということについて語り合ったことは幾度かある。ただ、新聞のあるべき姿とか、ジャーナリズム論といったことが話題となったことは記憶にない。出る話題はいつも具体的な事柄についてであった。

ふと思う。何事によらず、物事が抽象化されて語りはじめられるとき、それは成熟もしくは衰退する季節に向かっているときなのかもしれない、と。彼らは若く、また新聞も若かった。

3

長野章夫はNHKの記者だった。

早大時代、ジャーナリスト志望であったが、お堅い銀行員の父親は「ブンヤは堅気の仕事にあらず」という考えの持ち主で、NHKを選んだのは父との折り合いの結果でもあった。政経学部を卒業し、入局が一九五六（昭和三十一）年。記者としてのスタートは馬見塚や大塚と同年である。

NHKにおいても新入社員は地方放送局に配属されるが、長野の場合、変則的に東京の警察回りからはじまり、七方面担当の本所署、ついで六方面の上野署詰めとなった。すでにテレビ放送がはじまってはいたが、受信家庭はまだ少なく、報道ニュースの中心はラジオという時代である。

日々の過ごし方は新聞記者とほぼ同じで、夕方七時前の「関東ローカルニュース」

に何か一本、警察ネタや街ネタを入れることがルーティンの仕事だった。通常は電話で原稿を送り、特別なときは「伝助」と呼んでいた音声収録機を持って現場に向かう。上野動物園や浅草の三社祭（さんじゃまつり）にはよく出向いたものである。

青年記者・長野章夫についてバアさんは「ノート」でこう記している。

> 昭和三十三年の秋九月頃、ＮＨＫの大竹氏（現姓・長野）が福井へ転勤する事になった。バアさんのアイドルがこれから何年も東京に居なくなる。どうしやうと毎日暗い顔になった。
>
> 当時、一番若いグループに入る竹さんは、色が黒く小柄で眼鏡をかけていて、非常に無邪気な好青年だった。一日に五回も御飯を食べるというので、「五度飯の竹さん」と異名をとっていた。又油っこい物が好きらしく、いつも顔がギラギラしているので、「ヘンリー・ギラー」とも呼ばれていた。バアさんだけでなく皆のアイドル的存在だったのです。
>
> 酒はあまり強くないが燥（はしや）ぐのが好きで、彼が酔ふと、イタリア民謡を歌へ、と皆が囃（はや）し立てる。彼は起立して直立不動の姿勢で、「オーソレミーヨ」や「サンタルチア」を大声で朗々と歌ったものでした。バアさんは竹さんの明るさが大好き

で、彼の来ない夜は迎えに行きたい程でした。

長野は鎌倉に住む。連絡を取ったところ、都内に出る用事もありますので、ということで千代田区内幸町の日本プレスセンタービル内にある日本記者クラブでお目にかかった。明朗な人柄で、バアさん記すこの「ノート」の一節が浮かんだものだった。

長野が本田および深代について語ったことは、馬見塚、大塚の言と多分に重なっている。

本田の上野署時代の仕事に、読売の都内版に掲載された「東京の素顔」がある。浅草にあるストリップ劇場・カジノ座を舞台に、踊り子や衣装係やコメディアンを取り上げつつ、下町に生きる人々の姿を描いた連載である。

ポンちゃんがストリップ劇場に入り浸っている——というのは格好のジョーク話として記者クラブに届いていたが、連載を読んで長野は驚いた。通り一遍の取材ではなくて、相手と深く付き合い、その人の芯にあるものをぐいとつかんでいる。書き手の感性が滲み出ていて、表現が豊かだ。社会部記者の迫力と書き手の個性が伝わってくる読み物で、この人はすげえ記者だ——そんな読後感に襲われた。

長野の脳裏に残っている深代像は、これまた記者クラブのソファに「トドかアザラシのごとくに」横たわっている姿である。

もの静かで、余計なことはいわない。賢い人であることはすぐにわかるが、知ったかぶりや知識をひけらかすようなことはまったくない。思慮深い人、というのがまず伝わってくるものだった。それに、接していると温かい感触がある。この人は素晴らしい人だ——出会って間もなく、長野が直感として思ったことは、その後変わることなく続いた。

長野から後日、上野署時代、深代が書いた記事のコピーが送られてきた。

朝日新聞の一九五八（昭和三十三）年七月四日付社会面のトップ記事で、「日照り続きで？　さびる金属」「川から腐敗ガスか」「泣かされる地金屋さん」という見出しがあって、変色前と変色後の二枚の真鍮の写真も添えられている。

本文では、近頃、商品の真鍮がすぐに黒く変色してしまうという伸銅業者の声が紹介され、隅田川に堆積している有機物の腐敗によるガス発生が原因かもしれないという研究者の見解が示され、台東保健所が調査に乗り出して川の泥さらいがはじめられる模様——と締め括られている。

この記事について、長野の便りにはこう添え書きがしてあった。

駆け出しの新米記者の小生を驚かせたのは、所謂警察回り記者（普段は警察ネタ、上野動物園ネタ、下町の行事などの街ネタを取材）が、「公害」という言葉もなかった頃、こういう記事を書いて特ダネにしたことです。

今でも記憶している情景は、特ダネが載った朝、上野警察署の記者クラブに姿を現わした深代氏に対し、仲間の我々が「深ちゃんにやられた」と感嘆の声を上げた時、深代氏はニヤニヤして、照れくさそうな表情をして、フッフッフッと彼特有の反応を見せたことです。

通常、記者たちは一般的なサツネタなどはお互い教え合っていましたが、こういう独自取材は当然のことながら知らせることはなく、我々仲間の深代さんに対する敬愛の念は「ヤラレタ」という風な表現になったのです。

もとより青年記者・深代惇郎は、ソファで寝転んでいたばかりではない。管内の署回りはサボりつつ、こういう記事は書いていたのである。深代天人には、独自の視点と切り口がしばしば見られるが、それは若いころから持っていた、いわばセンスであったことがうかがわれる。

　ＮＨＫ福井放送局に勤務したのち、長野は東京に戻り、ニュースをまとめる編集部（整理部）、報道局に属したのち、外信部（国際部）に移った。メキシコ・ロサンゼルス支局に赴任し、ベトナム戦争、イラン・イラク戦争の報道にも携わった。英語ニュースを担当する国際局報道部副部長で五十五歳定年となったが、その後二十年、ＮＨＫインターナショナルなどで仕事を続けた。

　半世紀近く長野はＮＨＫで働いたが、深代のような男に出会うことは——一人を除いて——なかった。周りには、優秀で仕事のできる男はたくさんいた。三ヵ国語をしゃべるような語学のスペシャリストたちもいた。ただ、深代から受け取ったものはその種のものではなかった。

「世の中でよく見かける秀才たちとは次元が違うのですね。駆け出し時代に出会った深代さん、本田さんには、ああ、俺は一生かかっても到底かなわねぇなと思わせるものがあった。『警察（サツ）回り』を読むと、二人が黙ってバアさんのことを面倒みてきたことがわかる。そういう人間的なことを含めてのことです。僕にとってこの二人は、どんと聳（そび）え立つ二つのアルプス峰であり続けてきたわけです」

長野が報道局の「コンピューター班」に在籍していた時期、深代とよく似た雰囲気をもつ同僚が一人いた。色白で男前、深代と比べると細面であったが、同じようにもの静かで明晰、余計なことはしゃべらない。コンピューター班が取り組んでいたのは、数値の速報処理や映像の図形化などであったが、総選挙の開票速報やアポロ11号の月面着陸において威力を発揮した。

その同僚は、社会部から派遣されていた「柳田邦男君」で、二年近く机を並べて仕事をした。のちに局を退職してノンフィクション作家となった。

柳田もまた深代の書く「天声人語」のファン読者であったようである。『文藝春秋』の特集「日本を震撼させた五十七冊」に『深代惇郎の天声人語』を挙げている（二〇〇四年九月号）。

ここで柳田は、「天声人語」が朝日の購読者以外にも広く人々に影響を与えてきた理由として、⑴『今朝の天声人語にこう書いてあったよ』という形での日常の話題の情報源として。それも、右か左かといった政治論ではなく、時代論、文化論的な包丁捌（さば）きによって知的味覚を刺激する話題提供だ。記事は読まなくても、天声人語は必ず読むという人が少なくなかった。⑵大学受験や就職試験の小論文・作文の手本とし

て。論旨明快で、人の心に届く情感もあるエッセイや評論の書き方の読本となってい
た。⑶新聞各紙の政治的立場に関係なく、コラムの典型的な文体を創った」という三
点を挙げ、「朝日新聞の名文家たちがリレーをしてきたそういう『天声人語』の長い
〝黄金時代〟のいわば最後の旗手として健筆をふるったのが、故深代惇郎氏だった」
と記している。

4

「素娥の会」が生まれたのは、素娥が店を閉め、バアさんが銀座の三笠会館内にある中華料理店で働きはじめてからである。その縁で、会館内の店で会が開かれてきたが、春と秋、年二回の会合に深代も本田もずっと出席し続けてきた。

時は移る――。物故者が増え、十数人いたメンバーは少なくなってきたが、馬見塚、大塚、長野、三上夫妻、「トロさん」こと長戸路政行、素娥の店を手伝ってきた「節ちゃん」、それに日本舞踊・藤間流のお師匠さんである安達夫人らによって、会はいまも継続されている。

三上幸雄は東京新聞の記者で、特報部、外報部などを経て編集局次長をつとめてい

る。呼び名は「ミカちゃん」。深代・本田と親しい間柄にあった。「ミカちゃんが元気ならなぁ……」という声を何度か聞いたのであるが、脳梗塞を患い、言葉が不自由となった。それでも、夫人の手助けを得て、会にはずっと顔を見せている。

安達啓三は朝日の記者で、上野署における深代の前任者である。深代が上野に来ると七方面の本所署に移った。この時期、深代・安達が六・七方面の下町をカバーしていたことになる。呼び名は「デブさん」あるいは「安達っちゃん」。夫人が安達恵子である。

文京区本駒込の自宅に安達夫人を訪ねた。表札横に「藤間流舞踊教室」という文字が見える。玄関を入って左手、板の間の部屋が稽古場となっている。往時の思い出をうかがったのであるが、実に朗らかなる人で、「安達っちゃん」の姿が併せて浮かんでくるようであった。

「安達っちゃん」が癌で亡くなったのは深代が逝って二年後で、四十九歳の若さだった。彼も故人となって久しいが、馬見塚も大塚も長野も、深代と同じように「安達っちゃん」を懐かしがった。

深代とは大いにタイプが異なる。深代が知性派の極みであるとするなら、安達は〝酒仙派の極み〟というべきか。馬見塚たちはこうもいった。深代・安達の両人が上野署にいたことが当時の朝日の懐の深さを物語っている、と。

安達啓三がどのような記者であったか――。本田が『警察回り』で活写しているページがあるので引用してみたい。

このページの元原稿は、『週刊現代』で企画された「マーちゃん」こと鈴木正雄との対談とある。鈴木は吉原で「特殊浴場」のチェーン店を、また熱狂的ボクシングファンが高じて角海老ジムを営むオーナーである。

――初めまして（笑）。

鈴木　何が初めましてだよ。（同行の編集者に向かって）ほんとに驚いたね。この人とはえらい古い仲なんだからよ。まいったねえ、こらぁ（笑）。あの時分、記者はガラが悪くてねえ。上野警察でもって、チンチロリンやってやがったんだよ。それで、ここはおまえ手がはいんなくていいだろう、なんていってたんだからよ。警察回りに連れて行かれてチンチロリンを教えられちゃどうしようもないよ（笑）。いま、いくらか紳士になったじゃないの。

――吉原のおたくの溜まり場にはよく行ったよな、朝日のデブさんだとか……。
鈴木　あ、安達っちゃん。
——死んじゃったんだ。ガンで痩せ衰えちゃってさあ。
鈴木　ああ、そーお。あれ、石鹼屋のせがれだよ。
——そうそう、荒川にあったマルセル石鹼の。……あの人、おれ好きだったんだ。
鈴木　あら飲みすぎだよ。飲んだくれちゃうんだもの。

夫人によれば、安達は荒川区三河島の生まれで、生粋の下町育ちである。旧制七中—早大高等学院—早大政経学部を卒業、朝日に入っている。入社年次は一九五二（昭和二十七）年であるから、深代の一年先輩である。「二十八年組」から多くの逸材が出たことは前章で記したが、「花の二十八年組、枯葉の二十七年組」というのが、夫がよく口にしたギャグであった。最初の支局勤務は札幌で、やがて東京本社社会部に戻り、六・七方面を担当する。

——朝、クラブに出て来たら、まず鮨屋に電話をかけて、ビールとゲソで始めるのが日課だったんだから。……

鈴木　いや、豪傑だったな。

――新人のとき札幌にいたわけね。で、しこたま飲んじゃってさ、雪の降る中、街路樹に寄りかかって、立ったまま眠っちゃったっていうの。朝になったら雪ダルマになってた（笑）。それを通りがかりの人が見つけて、びっくりしたっていうんだけど、もっと驚いたのが医者で、ふつうの人なら間違いなく凍死していただろうって……。並はずれた心臓をしていたから助かったっていわれたそうだけど、体力に自信を持ちすぎたのがいけなかったと思うんだ。

鈴木　身体がでかくてさ、髪を短く刈ってたろう。見てくれがヤーサンだもの。あれが入って来たら、たいがいびっくりしちゃうよな。

――でも、すごく優しい人だったんだよ。飲むと一人で帰りたがらないんだ。行こう、行こうって誘われて、おれ、荒川の家までくっついてよく行ったよ。

……

鈴木　あんたたちに新聞記者というのはこういうもんか、と教えられたね。ただ、あの時分の連中だから、職人というか、責任感はあったたな。酔っ払ってても、サイレンが鳴っただけで飛び出すもんなあ。

――だって、それぐらいしか用がないもの。

鈴木　いまの連中じゃあの真似(まね)はできないよ。毎晩、吉原から原稿を送ってたようなもんだからな。あそこで夜明かししてさ。うちに寄りつくのは、新聞記者と浮浪者が多かったんだ（笑）（昭和五十九年三月三十日収録）。

馬見塚、大塚、長野の安達への回想のなかにはいずれも「ビールとゲソ」話が登場した。ビールで咽喉(のど)を潤し、ひと息ついてからおもむろに、安達っちゃんはクラブ員にこう尋ねるのであった。

「今日、何かあったっけ？」

夜、飲み屋から帰りたがらない話も耳にした。当時、朝日はタクシーをふんだんに使えて、記者たちは公用・私用の区別なく使いまくっていた。

「デブさん、帰ろうよ、もう明け方だ」

「わかった、車、呼ぶよ」

タクシーが来ても、デブさんは席を動かない。同じ会話が繰り返され、店の前にタクシーが三、四台と横付けされてしまうのであった。

深代もまた、安達の家に深夜、立ち寄ったことが幾晩かあった。

夫人の安達恵子の実家はメリヤス屋で、東日本橋で店をもっていた。北千住で育ち、夫ともども下町育ちである。

深代と面識ができてから、「英子ちゃんのお兄さんだったの」と、奇遇にびっくりしたものである。

安達恵子は、元浅草にあった東京府立第一高等女学校（現・都立白鷗高校）の卒業生であるが、この学校は伝統芸能のクラブ活動が盛んで、恵子はここで日本舞踊を習いはじめている。二学年下のクラブ員に深代英子がいて、浅草橋の深代商店に遊びに行った日もあったのである。

『深代惇郎の青春日記』（原文ノート）には、妹・英子と踊りにかかわって、こんな微笑ましい記述も見える。

五月十九日（一九五二年）は英子が演舞場で踊る事になった。渋々五万円出す親爺、実は渋々ではないのに――。遠慮し乍らやっぱり踊らせたいおふくろ――。その様子を見ていい親爺とおふくろだと思った。

六・七方面の警察回りを終えてから、安達は江東および立川支局長、浦和支局次長などをつとめ、〝晩年〟は宮内庁詰めとなった。

安達が江東支局長の時代、深代と交流が深かった久保田誠一が支局員として在籍していたが、「デブさん」と二人で〝アルコール追放運動〟に精を出した日々を覚えている。

支局の安達宛に、何かの礼か差し入れであったのだろう、サントリーレッドが十二本詰まった木箱が送られてきたことがあった。支局員は四人いたが、酒を呑むのは安達と久保田の二人しかいない。

「久保田君、今日から二人で支局からのアルコール追放運動をやろう」

「なんですか、そりゃ？」

「うん、今晩から二人で一本ずつ片付けていこうよ」

しばらく、足もとがおぼつかなくなって支局を出る夜が続いた。

久保田の知るデブさんは、読書家であり、シャイであり、実に細やかな気配りをする人であり、「善人のかたまり」であった。

深代が逝ってから間もなく、安達も発病し、入退院を繰り返したが、やがてはやい訣れが訪れた。

「深代さんはホント、もったいない人で惜しかったですけれども、うちの人はねぇ……。毎日馬鹿ばっかやって、人の何倍かお酒を飲んで、そのまま逝ってしまった。なにしろ、お通夜の晩も、近所の酒屋さんが真っ先にお線香をあげに来てくれましたからねぇ。みなさんから良い人だった、善人だったといわれるのですが、確かに毒にはならない人でしたわねぇ……」

ユーモアを込めて、そんな風に夫人は夫を語った。人徳もあったのだろう、残された家族への社の気配りは手厚いものがあった。夫人が長く、朝日カルチャーセンターで舞踊を教えてきたのもそのひとつである。

安達が登場する章の最後、本田はこのように「安達っちゃん」を追悼している。

安達っちゃんと久しぶりに会ったのは、深代の葬式のときであった。焼香を済ませて築地の本願寺を出かかると、そこへ彼がやって来た。告別式も終わりに近かったので、一言二言交わしただけで別れた。それが彼との顔を合わせた最後になってしまった。

彼の死を伝えてきたのは、やはり本所のクラブで一緒だった毎日の記者である。社内の親しい人間だけが集まるごく内輪の通夜に、私たち二人は特別に加えてもらった。

ながいあいだご無沙汰していた安達夫人が、明るい笑顔で迎えてくれた。その健気（けなげ）さが胸にこたえた。……

「いい顔してるから見て上げてちょうだい」

夫人に促されて、棺の中の安達っちゃんと対面した。

「いつも、あなたのことを気にかけていたの。ポンちゃんどうしてるかな、ポンちゃん元気でやってるかな、って。あなたの書くものが出たら、すぐ買ってきて読んでたのよ」

それでなくてもあぶなっかしいところのある私が、何の目算（もくさん）もなしに社を飛び出したものだから、気が気でなかったのであろう。そこまで案じてくれていると は知らず、ただの一度も本を送らなかった私は、取り返しのつかない思いで胸が一杯になった。

省みて、先輩、友人に恵まれた私は、彼らの好意をただ自分の養分として、勝手に食い散らかして来たような気がしてならない。

5

深代（望月）英子の言葉を借りると、上野署時代、「お兄ちゃんは（他紙に）ぼんぼん抜かれまくっていた」ということになる。

深代が上野署詰めであった時期、「谷中五重塔炎上事件」と呼ばれる火災が起きている。台東区の谷中霊園の中にあった五重塔で、江戸期に建立され、幸田露伴の小説『五重塔』の舞台ともなった由緒ある塔である。炎上したのは、一九五七（昭和三十二）年七月六日早朝のこと。

この日、深代は浅草橋の自宅にいて、未明近く、電話で叩き起こされた。目を覚ました妹に、「谷中のほうで、人の住んでいない古い木造の建物が燃えているってことだ」とかいって、家を出て行った。

東京新聞にいた大塚凡夫の記憶でも、第一報は「木造五階建ての建物が燃えている」というものである。古い木造五階建ての建物が燃えている――という情報は間違いではなかった。ただ、それが谷中の五重塔で、心中がからまる放火とは思いもしないことだった。

その日の朝日の朝刊一面中段は、岸信介内閣の改造人事を伝えているが、その横に、太いゴシックで「谷中の五重塔焼く」という見出しと、以下の短いリード記事が載っている。

六日午前三時五十分ごろ東京都台東区谷中天王寺町三四、天王寺墓地の中央に立つ五重塔から出火、同四時半までにおよそ百坪を焼き、塔はすっかり火に包まれ、くずれ落ちかかっている。この塔は幸田露伴の小説「五重塔」などに出て有名だった。これは寛政三年十月（約百六十年前）に建立したもので総ケヤキ造り、三間四方、全部の高さ（九輪をふくめて）十一丈二尺八寸、明治四十一年に永久保存のため天台宗天正寺から東京市に寄贈したもの。谷中署の調べによると、浮浪者のタキ火の失火ではないかと見ている。

朝刊は「第12版」。都内の一部地域にのみ配達される最終版である。おそらく原稿は、谷中署から電話で送稿されたものであろう。塔に関する記述は、受け手が資料を見て加えたものかもしれない。時間のないなか、ぎりぎりに突っ込んだ原稿であることがわかる。この当時、朝刊・夕刊の締め切り時間にかかわる〝内々の報道協定〟などはなく、突発ニュースを押し込もうとする各社間の競争は激しかった。

同日朝刊の東京・毎日・読売の記事も似たり寄ったりであるが、この三紙は、燃えている五重塔の写真が載っているのに対し、朝日はこれ以前に撮られた塔の写真が小さく載っているだけだ。深代か、あるいは写真部員の出足が遅れて間に合わなかったのか。写真については〝半落ち〟となっている。

その〝埋め合わせ〟でもあったのだろう、この日の夕刊一面では、縦長の、紅蓮(ぐれん)の炎を上げて燃える塔の写真が大きく載っている。記事では、焼跡から男女の焼死体が発見されたとある。さらに後日、石油を詰めた瓶、検死体からは睡眠薬なども発見され、男女が焼身自殺を図って火を放ち、それが塔に燃え移った火災であったことが判明する。

ともあれ、事件ニュースを追って駈けずり回っていた日々が伝わってくる。

上野署を含めて警察回りの時代、記者・深代惇郎は、仕事としていえば取り立てていうほどの足跡は残していない。記者としてのキャリアを重ねていく、いわば通過する時間帯であったのだろうが、コラムニスト・深代惇郎にとっては、無形のものを蓄積した、大切な時間帯であったように思える。

あるいはたとえそうではなかったとしても別段よかったというべきか。

往時の記者仲間たちを訪ねるなかで、何枚か、写真を見ることがあった。裏に「昭和32年10月、浅草署」とメモ書きされているものは、署長、深代、長野、大塚が並んでいた。部屋の座敷で、スポーツ刈りの安達、本田、三上がにこやかに談笑している一枚もあった。彼らの交友は、歳月のなか一人、また一人と欠けてはいったが、長く持続していった。〈仲間〉と呼べるものを得た日々――。

二十代の後半、深代の個人史においてはさまざまにあったのであろうが、個別の出来事を洗い流してしまう後年からよぎる風景を浮かべるとすれば、上野署時代は、深代の生涯の中でふっと差し込んでいる日だまりのようにも映るのである。

第七章

特派員

1

語学練習生として、深代惇郎がイギリスに旅立ったのは、一九五九（昭和三十四）年秋、三十歳の日である。『深代惇郎の青春日記』には、ロンドンでの、また欧州各地に小旅行を重ねていた日々の様子が綴られている。

当時、イギリスの内閣はマクミランの保守党時代。植民地が独立し、英連邦から離脱する国が続き、ＥＥＣ（欧州経済共同体）の加盟をめぐってフランスのドゴール大統領と難交渉を重ねていた。大英帝国は過ぎ去り、欧州の一国として歩みはじめた時期である。

ロンドンでの下宿先は『ロンドン・タイムズ』の広告で探したとある。都心から汽車で二十分、郊外にあるフラワーズ家。

朝日新聞ヨーロッパ総局のオフィスはタイムズ社の中にあり、朝日と『タイムズ』は提携紙である。当地での『タイムズ』の信用は絶大で、『タイムズ』と提携している日本の新聞社の語学練習生、というと問題なく受け入れてくれたとある。総局長の高垣金三郎よりは、以降、日本の新聞は読まず、日本人と会わず、総局にも出入りするな、といわれたともある。英語の習得という意味で、「とてもありがたかった」と記している。

この下宿を根城に、英語学校や自動車教習所に通い、街に出、映画館やパブに入り、トラファルガー広場でキャロルを観、ハイドパークで路上演説を聴く。名所よりも「盛り場、市場、裏通り」を好んで歩く。さまざまに見聞を広げつつ、ロンドンでの生活を送っている。

購読紙は高級紙と呼ばれる『タイムズ』と『ガーディアン』。折々に大衆紙も読んでいる。海外に出ることは自国を見詰め直すことでもある。

イギリスにおける高級紙の発行部数は数十万部。百万部を超えるような新聞は大衆紙であって、日本の新聞事情を見直している。朝日について、「あれほど世界の経済、政治をのせ、社会現象の意味を伝え、高級な学芸時評、評論をのせ、あれだけの部数を持っているのは、他に類がないだろう」とも書いている。

ごく普通の中流家庭に下宿したことは益するもの大であったようである。フラワーズ家について、『青春日記』ではこんな風に記している。

フラワーズの亭主は、女学校のピアノの先生で、望み通り典型的な中流家庭だった。新聞は『タイムズ』、雑誌は『パンチ』、趣味は旅行と古典劇とフェスティバルホール。まさに、あまりに英国的な、といってもよかった。

私は、まったく家族の一員となった。夫婦、娘、息子の四人家族といっしょに食事をし、いっしょの居間で遊び、親類を訪ね、ドライブ旅行した。

娘に初めてのボーイフレンドが出来たといっては、夫人といっしょにわくわくした。招待したボーイフレンドに気を使って、お酒をついだり、話をしたりした。ジョンが兵隊になるというので、懸命に反対したりした。もし、フラワーズ家を知らなかったら、僕はイギリスをきらいになっていたかも知れない。

僕には生来、たたずまいのよい物も、また、よい人間も好きになれないたちがあるらしい。いやみのないたたずまいのよさを教えてくれたのは、この一家だった。もっとも、僕自身は少しも、〝たたずまい〟がよくなったわけではなかったが。

一家族で国の好悪が左右されると考えるのは、余りに情けないが、逆にいえば、異国人に対する心づかいが、それほど、その国の評判に決定力がある証拠といえるだろう。

欧州各地に旅に出ると、ヨーロッパの歴史と文明というものに思いをめぐらし、それが日本人にとって意味するものを考えている。訪問地でのメモ書きに交じって、異郷を旅する自身の位置をめぐり、「旅について」と題するこんな一文も記している。

異国の旅は、さびしさを感じ、痛烈に感じ続けていく行程である。どんな美女に出会ったときも、どんなに人に親切にされたときも、それは、実は自分一人で歩いていることを、より強く意識させるためのものでしかない。

歴史の残してくれたものに、驚き、感嘆し、筆舌を絶する山河の美にうたれるときも、やはり思うのは、自分たちの血肉でない、つまり異国の歴史と絶景に自分がどれだけの感受性を持てるか、という疑問である。

たとえ感受性を持っていたにしろ、つまりは、きょうの旅程、過ぎさり行く、思い出の街でしかないではないか。

あの石だたみ、あの谷間の美しさも、その土地の人がかき抱く、切実な、土着の愛情とはほど遠い。そして、これほどの美しさにもかかわらず、そうした愛情を持てずに、自分が歩かねばならないことを知ること。これが旅のさびしさであり、よろこびのすべてである。これほど美しい調和を持っていないな――と感心しながら、僕の思うのは、隅田川であり、ごった返す東京の盛り場と下町である。

語学練習生としての暮らしは半年余り続くが、一九六〇（昭和三十五）年春以降、深代はヨーロッパ総局の一員となり、この年の夏、ローマで行われたオリンピック取材にも特派員として出向いている。

後年、「天声人語」の書き手となる疋田桂一郎との連名で、開会式や閉会式の、あるいは水泳男子四百メートル決勝でオーストラリアの宿敵マレー・ローズに敗れた山中毅の記事なども見える。この後、ニューヨーク支局員としてアメリカに渡っている。

若き日のイギリス滞在は一年八ヵ月。知識として持つものと、現地で暮らすことによって得るものは別物である。海外を歩くジャーナリストとしての基礎的な養分を得る年月であったろう。後年、深代はヨーロッパ総局長として再びロンドン暮らしをすることとなる。

深代天人には、イギリス社会を素材にしたものがいくつか見られる。多分に〝渋み〟をもつ風土との嚙み合わせが良かったのだろう、面白いコラムを何編か残している。

「イギリスの良さは落日の残光の中にある」という一節を含む一編もあるし、女性ではじめて保守党の党首となったサッチャー夫人や、エリザベス女王のご亭主フィリップ殿下について取り上げている一編もある。

以下は「イギリス人のユーモア」をテーマとしたもの。

苦しいときほどユーモアが必要だ、とイギリス人は考えるらしい。難攻不落といわれたシンガポールを攻略されたとき、イギリスはどん底だった。「どうしたんだ。イギリス兵は一人よく日本兵十人に相当すると自慢していたのに」と他国人にいわれて、「いや、日本兵が十一人来たもんだから」と平然といってのけたそうだ▼ユーモアが好きなのは、イギリス人がひょうきん者だからではない。彼らはむしろ世界で指折りの深刻な現実主義者たちである。現実の息苦しさを知っていればこそ、一息つかねばならぬ。そうすればヒステリーにならず、新しい知恵も意欲もわいてこようというのがイギリスのユーモアだ▼電力節約で暗い、寒い冬を過ごすイギリスで『役に立たない情報』という本が売れていると聞き、取り寄せて読んでみた。三人のジャーナリストの合作だが、読むほどに、なるほどこれは役に立たない。イギリスの骨っぷしの強さ健在なりという印象をうけた▼たとえば「エクゼター市への高速道路の下に世界最小の地下道がある。トンネルの幅三〇センチ。穴グマを反対側に安全に行かせるために技師が作った」。一輪車ではじめて世界一周した記録もある。「マンダー中尉は一九六九年、南極点に一輪車を持ち込み、そのまわりをぐるりと回った」▼「もし世界の総人口を米国に集めたとしても、ベルギーやオランダの人口密度に及ばない」というのを読むと、米国は広いと思ったり、欧州は狭いと思ったり、造物主にも失策があったのかと思ったりする。ちょっとピンク調だが「平均的女性のウエストは七〇センチ。平均的男性の腕の長さは七〇センチである」というのは、造物の妙の方というべきか▼どれもこれも、きょうの用に役立たぬ話ばかりだが、無用の用を知らざるものは有用の用を知らず、というヤボな注釈を加えておこう。【一九七四（昭和四十九）年一月二十四日】

2

『深代惇郎の天声人語』に、帯の文を寄せているのはドナルド・キーンである。

ローマ時代の詩人の言葉に「私は人間であり、人間と関係あるものなら、私に関係しないものはない」というのがある。深代惇郎についても同じことがいえる。彼は人間の現象に限りない関心を示し、計りがたい愛情を抱いて書き続けた。『天声人語』は立派な文学であり、彼の記念碑である。

短文ながら、深代天人の基底にあるものを伝えている。書き手への敬意の念も伝わってくる。

ニューヨーク支局時代に二人の出会いがあって、その後もお付き合いが続いていた。キーンさんは築地本願寺での深代さんの告別式にも出席されていたはず——という朝日OBの言を耳にした。

朝日新聞縮刷版を見ると確かに、「……広岡知男朝日新聞社長、かつての同僚永井道雄文相らが弔辞を述べ、失われた才能を惜しんだ。故人の多彩な交友関係を反映して、坂田道太防衛庁長官、安嶋弥(ひさし)文化庁長官、佐藤寛子故佐藤首相未亡人、北裏喜一郎野村證券社長、堤清二西武百貨店社長、建築家丹下健三氏、作家有吉佐和子さん、デザイナー森英恵(はなえ)さん、ニューズウイーク東京支局長バーナード・クリッシャー氏、日本文学研究家ドナルド・キーン氏ら各界の人々、約一千人が参列した」とある（一九七五［昭和五十］年十二月二十三日）。

都内北区に居を構えるキーンを訪ねた。一九二二（大正十一）年、ニューヨーク生まれ。九十代に入っているが、相次いで新著を上梓し、健筆である。氏の歩みと仕事は、日米間の近現代史、日本文学史の何ページかを埋めるものとなっている。

『ドナルド・キーン自伝』（中央公論新社・二〇一一年）などによれば、コロンビア大学東洋研究科の学生だった若き日、タイムズ・スクエアの古書店でアーサー・ウェイリー訳の『The Tale of Genji（源氏物語）』を手にする。ここに美のために生きている民族がいる――それが日本との出会いだった。

戦争がはじまり、米海軍の日本語学校の教官となり、アッツ・沖縄戦にも従軍するが、「筋金入りの反戦主義者」、発砲したことは一度もない。沖縄に上陸する前、キーンの乗る輸送船めがけて神風特攻機が急降下してきたが、隣の船のマストにぶつかり、海中に消えていった。

戦場で捕虜となった日本兵の尋問を行い、残された日記や手紙類を翻訳した。死に直面した日本兵の遺稿には、もはや戦争の狂気は消え失せ、「どんな文学も凌駕（りょうが）する深い内面の葛藤」が記されていた。

ハワイの捕虜収容所では、一捕虜の所望に応え、シャワールームに蓄音機とレコードを持ち込み、ベートーベンの交響曲三番「エロイカ（英雄）」を流した。協力を得るためではない。単に彼を慰めたいと思ったのである。

戦争を憎んだ一学徒に、戦争はまた、生涯取り組むべき道を開いた。

戦後、キーンはハーバード、ケンブリッジ、京都大学で学び、コロンビア大学の教授となる。退官後、名誉教授。この間、永井荷風、谷崎潤一郎、川端康成、三島由紀夫、吉田健一、大江健三郎、安部公房、司馬遼太郎ら「文人」たちとの交流をもち、日本文学にかかわる数多くの著を刊行してきた。二〇一一（平成二十三）年、日本国籍を取得し、日本に永住することを決めたことでも話題となった。


キーンはユーモリストだった。

「推薦文を書く依頼がありますと、いつも悩みますね。さて一体何をほめたらいいものか、と思って。でも深代さんの本は困らなかった。文章が素晴らしいし、内容にとても豊かなものがあったからです」

深代との出会いの記憶はやや薄れている。

「確か……ナントカ賞でしたね。こういえばナンですが賞もたくさんいただいておりますので名前が……確かそのパーティだったと……一九六〇年代はじめだったと思いますが……私も若かったです」

賞は、一九六二（昭和三十七）年の菊池寛賞のこと。キーンの受賞を祝って、ニューヨークで開かれた小さなパーティであった。

この席の模様を、深代は『朝日ジャーナル』の「特派員からの手紙／ニューヨーク」で書いている。タイトルは「アメリカの日本熱拝見」。深代らしい、ウイットを込めた書き出しである（一九六二年五月二十日号）。


先日、外国人で初めての菊池寛賞をもらったコロンビア大学教授ドナルド・キーンさんをお祝する席に招かれた。友人ばかり四、五十人の、ごく内輪な集り、といってしまえばそれまでだが、実は外国でめったに経験できそうにないめずらしい、しかも愉快な祝賀会だった。キーンさんと同学の、いわゆる青い目の日本学者や日本通が多数はせ参じたからである。

僕とテーブルをいっしょにしたエール大学の先生に「ご専攻は——」と、まずお近づきのしるしを示したら、「はい、ヒラガ　ゲンナイです。朝日ジャーナルの『日本の思想家　この百年』を愛読していますよ」といわれたのには、もはやおそれいるほかはなかった。おはずかしいけど、平賀源内について話題を進めるべきなにものも、僕は持合せていない。

聞き耳をたてたら後ろの席では、「観世は——宝生は——」とさかんにやっている。これも話にわってはいるのはやめにした。日本のことで百花乱れとぶ席で、僕は日本人のシェークスピア学者に会ったイギリス人は、はたして劣等感をいだくであろうか、などとつまらぬことを一人で考えていた。

そのうち話題がどうやら、わが担当である「国連」のほうに近よってきたので、まわりの人が今度は僕の話を聞くようになった。日本人である僕がアメリカ外交の話を彼らに聞かせ、アメリカ人である彼らが日本の話をぶって、僕が聞き役にまわる——こんな奇妙な倒錯気分を味わうのは初めてのことだった。

この後、キーンと深代は、東京でも何度か顔を合わせ、永井道雄や有吉佐和子などと夕食をともにする日もあった。手紙のやり取りもした。

日本滞在時、キーンは毎日を、やがて朝日を購読するようになるのであるが、深代の書く「天声人語」は好きなコラムだった。時事問題や政治問題への関心は薄かったが、深代天人の扱うテーマは幅広く、そこに文明や歴史を見詰める視点があり、共感しうるものが感じられたからである。

キーンが覚えている深代への手紙に、「マッシュルームの提言」がある。

毎年のように来日し、日本暮らしにも慣れたキーンではあったが、なお不思議で理解しがたい風物がある。八百屋で見かけるマッシュルーム（マツタケ）はそのひとつ。どうやら土のついたものが尊ばれているようであるのだが、土はもちろん食べられない。どうしてなのか……。きっと欧米との食文化の違いからきているのであろうが、一度「天声人語」で取り上げてみたらどうだろう……と。深代から丁寧な礼状がきたが、このテーマは取り上げられなかったそうである。確かに、このことに触れた天人は見当たらない。

人・深代惇郎についていえば、「とても良く似た人が浮かぶ」という。永井道雄である。

昭和二十年代の後半、キーンは京大の研究生となり、京都・東山区今熊野(いまくまの)の民家で下宿生活を送った。下宿人となって間もなく、アメリカ留学から帰国して同じ民家の母屋の一室で暮らしはじめた教育学部助教授がいた。永井である。同居人の二人はやがて「生涯の友だち」ともなった。

「私が部屋の床の間に置かれているものに興味を持てば、彼はここに住んでいた人に興味を持つ。永井さんとは海外の旅もともにしましたが、美しい景色や立派な建物にはあまり興味を示さない。彼の興味は常に人間だった。人と会うこと、意見を聞くことが目的のすべてだった。かれはあらゆる人間を面白いと考える男でした。深代さんもそうだったと思います。それに、何か温かいものをもっていたことにおいても二人は似ていましたね」

帯の文は、このことを浮かべて書いたものという。「ローマ時代の詩人」とは、紀元前二世紀、喜劇的な戯曲などを書いた詩人プブリウス・テレンティウス・アフェルなる人物とのこと。ケンブリッジ時代、ラテン語で読んだローマ人作家であった。

深代は永井とも近しい間柄にあった。深代の告別式で、三木武夫内閣の文部大臣となっていた永井が社長の広岡知男とともに弔辞を読んでいるのが、朝日社報『朝日人』(一九七六年二月号)に収録されて残っている。

これ以前、永井は朝日新聞とのかかわりがあり、論説委員をつとめた時期がある。そもそものきっかけは、深代が「根岸の寿司屋で食事をしたさいに誘ってくれたから」という秘話を明かしている。「細かい気配りの利いた」人柄と、「満天下の読者を魅いらせた」文才に触れ、「貴方の深い価値はジャーナリズムの良心を守り続けたことにある」と語り、その早世を惜しんでいる。深代天人を「無数の短編でありながら、堂々たる長編でした」とも述べている。

ニューヨークでの出会いからいえば十三年後ということになる。深代は「天声人語」でキーンを取り上げている。

日本文学の権威、ドナルド・キーン教授が勲三等旭日中綬章をうけることになったと聞いて、重病だろうと考え込んだ知人がいた。五十二歳の年齢でこういう勲章を贈られるのは、命旦夕(たんせき)に迫っているはずだと早合点したのである▼もしキーンさんと同じように、日本文学研究で業績をあげた人が日本人だったらどうだろう。まず死ぬ以外には、七十歳前にこの勲章はもらえそうにない。だからキーンさんが重体だろうと思ったのは早トチリだったにしても、一理はあった。実際は、日本の勲章は外人の場合だけ、日本人ほど年寄りにならなくても贈られる▼「いつになったら私の仕事を、日本文学の〝紹介〟ではなく〝研究〟といってくれるのでしょうね」というのが、この大家の長年の嘆きである。その大著『日本文学史』三巻の執筆も、いよいよ近代にはいってきた。日本の国文学者でも、本格的な文学通史を書いた人はほとんどいないのではないか▼しかしキーンさんは、古事記から川端康成まで、原典を読んで筆をすすめるという仕事をしながら、相変わらず日本文学の「研究者」ではなく「紹介者」扱いである。「アメリカ人なのに結構やるものだ」といった言い方で始末して、日本の専門家たちは自分たちの権威を守ろうとする。こうした反応は、国文学だけの話ではなく、多分われわれが島国の人間であることと関係がありそうだ▼外人とくに西洋人に、日本の歌舞伎や能がわかるはずはない、と頭から決めてかかっている。芭蕉研究の本が英語で出版されると、「外人に俳句がわかるものでしょうかね」と、頭をかしげて否定的な表情をする。ところが自分たちは、フランス文学が好きですといったりする。日本の古典よりシェークスピア劇の方がピンとくるという人もいる▼相手は自分たちのことを理解できないのが当たり前で、自分たちが外国のことを理解できるのは当たり前だと思って疑わない。【一九七五（昭和五十）年一月十

三日】

「命旦夕に迫っているはずだと早合点した人には大変申し訳ないですね。まだ生きておりますから」

このコラムに目を通しつつ、書かれた当人はそういって微笑した。

キーンに会う少し前、たまたま私は新作『正岡子規』（新潮社・二〇一二年）を書評することがあり、読了したばかりだった。明治期、「写生」という方法をもって詩歌全体を蘇らせた子規の意味と生涯を描いた、ごく正統的な評伝である。子規への関心は「ずっと以前から」とのことであったが、もはや〝外国人〟が書いた作品とはまるで意識することはなかった。大家となってなお、とどまるところない研鑽のなせることであるのだろう。

文学研究者とジャーナリスト。生きた世界は異なるが、この二人の碩学（せきがく）が出会って半世紀余がたっている。どんな人物としていま記憶に残っていますか、と尋ねた。

「いい答えかどうかはわかりませんが、人としての深みがあって、いつもこの人と話をしてみたいという気持になる人でしたね。もし飛行機で隣り合わせに座ることがあれば随分と旅も楽しいものになるだろうと」

もう一つの〝帯の文〟を耳にしたようにも思えた。

3

朝日新聞の縮刷版をめくっていると、深代のニューヨーク支局時代の署名記事をいくつか見ることができる。「国連をみつめて」と題する九回にわたる連載記事もある（一九六二〔昭和三十七〕年十二月五日〜十七日）。

第一回のサブタイトルは「前頭三枚目」。冷戦時代の真っ只中である。国連における東西の横綱は米ソ両大国。大関・関脇は見当たらず、英・仏に加え、中立国のリーダー、インドを小結にあげている。日本は国連への供出金を随分と負担しつつも存在感は乏しく、前頭三枚目というあたり。「それにしても〝日本関〟は毎年、体だけは大きくなって、化粧回しがそのわりにはえないのは、どうしたものだろうか」と結んでいる。

第三回「輝ける委員長」では、職員数四千四百人を擁する国連職員組合の委員長になった明石康（やすし）を取り上げている。

明石は秋田の出身。戦後に創設された東大教養学部の第二期生である。卒業後、フルブライト留学生としてバージニア大学で学ぶ。さらに研究職を目指して専門大学院フレッチャー・スクールで国際関係論を学んでいた時期、一九五六（昭和三十一）年十二月十八日であるが、参観に訪れた国連の総会で、重光葵外相の国連加盟受諾演説を聞いている。国際連盟脱退から二十三年、国際社会に復帰した戦後日本の記念すべき日であった。

ミネソタで開かれた国際学生セミナーで「極東における国際関係」というテーマの発表をしたところ、たまたま席にいた国連事務局政務部長のウイリアム・ジョーダンから、職員になる気はないか、と誘われた。間もなく日本が国連入りする、日本人スタッフが必要で公募がある、というのである。国際政治の現場に身を置くことは将来、アカデミックな仕事に就くさいにも役立つだろうと思えた。生涯の仕事になるとは思ってもいなかったのであるが――。

正規の日本人職員は明石がはじめてだった。イーストリバーを見下ろす、マンハッタンの国連ビル三十五階に小さな部屋を与えられた。職場は政治安全保障局政務部。国際政治の分析が主たる業務で、部長はイギリス人。スタッフはアメリカ人、ペルー人、ブラジル人……。文字通りの国際社会のなかで仕事をはじめていく。公務員であれ民間会社であれ、海外に暮らす日本人は「日の丸」を背負って生きていくが、〝国際公務員〟たる国連職員に背負う国旗はない。

深代の記事が載ったときは、職員になって五年目、三十一歳のときである。「だれの後押しもなく国際社会にとびこんで、万丈の気をはいている明石委員長に、大いに拍手をおくりたい」と、記事は締め括られている。

職員組合の課題は給与と待遇の改善である。交渉相手は、ビルマ（ミャンマー）出身のウ・タント事務総長。敬虔な仏教徒で、ハラの据わった平和主義者であった。明石の委員長時代、一般職員の給与引き上げは棚上げされたが、ガードマンなど「フィールド・サービス」部門の給料アップには成果を挙げた。

その後、明石は国連でキャリアを重ね、日本政府代表部の参事官、公使、大使もつとめた。国連に復帰してからは、広報、軍縮、人道問題担当の事務次長を歴任。カンボジア和平の、またユーゴスラビア内戦を収拾する国連機関の特別代表などもつとめ、世界各地の紛争収拾に尽力した。

いま、明石は、六本木にある公益財団法人・国際文化会館の理事長をつとめている。四十年に及ぶ国連生活の間、内外を問わず数多くのジャーナリストに接した。深代もその一人ということになるが、「味わいの深い、特別な人」として記憶にとどめている。

「国連をみつめて」の取材で、深代からインタビューを受けたのが出会いであったが、取材されたという感触はなく、語り合ったという記憶が残っている。その後、ニューヨークで、また一時帰国したさいの東京で会ってきた。共通の友人に作家の有吉佐和子がいて、三人で食事をともにすることも幾度かあった。

有吉が『紀ノ川』を書いて人気作家となるのは一九五九（昭和三十四）年である。翌六〇年、有吉はニューヨーク郊外にあるサラ・ローレンス大学に留学しているが、この時期、明石と知り合っている。月一回、ニューヨーク在住の邦人有志たちが集まる「社会科学研究会」という集まりがあって、幹事役を明石が引き受けていたのであるが、有吉はこの会のメンバーでもあった。

この年、深代はローマ五輪の取材にロンドンから派遣されているが、深代原稿の載っている同じ紙面に、作家・有吉佐和子の「スタジアムに立って」「私のオリンピック観」などの寄稿原稿も見られる。深代と有吉の交流も同時期からのものなのだろう。

三人で会えば、そのときどきの国際問題から人物論まで、あらゆることが話題となる。有吉は才気煥発、天衣無縫というべき女性で、明石との議論が白熱することもあったが、深代との間ではない。

明石にとって深代は、刺激的でかつ気持のいい話し相手だった。オープンであり、先入観なしにモノを見詰めている。情報交換という意味もあったけれども、むしろ深代がどう考えているかを知ることが自身にとって参考になるのである。

国連時代、明石は、国内紙では『ニューヨーク・タイムズ』『ワシントン・ポスト』など、国外の新聞ではイギリスの『タイムズ』『ガーディアン』、フランスの『ル・モンド』、それに朝日、毎日、読売、日経などに目を通していたが、深代天人の愛読者だった。新聞コラムのなかで「もっとも味わい深いコラム」であったと思う。味のあるコラムニスト。その源にあるものはなんであったのか――。ふっと浮かぶ情景が明石にはある。

帰宅途中の夕だった。国連ビルの近く、ファースト・アベニューにあるレストランのカウンター席に深代がいた。ウイスキーグラスを手に、沈思し、物思いにふけっているような気色で一人ぽつんと座っていた。青山あたりのバーでも同じような光景を見た日がある。ともにたまたま見かけた姿であったが、人・深代惇郎が含み持つ情景として、いまも脳裏に刻まれている。

4

深代がニューヨーク支局員であった時期、フランスからの独立を目指すアルジェリアの反乱が続いていたが、首都アルジェの現地ルポ（一九六一［昭和三十六］年四月）、軍によるクーデター直後のアルゼンチンの物情を伝えるもの（一九六二［昭和三十七］年四月）、産油国ベネズエラの政情不安を伝える記事（同）などの署名原稿が見られる。

ニューヨークを拠点に、世界各地に飛んで記者活動をしていた様子がうかがわれる。後のコラムニスト・深代惇郎に残した財産ということでいえば、キーンや明石がそうであったように、多彩な人々との出会いであったろう。

ファッションデザイナーの森英恵や、『ニューズウィーク』東京支局長をつとめたバーナード・クリッシャーもそうである。

森は、日本人のデザイナーとして海外ではじめて認知された人である。一九六一（昭和三十六）年夏に初渡米しているが、そのときの「屈辱感と使命感」が活動のバネとなった。

ニューヨークの百貨店。衣料品でいえば、最上階のフロアに並ぶ服はフランス製で、日本製は地下のバーゲンセールのコーナーに置かれていた。ブラウスは一ドル程度。「モノマネ」「安かろう悪かろう」が日本製品のイメージだった。

滞在中に観たオペラ「蝶々夫人」で描かれる日本人女性の姿も情けなかった。ただ男のいいなりになる女。仕草は中国風で、畳の上を下駄履きで歩く。敗戦から十数年、それがアメリカにおける日本の姿だった。

この折、ニューヨーク支局のオフィスで、森ははじめて深代と顔を合わせている。もの静かな人、であった。

森がニューヨークのホテルでファッションショーを開くのは四年後の一九六五（昭和四十）年一月である。あたう限りの準備をして臨んだショーだった。日本製の上質な生地を使い、かつ日本人の細やかな感性を生かしたオリジナルな作品――。

着物に適した布地はたくさんあるのだが、洋服は少ない。白地の縮緬（ちりめん）、西陣織、友禅染……素材を揃えることからはじめた。ドレスには蝶をデザインしたものを何点か作った。「蝶々夫人」を吹き飛ばしたかったこと、それに、島根・六日市で蝶を追って過ごした少女期の思い出を込めたものだった。蝶は以降、森作品のトレードマークとなる。

東京で再会した深代から受けたアドバイスは「メディア対策」で、いい男を紹介するよといわれて引き合わされたのがクリッシャーだった。

ショーは大きな評判を呼んだ。クリッシャーの紹介もあってか、『ニューヨーク・タイムズ』『ヘラルド・トリビューン』、『アメリカン・ヴォーグ』といった有力紙誌が大きな見出しで取り上げてくれた。人物紹介の冒頭、着物のデザイナーではない、という断りの入った記事もあった。

あご髭を蓄えた中年の男が楽屋を訪れ、「とりあえず妻のために何点かオーダーしてみたい」といった。スタンレー・マーカスと名乗った。高級百貨店「ニーマン・マーカス」のオーナーで、ファション界の実力者であった。以降、森の作品を取り扱っていく。

やがてハナエ・モリは世界のブランドとなり、森はニューヨークでブティックを営むようになる。その出発となった日々、多くの人々に支援してもらった。深代やクリッシャーはその一人である。

深代との交友は長く続いた。クリッシャーや有吉佐和子と夕食をともにする日があった。深代は森の夫、賢ともウマが合い、自宅に招くこともあった。

静かな人――という印象はずっと動かなかった。別段、お洒落ではないが、森の目から見てセンスがいい。知的で、かつそれをひけらかさない。日本人のもつ、抑制の利いた美質を備えた男が深代だった。

エレガントな人――という言葉が森の口から漏れた。それはもちろん、内側から滲み出るものを指してのことであろう。

渋谷区広尾のマンションに、バーナード・クリッシャーを訪ねた。

玄関口の壁に、二人の男が向かい合って握手をしているツーショットの写真が掛けられてあった。一人はクリッシャー、もう一人は昭和天皇。在位中、活字メディアに対して天皇が単独記者会見に応じたただ一度の機会において撮られたものである。一九七五（昭和五十）年九月二十日のこと。このことにおいてクリッシャーの名を記憶する人もいるだろう。

クリッシャーは一九三二（昭和六）年、ドイツ・フランクフルトの生まれ。父母のルーツはポーランドにあってユダヤ系である。少年期、ナチス・ドイツのユダヤ人への迫害がはじまり、家族はドイツを逃れオランダへ、さらにハンガリー、フランス、ポルトガルを経てアメリカへと渡る。父方の叔父と叔母はアウシュビッツの強制収容所で亡くなっている。

戦後、クリッシャーは徴兵によって米陸軍広報部に所属し、ドイツ、日本に駐留した。ジャーナリストを志し、奨学金を得てコロンビア大学東アジア研究所で学ぶ。この時期、ニューヨークで深代と出会っている。ニューヨークでの新聞記者生活を経て、一九六二（昭和三十七）年、『ニューズウィーク』東京特派員として来日し、助手、支局員を経て支局長となる。昭子夫人は日本人である。

深代とは交流を重ね、「とてもいい友人」となった。

来日時、クリッシャーは、ライトブルー色のフォルクスワーゲン「カブト虫」に乗っていた。アメリカから持参したもので、これに乗って夫人と九州一周旅行もした。まだ高速道路はなく、外車が珍しい時代であった。後年、この車を深代にプレゼントしている。

来日時は池田勇人内閣の時代。深代の義兄で政治部次長の三浦甲子二を通じて大平正芳外務大臣との会食をセットしてもらったことがある。「日本の新聞社」というテーマに取り組んださいは、朝日新聞社主の上野精一を紹介してもらった。逆に、深代が「世界名作の旅」でジョン・スタインベックの『怒りのぶどう』を取り上げたいと聞くと、アメリカの知人を紹介したりした。

「天声人語」は掲載日の翌日、『朝日イブニングニュース』に英訳されて載る。クリッシャーはほぼ毎日、深代天人を読んでいた。考えの深い、言葉を選ぶ才に恵まれたグッドライター、と思っていた。

『ニューヨーク・タイムズ』記者を経てノンフィクション作家となったデイヴィッド・ハルバースタム著の、ベトナム戦争の泥沼へと突き進んでいったケネディ政権の内幕を描いた『ベスト&ブライテスト』が刊行されたのは一九七二（昭和四十七）年である。クリッシャーにとっても感銘深き著であったが、「最良にしてもっとも聡明な」という言葉から浮かぶ日本人ジャーナリストが深代であった。

クリッシャーにとって昭和天皇の単独会見は、来日して十四年目の出来事である。この年の夏、史上初となる天皇の訪米が秋に行われることが明らかになった。日本側にとって、天皇の人物像をアメリカ社会へ伝えることは重要な案件である。訪米前、海外メディアとの共同記者会見が行われるであろうが、それに加わるだけでは面白くない……。

単独記者会見が実現するには、周到な「根回し」が必要なことを承知していた。有力閣僚、外務省、宮内庁……。三木内閣で副総理をつとめる福田赳夫は、『ニューヨーク・タイムズ』と『ワシントン・ポスト』、それに雑誌『タイム』を加えた合同インタビューではどうか、という。クリッシャーは必死に弁じ立てた。

「アメリカの新聞は有力紙であっても一つの都市でしか読まれません。それに、新聞紙は魚を包むのにも使われます。全米に広く伝わるメディアは部数三百万部を誇る『ニューズウィーク』です。知識人も読むし大衆も読む。『タイム』の東京支局長は赴任してまだ日が浅い。私は着任して以来、日本のニュースを正確に世界に伝えてきました……」

乗り越えるべきハードルはさまざまにあったが、単独会見が実現する。皇居の接見室「石橋(しゃっきょう)の間」のテーブル下に、まだ珍しかったソニー製の小型テープレコーダーを置いて待っていると、天皇が現れた。握手しつつ、「こんなに興奮しているのは生まれてはじめてです。昨夜は眠れませんでした」というと、天皇は「スペシャル・スマイル」をもって応えた。

すでに前もって質問事項は提出していたが、それらについて天皇は一人で考え、答えを用意していたことがわかった。それまでイメージとして抱いていた「神秘的なエンペラー」という人物像とは随分と異なる人だった。言い回しは極めて慎重ではあったが、正直で誠実なる人、という印象を受けた。

ニューヨークのニューズウィーク本社が、東京で昭和天皇の単独記者会見を行い、詳細は最新号に載せると発表すると、ニュースは世界へ伝わった。九月二十二日付朝日夕刊には、一面のトップで、「天皇、米誌記者（ニューズウイーク）と会見／「終戦」ご自身で決定／戦前・戦後を通じて憲法に沿って行動／開戦 閣議決定覆せず」という見出しの記事が見られる。クリッシャーの顔写真も載っている。

もとより、極秘で動いていたことであるが、原稿と写真を本社に送電してから、クリッシャーは深代には電話をし、事の顚末を話して質問と答えの要旨を伝えた。

東京駐在のアメリカのメディアは悔しがった。クリッシャーに対し、『ワシントン・ポスト』の特派員は以降口をきかず、『タイム』の支局長は「一生かけて復讐する」と息巻いた。

クリッシャーと深代との付き合いは、永訣のときまで続いた。深代が入院中と耳にし、『ニューズウィーク』を病院に送っていたのであるが、人づてに「もう読めなくなったから」という伝言を受け取った。血液の癌で余命いくばくもない、という。無性に悲しかった。

クリッシャーは日本を永住の地とした。二人の子供も日本とアメリカを往来するなかで育った。『ニューズウィーク』を退社してのち、『フォーチュン』誌や新潮社の編集顧問などをつとめ、ジャーナリストとして活動してきた。

近年は、アジアで縁が深かったもう一つの国、カンボジアの国際支援にかかわり、日刊紙『カンボジア・デイリー』の刊行や、病院や小学校の建設などをサポートする活動を続けてきた。国際的な慈善活動に贈られる「グライツマン賞」を受賞している。大量虐殺が起きた国のその後を伝え、再建に寄与する——。それは、彼の少年期の体験に由来する部分もあるのだろう。

長くジャーナリズム界に生きて、心から敬意を払う三人の友人をもった。一人は『ロサンゼルス・タイムズ』東京支局長のサム・ジェームソン、もう一人はアメリカの新聞記者を経てチェコの『プラハ・ポスト』編集長になったアラン・リービー、そして深代惇郎である。

三人には共通項があった。「情熱的であり、あらゆる出来事に対して懐疑的であり、しかし決して冷笑的でない」ということにおいて——。

5

ニューヨークが世界の大都市であるのは、ビジネスと金融の中心地であるだけでなく、演劇・音楽・アート・映画・スポーツ……など人間の表現にかかわる檜舞台の地であるからだろう。文化の中心地は人々を引き寄せる。深代天人で印象深いのは人物を書いたものが多いが、ニューヨークで出会った人物も何編かある。ボクサー、モハメド・アリ（カシアス・クレイ）もその一人である。

モハメド・アリの世界ヘビー級タイトル戦のテレビを見ながら、十一年前、ニューヨークで彼に会ったときのことを思い出していた。カシアス・クレイという名で、ヘビー級の王座についたばかりの時だった。過激派団体ブラック・モスレム（黒い回教徒）の一員であることを宣言し、命をねらわれているというウワサだった▼ホテルに行き、彼の部屋にたどりつくまでに、雲つくような大男たちの何人もの関所を通った記憶がある。彼は腰にタオルを巻いただけの裸で、迎えてくれた。あれほど美しい小麦色の膚、あれほどしなやかさを感じさせる身のこなしを、それ以前にも、それ以後にも、男についても、女についても、見たことはない▼「私は日本が大好きだ。いっしょに写真を撮りますか。何かにサインをしますか」と親切だった。「あなたの写真だけ撮らせて下さい。サインは結構です。お話さえ伺えれば――」と答えた。新聞記者はブロマイドやサインをもらう職業ではない、とこちらは思っていたし、彼も別段気を悪くした風はなかった▼いろいろ聞いた中で「ボクシングについてあまり知りませんが、どういう魅力があるのですか」という質問をした。彼は速射砲のようにまくし立てた。「魅力、何をいうんです。ただ、なぐり、なぐられるだけのことだ。鼻が曲がり、顔がゴムマリのようにはれ上がり、それを見てお客が喜ぶだけのことだ」▼彼はたしかに、本気になってしゃべっていた。「こんな商売を魅力があると思ってやっている人がいたら、お目にかかりたい。おれは金がほしいからだ。一生暮らせる金ができたら、さっさとやめる。こんなことでもしなければ、ドアマンになって〝イエス、サー、イエス、サー〟で一生を終えるほかはなかったんだ」▼テレビを見たアリは「チョウのように舞い、ハチのように刺す」昔のクレイの肉体ではなかった。この試合で二十七億円を手にすると聞き、まだやめられないのだな、という思いがあった。【一九七五（昭和五十）年十月三日】

この二日前、アリはフィリピンのアラネタ・コロシアムで、ジョー・フレージャーと戦い、世界ヘビー級王座を防衛しているが、ボクサーとしては晩年の季節に入りつつあった。

この年から十一年前といえば一九六四（昭和三十九）年であるが、深代の自筆年譜には「東京オリンピック取材（アメリカ、カナダ、メキシコ特派）」という一行がある。このさいニューヨークで実現したインタビューであったのだろう。

十一年前、アリは、史上最強のハードパンチャーといわれたソニー・リストンをTKOで破り、世界王座に就く。そのこともニュースであったが、その後、回教徒に改宗してアリと改名、ベトナム戦争への徴兵を拒否し、無敗のまま王座を剝奪されたことはより大きなニュースとして伝えられた。

三年余、ボクサー生活の全盛期となったであろう年月をあえてブランクとした。やがてリングに戻り、チャンピオンに復帰する。クレイ時代のスピードと切れ味は遂に戻ることはなかったという見方もあるが、その後も人種差別撤廃などさまざまな社会的問題を「ビッグマウス」から発信し、ヒーローであり、またアンチヒーローであり続けた。

アリが、史上もっとも強かったボクサーであるかどうかは意見が分かれようが、一九六〇年代から七〇年代にかけて、あるいはいま現在をも含め、もっとも存在感のある世界チャンピオンであったことに異論ある人はいまい。深代にとってこのボクサーは、魅力のある、そして気がかりな存在であったのだろう、天人でこれ以前にも取り上げている。おそらくそれは、モハメド・アリというボクサーが、世界と時代を映し出す、ひとつの象徴的存在と映っていたからなのだろう。

第八章

名作の旅

1

手にとると、軽い、純白なわた毛だった。プラタナスの実からはじけた綿だと、教えてくれた人がいた。

それが、いつ降りだしたのか、無数に、吹雪のように、セーヌの川岸を乱れとんでいた。

手のひらにのせ、フッと吹くと、また吹雪の中に帰っていく。その下で、ジェラニウムの花が炎のように、真赤に咲いていた。

パリの夏。ジェラニウムのにおい。そのなかを歩きながら、私は『チボー家の人々』の主人公、ジャックの青春を思い浮かべた。

一九六五（昭和四十）年七月十八日付の「世界名作の旅」の冒頭である。

日曜版の紙面で「世界名作の旅」シリーズがはじまったのは前年秋である。名作文学を素材に、記者たちが誕生の地を訪ね、自由な随筆としてまとめる。写真には、はじめてのカラー刷りが使われ、話題を呼ぶ大型企画となった。

書き手には、森本哲郎、疋田桂一郎などのベテランとともに深代惇郎が選ばれ、深代はロジェ・マルタン・デュ・ガールの『チボー家の人々』、マーガレット・ミッチェルの『風とともに去りぬ』、ジョン・スタインベックの『怒りのぶどう』、O・ヘンリーの『最後の一葉』、ヘンリック・イプセンの『人形の家』、ジェームズ・ヒルトンの『チップス先生さようなら』など十編を担当している。

十編のなかでも、『チボー家の人々』の書き出しは印象的である。深代が社内で広く、〝書ける記者〟として認知されるのはこれ以降である。

わた毛がプラタナスの実からはじけた綿だと教えてくれた人――というのは、パリ支局員だった秋山康男である。

朝日の入社年次でいえば、秋山は深代の一年後輩である。浦和支局などを経て外報部に所属し、パリ、プノンペン、ジュネーブなどに勤務し、後年は出版局に属した。『深代惇郎の天声人語』の森恭三の「あとがき」にも秋山の名が登場する。本に収録する作品の選択は、「編集委員秋山康男、学芸部酒井寛、週刊朝日編集長涌井昭治君らが選んだ」とある。いずれも深代との交流が深かった記者である。

秋山が深代と親しくなったのは、深代が語学練習生としてロンドンに向かう前あたりからである。フランク、正義感、江戸っ子らしい気風の良さ……そんなところが伝わってきて、好感をもった。〃ルーツ〃もかかわりあるのかもしれない。

秋山は文京区大塚の生まれであるが、夫人の和子は浅草の出身で、父は浅草国際劇場の創設にかかわり、浅草寺の檀家総代もつとめていて、生粋の下町育ちであった。交流は家族ぐるみのものとなっていく。

秋山は翻訳書を何冊か出しているが、バーナード・クリッシャーの『ハーバード日記』（朝日新聞社・一九七九年）もその一冊。クリッシャーが『ニューズウィーク』東京支局長であったころ、長期休暇を取ってハーバード大学の共同宿舎に暮らしつつ世界を旅したさいの紀行日記などが収められている。クリッシャーは深代の、また秋山の友人でもあった。

深代と秋山がともに懇意にしていた在日外国人は他にもいる。

フランスのAFP記者ロベール・ギランは戦時中も日本に住み続けたアジア通のジャーナリストで、戦後は『ル・モンド』の特派員となった。三人で寿司屋のカウンターに並んで座る日もあった。同席者が、日本通のイギリス人学者、ロナルド・ドーアである日もあった。ドーアは山形・鶴岡にある旧地主の農家に長期滞在し、『日本の農地改革』（岩波書店）という本も書いている。

　そんな席であったが、新聞の魅力はコラムだよね、と深代がいったことを秋山は覚えている。日本においては「コラムニスト」という言葉がまだ馴染みの薄いころであったが、ははん、アート・バックウォルドの影響かな――と秋山は思ったものだ。

　バックウォルドは、アメリカの名物コラムニスト。アメリカの新聞コラムは、独立したコラムニストの原稿が各紙に配信される場合が多いが、バックウォルドは『ワシントン・ポスト』など全米の有力紙がこぞって掲載する人気コラムニストだった。しばしば有名人を俎上に載せてウイットに富んだ架空話を書いた。ピューリッツァー賞（論評部門）も受賞している。

　秋山にとって、深代がコラムニストとしての道を歩んでいくことはちっとも不思議ではなかった。後年、深代が天人を担当する時期も公私にわたって付き合いが続くが、そのことは後章に譲ろう。

　パリは欧州の中心地である。「世界名作の旅」がはじまり、書き手の面々が次々にパリ支局にやって来た。

　今度の企画はジャブジャブカネを使っていいということだ。だからお前さん、安心してオレの面倒をしっかり見ろ――そうのたもうたのは森本哲郎であった。

秋山・深代の世代にとって森本は数年上の先輩である。学芸部の名物記者であり、世界各地に旅し、『文明の旅』『サハラ幻想行』など、数多くの本を著した。「名作の旅」では、アルベェル・カミュの『異邦人』、アーネスト・ヘミングウェーの『キリマンジャロの雪』、アンドレ・マルロオの『希望』などを担当している。

これまた先輩の疋田桂一郎もやって来た。洞爺丸(とうやまる)台風、伊勢湾台風、東大生の山岳遭難、三井三池争議などのルポを手がけた社会部出身のエース記者である。後に「天声人語」の執筆者となる。さらに後年、社内誌『調研室報』に寄せた調査報告、銀行支店長が障害をもつわが子を〝餓死させた〟という事件をめぐる「ある事件記事の間違い」は衝撃をもたらし、事件報道のあり方の検証へと向かわせた。「名作の旅」では、フョードル・ドストエフスキーの『罪と罰』、アントン・チェホフの『シベリアの旅』、サン・テグジュペリの『夜間飛行』などを担当している。

ルート66を走ってきたよ――パリにやって来た深代は秋山にそういった。

ルート66とは、イリノイからカリフォルニアに至るアメリカの横断道路である。一九三三年、アメリカ中央部に大砂塵が襲い、耕地を失った農民たちはボロ車に家財道具を積んで西部へと移動する。『怒りのぶどう』は、ジョード一家がオクラホマを出、テキサス、ニューメキシコ、アリゾナを経てカリフォルニアに至る二千キロに及ぶ旅路の、さらに〝希望の地〟カリフォルニアでの苦闘を描いた作品である。一家が旅した同じルートを、深代は大陸横断の運送トラックの助手席に乗って旅してきたとのことだった。

フランスでは『チボー家の人々』を取り上げたいという。この本は深代の青春期の愛読書のひとつだった。深代の掲載原稿では唯一、「上」「下」の二回連載となっている。後年の深代天人においても、「昭和八年の学生のころその翻訳をはじめ、全巻出版が完結したのは昭和二十七年だった」と、訳者の山内義雄を偲ぶ一文を寄せている。

題名を耳にして、ちょうどいいころだ、案内するよ、といって、秋山はパリの中心部、シテ島のノートルダム寺院の裏手に深代を連れて行った。夏になると、この界隈ではプラタナスの実から弾けた綿毛が雪のように舞う。「夏の雪」とも呼ばれる。それを深代に見せたいと思ったのである。それが冒頭の文となった。フランス各地への旅にも同行している。

『チボー家の人々』は、八部十一巻よりなる大河小説である。二十世紀はじめ、ヨーロッパが第一次世界大戦に突入していく時代を背景に、チボー家の兄弟、反逆児の弟ジャックと医師の兄アントワーヌの二人を軸に物語は展開していく。

一九一四年夏のある夜、ジャックはパリのテュイルリー公園にいた。人気のない、深夜のベンチにひとり、身を横たえる。強烈な、むれるようなジェラニウムのにおい。

彼はジェンニーに愛を告白してきたところだ。

「だれひとり、ぼくが愛するように、きみを愛した人はないんだ」

そういったとき、彼はただ、ジャックの心には革命も、戦争もなかった。そしていま、ひとりになって、彼はただ、眠ることを恐れている。愛の歓びを味わいつづけるため、じっと目をあけて、あかつきの微光を見つめ続ける。

その数週間後、第一次大戦は始った。戦争は、ジャックの青春と愛を、こっぱみじんに粉砕してしまう。

兄のアントワーヌにしても、同じことだった。火のような弟に対し、水のように冷静で、そう明で、節度ある兄だ。医者としての、あらゆる未来が約束されようとしていた。だがそんなことは、戦争の前には、何物でもない。ほんのわずかな毒ガスの量が、彼を殺し、彼のすべてを無にしてしまう。

作者マルタン・デュ・ガールが、この小説で描いたものは、結局、青春の墓標ではなかったか。墓碑を刻む彼の筆は、克明で、冷静で、しかも慟哭と憤怒に満ちている。

チボー家の兄弟を軸に、戦争の虚無と破壊を書きあげるのに、彼は十九年をついやした。

十九年の歳月は、あるいは長すぎたのかも知れない。この大河小説が完成したとき、二十世紀は二つ目の世界戦争に突入し、さらに巨大な墓標を要求していたのだから——。

続いて、アルジェリア戦争に従軍し、画家となり、あるいは神学生となっている二人の若者を登場させつつ、現代における戦争の意味を問うている。

「下」では、ドイツとの国境地帯、アルザスへと足を運んでいる。アルザスは、ジャックの乗る飛行機が墜落した地だ。空中から反戦ビラを撒き、戦争の終結を企図した行為はむなしく消えてしまう。

アルザスは戦争に翻弄された地である。普仏戦争、第一次大戦、第二次大戦においてフランス軍とドイツ軍が交戦し、戦局が変わるたびに領有権が行き来し、そのたびに国境も国旗も母国語も移り変わった。国家とはなんなのか。文は、「その怪物のような、微動だにしない、巨大なものに、一途に突進し、死んでいったジャックのことを、私はもう一度思いかえした」という言葉で結ばれている。

青春の墓標――。この長編の主題を、深代はそう書いた。

人はだれも、たまたま生まれ落ちた時代のなかで人生を送る。深代たちはその思春期、二十世紀に起きたもう一つの戦争に遭遇し、翻弄された世代である。ジャックを、アントワーヌを自身に引き寄せ、わがことのごとくに読み込んだ。行間からは、そんな若き日の想いが仄(ほの)かに漂っている。「名作の旅」は、わが心の旅路でもあったのだろう。

「名作の旅」は、〝カントリーの会〟という小さな集まりを残した。

秋山が外報部員として東京に戻ってからであるが、パリでの付き合いが縁となり、森本、疋田、深代と四人で夕食をともにすることが幾度かあった。当初は秋山の家でやっていたのであるが、やがて神田神保町の「カントリー」というバーの二階に集まるようになった。メンバーも増えて、十人ほどになっていく。

加わったメンバーは、涌井昭治、学芸部の酒井寛、深代の死後「天声人語」を引き継ぐ辰濃和男、学芸部記者で後に国連女性機関日本委員会理事長をつとめる有馬真喜子、『極限の民族』『戦場の村』などで高名な記者となる本多勝一らである。当時の朝日の中心的な書き手たちが揃ったことになるが、「たまたま」であった。

会で話題となるのは、世界情勢の動向から上役の悪口まで、放談・雑談の場であった。秋山や辰濃によれば、まずは森本が一席ぶってリード役をつとめ、本多がいろいろとモノ申し、疋田が辛辣な寸評を加えるという風であった。

深代はといえば、論客たちの話をふむふむと聞きつつ、じゃあ次回はこれこれについて議論しようか、といってテーマ設定したりする。自然とまとめ役的な役割を果たしていた。

深代の足跡を追っていて気づくことがいくつかあるが、そのひとつに、社の内外、国内外を問わず、実に人とよく付き合っていたことがある。天人を担当していた時期も、寸時を割いて人に会っていた。その意味で深代は、学者的な書斎派ではなく、根っからのジャーナリストだった。無類の聴き上手の人であったとも思う。新聞のコラムニストに求められる要件を、生来、備え持った人だった。

2

一九六〇年代後半から七〇年代はじめ、深代は社会部次長（デスク）をつとめ、さらに論説委員（教育担当）となっている。三十代後半から四十代にかけてである。

この時期、石母田衆（いしもだしゅう）は、朝日新聞のアルバイト員、新聞社用語でいう「子供さん」として深代に接している。

石母田はいま、内視鏡レンズなど超精密加工を手がける大川精機製作所（さいたま市）の代表取締役をつとめるが、学生時代、バイト先はずっと朝日だった。父と兄のかかわりがあったことによる。

戦前、父の石母田敏雄は朝日新聞の記者だった。二・二六事件のさいは警視庁詰めで、戦時中は南方およびビルマ方面の従軍記者をつとめている。戦後は函館新聞に勤務したが、石母田の幼年期に病死する。

母子家庭となり、石母田は新聞や牛乳配達をして家計を助けた。大学までずっと学費はアルバイトで賄（まかな）ったが、苦学生が大勢いた時代のこと、それをあたりまえのように思っていた。兄が朝日の記者になって再度、社との関係が生まれ、縁故採用でアルバイト員となった。

当初の受け持ちは編集局連絡部の「原稿係り」。各支局から上がって来る生原稿は、タイプライターで打ち直され、「漢電」（漢字電信機）からゲラ紙が吐き出されてくる。それにデスクが朱を入れたものが植字されて組版に回されるが、ゲラ紙を各部署のデスクに届けるのが仕事だった。

次いで、社会部、論説の担当となる。仕事内容は、ゲラ刷りの配布、電話番、夜食の手配となんでもありであったが、残業代や夜勤手当はもとより賞与まで支給されて、バイト員の月収は大卒の平均初任給よりも高かった。

衆ちゃん、昼メシ食べに行こうか――深代からよく誘われた。

この当時の論説の陣営は、主幹が江幡（えばた）清。顧問に森恭三と『週刊朝日』元編集長の扇谷正造。「天声人語」は入江徳郎、夕刊のコラム「素粒子」は斎藤信也が担当していた。〝論説名物〟は斎藤で、名文家として、あるいは〝酒仙記者〟としても高名で、机の下にはドンと一升瓶が立っていた。

こういうメンバーの中にあって、深代は四十代に入ったばかりで、一番若かった。穏やかな人柄で、年齢が若いこともあって、石母田にとっては「とても話しやすい人」だった。いつも何かを考えている風で、「思索する人」という言葉が浮かぶ。何か疲れているような感じもあるのだが、にこっと笑うと笑顔のいい人だった。

深代は気配りのきく人で、「アルバイト原稿の稿料が入ったから」などといいながら、バイト員たちにお裾分けなどもしてくれたものだ。

石母田は大学卒業後、夫人の父が興した製作所の仕事に携わってきた。朝日との直接のかかわりは学生時代のバイト先ということだけであるが、OB会にもずっと出席し続けてきた。学費を賄ってくれた場所であったこと、それに、個性はさまざまであったが、接した記者たちはおしなべてフレンドリーで、上下関係のない気持のいい職場だったという思いが残り続けてきたからである。

上司やデスクとして接した深代とのかかわりを、大切な思い出としている後輩たちがいる。柴田鉄治はその一人である。

柴田の入社は一九五九（昭和三十四）年。社会部育ちであるが、科学分野のテーマを数多く手がけた。理学部地球物理学科出身のなせることであろう。後年、科学部長、社会部長、出版局長などをつとめている。

優れた先輩記者は数多くいましたが、心から敬意を覚えた人として浮かぶのは、まず疋田桂一郎さん、それに深代惇郎さんですね——と述懐する。

柴田にとって疋田は「大いに鍛えられた先輩」だった。

柴田の最初の赴任地は水戸支局。疋田が東海村の日本原子力研究所の下調べにやって来たさいにはじめて顔を合わせた。人の話にじっと耳を傾ける、もの静かな記者だった。滞在して間もなく、本社より緊急連絡が入り、疋田は名古屋へと向かった。九月末、暴風雨と高潮で死者行方不明者五千余人という大災害となった伊勢湾台風のルポを書くためである。

台風襲来時に現地にいなくてどんな記事が書けるのだろう……と、柴田は内心思っていたのだが、しばらくたって「〝黒い津波〟の跡を歩いて」と題する連載が掲載された。台風が甚大な被害を招いた一因として、名古屋市が推し進めた「安全より安上がりの都市計画」を指摘する文には強い説得力があった。

さらにしばらくして、社会面を大きく使って、北アルプスでの遭難事故を取り上げた「何を語るか？　東大生らの遭難」という疋田の署名原稿が載った。旧来、山の遭難は美化されて伝えられがちであったが、疲労凍死を招いた甘さと準備不足を指摘し、遺体収容作業にあたる山男たちの振る舞いも含めて「英雄扱い、お門違い」と、手厳しい内容だった。遭難者の一人は柴田の友人であったこともあって、記事は衝撃的だった。

「飯場」という業界用語がある。企画連載の取材班を指していわれる言葉で、連載中、班のメンバーは同じメシを食い、協同作業を行い、連載が終われば解散となる。疋田が編集委員となっていた時期であるが、柴田は幾度か「疋田飯場」に加わった。テーマは「自衛隊」「ＮＨＫ」「ＮＡＳＡ（米航空宇宙局）」など。取材において、原稿において、疋田は厳しい上司だった。なにより自身に厳しかった。

「ＮＡＳＡ」の取材が一段落ついて、取材班がニューヨークに集まった日があった。ロケットの打ち上げ基地の光景がいまひとつ浮かばない、もう一度行ってくる――そういって、疋田は一人、ワンシーンの確認のために遠くフロリダのケープカナベラルまで出向いて行った。

原稿のチェックも厳しく、幾度も書き直しをさせられ、なおオーケーが出ない。泣きの入った柴田が、「ああ窓から飛び降りたくなった」とこぼすと、「じゃあオレは窓を背にして座るよ」と軽くいなされた。

もの静かということにおいて疋田と深代は似通っていたが、肌合いは違った。

深代が社会部のデスク時代のこと。鹿児島・内之浦には東大宇宙航空研究所の発射場があり、人工衛星の打ち上げ実験を重ねていたが、同じ鹿児島県内に、新たなロケット発射場・種子島宇宙センターの建設が進められた。当時の役所の所管でいえば前者は文部省、後者は科学技術庁。果たして近隣する地によく似た施設をつくることが必要か――というのが柴田原稿の趣旨であったが、科学部の記者からクレームが入った。

応対したのが深代であったが、相手の言い分をじっくり聞いたあとで、こういった。

「何分われわれは宇宙ロケットにおいては素人なもので、細部において行き届かない部分があったかもしれない。しかし、素人がこれはへんだ、なんだかおかしいと素朴に思うことが、新聞が読者に伝えるべき出発になっている。疑問をもつことにおいて間違っていますか？」

軽く一蹴して、それで終わりとなった。

柴田は長く南極観測にかかわった記者でもある。

第一次南極地域観測隊を乗せた観測船「宗谷（そうや）」が南極に向かったのは一九五六（昭和三十一）年秋であるが、朝日が企画に先鞭をつけ、日本学術会議の協力を得て事業化されている。翌年、第二次隊が当地に向かったが、厚い氷に閉ざされて昭和基地に上陸できず、越冬していた隊員は小型飛行機で収容された。このさい十五頭のカラフト犬が基地に置き去りにされたが、一年後、第三次隊が基地に着いたさい、「タロ」「ジロ」の二頭が生き残っていた。この驚くべきニュースは世界へ打電された。

柴田が観測隊に加わったのは第七次隊（一九六五年）で、新観測船「ふじ」の初航海でもあった。NHKと共同（カメラマン）の記者が同行したが、代表取材であり、カタカナのモールス信号で送る共通原稿は報道各社に送られる。ただ、全体の三分の一という枠内で自社用も諒という取り決めがあって、このスペースには自由な記事を書いた。

「女性と南極」はそのひとつ。

観測基地は男社会であるが、ソ連基地には女性観測隊員の姿もあった。「南極観測は男性に限る理由はない」という賛成派、一方「南極くらい、女性のいない平和な大陸にしておきたい」という懐疑派の声を紹介した原稿であったが、深代から「目のつけどころがいい」とおほめの感想をもらった。足らざるところを指摘しつつ、若い記者の意欲と工夫を前向きに評価するのが深代流であった。深代の嫌ったのは、官庁の発表ものと通例に沿った型通りの原稿だった。

この年から四十年後の二〇〇五（平成十七）年、七十歳になった年であるが、柴田は第四十七次観測隊のオブザーバーとして南極を訪れている。初訪問時、愛嬌のあるペンギンの生息する大自然に魅了された。それ以上に、この島には国境もビザも軍事基地もない。交流は自由であり、困ったときは互いに助け合う。狭量なナショナリズムを振り回すものはだれもいない。そのことは、東西冷戦時代にあった往時もいまも変わらない。そのことにより魅了された。

『世界中を「南極」にしよう』（集英社・二〇〇七年）で、柴田は自身の歩みを振り返りつつ、これからの世界のあるべき姿を先取りした地としての南極を描いている。

論説委員となった深代は「教育」を担当している。

生前、深代の唯一の自著（翻訳）となったのは『日本の教育政策』（朝日新聞社・一九七二年）で、ＯＥＣＤ（経済協力開発機構）調査団による日本の教育政策の報告、および団員で日本通の元駐日大使エドウィン・ライシャワー、英サセックス大学教授ロナルド・ドーアなどの提言をまとめたものである。

報告は、日本における「広く行き渡る初中等教育」「出生による階級なき教育制度」を評価しつつ、「画一的で窮屈な教育内容」「過剰な受験競争」「十八歳で生じる新たな選別」などを指摘し、自主的で多様性を尊ぶ教育のあり方を提言している。深代天人においても、学校教育のあり方や受験問題を取り上げているものがいくつかあるが、以下は〝痛快度〟が高い一編。

大学受験に失敗して、自殺する若者さえいる。外部の者が「受験地獄」をどれほど批判しようと、受験生にとってそれが必死の関門であることに変わりはない▼その入試問題が「バカバカしすぎる」という投書をいただいた。難関とされる某私大の「地理」の出題例に、次の十の地名のうち油田地帯を選び、その国名を答えさせるというのが今年あったそうだ。「ルールケラ、ガワール、パオトウ、ガチサラン、ゼルテン、ビライ、ターチン、ドルガプール、プルガン、ウーハン」▼お恥ずかしいが、コラム子は一つの正答も出せない。平凡社の世界地図(七二年版)の索引を引いてみたが、見つかったのはプルガンなど三つだけだった。振り落とすための難問とはいえ、これらの地名を知ることと学力とどのように結びつくのか、出題者の意見を伺いたいものである▼数年前だが、別の大学の「一般常識問題」で「次の地名のうち共通点がないものを二つ選べ」といったのがあったそうだ。「三重、東京、静岡、青森、富山、福岡」。海のあるところ、ないところ、太平洋側と日本海側――などと頭をひねっていたら、まず落第。正解は「静岡と福岡」だそうで、理由は文字をタテに真っ二つにして、左右対称にならないのはこの二つだけだという▼毎年、数多く作成するのだから、出題に出来、不出来があるのは分かるが、クイズやトンチまがいの問題は不まじめだし、受験生がかわいそうだ。奥野文相は国会で「来年度から入試問題の正解を発表するよう大学側と相談したい」といっている。ぜひ実現してほしい。正解の公表は、欠陥出題をへらすのに役立つにちがいない▼難問中の難問をひとつ、ご紹介しよう。次の五つの言葉から大学と関係ないものを選び出しなさい――閉鎖主義、独善主義、秘密主義、前例主義、権威主義。【一九七四(昭和四十九)年二月二十八日】

3

久保田誠一が朝日新聞に入社したのは一九六二(昭和三十七)年であるから、深代の九年後輩ということになる。

社会部出身で、その後外報部に移り、テヘラン、サンパウロ、ニューヨークの各支局長、西部本社社会部長、ヨーロッパ総局長などを歴任した。

久保田著の『グレイゾーン　O・J・シンプソン裁判で読むアメリカ』（文藝春秋）は以前から私の本棚に並んでいたが、ゴルフにも造詣（ぞうけい）が深く『日本のゴルフ100年』（日本経済新聞社）という著もある。深代とゴルフに興じた日の写真も残っている。

深代が可愛がった後輩記者――ということで、久保田の名を耳にした。久保田が深代と交わったのは、社会部・外報部の若手記者の時代であったが、「一生の思い出を残してくれた人」であった。

来日したクリッシャーとともに運ばれてきたフォルクスワーゲン車が深代へとプレゼントされたことは前記したが、後年、この車は久保田へと譲られた。「遠慮はいらない。フォルクスワーゲンではなくボロクスワーゲンになっているから」というのが、譲渡に当たっての深代の口上であった。

確かに相当ガタがきていたが、深代さんからもらったものだからと、久保田はこの車に乗って新婚旅行にも出かけたものだ。さらに後年、車は、運転免許取得中の、久保田の学生時代の友人に練習車として譲られたが、走行中に電柱にぶつかり、ようやく長い働きを終えたとのことである。

なぜ可愛がられたのか――。「それがよくわからないんですよ」と久保田はいう。

久保田からはさまざまな資料の提供を受けたり、有楽町のレストランや銀座の寿司屋で思い出話をうかがったりしたが、温容でおおらかなるものが自然と伝わってくる人で、深代が目をかけた理由もなんとなくわかるような気がした。

入社して、久保田は浦和支局、ついで北海道支社報道部に勤務し、東京へ戻る。札幌を出るとき、部長の高木四郎より「東京の社会部にはいろんな連中がいるが、とにかく深代君に挨拶しなさい」といわれた。一九六六（昭和四十一）年、深代が社会部デスクのころである。

高木は深代よりひと世代上で、第一次南極地域観測隊の報道記者もつとめている。愛称「ヨロウさん」。退社して後のことであるが、七十歳を前にドイツのハイデルベルク大学に留学し、『老春のハイデルベルク』（騒人社・一九九三年）という著を残している。「序」を松山幸雄が寄せているが、高木を、日本橋生まれの江戸っ子で、野暮いわず、些事こだわらずの「大教養人」と記している。本文からも洒脱な人となりが伝わってくる。深代とのかかわりはよくはわからないが、相通じるところがある間柄だったのだろう。

――有楽町の東京本社社会部。六角テーブルの周りに大勢の記者がたむろしていたが、久保田には見知らぬ記者ばかりで、深代の顔もわからない。カレーライスを食べている中年の記者に、「深代さんいらっしゃいますか」と尋ねると、男は「おーい、深代君！　君を訪ねてきた男がいるぞーっ！」と声を上げた。部長の伊藤牧夫であったことを後で知る。

フロアに深代がいた。

「久保田君か。うん、ヨロウさんから話は聞いているよ。喫茶店に行こう」

そういわれて社を出、通りを挟んで向かいのビル内にいまもあるＣＩＲＯという喫茶店に誘われた。それが深代との出会いであった。

久保田は江東支局、次いで警視庁七方面、同捜査二課担当となり、有楽町の本社に立ち寄ることが多く、深代と顔を合わすことも増えた。

デスクとしての深代は、「柔らかい感触の人」であった。

夏、久保田が泊まりの日であったが、鎌倉・由比ガ浜の海開きの取材が入ってきた。夕刊用の短い記事である。ひと言、こういわれた。

「切り抜きなどは読まないで出かけてくれよな」

慣例ともなっている〝季節原稿〟であるが、フレッシュな目で、自身で見たもの、感じたことを書いてくれという注文だった。

動詞は信じてもいいが形容詞には注意したほうがいい――という深代の言を久保田は覚えている。柴田もまた同じ言葉を耳にしている。

「のどかな」春、「澄みわたる」秋、「駆け足でやってくる」冬、「気ぜわしい」年の瀬……。日本語には季節を表現するにも紋切り型の形容がたくさんある。記者たちもついそんな常套句を使いがちだ。その時々、それが本当にふさわしい形容であるのかどうか、寸時立ち止まって吟味せよ、という意であろう。

深代天人のなかで、アジア諸国のさまざまな民主主義の形態を取り上げて論評している一編があるが、「なべて形容詞はあまり信用しない方がよい」という結語で締め括っている。

中学生からの手紙を紹介しつつ、日本語の難しさ、微妙さ、味わいの妙を書いている天人もある。微笑を誘われつつ、印象深い。

「私は受験をひかえている花の中学三年生です」という少女からお手紙をもらった。トマトの絵入りの可愛い便せんに「天声人語と社説を、どうか夏休みの間お休みにして下さいませんか」と、誤字のない筆で書いてあった▼この「花の中学三年生」は夏休みの宿題に、毎日、「天声人語」と「社説」の要約、感想、字句解釈をやらねばならない。ところが、いくら読んでも何が書いてあるのか分からない日がある。一日に二時間以上もかかるときがある。「どうかお休みにして下さい」という切々たる訴えが、コラム子を悩ませる▼夏休みの最後を思う存分、海や山で遊びたいのだろう。それを毎日、辞書と首っ引きでこのコラムと向かい合っている姿を想像すると、何だか申し訳ない気持ちにもなる。と同時に、彼女が「分からない」のはなぜだろうと考える。分からない言葉に出会ったら、辞書を引けばよいはずなのに▼おそらく彼女が二時間も取り組んで分からないときがあるのは、漢字や熟語の難しさのためばかりではあるまい。文中で論理が飛躍したところ、発想が転換したところ、問題が急に抽象化されたところでつまずくのではあるまいか。こちらの表現や問題の整理の仕方に上手、下手があるのかも知れぬが、読む方の知識や読解力の問題もあるにちがいない▼たとえばパレスチナ・ゲリラにしても、インフレにしても、言葉をやさしく、やさしくして、「眉(まゆ)」を「目の上に生えた毛」というたぐいに言いかえても、分からないことに変わりはない▼それに日本語は複雑で、微妙で、難解なところがある。劇作家宇野信夫氏が「親になる」と「親となる」という言葉の違いを書いた文を、読んだことがある。子を産めば「親になる」から犬ネコでも出来ることだが、親といわれるような「親となる」のは難しい。「に」と「と」で意味ががらりと違ってくる▼こうしたことは、多分、辞書を引いても見つかるまい。文意を正確に読むことも難しいが、文を味わうこともまた難しい。【一九七四（昭和四十九）年八月二十四日】

やがて久保田は外報部に移り、深代は論説委員となるが、一週間から十日に一度という間隔で、お呼びがかかった。出向く先は、寿司屋か小料理屋、あるいは小さなスナックであった。

久保田よ、お前、深代さんとどんな関係なんだ？　——上司から怪訝（けげん）な顔でそういわれたことがある。

深代から「今日はゴッちゃんからの誘いがあったけれど、先約がありますのでと断ってきたよ」といわれた日もあった。ゴッちゃんとは当時論説副主幹で、後に編集局長となる後藤基夫（もとお）。

後藤は政治部出身で、政界の深層を知る社内屈指の情報通でありつつ口固く、「書かざる大記者」ともいわれた。後藤と深代はいい仲であったし、別段、後藤と酒席をともにしたくなかったのではあるまい。単に先に約束したということであったのだろうが、深代はサラリーマン社会における序列には頓着しない人だった。

日頃、深代は温厚な人であったが、秘めたる硬骨ぶりをきらっと見せるときがあった。

作家の三島由紀夫が「楯(たて)の会」のメンバーとともに市谷の自衛隊駐屯地に乗り込み、檄文(げきぶん)を撒き、バルコニーから決起を促す演説をしたのち割腹自殺したのは一九七〇(昭和四十五)年十一月二十五日のことである。翌日の社説は無署名であるが、深代が書いている。「ある意味では深代さんの代表的コラム」と久保田はいう。

社説というものは当たり障りのない〝正論〟であることが多く、読者も目を通すことの少ない欄と相場が決まっているが、この日のものは趣が異なる。タイトルは「三島由紀夫の絶望と陶酔」。

社説は、三島の行動はクーデターが成立すると思ってなされたものではなく、「体を張った芝居」であり、彼を支配していたものは「特異な美意識」に導かれた「虚構の世界」であり、「魔術師のように言葉をあやつり」つつ、自身そのことを知っていた。「彼の主張するような国家改造への可能性がなくなるほど、彼の絶望と自己陶酔への誘惑はますますたえがたいものになったのであろう」と記し、こう続けている。

三島由紀夫の芝居は、割腹自殺によって完結した。彼自身が、実は、彼の最後の創作だった。彼の描きたかった人間に、彼自身がなったという意味では、みごとな完結ぶりだったともいえるだろう。

彼の死がこのような結末をみることは当然の帰結だったと思う。だが、彼の哲学がどのようなものであるかを理解できたとしても、その行動は決して許されるべきではない。彼の政治哲学には、天皇や貴族はあっても、民衆はいない。彼の暴力是認には、民主主義の理念とは到底あいいれぬごう慢な精神がある。民衆は、彼の自己顕示欲のための小道具ではない。人々は、おたがいの運命を自分自身の手でつくり上げるために、苦しみ、傷つきながら、民主主義を育てているのである。

彼は、現在の経済繁栄の空虚さと道義の退廃を怒り「凡庸な平和」をののしってきた。彼の指摘してきた事実が、われわれの社会に存在することを認めよう。しかし、それを解決する道が彼の実行した直接行動主義ではないことを、歴史はくり返し、われわれに教えつづけてきたのではなかったか。民主主義とは、文士劇のもてあそぶ舞台ではない。

いうまでもなく、ここでは三島の文学的業績は問題としていない。曖昧さは微塵（みじん）もなく、しでかした行為を愚行として断じ、切り捨てている。事件の顛末が明らかになったのは午後の時間帯である。一気に書いた原稿であろうが、四十余年たったいまも、事件自体の論評としては付け加えるべきことは何もないように思える。

事件が起きた日、久保田はオーストラリアに出張中だった。帰国して間もなく、夜、銀座のバーで深代と待ち合わせていた。たまたま近くの席に、後藤や社の幹部が来ていた。互いに気づかぬままであったが、彼らの口から社説の感想が漏れ聞こえた。

「……まいったなぁ、一刀両断だもんなぁ……遊軍総動員で社会面をつくったが社説にはかなわない……あれを読んでオレはもう筆を執る気がしなくなったよ……」

そんな〝ほめ言葉〟が耳に届いてきて、照れ性でシャイな深代は小声でこういった。

「久保田君、カシを変えようよ」

久保田にとって、人・深代惇郎を形容する言葉がいくつかあるが、shyという三文字は真っ先に浮かぶものである。

「通例」や「お上」の決め事をもって自身の判断としない、形容には細心の注意を払う、独りよがりの傲慢さを嫌う……社会部デスクや論説委員時代、深代が保持していた志向は、「天声人語」の書き手となって以降も一貫して変わらぬものだった。

世に常に〝正しい解答〟があるとは限らない。

「裁判官がたいへんな職業だと思うのは、『本職には結論が出せません』という判決を言えないことであろう」——という書き出しではじまる深代天人がある（一九七五［昭和五十］年二月九日）。

ゴルフで娯楽施設利用税を取るのは憲法違反かどうか、頼山陽作ともいわれる古典ポルノが猥褻（わいせつ）であるかどうかが争われた裁判において、前者について最高裁が「違憲ではない」、後者について東京高裁が「有罪」とした判例を取り上げつつ、「……▼決められたルールに違反することは好まないが、さりとて、われわれが裁判所の判断と同じように考える必要は少しもない」という言葉で締め括っている。

日本赤軍がマレーシア・クアラルンプールの米大使館を占拠して人質を取り、収監されていた赤軍派の釈放と出国を要求したさい、日本政府がこれを「超法規的措置」

として受け入れた事件を取り上げ、人命尊重派の「人道君」と法令順守派の「正義君」が喫茶店で議論をたたかわせる天人があるが、最後、深代はこう記している（一九七五［昭和五十］年八月六日）。

「……▼『きのうは、死は鴻毛（こうもう）より軽しといってた。きょうは、命は地球より重しかね』。正義君はそんな皮肉をとばしながら、人道君の投げた問いに、実は自分が答えられないでいることを思った」

判断のつきかねる事柄に、深代天人も思いをめぐらしつつ、同じように解を出しあぐねている。そんな論考は他にも見られる。知の力というものが、集積した情報や知識によって解を見出すものではなく、問いを問いとして保持し、考えることを止めないことによりウエートがあるとするなら、そのことにおいて深代にもっとも知性的なるものを感じるのである。

三島事件からいえば半年後ということになるが、深代はヨーロッパ総局長としてロンドンに赴任して行った。

「店のほうのつなぎだけはやっておいてくれよな」

それが、後輩への頼みごとだった。いわれるまでもなく、久保田はそのつもりであったし、きちんと〝務め〟を果たした。

深代にとって二度目のロンドンであったが、在任は一年半と短い。「天声人語」の執筆者に指名され、東京に帰ってくる。深代天人がはじまり、多忙な日々を送っていくが、二人の会合は変わることなく続いた。

振り返って、深代から苦言とか小言めいたことをいわれたことは一度もない。さまざまな話題を出して語り合う。久保田にとって教えられることばかりであったが、いつも深代との席は楽しかった。そして、話の中で、ふっと間接話法的に挟まる言葉をアタマにとどめるようにした。

メダカになったらつまらんよな——というような一言。社内には人脈があり派閥もある。その種のものに深代は超然としていたが、暗に、そのようなものにかかわることはつまらぬことだといわれているように久保田は受け取った。

細やかな気配りの人でもあった。

久保田がオーストラリアに出向いたのは、外報部員に訓練的なものとして設けられている「移動特派員」としての仕事であったが、渡豪前、机に「カンガルーとは現地語でI don't knowという意味らしいよ」という深代よりのメモが置かれていた。

同じ時期、長い植民地支配から脱したアフリカ諸国をレポートする「悩むアフリカ」「かわくアフリカ」「新生ギニア」などの連載を手がけているが、「論考とエピソードがうまくカクテルされた良い原稿です」という走り書きのメモが置かれていたりする。

深代がロンドン在の折も、よく手紙のやり取りをした。

東京朝日新聞にあった杉村楚人冠（そじんかん）は、明治末にイギリスに滞在して『大英遊記』などを書き残しているが、「杉村楚人冠全集の確か第五巻の真ん中あたりに載っている『大英遊記』の一章、コピーして送ってください」という便りなどもきた。手紙の末尾にはいつも「英京（ロンドン）にて　深代惇郎」と記されていた。いま、本棚を見ると第五巻が抜けている。コピーではなく、本を送ったようだという。

深代が天人を書いていた時期、久保田は気づいたことがある。深代が自分から口にすることはないのであるが、その日の天人が話題となるのを待ち構えているような気配がするときがあった。毎日のコラム、深代といえども出来不出来はある。出来のいい日は、話題として出るのを待っている……。

久保田が感想を口にすると、ふふん、という感じで微笑する。それが深代の応答の流儀であった。

――深代の訃報を、イランの首都テヘラン、社から海外支局に発信されるテレックスの通信文で久保田は知った。

以降、随分と時が流れたが、久保田のなかで深代は生き続けてきた。その後の記者生活、執筆活動を通して、深代さんならどう考えただろう……どのような形容を使って書いただろう……とよく思った。そのような習性はいまも続いている。

第九章

ロンドン再び

1

ロンドンの中心部、テームズ川北岸に沿って東西に走る通りに、フリートストリートと呼ばれる通りがある。別名〝新聞街〟。深代がヨーロッパ総局長として赴任していた一九七〇年代前半、ロンドンに本拠を置く日刊および日曜新聞の本社、イギリスの各都市および海外メディアの支社が軒を並べる、文字通りのジャーナリズム街だった。

界隈を睥睨(へいげい)して建つビルは、一七八五年、日本の年号でいえば江戸・天明年間に創業されたタイムズ社である。後年、「メディアの帝王」ルパート・マードックに買収されて伝統的権威も低下していったが、この当時は国内外に大きな影響力をもつ保守系高級紙として揺るぎなき位置にあった。朝日のヨーロッパ総局はタイムズ社ビルの三階に入っていた。

ヨーロッパ総局が統轄していたのは、パリ、ボン、ジュネーブ、モスクワ、ベオグラードおよびカイロの支局。ロンドンに総局が置かれ、深代以下、主に金融街(シティ)担当、一般ニュース担当の三人態勢が敷かれていた。支局のスタッフには森恭三時代からのアシスタントで、ジャッキーという呼び名のイギリス人女性がいた。この時期、シティ担当は富岡隆夫、次いで高橋文利(ふみとし)で、富岡は後『ＡＥＲＡ(アエラ)』の初代編集長、高橋は長野・下諏訪(しもすわ)の町長になっている。一般ニュース担当は小林一喜(かずよし)、次いで浅井泰範(やすのり)。小林の愛称は「ピンキーさん」。のちテレビ朝日「ニュースステーション」の解説者もつとめたが、在職中に亡くなっている。

浅井の入社は一九五九(昭和三十四)年であるから深代より六年後輩ということになる。名古屋本社を経て外報部に所属、インドネシアのジャカルタ支局、さらに移動特派員としてベトナムなどアジア諸国を歩き、ロンドン支局勤務となった。後年、深代から数えると四代後のヨーロッパ総局長となり、外報部長もつとめている。

アジアでは歩け、アメリカでは話せ、イギリスでは読め――。外報部員となってまもなく、筆頭デスクだった中村貢(みつぐ)から言われた言葉である。中村は朝鮮戦争時に戦場取材に当たった外報の先輩記者で、深代の前任のヨーロッパ総局長でもあった。ロンドン時代、深代の人物像と相まって、浅井はこの言葉をよく思い出したものである。

「やあ、いらっしゃい。よく来たね。深代です。よろしく」

ヒースロー空港に出迎えてくれた総局長は、フランクな口調で後輩記者を迎えた。

浅井が渡英したのは一九七二（昭和四十七）年夏のこと。オフィスで深代と席をともにしたのは半年ほどであったが、濃い記憶をいまも残している。

チャリング・クロス・ロードという書店街に「フォイルス」という古書店があって、売り場面積世界一ともいわれる大型書店である。深代のお気に入りの店であるようだった。書棚はジャンル別になっていて、「自叙伝コーナー」もある。

「自叙伝のコーナーというものは日本の書店にはないよね。自伝というものは人を知る上では一次情報に過ぎないけれども、これがひとつのジャンルとして成立するのが英語圏の文化かな」

本棚を眺めながら、ぼそぼそと小声でいったりする。「世界名作の旅」において、深代はアメリカ建国の父、ベンジャミン・フランクリンの『フランクリン自伝』を取り上げているが、深代さんのネタ元はこんなところにもあったのか、と浅井は思ったものである。

深代は衒学的（ペダンチック）なところはまるでない人であったが、酒が入った席になると、その時々、アタマにある知的な問題意識の一端をぽつんと口にしたりする。

「シェークスピアというのは十六世紀から十七世紀に生きた人だよね。この時代に生きていて、なんでこんな文章が書けたんだろう……」

「エンゲルスは『反デューリング論』のなかで人間は環境によって既定されるといっているけれども、そうとはいえない面があるよね……」

マックス・ウェーバーやジョージ・オーウェルの著もよく話題に上った。日々の出来事、日々のニュースに追われるのがジャーナリズムではあるが、出来事が起きる所以を見詰める、あるいは歴史的な推移のなかで押さえてみる、というのが深代から伝わってくるものだった。

夕刻、仕事を終え、タイムズ社を出る。深代とは住んでいる住まいの方角が同じだったので、同じ車で帰る日もあった。

ロンドン中心部から西へ、深代はテームズ川沿いの道を好んで走った。夕暮れどきの、川面周辺の情景が好きなようだった。ウォータールー、ウェストミンスター、ランベス、ボグゾール、チェルシー……川にかかる橋はそれぞれ形が異なり、趣がある。ふと、深代が故郷・隅田川の情景と重ねているように感じるときもあった。

イギリスは「新聞王国」である。

保守系の『タイムズ』に対抗するのはリベラル系の『ガーディアン』。シティでビジネスマンが脇に抱えているのは『フィナンシャル・タイムズ』。さらに『テレグラフ』『インディペンデント』、日曜紙の『サンデー・タイムズ』『オブザーバー』あたりが高級紙と呼ばれるもの。

街角の新聞販売店を占拠しているのはどぎつい大見出しのタブロイド判大衆紙で、かの「パパラッチ」たちが腕を振るうメディアでもある。優に百万部を超える部数を誇示し、激しく競い合っているのが『サン』と『デイリー・ミラー』。一面は、スポーツありヌードあり王室スキャンダルあり派手な事件報道あり、である。

支局には、夜になると『タイムズ』の翌朝の早刷りが届けられ、主要な高級紙、大衆紙がすべて揃って置かれていた。

日本の新聞もそれぞれに社風があり論調の色調があるが、読者の意識とすれば毎朝漫然と届けられるものが新聞である。当地では、新聞とは読者の政治的信条と知的嗜好によって選ばれるもの、といっていいか。国はそれぞれに新聞文化をもつ。優劣はつけにくいが、総体として言論の自由がより重層的に保持されているのがイギリスであろう。

「座標」「特派員メモ」は、世界各地の支局長や特派員がもち回りで書くコラム欄である。総局長時代、深代の書いたものは『深代惇郎　エッセイ集』に収録されている。「特派員メモ」の「記者魂」は、フリート街の息吹きを伝える一編。

かりにA君と呼んでおこう。二十六歳のイギリス人記者だ。私のオフィスに飛び込んできたのは、先月二十日過ぎだった。「印パ戦争が始る予感がするから、あす現地に飛ぶ」という。だから、よい記事を書いたら買ってくれ、というのが用件だった。実際、それから一週間ほどして、印パは全面戦争に突入した。もっとも、そのときは、この記者をどれだけ信用してよいのか、判断のしようがない。記者歴を聞いたら、ざっとこう答えた。

「十七歳でバンコクの英字地方紙をやめた。通信社の記者になって、二年間ベトナム戦争について書いたが、ロンドン本社にもどされて、八カ月でやめた。ちょっと自慢したいのは、パキスタンのヤヒア政権が世界中の記者を追放したとき、自分だけかくれていて帰国せず、ダッカ殺戮（さつりく）のスクープを世界に知らせたことだ」。

彼の話を聞いていると「どこをやめた、ここをやめた」というのが多い。このへんは、われわれの感覚と違う。つまり、A君によれば、これだけたくさんやめれば、しかもあとになるほど良い新聞をやめているのだから、おれの実力のほどもわかってもらえるだろう、というわけだ。

A君は大事件が起こりそうになると、貯金をおろして航空券を買い、それからロンドンの新聞街を回って予約注文をとる。彼を見ていると、この記者は弾雨のなかでも飛出すだろうな、と思う。それは事実に肉薄する記者魂にもよるが、もう一つ、肉薄した記事を書くと、A君の記事の相場もまた上がるという事実にもよる。「身体に気をつけて」というと「サンキュー」といって彼は私にメモを渡した。「原稿料の支払いは、即刻、下記の銀行に振り込まれたし」と書いてあった。【一九七一（昭和四十六）年十二月十六日】

朝、浅井は支局に出ると、前夜、深代が執筆していたかどうかはすぐわかった。灰皿が盛り上がっていたからである。深代さんでも原稿を書くのは呻吟（しんぎん）するものなのだな、と思ったものである。

「座標」の「ロンドンから——言論の自由」では、英国流のジャーナリズムのあり方を取り上げている（一九七二［昭和四十七］年四月十一日）。

一週間ほど前、ロンドン在住の外人記者団が英国営（ママ）放送BBCの社長を食事に招いた。カーラン社長は生粋の放送人で、まだ五十歳の若さだ。「実力者」といわれる評判にたがわず、明快、率直で、歯切れのよい話しぶりだった。

たとえば、こんなこともいっていた。

「放送の勇気とは、どれだけ少数者の意見を伝えるかにある。もしBBCにそれができないなら、体制の意気地ない、青白い影法師だと非難されてもしかたないだろう。BBCも体制の一環だ。しかし、われわれの体制とは、自分に敵対する意見を、常に人々に伝え続けねばならないことだ。それが民主社会だと思っている」

話を聞きながら、これは古典的といえるほど見事な自由主義だと思った。また国営放送の責任者がこのような信条を、だれに気がねもなくズバリといってのける国は、やはり立派な国だと考えざるを得なかった。

続いて、英王室費の増額問題や北アイルランド紛争を俎上に、少数意見をきちんと伝えること、権力への批判を怠らぬことを英国流ジャーナリズムの美風として取り上げつつ、それはなにも「高邁（こうまい）な哲学」からそうするのではなく、権力は必ず腐敗するものであって、そもそも人間は自分で自分を批判できる能力などは持ち合わせておらず、多様な意見を保持することが結局、健康な社会と国益に寄与するのだという「したたかな精神」に由来している――と論考している。

『朝日ジャーナル』での連載コラム「倫敦暮色」を含め、深代はこの時期、何編かイギリス社会にかかわるエッセイを書いているが、通底する視座が感じられる。

イギリスはヒース保守党内閣の時代である。北アイルランド紛争が続き、炭鉱ストや電力危機、ポンド下落にも見舞われていた。サッチャーによる「新保守主義」の展開を見るのはこの十年後のことであり、イギリスは老大国の軋みに苦しんでいた。

エッセイはさまざまな問題点を指摘しつつ、成熟社会の知恵、懐の深さ、二枚腰……といったものを見詰めている。英国礼讃ではさらさらないが、社会のありようとして評価すべきものを取り出し、論じている。人の人生でいえば、溌溂たる青春期ではなく、ちょっぴり疲れを滲ませつつなおきらりと光る大人の知慮のごときもの――。

総局長時代、深代にとって四十代前半、自身二度目の滞英生活であったが、イギリス社会は歯応えある考察の対象であり、深代の〈思想〉を磨いた国でもあったように思える。

タイムズ社ビルには、アジア系としてタイムズと提携するもう一つの新聞社、韓国の『東亜日報』が入っていた。ロンドン特派員、金聖悦(キムソンヨル)（後に総務局長を経て副社長、社長）と深代は仲が良く、互いに敬意を抱き合う間柄だった。

一九六〇年代から七〇年代、朴正熙(パクチヨンヒ)大統領の軍事政権下、『東亜日報』は民主主義回復の論陣を張り続けた最右翼の日刊紙であったが、政府筋が企業に手を回すことによって生じた広告ボイコットという〝兵糧攻め〟も被っている。韓国の政治状況について深代天人は幾度も書いているが、この折、同紙のことを取り上げている。

広告ページを白紙で出すことを余儀なくされた同紙に対し、逆に市民たちから長期購読の前金払いや意見広告の申し込みが続き、街頭での立ち売り販売数が二十万部も急増している状況を紹介しつつ、ラストで、新聞ジャーナリズムのあるべき姿への敬意と憧憬を込めて、「……▼一九二〇年の創刊以来、数知れぬ弾圧の中を戦い抜いてきた同紙の健闘に脱帽する」と書き記している（一九七五［昭和五十］年一月十四日）。

2

久保田誠一、轡田(くつわだ)隆史、小林ピンキー――。深代との親交が深かった後輩記者として、三人の名を聞くことが幾度かあった。

轡田の入社は一九五九（昭和三十四）年。柴田鉄治や浅井泰範と、またテレビ界でも活躍した筑紫哲也とも同期生である。

轡田は社会部畑を歩いた記者である。

盛岡、甲府支局を経て東京社会部に所属し、都内所轄の警察回り、大阪社会部、東京社会部の遊軍、警視庁キャップ……という来歴であるが、大事件が起きると「雑感」を書くエース記者だった。生粋の社会部育ちであるのだが、形式上、外報部に所属した時期がある。深代のヨーロッパ総局長の時代で、ロンドンに在住しつつ海外取材に携わった。

さらに、深代の没後ということになるが、長く夕刊のコラム「素粒子」を担当した。文章力や思考力に関する著が何冊かあるが、いまも『週刊現代』のコラム「人生のことば」で健筆を振るっている。

二人の出会いは、轡田が若手記者、深代が社会部デスクをつとめていた時期である。轡田は前後、幾人ものデスクと接するが、「あらゆる面で次元が異なる、とても魅力的な人」が深代であった。

深夜、轡田が有楽町から練馬へ、タクシーで帰宅途中の出来事だった。信号付近で、タクシーが人を撥ね、ボーンとボンネットに乗り上げてきたことがあった。幸い怪我なく済んだのであるが、信号無視は歩行者の方で、かなり酔っ払っていた。

珍しい出来事。都内版の街ネタにはなるか――と思って、翌日、轡田がデスクに相談すると、「その程度のことではなぁ……」と乗ってこない。それで済んでしまった話であったが、深代に話してみると、「そうか、惜しかったな。ひと捻りして、タクシーの運転手から見た交通事故ということで掘り下げてみると面白いかもな」といわれた。

それが何であれ、若手記者が持ち込んでくるネタを生かそうとするのが深代だった。一方、官庁で頂戴してくるような〝玄関ネタ〟は嫌った。

足裏から見た人間――という話を採用してくれたのは深代だった。普段、あまり顧みられることのない足の裏であるが、それを研究テーマとしている医学者の話をもとにした読み物である。いわば週刊誌ネタであったが、深代以外のデスクであればきっとボツだったろうという。

「クッちゃん」――と深代は呼んだ――「ちょっと行こうか」とよく誘われるようになった。

よく出向いたのは、有楽町駅の高架下にある飲み屋街で、お気に入りの店がいくつかあった。「鳥藤（とりふじ）」はそのひとつで、別名「ミルクワンタン」。アテに、牛乳スープにワンタンを浮かせたものが出てくる。戦後の食べ物の乏しい時代に考案されたものが店の名物となった。客たちはアルミのヤカンから燗酒（かんざけ）をコップに注ぐ。店はいまも健在である。

怠け者の酒飲みの、どうしようもない不良記者だったのですが、時たま毛色の変わったものを書くので面白がってくれたのでしょうよ――と、轡田はいう。

轡田はずっとサッカー少年で、早大時代は川淵三郎（後の日本サッカー協会会長）たちとともに大学選手権を制覇している。いまも茶目っ気ある〝ヤンチャ少年〟という匂いが残る。その著を読むと古典にも随分と精通する知の人であるのだが、そういうものはできるだけ隠そうとする韜晦（とうかい）の人でもあるようで、深代がお気に入りだったのはそんなところもあるのだろう。

轡田がロンドンに出向くのは一九七一（昭和四十六）年春。秋に天皇・皇后ご夫妻の訪欧が予定されており、翌年には西ドイツ・ミュンヘンでオリンピックもある。その報道要員として社会部から選ばれた。深代にレターを出すと、「ゆっくり本でも読むようなつもりでいらっしゃい」という返事が来た。

ロンドンではまずは語学学校に入った。会話は苦手だがペーパーテストは優秀というのが日本人留学生たちの通例であるが、轡田もそうだった。いまさら英文法の基礎を学ぶのも馬鹿馬鹿しくなり、学校はサボり気味となる。明るいうちは美術館や博物館をめぐり、ハイドパークで昼寝をし、夕方支局へ、という日が増えた。

ひたすら語学を習得するため支局には顔を出すな——というのが、語学練習生たちに対して引き継がれてきた申し渡し事項であるのだが、〝轡田ケース〟はやや異なる。支局を訪れるべき事情があった。

クッちゃん、カネがなくなったか——。轡田の顔を見ると、深代は苦笑いしつつそういったものだ。支局の経理窓口は東京銀行（当時）ロンドン支店であったが、総局長のサインがある小切手はすべてオーケーである。

「前借りも重なっていて、クッちゃんの給料はまるで残ってないな……うーん、しょうがねえなぁ、まぁ出しておくよ……スコットランドへでも出張に行って辻褄を合わせておくか……」

こと経理という点では深代は甘い上司であった。

轡田隆史の三大無駄遣い——いたずらっ子が面白話を披露するというような口調

で、轡田はそういった。一つが、ロンドン時代における話で、〝主犯・轡田、共犯・深代〟であった。

天皇・皇后両陛下の訪欧はデンマーク、ベルギー、フランス、イギリス、オランダ、スイス、西ドイツの七ヵ国であったが、事前に日程が詳細に組まれて、訪れる場所やレストランなども決められる。日程情報が伝わってきて間もなく、「事前に下調べをしておいたほうがいいな。クッちゃん、ひとつ旨いものを食って回ってくるか」と深代がいった。

パリでの〝下調べ〟は「トゥール・ダルジャン」。セーヌ河畔にある老舗のフランス料理店であるが、「近々この店にやって来る日本のエンペラーに出す予定の飲み物と料理とまったく同じものを飲み、食べたい」と注文すると、年代ものの秘蔵のワイン、小ガモをメーンディッシュとする豪華な料理が出てきた。この席には深代やパリ支局長の柴田俊治も出向いて来ていた。

訪欧に関する記事をめくると、柴田による「エスカルゴと小ガモ料理」と題する囲み記事の中でトゥール・ダルジャンが登場する。訪問地に同行した「轡田特派員」のロンドン、ローザンヌ、ボン発の記事――食べ物の話ではないが――もある。「下調べ」もまんざら無駄遣いではなかったのだろう……。

ちなみに、他の無駄遣いとは、一つは若手記者のころ、鯨資源の現況を探る「南極の海」という企画を立て、東京水産大学の実習練習船に同船し、オーストラリアなど周辺国を回った長期の取材行。もう一つは、一九八八（昭和六十三）年、新疆（しんきょう）ウイグル自治区に残る遺跡・楼蘭（ろうらん）への日中共同探検隊の遠征で、四十数人の大部隊であったが、轡田が日本隊の隊長をつとめている。

「アラブ・ゲリラが五輪襲う」――黒地に白抜きの大見出しの下、「ミュンヘン　競技を一時中止」「イスラエル宿舎でテロ」「二人殺し九人人質」「ろう城五人組　政治犯釈放迫る」「『黒い九月』一派の犯行」……一九七二（昭和四十七）年九月六日付朝刊一面の見出しである。

リード記事のはじめに【ミュンヘン臨時支局五日】とある。臨時支局は、オリンピック取材に派遣された運動部の記者たち十数人を主力につくられていたが、支局長を深代がつとめていた。深代がヨーロッパ総局長にあった時期、遭遇した最大の事件であった。

前夜、轡田はプレス用のバーで遅くまで痛飲し、選手村近くの宿舎で寝入っていた。明け方近く、ドンドンドンというノック音で目が覚め、酔眼朦朧（すいがんもうろう）状態でドアを開けると深代が立っていた。

「いま東京から一報が入った。イスラエルの選手村宿舎でえらいことが起きているようだ。クッちゃん、走ってくれるか」

即座に服を着、靴を履き、外へ出ると選手村へ向かって駆け出した。途中から読売の記者と並んで走った。宿舎は金網で囲われていたが、中は見える。自動小銃を持った西ドイツの警察官が立ち、建物の窓からはアラブ人らしい男の顔が見えた……。


【ミュンヘン五日＝轡田特派員】午前五時すぎには装甲車に乗った警官隊が選手村を完全に包囲した。イスラエル選手団宿舎付近の物陰には、銃を持った警官が次々と配置についた。「現場」から百メートルほどはなれたところに警察の指揮所が設けられた。また近くのホッケー場には軍隊のトラックも次々に到着、マシンガンを持った兵士たちが選手村を包囲した。上空にはヘリコプターが舞う。望遠鏡つきのそ撃銃を持った私服の警察官が、ときどき建物の陰を走り抜ける以外は、静まりかえったままのイスラエル選手団宿舎である。すぐ近くの金網の外には、多数のオリンピック見物客が群がって、犯人たちが人質をタテにとじこもった建物を見おろしている。乳母車もいるし、老夫婦もいる。自動小銃を肩にした警察官も、その中にまじって立っている。やがて見物客は排除され、選手団宿舎の中では犯人と交渉が続けられているらしい緊迫した空気に包まれた。

犯人たちは人質をタテにカイロへの脱出を企図し、選手村からヘリコプターでミュンヘン郊外の空軍基地に到着するが、ここで警官隊と銃撃戦となり、人質九人、警官一人、犯人側五人が死亡する大惨事となった。

轡田の、また事件勃発とともにロンドンから駆け付けた浅井の署名記事が見える。また、巨大で華やかになるにつれてオリンピックは政治の舞台となって理想は衰弱し、「いつわりの頂点に、今度のミュンヘンの流血があったといえるだろう」、とする深代の総括的な記事も見える。

この事件のおよそ三ヵ月前ということになるが、轡田は、イスラエル・テルアビブ空港で日本赤軍が起こした乱射事件の取材にスウェーデンのストックホルムから急遽駆けつけている。ストックホルムにいたのは、第一回の国連人間環境会議の取材のためだった。

深代総局長の下、轡田は〝無駄使い〟に励みつつ、その実、大いに働いていたわけである。

大事件が起きれば昼夜なしの日々となるが、それ以外のとき、ロンドンの日々はまずは静かなるものだった。

深代は別段カタブツではない。連れ立ってバニーガールのいるルーレット店に入ってひと儲(もう)けし、パブに立ち寄る夜もあった。博打事は人の性格が表れる。深代の賭け方は気風よくパッパッパッとチップを積んで、スカッと遊んで引き揚げるという流儀であった。

付き合いを深めるにつれ、轡田は深代という人を知っていった。あくまで温厚な紳士であるのだが、その実、好悪の念も結構持ち合わせている。

ある日、ロンドンの総局に、東京から女性記者がやって来た。夕食をともにすることになっていたのだが、出かける前になって、深代がぴしっとこう言ったことを覚えている。

「今日はきちんとした所に行くんだから着替えておいで。そうでないと一緒に行くのは嫌だよ」

女性記者はラフでだらしない格好をしており、それをやんわり咎(とが)めたのであるが、何事につけ忖度(そんたく)して対応しない無神経さは嫌った。好まぬ相手とは付き合わなかった。

深代が天人を担当し、轡田が東京社会部に戻って以降も、二人の交わりは変わることなく続いた。振り返って、ただただ楽しい時間を過ごさせてもらったと思う。さりげない会話のなか、実に多くのものをもたらしてくれていた先輩だった……。

深代が残したものという点について、轡田は久保田とまったく同じことを口にした。訃報を、轡田は宇都宮支局長の席で聞いた。深代が不在となって歳月が流れたが、轡田のなかで深代の像は薄れていない。

「そうかいクッちゃん、なるほどなぁ、だけどな、くっくっくっ……」

そんな特有の物言いと微笑の仕草を浮かべつつ、深代さんならどう考えるか、どう書いたか……。いまも折々、無意識のうちに思い巡らせているのである。

3

深代がヨーロッパ総局長をつとめていた時期、パリ支局長にあったのは柴田俊治である。深代の後任のヨーロッパ総局長でもある。その後、柴田は、外報部長、大阪本社編集局長、朝日放送社長・会長をつとめている。

互いにロンドン・パリを行き来して交流が深まり、深代の没後、共著『旅立つ』（ダイヤモンド社・一九八一年、のち『記者ふたり　世界の街角から』と改題・朝日文庫）を残している。この本は、互いの紀行エッセイを収録して一冊に編まれている。

柴田も「昭和二十八年組」の同期生であり、社会部育ちであるが、これ以前、深代とのかかわりが薄かったのは、大阪本社育ちであったからである。

深代が東京の下町育ちであるのに対し、心斎橋界隈で育った柴田は生粋の大阪育ちである。京大文学部仏文科の出身。大阪本社社会部の若手記者時代、第一次釜ヶ崎暴動が起きる一年前であるが、ドヤ街に暮らし「大阪のどん底　釜ヶ崎に住んでみて」などの連載も手がけている。

その後、外報部に移り、語学練習生としてフランスに滞在、ベトナムの戦火激しき時代のサイゴン特派員もつとめている。東京オリンピック時には取材班に編入され、班の一員だった深代と出会っているが、「落ち着いたもの静かな人」という印象を残した。

時を経て、柴田はパリの支局。深代はロンドンの総局。海外特派員とは一見、華やかな職場と映るが、その実、孤独なものである。『記者ふたり　世界の街角から』のあとがき「川岸で」で、柴田はこう記している。

世間の人は、総局とか支局とかいえば、何十人もいるように思っている。ロンドンでもパリでも、日本でのように車に社旗をたててさっそうと走っているように想像する。内実は、もっと貧寒としている。記者は総局で三人、支局で二人しかいない。みんな自分で車を運転して、不案内な街をうろうろしている。

特派員という肩書きは悪くないが、言葉の通じにくい土地で、自分でニュースをさがし、取材し、深夜だれもいないオフィスでひとり原稿を書き、テレックスを叩く。まったくの手仕事だ。しかも、そのニュースを抜かれたとき、解釈や見通しを間違ったとき、他社に比べて見劣りしたとき、結果はれいれいしく名前を冠して紙面に出ている。東京は遠く、だれも助けてはくれない。特派員は表面はなやかに見えて、内心はおそろしく孤独なものだ。

深代がロンドンからパリへ来る。さりげなくイギリスの近況を話し、ヨーロッパや世界の流れについての観察を語ってくれる。自分の見方とそんなに距離のないことがわかると、嬉しい。とても安心した。この深い安心は、海峡をへだてて孤独の日々を送っていないと味わえないものだ。

当地で夕刻から夜にかけては日本時間の深夜から明け方で、日本からの連絡事はまず来ない。「時差待ち」のごとく、埒もない事柄で電話をし、テレックスのやりとりをしたものだった。

テレックスを使うのは、当時、西欧の主要都市間においても電話の通話事情がとても悪かったからである。「川岸で」で、柴田は、深代とのこんなやりとりの模様も記している。

——コチラパリ、コンバンワ、ドナタカオイデデスカ　OVER……

——コンバンワ、フカシロデス　OVER……

——ユキガチラチラ、サムイサムイ、トーキョーデワ、ボーナスワデタダロウカ　OVER

——マダダロウ、イマ、シキョクケイヒノセイサンチュウ、アトフタバンカカル　OVER

——ソレワゴクロウサマ、トコロデ、コノアイダショーカイシタ、ダイガクノセンセイワイキマシタカ　OVER

——キタキタ、シェークスピアノゲキニ、ヒトバンツキアッタ　OVER

――ソレワソレワ、ドウモドウモ　ＯＶＥＲ……

柴田がロンドンに出向き、郊外のゴルフ場の芝生に座って持参の握り飯を食べた日があった。深代がパリにやって来て、とりとめない話をしつつセーヌ河畔を歩いた日もあった。

ぽんと話題を出して口をつぐみ、相手の言葉を聞いてまたぽんと打ち返す。やりとりするうちに、いつの間にか共に何事かに思いをめぐらせている――。そんな特有の呼吸が深代にはあった。

柴田に映る深代は、茫洋とした大人（たいじん）であり、細やかな神経をもつユーモリストだった。記者としてはおよそ気負いがなく、競争心といった類のものはまるで刺激しない相手だった。

日本に戻った深代が「天声人語」を書きはじめ、評判はロンドンやパリにも聞こえてくる。彼はどうしてかのような文章家になったのかと思いやることもあって、ふと思い出すことが柴田にはあった。

柴田もまた以前に触れた、神田のバーで開かれていた〝カントリーの会〟のメンバーであったが、そこで疋田桂一郎がこんな風にいったことがある。

長い間、上手な文を書こう、いい文章を書こうと思ってきたが、このごろそんな自分がいやだね――と。

疋田の言は、その後、深代のなかに長く留まって残ったようだった。ロンドンかパリで雑談しているとき、深代が柴田に、ふっと思い出したようにいったことがある。

「あのときの疋田さんの話、このごろよくわかるよ」と。

日本からの新聞は、ヨーロッパには一日半ほど遅れて届く。深代が天人を書きはじめてしばらくは、どこか肩に力が入っていたのが、やがて伸びやかに自然体になっていったように柴田は感じた。深代はもう〝名文〟を書こうとしなくなったのではないか。それよりも、物事の核心と思えることに率直に平明に迫ればいい、自然に自身の内から湧き出てくるものを綴ればいい――。そんな境地に達しつつあったのではないか。それが結果として名文と呼ばれるものになっていった……。

深代が天人を担当することが決まり、ヨーロッパ総局長の後任に柴田が指名された。シトロエン車に家族と家財道具を乗せ、カレー港からフェリーボートで英仏海峡を渡った。ロンドンは霙（みぞれ）の落ちる、寒い日だった。

型どおり引き継ぎと送別の会が終わり、二人して車に乗った。これから担当する

「天声人語」をどう書くべきか、深代は思いをめぐらせているようだった。

「毎日だから、まあ週一回、自分の納得できるものが書ければいいのかな。それでいいよな」

珍しく、同意を求めるように深代はいった。

「もちろんそれでいいんじゃないか。書き手も生身の人間なんだから」

柴田がそう答えると、深代は「うん、それを聞いて少し気が楽になったよ」といった。

それが、別れ際のやりとりだった。

――この日からいえば三年後、柴田は、出張先のナポリのホテルに滞在中に、ロンドンからの電話で思いもよらぬ訃報を受けた。

4

東京・東久留米市の一角に、学校法人・自由学園のキャンパスが広がっている。大正期、羽仁吉一・もと子夫妻が文部省令にとらわれない自由な女子教育の場として創立した学校で、雑誌『婦人之友』を刊行したことでも知られる。その後、初等部、男子部がつくられ、現在では幼稚園から最高学部（大学）までの、少数制の一貫教育を行っている。市岡揚一郎理事長を訪ねた。

市岡は自由学園を卒業して日本経済新聞記者となった。産業部、経済部の記者を経てロンドン特派員、ワシントン支局長、論説主幹などを歴任した。退社後、母校の理事長に迎えられた。

ロンドン在任時は深代の総局長時代と重なっている。

当時、日経のロンドン駐在員は市岡一人で、シティにある提携紙『フィナンシャル・タイムズ』のビル内にオフィスがあった。ドル・ショック、通貨不安、変動相場制への移行など、金融・経済にかかわるニュースの多い時代であった。自身は「めったに書かない記者」で、「シティをうろついて取材をしていることになってはいるのだが」、その実「日本からの客人のロンドン案内に多忙だった」とのことである。

朝日のヨーロッパ総局の深代、小林、富岡とは親しい間柄で、新聞街にある日本料理店ＡＫＩＫＯなどでよく夕食をともにした。ポンドが変動相場制に移行する第一報を教えてくれたのは小林か富岡であったし、逆に深代に求められ、なぜポンドが安くなるのかを解説したこともあった。

深代は「鷹揚（おうよう）でゆったりとした感じの人」であった。

ロンドンに特派員を置いていたのは朝・毎・読・日経・共同・時事・北海道などであったが、月一度程度、ウインブルドン近郊のゴルフ場で日本人記者仲間のコンペが開かれていた。

まるで下手くそ——が深代であった。ボールは飛ばず、アプローチは雑で、ショットも冴えない。ただ、球がどこに転がろうと意に介さず、ゴルフ自体を楽しんでいる風に映る。一度、市岡の打ったボールが深代の尻にドンと当たったことがあったが、そのまま悠然(ゆうぜん)と歩いて行った。

市岡によれば、「山っ気のかたまり」が新聞記者である。他社を抜く、いい記事を書く、記事が評判になる——。記者たちはそんな思いに駆られて活動するものだが、深代に関してはその種の気ぜわしい気配がない。新聞記者は議論好きでもあるが、深代は議論をしない人だった。意見がないわけではないし、見識豊かなことは自然とわかるのであるが、声高(こわだか)に自説を説くことがない。「不思議な記者」だった。

人の評判というものはおのずと耳に入ってくる。朝日のなかで深代はいずれ「天声人語」を書く人とされ、その道を歩んできたという声を耳にして、うなずくものを覚えたものである。

やがてその日がやってきて、深代は帰国することとなった。

社内人事のことであるから、深代は市岡にはあからさまには口にせず、「これからは飛び切りの美女と付き合うことになったので」というような言い方をした。こうも言った。

「市岡君なぁ、僕が日本に帰ってイギリスのことばかり書くようになったらおしまいだと思ってくれ」

イギリスの地で蓄えたものはそれはそれとして、帰国すればまた一から勉強してはじめていくという気持の表明であったのだろう。


市岡揚一郎の作家名は「水木楊」。日経時代から作家活動をはじめ、ドキュメンタリータッチの近未来小説や人物評伝など数多くの著を刊行してきた。〝二刀流〟をはじめた理由をこう話す。

「新聞にはやはり動かしがたいルールがあって、ボールは常にストライクゾーンに投げないといけない。コーナーをつくことはよくてもボール球を投げることは許されない。それはとても大切なことではあるが、どこかむなしいというか、満たされないと感じていた。そういう思いがあって、書くことにおいてもうひとつ別の領域をはじめていったわけです」

ストライクゾーンとは、事実という枠、その規範を守るという意であろう。それをあるべき厳粛なルールとして受け止めるのか、あるいは枷（かせ）と感じて枠外に出たいと欲するのか。いい悪いではなく、記者個人がもつ資質的なものにかかわることなのだろう。

市岡と問答しつつ、深代にも「イフ」はあったのだろうかとふと思った。

深代が早世しなければ長く天人を書き続けたろう。あるいは管理職コースに移って階段を上っていったかもしれない。双方、十二分につとまる人であった。ただ、深代が市岡のように、作家の道を歩むことはなんとも浮かべにくい。

「僕もそう思いますね。深代さんは新聞にむなしさを覚える質（たち）の人ではなかった。その意味では混じりっ気なしの新聞記者であったし、いい意味での〝朝日の申し子〟であったし、天声人語が自身を発揮する最高の舞台であったと思いますね」

深代が帰国して一年後、市岡も日本に帰ったが、朝日の社屋のエレベーターで深代とばったり顔を合わせた日があった。鬢（びん）のあたりが白くなっていて驚いた。毎日「美女」と格闘するストレスは大変なんだろうなぁと思ったものである。

それから二年足らずして、訃報に接した。新聞記者はやはり長生きできない稼業であるのか……早世した幾人かの先輩記者たちの顔を思い浮かべつつ、そう思った。

5

朝日社報『朝日人』（一九七六年二月号）の「深代惇郎氏の葬儀」のページで、社長・広岡知男、文部大臣・永井道雄の弔辞が載せられていることは前記したが、友人を代表する形で、同僚の論説委員・辻謙が悼む文を寄せている。

深代君。晴れた寒い日に君の骨を拾ったのに、僕には君が本当に死んだとはまだ信じられない。

幾分背をかがめてセカセカ歩く君の姿と、「ヤア」とテレながら笑いかけてくる君の顔が、今日も論説の部屋に現れるような気がする。社会部、論説を通じて十余年のつきあいだったが、君とはよく遊び、よく飲んだ。……

いま、僕は与謝野鉄幹の「人を恋うる歌」をしみじみとかみしめている。「……友を選ばば書を読みて　六分の俠気　四分の熱」。君の場合「俠気」を「誠実」に「熱」を「理性」に置きかえた方が正確だろう。

とっつきはよくないが、いったん気心が分かると君は友人たちにとことんまで親切だった。原稿に苦吟している時、「御参考までに」という懇切なメモを、机のガラスの下に差し入れられた友人は少なくなかった。

多くの人たちは、君の文章の華麗さと、国際感覚にみがかれた上品なユーモアをいう。だが君の真骨頂は「タブーに挑戦する勇気」と「筋の通らぬことに妥協しない気骨」と「人間に対する尽きせぬ興味」にあった、と僕らは信じている。

タブーに挑戦する勇気、筋の通らぬことに妥協しない気骨——は、深代天人に貫いてある姿勢のひとつであったと私も思う。

一九七〇年代、新左翼運動は袋小路に陥り、過激派の党派間で〝内ゲバ〟が頻発した。機関紙で公然と殺戮（さつりく）を表明しながら指導部や実行者たちは逮捕されない異常な事態が続いた。深代天人はこのことを取り上げ、「……▼刑法には、ずいぶんたくさんの罪名がある。脅迫、凶器準備、暴行傷害、殺人未遂、殺人、その教唆、共謀……。それをどう解釈し、どう運用しても、いまの状態はどうにもならないことなのだろうか。『われわれがやった』といっても何の取り調べも受けずにすむこの不思議に、警察の見解を承りたい」と結んでいる（一九七五［昭和五十］年三月十六日）。

社会部出身で、二〇〇三年から五年間、夕刊コラム「素粒子」を担当した河谷史夫（かわたにふみお）

は、『記者風伝』（朝日新聞出版・二〇〇九年）の一章、「珠玉の天声人語――深代惇郎」の中でこのコラムの余波を記している。

それによれば、「ゲラを読んだ警視庁担当の事件記者の間でハチの巣をつついたような議論が起きた」。深代さんを呼ぼうということになり、席に出向いた深代は若い記者たちにこう言ったとある。

「君たちは警察の専門家だ。法律的にむずかしいこともよく分かる。しかし、私は専門家の土俵にのぼってはいけないのだ。いつも読者の側に立ち、疑問をぶっつけなければならない。……相手の土俵に引き込まれてはメロメロになってしまう。読者はみんな素人だろう。私は素人の議論に徹したい」

あるいはまた、爆破事件で捕まった過激派の姉が鉄道に飛び込み自殺した事例、さらにこれ以前、首をつって死んだ連合赤軍幹部の父親の事例を取り上げつつ、個人が負うべき責任を家族にまで押し広げる社会の残酷さと、それを助長させたマスコミを痛烈に批判する一編にも深代のもつ「気骨」を見る。

……▼なんという残酷な社会だろう。親に「謝罪のことば」をいわせ、カメラの前で頭を下げさせる。一生勤めた会社を辞めねばならなかった父親もいる。犯罪を憎む心が八つ当たりして、家族の苦しみ抜く姿を見て、留飲を下げる。それが陰湿で、容赦ない加虐趣味であることに気づかない▼その点でマスコミも罪なしとはいえなかった。浅間山荘事件では「武器をすてて……」と泣き、叫ぶ母親の姿を入念に報道した。父親の手記を争って手に入れて、紹介したりもした。それが低劣な好奇心に迎合し、その下僕になった点もなくはなかった。こんどの爆破事件で、この点の報道が抑制されてきたのは、われわれの反省からだった▼「容疑者の実家は昼間から雨戸がぴっしりと閉められ、〝申し訳ありません〟という老人の声だけがくり返された」。やり切れぬ思いにさせるこのたぐいの記事を、見なくなった。【一九七五（昭和五十）年五月三十日】

深代は〈社会〉に寄り添い、〈素人〉の目線でコラムを書き続けた人だった。しかし、社会に、また自身が属するマスコミにも迎合するコラムニストではなかった。そこに悪弊と欺瞞と卑劣が潜むとき、それを直截に指摘し、自省を促した。世論の多数派を代弁するのではなく、あくまで一人の個人として思うところを書いていた。〝柔らかき人〟深代惇郎はまた〝最硬派〟のジャーナリストであったことを知るのである。

神奈川・逗子（ずし）の、閑静な住宅街にある辻の自宅を訪ねた。

辻は「昭和二十八年組」、深代と入社同期である。東大法学部政治学科の同級生でもあるが、学生時代、面識はなかった。辻は千葉、盛岡支局を経て東京社会部に戻り、主に労働畑を歩んでいく。

二人がともに社会部の若手記者であった時代、小さな思い出が辻に残っている。当時、師走になると、湯河原か熱海で社会部の「大忘年会」が開かれていた。参加者は百人余り。若手がなにをいってもいい無礼講が習わしで、灰皿が飛び、徳利がひっくり返るというのが通例であったが、その年、深代、辻、それに後輩の三人が幹事役をおおせつかっていた。

例年通り、宴たけなわとなって会は荒れた。ところどころで口論となり、取っ組み合いもはじまっている。「どうしましょう、なんとかしてください」と後輩記者はおろおろするのだが、深代は知らん顔して「ほっておこう、ほっておこう」といって、さっさと自分の部屋に引き揚げてしまった。些事（さじ）関せず——が深代の流儀であった。

辻が労働畑を歩むのは、デスクの「誤解」がきっかけだった。

警察回りの時代、タクシー会社の争議を街ネタとして書いたのであるが、それをデスクが「あいつは労働問題が好きなんだ」と早合点し、労働省内にもうけられている労農記者会（労政記者クラブ）へ配属され、のちキャップもつとめていく。

一九六〇年代から七〇年代、戦後各地で頻発した労働争議は一段落した感があったが、官公労のスト権や国鉄のマル生問題が政治問題と化し、例年春闘の動向は一面のトップニュースだった。取材記者に求められるのは、労使の徹夜団交に、さらには労組の親分衆との酒席に付き合うタフな体力だった。

辻が進んで労働分野の専門記者となっていくのは、社会の動向の最前線にあるという臨場感、加えて人間への興味だった。海員組合長・同盟会長の中地熊造、全逓委員長の宝樹文彦、合化労連委員長・総評議長の太田薫、日経連専務理事の前田一……立場も思想もそれぞれ相異なりつつ人としての吸引力をもつ面々が揃っていた。

社会部の同僚でありつつ、辻と深代は持ち場が異なり、別段、近しい間柄というわけではなかった。二人とも同僚にすぐ打ち解けて接するタイプではない。よく話をするようになったのは、辻が訪米し、夕刊で「作業服のアメリカ」という連載（一九六三［昭和三十八］年十二月）を書いて以降だったろうという。

「労働者気質」「ポリス・ユニオン」「組合ボス」「副業天国」……などアメリカの労

働事情を伝える八回の連載であったが、深代の興味と共感を呼んだようで、以降、しばしば意見交換をするようになった。

その後、辻は労働担当の、深代は教育担当の論説委員となり、机を並べるようになった。深代が逗子の家にやって来て、連れ立って近くのゴルフ場に出向いた日もあった。

一九七二（昭和四十七）年十二月、辻はロンドンへ、さらにジュネーブへと向かった。

ジュネーブでは、総評・公労協がスト処分などについてＩＬＯ（国際労働機関）に提訴した一件の取材予定があったが、出張の本当の用件はロンドンで深代に会うことだった。論説主幹の江幡清より「深代君を口説いてくれ……」と、内密の話をことづかっていた。

この少し前、「天声人語」を執筆していた疋田桂一郎より辞任の申し出がなされていた。疋田には胃潰瘍という持病があり、心身の不調による辞任願いであった。天人を担当したのは一九七〇（昭和四十五）年五月から三年弱である。

疋田は一九二四（大正十三）年生まれ。学徒動員の世代である。京都帝大法学部在学中に応召し、千葉・九十九里浜の守備兵として終戦を迎えている。ベトナムからの帰還兵を取り上げた天人においては、「敗残の初年兵」という自身の姿にも触れている。深代とは五歳の開きがある。

移り行く世相、憲法の意義、ベトナム戦争、米の味、車社会、自然の静寂……疋田天人の素材は多岐に及ぶが、書き手の考察は生真面目にして精緻である。深代と対比していえば、視野の広さ、感性の豊かさ、剛直な正義感において重なり、筆鋒の鋭さにおいて疋田天人が、まろやかな筆致において深代天人が長けるといえようか。それは二人の形質の相違を反映しているのだろう。

担当した最後の日で、疋田は「眠り」について書いている（一九七三〔昭和四十八〕年三月二十六日）。

春になるとなぜ眠いのか、脳の栄養補給であるのか、ひとは働くために眠るのか、よりよく眠るために働くのか。年齢とともに睡眠時間が短くなり、八時間前後に落ち着いていく。不眠症で病院を訪れるのは四十代が多い。人は加齢とともに眠りの恵みから見放されていく……と続け、「……▼『いいのさ。ぼくたちは、お先に、永遠にさめない眠りの清めにあずかれるんだから』と、初老の友人が笑っていうのを聞いたことがある。強がりかもしれないけれど、それも悪くない」と結んでいる。

疋田は〈私情〉を表現することに極めて禁欲的なジャーナリストであったが、その最終回、微かな心境の一端と読み取れなくもない文を残している。

天人を担当するのは論説委員であり、直接の上司は論説主幹であるが、もちろん社にとっては看板となる要の人事である。後任として深代への指名は、前論説主幹・森恭三、編集局長・後藤基夫、編集担当役員・渡辺誠毅（せいき）、社長・広岡知男らの意向も加わってのものだった。

江幡も労働担当が長く、辻にとって大先輩であるが心安い間柄にあった。飄々（ひょうひょう）としつつ、太っ腹の上司だった。

三年に一度、論説委員は好きな国に取材旅行に行ってよし、という慣行があった。期間は三週間。委員たちは一応企画書を書いて出向くのであるが、リフレッシュ旅行の意味合いもあった。スペインへ出かけた某委員、当地が気に入ったのであろう、期間をとっくに過ぎても帰ってこない。そのうち「送金タノム」との連絡が入った。外報部長は渋い顔をしていたのであるが、江幡は黙って送金していた。

江幡から「疋田さんが駄目となったら誰がいいと思う？」と訊かれ、辻は「深代君しかいないと思います」と答えている。見識、キャリア、筆力……他に浮かぶ記者はいなかった。

ヨーロッパ総局長の任期は通常三年ほどであるが、一年半で呼び戻すことになる。それに、江幡が気にしたのは、天人の書き手となれば、その後の、社会部長（あるいは外報部長）──編集局長（あるいは論説主幹）──取締役……という社の中枢ラインから一歩外れ、筆一本で生きることを意味する。うんというかどうか……。それで「口説いてくれ」という言い方になったのである。

この当時、天人担当者は毎日執筆が原則であったが、よんどころない事情で書けない日もある。そんなとき、ピンチヒッターとして、疋田が深代に執筆依頼していたことを辰濃和男は目撃している。

ロンドン支局員だった浅井泰範は、疋田が深代に宛てた手紙を見せられている。文面は、自身ここまでできることはやってきたつもりであるが体調が極めて悪くなり、毎日書くことがむつかしくなった、もし天人の後任という話が持ち上がれば、ひとつ助けると思って前向きに考えてほしい……という切々たるものだった。

疋田の意中の人もまた深代だった。

ロンドンのパブかどこかで、とりとめない話をしているときだった。深代が浅井に、自身の記者生活のこれからを口にしたことがあった。

――社内の人材は多士済々であって、管理職のコースを歩んで能力を発揮するであろう人も幾人かいる。ただ、人それぞれに持ち味がある。僕自身はペンで生きていきたい。文章については誰にも負けたくないと思ってきたよ、と。

「天声人語」の書き手になると話したわけではなかったが、深代が内心、十分心して備えていたことは感じられた。


辻が話を切り出すとすぐ、深代は「うん、わかった。江幡さんに、深代がつとめさせていただきますと言っていたと伝えてくれ」とあっさり答えた。少し考えさせてくれ、という返事を予期していた辻は拍子抜けしたものである。

ロンドンの高級住宅街、フルハムロードのフラット（集合住宅）に深代は住んでいた。家族用の部屋もある広い住居であったが、深代はここで一人暮らしをしていた。

この日、辻はこの家に泊まったのであるが、気になったのは部屋の様子が荒涼としていたことだ。居間の床にはウイスキーの瓶（びん）が何本か転がっていた。長く夫人と別居状態が続いていることはうっすらと知っていたが、男やもめに蛆（うじ）がわく――とはよくいったものだと思ったものである。

「辻君、ジュネーブの仕事が終わったらすぐ帰らなくてもいいんだろう。年末、スペインのアンダルシアの田舎のホテルで二人で過ごさないかい」

　そう深代がいった。いいね、是非そうしよう、と辻は答えた。

　深代にとって辻が、同期の心許す間柄の友人であったこと、さらには季節もあったかもしれない。

　冬季、私はロンドンに滞在したことがあるが、常時、曇天の空から細い雨滴が落ちてくる天候に心底うんざりしたものだ。駅やバスターミナルに大きく掲示されている、南欧への安売り航空券の広告についい目線が引き寄せられたものである。

　年末の一週間、二人はアンダルシア地方の都市、マラガから西へ数十キロ、地中海の海岸沿いにあるマルベーリャという地のリゾートホテルに滞在した。空は抜けるように青く、シャツ一枚でいい。昼間はドライブやゴルフ、夜は港のレストランで海老の塩焼きを肴にサングリアを飲んだ。心からくつろいだ休暇の日々だった。

　辻が深代から家庭の状況を耳にしたのはこのときがはじめてである。いろいろとあって心が離れ、別居状態となり、離婚の段階を迎えているとのことだった。深代が幾度も口にしたのは、思春期を迎えつつある長女と長男への思いだった。

　大なり小なり人はだれも荷を背負って歩んでいく。深代もまた人に語るべきことあらずの事柄を抱え続けて生きてきたことを知って、辻に忘れ難い休暇となった。

この日から十年後、辻は一人、マルベーリャを再訪している。近いうちに必ず二人でまた来よう——と約束した。故人となった友人との、遅れた約束を果たす旅路であった。

秋山康男がパリ支局員であった時期、「世界名作の旅」の取材で深代がやって来たことは前記したが、その後秋山は、東京本社外報部、カンボジア・プノンペン支局を経て、ジュネーブ支局へと移っている。

秋山の記憶では、ミュンヘン五輪の開幕直前であったというから一九七二（昭和四十七）年九月はじめである。ロンドンから深代が、日本からは深代の夫人がジュネーブにやって来て秋山の家に滞在した。秋山夫人の和子も含め、深代夫妻との付き合いがあった。用件は離婚の相談事で、秋山夫妻をまじえた話し合いの結果、ほぼ合意に達している。

この年の暮れ、深代は帰国の途についた。入社二十年目、四十三歳であった。

第十章

有楽町

1

　長く続いている論説室の慣わしであるが、平日は連日、昼の時間帯に論説委員の合同会議が開かれる。深代惇郎が「天声人語」を書いていた時期、委員は二十数人。社会部、政治部、経済部、外報部、学芸部、科学部などの出身畑をもっていて、外報でいえば欧・米・アジアを専門分野とする三人が選ばれていた。

　長い楕円のテーブルの周りに委員たちが座る。主たる議題は翌日の社説にかかわることで、テーマの候補に上るのは焦点となっている時事問題である。副主幹が会議をリードし、二本のテーマが決まると自ずと執筆者も決まっていく。執筆者が趣旨説明を行い、委員たちが自由に意見を出し合う。議論が白熱することもあるが、最終の取りまとめを論説主幹が行う。天人の執筆者も会議に出席はするが、翌日のコラム内容についてとくに発言は求められない。

　深代の後任者となった辰濃和男によれば、この時間帯、書くべきテーマを脳裏に浮かべていることが多かったが、まったく白紙の日もあった。会議の成り行きによってテーマを変更することはよくあったし、突発的なニュース、外電、訃報なども入ってくる。コラムもまた素材の新しさを求められるのが新聞である。

天人担当となった深代にとってははじめての原稿は、出版人を取り上げたものであるが、飛び込んできた訃報で、おそらく予定していたテーマを差し替えて書いたものであったように思われる。

文芸春秋の池島信平さんがなくなった。「スイカ」と呼ばれていたように、丸い、大きな顔だった。「スイカ」はよく笑い、よく酔っぱらい、談論風発、とどまるところを知らなかった。大きなスイカだったし、大きな人だった▼月刊誌「文芸春秋」も、創始者の菊池寛以来、そうした温和な程よさで「文春カラー」をつくり上げた。「文春カラー」とは、いってみれば暖色だ。大正リベラリズムを信じ抜いた世代が、よくも悪くも、その色を守りつづけた。変る世の中で、一つの編集方針をもっている点で、日本に数少ない雑誌の一つだろう▼古いといえば古いし、安定しているといえばそうもいえる。暖炉の火がチョロチョロ燃えて、ブランデー・グラスの横におくとぴったりおさまるような、そんなスマートさと歯がゆさがこの雑誌の身上だし、また池島さんの人柄でもあった▼東京の下町で生れ、その東京弁が庶民への愛情を感じさせた。終戦直前に召集され、海軍で毎日フロ番をやらされた。池島元二等水兵が、背中のアカの落し方について講釈をはじめるとき、人生を見てきた人の軽妙さと強さを感じさせるものがあった▼文芸春秋は、いまの雑誌ジャーナリズムの多くの原型を生み出した。芥川、直木賞といった文学賞、ゴシップ主義、テーマ特集、漫画読本。それにしばしば中身よりおもしろそうにみせる「見出し」。「私は喫茶店のオヤジのような気がする」という随筆もある。毎朝店を掃除して、うまいコーヒーをいれて執筆者を待っていると、「新思想」「イデオロギー」と自称するお客がつぎつぎにくる。「実にさまざまなお客がハイカラな扮装をこらして入ってくる」▼その言葉には、戦前、戦中、戦後の風雪を、「死傷率の高い雑誌編集者」として生き抜いた一人の保守的教養人の、正直な批判がこめられている。【一九七三（昭和四十八）年二月十五日】

池島信平は一九〇九（明治四十二）年生まれ。訃報を伝える評伝などによれば、文藝春秋には、創業者の菊池寛に憧れ、入社したとある。『話』『オール讀物』の編集に携わり、戦時期『文藝春秋』編集長をつとめるが、横須賀海兵団に入隊し、終戦を迎えている。戦後、再スタートした文藝春秋新社の中心メンバーとして手腕を発揮し、一九六六（昭和四十一）年、佐々木茂索の後任として第三代の社長に就任、雑誌『諸君！』も創刊した。

文京区湯島の緬羊会館で、池島が心臓発作を起こして急死したのは二月十三日のこと。訃報を知って執筆を決めたのは、取り上げるべき出版人であったこと、それに、深代にとって交流ある人だったこともあったろう。

池島と深代の付き合いは、深代が懇意にしてきた後輩記者、久保田誠一の義父が池島であったことから生まれている。

久保田は東大教養学部教養学科アメリカ分科の卒業生であるが、恩師がアメリカ史の泰斗、中屋健一である。中屋と池島は文学部西洋史学科の同級生で、親しい間柄だった。

中屋は日本山岳会の理事をつとめる山男でもあった。久保田が中屋ゼミのメンバーとスキーに出向いた日があって、池島の娘たち、三姉妹もスキー場にやって来ていた。三女の照子はまだ中学生であったが、ここで二人は知り合い、後年結婚する。結婚式で、池島と深代に面識が生まれ、以降、久保田をまじえて酒席をともにすることが幾度かあった。

久保田の記憶では、深代が天人を書きはじめる少し前、銀座の寿司屋だった。天人執筆のことが話題にのぼり、池島が深代にこういったことを覚えている。

「まぁ毎日コラムを書いておれば行き詰まることもあるでしょう。そのさいは花鳥風月に逃げるという手もあるが歴史のほうがいいと思うね。なんといっても歴史はコラムの尽きせぬ宝庫だから」

そんな池島の「談論風発」を、深代は先生から諭される生徒のような表情で聞き入っていた。

——十四日夕、豊島区西池袋にある池島の自宅で、久保田たちが弔問客の応対に追われている最中、深代から電話が入った。

「一応書いてみたんだが、こんな感じでいいかな。忙しいときに申し訳ないが、ざっと目を通してくれるとありがたい」

まだファックスなどない時代である。オートバイでゲラ刷りが届けられた。

以降、コラム執筆に追われる深代の日々がはじまっていく。

2

深代が天人を担当したのは、一九七三（昭和四十八）年二月十五日から七五（昭和五十）年十一月一日までの二年九ヵ月である。はじまって一ヵ月余りは、前任の疋田桂一郎と交代で担当し、その後、単独執筆者となり、海外出張などを除いて、日曜祝日もなく、ほぼ毎日書いた。

この間、総理は田中角栄から三木武夫へ。第四次中東戦争を引き金として石油危機が勃発、「狂乱物価」と呼ばれる超インフレが巻き起こった。企業倒産が続出し、トイレットペーパーの買い占め騒ぎなども起きた。戦後初のマイナス成長、金大中事件、韓国の朴正熙大統領狙撃事件、三菱重工ビル爆破事件、スト権スト……。内外ともに流動混迷の時代だった。

深代天人の、田中内閣への論評は手厳しかった。それは、ジャーナリズムは権力の監視を担うという信念に由来するものであろう。第一章で記した〝架空閣議〟のコラムは内閣を怒らせ、社に対し、二階堂進官房長官より厳重抗議がきた。

官房長官とて、まさか本当に盗聴云々があったと誤読したのではあるまい。常日頃、苦々しく思っていた小うるさいコラム欄を、このさいがつんといわせておくという目論見があったのやもしれない。

抗議を受け、社長室と論説室との間で幾度かやりとりがあったが、深代は平然としていた。後年、深代の告別式において、社長の広岡知男は弔辞の中でこのときの騒動に触れ、「政府、自民党が激昂した時、彼は私の希望を入れて、あれは冗談でしたと釈明する天人を書いてくれましたが、その素晴らしい表現には、私はただただ驚嘆するばかりでありました」と述べている。

以下は、翌日、一九七三（昭和四十八）年十一月一日付の「天声人語」である。ラストの段落に、微かな〝調整跡〟の気配も感じられなくはないが——。

　きのうの本欄で「大きな声ではいえないが——」と、盗聴テープによる閣議の話を書いた。「大きな声でいえない話」を新聞に書くはずもない。「読者にこっそりご紹介する」と書いたのも、「こっそりの話」を活字にするわけがない▼だから初めからユーモアとして読んでいただけると思ったら、二階堂官房長官から本社あてに、厳重な申し入れ文書がきた。以下、その全文をご紹介するが、これは「架空申し入れ」ではないことを、念のためにお断りしておく▼「十月三十一日付朝日新聞の朝刊『天声人語』欄に盗聴テープによるものとして、最近の閣議の様子があたかも真実であるかのごとく述べられているが、これは一切事実無根であり、国政の根本を議する閣議について、国民に重大な誤解と疑惑を与えるものである」▼つづいて「政府はこれを看過できない。貴社において、右記述の是正はもとより、閣議に対する国民の誤解を一掃するための完全な措置をとられるよう厳重に申し入れる」というものである。政府が迷惑をこうむったというならば、申し訳ないことだが、冗談が事実無根であることを確認するには、やはり「あの冗談は冗談でした」というほかはない▼実は米国ジャーナリズムの読み物の一つは、コラムニストたちの時事問題の創作である。大統領や閣僚たちの会話を作り上げたりして、そこに盛られた風刺やジョークで読者を楽しませる。本欄の架空閣議の話は、読者にはなじみにくかった面もあるようだ。

この後ももちろん、筆が鈍ることはまるでなかった。

翌月の十二日付には、石油危機をテーマに「かねて尊敬するT氏の話をききに行った」という書き出しではじまる〝架空一問一答〟も見える。

……――石油危機は、どうして予想されなかったのでしょうか▼「とんでもない。みなさん、的確に予想していました。対策もいろいろ打たれてきましたよ」。――へえ、うかつにも知りませんでした。どんな対策ですか。「たとえば数年前から映画会社が、ポルノ映画に力を入れてきたのは、今日あることを予期したからでした。人間はすぐハダカになればよいので、暖房がきかないぐらいで騒ぐことはない、という啓蒙（けいもう）運動でした」▼――なるほど。テレビの深夜番組はどういうわけです。「物事は深く見なければいけません。良心的な人たちが、涙をのんで低俗な深夜番組を作ったのは、視聴者にスイッチを切らせる習慣をつけさせるためでした。ですから、低俗番組の時間をどんどんふやしたわけです。テレビ会社もつらかったでしょう」▼……

というタッチの珍問答が続いて、「本人の希望により、残念ながらその名を秘して、その卓見をご披露した」と結ばれている。

〝架空珍問答編〟はさらに見られる。田中総理の金脈問題が騒がれ出した時期の一編である（一九七四［昭和四十九］年十一月二日）。

衆議院に総理の適格性を知るための特別委員会ができたという架空の設定のもと、

委員長と首相候補Ａ氏が、選挙区、逮捕歴、ゴルフなどをめぐって問答し、やがてテーマが趣味へと移る。

……「なるほど、首相の器ですな。ところでご趣味は」▼Ａ「実は流行歌で〝知りたくないの〟というのが大好きでして――」。「どんな歌ですか」。Ａ「すんでしまったことは、仕方がないじゃあ、ないのお」。「ほかには」。Ａ「〝うそ〟というのも歌います」。「それは――」。Ａ「〝あなたのウソが分かるのよ〟とか〝冷たいウソのつける人〟といった歌詞です」▼「首相として、そういう歌はいかがでしょうか」。Ａ「つねづね口ずさみながら、自戒の言葉にしているのです」。「Ａさん、私の質問は終わります」。Ａ「委員長、ありがとうございました」。

ちなみに、『知りたくないの』は菅原洋一の、『うそ』は中条きよしの持ち歌で、ネオン街でヒットしていた。

立花隆の「田中角栄研究――その金脈と人脈」、および児玉隆也の「淋しき越山会の女王」が掲載されたのは、『文藝春秋』一九七四（昭和四十九）年十一月号である。

総理周辺から文春に対し、すでに取材中から複数の筋を通して圧力がかけられていた。

雑誌発売から間もなく、深代は天人でこれを取り上げ、「雑誌『文藝春秋』十一月号が特集した『田中角栄研究――その金脈と人脈』のレポートは、もっと問題にされるべきだ。もしここに書かれてある内容が事実ならば、そのような人を総理大臣に持ちたくない。もし事実でないならば、首相は身の潔白を自分の言葉で説明すべきではないか▼……」とはじまる直球コラムを書いている（一九七四［昭和四十九］年十月十九日）。

それまで湯水のようにカネをばらまく首相であることは知られていたが、金脈の構造に踏み込み、詳細なレポートがまとめられたのはこれがはじめてだった。雑誌における調査報道の嚆矢（こうし）ともなった。新聞にとっては雑誌にしてやられたということにもなろうが、そういうことを超えて、同じジャーナリズムにあるものとしての〝援護射撃〟でもあったろう。文春の発売からひと月半、田中首相は退陣を表明した。

官房長官の〝目論見〟は空転したままに終わった。

この時代、一面や社会面のトップには環境汚染や公害訴訟などの記事が数多く見られる。

3

水俣病裁判で熊本地裁がチッソの過失責任を認め原告勝訴（一九七三［昭和四十八］年三月）、母港なき原子力船「むつ」が〝漂流〟を開始（七四年八月）、サリドマイド訴訟で原告団が国・大日本製薬と和解（七四年十月）、三菱石油水島製油所から大量の原油が瀬戸内に流出（七四年十二月）、関電美浜原発が放射能もれで運転休止（七五年一月）、猛毒の六価クロムの大量投棄が判明（七五年七月）……。

経済成長路線をひた走り、〝豊かな社会〟が到来しつつ、日本列島にはさまざまなゆがみやほころびが生じていた。テクノロジー万能の大量消費社会への根本的な疑義がはじまった時代でもあった。

深代天人を読んでいると、深代は、モノを至上とする〝進歩史観〟への深刻な懐疑主義者であったことがわかる。

瀬戸内の海洋汚染が進み、汚染物質を垂れ流してきた企業が、漁師たちが獲った魚を買い上げるニュースを取り上げている一編など、痛切である。

たしか、ロシアの作家ドストエフスキーの「死の家の記録」だったと思う。囚人に苦役を科し、土の山を別の場所に移し、またもとの山に戻すといった仕事を繰返させたら、数日で首をくくって死ぬだろう、といっている▼これほど残酷な仕事はない。目的や意味があれば、たとえ苦しいことでも我慢する。だが、まったく無意味なことを自分で知っていて、しかも努力することはできない。それを強制されれば、ついに自分が自分自身に反抗するようになる。瀬戸内海の岩国で魚をとる人たちのニュースを読んで、思わずこの話を連想した▼岩国では汚染源の東洋紡の工場が、海でとった魚をすべて買上げることにきめた。明け方、漁船が帰ってくると、工場のトラックが待っている。魚種ごとに魚の目方をはかったあと、工場にはこび、タンクに汚染魚を捨てる。悪臭を放つ魚に、市場値の金が払われる▼はじめのうちは、取れば取るほど金になるので、精を出して出漁する人もいた。が、やがて漁師たちの疑いがふくらんでくる。毎日、海に出るのは、捨てるための魚を取るためではない。金になりさえすればよいと、いつまでも割切れるものではない。たとえささやかでも、自分の仕事に何らかの意味がなくては生きていけない▼「何のための人生か。漁民だっておいしい魚を食べてほしいのだ」「情けのうて涙が出ます」と、口々に訴える声は胸をえぐる。岩国だけではない。敦賀湾でも、工場のコンクリート箱に投捨てるため、人々は漁に出る▼ゆがんだ社会は、とうとうここまで来てしまった。それは血が凍るような「現代の狂気」としかいいようがない。もしこの異常さを異常と感じなくなったとすれば、すでに人間は狂気を帯びつつあるのだ。【一九七三(昭和四十八)年六月十六日】

十一年間に及んだサリドマイド訴訟の和解が成立したとき、深代は天人の最終段落でこう書いている(一九七四〔昭和四十九〕年十月十五日)。

「……和解の日、サリドマイド被害児の『ことば』が新聞に紹介されていた▼手が長かったらバレリーナになりたかった十二歳の千田ちづるさんは無邪気だ。『手を短くする薬があるんだから、手を長くする薬だって作れるんじゃないかしら』。その言葉にクギ付けされ、しばらく目を離すことができなかった」

深代は別の日の天人で、「一行の詩に青ざめる心は失いたくないものだ」と記しているが、心青ざめるとはこの少女の発した言葉のごときものを指していうのだろう。

文化面のページをめくっていると世相の一端が伝わってくる。本でいえば『複合汚染』（有吉佐和子）、『日本沈没』（小松左京）、『収容所群島』（ソルジェニーツィン）などが取り上げられている。映画では『仁義なき戦い』『燃えよドラゴン』『ジョーズ』がヒットし、山口百恵がアイドル歌手としてデビューし、怪物馬ハイセイコーも世を賑わせた。

『収容所群島』は、ソ連の反体制作家、ソルジェニーツィンが、スターリン獄の苛烈な実態を記した作品であるが、深代天人は二度、三度とこの作家の存在と意味するものを取り上げている。

「一人の偉大な作家は、一つの強大な政府に匹敵する。ただ一人、ロシアの大地にそびえ立つ作家ソルジェニーツィンの姿に、この言葉が決して形容のアヤでないことを知る。彼は、人間の勇気が何をなし得るかを教えてくれた▼……」（一九七四［昭和四十九］年一月十四日）。

「作家ソルジェニーツィン氏は逮捕されたとき、歯ブラシを手に自宅から連行されたという。さすがに収容所生活で鍛えた『筋金入り』を思わせたが、行く先は収容所ではなく西独だった▼……この一人の小さな人間を、巨大な国家がついに『処分』することも、収容所に送ることもできなかった事実に、あらためて歴史の歩みを見る」（一九七四［昭和四十九］年二月十四日）。

第七章で、深代の若き特派員時代、「国連をみつめて」と題する連載があったことは前記したが、その記事が載った同じ紙面に、秦正流モスクワ支局長の、「爆発的な人気　非スターリン化文学　強制労働を暴露『イワン・デニーソビッチの一日』」という見出しの記事が見られる。日本国内でソルジェニーツィンの名と作品が紹介されたのはこれがはじめてではなかったか（一九六二［昭和三十七］年十二月十四日）。

独ソ戦で捕虜となったことが罪とされて強制収容所に送られた農民イワン・デニーソヴィチ・シューホフ。ソルジェニーツィンの分身であるイワンが、酷寒のなかでブロック積みにたずさわる一日を描いた作品である。結語は「一日が、すこしも憂うつなところのない、ほとんど幸せとさえいえる一日がすぎ去ったのだ。／こんな日が、彼の刑期のはじめから終りまでに、三千六百五十三日あった。／閏年のために、三日のおまけがついたのだ……」と締められている（新潮文庫・木村浩訳）。

平凡な一囚人の、ある一日を淡々と描くことを通して、ソヴィエト体制なるものの不毛と不条理を根底から撃つ作品となっていた。私が本書を読んだのは大学生の頃であったが、この書き手は二十世紀という時代のもっとも重要な作家となるに違いない……という思いがかすめたことを記憶する。

帝政時代からロシアには〝地下文学〟の歴史があった。当局が発禁を科してもなお〝私家版〟が密かに流布していく。作家たるもの、牢につながれるのはもとより承知のこと。『イワン・デニーソヴィチの一日』から十余年、ソルジェニーツィンの文学はロシアの大地に染み入り、体制にとって看過できない存在となり、外国へと追放される。極刑を免れたのは海外世論の高まりもあったろう。

往時、深代天人を新聞で読んでいたとき、このコラムの書き手もソルジェニーツィンの熱心な読者なのだろうと思えて、記憶に残った。

いま思えば、それは、書き手の価値観、一個の人間は小さな寄る辺なきものでありつつなお巨大な国家に拮抗しうる存在なのだという視線への共感だった。そして、深代の〈思想〉の基底にあったものに改めて思いが行くのである。

ソルジェニーツィンの西独への追放からいえば十数年後、地球上の半分を覆った大帝国は瓦解していった。

新聞のコラムは森羅万象を扱う。ミスタープロ野球、長島茂雄が現役引退を表明したのは一九七四（昭和四十九）年秋のこと。深代天人は、締めの言葉が際立つものが少なくないが、これはその一例である。

「巨人ぎらい」の話は聞いても、「長島ぎらい」の人にお目にかかったことはない。だれにでも愛される、幸福な人だ。子供たちの憧れになり、お年寄りにも愛され、若い娘さんにも中年の女性にも好かれる。その女たちより、男たちにもっとほれられる▼何千万円の契約金をもらっても「当たり前だ」と、みんなが思う。「バッティングとは、目の前にきたボールを打つ。ただそれだけです」と長島がいうと、「さすが」とまた感心される。バッターボックスに立ち、獲物をねらうヒョウのような精かんさをみると、満場が息をのむ▼長島が横っとびでライナーに飛びついてもタメ息が出るし、つまらないエラーをしてもまたタメ息になる。ここぞと思うときには、きっと一発出してくれるという期待にしばしばこたえてくれる。彼は作られたヒーローではなかった。毎日の非情な記録が、彼がヒーローであることを証明してきた▼陽気で、あわて者で、ひたむきな男っぽさが天成のスターにふさわしかった。スポーツの世界で、彼のように日本中を長い間楽しませてくれたのは、多分、戦前の双葉山、戦後の古橋広之進選手が匹敵するぐらいではないか▼今のように世の中が複雑になると、だれもが多かれ少なかれ、閉塞された心理状態にある。思いきり、汗水流してぶつかるようなものが見つからない。それだけに、火花を散らして立ち向かう長島の姿が感動をあたえた。どちらの側も「勝った、勝った」と言葉のアヤで勝負するあいまいさの多い世間で、その勝敗にだれもが納得できるところに、スポーツの直截な魅力がある▼注文をつけぬ長島が、ペナント最後の日に「ファンにあいさつさせてくれ」と、ただ一度の注文をつけたという裏話が泣かせてくれた。「4番・サード・長島」の声がもう聞けなくなる。長島新監督は、長島選手のいない巨人軍を率いていかねばならない。【一九七四（昭和四十九）年十月十四日】

翌一九七五（昭和五十）年、「長島選手のいない巨人軍」は、セ・リーグ最下位に終わった。代わって、〝赤ヘル旋風〟を巻き起こし、球団結成後初のリーグ優勝を果たしたのは広島東洋カープだった。カープが優勝を決めた秋、コラムニストはしきりに体調不良を覚えていた。

――深代惇郎が天人を執筆したのは、朝日新聞東京本社が有楽町にあった時代である。

明治から大正期、京橋にあった東京朝日新聞が、数寄屋橋のたもと、有楽町二丁目に社屋を移転したのは一九二七（昭和二）年である。二・二六事件に際して叛乱部隊が乱入し、文選工場の活字棚をひっくり返したのもこのビル内だった。空襲では、直撃弾を免れたものの、外濠に落ちた不発弾のあおりで社屋は屋上まで泥まみれになった。

幾多の風雪に耐えてきた社屋は、戦後、増改築されてきたが、いよいよ手狭となり、周辺の交通渋滞も深刻となり、深代天人がはじまった時期、新しい地に新社屋を建てるための社内委員会が発足している。東京都中央卸売市場に隣接し、旧海上保安庁水路部があった築地への転居が実現するのは一九八〇（昭和五十五）年、深代の没した五年後である。

有楽町時代――。記者たちの書く原稿は手書きだった。原稿は「漢電」で打ち直され、穴あきテープに記号化され、溶けた鉛が活字を形作っていく。見出しがつけられ、写真が添付され、刷版が輪転機にかけられていく。印刷工場は各地に分散化されていたが、有楽町からも刷り上がったばかりの新聞が販売店に運ばれて行った。およそ九十年続いた、鉛を使った活版方式は有楽町時代で終わった。

仕事を終えた新聞人たちは、数寄屋橋を渡って銀座へ、ガード下をくぐって有楽町駅へ、あるいは新橋界隈へ。深代にとっての社は終生、有楽町だった。

第十一章

男の心

1

深代惇郎と読売新聞社会部にあった本田靖春が上野署で出会い、親交深き間柄にあったことは以前に触れた。本田の遺作となった『我、拗ね者として生涯を閉ず』を読むと、二人の関係はその後も続いていたことがわかる。

深代が「世界名作の旅」を執筆していた当時、本田はこんな風に深代を見ていたと記している。


私が移動特派員としてヨーロッパへ出されたのは、一九六七（昭和四十二）年の元旦号からスタートする日曜版フロント・ページのカラー印刷が決まり、それに伴う新企画を仰せつかったからであった。

実をいうと、朝日はそのときすでに日曜版のカラー印刷を始めており、その最初の企画が大評判をとった「名作の旅」であった。

古いことばに「紙価を高からしめる」というのがあるが、「名作の旅」がまさにそれであった。

世界の文学史上に名を留める名作のふるさとに記者を派遣し、思い思いの紀行文を書かせるという企画だが、繰り出してくる面々がなかなかの文章家揃いで、さすが朝日、と唸らされたものである。

単に文章がうまいだけなら、驚きはしない。紀行文には、ニュース記事には表れにくい書き手の教養が滲み出る。「名作の旅」に登場した記者たちは、押しなべて品のよい教養人であった。

私は競争紙の一員である自分の立場を忘れ、一人の愛読者になりきっていた。畏友、深代惇郎もこの企画に一枚加わって、すでに定評のあった滋味豊かな才筆を揮った。かつての警察（サツ）回り仲間が、私の手の届かない遠い世界へ行ってしまったような気がして、寂しい思いを味わった記憶がある。

事実、彼はそのとき欧州総局（ロンドン）員とニューヨーク特派員を経験済みで、将来の社長候補と目されていた。後に「天声人語」子となり、エリート・コースをまっしぐらに走り続けた男なのだから、読売で「小骨」を突っ張らせている小生なぞは、比較の対象にならない。

本田が読売を退社するのは一九七一（昭和四十六）年二月である。上司や同僚たちから引き止められつつ、決心を変えなかった。その後、本田はノンフィクション作家の道を歩んでいくのであるが、退社の時点では明瞭な将来絵図を持ち合わせていなかった。深代からひそかに朝日への誘いがあったことも記している。

社外から救いの手を伸ばしてくれた人もいる。深代惇郎さんと、上野署記者クラブの彼の後任であった伊藤邦男さん（のちにテレビ朝日会長）である。二人して私を食事に誘い、「うち（朝日）にこないか」と熱心に勧めてくれた。それも一度や二度ではない。友情が身に染みたが、心は動かなかった。私を育ててくれた、「よき時代のよき読売社会部」に、深い恩義を感じていたからである。

私が朝日に移ったとしたら、社を辞める以上に先輩方は悲しむであろう。私は生涯、「読売ＯＢ」の看板を背負い続ける。それが、私の誇りであり、古巣に対する愛着心の表明でもある。

この時期、深代は教育担当の論説委員をつとめていた。伊藤は「昭和二十八年組」の一人で、のち編集局長もつとめている。

深代が天人を書きはじめて一年近くたった時期、小さな〝社外懇談会〟が生まれている。本田もメンバーの一人になるが、会が生まれたのは、文藝春秋『週刊文春』編集部にいた東眞史(あずままふみ)が〝架空閣議〟の一件を取り上げた記事がきっかけとなっている。東は雑誌畑を歩いた編集者で、後年は各臨時増刊号の編集長、文春新書編集局長などをつとめている。

この当時は入社五年目の若手編集者であったが、騒動を短い記事にした。見出しは「『天声人語』の冗談に怒った人たち」(一九七三年十一月十九日号)。

「大きな声ではいえないが……」と、朝日の「天声人語」欄が、盗聴されたという閣議の模様を再現してみせた。この話、もちろん冗談だったのだが、冗談とは思わなかった人もいたらしい。

「ホントにそんな話があったのかと、ひっきりなしに問い合わせがあって困りました。朝日にも、ウソを書いたのかと、相当電話があったと聞いています」(内閣広報室筋)。

「天声人語」欄は、七十年の歴史をもつ名物コラム。それだけにファンも多いのだが、なかにはこれを世の中に教えをたれる天の声と思いこんでいる人たちも多いようだ。その人たちにしてみたら、「朝日がなんたる不謹慎」ということになるらしい。

かつてこの欄に筆をとった荒垣秀雄氏（評論家）も、「外国ではそういうユーモアの伝統はありますが、日本ではちょっと無理でしょう」とやや批判的。

一番怒ったのは田中内閣そのものだった。さっそく二階堂官房長官名で、「それは一切事実無根であり、国民に重大な誤解と疑惑を与えるもの」と厳重抗議を申し入れた。というのも、「あの記事を見て、角サンは本当に盗聴されたか、ニセのテープを売りつけられ、それをもとに朝日が書いたと思ったらしいんだ。冗談とは全然考えられなかったんだね」（内閣記者会某氏）。……

東はもちろん、執筆者の深代に取材申し入れをしていたのであるが、記事にするまで会うことがかなわなかった。記事が出てしばらくして、深代より「あなたのことは本田さんから聞いていますよ。一度会いましょうか」という電話があった。指定されたのは新橋にあったスナックで、それが初対面だった。

本田はこの年、はじめての著『現代家系論』（文藝春秋）を刊行し、精力的な取材・執筆活動をはじめていた。この時期、文春の雑誌を主舞台としていたが、もっとも密なる編集者が東で、東との関係を「心を許す間柄」とも書いている。

東は入社して間もなく、創刊準備中の月刊誌『諸君！』に所属し、雑誌刊行後は本田原稿のほとんどを担当している。「ドキュメント　大韓民国の憂鬱」（一九七二年十一月号）では本田の韓国取材に同行しているが、この原稿が元となって『私のなかの朝鮮人』（文藝春秋）が生まれている。以下は深代の没後ということになるが、本田著の『K2に憑かれた男たち』（同）、『疵　花形敬とその時代』（同）においても、『週刊文春』『オール讀物』連載時は東が担当者だった。

深代と会ってみると、本田が深代に自身のことを十分伝えてくれていたことがわかった。その後、三人でグラスを傾ける日もあった。

『文藝春秋』本誌で「田中角栄研究――その金脈と人脈」が出たさい、東は深代に会いに行っている。すでに田中サイドから強烈な圧力が社にかけられていた。窮地に陥るのではないか……と思ってである。事実、当初企図されていた第二弾、第三弾の連載は中止に追い込まれていく。

深代はこう言った。

「健ちゃんはこれで内閣がつぶれると思っているかもしれないが、まぁ政治は素人だ。内閣というものはそう簡単にはつぶれないよ」

　別段、東が足を運んだせいではなかったろうが、前記したように深代はこれを〝擁護〟する天人を書いている。結果から見れば「角栄研究」のレポートが引き金となって内閣は瓦解していったわけであり、この点での深代の予測は外れた。

「健ちゃん」とは当時の『文藝春秋』編集長の田中健五（後の文藝春秋社長）。

　田中によれば、「淡いもの」ではあったが深代との面識があった。朝日の外報部でボン特派員などをつとめた青木利夫が東京高校（旧制）の同級生で、青木よりの紹介だったと記憶する。有吉佐和子をまじえて食事をともにした夕もあった。さらにいえば、田中は海兵第七十七期生で、七十八期の深代の一年先輩ということにもなる。

　老成しているようで、きらきらした書生のごときものを持ち合わせた人物――というのが記憶の隅に残っている深代像である。

　角栄研究を掲載するさい、権力からの逆風が吹くことを田中は予期していた。せめて敵を少なくしないといけないと思っていたところへ、深代が電話をくれて、天人で取り上げますよといってくれた。ありがたく思ったものである。

　朝日はリベラル色、文春は保守色を社風とする。後年、『週刊文春』『諸君！』などで朝日批判の記事がしばしば見られるようになって、両社はいがみ合っているイメージがあるが、この当時、個人間の付き合いは結構あった。

『私のなかの朝鮮人』の書評を、深代が『週刊文春』で書いている（一九七四年十一月十一日号）。朝日新聞社が発行する媒体以外で、深代が本を評した文は珍しい。原稿を依頼したのは東であったが、二つ返事で引き受けてくれた。深代と本田の友情の厚さをあらためて思ったものである。

本田は日本の植民地だった当時の朝鮮半島で生まれ育った。深代は、本書は著者の「心の履歴書」であり、「結論に輝きがあるというより、そのプロセスのまじめさが読ませる力となっている」とし、植民地二世としての「節度」と「廉恥心（れんち）」が、「この本を重苦しいが清潔なものにした」と評している。

東が深代と雑談しているさい、評論家の山本七平（しちへい）も担当していると口にすると、深代がこんな提案をしてきた。

「新聞批判というのはいろいろとあるが山本七平さんの批判が一番身に応える。どうでしょう、七平さんを中心に自由に懇談する会のようなものを考えてみてくれませんか。メンバーはポンちゃん（本田）ともう一人くらい加えてはどうだろう」

山本は聖書学の専門書店を営みつつ、自身の戦争体験を織り込んだ『私の中の日本軍』（文藝春秋）、『「空気」の研究』（同）などの日本論、さらに〝筆名〟イザヤ・ベンダサンによる『日本人とユダヤ人』（山本書店）などを著した。作家としてコアにあるものを表す言葉が浮かびにくいが、いわゆる保守系論壇における屈指の論客であった。

東の記憶では、深代が「応える」といったのは、朝日のベトナム報道にかかわる山本の指摘で、解放戦線側の少年兵士をしきりに〝澄んだ目〟と記述しているが、情緒的記述は戦争の実相を伝えるものからほど遠い、という趣旨の批判であった。

東を世話役とし、山本、深代、本田、それに共同通信社の政治部長にあった内田健三が加わった会がはじまった。

月一回程度、日比谷のレストランなどで懇談会は続いた。テーマを決めない雑談の会である。唯一のルールは、この席で出る話はオフレコとするというもので、政界からマスコミ界の話題まで、いつも会話は弾んだ。戦後二十九年目にしてフィリピン・ルバング島から帰還した元陸軍少尉、小野田寛郎（ひろお）をゲストに招いた日もあった。

山本と深代の思想的なスタンスは異なるわけであるが、いわば双方ともに〝大人〟であって、メンバーそれぞれが自由に持論を述べつつ、会の空気は和やかだった。深代が体調を崩すまで、十回近く会合は開かれている。深代が健在であったら新たなメンバーも加えて会はずっと続いただろう、と東はいう。

深代はなぜ、このような会をつくることを望んだのか。言論人として、深代は懐の深い人だった。自分たちの見解への非賛同者、批判者の意見のなかにも汲み取るべきものがある、思想の自由とは自身の好まない思想の自由なのであって言論は常に開かれていなければならない、それがまたコラムを書く上で糧ともなる……という判断があったのであろう。社の垣根を越えて、このような小さな会をもっていたことにも、コラムニスト・深代惇郎のしなやかな強靱さというものを感じる。

深代が故人となってから、山本がこう口にしたことを東は覚えている。

「深代さんの書く天声人語がたとえ間違っていたとしても書いている人は正しい人なんです」と。

2

深代が「天声人語」を書きはじめてしばらくたった日である。音楽評論家の安倍寧（やすし）は『週刊朝日』編集部に所用があり、有楽町の朝日新聞ビル上階にあるレストラン「アラスカ」に出向いた。アラスカは、記者や編集者がインタビューや打ち合わせなどでよく使う場所だった。

入り口近くの席に、門田勲（かどたいさお）の姿が見えた。往時、朝日の名文家として鳴らした記者であったが、このころは引退をして鎌倉に住んでいた。安倍とは旧知の間柄である。

「今日は何かご用があって……」

「うん、深代を待っているんだよ、深代を」

門田はそういって腕時計を見た。安倍もつられて眼を落とすと針は四時半を指していた。

「あいつ、いまな、綴り方をうんうんいいながらやっているところだよ、ハッハッハ……」

門田は可笑しそうに笑った。

「深代さんの天声人語、評判がいいですね」

「そりゃあ香りが違うからな」

いかにもご満悦という表情になって門田はそういったものだった。

――遠い日の、門田との短い会話であったが、深代天人を包むひとコマの風景として、いまも安倍の脳裏に残っている。

門田勲は一九〇二（明治三十五）年生まれ。戦前・戦中・戦後にかけて活躍した記者である。占領下の時代、東京本社の社会部長、学芸部長、編集局次長などをつとめたが、いくつかの〝門田伝説〟を残している。

門田が書き残した随筆が『古い手帖』（朝日新聞社・一九七四年）としてまとめられているが、夕刊のコラム「素粒子」の執筆で知られる斎藤信也が文庫版（一九八四年）に解説文を寄せている。

これによれば、編集局長にあった信夫韓一郎は、「門田とはどういう人か」と問われると、「朝日で一番無愛想で、一番かんしゃく持ちで、一番筆の立つ男だ」と答えるのを常とした、とある。

斎藤は門田について、「文章にはひどく潔癖、ひどく自信があったのだろう。私の先輩で、名文家といわれていた本人を目の前において、その長文をズタズタに、三分の一ほどにも切り刻むのを、傍見したことがある。門田の形相は、サディストとはかくのごときかと思わせるものがあった」と書いている。

解説文では、『古い手帖』を編集した「横山政男君」の門田評も紹介されている。

「パイプをくわえてね、部長席にそりかえって、あたりをへいげいしてたよ。機嫌が悪くなると、パイプが逆になる。つまり、火口が下に向く。ピリ、ピリ、神経的にパイプをかんでるんだな。それを見かけると、一人去り、二人去り、社会部員の席に誰もいなくなる」

「社会部記者は自分の書いた記事について、門田さんから、〈あれ、いいぞ〉とひとこと声をかけられることが、どんなに励みになったかわからない。あの傲慢きわまる顔の中に、やさしく、あたたかいものが流れていることを、みな知っていたからだ」

〝カドがタツ〟と呼ばれた名物記者の、外面と内面の一端が浮かんでくる。

その後、門田は大阪本社の編集局長になるが、やがて一記者となって東京に戻ってくる。

その間の事情として、社主・村山長挙の夫人・藤子から電話がかかってきたさい、「村山？　そんなものはおらん！」と、木で鼻をくくったような応対をしたのが夫人の逆鱗に触れたという話が残っている。局長を辞任したのは別の理由からという話もあるが、ともあれ、門田の周辺には、ペン一本で生きた文士の匂いが漂っている。

一記者に戻った門田は、外報部の前身、欧米部の一員となり、「下野外遊」と称して旅に出た。海外渡航が少なかった時代である。軽妙な筆致と鋭い観察眼溢れる紀行エッセイ、「パリ通信」「ロンドン通信」「ニューヨーク通信」は夕刊一面を飾り、評判を呼んだ。『外国拝見』（朝日新聞社・一九五三年）という表題の本となるが、序文を川端康成が書いている。

記者生活のスタイルも門田伝説のひとつ。門田はお洒落でハイカラ好み。美食家で、連夜、若いものを引き連れ銀座で豪遊した――。

『古い手帖』の帯を深代が書いている。


痛快な思想も、痛快な文章も、昨今はご無沙汰つづきだ。川端康成をして「目のさめるような文章術」と唸らせた大記者の、痛快な随筆集。人事百般に容赦ない太刀を浴びせながら、鞘に収める風姿は優雅にして、高い。時流を料理してなお「腐らないジャーナリズム」というのが、ここにはある。


この門田を、安倍は少年時代から見知っていた。旧・青山南町の一丁目。門田家と安倍の母の実家が隣り合わせに建っていて、「親戚のおじちゃんのような人」だったからである。

門田が学芸部長、安倍が日比谷高校生のころ。大佛次郎の連載小説『宗方姉妹』が朝日に掲載された。挿画は洋画家の生沢朗。なかなか色っぽい絵であった。

「新聞小説の挿絵というのは使ったあとはどうなるんです？　捨てちゃうのならほし

いな」

　そういうと、後日、門田が二枚ほど挿画を持参してきてくれた。もちろん当時も画は画家に返却されていたのであるが、〝紛失〟したことにしてこっそりくれたのである。

　安倍は慶大生のころからポピュラー音楽や海外ミュージカルに親しみ、新聞・雑誌への寄稿家となり、卒業後は音楽や演劇分野におけるフリーライターの走りともなった。さまざまな公演のプロデュースに携わり、「劇団四季」の取締役、日本レコード大賞の審査委員などもつとめてきた。

　深代とは縁あって交流が続くのであるが、雑誌『セブンシーズ』での連載「上等な人々」で、その模様を記している（一九九九年一月号〜六月号）。

　深代との出会いは、これも門田がきっかけをつくっている。銀座の並木通りに「レンガ屋」というフランス料理店があった。安倍がこの店に入ったところ、門田がいた。安倍の姿を見ると、「おい、ここに座れよ」と隣の席に招いた。側に、後輩の記者がいて、「こいつ、深代っていうんだ」と紹介した。

「深代惇郎さんですね」

「おい、どうして下の名前まで知ってるんだ？」

「だって日曜版の『世界名作の旅』を読んでいますから」

「おい、深代、お前、結構有名人だな」

安倍が深代の名を知っていたことで、門田は上機嫌となった。

「名作の旅」の連載がはじまっていた時期であるから、門田はもう朝日を退社している。深代は三十代半ば、安倍は前半である。

門田と安倍が親子二代にわたる付き合いであることがわかると、深代は着ていた上着の腕のあたりをなでながら、「きょうは大先輩からこれをいただいてきたところなんですよ」と打ち明けた。

茶系統のツイードのカジュアル・ジャケットで、英国製の上質の生地だった。後輩の記者を引っ張り出して背広をプレゼントする。このころから門田にとって深代はお気に入りの記者だったのだろう。

安倍が深代と再会したのは数年後、仕事で出向いたロンドンの日本料理店だった。深代は安倍との出会いをよく憶えていて、顔を見るなり、「ほら、こうしていまでも着ているんですよ」といってジャケットの腕をさすった。

会食が済むと、深代は、荷物になりますが門田さんにお届け願えますか、といってウイスキーの箱を手渡した。「ロイヤル・サルート21」。スコッチの最高級の銘柄である。大先輩の一流好みを知る後輩からの、心づくしの品であった。

深代が天人を執筆していた時期、安倍との行き来が増した。春と秋、安倍は有楽町の日生劇場で行われる越路吹雪主演のミュージカルに企画者として参画していたが、開幕のベルが鳴る間際になって深代が駆け込んできたことが何度かあった。ゲラに朱を入れ、その足でやって来たのだろう。義理堅いところが深代にはあった。

安倍の自宅で夕食をともにする夕があって、セルバンテスの小説『ドン・キホーテ』を脚色したミュージカル「ラ・マンチャの男」が話題となった。深代は結構、音楽や演劇にも通じていたが、知ったかぶりはしない人で、水を向けられると口にするのである。

気分良き席で、少々酔いが回ったからであろう、深代が主題曲「インポシブル・ドリーム（見果てぬ夢）」を英詞で歌いはじめた。渋いバリトンの声質で、スリー・コーラスすべてを歌ったのに安倍は少々びっくりしたものである。

To dream the impossible dream（決してかなえられぬ夢を見）
To fight the unbeatable foe, …（決して倒れぬ敵を向こうに回し……）

ミュージカルというものがまだ馴染みの薄かったころである。深代が観たのはニューヨークであったのかロンドンであったのか。英詞まで暗記していたのはよほどこの主題歌が気に入っていたのだろう。それはどこかで自身の生き方の琴線に触れるものがあったが故なのだろう……と、安倍は思った。

歌い終わると、深代は少し照れくさそうな顔になって、「あのミュージカルには、こんな科白(せりふ)もあるんです。ご存知ですか？」といいつつ、上着のポケットから万年筆を取り出し、テーブルの上の紙ナフキンに、さらさらっとこう書いた。

Facts are the enemy of truth（事実は真実の敵だ）

われこそは遍歴の騎士ドン・キホーテと信じる老郷士キハーナの発する科白(せりふ)である。周りから、王も巨人も騎士道も空想の産物ですよ、騎士なんてもう三百年前に絶滅していますといわれてもなお、キハーナは頭を上げ、昂然(こうぜん)としてそう言い放った……。

その科白からどのような寓意(ぐうい)を読み取っていたかを語ることはなかったが、人・深代惇郎を思うとき、このことが安倍には浮かぶ。
安倍は数多くの新聞人、ジャーナリストを知る。知識と才覚をぷんぷん匂わせる人も少なくなかったが、深代にその種の匂いはない。「自然体で、もっともダンディーなジャーナリスト」が深代だった。そして、このジャーナリストには、微かな浪漫（ロマン）の香りが付着してあった。

3

パリで国際経済協力会議。
なにほどの、インタナショナルの、ナショナルの会議。

×

日本ビフテキは世界一高い。
それがまた狂乱時を上回る。もっと困らば、何を食うらん。

×

予備校生の頭相手に、床屋代三百円。七十八歳の老主人。人生の後備校生などにはあらじ。

×

朝日新聞声欄に投書のカドにより何々の命により本官が調べる。おぞましや、恐ろしや。

×

天声人語の深代惇郎君が死んだ。男のいい心で、いい文章を書いた。天も人も移り行く。

【「素粒子」一九七五（昭和五十）年十二月十七日夕刊】

朝日新聞夕刊に、「素粒子」という名のコラムが発足したのは一九五九（昭和三十四）年四月である。はじまって間もなく斎藤信也が担当し、以降十九年間、書き続けた。深代が没したときは定年を過ぎて嘱託職にあったが、なお健筆を振るっていて、このような一文を書き記した。

斎藤は一九一四（大正三）年生まれ。戦中派世代である。海軍省詰めの記者から大本営海軍報道部の班員として徴用され、アリューシャン列島のキスカ島上陸作戦時の従軍記などは全国各紙に掲載された。以降、南方のセレベス、ティモール、ニューギニアなどの航空基地を転々とし、幾度か爆撃行にも同乗した。鹿児島・鹿屋（かのや）海軍航空隊で終戦を迎えている。

戦後、斎藤は社に復帰し、A級戦犯を裁く東京裁判の担当記者もつとめている。法廷記者団の多くは従軍経験者が占めていた。複雑な心を、「昨日に変わる今日のA級戦犯たちであった」と表現している。

斎藤の文名を高めたのは、復活した夕刊に「葉」という筆名で連載した「人物天気図」である。各界の人々にインタビューして、特有の文体でピリッと締まった人物論を書いた。そして、十四字詰めで一項目三行、計五項目の時事短評「素粒子」を書き紡いでいく。

斎藤は〝論説名物〟ともいわれたが、諧謔（かいぎゃく）味ある筆致と人となり、加えて、こよなく酒を愛した左党であったからであろう。

斎藤は横浜・戸塚に住んでいた。その〝晩年〟、出社するのも面倒になったのだろう、社に出てこなくなった。「素粒子」の締め切りは昼前。電話で入稿するのであるが、二日酔いのせいか、迎え酒のせいか、電話送稿中に寝入ってしまった……というごとき愉快な逸話も残っている。

斎藤の書いたものは『斜眼正眼　素粒子君のつぶやき』（講談社・一九七八年）、あるいはこれを増補改訂した『記者四十年』（朝日文庫・一九八七年）として残されている。

『斜眼正眼』に、室生犀星の詩「小景異情」にある「異土」という言葉を敷衍して、こう記している箇所がある。

人生とは、異土における人生にほかならない。海外はむろんのこと、日本の都市の街中も、会社も、あるいはマイ・ホームさえ「異土」なのかもしれない。

……

私の中の恥部、「従軍異土」から話を始めよう。『　』の引用の斎藤の記事は、戦後風に都合よく合わせるような、文章の上で一切の改変を加えていない。全く易々として軍部に従った戦前、戦中の新聞の姿勢であった。右旋回しきりの昨今、新聞はどうそれに抗し、どう乗り切るか。何の参考にならぬかもしれないが、ある時代の一記者の航跡を、そのままさらけ出す。

戦争と敗戦は、斎藤信也という記者が生涯引きずった傷であったように思える。人生観の一端と生き方の潔さを感じさせる文でもある。「人物天気図」や「素粒子」における、八方破れの筆さばきは斎藤その人に潜むものであったことを知るのである。『斜眼正眼』には、深代の同期生で、天人を引き継いだ辰濃和男が「斎藤信也さんのこと」という表題で序文を寄せている。

あの頃、新聞記者を志す若者たちにとって、(葉)の名は神様だった。(葉)の署名がついた「人物天気図」の名筆に私たちは酔った。

後年入社し、やがて社会部勤務になったが、かけ出し時代の私たちにとって、信也さんはもっとも「こわい」デスクだった。原稿を見てもらうたびに、私のシャツの背やわきの下は汗でびっしょりになった。信也鬼デスクは「うん、いいだろう」といったあと、よく「まあ、な」とつけ加えた。その「まあ、な」がくやしかった。

信也さんが朝日の夕刊に書き続けた「素粒子」は、自由人の批評眼と酒仙的シニシズム（皮肉）、抒情と抑制が織りなした絶唱である。希有の年代記だと思う。これを十九年も書き続けるなんて、人間わざではない。信也さんは、やはり神様だった。

その神様から、今でも時に「けさの天人はだな」と、きついお叱りの電話がある。その、やや二日酔い的な声をきくたびに私のシャツは、冷や汗でびっしょりになる。

「素粒子」「天声人語」はともに論説委員が担当する。斎藤が退いてのち、「素粒子」は日比野和幸が、さらにその後、轡田隆史が受け継ぎ、それぞれ十二年、八年と書き続けた。

辰濃も轡田も、また労働担当の論説委員だった辻謙も、「信也さんが健在だったらなぁ」と私にいった。論説で、斎藤がとりわけ可愛がった記者が深代であったからである。

深代は朝日に入社してすぐ横浜支局に配属された。若き日々の模様を『深代惇郎の青春日記』に残しているが、「一九五三（昭和二十八）年三月三十日」の日をこう記している。

勤め早々、今日は皇太子（今上天皇＝引用者注）が横浜を出帆、英国エリザベス女王の戴冠式に出席される為、横浜支局は朝早くからてんてこ舞いの有様。

……

皇太子のお伴をする特派員は、乗船前に明日の朝刊の原稿を渡していった。それによれば、夕やみと共に黒々と見える房総半島を背に、満月の光を浴びて、父母陛下や初めて離れる母国の人々の追憶にふけられ、一人デッキにたたずむことになっている。もし、皎々たる満月が見えなかったら、船から訂正電報を打つ手筈になっている。……

かくて、皇太子の渡航は遂に最後迄フィクションであった。たまたま現実がこれを追いかけて、合致することがあったとしても。

以上が、今日、初めて僕が触れ得たジャーナリズムの魔術の一端である。

乗船前に深代に原稿を渡していった特派員、とは斎藤である。斎藤、三十九歳の日であったが、『記者四十年』では、「無名の深代惇郎の存在など、まるで目にもはいらなかった」とある。

二人が〝再会〟するのは十五年後の論説のフロアであり、さらにコラム子として朝刊・夕刊のコンビを組むのは二十年後のことである。

天人のごとき長い原稿は誰でも書けるんだ、オレ様の苦労とは比較にならん——斎藤が深代に向かってしきりに〝悪たれ口〟を叩いていた光景を轡田たちは憶えている。

『記者四十年』には、「帯——深代惇郎のことなど」という表題の随筆も収録されている。

「帯」とは、門田勲の『外国拝見』（一九六二年版）に斎藤が書いた帯の文と、『古い手帖』に寄せた深代の帯の文を比較して取り上げたもの。

斎藤が門田文を「弓づるを引絞ったような文章」と評したことにかかわって、深代が「容赦ない太刀」と表現したのは〝盗作〟気味ではないかと絡んだところ、軽くいなされたという話を枕に、話題はあちこちに飛びつつ、こう続けている。

「話を変えよう、僕も君もモスクワ・ダー・ダー（はいはい）、北京ハオハオ（好々）の諸先生にはひどく批判的だ。浮かれ節（ぶし）は歌わないもんな、社内にも浮かれ童子がいるというではないか。おれもお前も翼賛会みたいのは一行だって書かないもんな。ご同慶の至りだ。それを祝し、ここに盃を高く上げようじゃないか」と、「唐見亭」の主のメートルはいよいよ上がって……と続いていく。

随筆「『素粒子』十九年」においても、自宅に現われた深代に、議論を吹っかけて論駁せんとするのであるが、「こう受太刀が柔かく且つ鋭くては、勝ち目はない。大いに純日本製スコッチのピッチをあげ、大先輩風を吹かせ、彼をねじふせようとするのだが、酩酊、支離滅裂、ごろり横になる。翌朝、家内に聞くと、深代君は『ご家老もお疲れのようですな』と言い残して、風のごとく去ったそうである」と書いている。

斎藤のもとに、週一度は深代から電話があったとある。

「私（斎藤）は『これはいつか素粒子で使おうと思ってるんだがね』と恩に着せながら、ライスカレーとカレーライスの違い、氷すいか、氷みずか、かき氷か、などと愚にもつかぬことを言う。それが彼の手にかかると、江戸前の、いや現代東京っ子風のしゃれた料理となる」とも書いたりしている。

毎日、待ったなしのコラムを書くことを強いられる二人は、しばしば書く材料に窮してボヤキ合う間柄でもあった。

深代は先輩たちに恵まれた人だった。彼らは深代のなかに大いなるものを感じて目をかけ、深代もまた彼らが宿すものに引き寄せられて交わりを深めた。

男のいい心で、いい文章を書いた――。練達の老コラムニストは、十五文字に思いを託して後輩コラムニストを追悼したのである。

第十二章

執筆者

1

「昭和二十八年組」であり、深代の没後、「天声人語」の執筆者となったのが辰濃和男であったことは幾度か触れてきた。

このたびの取材をはじめるにさいして、真っ先に連絡を取った一人であったが、体調を崩されていて、面談はなかなか実現しなかった。少し先にしていただきたいというお便りもいただいた。私信ではあるが、深代とのかかわりが記されており、ここに書き写すのも諒としていただけるだろう。

お便りありがとうございます。めったに入院などしたことがないのに、こんどは発症以来八ヵ月もたつのに帯状疱疹の状態が思わしくなく、往生しております。いまは退院し、通院中ですが……。

あと二、三ヵ月たてば（時にはもう少しはやく）お会いして、お話をすることができるかなぁと考えたりしています。なるべくはやく病状をお知らせするつもりです。

ただ、天井を見ながら思い返すと、深代のことでお話できることがあまりに少ないことで、慄然としています。そのことでがっかりされないで下さい。同じ社にいながら二人が同時に東京にいる期間が短かったこと、お互いよくしゃべるタイプではなかったこと、私の記憶力が極度に悪いこと（これは若いころからそうでした）。

深代はいいやつで、頼りになる男で、心の痛むほどなつかしい友人なのですが、思い出す彼の言葉の少なさに驚いています。そのことを、どうかご理解していただきたく……あえて、この手紙をしたためました。

御著『ベラ・チャスラフスカ』。「旅へ」思わずひきこまれる文章ですね。たのしみにしながら、少しずつ、読んでおります。長時間の読書に、まだアタマがなじまず、もどかしい思いです。

また連絡いたします。暦の上では立夏がすぎて、みかんの花が咲くころになりました。どうぞご健康に気をつけてお暮らしくださいますよう。

二〇一一・五・七

辰濃和男

私が辰濃に連絡を取ったのはもちろん、深代にかかわることで有益な話を聞かせてもらえるだろうと思ったからであるが、もうひとつ、〝小さな感謝の念〟を伝えておきたく思っていたことがあった。

「新　風土記」は、一九七三（昭和四十八）年から七五（昭和五十年）にかけて、朝日新聞で続いた長期連載である。全国四十七都道府県ごとに、その地方特有の主題をひとつ選び、一人の記者が思うままに書き込んでいく。『新　風土記』全六巻としてまとめられた（朝日新聞社・一九七六年）。漠然とではあるが、私がノンフィクションを書きたく思いはじめた時期と重なっていて、六巻は愛読書となり、文章読本としても格好の書となり続けた。

書き手は、疋田桂一郎、森本哲郎、酒井寛、大谷晃一、本多勝一、青木利夫、重森守、辰濃和男……など、筆達者な記者たちだった。この時期、深代は「天声人語」を担当しており、執筆陣には加わっていない。

四十七作品のなかでとりわけ印象深く残ったものに、辰濃が担当した「ＫＯＺＡ＝沖縄県」「飛騨の匠＝岐阜県」「お遍路＝高知県」があって、辰濃和男という記者名を覚えたのはこのときである。遠い日の思い出であるが、そのことを伝えておきたく思ったのである。

面談が実現したのは、この便りをもらってからいえば一年半ほどしてからである。辰濃を知る人たちの評もそうであったのだが、お目にかかった印象をいえば、ごく謙虚なる人で、問答をしつつ、〈含羞（がんしゅう）〉という言葉が幾度かよぎった。

辰濃は一九三〇（昭和五）年、東京生まれ。下町に生まれ、まだ畑や野原が広がる頃の世田谷で育った。新旧の学制切り替え年次に当たっていて、東京商大（現・一橋大学）最後の卒業生でもある。

埼玉・浦和支局、都内の警察回りを経て、社会部に所属した。社内では、はやくから〝書ける記者〟として認知されていたようで、「世界名作の旅」では、『欲望という名の電車』（テネシー・ウィリアムズ）、『赤毛のアン』（ルウシイ・M・モンゴメリイ）などを担当している。

手紙にあるごとく、深代とのかかわりが頻繁にあったわけではないが、いくつか記憶する思い出が辰濃に残っている。

一九六五（昭和四十）年から三ヵ年、辰濃はニューヨーク特派員をしている。ジョンソン大統領の時代で、ベトナム戦争が泥沼化し、反戦運動、徴兵拒否、大学紛争、ヒッピー……など、アメリカ社会が揺れ動いていた時代である。

ニューヨークでは「大交通スト」が起きている。市の地下鉄・バスの労組が賃上げなどを求めて十二日間のストに突入、ニューヨーク史上はじめてといわれる交通マヒが起きた。一九六六（昭和四十一）年一月九日付紙面には、「共和党のケネディ」と呼ばれたリンゼイ市長と、アイルランド系移民で老巧なクイル労組委員長との対立を伝える、かなり長文の原稿が載っている。

当時、深代は社会部デスクにあったが、辰濃のもとに「いい原稿だったので、がんとして削らせずにしておきました」というテレックスが入ったことを覚えている。海外特派員からの原稿は、通常、刷版を重ねるにつれて他の原稿のしわ寄せを受けてどんどん削られていく。まるで姿を消す場合もあるが、整理部からの連絡などはない。苦心して書いた俺の原稿を……そんな気持がまた海外暮らしの孤立感を深めるのであるが、特派員の心理を熟知する深代らしい心遣いであった。

社会部記者として辰濃が打ち込んだテーマに〈沖縄〉がある。

戦後、アメリカにあった施政権が返還され、沖縄が日本復帰を果たすのは一九七二（昭和四十七）年五月である。復帰直前、辰濃は長期滞在しつつ「沖縄行脚」を連載している。その後、「KOZA」(一九七三年)、「沖縄・四度目の夏」(一九七五年)と続いていく。

苛烈な沖縄戦から基地の島へ――沖縄は戦後も日本の矛盾と困難を背負い続ける地となった。そのことはもとよりであるが、海、食、唄、舞、風土、歴史、人々……に魅了された。支局が開設されたら支局員に、あるいは社を辞めてこの地で職を探してもいいか、と思ったこともある。

『りゅうきゅうねしあ 沖縄・心の旅』(朝日新聞社・一九七三年)は辰濃にとってははじめての著であったが、復帰から一年、深代は「天声人語」で古来から続く沖縄と海のかかわりを記しつつこの著についても触れている(一九七三〔昭和四十八〕年五月十五日)。

深代と何か事改めて語り合うことは少なかったが、ともに前記した〝カントリーの会〟のメンバーであったし、あるいは年始がてらに訪れた斎藤信也宅で鉢合わせた日もあった。座敷に現れた斎藤は着流し姿でどっかとあぐらをかき、呑むほどにご機嫌よろしく、毒舌をふるいつつやがて寝入ってしまうまで、二人でお相手をしたものだった。

辰濃にとって深代は、いつもきちんとしていて、律儀で、そしてさりげない気配りを感じさせる同僚だった。いろいろと厚意を受けたということこそあれ、嫌な思い出はまったくない。

そんな深代であったが、ちらっと別の顔を垣間見る日もあった。まだ二人が若手記者だったころで、社会部員たちと出向いた旅先の宿でのこと。障子を開けて入ってきた深代が、ぞっとするような暗い顔をしていたときがある。ただでさえ色白の顔が蒼白になっている。何があったのか、訊くのもはばかられて尋ねることはなかったが、深代が何事かを抱えているように思え、忘れ難い記憶として残っている。

辰濃天人は、『天声人語9』『天声人語10』『天声人語11』、および『辰濃和男の天声人語　人物編』『辰濃和男の天声人語　自然編』（いずれも朝日文庫）として残されている。

『天声人語9』の「あとがき」によれば、辰濃が担当者としてはじめて天人を書いたのは一九七五（昭和五十）年十二月二十二日付とある。築地本願寺で深代の葬儀と告別式が行われた日で、深代が筆を絶って五十日余がたっている。この間、辰濃が引き継ぐまで、「天声人語」の執筆は複数の論説委員が回りもちで担当していた。

序章の冒頭、私は「天声人語」の執筆者が替わったのではないかと思った……と書いたが、もし辰濃が単独ですぐに引き継いでいたとしたらどうであったか。なかなか気づきにくいものだったように思われる。二人の筆致が、もちろん差異はあるが、重なりもまた多いように思えるからである。

リベラル、柔らかい視線、バランス感覚、正義感、博学多識、ウイット……などである。その原稿から書き手の人物像を思い浮かべるとすれば、深い眼差しをもったヒューマニスト、といった像が浮かんでくる。

季節のうつろいのなか、各地を歩くなかで覚える、風のそよぎや草花の可憐さや土の安らぎなど〈自然〉を素材とするコラムも少なくないが、これは辰濃天人のもつ固有の味わいであろう。

辰濃の記憶では、深代の訃報は滞在先の沖縄で聞いた。この頃の肩書きは編集委員。東京に戻ると、編集局長の一柳東一郎より「ちょっと手伝ってくれるかい」といわれて論説兼務となり、やがてずるずると、というものである。

深代の後任ということで、もとよりプレッシャーはきつかった。「しばらくは登校拒否児のような心境で」と笑う。

それまで、深代の天人を一読者として読んでいたのだが、天人担当となってからはあえて読み返すことをやめた。影響され過ぎると書けない。ただ、それでもどこかに影響の跡はあるだろうという。こう振り返る。

「深代ほどの文才がないことは自分で知っておりましたのでね。あのような天人は俺には書けない。だったら違うものでいいと開き直ったわけです。当初は随分硬くなっていて、自分なりになんとかやれそうだと思ったのは三、四ヵ月もたってからでしょうか」

それまで論説室で深代が使っていた机と椅子も引き継いだ。気づいたことがある。フロアにはベージュ色の古ぼけた絨毯が敷かれていたが、椅子の脚が擦れる部分に穴があいていた。深代でさえ随分苦労して原稿を書いていたんだとも思えて、なにやら慰めを覚えたものである。絨毯は修理して直してもらったが、しばらくするとまた穴があいた。

昼過ぎ、論説の会議が済むと席に戻る。着想が浮かぶと、文章の流れのメモを書く。何度も何度も書き直す。補強材料や出典を確認するため、調査部に出向き、本や切り抜きをめくり、調べ直す。各段落の柱となる中身を検討し、結語の言葉に思いをめぐらす——。

近くのテーブルに文具類が揃えられている。鉛筆は3B。数本、新しく削られたものをぐいと鷲づかみにして持ち帰る。さあやるか、という儀式のごときもの。書きはじめるのが二時から二時半。タイムリミットは六時。すんなりと書ける日は少ない。

行き詰まるとよく、社屋の地下にある「体調室」に出向いた。ストレッチ体操をし、気功や太極拳をして汗をかく。汗をかくと血のめぐりがよくなるのか、沢の流れを妨げている流木が除かれたごとく、ふっと思考の流れがスムーズになってくれる折がある。格好の気分転換の場であった。

行数は六十行であるが、六十三、四行を書き、印刷に回す。はみ出しの行をゲラで削る。削るほどに文が締まる。早版の一面大刷りが上がってくるのが七時頃。それを見て再チェックし、突発的なニュースの有無を確認し、社を後にする。

真っ直ぐ帰る日もあれば、人に会ったり、評判の映画を観たり、演劇を観たり。帰り道、明日のテーマをぼんやり思い浮かべている……というのが日々の過ごし方だった。

こんな日々を、辰濃は十二年九ヵ月、送った。

深代の時代との相違をあげれば、日曜日は他の論説委員が担当したことがある。日曜執筆をよく引き受けてくれたのは「ピンキー」こと小林一喜だった。

「補佐制度」が設けられたこともある。前任の深代、前々任の疋田は、ともに三年足らずで、亡くなり、あるいは体調を崩して職を退いた。休みなしの単独執筆は余りにもきついということから設けられた。ただ、実現したのは辰濃が担当して六年もたってからであったが。

自身、執筆者となってから、深代が天人と格闘していた日々を思うこともあった。

「もって生まれたものもあったでしょうが、実は大変努力した人だったと思いますね。そのために準備していたかどうかはわかりませんが、知識の蓄積も人脈をつくることも表現術を磨くことも積み重ねていた。自分を大きくすることにとても努力を払っていた。担当してからは、毎日、命を削って書いていた。だからあれほどのものが書けたんだ、と」

それは同じ土俵に上って格闘したものだけがわかる実感なのであろう。

各地の地誌にあたっていると、ああ地誌を大事にしないといけないと深代もいっていたなぁ――と思い出すのであった。

辰濃天人の時代、上司に当たる論説主幹は江幡清、次いで岸田純之助、そして後半期は同期生の松山幸雄がつとめていた。この間、自身の天人をこう思っていたという。

「自分で書いているものを、自身ではどこかで恥ずかしいと思っていた。大威張りで書いているというような気持になったことは一度もありません。今日は終わったけれども、明日にはもう少しましなものを書きたい。松山さんが主幹のときは、来年もう一年やらせてもらえるなら今年よりはいいと思ってもらえるものにしたいと思っていた。一日一日、一年一年、そう思っているうちに月日がたっていったというのが実感ですねぇ」

『辰濃和男の天声人語　人物編』に松山がこのような序文を寄せている。

私個人は、「辰濃天人」に特別の愛着をもっている。というのは、そのほとんど全部を論説副主幹（いわゆるデスク）、論説主幹時代に、生原稿で、あるいはゲラの段階で、読んだからである。私はいわば「最初の読者」たる光栄を長いこと有していたことになる。なにしろ主幹当時は、夜の宴会に出ていても、いや旅行先にまで、（社説と一緒に）「天声人語」のゲラがファクスで追いかけて来たものだ。しかし、これは面倒くさいどころか、快い仕事だった。旅館の女中さんもホテルのマネジャーも、私にファクスを渡しながら、ほぼ例外なく「へー、これが明日の天声人語ですか」と興味を示し、それ以後、私を見る目がちょっと変わったりしたものだ。なによりも一日の終わりによい文章を読むのが、大きな喜びであったのはいうまでもない。……

彼は常に弱者、恵まれない人、運のわるい人、死者に温かい眼をむける。おごりたかぶった権力者が嫌いで、この道一筋、地道に、黙々とがんばる人たちに声援を送る。

「けなげ」「たしなみ」「料簡（りょうけん）」「けじめ」「節度」というような言葉が好きで、余裕とかユーモアの感覚を高く評価する――こうした物の見方や主張に接していると、物質万能、カネや機械がのさばっている時代に、精神の優位をとり戻せるような、明るい気分になってくるから不思議だ。毎朝愛読して下さった読者の多くも、きっと似たような感じを持たれていたに違いない。

辰濃が書いた「天声人語」は総計、四千本近くに上る。本に収録されているものはその一部であるが、目を通した。読後、しばし体内に留まったのは、同じように、「よい文章を読む」「快い仕事」をしたという余韻であった。

辰濃天人の一編を紹介しておきたい。深代からバトンタッチを受けて四年目の終戦記念日、一九七九（昭和五十四）年八月十五日付のものである。沖縄を愛したコラムニストらしい一編であり、新聞の〈原点〉を伝えているように思えて選んでみた。

筆者のてもとに、数十枚の、ガリ版刷り、タブロイド型の新聞のコピーがある。三十年前の『沖縄タイムス』である。一部七十五銭、とある。十万人の住民の命を奪った沖縄戦の後の焦土の中で、こういう形で新聞が発行され続けていた、という事実に驚く▼戦火を逃れて生き残った人びとは、こじきのようなかっこうでキャンプ生活を送っていた。肉親を失い、村に戻ることさえできない人びとは「情報」に飢えていた。しかし当時は新聞の活字もなく、印刷機もなかった▼焼けくずれた首里城を後にして逃れる時、旧沖縄新報の同人である高嶺朝光氏、豊平良顕氏らは「また生きて会うときは一緒に新聞をつくろう」と誓いあったという。米軍占領下の沖縄ではしかし、新聞発行の請願はなんどもにぎりつぶされた。発行してもすぐ、軍の圧力でつぶされた▼ようやく発行許可がおり、最初の号をだすことになった。むし暑い深夜、うす暗い電灯のもとでもろはだぬいだ筆耕者が鉄筆をにぎる。やぶ蚊が襲来する。記者たちはうちわで風を送り続けた。これでほんとに「新聞」ができるのだろうか。期待と不安の中で徹夜した、と沖縄の新聞人は当時を回想している▼米軍の検閲があったにせよ、このガリ版刷りは敗戦後の沖縄の実相を伝える稀有の記録である。「異人種との不義の子」を絞め殺した娘の話がある。米軍の倉庫に忍びこんで射殺された男の話がある▼それにしても、「射殺された」という記事がなんと多いことか。米軍将校の家に侵入しようとした男が射殺される。部隊荒らしの青年が射殺される。人間がかくも無造作に殺されていいものか、という憤りが鉄筆の一字一字ににじんでいる。沖縄の新聞人は、現代史をきざむという強烈な意志にかりたてられて手づくりの新聞を発行し続けたのだろう。先達たちのペンに敬意を表したい▼きょう終戦記念日。「本土の防波堤」にされた沖縄の犠牲の大きさが、ガリ版の紙面から伝わってくる。

2

昨日、出社すると「けさ『天声人語』の深代氏が死んだ」という知らせが待っていた。驚いて夕刊のゲラを取り寄せる。「朝日新聞論説委員、急性骨髄性白血病のため……四十六歳」と、活字は非情である▼私事で恐縮だが、二年先輩の深代さんとは、社会部サツ回り（警察署担当）時代に一緒だった。かれこれ十六、七年前になるだろうか。世間に〝一言多い人間〟というのはよくいるものだが、この人は〝一言少ないひと〟で酒を飲むといよいよ無口になってしまう。寡黙な知性の男だった▼ロンドンから帰って「天声人語」に軽妙華麗な筆をふるっていたが、同じ社会部育ちのせいか、「天声人語」と「サンケイ抄」のテーマが同じになる朝がずいぶんある。ところが、書いている論調がまるで逆の方向におもむくことが多いのに苦笑する。そんなことがしばしばあった▼一度「お互いにシンドイね」と言い合ったが、その後、人づてに「この仕事をやっていると夏休みもとれない。他人は〝書きだめ〟をすればいいじゃないかと言うが、あれはせいぜい一本がいいところだ。そこで旅に出ると、つい旅先の話を書いてお茶をにごす」と言ったというのを聞いて、身につまされたこともある▼骨髄性白血病とは血液のガンのことだろうか。そんな重い病気だったとは全く知らなかった。この人の絶筆となった十一月一日付の「天声人語」は、「かぜで寝床にふせりながら『斑鳩（いかるが）の白い道のうえに』という本を読んだ」とはじまり「いつかもう一度、法隆寺を訪ねてみたい」と終わっている▼いま気づいたことだが、この文章の結末には、明らかに死の予感がのぞいている。いまエンピツの重みから解放された霊魂は、心ゆくまで法隆寺の砂を踏んでいるだろう。「あまたみしてらにはあれどあきのひに　もゆるいらかはけふみつるかも」（会津八一）

一九七五（昭和五十）年十二月十八日付のサンケイ（産経）新聞の朝刊コラム「サンケイ（産経）抄」である。筆者は名物コラムニスト、石井英夫。

「産経抄」のファンという人を複数知るが、イコール石井ファンであった。なにしろ長く書いた。石井が「産経抄」担当者となったのは、社会部遊軍だった一九六九（昭和四十四）年、三十六歳のとき。筆を擱（お）いたのは二〇〇四（平成十六）年末で、三十五年間、このコラム欄の執筆者であり続けた。

私が「産経抄」を知るようになったのは、よく出向く喫茶店に置いてある新聞が産経とサンケイスポーツであったことによる。先にスポーツ新聞に手が伸びていたが、やがて産経が先に、となった。「産経抄」のもつ吸引力である。

石井本人の言を借りれば、「ガリガリの保守主義者」とのこと。ナショナリズム過剰と思える論考には違和を感じつつ、そこには「耳かき一杯ほどの毒」が盛られていて、賛同は覚えなくても読ませるのである。世の風や流行（はや）りには迎合せず、言いたいことをずばり言い切る。いささか小言幸兵衛的でもあるが、年輪を重ねた大人の分別ともいうべき味があって、カタルシスを覚えるときもあった。

石井産経抄の足跡は、『クロニクル　産経抄　25年』上・下（文藝春秋・一九九六年）、『産経抄　この五年』（文春文庫・二〇〇三年）、『産経抄　それから三年』（同・二〇〇六年）でたどることができる。

〝石井節〟全開という趣のあるものをいくつか抜き出せば、例えばこうである。

――イスラエルとパレスチナの抗争をめぐって。

……▼なぜ中東紛争を小欄は取り上げないのかという質問をいただくが、答えは簡単である。おためごかしで双方の和平や話し合いをなどと書く偽善に堪えられないからである。しかしいまも、日本は両者の橋渡し役をつとめよなどとしたり顔で説く評論家がいるから笑ってしまう▼不謹慎なことだが中東紛争というと、いつか白石一郎原作のテレビ時代劇で見た老武士の処世訓を連想するのである。その老武士は人生の岐路や重大な転機に遭遇すると、きまって「ほっとけ」と指示する。ただその一言を発して遠くから見守るのである▼すると麻のごとくもつれにもつれた事態は、不思議にときほぐれていく。なしくずし的に解決していくのだった。むろんドラマと国際情勢は違うだろうが、誤解を恐れず言えば、中東紛争でも「ほっとけ」としかいいようがない場合がある▼イスラエルとパレスチナ双方が、暴力のむなしさと非寛容の誤りをさとり、厭戦(えんせん)気分が高まってくるまで、この事態は沈静化しないのではないか。共存の道の発見にはほっとくしか手の打ちようがなく、むしろそれが最善手かもしれない。〝非情な暴論〟を承知で書いた。【二〇〇二（平成十四）年四月二十日】

――英語教育の公用語化をめぐって。

文科省の英語教育改革の懇談会で、映画字幕翻訳家の戸田奈津子さんが「まず日本語力を磨くべきだ」と強調したという記事を読んで、ウムとひざをたたいた。「外国語を学ぶ前にやることがあるのではないか」、全く同感である▼戸田さんはソルトレークシティー五輪の記者会見で、うまくものがいえない日本選手たちの姿を見て痛感したのだそうだ。「通訳がいても自分が考えていることを表現できないこと。もっと恐ろしいのは、言うべきことがないこと」だといっている▼ソルトレークシティーの場合ではないが、メダルをとった日本選手にインタビューのマイクを向けると「うれしいです」の一言。重ねて何度たずねても「うれしいです」とだけ繰り返すメダリストがいた。「かんべんして下さい」と逃げまわった選手もいる▼……▼なぜ言うべきことがないか、それは頭の中がからっぽだからであり、言葉のたくわえがないからである。たくわえがないから表現する力がなく、表現する方法も知らない。どうしてそうなったのか、答えは簡単だ。本を読まないから、読もうとしないからである▼……英語公用語化など先の先の問題である。【二〇〇二（平成十四）年二月二十二日】

——読書週間によせて。

読書週間なので一昨日の「古本屋」のつづきを書こう。最近は郊外に大型店舗を構える古本屋も出現しているが、そういう店には掘り出し物はまずない。だから駅前商店街などの小さな古本屋を愛する▼そんな店先に文学全集が一山いくらでほこりを浴びているのを見ると、涙がこぼれそうになる。たとえばS社の日本文学全集が一冊百円、別のS社の世界文学全集が一冊二百円。それが驚いたことに、人の手が触れていない〝新品〟なのである▼……▼わずか数百円（文庫本なら）で世界のどこへでも、というのが読書の喜びのうたい文句でもあった。ところが現代はバイト代を少したためれば、地球のどこへでもじかに足を運ぶことができる。新しい読書論や読書のすすめを用意する必要があるのだろう▼しかし、である。西洋の古諺（こげん）に「ロバは旅に出たからといってウマになって帰ってくるわけではない」と。旅に出ればそれでいいというものではない。読書が与えてくれる想像力の翼には遠く及ばないのだ、と小さくつぶやいてみた。【一九九七（平成九）年十月三十日】

石井産経抄には、短歌、俳句、川柳、作家論など文芸を題材にしたものが少なくない。ぶらっと家を出て散策し、空の雲を見やり、草花を愛で、漂う想念を綴った、趣致に富んだコラムも見られる。書き手の〝出自〟にかかわりがあろう。

石井英夫は一九三三（昭和八）年生まれ。神奈川・横須賀で育つ。早大政経学部新聞学科を卒業して産経新聞入りしているが、学生時代は文学青年だった。詩人で、あるいは歌人として身を立てられないか……夢想する日もあった。

大学四年生のとき、創立七十周年記念ということで、学内から文芸作品の募集があり、石井も短歌を何首か書いて応募した。結果は三席。一席は、寺山修司という名の教育学部一年生だった。なぜ四年生の俺が三等で一年生が一等なのか……アタマにきたが、その学生の歌を読んで打ちのめされた。

《マッチ擦るつかのま海に霧ふかし身捨つるほどの祖国はありや》

モノが違う。俺の腰折れ歌など何ほどのものでもない。この上は新聞記者にでもなる他にない……。

初任地は札幌。東京に戻り社会部所属となる。警察(サツ)回りの時代、丸の内署で深代と同じ記者クラブ員となる。

「麻雀もしたし酒も飲みましたが、無口な人で、特段記憶に残っていることはない。確かなことは、抜いたこともなければ抜かれたこともないこと。互いに警察回りはまるで向いていなかったんでしょうよ」

深代にとっては、警視庁第六方面(上野署)から移った先が第一方面(丸の内署)だったわけで、この後、語学練習生として渡英している。

石井と深代のその後の共通項を挙げれば、ともに東京オリンピックの開会式の「雑感」を書いていることがある。本田靖春も開・閉会式の原稿を書いているが、彼らはやはり若手時代から筆立つ記者として目立つ存在だったのだろう。

コラムを書く日々――。

朝ははやい。自宅の郵便受けから「ボトン、ボトン」という音がして目をさます。「カミさんではなく」新聞の束を寝床に引っ張り込んで読み込む。布団カバーはすぐに黒ずんでしまう。

産経をじっくり読んで、他紙は見出しを中心にざっと目を通す。他紙のコラムは、眺める程度にとどめる。テーマだけわかればいい。読み込むと言葉が脳裏に残って、逆にいけない。言い回しが、結果的に盗作となってしまうおそれなしとしないからだ。

大きな出来事が起きたときは別にして、この時点で、テーマは未定だ。テーマは探さない。活字を眺めていると「向こうからむっくりと起き上がってくる」。ただ、二日酔いや体調思わしくない日は手間取る。何かひらめくものを瞬時にとらえ、決める。それからゆっくり朝メシを食べる。

私鉄と地下鉄を乗り継ぎ、社到着は十一時頃。論説の会議が終わると、論説委員室の丸テーブルで書きはじめる。周りがざわついている場所がいい。

書く段になって、調べるべきことがいろいろと浮かぶ。書庫や調査室に出向く。自宅にある本の一節を思い出し、カミさんに電話をかけ、タイトルをいう。「本棚の何段目の右から何番目あたり……後半のページ……折り目をつけてある……そう、その文章を読み上げてくれ」と。

読者との関係で守ってきたルールがある。執筆中でも、掛かってきた電話はすべて直接出ることだ。書いたことに責任をもつことを自身に課してきた。それに、読者の話から何かヒントをもらえるかもしれないという「スケベ心」もある。

「今朝の産経抄のあのくだりですがね……」

——お叱りの電話だ。

「ええ？　そんなこと書いていましたか？」

と答えて、相手が絶句することが幾度かあった。とぼけているのではない。事実、忘れてしまっているのだ。泉にまた水が湧くごとく、いったん忘れて空にしてしまわないと書けないのだ。

産経の場合、九州・北海道地区に印刷所がない関係で、コラムの締め切りは午後四時。五時前にはゲラが上がってくる。推敲はこらない。ざっと言葉をチェックして、仕事は終了だ。

以降は「酒タイム」。若い記者を誘い、下町界隈の居酒屋へ出向く。焼酎党で、適量は三合。十時には切り上げ、帰りはタクシーを使う。この時間帯、今日書いた文面はほとんど脳裡から消えている――。

内容とともに、文体が書く人を表すとするなら、石井の文体は〈引き受ける文体〉である。石井産経抄には、「必ずしも何々と思われなくもない」――という類の結語は見られない。この人は〈コラム文士〉なのであって、そのことが彼のコラムを力あるものとしてきたのであろう。

『コラムばか一代　産経抄の35年』（扶桑社・二〇〇九年）は、コラムニストとしての歩み、各界の人々との交流、中国辺境への紀行、文章論などを収録した一冊であるが、「少し長すぎる『まえがき』」の冒頭でこう記している。

「花は愛惜（あいじゃく）に散る」、好きな言葉だ。口ぐせのように幾度となえたかしれない愛唱句である。

道元『正法眼蔵』のなかの語句だが、ナニあの数十巻におよぶ難解膨大な禅書を読み通したわけではない。人に教えられ、聞きかじった言葉だった。

花は人に愛され惜しまれているうちに散るべきだという。花とはいわぬ、人生すべてそういうものだという教えであり、戒めなのだったが、うかうか忘れてしまっていた。

忘れているうちについつい三十五年がたってしまった……と続いていくのであるが、このくだりを目にして深代のことが連想的に浮かんだ。

コラムニスト・深代惇郎は、文字通り、愛惜に散った書き手だった。結果として、石井がマラソンランナーであったとすれば、深代は短距離走者だった。その点、大いに異なる二人ではあるが、石井は石井で、深代は深代で、それぞれの流儀で走り切ったランナーだった。コラムニストとして過ごした歳月は異なれど、ともに自身に宿るものを十全に磨き、発露して完走した――。そう思えるのである。

間もなく七十二歳になろうという日、石井は社にコラム執筆から退くことを申し入れた。「カミさん」が病を得て入院したことが理由である。家に夫人がいないと、メシは炊けず、洗濯機は回せず、掃除はできずの「ばか男」であったことを痛感したとのことである。

それにしても長く書き続けたコラムニストだった。なにせチャランポランでしたから――という言葉が幾度か聞かれた。だからできた、というのである。

石井とは産経新聞東京本社ビルの一室で会った。いただいた名刺には、自宅の連絡先の他には、小さい文字で「家事手伝い」とのみ記されてあった。そう、諧謔もまた石井コラムの持ち味のひとつであったな……と、帰りの道すがら思っていた。

第十三章
遠い視線

1

ただ雪が見たくなって米沢にきた。好天で、大みそかの街は白銀の輝くばかりだった。半メートルほどの屋根の雪を下ろす人たちが、そこ、ここで見られた▼雪下ろしを頼む人を「人足さま」と、いまも呼ぶのだそうだ。「人足さまぁ、一本つけったから、あがってくだい」。日当を払ったうえ、お銚子をつけぬことには、人足さまはなかなか動いてくれない。米沢藩は百二十万石から最後には十五万石にまで減封され、下級武士は畑を作り、日雇いもやった。それがこの呼び名の由来だろう、という▼戦後の家屋について、人足さまの批評はきびしい。「きやしゃで見ばえばかりだ。ちょっと雪が重くなると、建て付けにガタがくる」。その戦後批評は、雪下ろしのことだけではないのかも知れぬ。元日の未明は米沢の人たちと雪を踏んで、上杉神社に初もうでした。そのころ雪が降り出した▼参道を行きかう人が「おめでとうございます」と祝い合う風景を、何度も目にした。九万人の街とは、まだまだ、人間の心が届き合える大きさなのだろうか。米沢は戦災にあわなかった。失礼な言い方だろうが、焼くほどの街と思われなかったからにちがいない。ここはまた石油パニックも起こらなかった。業者たちが、長年の顔なじみに灯油を売り惜しむことができにくかったのだろう、という▼元日の新聞は申し合わせたように、都会にいや気がさして帰ってくるUターン特集をやっていた。「町で声をかけられても返事をしないように、と寮でいわれました」という娘さん。そう、ここはまだお互いが声をかけ合ってもよい土地なのだ。「都会はカネ取っとこ、住むとこじゃねなぁ」という出かせぎの父ちゃんの言葉もあった▼故郷に帰った人たちを待っていたように、元日の雪は激しくなった。昼になると、太陽はおぼろの満月のように見え、夕刻まで降りしきった。

【一九七四（昭和四十九）年一月三日】

関戸衛（せきどまもる）が週刊誌『AERA（アエラ）』の編集部に在籍していた一九八〇年代後半から九〇年代、私は幾度か同誌の「現代の肖像」を執筆したことがある。随分とお世話になった担当記者だった。

関戸の朝日入社は一九七〇（昭和四十五）年で、初任地は栃木・宇都宮支局。その後、山形・米沢通信局、北埼玉（熊谷）支局を経て東京本社社会部に所属、『AER

A』創刊とともに編集部に移り、のち五代目の編集長ともなっている。

若き日々を過ごした米沢は、「質朴で、ゆったりとした良きところ」であった。

通信局にあった時期、当地で取り立てていうニュースは発生していない。地元紙・山形新聞が最有力紙で、全国紙の購読者数は多くはない。県内版でよく書いたネタといえば、珍しいキノコが採れた、こけし作家が個展を開く、積雪で県道の通行止め長引く……といった類のものである。

郷土史家の多い地であった。江戸中期、困窮する米沢藩の藩主となった上杉鷹山が、自身、率先して質素倹約を行いつつ藩政改革を実らせた史実はよく知られている。日本列島が石油危機からインフレ・不況に見舞われていたこの当時、人々の話は「鷹山公の精神」へと行き着くのが常であった。

冬場は豪雪地帯で、町中でも一メートル近く積もる。通信局員は関戸一人。局の建物は自宅兼用で、妻と幼い長男との三人暮らしをしていたが、朝、前夜に降り積もった雪で表戸が開かない日がある。広島出身の関戸にとって、「雪下ろし」などはじめて経験することだった。

赴任して三年目の暮れである。山形の支局長より、「大晦日から正月にかけて、天声人語の深代さんが米沢にやって来るということなので、宿の手配をよろしく頼む」

という連絡が入った。

「天声人語」の書き手として、深代は名高き記者であった。関戸にとっても深い敬意を覚えていた記者であったが、それまで面識はない。どういう用件なのか……判然としないまま、市内の温泉旅館を予約した。

大晦日の夕刻である。「ごめんください」という声がして、深代が入って来た。こんな日に乱入して来てもうしわけないと、深代はしきりに恐縮していた。すでに市内を歩いて来て、挨拶がてらに立ち寄ったということであった。おせち料理をつくるために台所に立っていた夫人が、煮炊きものができるごとにテーブルに並べていくと、やがて自然に酒席となり、米沢の風物を肴（さかな）に話は弾んだ。

通信局は市内中心部の門東町（もんとうまち）にあって、藩祖・上杉謙信を祭る上杉神社がほど近い。日付が変わった深夜になって、「長居をしてしまいました」と詫びつつ、深代は出て行った。

元日の午後にも深代は現れ、さらに二日の午後には、「ちょっと目を通していただけるとありがたい」といいつつ、関戸に手書きの原稿を差し出した。

ペン字の、さらさらっとよどみなく書いたという感じの原稿で、体内にメロディが流れている作曲家から楽譜を受け取った、というごとき感があった。初詣の情景を点描しつつ、雪国の人々の暮らし向きを伝えていて、しっとりと情感ある原稿だった。

米沢の読者は喜んでくれると思いますよ——と関戸がいうと、「いやいや、どうも。すっかりお世話になりました」といいつつ深代は照れていた。電話で送稿し終わると、深代は東京へ帰って行った。

米沢通信局での、穏やかな日々が続いたある日、「曇りなき知性」が現れ、去った——。そんな気配を残したお正月として、いまも関戸の記憶に留まり続けている。

2

米沢の正月風景を記したほぼひと月前、深代は〈雪〉にかかわることを天人で書いている。

「『降る雪や明治は近くなりにけり』だそうで、新潟市では明治以来の大雪を記録した」という書き出しからはじまり、「……▼雪が見たいな、とはげしく思うときがある。暗い空の果てから雪片が音もなく、休むこともなく、霏々翩々（ひひへんぺん）と舞い下りてくる。その限りなく降る雪が、峻烈（しゅんれつ）に心を刺してくれるだろう」と続け、「……▼『雪は天からの手紙である』というのは、雪の研究で世界的といわれた故中谷宇吉郎博士日)。

が残した、美しい言葉だ」と、締め括っている(一九七三[昭和四十八]年十二月十日)。

雪を見たい――。季節が冬になると深代はそう思う人だった。

『深代惇郎の天声人語』『続 深代惇郎の天声人語』をめくっていると、折々、近隣の、また各地への小旅行を繰り返していたことがわかる。

「名鉄新岐阜駅から北へ、車で一時間。根尾谷のサクラを見にいった。県境の山々は残雪に輝いていた。この辺りは、サクラとモモとツバキが、咲ききそっている。川はびっくりするほど冷たかった▼……」(一九七五[昭和五十]年四月十九日)

「京都で一日遊んだ。『ことしのモミジはよろしおへんな』と、高雄の紅葉を案内してくれた人は気の毒そうな顔をしてくれたが、どうして、どうして、みごとなものだった。逆光の夕日に深紅の葉がすき通るときは、この世のものと思えぬ美しささえあった▼……」(一九七四[昭和四十九]年十一月十七日)

「鎌倉の瑞泉寺というお寺を拝見していたら、庭先の牡丹(ぼたん)が一輪、たいへん見事だった。山吹も、シャガも、黄、白とそれぞれに乱れ咲いて、心ひかれる美しさだったが、牡丹には身も心ものめり込ませるものがあった。たくさん咲く必要はない、美しい牡丹なら一つ咲けばよいのだ、と思わせた▼……」(一九七四[昭和四十九]年四月二十八日）――など。

さらに都内の近回りにおいても、「朝、上野の不忍池にカモを見に行った」「皇居のお堀ばたを歩いてみた」「東京の江戸川河口の干潟に行ってみた」……というような一文が見られる。

社の論説委員室に座っていてもコラムは書けようが、折々、外の空気を吸い、さまざまに見、触れ、聞き、話し、感じる。それを文に生かす。外をうろつくことはコラムニストの職務でもあろう。

ただ、深代の歩みをたどっていて感じるのは、この人は、一人で歩くことが好きだったのだろうということである。孤独癖とまではいわないまでも、一人で在ることが苦にならない人であったのだと思う。大晦日から正月、ただ雪を見たいとして雪国に足を運ぶのは、いいコラムを書きたいという念からであろうが、それ以前に、自身の中に旅情を誘うものがなければ旅立つことはない。

深代が〝一人暮らし〟を続けていた事情もかかわりあろうが、それは付随的なことであって、本質的にそういう稟質を宿した人だったのだと思う。

詩人とは／ひとりで／ぢつと／在ることだ――とは、日本の近代詩に大きな足跡を残した詩人・堀口大學の言葉である（「自戒」）。深代に詩作の跡はなく、ひたすら散文の道を歩いた書き手であったが、そういう意味でいえば深代は〈詩人〉であったのだと思う。

東京本社社会部で、パリで、ジュネーブで、〝カントリーの会〟で、秋山康男が深代と公私にわたって付き合いを重ねた記者であったことは触れてきた。

深代が天人担当となってからも、社内でよく顔を合わせていたし電話もよくかかってきた。〝架空閣議〟に対して官房長官よりの抗議があったさいも、こんなやりとりをしたものだった。

「どうやらまともに受け取ったらしいんだ。困ったもんだ。上のほうがおたおたして大騒ぎだよ」

「上のほうにはこういってやれよ。官房長官への返事は、あなた方はジョークもわからんのですか、としておけばいいって」

「そうだよな。ジョークはジョークだというしかないよな……」

翌日のコラム、「あの冗談は冗談でしたというほかはない」――という言い回しがそのまま書かれ、一件落着となったことは前記した。

深代は交友範囲が広く、付き合いのいい人であったが、同時に〈一人〉が好きな男であることを秋山は知っていた。深代がヨーロッパ総局長の頃、地中海のマルタ島やスコットランド近海にあるアラン島に一人で出向いていたと耳にすることもあった。人と会うこと、本を読むこと、深く考察すること……。コラムニストという文業の貯蔵タンクであるが、一人旅もまたそのひとつであったのだろう。

深代が体調を崩す少し前だった。秋山に「ちょっと面白い本を見つけたよ。これはコラムのネタ本になるね」といいつつ、大部の英書を見せたことがある。これは『WORKING』という表題の書だった。インタビュー・ノンフィクションで、ホワイトハウスの広報官からコールガールまで、百三十余人の職業人が自身の職と人生を語るもので、生身のアメリカ社会を生き生きと伝えている。

このスタッズ・ターケル著の『仕事！（ワーキング）』は、後年、晶文社より翻訳出版され、日本でも話題を呼んだ。

この英書のことを秋山が忘れがたく覚えているのは、その後、病床に臥（ふ）した深代から「自分はもう読めなくなったから」という伝言とともに送られてきたからである。

人・深代惇郎について、秋山はこんな風に語った。

「世の中に名文家と呼ばれる人は幾人もいたし、優れたジャーナリストも大勢いる。深代もその一人でしょうが、彼には何かひと味違うものがあった。単に文章がうまいとか気が利いているというんじゃなしに、その背後に人生論的なフィロソフィーがあったと思いますね。人間のもつ深い情感というか、存在の哀しみというのか、天人にもその種のものがどこかに込められていた。極めて理性的な人でありつつ、〝不良少年〟のロマンを保持したままに大人になったようなところがあった。そんな男が、毎日、八百字の原稿を心血注いで書いていた。深代が白血病で死んだと聞いて、そうか、奴は原稿という血を流して死んでいったのだと思いましたね。だから人の心を打ったのでしょうよ」

秋山の言は、取材を重ねるなか、私の中で次第に輪郭の度合いを増してきた深代の人物像と一致している。

秋山はこうもいった。

「小林秀雄が『モオツァルト』のなかで『モーツァルトにはツゥリステスがある』と書いていますが、そういうものね、そういうものが深代のなかにも棲(す)んでいたのかもしれない……」

『モオツァルト』は、文芸批評家・小林秀雄が残した代表的な音楽家論であろう。このなかで小林は、『赤と黒』『パルムの僧院』などの著を残し、モーツァルトの深い理解者でもあった作家・スタンダールの言葉として、こう書いている一節がある。

「スタンダアルは、モオツァルトの音楽の根柢は tristesse（かなしさ）といふものだ、と言つた。定義としてはうまくないが、無論定義ではない。正直な耳にはよくわかる感じである」（『小林秀雄全集』第八巻　新潮社）。

ツゥリステスという単語に、小林は「かなしさ」というひらがなを充てたが、仏和辞典などを引くと、哀感、孤愁、憂愁、あわれ……といった訳語が与えられている。

深代惇郎は、その内部に、詩的なもの、叙情的なもの、文学的なるもの、あるいはツゥリステスと呼ばれるものを宿した人だった。それが、文藻の源を成していた。深代は十分に節度と抑制を心得た人で、情念的なものを露に表現する人ではなかったが、その原質はひっそりとした伴奏曲として行間に流れている。それがまた、深代天人に命を与え続けているものなのだろう。

3

深代（旧姓・水口）義子が『週刊朝日』編集部に出入りするようになったのは、「たまたまの縁」からだった。

父・水口純は研究者で、東京工業大学資源化学研究所の教授をつとめていたが、義子が青山学院大学生だったとき、心臓病で急死している。十歳上の姉・忠子(あつこ)はイタリアに在住し、ミラノ大学付属東洋語学校の教員をつとめていた。イタリア料理に興味をもっていた義子は、大学卒業後、ミラノの姉の家に寄宿しつつ、一年余り当地の国立調理師学校に通っている。

姉と『週刊朝日』編集長の涌井昭治が知り合いで、帰国後、義子は「料理コーナー」のページに幾度か寄稿することがあった。

「天声人語」を書いているオジサンだよ——。涌井が深代を紹介した日があった。涌井は「昭和二十八年組」で、深代と仲が良かったことは前記した。

ぽてっとした体型の、ちょっと暗い感じのオジサンであったが、肌が白く、眼が清々(すがすが)しくて清潔感がある。深代がどのような記者であるのか知ることはなかったが、日々、コラムと格闘している様子が感じられて、好意をもった。

やがて交際が深まり、二人は結婚する。前夫人との離婚が成立した翌月、一九七四(昭和四十九)年八月である。深代四十五歳、義子二十七歳であった。

結婚前、深代は浅草橋の実家も使いつつ、渋谷区広尾のアパートで一人暮らしをしていた。義子のほうは、それまで東工大に近い目黒区大岡山に暮らしてきたのであるが、兄二人が独立し、母の君代と横浜・磯子区の新宅に転居したばかりだった。横浜の家は母一人が住むには広く、深代の方が「ペンと原稿用紙とウイスキー一本を下げて」やって来た。パジャマや浴衣は兄のものを着てもらった。

それまで水口家に出入りしてきたのは、理系の研究者や学生たちで、マスコミ人はいない。深代は「珍しい人種」であった。

深代と義子は十八歳、年齢が離れている。そのことを母は案じていたのだが、すぐに「惇郎さん、惇郎さん」と呼んですっかり気に入った様子だった。少年みたいね——。深代が出勤したあと、義子にそんな言葉をもらす日もあった。

同居人としていえば、夫は「世話のかからない人」であった。

食べ物はなんでも食べるし、好き嫌いをいわない。注文といえば、お茶を出すと、羊羹か何か甘いものも出てくるといいね、といったりする程度。「ほしい」ではなく、「あるといいね」という言い方をする。

家事の手伝いといえば、庭の芝に水を撒く程度で、いわゆる縦のものを横にもしない男だった。後片付けは苦手で、脱いだソックスは脱ぎっぱなし。だいたいソファにゴロンと寝そべっていて、本を読んでいるか、うたた寝している。ぼーっとしているようで、常に何かを考えている。話題の出来事や本の感想を義子に話しつつ、要点を整理している風でもあった。

最寄りの駅は、京浜東北線の磯子駅。十時前に家を出る。会食などがある日は別として、夜の十時頃には帰宅し、遅い夕食を取る。晩酌はせず、たまにウイスキーの水割りかジントニックを口にする程度だった。

「天声人語」を自宅で書き、「オートバイさん」に頼み、横浜支局へ届けてもらう日もあった。書きものは、フェルトペンを使って、書斎でも台所のテーブルでも寝床でもした。この人はモノを書くことが本当に好きなんだ——と、思ったものである。

訊けば何でも答えてくれる夫であったが、自分から以前の暮らし向きのことを口にすることはなかった。それでも、人知れず孤独の日々を送ってきたであろうことはうかがい知れた。

街にジングルベルが鳴る季節、二人で雑踏の中を歩いていると、ふっと、群集の中の孤独という言葉があるけどその通りだよな、といったりする。クリスマスの夜、この人は一人で過ごしたこともあったのだろうと義子は思った。

二人で、区役所に婚姻届を出しに行った帰り道、いろいろと思って義子は涙した。横を見ると、深代の目も光っているのが見えた。「シャイで照れ屋さん」の、精一杯の感情表現だと思えた。

「天声人語」を担当した期間、深代が唯一、三週間という長期休暇を取ったのは一九七四（昭和四十九）年十二月で、欧米諸国を回っている。このさい、義子の姉、忠子の住むミラノ宅にも立ち寄っている。居間でくつろぎ、電話をしている深代のスナップ写真も残っている。

——もとよりそれは誰も思いもしなかったことであったのだが、振り返っていえば、平安の日々は一年余りと、短いものだった。

夫が体の不調を口にするようになったのは、一九七五（昭和五十）年の、暑かった夏が過ぎようとしていた時期だった。

夏バテしたのか、ここのところ疲れがたまって抜けないな……朝の電車は有楽町まで立ちっぱなしで平気だったのに、今日は座っている人に代わってくれませんかと口に出かかったよ……歯茎が腫れて鬱陶しいよ……痔になったのか、どうも出血しているようだ……。

この時点で、深代も義子も、致命的な病が進行しているとは露思っていない。ただ、秋風が吹くようになっても体調が戻らない。どうもおかしい。飯田橋にあった東京警察病院の院長が父の古い知り合いで、一家と行き来があった。個室があいているということで、とりあえず検査入院することを決める。天人はしばらく休筆となるが、やむをえない。

十月三十一日、深代は横浜の自宅で翌日用の「天声人語」を書き、昼過ぎ、「オートバイさん」に手渡し、その足で飯田橋に向かった。それが、〝最後の〟天人執筆となるとは思っていなかったはずである。あるいは微かな予感を抱いていたのかもしれぬが、もとより口にすることはなかった。

4

この年の夏から秋、深代は体調を崩しつつも連日健筆を振るっている。それまでの筆致と比べて変化が見られるというわけではない。ただ、個々の題材は別として、何か〈遠い視線〉が込められているように感じられるコラムがいくつかある。

たとえば、過ぎ行く夏を導入とし、李白の詩を引用しつつ、日中間の遠近の変遷を取り上げている一編。

一匹のトンボが夏の終わりを告げるわけではない。一片の白雲が秋の到来を知らせるわけでもない。しかし、里に下りてきた赤トンボをよく見かけるようになった。雲の風情も夕焼け空も、いままでとは違う。そして高校野球の終わりは、夏の終わりを告げる▼「夏の終わり」には、客がいっせいに帰ったあとの食卓のような、むなしさがある。人の来なくなった海岸のヨシズ張りの小屋で、「氷」のノレンがぱたぱたと鳴るときのような、白々しさがある。夏の情熱を吹き込んで、ぎらぎら燃えていた太陽が、すべてが終わろうとしているのに、まだ無神経に輝きつづけている。そのそらぞらしさが、夏の終わりなのだろう▼白雲愁色の季節だ、と倉嶋厚「お茶の間歳時記」に、安倍仲麻呂のことが書かれていた。「明月帰らず　碧海に沈み　白雲愁色　蒼梧に満つ」とは、仲麻呂の死を悼んだ李白の詩である。仲麻呂は十六歳で唐に渡った。けんらんと文化の花が咲く玄宗皇帝の世だった。彼はそのまま長安の都に住みついたが、望郷の思いは断ち難かった▼五十二歳になって、日本に帰ろうとする。船は暴風で沈み、仲麻呂は水死したと信じられた。李白がこの友人の死を悲しんだのが「白雲愁色」の一編である。実は、仲麻呂は九死に一生を得て、今のベトナムに漂着した。その後長安に戻ったあと、ハノイの長官をやったり、帝室図書館長をつとめて七十歳で死んだ▼中国にあること実に五十三年。その間、日本からの留学生の面倒をよくみた。十六歳の仲麻呂といっしょに、吉備真備も二十二歳で唐に行った。彼は在中国十八年で日本に帰り、政界の荒海を渡って、右大臣にまで出世した。今様にいえば、二人とも奈良時代のフルブライト留学生だったが、命がけの旅だった点が現在とまったく違う▼ジェット機が白雲に乗って、東京―北京間を四時間半で飛ぶ時代となった。【一九七五（昭和五十）年八月二十二日】

あるいはまた、東京・丸の内の、ニューヨーク摩天楼の、さらにオーストリア・ウィーンに在ったユダヤ系精神科医、ヴィクトール・E・フランクルの『夜と霧』の一節を素材に「夕焼け」を描いている一編。

夕焼けの美しい季節だ。先日、タクシーの中でふと空を見上げると、すばらしい夕焼けだった。丸の内の高層ビルの間に、夕日が沈もうとしていた。車の走るにつれて、見えたり隠れたりするのがくやしい。斜陽に照らされたとき、運転手の顔が一杯ひっかけたように、ほんのりと赤く染まった▼美しい夕焼け空を見るたびに、ニューヨークを思い出す。イースト川のそばに、墓地があった。ここから川越しに見るマンハッタンの夕焼けは、凄絶（せいぜつ）といえるほどの美しさだった。摩天楼の向こうに、日が沈む。赤、オレンジ、黄色などに染め上げた夕空を背景にして、摩天楼の群れがみるみる黒ずんでいく▼私を取りかこむ墓標がある。それがそのまま、天空に大きな影絵を映し出しているように思えた。ニューヨークは東京と並んで、世界でもっとも醜い大都会だろう。その摩天楼は、毎日のお愛想にいや気がさしている。踊り疲れた踊り子のように、荒れた膚をあらわにしている。だが夕焼けのひとときだけは、ニューヨークにも甘い感傷があった▼もう一つ、夕焼けのことで忘れがたいのは、ドイツの強制収容所生活を体験した心理学者V・フランクルの本「夜と霧」（みすず書房）の一節だ。囚人たちは飢えで死ぬか、ガス室に送られて殺されるという運命を知っていた。だがそうした極限状況の中でも、美しさに感動することを忘れていない▼囚人たちが激しい労働と栄養失調で、収容所の土間に死んだように横たわっている。そのとき、一人の仲間がとび込んできて、きょうの夕焼けのすばらしさをみんなに告げる。これを聞いた囚人たちはよろよろと立ち上がり、外に出る。向こうには「暗く燃え上がる美しい雲」がある▼みんなは黙って、ただ空をながめる。息も絶え絶えといった状態にありながら、みんなが感動する。数分の沈黙のあと、だれかが他の人に「世界って、どうしてこうきれいなんだろう」と語りかけるという光景が描かれている。【一九七五（昭和五十）年九月十六日】

この時期、生と死にかかわる論考もいくつか見られる。

「有用性」という基準で老人たちを「棄老」する陥穽（かんせい）を指摘したもの（九月十五日）、死の床にありつつなお表現する志を失わなかった正岡子規に触れたもの（九月十九日）、〝安楽死〟をめぐる「カレン嬢事件」を考察したもの（十月二十五日）、などである。

これ以前、深代は「天声人語」でガン告知の是非などを幾度か取り上げている。この時期になってこと新たにテーマとしたわけではない。ただ、頻度は増している。深読みをするとすれば、自身の身の上に起きていることをどこかで知覚し、生き急ぐごとく、コラム上において〈消化〉していった感もある。

深代は勘のいい人だった。体内の血液細胞で起きている異変が、無意識のうちにペン先へと伝わり、言葉を導き出していたのかもしれない。

5

入院した翌日、血液検査で判明したのは白血球の異常な数値だった。急性骨髄性白血病。有効なる治療手段なし、という診断が下された。

義子は主治医と相談し、本人には、虫歯からたちの悪い緑膿菌が侵入して敗血症に冒されている、ということにした。最後までそれで押し通した。

深代がこの病名を本当に信じていたかどうかはわからない。周囲の人々のただならぬ様子から感受していたこともあったろうが、義子に訊きただすことはなかった。

一日一日と出血傾向が増していったが、輸血という対症療法しかない。自身の容態を察知してであろう、義子に「書いておきたいことがあるから何か用紙をくれない」といったことがある。が、しばらくすると、「さっきはあんなことといったけれど、もういいんだ」と言い直した。遺言状を書くつもりであったのだろうか……。

深代入院の情報が広まり、見舞い客が次々にやって来たが、入院から間もなく、肉親以外は面会謝絶となった。朝日の同僚では、涌井昭治、論説主幹の江幡清、同期生で社会部長代理を務めていた佐伯晋など、ごく少数の人以外、病室には立ち入っていない。

それでも、見舞い希望者が後を絶たない。応対の窓口は涌井の任となった。いまでも、「深代と会っておきたかったのに涌井のガードが堅くて……」と振り返る朝日OBがいる。会わせたくても会わせられない。涌井もつらい立場であったろう。

この年から数えれば三十七年後ということになる。二〇一二（平成二十四）年七月、涌井の訃報が伝えられた。『週刊朝日』編集長、出版局長などを歴任、その後、九州朝日放送の社長をつとめた。「八十四歳、老衰で」と記されている。

『朝日旧友会報』に、畠山哲明が追悼文を寄せている。畠山は涌井、深代より一期先輩、「昭和二十七年組」である。駆け出し時代、畠山と涌井は、千葉支局の同僚だった。涌井を「ハマっ子の腕白小僧」と書いている。

二人の付き合いは終生続いた。涌井から『週刊朝日』編集長のポストを引き継いだのが畠山である。涌井の一人息子の結婚式で媒酌人をつとめたのは畠山夫妻である。畠山も横浜暮らしで、涌井の晩年、よく駅前の喫茶店で落ち合い、近くの公園や慶大の日吉キャンパスなどを散歩したものだった。

畠山はまた、深代とも親しい間柄にあった。

夕刊の第二社会面に「山手線」というタイトルの連載がはじまったのは一九六七（昭和四十二）年春であるが、一年七ヵ月続く長期連載となった。山手線二十八駅をテーマに、駅周辺の史跡や昔話を交えつつ、変わりゆく東京の情景を軽妙な筆致で描いている。取材班がつくられ、取りまとめと執筆を首都圏部次長にあった涌井が、担当デスクを畠山と深代が交代でつとめた。

涌ちゃんは芸が細かいなぁ——と、畠山と深代が笑い合ったことがある。

当時、乗客は駅員に切符を手渡し、それを鋏で切ってもらって改札を抜けるのであるが、駅ごとに切り口の模様が異なる。それを図案化してタイトルカットとしたのは涌井のアイディアだった。涌井は筆も立ったが、企画力や編集能力において秀でていた。連載は『東京新誌』という書名となって残されている（朝日新聞社・一九六九年）。

この当時、久保田誠一は社会部の若手記者であったが、六角テーブルの周りで、涌井、畠山、深代の三人が、いかにも息の合う仲間という様子で談笑していた光景を覚えている。

一九六〇年代の後半、畠山は大阪本社社会部勤務となり、茨木市内の借家に住んだ。論説委員となっていた深代が来阪し、畠山の家に泊まっていった日があった。畠山夫妻がともに記憶しているのは、「朝の一件」である。

翌朝、部屋の布団がきちんと片付けられていて、深代の姿が見えない。深代さん、消えてしまった……と思って、仁子はおろおろした。しばらくすると、「気持がいいので近所を散歩してきました」といって、深代が戻ってきた。

畠山の家には記者連中がよく泊まったが、かようにびしっと布団を畳んでいった泊まり客はいない。やはり兵学校出身の人は違うわね、と仁子は感心したものである。その後も顔を合わせる機会があったが、仁子にとって深代は、「いつも柔和で、清々しい人」であった。

畠山にとって深代は、社会部のデスク時代から「ずば抜けた存在」だった。決して自身を押し出すことはないのであるが、記者のもつ力量はおのずとわかるものである。いずれ「天声人語」を書く記者、と思っていた。

その後、畠山は千葉支局長などをつとめ、深代と職場をともにすることはなかったが、折々に顔を合わせてきた。東銀座の「今井家（いまいや）」という名の小料理屋の席に並んで座る日もあった。旧制府立三中（現・都立両国高校）時代の深代の同級生が板前をし、店主の母親が切り盛りをしている小さな店である。店で、三中時代の同級生で弁護士をしている長戸路政行を紹介されたこともあった。

深代が亡くなってから、畠山はふと思い立ってこの店に行く日があった。席に座ると、なんだか深代さんが来て座っているような――と店主からいわれたものである。畠山はいかにも温厚そのものという感じの人物である。深代と風貌は異なるが、風姿のかもしだすものに故人を偲ばせるものがあったのだろう。

深代について、畠山も仁子も、「ずっと引きずり続けてきた悔い」がある。

深代が病に臥し、もう面会もかなわない時期だった。畠山に東京本社社会部の部長代理の辞令が出て、単身赴任していた千葉から横浜の家に戻って間もない日である。

夕刻、自宅に、病室の深代より電話があって、仁子が出た。

「畠山さん、いらっしゃいますか？」

暗い、沈んだ声だった。雑音はなく、しーんとした地の底から掛けているような気配があった。

まだ帰っておりませんが、と仁子が答えると、深代は「そうですか……」といいつつ、いかにも残念という風にひと呼吸おいて電話を切った。それから日を置かず、訃報が流れた。

あのときどうして、「何か言伝てでもありましたらおっしゃってくださいませ」と返答しなかったのだろう……なぜ家にいなかったのだろう……それが夫妻の悔いである。

電話の用件はなんだったのだろう——。何か尋ねたいことがあったのか、言い残しておきたいことがあったのか、あるいは単に畠山の声が聞きたいということであったのか……。そのことについて、二人は数えきれないほど思いをめぐらしてきたが、わからない。数珠(じゅず)をつまぐって堂々めぐりするごとく、問いは宙に浮いたままいまに至っている。

終章

法隆寺

1

深代惇郎の病が篤い――という情報が森英恵のもとに伝わってきた。深代の家庭の状況をよく知っているわけではなかったが、高校生の長女と中学生の長男がいたことが脳裏に浮かんだ。長女とは面識があり、深代から「よろしく頼みます」といわれたこともあった。そんなこともあって、二人に連絡を取った。さしでがましいようにも思ったが、これまで深代と良き交流があった。友人としてできることかも知れないと思って、なした行為だった。

離婚したとはいえ、父と子に変わりはない。深代は再婚後も子供たちと定期的に夕食をともにする機会などを設けていた。給料から天引きにして、前夫人のもとに養育費も送り続けていた。

義子の手もとには、深代に来た手紙類の一部が保管されているが、長女と長男よりのものもある。入院する少し前の時期であろうか、父からの「ブレスレット」と「バンド」のプレゼントに対する礼状で、「パパもおからだをたいせつに」「パパも元気でがんばって下さい」と記されている。親が子を、また子が親を想う気持が伝わってくる。

学校が終わった夕刻。二人が病室に入ってきたとき、まだ深代の意識はあった。子供たちに会ったことで安堵したのか、その後間もなく、夫の体から精気が抜けていったように義子は感じた。

夜、ミラノから姉の忠子が駆けつけて来たときは、「おぅ」と短い応答の言葉を発したが、やがて酸素補給のためのテントが被せられ、もう言葉を発することはなかった。

日付が変わった十二月十七日午前三時過ぎ、深代惇郎は、静かなときの中に溶け入って行った。

――歳月が過ぎた。

いま、義子は大岡山のマンションで一人暮らしをしている。深代と過ごした日々を、こんな風に語った。

「ある人にこういわれたことがあるんですよ。あなた、深代さんを看取るために結婚したようなものね、と。でも私はそうは思っていません。短くてもちゃんと一緒に暮らせたし、夜を徹して語り合ったこともあった。いい日々を過ごさせてもらった。喧嘩もしたし腹を立てたこともありましたが、深代は尊敬のできる人だった。彼は新聞記者という仕事に誇りを持っていた。書くことにすごく打ち込んでいた。いい男だったなぁと思いますよ。私は自分が可哀相だと思ったことはないのです。ただ、深代はまだまだやりたいことがたくさんあった、もっともっと仕事をしたかったのに断ち切られてしまった。若くして逝ってしまったのは深代にとって可哀相だったなぁと……」

2

RONSETSUIIN FUKASHIRO JYUNROU SHI GA 12GATSU 17HI GOZEN 3 JI 10FUN KYUUSEI KOTSUZUISEI HAKKETSUBYOU NOTAME SHIKYO SAREMASHITA……

イラン・テヘランの朝日新聞支局のテレックスが、微音を立ててローマ字文を打ち出したのは夜明け前である。イランと日本の時差は四時間半。この時間帯に東京本社から届くのは連絡事であることが多い。何の気なしにテレックスに目をやっていた久保田誠一であったが、冒頭、RONSETSUの八文字を見た瞬間、ピンとくるものがあった。もしや深代さんが……。

深代の書く「天声人語」が中断してひと月半がたっていた。外報部員より、風邪をこじらせて入院中という知らせを受けてはいた。ずっと走り続けてきたんだし、ここらでひと息入れられるのもいいだろうと思っていた。ただ、本当に風邪をこじらせただけなのか……。

粛然として文面を見詰めた。支局のオフィスは自宅兼用である。妻の照子は寝入っていたが、叩き起こした。日本は遠く、二人して深代の思い出を語り合うしかなかった。

あの日の夜がお訣れの日でしたね——。照子がそういったので、妻もまた四ツ谷駅の情景を思い浮かべていることを久保田は知った。

朝日のテヘラン支局が開設されたのは前年の一九七四(昭和四十九)年春である。第四次中東戦争、OPEC(オペック)(石油輸出国機構)、オイルショック……世界の産油地帯・中東の比重が格段の重みを増していた時代である。ホメイニ師によるイラン革命が勃発するのはこの五年後のことで、体制はまだシャー(国王)の専制下にあったが、ニュースが増え、邦人の居住者も急増していた。支局開設となり、久保田が記者一人だけの支局長に任命された。

現地に向かう半月ほど前である。

久保田君、小汚い料理屋だけど送別会をやろう、奥さんも連れておいでよ——と、深代からいわれた。四谷にある「丸梅」という店で、一日一組しか客を取らない小粋な料理屋であったが、出向いて行って久保田はびっくりした。

牟田口（むたぐち）義郎夫妻が席にいた。牟田口は久保田の世代にとっては大先輩の記者で、往時、カイロ支局長などを歴任し、中東・アラブに関する書を数多く著している。「アラビアのロレンス」から産油国の石油戦略まで、中東の近現代史を語れる第一人者であった。

さらに建築家の丹下健三夫妻がいた。この時期、丹下はアルジェリアやクウェートの建物の設計を手がけており、中東各国の事情に通じていた。そんなところから招いたようだった。

深代人脈のなせることであったが、懇意にしてきた後輩記者への、気持のこもった餞（はなむけ）であることが伝わってきて、久保田は胸が熱くなった。

特派員は舞台に上ったときは舞わないといけないけれどもそれ以外のときは自由で

いいんだよ——。会が終わり、四ツ谷の駅へ向かう道すがらそういわれた。

駅の改札で、深代と別れた。中央線で新宿方面に向かうホームに立っていると、線路を挟んで、東京方面に向かうホームに深代の姿が見えた。肌寒い日で、深代はバーバリーのコートを着ていた。背をかがめ、とぼとぼとうつむき加減に歩く姿は「刑事コロンボ」に似ていた。

深代さん、どこへ帰るんだろう、浅草橋の実家なんだろうか……と久保田はふと思った。この時期、深代はまだ再婚していない。

客人たちを夫妻で招きつつ、自身は一人である。家庭の問題について、深代は久保田に口にしたことはない。久保田もまた深代に訊いたことはない。困難な事情を抱えていることをうっすら感じていただけである。

「深代さん、とても寂しそう」と、照子がいった。

照子も深代の私事を知っていたわけではない。まぁいろいろとあるんだろう……と答えつつ、女の直感はおそろしいもんだ、と久保田は思ったものだ。

テレックスが打ち出した文面を前にして、二人はともに、今生の訣れともなった日のことを思い浮かべていたのである。

築地本願寺で深代惇郎の葬儀と告別式が行われた翌日の夕刊に、「今日の問題　深代君をしのぶ」というコラムが載っている。

無署名であるが、論説副主幹で、深代の前任の教育担当でもあった八木淳の筆によるものである。八木は、深代と親交深かった辻謙に「書きませんか」と促したのであるが、辻が「なんともショックが大き過ぎて……」とためらっていると、「じゃあ私がやりましょう」といって、目の前の机で原稿を書いた。

八木はここで、各界からの弔辞や弔電、通夜の席で聞いた学友の思い出などを紹介しつつ、「心のこもった別離のひとときであった」と記し、こう締め括っている。

「故人の後輩のひとりが、ソールズベリから打電してきた弔電の一節も忘れがたい。『深代さんの大きく澄んだ目を思いだします。それは何ものをも恐れぬ目でした』」

日本から遠く離れた、ジンバブエの首都から弔文を打電してきたのは伊藤正孝(まさたか)である。アフリカ圏の担当記者として『ビアフラ潜入記』(朝日新聞社)、『南ア共和国の内幕』(中公新書)などを記し、後年、『朝日ジャーナル』編集長もつとめている。

テヘランの地で紙面を読みつつ、その通りだったな、と久保田は思っていた。ショックが大き過ぎて、弔電を打つことも思い浮かばなかった。悲報を受けてから数日間の記憶は飛んでいる。後日、日記を見返すと、予定された取材はこなしているのだが、記憶は真っ白のままである。

しばらくたって、「涌さん」と呼んでいた涌井昭治よりの手紙を受け取った。涌井は深代と久保田の関係をよく知っていた。

――お互い、かけがえのない友人を失いました……冒頭の書き出しを、いまも鮮明に覚えている。

轡田隆史が栃木・宇都宮支局長に就任したのは、この年の九月はじめである。親しい同僚たちが、本郷の小料理屋の座敷で送別会を開いてくれた。深代も席にいた。宴席の途中、立ち上がってやって来た深代が、轡田にこう耳打ちした。

「風邪気味でね、クッちゃん、悪いけれど今日は少し早く失礼するよ」

深代さんにしては珍しいこともあるものだと思って見送ったが、それが訣れの日となった。

その後、東京から届いてくる深代ニュースは、天人休筆―入院―面会謝絶―白血病で死去……と、あっという間の出来事だった。

築地本願寺での告別式。もちろん駆けつけることはできたのだが、虚脱したような喪失感にとらわれ、轡田はどうにも東京に足が向かなかった。いまさら訣れの儀式に出たところで何になろう、俺は宇都宮の飲み屋で〝一人追悼会〟をさせてもらうよ……。

告別式の弔辞で、社長の広岡知男が「将来の社長候補云々」と語ったということも耳に入ってきた。

このくだり、朝日社報『朝日人』に残っている弔辞文ではこうである。

……かつて、私も論説委員だったことがあります。その当時の私の夢は、あのコラムの筆者となることでした。もちろん、私は、とうていその能力がないことを、よく知っていました。それでも、捨てきれない夢だったのです。長年、そういう気持をもち続けてきた私からみれば、深代君が二年九カ月にわたって天声人語を担当し、一本のエンピツで数百万の読者を魅了し、広範な読者から限りない愛着と信頼と敬意を寄せられていたことは、全く新聞記者冥利につきるという気がいたします。まことに羨ましいと思います。……

深代君はコラムニストとして素晴らしい能力を発揮し、その天声人語によって朝日新聞の評価を著しく高め、社に非常に大きい貢献をしてくれたのでありますが、君の将来の可能性は単にコラムニストとしての活動だけに限定されるものではなかったと思います。

私どもは、君の天分を今後いかに社のために活かして行くかについて、しばしば話し合ったのでありますが、将来論説主幹という可能性が考えられるだけでなく、専務、社長という場合もありうるのではないか、という見方も強かったのでありますす。その意味でも、朝日新聞は、まことに貴重な人材を失ったといえるのであります。

いま、深代君の遺影を仰ぎみれば、残念という感じがひしひしと身に迫るのであります。ほんとうに惜しい。しかし、やむを得ません。今はただ、君の眠りの安らかならんことを祈るのみであります。深代君よ、さようなら。

それは、この年の春先だった。有楽町の高架下の飲み屋で深代と一杯やっているとき、深代が珍しく、自身の人事のことについて轡田にもらしたことがあった。

「クッちゃん、今日はおかしくて仕方なかったよ。社会部長でどうかというんだ、くつくつくつ……」

誰からの話であったかを深代はいわなかったが、役員の一人からであったのだろう。深代が「天声人語」を担当して二年余がたっていた。このあたりで〝ライン〟に戻る気はないかということであったのだろう。広岡の意を受けての打診であったのかもしれない。

けれども深代は、そんな話を歯牙にもかけていなかった。「くっくっくっ」で終わりだった。

轡田にとって、深代が管理職の道を歩んでいくことは考えられない、考えたくもないことだった。新聞にとって重要なことは記事であり、それがすべてである。社の中に、深代という書き手を失ってなおそれに見合うポジションなどあろうはずがない。

——朝日の社長になったとしてそれがどうだというのだ。人を見てモノいえよ！

轡田は一人酒の席で、悪態をついていた。もとより広岡の深代への思いは承知していた。けれども、唐突に、敬愛してきた先輩記者の命が失われた。悲しみと憤りの混じり合った気持を、だれかに向かってぶつけざるを得なかったのである。

深代は同輩や先輩に恵まれた記者だった。後輩たちにおいてもまた——。

自身の「その後」について、断片的ではあるが、深代は近しい人々に洩らすこともあった。

いつか、冗談めかしながらであったが、「社長をやれといわれたらやってみるよ。

でもまあ部長職もやっていないからそんなことにはならんだろうがね」と、夫がいったのを義子は覚えている。

「でも朝日新聞の社長さんになったら、夏の高校野球では、甲子園球場で開会の挨拶をしないといけないんでしょう。広岡さんならともかく、あなたには似合わない」

そう義子が答えると、深代は珍しく声を立てて笑った。

森有礼（ありのり）の伝記を書いてみたい——と口にしたこともある。

幕末期の薩摩藩士。藩命によってイギリスに留学し、その後、アメリカにも渡った。維新後に帰国、福沢諭吉らと明六社を結成、私塾・商法講習所（一橋大学の前身）も開設した。伊藤博文内閣で初代文部大臣に就任し、さまざまな学校制度の創設に取り組むが、国粋主義者の凶刃（きょうじん）によって暗殺されている。

深代の森への興味は、論説時代、教育を担当したことにもかかわりがあるのだろう。「天声人語」でも、森のことに触れている箇所がある。

森が京橋のタイミソ屋の二階を借りてはじめた商法講習所であったが、青雲の志が政治にあった時代のこと、「商」の人気はさっぱりで受講生は二十二、三人しか集まらなかったとのこと。あるいは、教育に携わるものの心得として、文相に就任した森が「学政官吏タルモノ、其ノ職ニ死スルノ精神覚悟アルヲ要ス」と記したこと、などである。

秋山康男は、深代が「いずれは日曜版のコラムを書いてみたい」といったことを覚えている。「天人は疋田さんも三年やったのだから俺も三年はがんばるよ」ともいっていた。

深代の脳裏にあったのは、『サンデー・タイムズ』や『ニューヨーク・タイムズ（日曜版）』であったろうという。『タイムズ』の〝売り〟は社説とコラムであるが、『サンデー・タイムズ』には良質の調査報道が加わる。『ニューヨーク・タイムズ』日曜版の特徴は広告量であるが、ともに平日よりも多くの読者をもつ。

入社同期で、社会部長、専務取締役などをつとめた佐伯晋は、深代のその後ということについてこう口にした。

「深代はコラムを書くことだけに突出しているという意味でのコラム職人ではなかった。論説主幹でも編集局長でも役員でもすべて十二分につとまった。ラインの仕事ができる、オールマイティーの人だったと思うね」

同じ同期生で、編集局長から社長をつとめた中江利忠はこういった。

「朝日の歴史のなかで主筆となった人は何人かいるわけだが、まぁその時々で多少ニュアンスが異なる。文字通り、社の言論を代表する主筆といえば戦前の緒方竹虎がそうだったと思いますが、そういう意味での主筆ね、深代にはその力量があった。そうなれば広く日本の言論界の柱の一つとなっていったように思いますね」

深代が長命したとして、その後どんな歩みをしたかは想像の域を出ないが、いずれにせよ、ペンを手放すことはなかったろう。

一旦、「社会部長」の誘いを蹴った深代であったが、いずれまた自身の進路について決断すべきときが訪れたかもしれない。早世したことにより、少なくともそのことについては選択を下すことを強いられなかった。

3

かぜで寝床にふせりながら、上原和著「斑鳩（いかるが）の白い道のうえに」（朝日新聞社）という本を読んだ。聖徳太子という日本史で稀有（けう）な理想主義的政治家の悲劇を描いた本である。著者の幻想が、手堅い学問的手法に裏打ちされて、力作だと思った。たまたま新聞を手にしたら、亀井勝一郎賞にきまったと知り、故亀井氏をしのぶのにふさわしい作品だとも思った▼聖徳太子といえば、小学校で習った知識しかない。十人の話を同時に聞きわけられる賢者で、物部氏を滅ぼして仏教を盛んにしたり、十七条の憲法を作った有徳の人だとか、そんな程度だった。おとなになってからの「聖徳太子」は、会ってもすぐお別れしなければならない人で、それにあの肖像画に魅力はなかった▼聖徳太子には、暗い影がつきまとっている。十代のときに、血なまぐさい政争に明け暮れした。物部守屋を殺すことに加担し、その所領を自分のものにした。崇峻天皇暗殺では、張本人の蘇我馬子がクーデターに成功すると、二人で推古体制を支える柱になった▼法隆寺は、聖徳太子の血ぬられた手で創建された、と著書はいう。四十九歳で世を去ったが、その前日にお妃に先立たれた。その看病に妻の精根がつきはてるほどの業病だったのだろうか。あるいは梅原猛氏の大胆な推論のように、自殺か、心中だったのだろうか▼その死後三十一年たっても、悲劇は続く。皇位継承の争いに巻き込まれ、聖徳太子の一族二十数人が蘇我入鹿の軍に包囲される。一度は生駒山中に逃れ、挙兵の機会は十分にありながら、なぜか一族は斑鳩の里に下りてきて、女も子どもも一族皆殺しにされた▼このときの包囲軍の部隊長はやはりこの計画に関係したともいわれる孝徳天皇に頼んで、法隆寺に寄進をする。権力に狂奔し、怨霊におののく古代人たち、いつかもう一度、法隆寺を訪ねてみたい。【一九七五（昭和

五十）年十一月一日】

深代惇郎の絶筆となった「天声人語」である。

『斑鳩の白い道のうえに』の著者、上原和（かず）は、文庫版（朝日新聞社・一九八四年）の「あとがき」において、評者・深代惇郎への追悼も併せ書き残している。

同書奥付にある著者略歴によれば、上原は一九二四（大正十三）年台湾生まれ。九州大学法文学部哲学科卒（美学美術史専攻）。成城大学教授、とある。

上原はここで、『斑鳩の白い道のうえに』が自身の「遺書」としてあったことに「天声人語」の視線が及んでいることを感受し、書き手の身の上に思いを巡らしつつ、若き日、ともに戦争に身を浸した世代としての共感性に思いをはせている。

予感というのでしょうか。その日の朝の『天声人語』を繰返し読みながら、知己をえたというよろこびとともに、このひともまた、ひそかに死の翳（かげ）のさす日日をいだいているのではないか、という漠然とした不安が、心のうちをよぎりました。私がこの小著を、もしや遺書になるのではないかという思いで書いたその心の暗い底までを、このひとはのぞきこんでしまっている、という感慨がわき上ってくるのを禁じえませんでした。

遺書のつもりでといいますと、あるいは不審に思われるかも知れませんが、その当時も硝煙の匂いの消えることのなかった中近東への旅立ちを前にして、私は五十年に近い生涯の心の軌跡を、ひとりの古代知識人の悲劇的運命に托して書いておきたいと思いました。私が訪ねたい古代の遺跡は、いずれも辺境にあります。一年もの長いひとり旅がこたえる年齢にもなっていました。しかし、そればかりではありません。私はいまでも、どんな短い旅に出かける場合にでも、それが海外であれ国内であれ、ほとんど習性のように、何ほどかの覚悟をして出かけずにはいられません。十九歳のときに学業半ばで土浦の海軍航空隊に入隊すべく台北の家を出た、そのときの絶体絶命の思いが、いつまでも心の底ふかく潜在して、ことごとに作用し続けているように思います。

十代の終りに経験したものから、ついに私たちは自由になれなかったという思いは、私と同じ年齢である三島由紀夫の死以後、いよいよ私の胸に深まっておりました。私には、『天声人語』の筆者が、私たちの世代のそうした暗い翳を敏感に感じとっておられるように思われてなりませんでした。それはこの筆者が、私たちの世代と同じような内的経験をしてこられた方なのか、あるいはいま自分の死の予感のなかで筆をとっておられるのか、そのいずれかのように思われてくるのでした。

この日の「天声人語」と『斑鳩の白い道のうえに』は、いわば〝二つの遺書〟の交わりでもあったのだ。

やがて上原は筆者の名を知り、葬儀にも列席し、その歩みを知って感慨を深くする。

まもなく私は、そのときの天声人語子が、深代惇郎氏であること、そして私の小著の読後感を書かれたあとすぐに入院されたことを聞きました。深代氏がなくなりましたのは、翌月の十七日でした。訃報を夕刊で知り、弔電を打ったあと、私は一晩中書斎にこもっておりました。薄明の斑鳩の白い道のうえを、深代氏の魂魄(こんぱく)がひとりゆくのが、私の眼にありありと見えてくるように思われてなりませんでした。絶筆となった深代氏の「いつかもう一度、法隆寺を訪ねてみたい」という結びの言葉が、いまさらながらに想い起されてくるのでした。

葬儀の日に、遺影の前に立ちながら、私は人と人との運命としかいいようのない出会いの不思議さを思わずにはいられませんでした。知己に出会ったという束の間のよろこびは、たちまちこの相まみえざる友を失うかなしみとなりました。諸行無常、というべきものでありましょう。深代氏がお読み下さった小著には、沢山の書き込みがしてあったといいます。なんとも切ないことです。

なお、これはずっとあとで知ったことですが、敗戦の年、東京都（ママ）立三中から海軍兵学校に入学し、長崎県の針尾におられたということです。やはりそうだったのか、という感懐を禁じえません。私よりいくらか若かった深代氏の十代の内的経験が、私や三島の世代よりもっと純一無雑に死と差し向いになっていたことは、十分に察せられます。

上原の「あとがき」は、自著をめぐってひとたびは触れ合い、そして相まみえることがなかった評者への深い想いを寄せた、鎮魂のメッセージともなっている。

これ以前、深代惇郎がいつ法隆寺を訪れたかはわからない。自身がもう一度訪れることはかなわなかったのであるが、その〝身代わりに〟法隆寺を訪れた人がいた。父・守三郎と母・マチである。

千葉・市川市に住む望月礼二郎・英子夫妻の自宅を訪れたさい、一枚の写真を見せてもらった。金堂（こんどう）であろうか、境内のお堂を背景に、にこやかな表情の守三郎とマチが写っている。息子の没後しばらくたって、法隆寺を訪れた際のスナップ写真であった。

深代の足跡を追いはじめて三年余がたっていた。ふっと私も法隆寺を訪れたく思って、奈良・斑鳩の里へと足を運んだ。

花枝動かんと欲して春風寒し――そんな詩句が浮かぶ、浅春の日であった。

上原和の近著『法隆寺を歩く』（岩波新書・二〇〇九年）を〝案内マップ〟として境内を散策した。

南大門をくぐり、五重塔を見上げ、金堂へ。鎮座する仏像や宝物（ほうもつ）を見、回廊を巡って大講堂へ、大宝蔵院へ。さらに長い石畳の道を歩いて東大門をくぐり、夢殿へ、中宮寺へ、と足を運ぶ。

法隆寺を訪れるのはン十年ぶりであった。

百済観音像は、平成時代になって建った新しい大宝蔵院の中、やわらかい照明がほどこされた空間に立っていた。世界最古の木造建築、法隆寺に集積する国宝・重要文化財百九十件、二千三百余点のなかでも至宝の一つであろう。制作は七世紀、飛鳥時代末期とされるが、詳細は不明とある。

記憶の古層が刺激されてくる。かつて見た百済観音像は確か、薄暗い展示室の奥まった一角にあった。上半身の乾漆(かんしつ)がさらに剝落(はくらく)したように映るのは、照明のせいか、年月のせいか。が、ただよう存在感は変わらない。優美、壮麗、玄妙、清浄、慈悲……いかなる形容もこの像の姿を言い表すにおいて十分ではない。そう思ったことまでが甦ってくる。

境内をゆっくりと歩く。人影は少なく、静かだった。気ぜわしい日々は〈虚の時間〉なのであって、ここに悠久のときがある。そんな思いが差し込んでくる。あるいは深代もまた、そんな時空間に触れたいと思ったのやもしれない――。

腰を下ろして境内を眺めていると、ここまで深代の足跡をたどってきてぼんやりと残り続けてきた自問のようなものが浮かんでくる。

深代を知る人々にひとつの共通の思いがあった。無念といってよい。「天声人語」の書き手として高い評価を得つつ、わずか二年九ヵ月で執筆を終えてしまったという思いである。痛恨の思いは私にも重なってある。ただ、〝二年九ヵ月で終えた〟は、架空の話を挟めば、〝二年九ヵ月も続いた〟、と言い換えることもできる。

疋田天人の後任は深代――というレールは暗黙のうちに敷かれていた。ただ、疋田が体調を崩さなければもうしばらくは担当を続けたであろうし、そうであれば深代もヨーロッパ総局長の通常の任期をまっとうしただろう。とすれば、発病時期が変わらなかったという二重の仮定を置けば、深代天人の期間はもっと短いものであったか、あるいはそもそもはじまらなかったかもしれない。

意味のあるイフではないが、そんな思いをめぐらしていると、松山幸雄がいったことがふと脳裏によぎるのである。

――モーツァルトのごとく、天がきまぐれに、このような書き手を地上によこして、さっと召し上げげた、と。

そういう意味でいえば、深代惇郎は天がこの世に遣(つか)わした人、〈天人〉であったのかもしれない。

さらにまた、「トロさん」こと、長戸路政行のいったことが思い出された。長戸路は府立三中時代からの、深代の生涯にわたっての親友だった。深代の告別式で、友人代表として弔辞を読んだのは長戸路である。「天声人語」が深代の命を奪った――そういおうとして言葉を飲み込んだ。たとえそうであったとしても、天人を書くことは深代の天与の仕事であったのだと思い返したからである。その思いはいまも変わらない。

――深代にとって「天声人語」を書くことは天職だったと思うね。たとえ期間は短かったとしても、そこで命を燃やし尽くした。そのせいで寿命を縮めたとしても本望だったでしょうよ。そんなものが俺の人生にあったのかと問われれば、浮かばない。その意味でいえば、羨（うらや）ましい人生を送った男だったと思うね、と。

長戸路は大学を卒業後、弁護士となり、日比谷法律事務所所長をつとめた。後年は、父が大正期に創立した学校、千葉敬愛学園の理事長、学園長、敬愛大学・千葉敬愛短大の学長などを歴任してきた。社会人の歩みとしていえば、功なり名遂げた人物といっていいのだろう。

その長戸路から見て、深代は「羨ましい人生」と映る人生を送った。

作家としていえば、深代は「天声人語」という〈一冊の長編〉のみを残した。晩年はもとより、おだやかな成熟期もなだらかな衰退期もなかった。物書きとして上り詰めた絶頂期にあって、ふいに消えた。

頂はさらに先にあったのかもしれない。ただ、私には、毎日コラムを綴る〈非日常〉をまったくの日常とし、長く続く平坦な歳月を送っていくという深代像は浮かびにくい。定められた運命の下、きりっとした完結感を残したままに短い月日を全速で走り切った。それが、この書き手にはいかにもふさわしかったように思えるのである。

深代の人生模様のなかには、苦しみや痛みの伴う事柄があったことは折々に触れてきた。けれども、およそそういうものがまるでない人生など、この世にはない。その意味でいえば、別段、特記すべきことでもない。そして、コラムニスト・深代惇郎にとっては、そのことがどこかで自身の〈作家性〉を深め、筆致に奥行きを付与したものもあるであろう。記憶にとどめるべきはそのことだけでいいのだろう。

この日もそうであったのだが、この間、出かけるさいにはいつも、深代惇郎の『天声人語』か、『続・天声人語』か、文庫版『天声人語8』のいずれかを鞄の中に入れていた。ノンフィクション作品を書くために必要であったからであるが、そればかりではなかった。ページをめくり、馴染んだ文章に目を通す。そのこと自体が快いものであったからではあるまいか――。

深代天人のなかで、群馬の妙義山に近い、ローカル線・上信電鉄が止まる上州一ノ宮駅の風景を記している一編がある（一九七五［昭和五十］年一月十六日）。駅舎の側に住む、鈴木比呂志（ひろし）という地元詩人が、月に一、二度、毛筆で詩を書き、駅長がそれを待合室の時計の横に掲げる。電車の待ち時間が長い山里の乗客をなぐさめるために、十五年前、当時の駅長が思いついた。以降、駅長は六人交代したが、いつの間にか「詩の壁」として親しまれ、時刻表と同じように、地元民になくてはならぬものとなっている、という話である。

深代は、鈴木のこんな詩を引用している。

一陣の風が
通りすぎた
あと
花が
香りを残してゆくような
そんなひとに
逢いたい

「そんなひとに　逢いたい」を、「そんな文に　逢えた」と言い換えたものが、この間の日々だったように思える。

午後に入ると、薄雲の切れ目からやわらかい日差しが差し込み、法隆寺を取り巻く築地塀（ついじべい）の屋根瓦が鈍く光っている。春が近い。私は腰を上げた。

あとがき

一般的な国語辞書には載っていないようであるが「文品（ぶんぴん）」という言葉がある。この二文字にはじめて接したのは、拙著『リターンマッチ』（文春文庫・二〇〇一年）の解説を柳田邦男氏に書いていただいた際、そのなかで目にした。とてもいい響きの言葉と感じて立ち止まるものを覚えたが、連想的に浮かんだ一冊の本があった。深代惇郎氏の『天声人語』である。それが本書に取り組む小さな契機だったように思う。

自身が歳を取ったせいもあるのだろう、品位とか品格といわれるものに心引かれることが増えた。世の動向や風潮を超えて在り続ける価値があって、それは〈品〉というものにかかわりあるように思えるのである。書物においてもまたそうである。

いつか深代氏の足跡を追ってみたく思いつつ年月が過ぎていたが、たまたま二〇一一年春より二年間、朝日新聞の書評委員をつとめさせてもらった。深代氏とかかわりのあったOB記者たちの消息や連絡先も知りやすくなるだろうと思って、動きはじめた。

もうひとつ、本書には動機がある。新聞への思いである。

長くジャーナリズムの中心軸を担ってきた新聞であるが、昨今、その地位が揺らいでいる。新しい情報メディアの出現も理由のひとつであろう。けれども、情報の提供を行うメディアがそのまま、ジャーナリズムとなるわけでない。とりわけ活字ジャーナリズムは、ジャーナリストたちの〈手仕事〉が加わってはじめてジャーナリズムたり得る。新聞の重要さはこれからも変わらない。

本当の問題は、新聞の紙面力、言葉の力の強弱にかかわっているのではあるまいか。その意味で、いまも発光し続ける言葉を紡いだコラムニストがいたことを伝えておきたい、彼を描くことで新聞の意味を再確認したい。そう思ったのである。

そして、このようなコラムニストは単独者として現れるはずはなく、時代の中から生まれたものであろうから、彼が生きた時代の新聞世界の一端も併せて記したく思った。本書は、一人の新聞記者の生涯を通してたどった戦後の新聞史でもある。

もとより、往時の新聞が優れていたといいたいわけではない。事件報道や人権にかかわる報道のあり方ひとつ取っても、現在の方がはるかに問題意識が進み、配慮もなされている。ただ、記者たちの新聞への思いという点で、より熱いものが流れていた時代があったように思う。もし本書の読者に、活字ジャーナリズムに携わる若い世代がおられて、何らかの示唆に値するものを含んでいると感じていただければうれしく思う。

深代惇郎は新聞を愛した人だった。文品の源もまたそのことに発していた。

本書の刊行まで随分と時間を要してしまったが、ひとつの〈まっとうな精神〉に触れながら過ごした日々だった。どこかで自身を鼓舞してくれるような感触を受けていた。きっと幸せなる日々であったのだろう。

この間、深代氏にかかわりあった新聞人、親族や同窓生、また現役の記者たちからも多大なご協力を得た。

本書の原稿は、季刊的なノンフィクション雑誌『G2』(講談社)誌上で連載したもの(vol・13号:二〇一三年五月~vol・16号:二〇一四年五月)が骨格となっている。連載および本書の刊行に当たっては、講談社の今西武史、吉田仁、柿島一暢、中村勝行、渡瀬昌彦の各氏より懇切なサポートを重ねていただいた。お世話になった方々に深く感謝の意を表する。

なお「天声人語」等の引用については、原則、新聞掲載時の表記とした。本文中の敬称は略させていただいた。

＊

本書（単行本）を刊行して三年余がたっている。

この間、深代氏の周辺で新たに起きたこともあった。『深代惇郎の天声人語』（朝日文庫）、『続　深代惇郎の天声人語』（同）、『最後の深代惇郎の天声人語』（同）が新たに編まれ刊行されたことである。単行本の刊行時、氏の『天声人語』を読みたいという声を幾度も耳にしたのであるが、絶版状態にあった。いま、氏の著が入手しやすくなったことを伝えられるのはうれしいことである。

本書（文庫版）の解説は、朝日新聞記者の河原理子さんの手をわずらわせた。過分の評を書いていただいたことに加え、入手しにくい資料を――魔術師のごとくに――発掘していただき恐縮している。刊行に際しては講談社文庫出版部の西川浩史さんにご厄介をおかけした。改めて、本書にご登場いただいた方々をはじめ、関与下さった方々に深く感謝する。

二〇一八年一月

後藤正治

解説

河原理子（朝日新聞記者）

ノンフィクションがスタートするには潜伏期のごとき時間帯があって、この〈旅〉はずっとそれ以前から準備していたような気がする。

後藤正治さんは、『牙　江夏豊とその時代』のあとがきに、そう書いていた。確かに、書き手の内側に時が満ちなければ始まらない物語がある。

『牙』は、「江夏がもっとも江夏らしかった」阪神タイガース時代を、後藤さんが自身の青春を重ねてたどった作品だった。江夏入団一年目の一九六七年は、後藤さんの大学入学の年でもあった。それから阪神でのラストシーズンとなる一九七五年までは、後藤さんにとっては大学紛争と彷徨（ほうこう）の時代。そもそもは理系（京大農学部）だった後藤さんが、大学院への道もあったらしいが、卒業後やがて『環境破壊』という雑誌に身を置いて、もの書きとして歩み始めた時期に重なっていた。

『環境破壊』一九七五年一・二月号には、後藤さんが沖縄で取材し司会した座談会が収められていて、海洋博を前に開発が進む沖縄に初めて足を踏み入れ、人々のあいだに分け入り、見て、聞いた、後藤青年の高揚感がにじんでいる。

その一九七五年の十二月に、本作『天人』の主人公である深代惇郎が急逝した。朝日新聞朝刊一面のコラム「天声人語」を二年九ヵ月書いて、入院し、ひと月あまりのことだった。

翌年出版された単行本『深代惇郎の天声人語』を後藤さんは買って、それからずっと持っている。すっかり色の変わったその本を見せてもらったことがある。人に会いに行き、現場を歩き、空気を吸い、何ごとかを言葉にして産み出す。そんな仕事を手探りで始めたころに読んだその本は、多くの本を手放してきたなかでもなぜか後藤さんのもとに残り、ふと読み返す本になったのだという。

それにしても、深代惇郎が亡くなって、はや四十年余りである。

深代さんが書く「天声人語」を新聞で読んだのは、私の世代が最後かもしれない。私にしても、深代さんが亡くなったときは中学三年生。深代惇郎の名が記憶に刻まれたのは、没後に『深代惇郎の天声人語』が出てからだった。高校の現代国語の授業でよく作文を書かされたのだが、何かの折に深代さんの本か「天声人語」のことを私が書いたのだろう、返された作文に先生がこんなコメントを書き込んでいたのをおぼえている。「深代さんは、やっぱりうまかった」。

なぜ、いまだったのか。

深代さんと親交のあったファッションデザイナー森英恵さんからは「どうしてもっと早くやらなかったの。今やらないと、みんな死んでしまうわよ」と言われたという（「関西スクエア中之島どくしょ会／後藤正治『天人　深代惇郎と新聞の時代』」二〇一五年二月四日付朝日新聞大阪本社版夕刊）。

歳をとってから後藤さんは、日々変わりゆくことよりは変わらないものに、若いころ魅入られた谷崎潤一郎や三島由紀夫の作品とは違う「いい文章」に、心惹かれるようになったという。――「いい文章」がどんなものを指すのか、ここでは深入りしない。本書のなかには、深代「天声人語」または深代その人を評する実にさまざまな表現があって、読者はそれをひとつひとつ味わうことができるから。

二〇一一年に後藤さんが朝日新聞の書評委員に就任したことも、取材に踏み出すきつかけになっただろう。けれども、深代さんの何かが後藤さんの内側にひたひたと触れてきたということがなければ、書きたいと思わなかったのではないか。それは何だったろう。本書のなかの言葉でいえば、それは〈心根〉だったのではなかろうか。

すぐれたコラムニストになる素養としての条件はなんだろう――。（略）畢竟、文は人なりであるならば、要に位置するものは、人としての器量や度量と呼ばれるもの、さらにその芯にある〈心根〉であろう。（第二章　青春日記）

彼は何を宿していたのか、力ある言葉の紡ぎ手であったとすればどこに由来していたのか、そもそも深代その人は何者であったのか――。（略）「難問」の予感はずっと抜けず、先が視えないままに及び腰で歩きはじめた。（序章　言葉力）

没後四十年になろうかという人の周辺を取材するのは大変である。本書にも、話を聞きたかった人にもう会えなかったことも記されている。けれども、約三年かけた取材で、会える限りの人に会って、著者は深代惇郎を浮き彫りにしていく。ちかしい人はもとより、たとえば当時アルバイトとして深代さんの職場にいた青年まで探し出してしまうのである。いったい何十人が深代惇郎を語ったのだろう。丹念な取材ぶりに驚嘆するほかはない。

こうして時のかなたから、少しずつ、深代惇郎が姿を現す。

〈ただ雪が見たくなって米沢にきた〉——私もとても好きな一九七四年一月三日付「天声人語」の書き出しであるが、このとき深代さんの訪問を受けた当時の米沢通信局長・関戸衛さんの回想が、印象的だ。深代さんの穏やかで偉ぶらない人柄と、詩情を失わず、どこか孤独を引き受けたような姿が偲(しの)ばれる。そして、このときの手書き原稿の写真に、私は惹きつけられた。朝日新聞社の原稿用紙や私も教わった独特の表記法が懐かしいのだが、その丸みを帯びた字は、深代さんが警察回りの記者だったころ、よくソファにごろんと横になって本を読んでいてトドかアザラシのようだった、というエピソードを連想させた。

思えば私は、深代さんが〈何を宿していたのか〉〈何者であったのか〉、考えたことがなかった。存在を知ったとき、すでに彼は伝説だったから。

いや、深代さんの「天声人語」がどれほど並外れていたかを、自分の舌で味わうように感じたのも、本書を読んでからかもしれない。

私は本書によって教えられたことが多かった。

一番ハッとしたのは、世代——時代が培(つちか)ったもの——についてである。深代さんと同期入社で同じ昭和四年（一九二九年）生まれの中江利忠・元朝日新聞社長が、後藤さんに、これ、読んでいただけましたか、といって三編の「天声人語」のコピーを差し出す下りがある。一九七五年の八月十五日をはさみ三日連続で、深代さんは敗戦にまつわる話を「天声人語」に書いていた。

〈昭和二十年八月十五日、烈日の一日だった。『なぜ戦争に反対しなかったのか』と素直に問う世代に、三十年前のこの日を伝えることはむずかしい。過去はただ過ぎに過ぎる〉（一九七五年八月十四日付）

〈日本の教育は、『精神』に泥酔し、『言葉』に踊り狂う人間たちを作った〉（八月十五日付）

深代さんは、敗戦のとき十六歳。子どもでもなく大人でもない。「兵隊に取られることをぎりぎりまぬがれた年次」——私にとっては父の世代である。

若くして見るべきほどのものは見た世代、あるいは見なくてすめばそれに越したことのないものまで見た世代。時の権力の、あるいは主義主張やイデオロギーという〈共同幻想〉の虚妄とむなしさをたっぷりと味わったものたちの世代としての眼力である。

（第五章　昭和二十八年組）

深代さんが、旧制中学の途中で海軍兵学校予科を受験し、敗戦の年の春に海兵へ進んでいたことは、私には驚きだった。「予科」は、戦争末期のこのとき、海軍兵学校を志願できる年齢を引き下げて設けられた課程であり、全国から約四千人の秀才を入校させた。

深代少年は何を思って海兵へ進んだのか。友人たちが言ったように、まだ中学生であまり突き詰めて考えていなかった、ということかもしれない。

たまたま、深代さんたち海兵第七十八期を特集した週刊朝日の記事（一九七五年八月八日号）を見たら、深代さんのこんなコメントがあった。「ちょうど『朝日新聞』に岩田豊雄さんの『海軍』が連載されていてね。あれに影響されたな。（略）女の子にもてるんだ。それとあの学校に行くと、甘い汁粉が食べられるというのでね」。

小説「海軍」の連載は、深代さんが中学一年のときだ。岩田豊雄は作家・獅子文六（ししぶんろく）の本名である。海軍兵学校を志した男子の友情物語で、その一人がやがて海軍士官となり真珠湾に散って軍神となる。翌年、映画化されて、主人公のカッコ良さに当時の少年たちは痺（しび）れた。たとえば深代さんより少し年上のジャーナリスト・原寿雄（はらとしお）さんも、「海軍」に憧れて、働きながら猛勉強して海軍経理学校に進んだという。そんな話を私は聴かせてもらったことがある。原さんは戦後、いわゆる「いい話」や心揺さぶる美しい文章に懐疑的になった。

深代さんは、言葉に対し、新聞に対し、どのように思ったのだろう……。私はただただ想像をめぐらせる。

深代さんたち海軍兵学校予科の生徒は、戦争末期に衣食住を官費でまかなわれ、英語を学び高度な教育をほどこされた。一説には、海軍は有為な人材を戦後に残すためにこの約四千人を集めたという。一方で、同じく予科にいた小沢昭一の『わた史発掘』によれば、予科生徒が過ごした長崎県・針尾島に近い川棚町には海軍特攻艇の基地があり、沖合での訓練の光景は自分たちの近い未来の死を予知させたという。

予科生徒は山口県に移って敗戦を迎えた。本書にあるように、原爆で一面の焼け野原になった広島を列車で通って、深代さんも東京へ帰ったはずである。何を見たのだろうか。

そのころのことを深代さんがストレートに書き表したものは、みあたらない。後藤さんが自身の青春時代を「恥多き日々」「自分探しが長かった」としか言わないように、言葉にのせると違ってしまうものを、人は抱えているのかもしれない。

本書に記された、先ほどの三編の「天声人語」や、日曜版「世界名作の旅」で深代さんが二回も書いた「チボー家の人々」の記事から、あるいはさまざまな人が語る深代さんの立ち方から、読者は想像をめぐらすほかないのである。

後藤さんが描く深代惇郎は、〈健康な懐疑主義〉を内包する人物である。自らの足場にも距離をとり、思慮をめぐらせているように見える。本書には、思考する、思索する、自分のアタマでモノを考える、深く考察する、といった言葉が頻繁に出てくる。後藤さんが、ジャーナリズムはジャーナリストたちの〈手仕事〉によって担われる、といっているのは、もしかしたら、こんなところに肝（きも）があるのかもしれない。

知の力というものが、集積した情報や知識によって解を見出すものではなく、問いを問いとして保持し、考えることを止めないことによりウエートがあるとするなら、そのことにおいて深代にもっとも知性的なるものを感じるのである。

（第八章　名作の旅）

深代さんが知人宅でミュージカル「ラ・マンチャの男」の「見果てぬ夢」を歌い、こんな科白（せりふ）もあるんですが、ご存知ですか、と紙ナフキンにさらさらと書いたという言葉が本書に出てくる。

Facts are the enemy of truth（事実は真実の敵だ）

『天人』について話をうかがったある晩、後藤さんはこのセリフに触れて、言った。「我々の仕事って、そういうところあるなあ」

いたく共感した。我々にできることは、事実のカケラをできるだけたくさん集めることでしかない。でも真実は、なおその先にある。事実のカケラでわかったようなつもりになって、手痛いしっぺ返しをくらうことがある。

見果てぬ夢、なのかもしれない。

本書は、稀代の名コラムニストとして知られた深代惇郎の〈心根〉を探りながら、ノンフィクション界の大ベテランとなった後藤さんが、「取材して書く」という営みについて、ひとり思考し、反芻し、掘り下げた作品である。そうして紡ぎ出した言葉が、随所に鏤められている。

まさに〈手仕事〉によってなしとげられた、滋味豊かな本である。悩みつつ書く者のひとりである私は、この本をあたたかな励ましとして、受けとった。

主要参考図書

深代惇郎『深代惇郎の天声人語』（朝日新聞社・一九七六年）
深代惇郎『続　深代惇郎の天声人語』（朝日新聞社・一九七七年）
深代惇郎『天声人語　8』（朝日新聞社・一九八一年）
深代惇郎『深代惇郎　エッセイ集』（朝日新聞社・一九七七年）
深代惇郎『深代惇郎の青春日記』（朝日新聞社・一九七八年）
深代惇郎・柴田俊治『記者ふたり　世界の街角から』（朝日新聞社・一九八五年）
ＯＥＣＤ教育調査団編著、深代惇郎訳『日本の教育政策』（朝日新聞社・一九七二年）
朝日新聞社編『世界名作文学の旅』上・下（朝日新聞社・一九九九年）
朝日新聞百年史編修委員会編『朝日新聞社史　明治編』（朝日新聞社・一九九〇年）
朝日新聞百年史編修委員会編『朝日新聞社史　大正・昭和戦前編』（朝日新聞社・一九九一年）
朝日新聞百年史編修委員会編『朝日新聞社史　昭和戦後編』（朝日新聞社・一九九四年）
朝日新聞百年史編修委員会編『朝日新聞社史　資料編』（朝日新聞社・一九九五年）
朝日新聞労働組合編『朝日新聞労働組合史』（朝日新聞労働組合・一九八二年）
北村金太郎『東京の下町』（サイマル出版会・一九七七年）
「両国高校百年誌」編集委員会編『両国高校百年誌』（創立百周年記念事業実行委員会・二

〇〇二年）
大岡次郎『正説　レイテ沖の栗田艦隊』（新風書房・二〇一〇年）
伊藤長門『蒼穹』（私家版・二〇〇八年）
今西光男『新聞　資本と経営の昭和史』（朝日新聞社・二〇〇七年）
今西光男『占領期の朝日新聞と戦争責任　村山長挙と緒方竹虎』（朝日新聞社・二〇〇八年）
森恭三『記者遍路』（朝日新聞社・一九七四年）
森恭三『私の朝日新聞社史』（田畑書店・一九八一年）
渡邉恒雄『渡邉恒雄回顧録』（中央公論新社・二〇〇〇年）
本田靖春『私のなかの朝鮮人』（文藝春秋・一九七四年）
本田靖春『誘拐』（文藝春秋・一九七七年）
本田靖春『警察（サツ）回り』（新潮社・一九八六年）
本田靖春『いまの世の中どうなってるの』（文藝春秋・一九八七年）
本田靖春『我、拗（す）ね者として生涯を閉ず』（講談社・二〇〇五年）
疋田桂一郎『天声人語　7』（朝日新聞社・一九八一年）
辰濃和男『天声人語　9』（朝日新聞社・一九八九年）
辰濃和男『天声人語　10』（朝日新聞社・一九八九年）
辰濃和男『天声人語　11』（朝日新聞社・一九八九年）
辰濃和男『辰濃和男の天声人語　人物編』（朝日新聞社・一九九三年）

辰濃和男『辰濃和男の天声人語　自然編』（朝日新聞社・一九九三年）
辰濃和男『反文明の島』（朝日新聞社・一九七七年）
辰濃和男『文章の書き方』（岩波書店・一九九四年）
辰濃和男『ぼんやりの時間』（岩波書店・二〇一〇年）
朝日新聞社編『新　風土記』一〜六（朝日新聞社・一九七四〜一九七六年）
松山幸雄『自由と節度』（岩波書店・二〇〇一年）
松山幸雄『オーラルヒストリー』（政策研究大学院大学・二〇〇〇年）
松山幸雄『国際派一代』（創英社／三省堂書店・二〇一三年）
中江利忠『75 Déclics　カメラで綴る回想』（私家版・二〇〇五年）
門田勲『外国拝見』（朝日新聞社・一九五三年）
門田勲『古い手帖』（朝日新聞社・一九七四年）
斎藤信也『斜眼正眼』（講談社・一九七八年）
斎藤信也『記者四十年』（朝日新聞社・一九八七年）
辻謙『日本人は働きすぎか』（朝日ソノラマ・一九八一年）
浅井泰範『ロンドン暮らし』（朝日新聞社・一九八三年）
浅井泰範『七色のロンドン』（朝日新聞社・一九八四年）
山本浩『仁義なき英国タブロイド伝説』（新潮社・二〇〇四年）
バーナード・クリッシャー『ハーバード日記』（朝日新聞社・一九七九年）

高木四郎『老春のハイデルベルク』（騒人社・一九九三年）
明石康『国連ビルの窓から』（サイマル出版会・一九八四年）
柴田鉄治／外岡秀俊編『新聞記者　疋田桂一郎とその仕事』（朝日新聞社・二〇〇七年）
柴田鉄治『新聞記者という仕事』（集英社・二〇〇三年）
柴田鉄治『世界中を「南極」にしよう』（集英社・二〇〇七年）
ドナルド・キーン『ドナルド・キーン自伝』（中央公論新社・二〇一一年）
ドナルド・キーン『戦場のエロイカ・シンフォニー』（藤原書店・二〇一一年）
石井英夫『クロニクル　産経抄　25年』上・下（文藝春秋・一九九六年）
石井英夫『産経抄　この五年』（文藝春秋・二〇〇三年）
石井英夫『産経抄　それから三年』（文藝春秋・二〇〇六年）
石井英夫『コラムばか一代　産経抄の35年』（扶桑社・二〇〇九年）
涌井昭治『東京新誌』（朝日新聞社・一九六九年）
河谷史夫『記者風伝』（朝日新聞出版・二〇〇九年）
上原光晴『現代史の目撃者』（光人社・二〇〇九年）
坪内祐三『考える人』（新潮社・二〇〇六年）
五十嵐智友『歴史の瞬間とジャーナリストたち』（朝日新聞社・一九九九年）
上原和『斑鳩の白い道のうえに』（朝日新聞社・一九八四年）
上原和『法隆寺を歩く』（岩波書店・二〇〇九年）

森賢　222, 247
森英恵　222, 231, 245～248, 455
森本哲郎　262, 265, 269, 270, 399
モンゴメリイ，ルウシイ・M　400

や・ら・わ行

八木淳　461
安嶋弥　231
柳田邦男　205
山口百恵　357
山中毅　227
山内義雄　266
山本七平（イザヤ・ベンダサン）　374～376
横井春野　149
横山政男　378
与謝野鉄幹　327
吉田健一　232
吉田茂　94
頼山陽　290
ライシャワー，エドウィン　278
ラスキー，H　69
リストン，ソニー　256
李白　438, 439
リービー，アラン　253
リンカーン　167
リンゼイ（ニューヨーク市長）　401
ローズ，マレー　227
ロッセリーニ，ロベルト　75
ロバート津田　156
ロラン，ロマン　69
若槻礼次郎　40
涌井昭治　64～66, 78, 79, 111, 146, 147, 171, 262, 270, 438, 447～449, 462
渡辺誠毅　123, 335
渡邉恒雄　137～139

フランクリン，ベンジャミン　299
フランクル，ヴィクトール・E　444，445
古橋広之進　360
フレージャー，ジョー　255
ベートーベン　232
ヘミングウェー，アーネスト　265
ヘンリー，O　262
細川隆一郎　138，139
堀田善衛　76
ボードレール　99
ホメイニ　458
堀口大學　433
本多勝一　131，270，399
本田靖春　18～22，67，122，178～180，187～191，193～198，201，204，206～208，214，218，367～372，374，375，418
ポンピドゥー大統領　99

ま行

前田一　332
前田蓮山　69
マーカス，スタンレー　247
マクミラン　223
正岡子規　239，446
増山太助　127
マッカーサー，ダグラス　116
松林冏　152
松山幸雄　134～136，147～158，172，174，282，407～409，476
マードック，ルパート　297
馬見塚達雄　187～193，198，199，201，206，207，211
マルクス　70
マルタン・デュ・ガール，ロジェ　69，262，268
丸山真男　167
マルロオ，アンドレ　265
三浦甲子二　115，132～142，249
三上幸雄　206，219
三木武夫　236，250，348
三島由紀夫　232，287～289，291，471，473
水口君代　438，439
水口純　437
水口忠子　438，441，456
ミッチェル，マーガレット　262
ミル，J・S　69，87
牟田口義郎　459
ムッソリーニ　97
村上吉男　157
村越吉展　197，198
村山長挙　116，128，129，133，379
村山藤子　129，379
村山龍平　128，129
室生犀星　388
望月礼二郎　39～42，44～47，55，66，216，474
モーツァルト　158，436，476
モッフォ，アンナ　155，156
物部守屋　469
森有礼　466
森恭三　111～117，119～122，125，126～129，133，160，262，272，298，335

211, 219, 298
中野瑛一郎　59～62
中野純　42
中野正剛　17
中村光夫　69
中村貢　298
中谷宇吉郎　431
中屋健一　346
二階堂進（官房長官）　348, 349, 353, 371, 434
ニクソン大統領　50
ニクラウス，ジャック　157
西田幾太郎　45
西村天囚　17
野村秋介　159, 160

は行

朴正熙　306, 348
長谷川如是閑　17
畠山哲明　448～452
畠山仁子　448～452
秦正流　358
バックウォルド，アート　264
鳩山一郎　137, 154
花形敬　372
羽仁もと子　322
羽仁吉一　322
馬場昌平　42
林寿郎　185
林虎雄　152
原敬　69
バルザック　45
ハルバースタム，デイヴィッド　250
疋田桂一郎　124, 131, 227, 262, 265, 269, 270, 273～275, 320, 321, 333～336, 348, 399, 407, 467, 476
ヒース，エドワード　305
ピストン堀口　149
一柳東一郎　159, 404
ヒトラー　86
日野啓三　161
日比野和幸　390
平賀源内　234
ヒルトン，ジェームズ　262
広岡知男　102～104, 114, 122, 124～128, 130, 132, 133, 141, 230, 236, 326, 334, 349, 463～466
フィリップ殿下　228
フォーク，ピーター　20
深代（望月）英子　36～39, 41, 43, 44, 56, 212, 216, 474
深代徹郎　28, 29, 36, 41～43
深代マチ　36, 38, 40, 43, 48, 56, 113, 212, 473, 474
深代守三郎　29, 30, 36, 38～40, 42, 43～48, 50, 56, 88, 212, 473, 474
深代洋平　30
深代（水口）義子　14, 43, 47, 62, 339, 437～441, 447, 455～457, 466
福沢諭吉　69, 466
福田赳夫　250
双葉山　149, 360
フランク永井　178, 180, 195

スタインベック，ジョン　249, 262
スターリン　94, 126, 358
スタンダール　436
関戸衛　428〜431
セルバンテス　383
千田ちづる　356
蘇我入鹿　469
蘇我馬子　469
ソルジェニーツィン　357〜359

た行

高垣金三郎　224
高木四郎　282
高橋文利　298
高見順　165
高嶺朝光　410
高村光太郎　69
宝樹文彦　332
ターケル，スタッズ　435
太宰治　58
田代喜久雄　130, 131, 146
立花隆　352
辰濃和男　130, 146, 147, 158, 172, 270, 336, 343, 389, 390, 397〜411
田中角栄　48, 49, 139, 348, 351, 353, 371, 372
田中健五　372, 373
谷崎潤一郎　232
丹下健三　230, 459
団琢磨　61
チェホフ，アントン　265
筑紫哲也　307
辻謙　296, 327, 331〜333, 335, 337〜339, 390, 461
堤清二　230
寺山修司　417
テレンティウス・アフェル，プブリウス　236
ドーア，ロナルド　263, 278
道元　421
東郷茂徳　167
東条英機　126
ドゴール大統領　223
ドストエフスキー，フョードル　265, 355
戸田奈津子　415
トニー谷　151
富岡隆夫　298, 323
富森叡児　135, 147
豊平良顕　410
鳥居素川　12, 16

な行

永井荷風　165, 232
永井大三　129, 141
永井瓢斎　17
永井道雄　230, 234〜237, 327
中江利忠　147, 159〜166, 172, 174, 467
長島（長嶋）茂雄　359〜361
中条きよし　352
中曽根康弘　139
中地熊造　332
長戸路政行　42, 55, 66〜69, 160, 194, 206, 450, 476, 477
長野（大竹）章夫　184, 199〜207,

231, 245, 247〜253, 263, 281
ゲーテ　86
ケネディ大統領　42, 153, 250
玄宗皇帝　443
小磯國昭　168
幸田露伴　216, 217
幸徳秋水　71
孝徳天皇　469
河野一郎　136〜139
古今亭志ん生　33〜35
越路吹雪　383
児玉隆也　352
後藤基夫　286, 287, 289, 335
小林一喜　298, 306, 323, 406
小林秀雄　436, 437
小原保　197, 198
小松左京　357

さ行

斎藤信也　272, 378, 386〜393, 402
斎藤茂吉　165
佐伯晋　140, 146, 147, 169〜178, 180, 447, 467,
堺枯川（利彦）　45, 71
酒井寛　111, 262, 270, 399
坂田道太　231
坂田允孝　96〜98
佐々木茂索　346
サッチャー　228, 305
佐藤寛子　231
佐野洋　161
サン・テグジュペリ　265
三遊亭円生　33, 34
シェークスピア　299
ジェームソン，サム　253
重光葵　241
重森守　399
信夫韓一郎　151, 378
信夫清三郎　69
柴田鉄治　273〜278, 285, 307
柴田俊治　147, 311, 316〜322
司馬遼太郎　232
島崎敏樹　69
下村宏（海南）　149
ジャッキー　298
シューベルト　158
正田英三郎　173
正田冨美　173
正田美智子　173, 174, 309, 311
聖徳太子　15, 468, 469
昭和天皇　166〜168, 179, 248, 250〜252, 309, 311, 391
ジョーダン，ウイリアム　241
ジョンソン大統領　400
白石一郎　414
シンプソン，O・J　281
推古（天皇）　468
スウィージー，P・M　69
スウィフト　69
スカルノ，デヴィ　222
菅原洋一　352
杉村楚人冠　293
崇峻天皇　469
鈴木比呂志　478, 479
鈴木正雄　208〜211
鈴木茂三郎　72

江幡清　272, 333, 335〜337, 407, 447
エリザベス女王　228, 391
エンゲルス　70, 300
オーウェル，ジョージ　300
扇谷正造　272
大江健三郎　232
大岡次郎　56〜60
大岡信　161
大杉栄　71
太田薫　332
大谷晃一　399
大塚凡夫　184, 193〜201, 206, 207, 211, 216, 219
大平正芳　249
緒方竹虎　133, 467
奥野誠亮　280
尾崎将司　49
大佛次郎　380
オズワルド，リー　153
小野田寛郎　375

か行

嘉治隆一　124
片山潜　71
桂文楽　33, 35
加藤道夫　76
門田勲　377〜382, 392
カミュ，アルベェル　265
亀井勝一郎　468
カーラン（BBC社長）　304
河合栄治郎　69
河上肇　71
河谷史夫　328
川端康成　232, 238, 380
川淵三郎　309
カント　86
管野須賀子　71
萱野長吉　96, 97
菊池寛　344, 345
岸田純之助　407
岸信介　154, 217
北裏喜一郎　231
北村金太郎　31, 33, 54
木戸幸一　167
木下尚江　71
吉備真備　443
金聖悦　306
金大中　348
木村照彦　129
ギラン，ロベール　263
キーン，ドナルド　230〜239, 244
クイル，マイケル・J（労組委員長）　401
クインラン，カレン　446
轡田隆史　142, 306〜316, 390, 392, 462〜465
久保田誠一　47, 142, 213, 260, 280〜284, 286, 287, 289, 291〜294, 306, 316, 346, 347, 449, 458〜462
久保田（池島）照子　346, 458, 460
久保山愛吉　162
倉嶋厚　443
栗田健男　58
クリッシャー，昭子　249
クリッシャー，バーナード　222,

人名索引

あ行

会津八一　413
青木利夫　373, 399
明石康　240〜245
安藝ノ海　149
秋山和子　263, 339
秋山康男　111, 262〜266, 269, 270, 339, 434〜436, 467
芥川比呂志　76
浅井泰範　298, 299, 303, 307, 314, 336
東眞史　370〜376
安達恵子　207, 209, 212, 217, 215
安達啓三　207〜215, 219
安部公房　232
阿倍仲麻呂　443
安倍寧　376, 377, 380〜385
荒垣秀雄　17, 123, 124, 371
荒畑寒村　70〜72
アラン　69
有馬真喜子　270
アリ，モハメド（カシアス・クレイ）　254〜257
有吉佐和子　231, 234, 243, 247, 357, 373
生沢朗　380
池島信平　344〜347
池田勇人　137, 140, 249
石井英夫　191, 411〜423
石田博英　127
石橋湛山　154, 165
石原慎太郎　49
石母田衆　271〜273
石母田敏雄　271
市岡揚一郎（水木楊）　323〜326
伊藤熹朔　76
伊藤邦男　147, 369
伊藤長門　84, 97〜107, 136
伊藤博文　466
伊藤牧夫　283
伊藤正孝　461
伊藤眞美　107
イプセン，ヘンリック　262
今西光男　133
入江徳郎　124, 272
ウィリアムズ，テネシー　400
ウェイリー，アーサー　231
上杉謙信　430
上杉鷹山　429
上野精一　116, 249
上野理一　128
ウェーバー，マックス　68, 300
上原和　14, 468〜474
臼井吉見　174
ウ・タント　242
内田健三　374
宇野信夫　34, 286
梅原猛　469
衣奈多喜男　96〜98, 102

本作品は、二〇一四年十月に、
講談社より単行本として刊行されたものです。

拗ね者たらん
本田靖春　人と作品

2018

第I部

第一章　第二の出発――『現代家系論』

1

　一枚の集合写真が残っている。

　東京・池袋にあるホテルメトロポリタンの中華料理店の一室で、丸テーブルにはメロンを載せた小皿が並んでいるから宴席の終わり、記念撮影ということであったのだろう。写真の隅に刻まれた日付は一九九六（平成八）年七月二十七日。

　中央に、花束を抱え、笑みを浮かべた本田靖春と夫人の早智（さち）が写っている。夫妻を囲み、あるいは背後に立っている男たちは計十七人。いずれも講談社の編集者で、書籍および『現代』『週刊現代』『ＶＩＥＷＳ（ヴューズ）』などの雑誌で本田を担当した面々である。ノンフィクション作家としての本田の歩みは三十三年に及んでいるが、とりわけその後半期、付き合いが深かった社が講談社であった。

お世話になったみなさんに御礼の気持を伝えておきたく、ささやかな席を設けさせていただきたい——。会は、本田からの申し入れによって開かれている。この時期、本田は持病の糖尿病が進行し、右眼の失明、左眼の白内障、狭心症、人工透析、肝炎……など満身創痍(そうい)的な状態にあった。会場には杖を手にやって来た。

本田主催の宴を、「お別れの会ということなのか……」と受け取った編集者もいたが、それは出席者全員が密かに抱いた思いでもあったろう。そのような〝含み〟を伴った宴席ではあったが、「ひと足はやい暇乞(いとまご)いを兼ねてということで……」と、笑いを誘いつつ快活に応対する本田流の立ち居振る舞いに変わりはなかった。

この日からいえば、八年余り後、本田は健筆を保ちつつ彼岸へと旅立った。本当の訣(わか)れが訪れたのは二〇〇四（平成十六）年十二月四日であったが、その日まで、彼らとの交流は変わることなく続いた。

一人の作家が担当編集者たちと交流を続ける。珍しくないことではあろうが、〈会社〉や〈仕事〉としてのかかわりという域を超えた、ちょっと例を見ない交わりであったように思える。

人とは深くちぎらず——。〝本田語録〟のひとつであるが、言動に逆行するかのように、本田は接した人々を自然と引き付けてしまう人だった。

本田は志操固きジャーナリストだった。滑らかで艶のある文章を書く作家だった。その芯に優しき心根を宿す人だった。もとよりそれは品行方正という意味ではない。喧嘩ばやく、博打事に長けた、諧謔と無頼風を好む人でもあった。

生前、私は二度、本田と会っている。書きものと書き手の乖離感のない人で、接していてなんとも心地いいものが伝わってくる。含羞を帯びた男気、あるいは侠気と書くべきか。そんな言葉が浮かんだものだった。本田が生来、宿した形質であったのだろう。そのことが人々を吸引したことにもかかわりあるのだろう。

ともあれ、人・本田靖春には、波動してくる固有の調べがあって、それは作品群にも色濃く流れている。不肖の、一後輩ライターである私が、本田作品に引き寄せられてきたのもきっとそのせいであったのだろう。

本田の残したノンフィクション作品や時評や対談や回想記を、伴走者としてかかわった編集者や関係者の追想を含めてたどってみたい。その作業を行なうなかで、調べを奏でる源にいま一歩、分け入ることができればと思うのである。

本田靖春は、一九三三（昭和八）年、日本の植民地下にあった朝鮮の首都・京城

（日本支配期のソウルの呼称）で生まれ、育った。中学一年生時、敗戦となり、引き揚げ者の子弟として帰国する。はやくから新聞記者を志し、五五（昭和三十）年、早稲田大学政治経済学部新聞学科を卒業、読売新聞社に入社し社会部の記者となる。

記者時代には、六〇年安保や東京オリンピックの開・閉会式の「雑感」など、数多くの署名記事を書いた。東京・山谷（さんや）に潜り込んで売血現場の実態を伝えるルポを書き、長期にわたって「黄色い血」追放キャンペーンを展開、献血制度を定着させる大きなきっかけをつくったことでも知られる。

戦後、読売は「下町の正義感」を掲げて果敢なキャンペーンを展開し、新聞界の両雄、朝日・毎日の牙城に迫っていったが、それを担ったのは社会部だった。読売社会部に憧れて入社し、大いに手腕を発揮した本田であったが、やがて社会部の潑溂（はつらつ）とした気風は失われていく。

象徴ともいえる事柄が、社主・正力松太郎が紙面に登場する「正力コーナー」であって、本田は担当する遊軍記者たちに執筆拒否を呼びかけ、最後には〝たった一人の反抗〟を試みるが、挫折する。

本田のいう「小骨」、秘めたる志を有し、家庭など顧（かえり）みずに駆けずり回るのが社会部の記者像であったが、〝豊かな社会〟が進行するなか、社風も記者気質も変容していく。

本田がノンフィクション界に転じたのは、一九七一（昭和四十六）年、三十七歳である。第二の出発だった。本書では、ほぼ時系列に沿って本田の残した作品を追ってみたい。作品群の多くは本田の読売時代に、さらにさかのぼって少年期や青春期にもかかわっている。作品をたどることは、自然と本田の〈思想〉を解くことであり、その人生模様に触れることにもなろうと思う。

2

手帳を見返すと、本田が亡くなって三ヵ月近くたった二〇〇五（平成十七）年二月二十五日、故人を偲ぶ会が開かれている。

死んだ人間より生きている人間が大事、葬儀など儀式類は一切不要――というのが、本田が生者に言い遺したことだった。ただ、偲ぶ会については、生前、講談社で本田と親交の深かった渡瀬昌彦（現常務取締役）と小田島雅和（故人）が〝了解〟を取りつけていた。

本田の意向を十分承知している二人であったが、いずれその日はやって来る、きっとお別れの集いをもちたいとする声が出てくるだろう、それくらいはやらせてほしい……。それとなく伝えてみると、「うん、わかった。死んでしまえばやめてくれともいえないわけであってね、好きなようにやってくれていいよ」というのが本田の返事だった。亡くなる三ヵ月ほど前、二人して病室に本田を見舞った際の会話であった。

偲ぶ会は早大に近い戸塚町のホテルで開かれた。会場のフロアーは大勢の人で溢れていたが、簡素で、しめやかな集いだった。冒頭、挨拶に立ったのは読売ＯＢで本田の先輩記者、村尾清一（きよかず）（現日本エッセイスト・クラブ会長）である。

故人への想いが伝わってくる挨拶内容で、心に残った。取材の手はじめに、杉並区の自宅に村尾を訪ねたのは、この日の記憶が残っていたからである。

村尾は一九二二（大正十一）年生まれ。読売入社は四八（昭和二十三）年、戦後の第一期定期採用者の一人で、本田の七年先輩である。

社会部時代、村尾は「死の灰」という言葉をはじめて使った記者である。一九五四（昭和二十九）年、南太平洋上で操業中のマグロ延縄（はえなわ）漁船・第五福竜丸が水爆実験に巻き込まれて被曝した。母港である静岡・焼津の通信員からの異変を伝える一報を受け、東大病院に運ばれた漁船員の取材に走り、〝世紀のスクープ〟へと結びつけた村尾は、後年、十七年の長きにわたって夕刊コラム「よみうり寸評」を担当した名文家でもあった。

本田は遺稿となった『我、拗ね者として生涯を閉ず』（講談社・二〇〇五年）で、村尾から随分と可愛がられた思い出を記している。

村尾さんは、私が入部して間もなくから、ずっと目をかけてくれていた。社会部は勤務ダイヤの関係で、同じ部員でも顔を合わさない日が続くことがある。村尾さんはしばらく会わないでいると、遠回りでも私が座っている椅子まで寄って来て、かならず声をかけてくれた。そして、いくらか時間のあるときは、雑談の口火をこう切ったものである。

「君はね、ぼくのいちばん下の弟と同じ年なんだよ」

このことばを何度聞いたことか。五回や六回ではきかない。たぶん、十回は越えているはずである。

私は軽薄でお調子者である。重厚な村尾さんからすれば、危なっかしい何やら仕出かしそうな男に見えたのであろう。

でも、そのことばを聞くのはうれしかった。だれにもいわなかったが、私はひそかに村尾さんの「愚弟」を以て任じていたのである。

村尾の十歳下、四番目の弟が早大で本田の同級生だった。そのこともあったけれども、村尾が本田に目をかけたのは、まずはその仕事ぶりからである。

本田は取材力と筆力があって、「元気のある正義漢」だった。六〇年安保のさい、全学連と警官隊が幾度も衝突した。本田の書いてくる原稿は多分に学生寄りのもので、デスクが軌道修正して手を入れる。本田は憤慨し、デスクとガンガンやり合っている。

「黄色い血」追放キャンペーンのときだったか。本田は勤務ダイヤを無視して何日も社に姿を見せない。本田の野郎、どこをほっつき歩いているんだ——という声があがったが、後日、びしっとした調査レポートをまとめてくる。「とらわれのない自由人」だった。そういうスタイルを嫌う人もいたが、社会部記者は結果を出せばいい、それが社会部の美風だ、と村尾は思っていた。

本田は一見、〝無頼派〟と見られがちだが、一面で神経質であり、繊細な気配りをする。底に、人としての優しさがあった。そんな気性が村尾には透けて見えて好ましく思っていたのである。

加えていえば、本田のもつ「明るさ」があった。芸達者で、酒席で披露する香具師の口上などは、映画『男はつらいよ』の「寅さん」を彷彿させるものがあった。往時を回想しながら、「とにかくマンボがいると周りが賑やかになるんだ」と、村尾は語った。

「ポンちゃん」あるいは「マンボ」が本田の愛称であったが、由来は当時流行の細身のマンボズボンを本田が好んではいていたからである。

退社の気持を打ち明けた本田に対し、村尾は引き止めることをしなかった。読売に嫌気が差している気持はよくわかっていたし、このまま唯々諾々とデスク業務に縛られて過ごす男とは思えない。新聞記者の肩書がなくなっても、彼なら自立した物書きとしてやっていけるだろうと思ったからである。

本田は『我、拗ね者として生涯を閉ず』で、病床にあった晩年、村尾からこのような便りをもらったと書いている。

先頃、村尾さんからお葉書をちょうだいした。その結びに〈社会部が社会部であった時代にめぐりあった運のいい男、まだ死ぬな!!〉とあった。

3

ノンフィクション界に参入した本田は、『誘拐』『私戦』『村が消えた』『不当逮捕』『疵』『警察回り』……などの秀作を刊行していくが、読売退社の時点で明確な将来絵図は持ち合わせていなかった。後年に書いた雑誌原稿の中で、辞めるにあたって考えていたのは、一年間ほどかけて何かまとまったものを書いてみよう、といった程度の漠然としたことであった、とも記している。

フリーになってしばらく、本田は雑誌の仕事を手がけている。文藝春秋では『諸君!』『文藝春秋』を主たる発表の場としたが、沖縄やむつ小川原のルポ、虫眼鏡でのぞいた大東京、京都・蜷川府政の内幕など雑多なテーマを扱っている。

文春との橋渡しをしてくれたのは村尾だった。アルバイト原稿で、村尾は『文藝春秋』のコラム「蓋棺録」を引き受けていた。『諸君!』、さらに『文藝春秋』の編集長をつとめる田中健五（後の社長）と懇意な間柄にあり、その関係からである。

本田がはじめて署名入りの原稿を書いたのは「石油戦争に生き残る法」（『諸君!』一九七一年五月号）であったが、元原稿があって、リライトを依頼されたものである。民族資本によるエネルギー確保がいかに大切かを説くレポートであったが、本田は元原稿を読んで、これは再取材をして書き直したほうがいいと判断した。『我、拗ね者として生涯を閉ず』で、こう振り返っている。

原稿は、「国士」田中清玄氏からの聞き書きが中心となっている。私は自ら申し出て、田中清玄氏から再取材することにした。編集部員同道のうえ、同氏を事務所に訪ねて、不明確や不足の部分を問い質し、その足で文春ビルに戻って、一室を借り受け、原稿をあたまから書き直した。

仕上がったものに目を通した田中健五さんは、感想をひと言、漏らした。

「本田さん、新聞記者にしては文章がいいですね」

誉めことばではあろうが、私はムッとした。新聞記者は文章が下手、と決めてかかっている物言いに、プライドを傷つけられた気がしたからである。

それはそれとして、どうやら私は田中さんの眼鏡に適ったようであった。

このような問答を田中はもう覚えていなかったが、本田の文章力は記憶している。

「残るものは文章です。編集者は文章によって書き手とぶつかる。当時は無名ではあったけれども一読して上手いなぁと思ったのは本田さんと児玉隆也さん（故人）でしたね。二人とも原稿の仕上がりは遅かったけれども」

人・本田靖春ということで思い出すのは、博打好きで歌上手であったこと。「英語と東北弁混じりのテネシーワルツ」は大いに聴かせるものがあったという。

やがて『文藝春秋』で「現代家系論」がスタートするのであるが、企画者は田中であった。

「もう記憶が薄れているんだが、当時は草柳大蔵さんが大家であって、本誌での『実力者の条件』の連載が一区切りついて、同系列の企画として『現代家系論』をはじめたように思いますね。書き手を見渡して、新人ではあるが筆の滑りがいい本田さんにお願いしたのじゃあなかったかかな」

取り上げられた家系は、羽仁（はに）五郎、美濃部亮吉、鹿島守之助、湯川秀樹、永野重雄、西園寺公一（きんかず）、美空ひばり、武者小路実篤……など。政・財・学・芸能などにまたがって、〝三代続きのお家柄〟を背景にもつ著名人たちのルーツと人生模様を記した列伝である。連載は一九七二（昭和四十七）年七月号から翌年の六月号まで続いた。単行本として刊行されたのは九月で、本田の処女作となった。

冒頭に収録されているのは「羽仁五郎一家」である。

歴史学者・羽仁五郎は、華やかで賑（にぎ）やかな人物だった。妻・説子は著名な評論家で、説子の両親は自由学園と「婦人之友社」の創設者として知られる羽仁吉一（よしかず）・もと子夫妻。五郎・説子の長男・進は新進の映画監督。進の夫人は、女優の左幸子。華麗なる一族であった。

羽仁（森）五郎は群馬・桐生の資産家に生まれ、府立四中・一高・東大法学部を経てドイツのハイデルベルク大学に留学した秀才。羽仁家の婿養子となっている。

大正末から昭和のはじめ、当時の新思潮、マルクス主義と唯物史観に目を開き、一時代を画した『日本資本主義発達史講座』の執筆陣の一人ともなる。戦後、参議院議員をつとめた後、過激な言動でマスコミを賑わす評論家となった。画家を装って女性を車に乗せ、八人を強姦・殺害した大久保清事件のコメントを求められ、こう発言する。

「大久保事件の真犯人は、大久保清そのものでなく、自動車大企業、テレビ局、裁判所、この三つです。……

もう一ついかんのは、大久保クンを最初、刑務所に入れた警察と裁判所。逆効果ですよ。大久保クンは病人ですからね、罪の自覚がない。ということは罪がないんです。本来、病院に入れるべきなんですよ。

それを刑務所に入れたから、大久保クンは恨みだしたんだ。これは性犯罪じゃありません。社会に対する復讐ですよ。『助けてエ』と叫ぶ女の子を締め殺すとき、大久保クンは国家と女を錯覚しただけなんだ。これが事件の真相です」

こういうユニークな発言を振りまく羽仁に対し、本田は「いったい、彼の精神構造はどんな塩梅（あんばい）になっているのだろうか」と、その人物像に接近していく。羽仁の著『都市の論理』は、戦前に刊行した『ミケルアンヂェロ』の現代版で、骨格を成す論考は「ルネサンス期のフィレンツェこそ、自立的市民による自由な共和制を実現した近代都市だ」というもの。学問的には穴の多い著であったが、当時の大学紛争の風に乗って百万部近いベストセラー書ともなった。

本田は『ミケルアンヂェロ』についてこう記している。

『ミケルアンヂェロ』の輝くばかりの文体は、システィナ聖堂の大壁画を思わせる、といったほめ言葉だって、なくはない。歴史学者がいうように、彼の論理が

〝虚〟であっても、そこには、結構の雄大な「壮大美」が展開される。「天才」は、無限の空間の中で、初めて自由なのであって、不自由人が、わが身と同じく、彼に地を這わせることもないではないか。

そして、「彼の言説を聞き流すつもりなら〝歴史漫談〟が売り物のエンタテーナーということになるが」という言葉を添えている。

羽仁は各地の紛争地にせっせと出没した。当時、私の通っていた大学もバリケードスト中であったが、この「御殿に住む革命アジテーター」が現れた。タートルネック姿の、細身の老人の姿が思い浮かぶが、それ以外の記憶は残っていない。『都市の論理』も読んだはずであるが、一行も記憶に留めていない。

本書によって久々、羽仁ワールドに思いを馳せたが、本田の人物評に加えるべき言葉は浮かばない。本田の眼力の確かさを思うのである。

いまの日本を象徴するのは、天皇ではなくて、この永野重雄あたりかも知れない。改めていうほどのことでは、すでにまったくないが、世界へ向けての日本の〝顔〟は、経済である。……

あるいは、だれかのいうように、国家はなくなって、企業だけが残る世の中なのだろうか。別の言葉として「鉄は国家なり」というのがある。だとするなら、一兆円企業、新日鉄を誕生させ、

（昭和：引用者注、以下同）四十五年四月、執念の大型合併をなしとげて、USスチールから鉄鋼メーカー世界一の座を奪い取った永野重雄を、日本の代表者としてあげてもおかしくはない。

新日鉄会長にして日商会頭、永野重雄の書き出しである。

財界の大物と本田とは縁なき間柄であろうが、「経済大国に君臨する重雄に直接会ってみて、へだたりより、むしろ身近な感じを抱いたのは、なぜだったのだろう」と記している。その「身近な感じ」を解いていくのがこの章のテーマともなっている。

永野家のルーツは瀬戸内の島にあるお寺である。父は早世するが、年長の長男・護（後の運輸大臣）が親代わりとなって一家を支える。

永野重雄の原点に、本田は柔道への打ち込みをあげている。六高時代、永野は寝技を得意とする猛者であったが、フンドシを買うカネがなく、合宿中はフルチンで過ごしたという逸話なども残している。

大正末に東大を卒業、富士製鋼に入り、以降、製鉄マンとして歩んでいく。戦争期

を挟んで、日本製鉄との合併、分割、再合併と起伏多き道程が続くが、一貫してあったのは、柔道と同じく一途な〝ガンバリズム〟であった。

永野および永野兄弟の姿に、本田は戦後日本の姿を重ねている。六人の男兄弟は秀才揃いで、東大などを出て実業界で名を成した。いずれも「率直な人柄」で、「逞しさと、同時に楽天性」を備えていた。「それはまた、貧苦の中にあった日本を、今日の繁栄にまで押し上げてきた、日本人そのものの属性ではないのだろうか」と記している。

経済界のトップに上り詰めた永野であるが、特異な才の持ち主ではなく、むしろ〝平均的日本人〟の姿を本田は見ている。無数のミニ〈永野兄弟たち〉の志向とエネルギーが戦後日本を形作ったものであったが、本田はまたこう書かざるを得ないのである。


私が、鹿島守之助において見たように、永野重雄の半生も、ひたすらな〝足し算〟であったように感じる。果てしなく積み上げて行ったあげく、かえってそこに生じる、巨大な空虚とでもいった索漠に、経済人は思いを致すことがない。〝引き算〟が充実を意味することだって、われわれの生涯にしばしばなのではないか。

「永野重雄一家」は『文藝春秋』一九七三（昭和四十八）年二月号に掲載されている。石油危機に見舞われる前、経済の各指標が勢いある右肩上がりを続けていた時期である。時の首相は、ガンバリズムの権化、田中角栄。戦後の〝黄金時代〟であったが、その危うさともろさを知覚する本田はこうも書いている。

人類の歴史を流れとして捉えてみて、工業化がほぼ頂点に達しつつある現在、世界のあらゆる民族の中で、もっとも日本人向きの時期であるのかも知れない。別の観点からいえば、これから先、人類が、かりに瞑想の世紀にでもはいるとするなら、われわれ働きバチ、日本人は、たちまち〝四等国民〟に転落する可能性があるだろう。……

ボクシングの選手は、チャンピオン・ベルトを腰に巻いた瞬間から、衰退にはいるといわれる。新日鉄誕生のそのとき、世界一の座についた重雄も、彼の時代の終焉に向かい始めたのかも知れない。

永野の歩みに、戦後日本を導いたガンバリの象徴を、さらにその人物像に、働きバチである以外になすすべを知らない日本社会の先行き不安をも見ている。事実、やがて低成長から混迷の時代が到来して、われわれ日本人は等しく、「瞑想の世紀」に対処すべき〈哲学〉の欠落を痛感させられるのであるが――。

4

「美空ひばり一家」が一章を成している。「お家柄」の条件には当てはまるまいが、戦後の日本社会が生んだ大スターである。この列伝に、美空ひばりを加えたのは本田の意向だった。後年、本田は大部のノンフィクション、『「戦後」美空ひばりとその時代』（講談社・一九八七年）を刊行するが、本書の一章はその序章ともなった仕事だった。

『現代家系論』の帯には、「この華々しき一族　日本の代表的な名門一族を俎上にのせて、気鋭の評論家が綿密な取材と透徹した分析力を以て現代社会における〝血脈〟のもつ意味を考察する　第一評論集」という文が見える。著者略歴における本田の肩書も「評論家」とあり、この当時、「ノンフィクション」「ノンフィクション作家」という言葉はまだ一般的ではなかった様子がうかがい知れる。

雑誌原稿に、後の作品に連なるものはあって、随所に本田らしさを感じるが、この時期、本田の意識の中では〝レポートを書く〟という域を超えるものではなかったように思える。

『我、拗ね者として生涯を閉ず』に、読売の先輩記者、河上雄三に触れているページがある。村尾と並んで才筆のほまれ高き記者であったが、地方部の改革を意図して若手が起こした造反の首謀者と見なされ、水戸支局へ飛ばされる。そのせいで不本意ながら小説を書きはじめたのが、後年の「直木賞作家・三好徹」の誕生につながったとある。

このくだりで、本田は「私も、ノンフィクション・ライターなぞに、なりたくてなったわけではない。状況が許すなら、ずっと新聞記者でいたかった、というのが本音である」と記している。

四角張ったもの言いをすれば、読売時代、本田は「社会の木鐸(ぼくたく)」たらんとして生きた記者だった。志はその後も失われることはなかったし、終生、文の武士(もののふ)として生きた人であったが、ノンフィクション作品を手がけるまでに試行的な助走の期間はあった。

私にとって最初のエッセイ集『漂流世代のメッセージ』（講談社・一九九二年）の刊行にさいして、対談を加えることとなり、その一人として本田に相手をつとめてもらった日がある。ノンフィクションを書きはじめて数年、未熟者だった。本田相手に一人前の口を叩いているようで、読み返すと忸怩たるものを覚えるのであるが――。

執筆者の肩書、事実と真実、取材者の立脚点、取材の心構え、戦後へのこだわり、書き手のイマジネーション、文章と文体……などをめぐる問答となった。このなかで、私がノンフィクションの書き手はある種の「職人的存在かも」と口にしたことに対して、本田はこう発言している。

　ぼくは新聞記者は職人ではないと思うんですよ。自分が新聞記者をやっていたときには、職人という意識はなかった。新聞社を辞めて一人になったとき、後藤さんのように最初からフリーでやってこられた方の前でいうのは恥ずかしいんだけれども、ちょっと落魄の思いがあったんです。しばらくたってからは違いますけどね。

ちょっとおどけたような言い回しで、「落魄」という言葉を口にされたことが思い出される。

この折り、新聞とノンフィクションの相違について、本田は「人体の骨格見本」を例に挙げて語ってもいる。

たとえていいますと、学生時代、生物の教室に人体の骨格見本が置いてありましたが、新聞記事を書いていても、そういうものを指して「これが人間だ」といってるような気がしてならないんです。人間は単なる骨格だけじゃなく、肉も組織もついているし、血も流れていて、呼吸もし、心臓の音もしてるというふうなものの総体として、存在しているわけでしょう。ちょっとラフなたとえですけれども、それが新聞だと〝御用とお急ぎ〟で骨格だけになってしまう。たしかに事実を伝えてはいるんだし、嘘は書いていないんだけど、「あれも伝えたい、これも伝えたい」というのが全部捨象されてしまうというか、年々そういう欲求不満が自分の中でふくらんでいくという状況があったわけですね。

ですから、おれはこういうノンフィクションを書くんだ、というようなモデルがあってはじめたというより、たとえば事件があったとすると、その事件を時間的、スペース的制約から解き放たれた自分自身によってもう一度再現してみたい

――ということが、私におけるノンフィクションだったということになるのだろうと思います。

新聞界からノンフィクション界への転身は、心ならずもの結果ではあったが、同時に、本田の内部に潜む誘いでもあったことを知る。

〈新聞記者・本田靖春〉と〈ノンフィクション作家・本田靖春〉は、もちろん発動源を同じくする連結体である。ただ、新聞と出版は同じジャーナリズム界にありこそすれ、位相を異にするものがある。組織内ジャーナリズムからフリーランスへ、そして〈作家的〉世界へ。

本田がフリーの道を歩みはじめた一九七〇年代はじめ、世に「ノンフィクション」という言葉が聞かれ出し、その土俵が形づくられようとしていた時期だった。本田ノンフィクションがはじまるには、時代の側から、また本田の内部の側から、まだ幾ばくかの時間が必要だった。

第二章　人間を描く――『日本ネオ官僚論』

1

佐藤洋一が講談社に入社したのは東京オリンピックの年、一九六四（昭和三十九）年である。広告局を経て、『日本』の後継月刊誌とされた『現代』編集部に移る。戦後における『現代』創刊号は一九六七（昭和四十二）年一月号であるが、佐藤は準備号からかかわり、以降『週刊現代』を合わせて十余年、雑誌の編集部に籍を置いた。

本田靖春との出会いは、本田が読売を退社する少し前、四谷にあったスナック「魔女」であったと記憶する。

佐藤は、読売の朝刊コラム「編集手帳」を長く担当し、名コラムニストとして知られた門馬晋と交流があって、門馬から「こいつ読売を辞めるといってきかないんだ。

筆は立つのでよろしく頼むよ」と、本田を紹介された。「魔女」は読売社会部の溜り場で、酒盛りをしている記者たち、碁や将棋を打つもの、さらには俳句や川柳を捻り出している御仁などもいて、いつもにぎやかだった。

佐藤の見るところ、本田は門馬ら先輩記者のお気に入りで、また若手記者たちの「兄貴分」だった。人としての温かみがあって、高倉健的な匂いがある。一方で寅さん的な振る舞いも見せる。そして、同僚の記者たちと混じり合いつつ何かふっと抜けていると感じさせるものがあった。

『現代』で、署名原稿として本田の名がはじめて見られるのは、「話題人の軌跡　河野謙三参院議長の〝金魚のウンコ〟人生」である（一九七二年一月号）。

政界の実力者・河野一郎の弟として目立たない道を歩んできた謙三であるが、良識の府とされる参議院の議長となってからは存外と骨のあるところを見せ、「遅咲きの蘭一輪」と、淡い好感を寄せた人物論となっている。

「話題人の軌跡」は連載となり、以降、鶴田浩二、笹沢左保、山口淑子、井上ひさし、藤山寛美、飛鳥田一雄……など各界の話題人が登場し、連載は一年、十二回続いている。

同時期、『文藝春秋』では「現代家系論」の連載がはじまり、佐藤によれば「文春を横にらみしながらの」連載だった。スキージャンプの笠谷幸生、地下足袋を履いた房総の町長・平田未喜三、野生ザルを餌づけした動物学者・間直之助（はざま）などは佐藤が担当している。

この頃、書き手と編集者の分担は「大雑把なもの」で、インタビューの段取りは編集部が担ったが、地方での現地取材はほとんど本田が一人で出向いていた。

世に人が現われるときは一挙に現われる、といわれる。〈時代〉が人材を呼び寄せるのであろう。ノンフィクション界もそうだった。本田が『現代』『文藝春秋』『潮』などで仕事をはじめた一九七〇年代前半、柳田邦男、立花隆、沢木耕太郎、澤地久枝、鎌田慧、児玉隆也……などが登場している。

柳田と立花がノンフィクション界に参入する前後、佐藤はこの二人を見知っていた。

NHKに伊達宗克という記者がいた。皇室や事件に強い社会部記者であったが、彼から「柳田邦男君というとてもできる後輩がいるんだが、近々NHKを辞めるかもしれない」と耳にした。有力な書き手を発掘することも編集者の大切な仕事である。

佐藤は柳田と面識を得、連載テーマを温めておいてほしいと依頼していた。時を経て、「国立がんセンターを舞台に人間とガンとのたたかいを描いてみたい」という柳田の企画を受け、「ガン回廊の光と影」が『週刊現代』でスタートする。この時期、佐藤は学芸局に異動しており、連載終了後、単行本『ガン回廊の朝（あした）』の編集を担当している。

立花隆との出会いは、文藝春秋にいた半藤一利よりの「うちの若いものがフリーになるというのでよろしく頼むよ」という話がきっかけとなっている。成田闘争で地元農民・支援団体と機動隊が衝突を繰り返していた時期、『現代』の仕事であったが、佐藤と立花は車で成田に向かった。車には、秋葉原で買い込んだ怪しげな〝無線受信機〟を載せていた。警察無線を傍受して、現地の動きをいちはやく摑もうとしたのである。若き日のひとこまであった。

立花の「田中角栄研究―その金脈と人脈」が掲載されたのは『文藝春秋』一九七四（昭和四十九）年十一月号であるが、これ以前、『週刊現代・別冊』で角栄特集を行ったことがあった。佐藤が中心になって制作した号であったが、未使用の資料をこっそり立花に手渡したりもした。

書き手は人それぞれに持ち味がある。作品の意味も、波及していく様もそれぞれである。そのことに優劣はあるまいが、本田作品は、刊行時にはベストセラーにはならずとも時代を超えてじっくりと読み継がれてきた。その理由に、佐藤は本田の「人間を見詰める眼」を指摘した。

「本田さんは生粋のジャーナリスト育ちでありつつ、作家的な人だったと思いますね。詰まるところ人間を描くところに本田さんの真骨頂があって、それが本田作品の息の長さにつながっているのではないでしょうか」

本田がノンフィクション作品を相次いで刊行していた時期、門馬と顔を合わせた佐藤は、「これほどの人材をわが業界に参入させてもらったのはありがたいことです」と口にしたものだった。

本田とはよく酒を飲んだ。本田は話題豊かで、いたって朗(ほが)らかな酒だった。低音の美声の持ち主で、青山のピアノバーや新宿のゴールデン街にもよく足を向けた。十八番はテネシーワルツとフランク永井。持ち歌には朝鮮の歌もあった。

講談社での後半期、佐藤は社長室に属し、平山郁夫(いくお)のシルクロードの画集制作などを通して中国との文化交流のかかわりを深めた。いまも日中友好協会理事として活動を続けている。中国への渡航は百回を超えるとのことである。

2

創刊から数年、『現代』編集部は佐藤が若頭格で、生越孝（おごせたかし）、小田島雅和、森岩弘、佐々木良輔、元木昌彦、吉崎正則、籠島（かごしま）雅雄などが若手として名を連ねていた。本田の担当は主に佐藤と生越であったが、後年、彼らは雑誌の編集長や副編集長に、あるいは学芸・文芸局の書籍編集者となり、本田との間に密なる関係がつくられていく。「話題人の軌跡」の連載がスタートする半年前になるが、本田は『現代』で「やぶにら目」というコラム連載をはじめている。「拡声鬼」というペンネームの、四ページの時事的コラムで、担当者は生越孝。フリーのもの書きとなった本田といちはやく交わり、生涯交流を続けた編集者である。

本田が亡くなる三ヵ月前、生越も鬼籍に入るが、社内報『講談倶楽部』に、本田は「音羽の『仲間』生越君を悼む」と題する追悼文を寄せている（二〇〇四年九月号）。

　生越孝氏と書いたのでは、他人行儀になってしまうので、生越君と呼ぶことをお許しいただきたい。

講談社には、私を寄稿家としてではなく、「仲間」として遇してくれる人たちが、控え目に見ても十数人はいる。彼らは第一編集局に在籍中、編集長もしくは担当編集者として私の面倒を見てくれた人たちなのだが、異動で職場を移ってからも長いつき合いが続く。そういう他社の編集者とのあいだには成り立ちにくい関係が歴代「申し送り」的にあって、ノンフィクションの世界ではあまり陽の当たらなかった私を、守り、励まし、支え続けてきてくれた。「仲間」のうち、田代忠之、杉本曉也の両氏はすでに社を去ったが、残っていたなかで最もつき合いの長かったのが、他ならぬ生越君だったのである。

昭和46年、「ぼくらマガジン」から「現代」に移ってきた25歳の生越君が、私の執筆する時評「拡声鬼」を担当してくれることになって、交友関係が始まったのである。……

この時期、『現代』での本田の本格的な仕事は、一九七三（昭和四十八）年十月号から翌年十月号まで続いた「日本ネオ官僚論」であろう。生越が企画し、担当した連載だった。

大蔵、通産、自治、外務、警察……など十二の省庁を俎上に、日本社会に君臨してきた「官」の世界を描いている。本田の仕事であるからもとより、ありきたりの省庁論ではない。その歴史に立ち入り、人脈と体質を解きほぐしつつ、日本社会にもたらしてきた功罪を書き込んでいる。

「パワー・エリート」省の大蔵省。多くが東大法学部出身の秀才たちによって占められる本省キャリア組は、若くして税務署長となり、地方の国税、財務、税関の部長をつとめ、本省に戻って課長補佐となる。この間、「相手を刺戟しない慇懃な拒絶や、決して言質を与えない誠実めいた保留や、一見へりくだった姿勢の中にちらつかせる権力を背景にしての恫喝や、つまり官僚の属性といわれるすべてを、老獪な支配層との接触の中で、彼らは自分のものにしていく」。本省に戻った彼らは、課長、局次長、部長、審議官へと上り、次官という頂点のポストめざして競い合う。あるいは民間や外郭団体に天下り、政界へと転身する……。

エリート臭を撒き散らす輩は本田のもっとも敬遠する人種であろう。読売に入社したばかりの頃、系列の週刊誌で、人事部の指名により社会人一年生が抱負を語り合う座談会に出席した思い出なども書いている。学校時代、ずっと首席で通した大蔵事務官は、入省の動機として、選ばれた人間は広く国家・社会のために役立つ職業に就くべきと考え、大蔵省に入ったと発言した。次に指名された本田はこう言ったとある。

「私は小学校、中学校、高等学校、大学を通じて、ずっとビリッケツでした。そこで私のような人間は、とても国家・社会の役には立たないから、せめて自分だけでも面白おかしく過ごせる商売はないかと考えていたら、新聞社の試験があったんです。

きいてみると新聞社は、学校の成績は問題にしない。試験さえ何とかなれば入れてもらえる、ということだったので新聞記者になりました。別に動機らしきものはありません」

このくだりの発言は週刊誌では一部を残してカットされたということであるが、本田らしい韜晦(とうかい)を込めた発言で、その口調まで浮かぶようである。続いて、こう書いている。

そのときの大蔵事務官の名前は忘れた。どこか枢要のポストにあって、国家・社会のために日夜精励していることであろう。

私見をいわせていただくなら、過去に日本を大きく誤らせるについて、もっとも効果的にこれを助けたのが、東大出の秀才と、陸大出の秀才であった。劣等生は、おのれを間違わせはするが、その累を国家・社会に及ぼすことはない。

そうした観点からいって、毎年平均二十五人ずつ入省する大蔵官僚の動向に、無関心ではいられないのである。


上から目線にはきつい批判を浴びせつつ、一方で、彼らが本来の公僕としての役割を果たした思い出も記している。

読売時代、本田は売血による「黄色い血追放・献血推進」のキャンペーンを張った。このことは後章で触れたいが、渋る厚生省を突き上げ、やがて移動採血車導入をめぐる予算計上の攻防となった。本田記者は大蔵省に乗り込み、予備費を出さないなら「大蔵省は国民の敵だから、いますぐ社に帰って、そのことを書く」と主計局次長にいう。次長は、「君、取材かと思ったら、それじゃ恐喝じゃないか」と本田に反発しつつ、最終、こう答えたとある。

「よし、わかった。出そう。ただし、一つだけ条件がある。厚生省の連中は、君にあんまり叩かれるものだから、責任をこっちへ転嫁してきたんだ。予備費が出ないのを承知でね。そうすれば大蔵省が悪者になるだろう。いかにも役人の考えそうなことだ。

だいたい役人なんていうのは、予算をつけてやったって、それで一杯飲んで、何もせずにおしまい。役人というのはそんなものなんだ。そんな奴らに国民から預かってる大切な税金を出せるかい。

だから、金は君に出そう。君が責任をもって、献血を一〇〇％にすると約束してくれるならの話だけど」

予備費が計上されたことによって移動採血車十数台が動きはじめ、やがて献血一〇〇％が実現されていく。「自負心」と「使命感」をもったエリートもまたいた。

連載は、各省のOBや現役幹部まで、さまざまな官僚たちを登場させつつ、手厳しく、またときに筆致を緩めながら官の世界を描いている。本田作品の特徴に〈複眼〉であることがあるが、そういう目線はこの初期の仕事にも垣間見える。またその後、一貫して持ち続けた〈戦後を描く〉という問題意識もうかがえる。

シリーズの連載は『日本ネオ官僚論』『日本ネオ官僚論〈続〉』としてまとめられ、本田の単行本としては『現代家系論』に次ぐ第二作目となった（講談社・一九七四年)。

3

生越への追悼文の後半を本田はこう記している。

二人してよく飲んだ。宵の口から始まって、翌夕、その店の開店時刻まで居続けたこともある。その間、彼は端然として、私の青臭い書生論の聞き役を務めてくれた。私の客気をいやがらず、むしろ、買ってくれたのである。

昭和51年、生越君は科学図書に移り、以来、仕事の縁は切れたのだが、つき合いはかえって深まった。住まいが同じ杉並区内で近かったせいもあって、いつも祥子夫人を伴って拙宅に顔をのぞかせ、私の誕生日には欠かさずバラの花束を贈ってくれた。

いま「現代」に連載中の「我、拗ね者として生涯を閉ず」は、先にいった音羽の「仲間」たちが、言わず語らずの総意で、私のために用意してくれた死場所である。そうした人脈の始まりをつくってくれた生越君に先立たれて、私は辛い。

追いかけてじきに行くから、待っててくれよ、生越君。

生越は科学図書を経て文庫出版部に移り、さらに学術畑に転じて学術図書出版部長にあった日、ガンで亡くなっている。享年五十八。文庫出版部にあった時期、本田の代表作の一つ『不当逮捕』の文庫版を手がけている。

本田早智は、生越の訃報を本田に告げた日のことをよく憶えている。埼玉・三郷(みさと)市のみさと協立病院から千駄ケ谷の代々木病院へ――二度目の転院であったが――本田を運び込んだ日であったからである。すでに本田の病は重く、こんな状態で搬送すれば途中で死んでしまうのではないかとも思ったが、何とか持ちこたえてくれた。搬送車が代々木病院に着き、車椅子に移された本田は玄関側の空地で一服つけた。

こんなとき、生越の訃報を聞くのはきつかろう、でもいわないわけにはいかない……。

「生越さんがね、慶応病院で亡くなられたという知らせが届いていましてね……」

本田は何もいわず、手にしていた煙草をぱらっと前に落とした。

本田に追悼文の執筆を依頼したのは、学芸図書出版部長にあった渡瀬昌彦である。

渡瀬と本田のかかわりは『週刊現代』での「委細面談」というインタビューシリーズの担当よりはじまり、以降、公私にわたって交流が続いた。『VIEWS』『現代』の編集長時代も本田の連載を続けた。本田の遺稿ともなった連載に「我、拗ね者として生涯を閉ず」というタイトル名をつけたのは渡瀬である。

渡瀬は、本田と生越の関係をよく知っていた。本田の病状はもちろん承知していたが、あえて頼んでみた。「うん、いいよ。生越君のことなら書かせてもらうよ」、というのが本田の返事だった。

渡瀬の手もとに、追悼文の生原稿が残っている。二百字詰め原稿用紙六枚に、ペン字の文字が記されている。右肩上がりの、ちょっと角張った小ぶりの字体であるが、ところどころかすれ、判読しづらい文字もある。辛い病状にありながら一字一字思いを込めて綴ったものであることが伝わってくる。

社員が在職中に亡くなった場合、『講談倶楽部』で追悼のページが割かれることがあるが、作家による追悼文が載せられたのは、これ以前、またその後もない。

――古い手帳を取り出して確認すると、私がはじめて、杉並区井草の本田の自宅を訪れたのは、一九九二（平成四）年六月二十四日である。これ以前、拙著『空白の軌跡』の文庫本（講談社）の解説を本田に書いてもらっていた。

一九六八（昭和四十三）年、札幌医科大学胸部外科教授の和田寿郎（じゅろう）はわが国初の心臓移植を行ったものの、さまざまな問題点が指摘され、以降、わが国の臨床は閉ざされていく。『空白の軌跡』はその後の外科医や研究者たちの空白のなかの蓄積と社会的な課題を探ったノンフィクションである。

解説者を本田としたのは、当時、文庫出版部副部長にあった生越である。

私にとって本田は敬意を抱いていた先輩作家であり、解説を書いてもらえるなら願ってもないことであるが、一面識もない。引き受けていただけるのだろうか——。そう口にすると、生越はこういったものだった。

「大丈夫でしょうよ。本田さんは若い書き手を大事に思う人だから」

私が生越を知ったのは、学芸図書第二出版部にいた立脇宏（故人）の紹介による。私にとって立脇は恩人というべき編集者で、『遠いリング』『甦る鼓動』『漂流世代のメッセージ』も担当いただいた。生越と本田が懇意な間柄にあることも立脇から耳にしていた。

『空白の軌跡』は潮出版社から刊行されたが、講談社から文庫化してもらえることとなった。本田が解説を引き受けてくれたのは、生越よりの話だったからであろう。懇切丁寧な解説文であって、自宅に出向いたのはその御礼かたがたであったが、本田その人に私は会いたかった。私の希望を聞いた生越は、本田宅へ連れて行ってくれたのである。

遠方から来ていただきながらビールも差し上げられなくて……。本田は何度かそういった。すでに体調は思わしくなく、東京女子医大への入退院を繰り返していた時期である。生越を交え、本田と交わした会話の内容は忘れてしまっているが、とてもいい時間を過ごさせてもらったという感触が残っている。覚えている会話は二つ。

一つは、「徳島君でしたか、『遠いリング』に出てくる青年ですね。あなたが彼の母親に会いに行くとき、逡巡しますよね。あの場面、いいですね……」と、本田が私にいったことである。

『遠いリング』は、大阪のグリーンツダジムに所属するボクサー群像の青春を描いた拙著であるが、この本の文庫化も生越の手をわずらわせた。「徳島君」とはそのうちの一人で、少年期に両親が離婚し、父子家庭で育ったが、母親はこっそり試合場に現れ、応援していた。私が、母親に会いたいと思いつつ、逡巡する場面を指している。

ノンフィクションの取材で、会わないといけないと思いつつ、つい弱気になってためらってしまう。それは別段恥ずかしいことではない――そんな励ましの言のように聞こえた。

もう一つは、別れ際になって、本田がこういったことである。

――あなたもそうだったのですか……と。

それは多分、このような意であったのだろう。

『空白の軌跡』には、心臓移植を待つ患者や事故死したわが子の腎臓提供を行った父母の話も登場するが、主に医学サイエンスの領域を扱った作品である。本田は私のことを〝科学ライター〟と思い込んでいた気配があった。けれども、会話を重ねるうちに、別段そうではないライターだと思われていったのであろう。もの書きとしての〈原質〉に近しいものを覚えてか、ふっとそのような言葉を口にされたものと思える。

二十数年前の、初対面での小さな思い出であるが、いま私が内部から誘われるものがあって、本田靖春の仕事を追いはじめているのもきっと〈原質〉にかかわりあることなのだろう。

第三章　己は何者か――『私のなかの朝鮮人』

1

本田靖春は、朝鮮半島および在日韓国・朝鮮人にかかわる本を〝二冊半〟書いている。

『私のなかの朝鮮人』（文藝春秋・一九七四年）、『私戦』（潮出版社・七八年）、『私たちのオモニ』（新潮社・九二年）である。『私戦』は「金嬉老事件」を取り上げたもので、事件の全貌を克明に描いたノンフィクションであるが、在日問題が背景にある。そう解せば〝二冊半〟という数え方もできよう。

『私のなかの朝鮮人』は、本田の著でいえば『現代家系論』『日本ネオ官僚論』に次ぐ三作目に当たるが、『私たちのオモニ』の冒頭近くにこのような文が見える。

七三年の秋、私は初めての単行本となる『私のなかの朝鮮人』（現在は文春文庫）をまとめるために、補足取材をしていた。この本は、三三（昭和八）年に京城（現ソウル）で生まれ、中学一年の夏に引き揚げてくるまでの十二年半を植民者二世として朝鮮で過ごした私の、自己確認の書とでもいったものである。（傍点は引用者）

続いて――フリーとなって雑多な注文原稿をこなしてきた。気に染まないテーマには手を出さず、断る仕事も多かったのであるが、注文原稿はあくまで注文原稿だ。それが二年余も続くと、「精神的な疲労」がたまってくる。それを解消するのは「自分自身のテーマで書くこと」しかない。朝鮮にかかわることは「内的必然性」をもった、新聞記者時代から温めていたテーマだった――とあって、こう続けている。

私の記憶は断片的であるが、そのどれをとってみても、そこには日本による朝鮮統治という「歴史」がからんでいるのは疑いもない。まずその検証から始めよう。そうすれば、自分が何者であるかがはっきりしてくるはずである。使い古された言葉であるが、それは物書きとしての自分の原点をさぐる作業にもなるはずであった。

自分の立つべき位置が明確になり、目指すべき方向が定かにならないかぎり、私の書くものは私のものであって私のものではない。文章が究極的に問われるのは、それが筆者の内的必然性に発しているか否かである。『私のなかの朝鮮人』は、「四十にして立つ」ではないが、遅まきながら齢四十にしての自立の第一歩であった。いま読み返してみると、幼稚さばかりが目について、四十歳（出版時は四十一歳）でこの程度では――と自己嫌悪に陥るが、自分の原点と方向性だけはどうにか確認できているように思う。

ひとりで立つジャーナリストとして、また自身の内面をくぐった作品を求められる作家として再出発した本田にとって、本書は、のっぴきならない、自身の原点を内包した仕事であった。あえてであろう、「初めての単行本」と記したわけも腑に落ちるのである。

『私のなかの朝鮮人』（引用は文春文庫版による）は、百五十枚という長文の雑誌原稿「大韓民国の憂鬱」（『諸君！』一九七二年十一月号）が元原稿となっているが、取材が成立した経緯をこう記している。

韓国〝再訪〟の旅は、七二年八月、まる二十七年ぶりに実現した。それはひょんなきっかけからである。

『諸君！』編集部のA氏と私は、仕事を通じて知り合ったのだが、つき合いは個人的に深くなった。彼も私も朝鮮料理が大好きで、なんとなく誘い合っては、食べ歩く日が多くなる。つまりは、朝鮮料理が取り持つ仲というわけである。

そんなある日、A氏がいった。

「一度、本場の味をためしてみませんか」

この提案には、一も二もない。

もっとも、編集者であるA氏には、別のたくらみがあった。それは、朝鮮生まれの私を韓国へ連れ出して、現地ルポを書かせようということであった。

A氏とは東眞史（あずままふみ）のことである。この前後、『諸君！』での本田原稿はすべて担当している。文藝春秋で雑誌畑を歩き、後年、文春新書編集局長などをつとめた。本田作品では、『K2に憑（つ）かれた男たち』『疵（きず）　花形敬とその時代』においても、『週刊文春』『オール讀物』掲載時の担当は東だった。本田は東との関係を、『我、拗ね者として生涯を閉ず』のなかで「心を許す間柄」とも書いている。

2

朝鮮ということで、本田によぎるのはまずは懐かしさだった。日本の春といえばサクラであるが、朝鮮の春といえば「レンギョウ」を思い浮かべると書いている。

友人、なかんずく祖国を知らない在日朝鮮人に朝鮮を語るとき、記憶の中のレンギョウが、いつも浮び上がってくる。朝鮮の春は、野、山、河岸と、一面にぶちまけたようなレンギョウの黄一色で始まる。漢江が対岸まで凍てついて、その上を牛車が往復するきびしい冬も、この黄一色に追われて、北へ去るのであった。その季節の移りようは、緩慢な寒さと暖かさの一進一退の中で、サクラが淡い花弁をいつとは知れず開いていく、日本の春の訪れとは対照的に急激で、こども心にも鮮烈であった。万物が、一時に息を吹き返したような、生命力の爆発が、そこにはあった。

望郷の念を覚えつつ、一方で、半島に足を踏み入れることは「深いためらい」「うしろめたさ」「贖罪（しょくざい）」……を呼び起こす、重い旅路でもあった。

まずは入国査証申請書の、韓国への訪問歴を記す欄で、ペンははたと止まる。朝鮮で生まれ少年期を朝鮮で過ごした「植民者二世」は再訪者であるのか、自身の「出身地」はいずこなのか、そもそも己（おのれ）は何者なのか……。

本田家と朝鮮半島のかかわりは――『我、拗ね者として生涯を閉ず』での記述も参考にすれば――明治期、貧農の次男だった父方の祖父が、故郷・長崎を出て朝鮮に渡ったことからはじまっている。本田の幼年期、祖父は仁川に居をかまえ、注文靴の製造などを手がけていたとある。

このころ、本田一家と親しく、よく遊びに出むいていた商店（『我、拗ね者として生涯を閉ず』では祖父の家とある）があって、五人の「半島人」の職人がいた。彼らは本名ではなく、「一郎」「二郎」「三郎」「四郎」「五郎」と呼ばれていた。本田は五郎になついていて、肩車をして火事場見物に連れていってもらった日もあった。人を記号のごとく呼ぶことに、当時の日本人の朝鮮人観が示されていると記す。あるとき本田がたわむれに、手にしたペンを、肩車をしてくれていた五郎の頭に突き立てた。

「哀号！　ペン」という悲鳴が上がったが、日本人経営者の孫だったからであろう、咎（とが）められることはなかった。

本田の父は、京城高商を卒業、朝鮮総督府に勤務するが、その後、特殊鋼メーカー、日本高周波重工業へと移る。国策のもとに設立された軍需会社で、咸鏡北道（北朝鮮）金策に大工場をもっていた。父は京城の本社勤務で、経理畑を歩んでいく。

本田は四人きょうだいの次男で、一家は京城の日本人街「西四軒町」で暮していた。一度もキムチも朝鮮飴（あめ）も口にしたことがないとある。朝鮮人のつくるものは不衛生という母の教えゆえである。

朝鮮総督府は「内鮮一体」をいい「皇民化」政策を朝鮮人に押しつけていたが、日本人と朝鮮人が一つだなどということは、日本人も朝鮮人もだれ一人思っていなかった。お互いは、はっきり異民族同士として認識し合っていたし、それだけではなく、彼らはわれわれを憎み、われわれは彼らを嫌っていた。

その関係は子供世界にも持ち込まれ、日本人の子弟は日本人だけの小・中学校に通い、朝鮮の子供たちと交じり合うことはなかった。東大門小学校に通っていた時期、通学路に朝鮮人街があって、下校時にはしばしば喧嘩騒ぎが起きた。大挙して家に押しかけられ、威嚇のために日本刀を持ち出した日もあったとか。

それにしても、こうして「京城」で生まれ育った私は、「朝鮮にいた」といえるのであろうか。

基本的に、私たちは〝招かれざる訪問者〟であった。（日本の植民地下にあった）三十六年の歴史の虚構は、私に十二年半のうつろな時間と、そこの民衆から隔絶された根ざすことのない空間を与えただけではなかったのか。

「敗戦の記憶は、白一色である」とある。町の歩道にはムシロが敷かれ、白い朝鮮服を着た婦人たちがひそかに隠し持っていた米と砂糖をうずたかく積み上げている。支配と被支配の関係が逆転した、象徴的な光景であった。

父は会社の残務整理のためにしばし京城に残った。敗戦からほぼひと月後、母ときょうだいたちを乗せた引き揚げ船「興安丸」は、山口・仙崎沖に着いた。艀（はしけ）の舟べりからのぞきこんだ海の青さに目を奪われたとある。京城から一番近い海、仁川の海はいつも濁っていたからである。

はじめて目にした祖国の地は「〝絵のような美しさ〟」と映った。ただ、「私がいいたかったのは、しかし、そのことではない。もう一つの驚きを語らなければなるまい」と書いて、こう続けている。

接岸して、私の母は、駅まで馬車をやとった。そのあたりの農家にとって、背負うだけ背負いこんだ引揚者の荷物の運搬は、恰好の副業になっていたようであった。船着場には、にわか運送業者が蝟集（いしゅう）していた。

もう一つの驚きというのは、馬の口をとる男たちが一人残らず日本人だったことである。それはとても信じられないことであった。改めて周囲を見渡すと、われわれを目当に露店をひろげる女たちも、荷役に忙しく立ち働く港湾労務者も、いるかぎりの人間が日本人なのである。私は母親にたずねた。

「本当にこの人たち、日本人？　みな日本人なの？」

京城では、町中で〝体を使う仕事〟をするのはすべて朝鮮人であった。

本田の一家は、長崎にある母方の遠縁を頼り、その家の納屋に住まわせてもらう。戦後の日々がはじまっていく……。

3

本田と東は、ソウルの繁華街・明洞（ミョンドン）で朝鮮料理を食べ歩くのだが、ロースやカルビの焼肉にせよナベにせよ、総じて甘口で、あまり口に合わなかったとある。

二人が渡韓した一九七二（昭和四十七）年、韓国は朴正熙（パクチョンヒ）大統領の時代である。南北会談で平和統一への共同声明が出され、半島に新しい風が吹きはじめた気配もあったが、三十八度線を挟んで北との厳しい対峙が続いていた。翌年には「金大中事件」が起きている。韓国においては民主化が大きな社会的課題であり、本格的な経済成長はまだはじまっていない。

韓国滞在中、本田は旧自宅のあった「西四軒町」を一人で訪れている。

……私はふたたび「西四軒町」にいる。缶蹴り遊びで日の暮れまでかけめぐった路地裏から、思いもかけず朝鮮飴売りのハサミの音がよみがえった。私は無意識のうちにズボンのポケットの小銭を手先でさぐり、音のした方へ歩き出した。

たとえ手ばなをかんだ手でこねた飴でもいい。二人の子供の父親になった私は、だれにも気がねをせずに、晴れてあのべっ甲色の朝鮮飴を口にできるはずである。

だが、私を待ち受けていたのは落胆であった。廃品と引き換えに渡されるのは、袋にはいったポプコーンにかわっていたのである。

かつて暮らした家は洋風のコンクリートの建物となり、母校・東大門小学校は乙支国民学校と名を変えていた。夏休み中なのか、生徒の姿は見えない。居合わせた教員に、本田が卒業生だと自己紹介すると、案内してくれた若い教員は、黒板に「八月三十一日、廃校」と書いた。

本田の脳裏に刻まれた「二つの『点』」、わが家は姿を変え、母校も消えつつあった。

少年期を過ごした京城を、本田は「心の〝ヘソの緒〟」とも表現している。久々の帰郷は、変容する光景の確認であり、故郷への新たな認識だった。

それから時日がたって、私の中で憑きものが落ち始めた。韓国への旅で、私が生まれ育ったのは「朝鮮」ではなく、古い「日本」だったのだと得心がいったからである。

自分のおろかさをいうことにしかならないが、私にとっての故郷は朝鮮だという思いが、つねにあった。

しかし、そこには、私を待つ友が一人もいなければ、私が訪ねる旧知の人も皆無だったのである。いったい、語り合い、懐しみ合う友を持たない土地を、故郷と呼べるのであろうか。

韓国への旅、本田は〝私的な依頼〟も背負っていた。父が亡くなるとき、「死んだら、骨の半分は京城に埋めてくれ」と言い残していたことである。だが、父の願いを本田は果たさなかった。この地は、植民地時代に生きた日本人が葬られるべき地ではない。「一個の人間として、私は亡父を嫌いではない。だが、父の遺志に背くことは、植民者の二世としての節度だと考えた」からである。

本書から伝わってくるのは、やや過剰とも思える加害の意識である。「日帝三十六年」が半島にもたらした加害に対して、たまたま当地に生まれた少年が直接的に負うべきものがあるとは思えない。けれども、本田はそのことに鋭敏であり続けた。差別に対する憤りと拒絶は生涯を貫いてあるものだった。

それは本田のもつ気質と資質にかかわりがあることだろう。東はこんな感想を口にした。

「ご自身の生い立ちもあって、この本はとても苦しんで書かれたと思います。韓国については随分と議論もしましたが、論理だけで書く人ではなかった。そのテーマをどう書くかよりも、なぜ自分がそれを書くのかという思いがまずあったのではないでしょうか。個人ではとても負いきれない事柄であっても、それを見過ごすことのできない人であって、それを自身が背負っていく。優しさを超えた業に近いものかもしれませんが、それは本田さんのもつ本質的なものであって、書き手としての自己規定だったのではないかとも思います」

本田にとって本書が苦渋に満ちたものであったことは「あとがき」からもうかがい知れる。


本書の脱稿は、当初、今年の正月の休み明けの予定であった。それが半年以上も遅れたのは、私の怠惰のせいであるが、私にとってこれを書き進める作業が、かつてない苦痛に満ちたものであったことも事実である。……

本書が、在日朝鮮人、ならびに朝鮮問題の良心的な研究者の方々には読むに耐えないものであることを、だれよりも筆者である私が自覚している。私としては、せめて、不分明な状態の中に意識を渋滞させている〝平均的日本人〟の一人として、自分の内部矛盾をさらけ出したいと自分にいいきかせて進んできたつもりだが、読み返してみて、随所に自己修飾が目立ち、吐き気に近い感情を催している。近い将来、心の中の汚物を、思い切り吐き出さなければならないだろう。

そんな感情を伴いつつ本書は書き進められた。本書を包むトーンは重苦しいが、本田作品のなかで特別な位置を占める作品であると思う。〈故郷〉を訪ねるなかで、過去を呼び起こし、現在と未来を見詰め、自身の拠って立つ位置を確認していく。作家として一度はくぐり抜けねばならない作業であったろう。己は何者か――。問いは、作家・本田靖春の生みの親でもあったはずである。

4

文庫版の解説文をハードボイルド作家の生島治郎が寄せている。

生島と本田は、早大の同級生。麻雀仲間でもあったが、生島は中国・上海で育ち、引き揚げ者の子弟であることも重なっている。本書（単行本）刊行の翌年、二人はアジアからヨーロッパへ、豪華列車ではなく出稼ぎ労働者たちの大陸横断列車と化していた頃のオリエント急行の旅もともにしている（『消えゆくオリエント急行』北洋社・一九七七年。後に『オリエント急行の旅』と改題され潮文庫に収録）。

生島は本田に対して、「会ったときから、こいつはなんとなく自分と同じ匂いのする同類らしい」と感じていたのが、親しくなって、同じことを指摘されて笑ってしまったとある。本田は苦笑しつつ、生島に対して「なんだ、同じ穴のムジナか。どっちもコロニイ出身の流れ者というわけだ」と口にしたとか。

同じ〝流れ者〟であるがゆえに、本田のもつ本質的な一面について生島には感受するところがあったのだろう。

……私の友人には新聞社の社会部出身のもの書きや、ノンフィクション・ライターもたくさんいるが、その連中と本田靖春はどうも肌合いがちがっている。彼が権威ありげなものを信用しないのは、反骨精神が旺盛だからではない。いや、反骨精神も旺盛だが、その前に、この世にそんなご大層なものがあってたまるかという虚無的な姿勢がうかがえる。流れ者が土地の者をうかがっている眼つきがある。時として、その姿勢は無頼にも見えるし、太々しくも見えるし、投げやりにも見える。

こう云ったからと云って、彼の仕事ぶりがいいかげんで投げやりだと云う意味ではない。人一倍プロ意識のきびしい彼は、取材のときも作品を書くときも、こと仕事に関しては完璧をねらいすぎると思えるくらいに緻密である。それでいて、一方において仕事なんかという無頼な精神もうかがわれるのである。仕事なんかよりギャンブルの方がおれに向いていると云うような……。

解説のラスト、生島は「どうやら、本田靖春や私ばかりでなく、外地から引き揚げてきた昭和ヒトケタの世代にとって、自分の中に存在している『日本人ではない日本人』は生涯のテーマとしてつきまとうものであるらしい」と締め括っている。

この数年後になるが、本田は雑誌の仕事で、少年・少女期に引き揚げ体験を持つ表現者たち十六人に面談し、「日本の〝カミュ〟たち」と題する長文の「インタビュー・ルポルタージュ」をまとめている(『諸君!』一九七九年七月号)。

アルベール・カミュは、フランスの植民地アルジェリアで生まれ育ったことはよく知られる。代表作の一つが『異邦人』。
メンバーは生島はじめ五木寛之、日野啓三、尾崎秀樹(ほつき)、池田満寿夫、藤田敏八(としや)、三木卓、大藪春彦、赤塚不二夫、山田洋次、小田島雄志(ゆうし)、別役実、後藤明生(めいせい)、澤地久枝、山崎正和、天沢退二郎。彼らが過ごした外地は、中国・上海、台湾・台北、旧満洲の奉天、新京、吉林、大連、朝鮮半島の京城、平壌、大邱、新義州など――。人となりも、生き方もそれぞれであるが、本田はいくつかの共通項を取り出し、論じている。

印象的な言葉をピックアップすれば、「はみ出し者」「よそ者」「招かれざる人間」「故国喪失者」「複眼的」「根なし草」「適応不全」「下宿人」「雑食性」「非ムラ意識」「非島国根性」……といった類の言葉である。

裏返しとして浮かぶのは、個としての自立心、組織への帰属意識の希薄さ、何者にも拠りかからず――といったものであるが、そのことは本田自身の歩みにも濃厚に漂っている。生来の資質であったろうが、旧植民地育ちの引き揚げ体験が後押ししたものもあるであろう。少年期の日々が、作家・本田靖春に深くかかわっていることをあらためて思うのである。

由緒正しき貧乏人――というのは、本田がしばしば口にし、書き記した語彙であった。

カネ、モノ、地位、名誉……といったものに本田はまるで淡白だった。生涯、借家住まいであったことにもそのことが表れている。それは本田の生き方のポリシーであったが、そういう志向を形成したのは、半島からの引き揚げ者というルーツにもかかわりがあるように思える。雑誌のインタビューで、引き揚げてきて後「ずっと日本に下宿してきたような」という言葉も吐いている。

夫人の早智は、幾度もそのことに思いをやる日があった。

ベランダで育てていた植木がきれいな花を咲かせた朝があった。本田に見せてやりたく思って、起こした。

「きれいでしょう」

「うん、きれいだな」

そんなやりとりをしつつ、ふっと本田がこういう。

「花を育てるのはいいけれど、しょうがないといえばしょうがないことだよな。人間、明日のことはわからんのだから」

着飾る、貯める、所有する……といったことにはまるで無頓着な夫であった。

あるとき、何かの御礼であったのだろう、本田宛にお仕立券付のジャケットの生地が贈られてきたことがあった。同じ色の背広があるからいいよ――といったまま、本田はほうりっ放しにしている。ほっておけばお蔵入りしてしまうことは目に見えている。早智は本田の上着を一着持って百貨店の売り場に出向き、同じサイズのものを仕立ててもらうことにした。贈ってくれた人に申し訳ないと思ってである。

5

『私のなかの朝鮮人』は、韓国への旅を縦糸に、在日朝鮮・韓国人のための季刊雑誌『まだん』（広場の意）のこと、実業界で活躍する在日の人々のこと、読売のニューヨーク特派員時代に出会った在日韓国人「T嬢」のこと、国籍を理由に日立製作所の採用を取り消された在日青年朴君のこと……などにもページが割かれている。

本書の結語に近い部分で、本田は「最後に一つだけいおう。朝鮮の運命は朝鮮人の問題だとして、在日朝鮮人に、戦前も、戦後もかわることなく加えられ続けている差別は、われわれの社会の問題である」と記している。在日の問題を持続して追ってい くとも読み取れるが、この十八年後、『私たちのオモニ』が刊行された。本田にとって、長く残していた宿題を果たした仕事であったろう。

『私のなかの朝鮮人』にも登場する『まだん』の主宰者・金宙泰（キムチュテ）と妻・陳孝宣（チンヒョウソン）が主人公となっているが、長女・金栄（キムヨン）から便りをもらったことから物語ははじまっていく。

便りには、済州島からやって来たおばあさんたちの聞き書き集『海を渡った朝鮮人海女』が同封されていた。金栄は在日の友人とともにこの本をまとめたという。夫妻に本を書くような年頃の娘さんが育っていたのか……感慨を覚えた本田は再び動き出す。

金宙泰は戦後間もなく、密航によって半島から来日したとある。向学心旺盛で、働きながら明治大学を卒業、横浜・鶴見にある小学校分校の教員となる。季刊雑誌『まだん』を刊行し、さらに東洋医学を学んで鍼灸院（しんきゅういん）を開く。『まだん』は六号で休刊となるが、『由熙（ユヒ）』によって芥川賞作家となる李良枝（イヤンジ）はこの雑誌から育っている。

妻の陳孝宣は在日二世。分校の教員時代に金と知り合って世帯をもつが、まことにたくましき人である。駄菓子屋、食堂、ラーメン屋、煙突掃除……と働きづめに働きながら、家を建て、病身の夫を支え、子供たちを育てていく。

娘の金栄は大学を卒業後、高齢になった一世たちの歩みを記録しておきたいと思い立ち、房総半島の海女たちを訪ねる。自身のアイデンティティーを確認するためにも。

『私たちのオモニ』は在日一家の足跡をたどるノンフィクションであるが、伝わってくるのは、困難な状況に直面しつつも人生を切り開いてきた人々のもつ旺盛な生命力である。在日世界が新しい世代に移り変わっていく様も感じ取れる。

彼らは日本人ではないし、北にも南にも帰属していない。半島と列島双方に半身を置いた人々──。〝二つの祖国〟をもつものは重層的な視線をもつ。それは必ずしもハンディを意味せず、優位性となる場合だってある。

『私たちのオモニ』のラスト、本田は願いを込めてこう記している。

近年、在日の社会的進出はいちじるしい。そのめざましさは経済の分野ばかりでなく、学術や文化などの面にも及んでいる。

一・二世がくぐってきた苦難の時代は、ほどなく過去へ送り込まれるであろう。いま三・四世を語るにふさわしい言葉は「可能性」である。

世界史は極東においても大きく動き出している。日本と朝鮮半島との新しい関係を展望するとき、かつては狭間の暗い存在としてしか意識されなかった在日の人たちが輝きを帯びてくるはずである。その時代は目の前にきている。

いまも日本と朝鮮半島との間にはさまざまな政治的問題が横たわり、過去の清算も未決のまま積み残している。近年、社会の一部には「ヘイトスピーチ」などという唾棄すべき蛮行も見られる。いまも課題はあまたあれ、就職差別の問題ひとつを取り上げても、オフィスや工場で、大学の教壇やコンサートのステージで、「金さん」「朴さん」がいるのはごく普通の風景ともなった。時計の針は止まらずに回っている。

――講談社の渡瀬昌彦が本田と親交深き編集者であったことは以前に触れた。本田の晩年、渡瀬は学芸図書出版部長から第一編集局長の職にあったが、本田の入院先には定期便のごとくに見舞いに訪れていた。

二〇〇三年の初夏である。社の入社試験の第二次面接を前にして、志願者たちの「志望理由」を読んでいて、「本田靖春」という文字に目が止まった。

「編集部門に配属していただけるなら『現代』を希望しております。毎月連載されている「我、拗ね者として生涯を閉ず」は欠かさず読ませてもらっています。父が編集者で、かつて本田靖春先生の担当をさせていただいていたこともありました……」という文面だった。

聖心女子大学の大学院生で、東なみ子とあった。

ひょっとして文春の東さんの娘さんかも……と渡瀬は思った。他社ながら東眞史と面識があったし、『私のなかの朝鮮人』など、文春における本田の主要な仕事を東が担当したことも知っていた。面接のさいに確かめると、そうなのです、ということであった。

渡瀬が本田を見舞った日、そのことを伝えると、「へぇ、東君のお嬢さんがねぇ……歳月だね……東君に会いたいなぁ……」と口にした。

渡瀬からの連絡を受けた東は、文春を定年退職した年であったが、娘を同行し、埼玉のみさと協立病院に出向いた。都心のＪＲの駅から武蔵野線に乗り換え、最寄り駅は三郷である。

この時期、本田の病状は重かった。従来の疾患に加えて肝ガン、大腸ガンが見つかり、重い糖尿病に発生する足の壊疽が進み、右足を、さらに左足を切断していた。

パジャマ姿で、ベッドに座った姿勢で、本田は二人に応対した。

もう長くはあるまい……と思える気配を東は感じたのであるが、それでも本田は以前と同じように陽気に応対する人であった。二人の思い出話は山のようにある。話は弾み、さらに弾んだ。

　病室のベッドの側に、本田の自著が何冊か置かれていた。右眼は見えず、左眼の視力も乏しくなっていたが、本田はなみ子に「何がよろしいかな……」と問いつつ、おぼつかない手つきで『本田靖春集5』（旬報社）、『不当逮捕』（岩波現代文庫）、『疵（きず）』（文春文庫）にサインをし、手渡した。日付は「2003・7・6」。亡くなる一年五ヵ月前である。

　お仕事、がんばってくださいね――本田はなみ子に向かって幾度もそう口にした。この時期、彼女は講談社では役員面接まで進んだものの不採用の、またNHKからは採用の通知を受けていた。

　その後、彼女は渡邉と姓が変わり、雑誌『銀座百点』編集部で仕事をしてきた。本田とのただ一度の出会いであったが、忘れがたいものを残した。懐の深い、大きい人。人はどんな状況になってもあのように他者に接することができる……。生きていく上でずっと糧となっていくような、そのようなものをもらった日としていまも記憶に留めている。

　病室での、二時間ほどの面会はあっという間に過ぎた。本田と東が『私のなかの朝鮮人』の取材で韓国を歩いた日からいえば三十年後のひとときだった。

　――東君、これから新宿に行こうか！

本田らしい、別れ際のひと言であった。

第四章　生涯、社会部記者――『体験的新聞紙学』

1

いま潮出版社の社長をつとめる南晋三が入社したのは一九七一（昭和四十六）年であるから、本田靖春が読売を退社し、フリーの道を歩みはじめた年と重なっている。『週刊言論』などを経て二年後、『潮』編集部に異動した。

仕事柄、主だった総合月刊誌はすべて目を通していた。『諸君！』もその一冊であるが、「本田靖春」という名前を見かけるようになり、やがて本田署名のレポートはじっくり読むようになった。『諸君！』は保守系の雑誌であり、寄稿家の論調もそれに沿ったものが多いが、本田原稿については、この人はまるで自由に自身の思うところを書いている――と思わせるものがあったからである。

当時、市谷台（いちがやだい）にあった本田の住まいを訪ねて行った。事前に連絡はしておらず、本田は不在であったが、手紙と名刺を残しておいた。間もなく本田から「わざわざ来てくれたんだってね」と、連絡があった。

初対面からいえば三十余年、南は『潮』における本田原稿のほとんどすべてに、また『体験的新聞紙学』『私戦』『村が消えた』『新・ニューヨークの日本人』『ちょっとだけ社会面に窓をあけませんか』（文庫版では『新聞記者の詩（うた）』と改題）など、潮出版社から刊行された書籍にもすべて介在してきた。本田との縁がもっとも長き編集者の一人ということになるだろう。

二人にとって最初の仕事は「ルポ阿波徳島の〝選挙踊り〟始末記」であった（一九七四年九月号）。

ときは「今太閤」田中角栄の時代。金権選挙が常態化していたが、この年の夏、徳島の参院選「阿波の戦い」は熾烈（しれつ）を極めた。争ったのは、三木武夫副総理の城代家老・久次米（くじめ）健太郎（無所属・前）と田中の懐刀・後藤田正晴（自民・新）。久次米の勝利に終わった直後、二人は徳島入りした。

両陣営へ、事前にアポ取りはしていない。ホテルに着いてすぐ、南が後藤田陣営に電話を入れると、インタビューは断られてしまった。本田からこういわれたことを覚えている。

「まあ南君、後藤田陣営は負けてすぐだからね。選挙のことよりも後藤田家と藍染（あいぞめ）の話をうかがいたいと申し入れた方が受けてくれるかもな」

両候補者および有力支援者の多くは、阿波の名産・藍染で財を成した家系の末裔である。本田レポートは、金権模様もさることながら、「旦那衆」が仕切る徳島政界のありようにページが割かれている。日本の政治風土の底を成すものがよく伝わってくる。

以降、『潮』誌で、新聞記事からピックアップしたニュースの追跡レポート（「三面記事の片隅で」）、中国残留孤児、サラ金の迷路、福岡の大渇水、京都蜷川府政の落日……など雑多なテーマに取り組んでいく。

当時、本田は元気盛り。南がゲラの届けなどでよく出向いたのが赤坂の旅館「乃（の）なみ」で、本田はここに居続けて、色川武大（たけひろ）、五木寛之、生島治郎、三好徹、矢崎泰久……など、名だたる雀豪（じゃんごう）と卓を囲んでいた。

同時期、南が昵懇（じっこん）に付き合ったノンフィクションライターに児玉隆也がいる。共通項は「原稿のうまさ」である。

「編集者はだれしもそうなんでしょうが、いい文章を書く人が好きなんですね。野球の投手で百五十キロ以上の真っ直ぐを投げるのは素質だといわれますが、文もまたもって生まれたものではないでしょうか。本田さんは勉強家の努力家であったけれども、文における素養が飛び切り豊かな人だった。それはずっと感じてきたことですね」

そんな南の追想を耳にしつつ、私も思い当たる節があった。

本田の残した作品を読み返すなかで気づいていったことなのだが、本田は美文調の書き手ではないし、技巧的な作為をほどこすこともしていない。ただ、表現の巧みさを自然と埋め込む術をもった人であって、それはおのずと滲み出ている。文章とは、書き手それぞれがもつ指紋のごときものであるのかもしれない。

2

『潮』での雑誌掲載がそのまま単行本となったのが『体験的新聞紙学』（一九七六年）である。

新聞を論じて一挙五百枚――という企画を立てたのは、当時の編集長・西原賢太郎である。この時期、ロッキード事件が勃発、田中逮捕に至るまで、久々に活発な報道合戦が続いた。本田執筆の「特別企画　日本の新聞を考える」が載ったのは一九七六年十月号であったが、話題を呼んで同号は完売となった。翌月の「続・日本の新聞を考える」と併せて『体験的新聞紙学』となった。

　取材には半年前から動いており、書く材料はたっぷりとあったが、掲載は「綱渡り」だった。五百枚といえば優に単行本一冊分である。締め切りが迫ると、南は社に近いホテル、グランドパレスに本田を閉じ込めた。本田は連夜、原稿書きに勤（いそ）しんだが、そうそう枚数は揃わない。毎早朝、南はホテルに出向いて、本田が前夜に書いた分を受け取り、見出しをつけて印刷所に入稿する。ゲラになると疑問点などを添え書きし、ホテルに届ける――。そんな日が何日も続いた。

　本書で本田は、ロッキード事件をめぐる各紙報道の検証、〝客観報道〟の陥穽（かんせい）、政治部と社会部、西山太吉事件、朝・毎・読三紙が抱える歴史的宿痾（しゅくあ）、全国紙と地方紙、過剰な販売競争の弊害、新聞の未来像……など新聞界が抱えるさまざまな課題を取り上げ、あるべき新聞像を探っている。読売時代の自身にも触れている。

　本書の刊行は本田が読売を退社して六年目である。古巣について語ることへの戸惑いとともに、このあたりで溜まっている澱（おり）を吐き出しておきたいという心境も伝わってくる。

読売にいたあいだ、新聞はだれのものかという問いかけが、いつも私の胸に突き刺さっていた。

過去に自分がいた職場の内情を書くことは、決して愉快な作業ではない。そこには、怠惰な私を忍耐強く叱咤激励して、まがりなりにも筆で糊口をしのげるまでに育ててくれた、愛情深い先輩が多くいる。組織の統制に従わず勝手気ままに振る舞い続けた私を、終始、暖かい目で見守っていてくれた同僚記者が、困難な状況に踏みとどまって、新聞の未来に明るい展望をひらこうと苦闘していることも知っている。いよいよ社を辞めるとなったとき、われわれも一緒に戦うからもう一度翻意してほしいといった、何十人もの若い仲間を思うとき、それを裏切った私は、声も出ない。「前線逃亡」は銃殺刑であるのに、私は小さな傷を理由に「廃兵」の道を選んだ。

辞めてからの私は、つとめて、昔の仲間に会うのを避けた。会えばどうせ、読売の話になる。戦線から離脱した私に、何の発言権があろうか。そういう思いからであった。

しかし、いま、私はかつての職場について語ろうとしている。個人的な感情を絶ち切って、新聞社の内情を明かすのが、十六年間そこに籍を置いた私の、受け手に対する義務だと考えるに至ったからである。

警察(サツ)回り、六〇年安保、読売を退社する引き金ともなった社主・正力松太郎が登場する「正力コーナー」など、記者時代の出来事が述べられているが、これらは後年の著でも詳述されるので、後章に譲りたく思う。

本書の「あとがき」では、「新聞人の節度を懸命に守ろうとしている心ある人々」が浮かび、「筆を抑える結果になってしまった」とも記している。確かに、本田著にしては歯切れがいまひとつと思える箇所が随所にあるが、古巣への〝仁義〟なのだろう。それもまた本田らしいと思う。

ロッキード事件の解明と時期を同じくして、政界では田中角栄の政敵、首相・三木武夫への〝三木おろし〟が進行していた。報道の中心を担ったのは政治部の記者たちで、そのせいもあったのだろう、かなりのページが政治部記者のあり様に割かれている。

「三十人に近い政治部記者に会った」とあるが、当時、読売の政治部長にあった渡邉恒雄（現読売新聞グループ本社代表取締役主筆）もその一人。本田がニューヨーク特派員にあった時期、渡邉はワシントン支局長にあって、二人は旧知の間柄である。

南によれば、読売本社の応接室でのインタビューであったが、「やぁポンちゃん、久しぶりだね」といいつつ、渡邉は終始愛想よく対応した。本田も鋭い質問を浴びせつつ、もちろん大人の対応に終始した。

このインタビュー、南が記憶しているのは、自身の「大失敗」である。電池が切れていたのかテープレコーダーが回っていない。終了後に気づき、真っ青になって本田に謝ったが、「いいよ、いいよ、メモをしているから大丈夫だよ」という。本田は編集者に厳しい一面があったが、アクシデントには寛容だった。使った電池は机の引き出し奥にあったもので、どうやら使用期限が切れていたらしい。これ以降、南は未使用でも古い電池は使わなくなった。

ベテランの政治部記者に求められる要件は、派閥の領袖(りょうしゅう)クラスに食い込み、コアの情報を得ることである。過去には、記者としての「柵(さく)」を超えて領袖と一体化し、政局の節目になるとフィクサー的動きをする記者もいた。それが優れた政治記者と思われる風潮が残っていて、各社、そういう意味での名物記者たちがいた。政治部記者としての階段を上ってきた渡邉が、領袖の一人、大野伴睦や中曾根康弘と懇意な関係にあったことはよく知られる。

本書では、渡邉の固有名詞を出す場合は、渡邉の発言も載せるフェアな記述になっているが、もとより本田は政局でうごめく政治記者には厳しい批判の目を向けている。そもそも社会部育ちである本田にとって政治部記者は肌の合わぬ連中だった。ただ、本田の視線は記者個人ではなく、記者の置かれた「位置と構造」に向けられている。

社会部と政治部を入れ替えてみたところで、政治報道がかわらないという私の判断は、そこに根拠を置いている。社会部はドブ板を踏み鳴らしてデカの陋屋(ろうおく)を訪ね、いっしょに二級酒を飲んでいるから庶民的になるのであり、政治部は赤坂の高級料亭でスコッチの水割りにレモン汁をしぼりこんだりなどして政治家と政局を論じているから金権的になるのである。

本田靖春と渡邉恒雄。同じ読売出身の二人のジャーナリストはその後も、記者のあり様において、個の生き方において、相交わることのないままにそれぞれの道を歩み続けた。

3

ロッキード報道においては、各紙それぞれにスクープがあったが、とりわけ毎日は、闇の政商・児玉誉士夫（よしお）への臨床尋問、丸紅前会長・檜山廣（ひやまひろ）の逮捕、田中逮捕への「検察重大決意」……など、活発な報道ぶりを示した。

「朝・毎・読」と呼ばれるごとく、戦後、全国紙三紙の鼎立（ていりつ）が続いてきたが、発行部数でいえば毎日は後退していった。朝日の村山家、読売の正力のごとく「専制君主」がいない毎日は風通しのいい会社であったのだが、それ故にか、「派閥争い」が止まず、さらに「西山事件」が痛手となった。

一九七一（昭和四十六）年、日米間で結ばれた沖縄返還協定にかかわって「密約」があったことを毎日の政治部記者、西山太吉がつきとめる。情報元は外務省の女性事務官。電文コピーが社会党代議士の手に渡り、国会の場で明るみに出、事務官と西山記者が逮捕される。当初、言論弾圧として毎日は論陣を張るが、事務官と記者の関係が取りざたされると、一気にトーンダウンする……。

もとより本田は、言論の自由を墨守（ぼくしゅ）する立場から事件を取り上げているのであるが、「すべてに優先する取材源の秘匿（ひとく）」が守り切れなかったこと、取得した情報を紙面化し得なかったことなど、毎日および西山への疑問点も率直に記している。

後年、密約の存在は元外務省高官の証言などで確認され、さらに「密約情報開示訴訟」などが起き、知る権利にかかわる問いを提起しながら事件の波紋は長く続いていった。

本書の主題について、本田はこう記している。

> 私は、たった一つのことを訴えたいばかりに、この大がかりな新聞論に取り組んでいる。もし意が十分に伝わるのであれば、それは次の二行で済むことなのである。
>
> 記者における「言論の自由」は、いい立てるものではない。日常の中で、つねに、反覆して、自分の生身に問わなければならないものだ、と。

新聞史を振り返っていえば、新聞は戦争ごとに部数を伸ばし、先の大戦では大本営発表をなぞる偽りの報道を続けた。全体からいえば、言論の自由を貫かんとする抵抗は乏しい。戦後もいつの間にか「第四権力」と呼ばれる地位に安住し、「エスタブリッシュメント・プレス（体制的新聞）」に、あるいは「私たちの側の番犬が、向う側の飼犬に」成り下がっているのではないか――。

本田の記者時代、警察署の一階廊下の隅の小部屋にあった記者クラブが、二階、三階へと追い上げられていったあたりにもジャーナリズムの衰退を見ると記している。

近年、新聞社が奔走してきたのは、紙面の充実よりも、常軌を逸した販売競争だった。

「無茶苦茶な販売政策で伸びている新聞を、すぐれた紙面で叩き落す新聞があらわれないことには、いつまでたっても日本の新聞はよくならない。そういう深い思いが、私にはある」「私は読売の先輩、同僚に対する尊敬と親愛の感情を失っていないが、業界のルールを乱してやみくもに部数獲得に突っ走る読売新聞社には嫌悪感をしか持ち合わせていない」とも記している。

全国紙が優位なのは首都圏と関西圏であって、国内全域でいえば、各地の地方紙が大きな影響力をもってきた。

本書で本田は、徳島新聞と静岡新聞の事例を取り上げているが、前者は、徹底してきめ細かく地域のニュースを取り上げることによって、後者は、専用の販売店をもたない独自の方式等によって、高いシェアを有しているとある。

地方では到底、全国紙は地方紙に対抗しえない。とすれば、小部数しか占めない支局・通信局・販売店を維持する必要があるのか。ニュース提供は通信社に委ねれば十分ではないか。地方の通信網を整理し、その分、生じるであろう余力を紙面充実に注ぐべし、と提言している。

そもそも全国紙は紙面のスペースに比して記者の数が多すぎる。半生を新聞社に捧げながら、全国版のトップを飾ることなく退職していく記者のほうが数としては多い。一方で、有能な記者が大切にされない。ベテラン記者に「編集委員」制度が導入されはしているが、さらに一歩進め、「専属記者制度」を設けるべし、といった提言も行っている。

さまざまに苦言や提言を示しつつ、「あとがき」では、「改めていうまでもなく、よりよい社会を目指すには、自由で公正な新聞の存在が不可欠である。立場としても、問題意識としても、中途半端な私だが、新聞の正しい発展をねがう気持においては人後に落ちないつもりである」と記し、「新聞の未来に希望を持ち続けたい」と締め括っている。「廃兵」となってなお新聞への思いが漂う論考である。

――本書の取材と刊行は一九七〇年代半ばである。「新聞離れ」がささやかれはじめてはいたが、インターネットなどニューメディアの類は登場しておらず、新聞を取り巻く環境はまだゆとりある時代だった。いま新聞を論じるとすれば異なる色調のものになるであろうが、ジャーナリズムの中心軸を担うべきメディアの本質的な課題は、本書で示されているものが依然、同じ課題としてあり続けている。

4

『体験的新聞紙学』刊行からいえば七年後、本田はもう一冊、新聞論を書いている。読売新聞大阪社会部を取り上げた『ちょっとだけ社会面に窓をあけませんか』（潮出版社・一九八三年）である。

一九七〇年代から八〇年代、大阪読売は刮目（かつもく）に値する紙面づくりを見せた。記者たちが語り継ぐ「戦争」の長期連載、臨場感あふれる事件報道、読者との交流をはかる「窓」……。それらを書籍化した『誘拐報道』『武器輸出』『捜索報道』『ドキュメント新聞記者』『ある中学生の死』『OL殺人事件』『警官汚職』などはいまも拙宅の本棚に並んでいるが、ノンフィクション作品としても大いに刺激的だった。

本田は本書のプロローグにおいて、大阪読売を「目下、最も気に入っている新聞」

とし、こう続けている。

私は自ら読売との関係を断ち切った人間である。そこに至る経緯は拙著『体験的新聞紙学』（潮出版社・昭和五十一年十月刊）の中で縷々述べているので、ここでは繰り返さない。

口幅ったい言い方になるが、社に見切りをつけたあと、私はさばさばした気分であった。ただの一瞬も、自分のとった行動を悔いたことはなかった。ところが、大阪社会部の仕事を知ってから、私は読売新聞の東京本社だけしか見ていなかったことに気づく。

かりに、私の職場が東京本社でなしに大阪本社の社会部であったとしたら、飛び出そうとはせず、踏みとどまっていたのではなかったか――。大阪社会部の仕事は、心の片隅に追い込んで小鳥をひねり殺すように始末したはずの私の記者意識を、いつしか蘇らせていたのである。

本書の元原稿は『潮』の一九八三年一・二月号に連載されたが、南は大阪取材にべったり同行した。はじめて社会部の大部屋に入ったとき、隅に『潮』の「日本の新聞を考える」が紙バサミで吊るしてあって、読み込まれてボロボロになっていた。部の自由闊達な空気を物語っているようで、印象深く覚えている。

社会部長は黒田清。生粋の大阪人である。配下の精鋭記者たちは「黒田軍団」と呼ばれていた。

本書は「窓」にかかわる記述が多くを占めているが、後半部で、大阪における新聞史と大阪読売の歩みについてページが割かれている。

大阪は朝日・毎日の発祥の地であり、読売の大阪進出は遅れた。大阪読売新聞社が発足するのは、戦後も数年たった一九五二（昭和二十七）年のこと。社の幹部たちは東京本社からやって来たが、記者たちの多くは他社から引き抜かれた移籍組だった。府警にあってスクープを連発する事件記者も生まれていくが、「玉石混交」の寄り合い世帯が続いていく。

大卒の試験採用の第一期生として入社してきたのが黒田である。

遊軍時代、黒田は欧州各国のユースホステルを泊まり歩き、「向こう三軒ヨーロッパ」を書く。連載は好評で、東京読売も共載する。一九六〇年代、東京・大阪両社会部合同の連載がよく載った。企画者は、東京社会部の名物デスク、辻本芳雄。黒田も連載の常連執筆者の一人であったが、チームは「辻本学校」とも呼ばれた。本田も読売時代、辻本の薫陶を受けた一人で、退社時には〝最後の引き止め人〟となるのであるが、そのあたりのことは後章に譲りたい。

大阪読売の社会部次長を経て部長に就任した黒田は、一年間連載の「男」「女」「われわれは一体なにをしておるのか—34年目の民主主義」「日本に生まれてよかったか—35年目の愛国心」など、次々に斬新な企画を立ち上げる。

本田と黒田は同世代、ともに〝辻本門下生〟でもある。すぐに意気投合し、肝胆相照らす間柄となった。

新聞にとって読者との交流は意識としては常にあるものだろう。ただ、「窓」は従来の殻を打ち破るものだった。読者からの手紙を紹介しつつ、黒田が大阪弁の語りで、柔らかいざっくばらんなタッチの文を添えていく。社会面の隅に設けられた「窓」は読者の多い名物コーナーとなっていく。日曜日はほぼ二倍のスペース「大窓」となる。

ある日、堺市に住む読者から寄せられた手紙は、小学校一年生の息子を交通事故で失った母親の思いを綴ったもので、締めに、病室で息子がいまわの際に発した言葉が記されてあった。なお、この手紙にある「戦争展」とは長期連載「戦争」から派生した催しもの。戦死者・戦災犠牲者の遺品などを展示するもので、毎年、終戦記念日の前後数日、心斎橋の大丸百貨店で開かれていた。

《……去年、息子と一緒に「戦争」展を見に行ったんですよ。一昨年はまだ小さくて連れて行かなかったのですが、去年は「なんで戦争なんかするんやろ。あほやな」って感じる所があったみたいで、エラブカ仏等にお供えをしておりました。今年も一緒に行く予定だったのですが、来年は彼の写真と一緒に行こうと思います。それと弟を連れて。

「大きい車どけてちょうだい」。この言葉を私は一生忘れないでしょう。時節がらスタッフの皆様方お風邪をめしませんように。長々の乱筆乱文お許し下さいませ》

昭和五十五年も師走に入って巷があわただしくなろうとしているころ、朝、出勤してきて、「窓」への投書を整理していた黒田氏は、この手紙を取り上げて読み進むうち、どうにも涙を抑え切れなくなり、こっそり部長席を立つとトイレに向かった。

やっと読み終えて、黒田氏はその手紙を古沢公太郎編集局次長（現取締役・編集局長）の席に届ける。自席へ戻って、それとなく様子をうかがううち、古沢氏も目を真っ赤にしてトイレに立った。

便箋六枚に綴られた手紙であったが、「これは場所をかえても一字一句あまさず紹介しなければならない」――そう判断した黒田らはオピニオンページ全面を使って手紙を掲載した。かつてない反響が巻き起こった。読者からの多数の声が寄せられたのはもとより、警察、学校などから交通安全教育に役立てたいとする問い合わせなどが続き、手紙を四ページに収めたものを三十万部印刷して各方面に配布したとある。

本田は投書の主、林知里を訪ねている。たまたま読売を購読するようになり、「窓」のもつ、「読者と同じ線に立ってくれてはる」「あたたかいトーン」に引かれて愛読者となったこと、反響の大きさにびっくりしたこと、投書がきっかけで文通がはじまり泊りがけで寄せてもらうような友人ができたこと……などを本田に語っている。

「窓」においては、タブーとされがちな部落差別も他の問題と同じように取り上げられてきた。本田は「もし大阪読売に『窓』がなかったとしたら、差別問題を正面切って取り上げるのは難しかっただろうと思う。裏を返せば、『窓』があったからこそ、それが可能だったということになる」と書いている。

最初に載った手紙は、匿名希望の女性からのもので、「乱れた心で書きつづります」という書き出しではじまり、「村の子」ということで縁談が破綻したこと、結婚に夢はないが子供はほしい、でもその子が村の子の影を引きずると思うとあわれです、だれにもいえないことなので「窓」のみなさんに甘えさせていただきました……という趣旨のものだった。

この手紙を受け取った黒田は、「……この女性の涙に、どう答えればいいんでしょう。せっかく甘えられても、そんなことがあってはならない、としか言えない腹立たしさ、いらだち、むなしさ、悲しさ、情けなさ。地の塩でこの涙はぬぐえない。せめて心の塩を贈りたい」と添え書きさする。「地の塩」とは「窓」に送られてくる読者からの寄金である。

その後、「匿名さんの手紙、つらい気持ちで読みました。私もいわゆる『村の子』なのです……」という「滋賀県に住む主婦N子さん」の便りが紹介される。本田はN子さんを滋賀に訪ね、「窓」に便りを寄せた事情を取材している。

投稿者に共通するのは、いつしか「窓」の読者となり、毎日目を通しているうちに、「だれもが自分にも書けそうな気がしてきて、気軽にペンをとってしまう」ことだった。「窓」は、読者と記者の、読者と読者の、共感や憤りや哀歓を共有する場としての役割を果たしていく――。

本田が大阪読売の紙面に注目したのは、長期連載「戦争」のコピーを読んでからである。やがて社会部の面々が書き手となった単行本の読者となり、読者と記者の双方からの風が吹き通るような投稿コラム欄「窓」を知っていく。

そもそも記者たちが一人称で語り継ぐ「戦争」からして従来の〝客観報道〟をはみ出すものであったが、連載から派生して「戦争展」が開かれるようになり、かつ展示会の運営を事業部ではなく社会部の部員たちが担っていく。社会部の仕事は紙面に書くばかりとはかぎらないという考え方からである。

そんな活動を知る読者から、禁じられているはずの大砲の砲身を鍛造して韓国へ輸出している特殊鋼メーカーがあるという情報が寄せられ、「武器輸出」のスクープへと結びついていく――。

こういういわば手づくりの紙面が大阪読売の持ち味だった。新聞にはまだこんな紙面展開がある。その斬新さが本田の琴線に触れ、応援歌的な本の執筆を促したのだろう。

5

本田が大阪入りすると、「窓」担当の大谷昭宏が案内役を引き受けていた。大谷は長く大阪府警捜査一課を担当した事件記者である。本田からは「官房長官」と呼ばれ、近しい間柄となった。

新聞とジャーナリズム界に、本田と黒田は大きな足跡を残した。「東の本田、西の黒田」と呼ばれることもあるが、大谷の見るところ、黒田の真骨頂は、あれっと思うようなアイディアを捻り出し、チームを動かすことにあった。

朝日新聞阪神支局襲撃事件が起きたのは大谷と黒田が読売を退社して間もなくのことであったが、黒田が「いま社会部長だったら『朝日新聞』という長期連載をやるよ」といったことを大谷は覚えている。ジャーナリズムへの凶弾を決して許さないというライバル紙の連載はきっと力あるものとなったろう……。

一方、本田のそれは、あくまで一記者として市井を歩く社会部記者、一ライターとして調査報道やノンフィクション作品を書き綴っていくことにあるように、大谷には思えた。

大阪と東京で、三人はよく酒席をともにした。本田の来阪時によく出向いたのは曾根崎署の裏手にあった「あさくに」。社会部のたまり場となっていた居酒屋で、ママが病死したとき、黒田は「窓」に「飲み屋のママ、ガンに死す」を書いた。その後、いとこの女性が二代目ママを継いでいた。

深夜、あるいは明け方近くが多かったのであるが、本田は「そろそろ……ワタクシごときものでも仕事がなくはないもので……」といって姿を消していく。気配りのきいた、実はシャイな人というのが大谷の感じてきた本田像である。

『ちょっとだけ社会面に窓をあけませんか』の刊行からいえばほぼ四年後であるが、黒田と大谷は大阪読売を退社し、黒田ジャーナルを設立、『窓友新聞』（月刊）を刊行するなど新たな道を歩んでいく。黒田軍団も解体してしまう。東京読売との軋轢（あつれき）もあったけれども、大谷によればむしろ、大阪読売内での不協和音が負のベクトルに作用したという。人の世、嫉妬（しっと）もあればやっかみもある。

本書の刊行が軍団解体の引き金になったのではないか……本田は気にしていた。

いまも記憶に留める、本田との一夜が大谷にはある。一度、我が家で一献やろうよ——。そんな誘いが本田からあって、杉並区井草の本田宅を訪れた日があった。

「陋屋（ろうおく）でびっくりしただろう。君を呼んだのは実はこのボロ屋を見てほしかったからなんだ。ジャーナリストとかノンフィクションライターというのはこれで十分なんだよ。僕が君にしてあげられることはたかが知れているが、これだと思うノンフィクションが書けたら持って来なさい……」

早智夫人の焼き上げた特上のステーキを平らげ、上物のブランデーをしたたかに飲んだ。本田宅を辞し、深夜、両親の住む荻窪まで徒歩で一時間、いい気分で歩き続けた。読売を退社することを決めた夜だった。

大阪に帰り、妻に打ち明けると、「ええ？　本田さん、私には絶対辞めさせてはいけないとおっしゃっていたのよ」という。大谷本人にはそうなったさいの心構えを説き、一方で夫人には逆の布石を打っておく。本田さん、やるなぁ……と大谷は思ったものだ。

本田と黒田・大谷の交友はその後も続いていく。黒田ジャーナル時代、「マスコミ丼」という場が生まれ、若い世代にジャーナリズムの灯を手渡していくが、そのことは後述したい。

本田に先立つこと四年、黒田が鬼籍に入った。六十九歳。

『窓友新聞』の最終号（二〇〇〇年八月号）に、本田は黒田を悼む文を寄せている。

訃報に接し、親を失った以上にうちひしがれた気持でおります。尊敬する黒田さんは、またとない私たちジャーナリストの鑑でした。黒田さんに先立たれて残念でなりません。本来であればすぐにでも大阪に駆けつけるべきところですが、小生、5月31日に大量下血、大腸がんと判明して手術を受け、いまなお入院、リハビリ中の身で失礼致します。黒田さんのご霊前に、私の心からの哀悼のしるしとして、お花を捧げてください。

魚住昭は本田と交流の深いノンフィクション作家だが、この時期、病室で本田が「自分の親父が死んだときより悲しいよ」と語ったことを覚えている。黒田を失った大谷は、黒田ジャーナルを店仕舞いし、以降、主にテレビ界で仕事を重ねてきた。

年数を数えると、新聞記者が十九年、黒田ジャーナルが十三年、フリーランスが十八年余となる。二〇一四年夏、病を得て入院を余儀なくされ、久々、仕事を小休止した。いつの間にか黒田の享年と同じ歳になっている。ベッドに寝ていると、しきりに脳裏に浮かぶのはテレビ界ではなく記者時代の日々だった。俺はやはり新聞記者なのだ……。

人は誰も、若き日に己が生きた時間を体内に留めゆく。新聞記者出身のジャーナリストたちは、その後のジャーナリズム界での形はどうあれ、帰るべき〈故郷〉は常に新聞なのだろう。とりわけ、〈あるべき故郷〉への純度の高い思いを持ち続けたという意味で、場は変われども社会的テーマを手放さなかったという意味で、本田は終生、一社会部記者だった。

第五章　世界を歩く――『ニューヨークの日本人』

1

長崎文献社は、長崎駅前のビル内にオフィスをかまえている。キリシタン、出島、シーボルト、原爆、三菱重工長崎造船所……など、長崎の歴史と文化にかかわる書物を多数刊行している。

編集部門を差配しているのは専務取締役編集長の堀憲昭で、講談社を定年退職した後、創立者に請われ、籍を置いた。堀は長崎に生まれ、育った。残された年月、故郷の地で出版文化にかかわることも悪くない……。そう思ったのである。

大柄でがっちりした体軀の人である。東京外大時代はボート部員で、東京オリンピックの強化指定選手に選ばれた時期もあったとか。そんな往時のこぼれ話も耳にした。

講談社への入社は一九六七（昭和四十二）年。漫画雑誌などを経て『週刊現代』に移る。異動して間もなく、編集長の名田屋昭二（なだやしょうじ）より本田靖春の連載「世界点点」の担当を命じられた。第一弾はニューヨーク。単行本としてまとめられた『ニューヨークの日本人』（講談社・一九七五年、引用は講談社文庫版による）の「まえがき」で、本田は連載のいきさつをこう記している。

旅に出てみたいと無性に思ったのは、一年ほど前のことであった。そこへちょうど、『週刊現代』編集部からの誘いが来た。

どこへ行ってもいい。何を書いてもいい。一切注文はつけない――という、まことに有難い申し出である。

そのころの私は、フリーになってから三年半。いわゆる注文原稿に忙殺されていたところであった。

〝登録種目〟でいうと、私の属しているのは、社会問題一般である。これは、めったやたらに間口が広い。

人物をこなしたかと思うと、革新自治を論じ、在日朝鮮人を語り終わらないうちに、筆は官僚論に飛ぶといったあんばいで、いささか精神分裂症気味になっていた。

問題意識などというものは、蛇口をひねればたちまちほとばしる水道の水のように、おいそれとは湧いて出ない。

内的必然性の稀薄なテーマと、ときには一月の間、四本も取り組むというのは、苦痛であった。

初めのうちは、これも〝プロ・テスト〟の一つと割り切っていたが、やがて、注文の量と質が私の能力をはるかに越えるようになって来た。旅に出てみたいと思ったのはそのころである。

注文をつけないというのは、受け手として、何物にもまさる魅力であった。私は二つ返事で、この注文に飛びついた。

続いて、「気楽に書いたものだから、気楽にお読みいただきたい」と断りを入れつつ、「ただ一つ、『人間』に対する興味だけは失っていないつもりである。『人間』こそ人間にとっての永遠のテーマであろうと考える」と記している。そして、「ときに物悲しく、ときに滑稽な登場人物は、私自身の投影でもあろう」と、本田流の諧謔(かいぎゃく)でもって「まえがき」を締めている。

連載企画の発案者は名田屋である。〝切った張った〟が男性週刊誌であるが、しっかりした読み物のページをつくりたいという意図があったのだろう。堀が担当を命じられて間もなく、本田がニューヨークでの取材を終えて帰国し、それが本田との初対面だった。

ああ俺もニューヨークへ行ってみたい――。生原稿を読んで湧いた最初の感想だった。原稿の受け取り、ゲラの戻し、抜き刷りの渡しと、一回につき三度、本田宅に足を運んだ。まあ上がっていきなよ――と本田がいう。そんなひとときの雑談が楽しみともなった。

連載は五ページで、写真とともに安野(あんの)光雅(みつまさ)の挿絵が大きく使われ、小粋なレイアウトとなっている。まだ雑誌デザイナーが少ないころで、レイアウトは堀がした。漫画雑誌の体験が役立ってくれた。安野も無名時代であったが、「大人っぽい絵を描ける画家」ということで依頼した。連載は一九七五（昭和五十）年の新年号よりはじまり、ニューヨーク編は十二回続いている。

2

一九七〇年代半ば——。ハイテクを誇る日本製品が世界のマーケットを席巻し、商社やメーカーの駐在員が多数ニューヨークに滞在する時代を迎えていた。本田はまず当地での日本人の〝金満ぶり〟を取り上げている。

日本人は、いつの間にか、分不相応の贅沢に慣れてしまったのではないか。五年ぶりにニューヨークへ出掛けて行って、まず感じたのはそのことであった——。第一章の書き出しである。

大手商社の駐在員と日本料理店で昼食をともにする。ビールと水割りを飲み、刺身つきのトンカツ定食を食べて二人分で三十四ドル二十四セント。ほぼ一万円だ。

この五年前、本田は読売新聞ニューヨーク支局に勤務していたが、エリザベス嬢という現地採用の助手がいた。嬢は大富豪の娘であったが、昼食はサンドイッチ二個とコーヒーで済ませる。併せて五十セント程度。それがアメリカ人の通常の昼食代だった。

比較して二人で一万円という昼食はいかにも高い。さらにそのことをなんとも思わない感覚について、「私をひどく不安にさせる」と本田は書く。

当地における日本人の行動範囲は狭く、「日本人村」と呼ばれていた。居住者が急増して日本料理店が相次いでオープンし、日本人社会は「〝村〟から〝市〟へ」「〝一(いち)膳飯屋(ぜんめしや)〟から〝高級レストラン〟へ」格上げされつつあった。経済的地位の反映であったが、果たして人々は本当に「村」から脱し、広い世界ではばたいているのか……。それが、本書を貫く問題意識となっている。

「演歌が流れるピアノ・バー」の風景は痛切である。

かつて日本の歌が聴かれるピアノ・バーは二軒であったものが、三十軒にも増えていた。うらぶれたバーに抵抗感を覚えつつ、やがて駐在員たちはバーの扉を押すようになる。「日本人が心からくつろげるのは、日本人が寄り集まる場でしかない」。歌われるのは、涙、雨、波止場……が盛り込まれた演歌だ。私たちの体内深くに染み入った遺伝子は、そうたやすく消えるものではない。

> まれに、アメリカのポピュラーをうたうものがいる。と、かならず、不快を表明するものが出てくる。
> 「英語はよしてくれ。英語は」

過去にピアノ・バーの常連であった私は、そうした叫びにも近い感情の吐露に、いく度となく接した。薄暗い片隅にいて、高度経済成長と呼ばれるものの根の弱さ、そこからくる全体のあやうさ、もろさ、不安定ぶりを思ったりしたものである。

バーの片隅で駐在員たちの演歌に耳を傾けていると、「どこかうらがなしい私たちの文化的辺境性を思わないわけにはいかない」。それはよくいわれる語学力の不足からだけではあるまい。「もっと奥深く、私たちの精神的基盤の脆弱さに根ざしているようなのである」と記す。

もはや日本製の優秀さはあまねく認知されている。ただ、その一方で、「……日本製品の万分の一でも、私たちが独自の精神的所産を通じて、世界の文化に資することがあったか。物質面と精神面のあいだに見られる、このはなはだしい懸隔が埋まる日がくるのか、と考えると、途方もない気分に襲われるのである」とも記す。

豊かなモノと脆弱な精神――。本書は、切実な現代日本論ともなっている。

別の章では、安宿を定宿にして世界を放浪する若者たち、〝香具師〟のグループに加わった若者、ロフトを根城にするモダン・アーティストの卵などを取り上げている。共通項は、人生の「チャンス」を求めてこの街に吹き寄せられてきたこと。チャンスは近くに転がっているようでまた遠い。それでもニューヨークは「夢」を抱く人々を引き寄せる。

当地にしっかり足場を築きつつある日本人も登場する。

小田士郎は、大学の神学部を卒業、牧師として渡米するが、妻は貧民街の暮らしに馴染めずに帰国する。やがて小田は牧師を辞め、音楽マネージメントなどを経て、大手生命保険会社に入り、実績を上げる。妻子をニューヨークに呼び寄せ、トップセールスマンのクラブ「スター・クラブ」の一員ともなるが、熾烈な競争社会で今後も勝ち続けられるのかどうか。前途は未知である。

芦刈宏之は、本田が卒業した中学校（旧制）の同級生とある。慶大医学部を卒業して渡米、レジデント（研修医）、アテンディング（医局員）、チーフ・レジデント、大学助教授……。昼夜惜しみなく働き、医学界の階段を上っていく。ガンの専門医となり、ニューヨークの名門病院でロックフェラー副大統領夫人の乳ガンの執刀陣にも加わる。敬意を払われる医師となったが、コーネル大学のフル・プロフェッサー（主任教授）になるには東洋人にはハンディがある。下を見れば切りがない。また上を見れば切りがない。かつての同級生は、成功者となりつつなお「踊り場」にいる……。

異郷の地に生きる人々の足跡を辿りながら、ニューヨークとこの街で生きる生身の日本人の光と影を描き出している。

「犯罪都市ニューヨーク」の模様も市警事件簿などから拾い出されている。治安状態は地域によって大いに異なるのであるが、強盗数でいえば、東京で一年間に起きる件数が二日足らずで起きる。窃盗などは「物の数に入らない」。ニューヨークは人種の坩堝(るつぼ)であり、犯罪の多発地帯でもある。

それでも本田は、近しい人々に、世界の街でニューヨークが一番好きだと語っている。

読売時代、特派員として本田がニューヨーク入りしたさい、七番街の中級クラスのホテルに宿を取った。すでに半ば退社を決めており、心ならずもの赴任であり、「私の心象風景はマンハッタンの初夏の陽炎(かげろう)とうらはらに灰色であった」。フロントでパスポートを提示しようとすると、初老のフロントマンにこういわれたとある。

「ノウ、パスポート。イン　ニューヨーク、マニー　アンド　スマイル、ザッツ　ＯＫ」

なんて気のきいた台詞だろう。ウィンクして見せる彼に釣り込まれて、私はニューヨークで初めての「スマイル」を浮かべていた。

「文庫版あとがき」の一節であるが、ニューヨークとは何か――に端的に答える、印象的な記述である。こうも書いている。

私は京城で生まれて中学校一年の一学期までをそこで過ごし、戦後は東京に居ついた。したがって、私には故郷といえる土地がない。裏返せば、土地に執着のない人間である。

そうした根なし草のような生まれ育ちが、世界の吹き溜まりともいうべきニューヨークにぴったりなのかも知れない。……

その後、あちこちと旅を重ねたが、ニューヨークほど心安く居心地のよい都会を私は知らない。ずば抜けて懐の深い街である。だからこそ、日本人にも日本語だけで通用する「村」づくりを平然と許しているのであろう。

私はニューヨークには短期滞在の体験しかないが、本田が「好きな街」というのはわかるような気がする。それは、カネ万能の、貧富の露な、治安の悪い街でありつつまた、雑多で、なんでもありの、内外に開かれた空気への体質的な同調感と解していいのだろう。

3

「世界点点」は好評で、以降、二年にわたるシリーズとなり、『裸の王国トンガ』『消えゆくオリエント急行』『サンパウロからアマゾンへ』編と続いていく。オリエント急行は作家の生島治郎との二人旅となったが、連載はずっと堀が担当している。

トンガを選んだのは、本田と雑談していたさい、「トンガという島からは相撲取りも来ているよな」「行ってみましょうか」というようなことで決まったという。太平洋ポリネシアの一隅、大海原に浮かぶ小さな島々である。

トンガへの旅路には堀も同行している。東京↓オーストラリア・シドニー↓ニュージーランド・オークランドと乗り継ぎ、トンガ王国の首都ヌクアロファへとたどり着く。本田はしばしば、自身の英語力を「旅をするにはどうやら不便がないといった程度」と書いているが、堀によれば「きれいな発音の英語を話す人」であった。

到着して間もなく、本田の腕時計が故障したとある。困ったことになったが、杞憂(きゆう)であった。「太陽とともに起き、太陽とともに寝る」島の暮らしに時間はさほどの意味をもたないのであった。

電力の供給はごく狭い範囲に限られ、中心部から一歩外に出ると電灯はない。電話などというものも官公署など少数の施設を交換手がつなぐもので、事前に面会の約束などとりつけようもない。〝官庁街〟もただの木造平屋の建物だ。警察の留置場に人気はなく、夜になると署も空家となる。

農産物は豊かだ。椰子(やし)の実にとくに収穫期というものはなく、「成熟した順に、ポタリ、ポタリと落ちてくる」。サトイモ、ナガイモ、サツマイモなどの芋類、バナナ、マンゴー、オレンジなどの果実も自然にすくすくと育っている。大きなオレンジが「十セント」。一個と思うとひと山の値段で、「水がわり」であった。

海の幸はといえば、主たる漁法は素潜りと一本釣りという素朴な方式であるが、これまた四海に魚はごまんと泳いでいる。岸辺で、防波堤をマナ板代わりにして少女がナイフを手に黒鯛をアバウトにさばいている。切り落とされた頭部をブチ犬がくわえていく。魚をさばき終えると、腰布を巻いた少女はざぶざぶと海に入っていく。

豊かな暮らしは、豊かな心を育てる。道行く人々のだれもが、「マロレレイ」（今日は）と声をかけ合う。パランギ（外人）である私にも例外なしに。

トンガでは、時が分秒単位を刻むことはないかのようである。

寝て、食べて、ぶらぶら歩きして、喋りこんで――。私のトンガでの生活も、そのようにして始まった。

追いかけられることとは、何もなかった。どこででも、快く受け入れられた。素晴らしい人たちばかりであった。これ以上、人間の社会に何が必要だというのだろう。

トンガを最後の楽園と呼ぶことに、私は少しのためらいも持たない。

本田原稿にしては珍しく、〝トンガ礼賛（らいさん）〟があちこちに見られるが、島人の暮らしぶりを読み進めていくと、それもむべなるかなと思ってしまう。

トンガ王国で発行されている新聞は、週一回発行の英字紙「トンガ・クロニクル」一紙。記者は二人で、海外ニュースは島に届く英字紙からの「拝借」であるようだ。タブロイド版全十ページで、読み終わるのに三十分もかからない。テレビはない。

朝食を食べ、アロハなど身の回りの洗濯を終えると、「私にはも早、なすべき何物も残されていない」のだった。そこで、「ぶらぶら歩き」に出かける。

　島内で、また船で渡った島で出会った人々――。ちょっぴりオツムの弱いメレ嬢、相撲を愛する巨漢の王様、農林省水産部で漁業の指導にあたっている川上さん、ジェトロ（日本貿易振興会）から派遣された井上さん、井上家のお手伝いさんラビニア嬢、オカマのスキ……などが、ユーモアをまぶした筆致で登場する。

　トンガには「ケレケレ」という習慣があるそうだ。自分のものは他人のもの、他人のものは自分のものという〝相互扶助〟の考え方である。井上夫人から風呂を使っていいといわれたラビニア嬢、さっそく子供や孫たちなど一族郎党を引き連れて来て、昼間から井上家の風呂場を占領してしまう……。トンガはいいところだ、トンガ人さえいなければ――井上さんはそんな思いにとらわれた時期があるという。

　島々に滞在中、本田もまたメレ嬢やスキに好かれ、戸惑いや困惑を覚えることに出くわすのであるが、それらもまた島の風景に溶け込んで牧歌的だ。

　ひねもすることがない――そんな日々は、これ以前、またこれ以降も本田の人生に訪れることはなかったはずである。いささかコミカルに書いてはいるが、稀有の、短い〝桃源郷的休暇〟だったようにも思える。

　単行本『裸の王国トンガ』（講談社・一九七六年）の「まえがき」で、パリと比較して、こんな一文も見える。

もし、だれかに、世界でもっとも好きなところはとたずねられたら、迷わずにトンガの名を挙げるだろう。

この南の島に、エッフェル塔はない。メトロもない。カフェ・テラスもない。ないといえば、ほとんどのものがない、いわば非文明圏にそれは属している。

しかし、文明とは、いったい何なのだろうかと考える。……トンガでの生活は、わずか一ヵ月余りであったが、私を完全に自由にしてくれた。

そこで出会った人々の一人一人を懐しく思い出しながら、〝文明〟の波がこの島に押し寄せる日が一日でも遅いことを祈らずにはいられない。

大海原に浮かぶ楽園もやがては変容していくのであろうが、読後、読者もまたそう思わずにはいられないものを覚えるのである。

4

『サンパウロからアマゾンへ』（北洋社・一九七六年）は、「漠然と〈ブラジルを見ること〉」を目的としたとある。

ブラジルは広大だ。日系人社会の拠点都市、サンパウロにしばし滞在し、アマゾン河口の町ベレンへと向かう。距離はおよそ東京―シンガポールに相当するとか。ベレンでは汎アマゾニア日伯協会の会長が迎えに来てくれた。会長に「アマゾンで、何が見たいですか？　……たとえば、ワニとか」と促されて、返答に詰まる。「しいて何を見たいかといわれれば、人々の生活が見たい」と思ったとある。

テーマは人間――は、この地においても動いていない。

以下は、本書より三年ほど後に刊行された『K２に憑かれた男たち』の「あとがき」冒頭に見られる文であるが、旅というものへの本田の立ち位置をよく示しているように思えるので、ここで紹介しておきたい。

仕事柄、旅行に出る機会が少なくないが、いわゆる名勝に足を向けることは、きわめてまれである。偶然、そこを通り掛かりでもすれば、目をやるにやぶさかではないが、風景に心を奪われた経験はない。ああ、こういうものか、といった程度で終ってしまう。古蹟についてもほぼ同様で、そこへわざわざ足を運ぶことをしない。知識を得たければ、昨今、いたれりつくせりの解説書の類が豊富に出回っている。

私の旅の楽しみは、人間観察にあるといってよい。ホテルのロビー、駅の待合室、市場の屋台、盛り場のカフェ・テラス、公園のベンチ、場末の酒場と、場所は選ばない。行き当りばったりに腰を据えて、ただ人間を眺めている。それで、まず、飽きるところがないのである。海外を歩くたび、私は自由な時間のほとんどすべてを、そのようにして過して来た。

言葉をかえると、きわめて不精な旅行者ということになるのであろう。

さてブラジルである。

蒼茫たる大地と大河が織り成す当地の風物、進出企業とコロニア（当地の日系人社会）の関係、アマゾン流域に暮らす旧「高拓生」たち、戦時中に起きた〝勝組テロ〟の苦い記憶、日系一世たちの望郷と里帰り、こしょう栽培に奮闘する若い農場主、日系からブラジル人へと変容する新世代……など、ブラジルにおける日系人社会の歳月を追っている。

コロニアと進出企業に触れた章では、酒場での〝武勇伝〟から〝有名人〟になった一件にも触れている。

事の起こりはサンパウロの酒場での出来事。酔っぱらった進出企業の「K重工の社長」が「日本の評論家」（本田）のいる席にやって来て、ホステスに絡み、本田に手を出した。本田は冷静に応対しつつも反撃し、こんな応酬へと突き進んだとある。


彼は、いきなり、こういった。

「オレはK重工の社長だぞ。お前はたいへんなことになるぞ」

下卑た言い方だが、本当にアタマに来たのは、そのときである。今度は、こぶしで、思い切り彼の顔面をひっぱたいた。彼のかけていた眼鏡が飛んだ。……

「お前、コロニア、コロニアだな、コロニアのバカだな」

「コロニアだったらいけないか？」

「ああ、いけない。コロニアはバカだ」

「K重工は、そんなに立派か？」

「ああ、立派だ」

「何が立派だ？」

「日本を代表している。それにオレたちは、金と技術を持って来た」

ウソみたいだろうが、彼はほんとうにそういった。

思いもかけぬ反応が、ママにおこった。黙ってやりとりをきいていた彼女が、突然、叫んだのである。

「あなた、コロニアをバカにしたわね」……

サンパウロのネオン街では、進出企業は大のお得意様であろうが、我慢にも限度があろう。喧嘩騒ぎが尾ひれをつけて伝わり、サンパウロの邦字新聞に載った。日系社会のなかで邦字新聞の影響力は絶大である。後日、社長はアタマを下げ、本田は本田で「血の気が多い」ことに「自己嫌悪にとりつかれる」と書くのであるが、一件を通して、進出企業の姿勢の一端とコロニアたちの複雑な心の模様が伝わってくる。

「高拓生」とは、アマゾン開拓のパイオニアを養成する目的で一九三〇（昭和五）年に創立された日本高等拓殖学校の卒業生である。

翌年、第一回卒業生がアマゾン中流の地域に入植しているが、その一人が、本田をベレンに出迎えてくれた汎アマゾニア日伯協会会長の越知栄であった。九回生まで、およそ三百人が当地に入植している。

高拓生は満洲に送り込まれた開拓農民のブラジル版ともいわれるが、性格はかなり異なる。満洲開拓民の多くが貧農層であったのに対し、高拓への受験資格は中等学校卒業者とされ、昭和初期の時代を勘案すれば、比較的ゆとりある家庭の子弟だったことである。

アマゾン流域でジュート（黄麻（おうま））などの栽培を手がけ、成功者も現われるが、生活の窮乏、マラリア、風土病……移住者たちは一様に開拓の苦闘史を刻んでいる。越知は本田にこんな言葉を口にした。

「高拓生のことを思うと、無性に不憫（ふびん）になる。世の中に名も残さず、利も残さず、人を恨まず、不平もいわず、黙って死んで行きよる。百姓も知らない。かといって、他に何も知らない。

夢を持ってアマゾンに来て、死ぬものは死に、生きているものは、まだ夢を追っている。

無愛想で、口数が少なくて、何とか相手を歓迎しようと思っても、その方法がわからない。

無理もないんですね。十代の若さで高拓を出て、世間にまったく交わることがなく、いきなりアマゾンへやって来たのですから。

いま、私は一所懸命考えているところなんですよ。高拓生は、いったい何であったのか。彼らが残したものは、果たして何だったのだろうかと」

本田が、アマゾン流域に暮らす旧高拓生のもとを訪ねようと思ったのは、この越知の言を耳にしたことによってである。

小型機とモーター船によって奥地ワイクラッパへ向かう。目的地に到着したのは夜だった。当地に暮らす第四回生、森琢三のことを、後に本田は『文藝春秋』のエッセイ（一九七六年二月号）でも記しているが、趣き深い。

名刺を差し出して来意を告げる私に、森氏はいった。

「お客さんだというものだから、私は、また――。そう、東京からいらしたんですか」

アマゾンを訪れる人は少なくないが、ここまで足をのばす旅行者は、さすがにない。パリンチンスから、たまに、高拓生仲間が麻雀にやってくるのだが、それも近ごろは、間遠になっているということであった。

そんな話をしながら、森氏は奥の夫人に声を掛け、ランプを取り寄せた。運ばれて来たあかりに、私の名刺をかざす。

その次の瞬間である。私は自分の耳を疑った。

「ああ、あなたがそうですか。『文春』に書いておられましたね。いろいろな家系の話を。それから、三木さん（武夫首相）のこととか」

国内を取材で歩いていて、私の〝読者〟にめぐり合うことは、皆無に近い。その私が、アマゾンの奥地で、予期しない反応にぶつかった。それは、個人的な感情を越えて、まさに驚きであった。

森がワイクラッパに入植したのは一九三四（昭和九）年のこと。以来、四十余年、この地を一歩も動いていない。故郷・福岡とのかかわりは数度の文通のみで、祖国の動向は雑誌を通して得てきた。往時、船便で港町サントスに届いた雑誌類は、そこからブラジル各地に住む日系人のもとに送られていた。郵送が途絶えた戦時期を除いて、『文藝春秋』は欠かさず読んできたという。

森氏を日本につないでいるのは、月に一度の、一冊の雑誌なのである。その一ページ、一ページが、どれほど丹念にくられたことであろうか。活字の持つ意味を、改めて思わないわけにはいかなかった。

そう、活字のもつ意味を思わないではいられない挿話である。

高拓生たちの共通項に、子弟の教育に熱心だったことがある。

俳優の志村喬に似た風貌の持ち主、I氏の場合でいえば、サンタレンの自宅はもう夫婦二人の暮しとなっているが、男二人、女六人、計八人の子供がいる。

長男はサンパウロ大学工学部を卒業、日本電気の現地法人に勤務、日系女性と結婚して一児の父となっている。長女はサンパウロの看護学校を出て、ブラジル人の歯科医と結ばれ、三人の子をもうけた。次女は薬剤師でサンパウロ州の職員。三女はベレンの経理学校を卒業、会計事務所を開いている。四女は師範学校を卒業、五人の子の母となっている。五女も師範学校を卒業し、州政府の職員。六女はブラジル人医師の夫とともにカナダの医科大学に留学中。次男はサンパウロの長男の家に住み、大学進学に備えて予備校に通っている……と、子供たち全員が独立してそれぞれの道を歩いている。

本田がベレンの越知宅に招かれたさい、高拓生とは何だったのか、何を残したんだろう――と述懐する越知の言に接した。夕食に同席していた次男、ヘンリッケ・健は、「パパイ（お父さん）、ボク、ボクだよ。ボクを残したじゃないか」と応えた。「健さんは、パラ大学の医学部を卒業したあと、東京の国立がんセンターに留学し、帰国してからは、この地方におけるガン外科の最俊秀として、信望を集めている」とある。

歳月のなか、彼らが残したもっとも確かなものは子供たちであったのかもしれない――。

本田がブラジルを訪れた時期、移民史のはじまりからいえば六十数年を経ている。一世たちは老い、時代は二世・三世へ、さらに日系からブラジル人へと移行しつつあった。

本書の「あとがき」で、本田は「新しいブラジルのたしかなにない手として、日系人が着実に伸びて来ている。かつての『棄民』の暗いかげを、彼らの上に見ることは最早ない。それを知ったのは、これまた大きな収穫であった」と記している。

総じておおらかなラテン気質と書き手の嚙み合わせがよかったのだろう、本書の終章では、若い世代に向けて、狭苦しい日本を飛び出し、新天地での冒険的人生に誘う「規格外のすすめ」を書いたりしている。

――本田の著作のなかで、紀行ノンフィクションと呼べるのはこの四作である(続編的な『新・ニューヨークの日本人』『ロサンゼルスの日本人』を加えれば六作)。概して旅行記は読者に退屈を誘うものであるが、面白く読んだ。『ニューヨークの日本人』は再読で、他の三作は初読であったが、引き込まれるものがあった。

細かい観察が行き届いていて、書き手の目線が伝わってくる。登場する人物像が浮かんできて、すーっとストーリーに入っていける。ユーモアの味があって、文明批評的な考察に共感を誘うものがある。あくまで自然な筆致なのだが、やはりプロの芸というべきものなのだろう。

旅は旅人に無形の蓄積を残していく。世界を歩くことは、本田にもう一段の視野の広がりを、気ぜわしい日々を遠ざかることで得るものを、あるいは紀行文に手を染めることで文を磨くことに益するものを――もたらしたのかもしれない。

本田の担当を続けるなかで、本田その人を堀は知っていった。一見、鷹揚(おうよう)でありながらこまやかな神経を使う。筋を重んじ、節を曲げることは微塵もない。普段は洒脱な人でありつつ、短気で喧嘩ばやい一面もあった。

夜、四谷のスナックのカウンターに並んで座っていた折りのこと。堀と本田の話に割り込んでくる酔客がいて、それがしつこい。

うるせえな、黙れ！――といいながら本田はバンと酔客を殴った。ぶっ飛ばされた客に向かって、本田は「テキサスならば拳銃の弾だぞ！」と叫んだ。迫力に飲まれたのか、酔客はすごすごと引き下がった。

いろんな意味で、すこぶる魅力的な人でしたねぇ……。遠い日の思い出を回想しつつ、堀はそういった。

本田はこ難しい話はあまりしない人であったが、「ノンフィクションのあり方」ということが話題になる日もあった。

『サンパウロからアマゾンへ』が単行本として刊行されたのは一九七六年であるが、この年、アメリカをベトナム戦争の泥沼へと導いた、ホワイトハウスの内幕を描くデイヴィッド・ハルバースタムの『ベスト&ブライテスト』の邦訳版が出されている。

この前後、ニュージャーナリズムと呼ばれる訳本がいくつか刊行されているが、本田にとってハルバースタムの著がもっとも心動かすものであったようだ。人物群像を書き込みつつ、背後に潜む時代的流れを見詰める視線がある。ノンフィクションはあでなくちゃいけないよね――と、本田がいったことを堀は覚えている。

ニュージャーナリズムの書き手の作風もまたそれぞれであるが、ハルバースタムはもっとも社会性の濃い作家である。あるべきアメリカ、そうであってはならないアメリカ――。ハルバースタムの全著作に通底する視座である。

本田がハルバースタムに感応したのは人と歴史を描く作品性からであろうが、それは、自身がこの世界に本格的に踏み出していかんとする気持の現れでもあったろう。世界を旅する日々は、本田にとって新たな対象へと向かう助走、あるいは弓を引いて力を溜める時期でもあったのだろう。〝紀行四部作〟の連載の区切りがついてほぼ一年後、本田の代表作の一つ、『誘拐』が刊行される。フリーになって七年目の四十四歳。満を持しての仕事だった。

第六章　事件の全体像を――『誘拐』

1

公園の南のはずれに、このところようやく成木の風格をそなえて来た公孫樹(いちょう)があり、根元を囲んで円型にベンチが配列されている。その中の南向きの一脚が、いつの間にか、里方虎吉の指定席みたいになった。

老妻と二人暮しの虎吉にとって、公孫樹の下の日溜りほどふさわしい場所はない。彼の独り決めだと、公園は自分の屋敷なのであり、用を足すにも、いちいち公園の中の公衆便所へ出向いて行くのである。

その日の夕方も、虎吉はいつものベンチにいて、一服つけていた。終(つい)のすみかになるであろう間口一間半の店舗併用住宅は、六間幅の道路をはさんで、目と鼻の先である。

地下鉄日比谷線の入谷駅から、彼の足だとゆうに十分はかかるこの奥まった小さな靴屋に、注文客どころか修理の客もめったにこない。それでも、虎吉の視線は、自然に店番をする格好になっている。

その中へ一人の男が現れて、一瞬、客かと思わせたが、真っすぐ公園に入って来て、虎吉の前で方向をかえると、築山へと歩いて行った。

六十の声をきいてから、とみに記憶力の薄れた虎吉だが、男の顔かたちは、はっきり脳裡にとどめた。その歩き方に特徴があって、ずっと目で追っていたからである。

日曜日にあたっていた昭和三十八年三月三十一日の夕方五時から六時にかけて、東京都台東区の入谷南公園に足を踏み入れたものは、地取り担当の捜査員が作成したリストによると、学齢前の幼児を除き、三十九人となっている。

どういうものか、他のだれよりも公園を頻繁に利用する虎吉老人の名前が、そこには挙げられていない。この欠落は、何かとつまずきの多い捜査について語ろうとするとき、たいへん暗示的である。

『誘拐』（文藝春秋・一九七七年、引用は文春文庫版による）の書き出しである。

公園側（そば）で工務店を営む村越繁雄・豊子夫妻の長男、吉展（よしのぶ）ちゃん（四歳）が行方不明となった。自宅に、身代金五十万円を要求する男からの電話が入り、誘拐と判明する。身代金の受け渡し現場で犯人を取り逃がし、以降、捜査は難航する。容疑者として小原保が幾たびか浮上するが、灰色のままに時が過ぎる。最終、勾留期限ぎりぎりでアリバイを崩された小原が犯行を自供、お寺の墓地に遺棄されていた吉展ちゃんの遺体が発見されるのは事件発生から二年三ヵ月後のことだった。

「戦後最大の誘拐事件」とも呼ばれた事件の全体像を、被害者側、加害者側、捜査陣、そして世相や社会の動向にも言及して書き込んだノンフィクションが本書である。

アメリカ・カンザス州の片田舎で一家四人が殺害された事件を描いたトルーマン・カポーティの『冷血』が新潮社より邦訳出版されたのは、『誘拐』刊行の十年前である。『冷血』は「ノンフィクション・ノベル」と銘打たれたが、以降、ニュージャーナリズムと呼ばれる作品が相次いで刊行され、日本の出版界に少なからぬ刺激と影響を与えた。

ニュージャーナリズムの特徴のひとつに、目に浮かぶがごとく情景を書き込む、

「シーン」の獲得があった。エッセイ類を含め、本田がニュージャーナリズムの手法について特に言及したものは見当たらないが、『誘拐』冒頭の、静かな書き出しにその影響を垣間見るようにも思う。そして、この作品に込めた、並々ならぬ意気込みも伝わってくるのである。

事件が起きた一九六三（昭和三十八）年、本田は読売社会部の遊軍記者だった。「黄色い血」追放キャンペーンに奔走し、また翌年に迫った東京オリンピック関連の取材に駆り出されていたが、事件発生から間もなく、被害者宅周辺の聞き込みなど応援取材に加わっている。事件の主舞台となった台東・荒川地域は警察（サツ）回り時代から土地勘のある地である。本事件に取り組む動機と予備知識は十分にあった。

本書の「文庫版のためのあとがき」では、記者時代の大半を社会部記者として過ごし、事件取材にも数多くかかわりつつ、「締め切りという時間的制約」や「限りある紙面におさめなければならないというスペースからくる制約」などがあって、報道としては「燃焼し切れない思いがつのる一方であった」とし、こう続けている。

それやこれやで、結局、フリーの道を選ぶのだが、再出発にあたって自分に課した宿題が、時間にとらわれずに納得が行くまで取材を尽くし、そうして得たファクトをたっぷりしたスペースの中で丹念に積み上げて、一つの事件の全体像を描いてみたい、ということであった。

しかし、フリーにはフリーなりの制約があって、私の方法論を実地に移す機会はなかなかやってこなかった。

本田にとって、本作は満を持した仕事であったが、「機会」は、担当編集者との出会いがあって訪れた。文庫版「あとがき」にはこんな一文も見える。

退社から五年を経た昭和五十一年の春に、文藝春秋編集部の中井勝氏との出会いがなかったら、この作品は生まれていない。別の何かはあったとしても。

中井は当時、三十代半ば。『週刊文春』『文學界』『別冊文藝春秋』などを経て、この年『文藝春秋』編集部に移るが、温めていた企画があった。『冷血』に匹敵するような作品を扱いたい……対象は「吉展ちゃん事件」……書き手は本田靖春さん……。

情報ルートの蓄積もあった。小原自供時の警視庁捜査一課長をつとめたのは津田武徳であるが、『週刊文春』時代に「この人と一週間」で面識を得、信頼関係をつくっていた。

控訴審で小原保の死刑が確定、刑が執行されて後であるが、国選弁護人をつとめた弁護士より、「何かのお役に立つようでしたら」と、供述調書、参考人調書、実況見分調書などを預かっていた。調書類を積み重ねると、四十センチほどにも達した。

事件の全体像を描いてみたいと思っていた書き手と、準備を図っていた編集者が出会ったのである。

2

スタートするに当たって、中井は二つ、条件をつけた。一つは、取材記者に頼らず、取材の全過程を本田一人が担うこと。もう一つは、この仕事に専心すること、である。後者はフリーランスにとって厳しいが、本田の決意は固く、いずれも承諾した。

取材はじめに、二人がまず訪れたのは、村越宅である。二階の仏間で線香をあげさせてもらい、このような悲劇的事件を二度と起こさないための一助としたいと話を切り出した。二人の申し出を村越家の人々は諒（りょう）としてくれた。

原稿が仕上ったのは一年三ヵ月後である。さまざまに困難はあったが、なんとかゴールへとたどり着いた。執筆の終盤、中井は本田を、熱海にあった文春の社員寮に閉じ込めた。元は二代目社長・佐佐木茂索（もさく）の別荘であったが、社員寮として譲り受け、時に作家たちの〝カンヅメ部屋〟として使っていた。

本田からの連絡を受け、東京駅構内のレストラン・精養軒（せいようけん）で落ち合った。まずはビールで乾杯したのであるが、本田の顔が、首筋からファーと赤味を帯びて染まっていったことを覚えている。ああ、寮では禁酒されていたんだ……と中井は思った。

本田と別れると、中井は原稿を抱え、タクシーで社に戻った。生原稿が「流れるように」読めていく。期待通りの、いやそれ以上の出来だった。第一章「発端」第一節のラスト、入谷南公園で水鉄砲遊びをしていた吉展ちゃんが小原と出会うシーンに差しかかると、ふっと思い出していた。ここはこう書きたい……と、本田から耳にしていたからである。

そのとき、背後で、吉展に話しかける男の声がした。

「坊や、何してんだい？」

夜鳴きそばの売子、屋台引きの男、ベンチで仰向けに寝そべっていた失業者、そば屋に勤める若い男女……公園に姿をとどめた人々に触れつつ、本田は「一人がひきずる人生を一本の糸として、下町の小公園の一時間が紡ぎ出した人間模様も、当然のこと、時代の色調を織りなしているはずのものである」と書いている。

この時期、日本社会は「一つの変り目」を迎えようとしていた。

急速に払拭（ふっしょく）されて来た「戦後」に、はっきりした線引をつける意味合をこめて、官民の手で東京に誘致されたオリンピック大会の開会式は、翌三十九年十月十日に迫っていた。

他方、工業優先の日陰に取り残されるようになった農村の人たちは、実りの少ない耕作に見切りをつけて、底辺の労働力としての都市集中を始める。田畑を完全に捨て切れない農民は、季節労働を現金収入の道に選んだ。

神宮外苑に輪郭をあらわして来たメインスタジアムを筆頭とするオリンピック関連工事は、主として、これら出稼ぎ農民の手で下から支えられていたのである。

入谷から直線で一キロの距離にある山谷の簡易旅館街は、彼らの主要な生活の拠点となって、憩がピースに、焼酎がビールにかわるという、いわゆるオリンピック景気にわいていた。

しかし、郷里に放置された彼らの妻子から見る社会は、まだ冬の季節であった。

本田と小原保は同じ一九三三（昭和八）年の生まれである。少年期に、戦争と戦後の混乱をくぐりぬけた。「育った土地も環境も異にするが、あの暗く異常だった時代を分け合っている」ことが「事件の背景を理解する上でかならず役立つであろう」とも記している。

小原は、福島県石川郡旧母畑村（現石川町）に狭い田畑をもつ農家の五男である。生家は法昌段と呼ばれる集落にあって、その生家はこのように描写されている。

小原家は急斜面を削りとったわずかばかりのところにうずくまるようにして建ち、屋根を間道の南側に沈みこませている。そして北側が、いまにもそれを押し潰そうとする格好でのしかかる裏山である。そこからの連想は、重い荷を背負って立ち上ろうとしたものの、ついにしゃがみこんでしまった運搬人か何かの姿につながって行く。

文庫版「あとがき」に、こんな一節が見える。

小原保の遺族にはとうとう会えずじまいであった。取材拒否は残されたものの当然の心情であろう。

私も人の子であってみれば、拒絶されて帰る何度目かの法昌段の山道で独り行き暮れたときのように、何と因果な仕事を、と思いがちである。

困難な取材行に立ち往生しつつ、小原を知る同級生、担任の教員、村の古老、仕事仲間、関係者らを訪ね歩く。「暗いかげのある」「盗癖のある」「優しいところもあって……」などの証言を得、調書類での記述を織り交ぜつつ人物像を浮き彫りにしていく。

小学四年生時、太平洋戦争がはじまった翌年であるが、小原の人生に負荷を強いる出来事が起きる。右足のあかぎれが悪化し、骨髄炎から股関節炎へと進行し、歩けなくなる。手術とリハビリによって回復はしたものの完治には至らず、歩行障害が残った。以降、長期欠席児童となる。

戦後、身体障害者職業訓練所の時計科で技能を習得した小原は、石川町の、ついで仙台にある時計店の住み込み職人となり、以降、時計修理の仕事に携わっていく。福島県内の時計店で窃盗を働き、有罪判決を受けて服役もしている。「動かぬ証拠となったのは、犯行当夜、彼が雪の上に印した、不規則な足跡である」とある。

東京に出た小原は、上野御徒町(おかちまち)の時計店で修理と販売に携わるが、勤めは長続きしない。

関係者のなかでは、犯行時、小原と半ば同棲関係にあった飲み屋「清香」の女将・成田キヨ子の姿が濃い印象を残す。年齢は小原より十歳上である。

薄幸の身の上で、小学校も満足に行けず、字が読めなかった。ただ一人の肉親だった兄がフィリピンで戦死し、天涯孤独の身の上となる。キヨ子は置屋の芸者となるが、以降、病身ながら水商売の世界で生きていく。流転を経て、ようやく荒川一丁目に飲み屋「清香」を出す。

底辺に生み落された女児が、王子電車の三ノ輪橋(みのわばし)終点に近く、踏切の点綴音(てんていおん)が伝わってくる密集地の路地裏に、間口一間の城を構えるのに、四十年の歳月を要したのである。

事件前、キヨ子は小原に請われて、幾度も金を貸し、あるいは保証人になったりもしている。

小原は同業者などから借金を重ね、返済に迫られていた。故郷・石川町で金策を企図し、自宅周辺をうろつき回るも、成しえないままに断念する。当地では近隣の土蔵や藁（わら）くずに潜り込んで寝泊まりをしていた。東京への帰路の車中、子供を誘拐して身代金を奪おうと思い立つ。ヒントとなったのは、黒澤明監督の映画『天国と地獄』の予告編だった……。

3

捜査の初動時から終結時まで、登場する刑事がいる。捜査一課第二係の部屋長（部長刑事の長、その後警部補）、堀隆次である。愛称・堀長。一九〇八（明治四十一）年生まれ。富山の農家に育ち、警察人生のほとんどを一課で過ごしてきた。吉展ちゃん事件が起きた時期、五十七歳の定年が近づいていた。堀の人物風景を、本田はこんな風に書いている。

この家（村越家）の人々に、もっとも溶けこんでいるのは、殺人専門の部長刑事というより、田舎の小学校教師の方が似合いそうな、温顔の堀である。額に深い横じわを五本ばかり刻み、頭のゴマ塩を丁寧に七三に分け、心持ち背中を丸め、細い目をなおのこと細めて、嚙んで含めるような物言いをする彼は、豊子にとっても、心安い相手である。

凶悪犯罪に数多くかかわってきた堀は、ふと重い感慨をもらすこともあった。

畢竟（ひっきょう）、人間というやつは、他のだれかを圧迫しないことには生きられない存在なのであって、犯罪者というのは、社会的に追いつめられてしまった弱者の代名詞ではないのか。

捜査一課で三十年を費して、堀が得たものはといえば、そういう考え方であった。彼には、正直にいって、ちょっとした悔いもある。

「百姓の息子は百姓の息子らしく、おとなしく百姓をやっていた方がよかったのかも知れません。こういう世界に入って、私は人間というものを知った。見なくてもいい面ばかりを通してね」

捜査はつまずく。事件が起きて八日目の四月七日午前一時過ぎ、誘拐犯から村越家に電話があった。五十万円を持参し、自宅からほど近い「品川自動車」横に駐車している前から三台目の車（ライトバン）の荷台に置け、目印に吉展ちゃんの靴を置いておく、というものだった。

それまで同一人からの電話が幾度かあり、新橋の馬券売り場、地下鉄・入谷駅の入口、上野駅前の電話ボックス……と、受け渡し場所を指示してきたが、姿は現わさなかった。今度は本当らしく思われた。

豊子が急いで従業員の運転する車で家を出る。捜査員一人が身を潜めつつ同乗し、残り五人の捜査員が、ばらばらに駆け足で品川自動車へと向かう。が、五人の到着が遅れ、犯人を取り逃がす。指示命令が曖昧で、現場では「空白の三分間」が生じていた。紙幣の番号を控えることも怠っていた。失態であった。この夜、堀は自宅に帰っていて現地捜査陣には加わっていない。

警察は自身の失態を、豊子が指示通りに動かなかったからと、責任転嫁したりもした。堀は豊子の憤り(いきどお)りを受け止め、「うん、今度のことは謙虚に反省すべきだな。私も警視庁の一人として、申しわけなく思う」と答えている。

逆探知はされていなかったが、電話の音声は録音されていた。この録音機も、警察ではなく村越家が設置しておいたものだった。

「もしもし、もしもし」

「あの、村越さん？　あのね」

「はい、そうです」

「あのね、いま金持って来てくれねえか」

「えッ？」

「金持って来い」

「ええ持って行きます」

「お母さん一人でね」

「はい」

「あと、よその人は、あの、来ちゃ駄目だからね」

「はい」

「それでね」

「はい」

「場所はね、おたくさんとこ真っすぐくるとね」

「はい」

「ええ、あの、昭和通りの方へ向って来ますね」

「はい、昭和通りを向って行くと――ええ」

「うう、突き当りに品川自動車っていうのがあるからね」

「品川自動車ですか？」

「品川自動車」

「ええ、品川自動車ね、はい」


警察は公開捜査に踏み切り、東北訛りの「声」はラジオでも流れた。複数の情報が寄せられ、小原が捜査線上に浮かぶ。小原の身内の、弟からの通報もあった。ただ、声の主は四、五十代の男と思われる（小原は当時三十歳）、足が不自由な小原に身代金奪取のさいの敏捷な立ち回りは無理、一応のアリバイがある……など否定的な見方も強かった。堀の見立ても、途中までは「シロ」に傾いていた。

その後、小原は容疑者として再浮上し、別件逮捕されるが、処分保留で釈放されている。「グレー」のままに月日は過ぎていく。

最終的に事件の解決に手腕を発揮したのは別の刑事であって堀ではない。ただ、本田は〝ヒーロー刑事〟と同じ比重で、この老刑事を書き込んでいる。そこに、本田の視野と価値観を見るように思う。そのことがまた、作品に深みと奥行きを付与している。


本書において本田は、村越家の人々が蒙った、事件に付随するもろもろの受難についても記している。善意の励ましや慰めの手紙を寄せる人々がいた。同じように、「極限にまで打ちひしがれている人間を、それこそ水に落ちた犬でも叩くようにして、さらに打ちのめそうとするいわれのない憎悪の持主が、社会には少なからず潜んでいる」のであった。

水鉄砲を持った吉展ちゃんが公園の手洗い場から消えたことを知った匿名の手紙は、「公共の水を手前勝手に使うから、そういう目にあうのだ」と結ばれていた。

吉展ちゃんはおれが預かっている、追って連絡するから、百万円用意しておけ

――。

そんないたずら電話の類が、繰り返しかかってきた。事件発生からほどなく、闇議で、脅迫者をつきとめるための逆探知は通信の秘密をおかすことにならないという見解が了承される。「鬱憤晴らし」ということで、計十一回もの電話をかけてきた二十三歳の男が「逆探知による逮捕第一号」者となっている。

易者、占い師、拝み屋、狂信的な信心家の類も家族を悩ませた。新潟県の十日町に無縁仏があって、これがたたっている――。

吉展の祖母すぎは、そのことを信じたわけではないが、孫の命がかかわっているが故に、放置しておくといつまでも心にひっかかりとなって残る。夜行列車で新潟に向かい、降り積もる雪の中、いわれた無縁仏をたずねて歩いた。

本田は憤りを込めて、次のような文章を綴っている。

この種の脅迫者は、自分を特定されない空間に置き、受動的な立場をしか選べない相手を、思いのままにいたぶる。闇の中の存在である彼は、そういうとき、普段は決してあらわさない奥深くひそめた残忍さを、海中の発光虫のように、隠微に解放させているに違いない。

嗜虐的な快感を覚える卑劣漢はいつの世にもいる。病んでいるといえばいつの世も病んでいるのだろう。事件はもう半世紀余も前のことであるが、近年の〝ネット社会〟という匿名社会の進行は、〝病みの度合〟をさらに増幅させているように思える。

4

身代金を奪った小原保は、「落ちた容器から床一面に飛び散ったインクを拭きまわる、あのせわしさに似て」、借金返済に歩いている。五十万円はいまに換算すれば五百万円程度であろうから、身代金の要求額とすればさほどの額ではない。密輸品の時計でひと儲けしたというのが周りへの口上であった。鬼畜の行為をさておいていえば、いじましく、切ないような犯人像が浮かんでくる。

「清香」での小原は、以前の陽気な「オーさん」であり、成田キヨ子への寝物語に、小さな店を持つ夢を語ったりもした。けれども、キヨ子は、憂色濃い小原にも接している。店の二階にある部屋で、「畳に仰向けになった保が、その気配にも気づかないように、天井を見つめて物思いにふけっている」のである。また、肉体の交渉もまるで求めなくなっていた。

小原はキヨ子を連れて、故郷の石川町に一時帰郷している。父・末八の病気見舞いとキヨ子の顔見せを兼ねて、である。


保はふせっている末八に、何枚かの一万円札をにぎらせ、鞄から取り出したトランジスタ・ラジオを贈った。

取り巻いた家族たちは、つい一カ月半前、昼間は竹藪に身をひそめ、夜は藁ぼっちに寝て、ついに彼らのもとに立ち寄ることが出来ず、浮浪者の姿で引き揚げて行った保を知らない。

家族に囲まれていちだんと多弁になった保は、新品のトランジスタ・ラジオのスイッチを入れ、使用法をだれにともなく解説しながら、周波数をさぐっていたが、雑音の中から輪郭のはっきりした音声を拾い上げた瞬間、彼の饒舌はとまった。それは誘拐犯人の声であった。

母親のトヨがいった。

「東京にはわるい人間がいるもんだ」

鬼気迫る記述である。

事件から二年、下谷北署に置かれていた捜査本部は解散し、捜査は堀ら四人の専従捜査員による「ＦＢＩ方式」へと移行する。迷宮入りもささやかれはじめた。

新しい捜査一課長に津田武徳が就任した。ノンキャリアながら警備畑を歩んできた人物で、本庁の管理官時、東京オリンピックの警備計画も立案している。刑事捜査にはシロウトであるが、「消えない容疑者」小原への三度目の捜査を指示した。

小原への再捜査の情報をキャッチした文化放送は、秘匿していた小原へのインタビューの録音テープを公開する。堀が小原＝クロを確信するのはこの音声を耳にしたときである。堀は文化放送の社報に、「それまで声が似ていないからといっていた刑事さえ『自分たちがいままでいっていたことが、こわくなった』といい出す始末でした」とする一文を寄せている。

津田は、新しい目で事件を見られる捜査員を投入するとし、捜査陣のチーフ、捜査一課長代理に武藤三男を、また捜査員の一人に第六係の部屋長、平塚八兵衛を指名した。

平塚は帝銀事件、小平事件、片岡仁左衛門一家殺し、下山事件、ＢＯＡＣスチュワーデス殺し……など、戦後に起きた数多くの難事件を手掛けた辣腕刑事で、「平塚の前に平塚なく、平塚の後に平塚なし」ともいわれた。別名「落しの八兵衛」。

平塚は小原を「本ボシ」と見込んだ。生来、向う気の強い男である。会議の席で、膨大な捜査書類を横目に、「堀さん、小原はどうしてホシに出来なかったんだい？こんな書類じゃ、おれにはよくわからない。いきさつを、あんたの口からくわしくきかしてもらいましょうか」とまくしたてた。

サツ用語でいう「ケツを洗う」作業、成田キヨ子など関係者への直当りを行い、小原の石川町でのアリバイを洗い直す。結果、誘拐時、小原が郷里にいたという供述を裏付けるものは前日までしかないこと、身代金が奪われた日の深夜の時間帯に「清香」に不在だったことも突き止めていく。

新しい材料を得て、平塚は強制捜査に踏み切るよう具申するが、合同捜査会議は紛糾した。新材料を得たとはいえ物証ではない。この時期、小原は窃盗罪および執行猶予取り消しで前橋刑務所に服役中だった。

任意の取り調べとなったが、三度目の調べに対し、新聞には「人権問題」という文字も現れはじめた。各紙の見解も分かれ、朝日はシロに、毎日・読売はクロに傾いていた。

もはや別件逮捕はできない、本件逮捕するには小原が所持していた金と身代金を結びつけるかけ橋がほしい、橋がかからないと取り調べの続行は無理だ――。合同捜査会議で〝正論〟を述べる刑事部ナンバーツー、参事官の平瀬敏夫に対し、平塚はこう発言したとある。

かっときた平塚は、語調をかえた。

「折角ここまで来たのに、前橋へ返しちまうとは何事だ。小原の人権、小原の人権というが、吉展ちゃんの人権はどうなるんだい？」

話しているうちに、われを忘れたのであろう、平塚はとんでもない科白を吐いた。

「いいか、耳の穴をかっぽじって、よくきけ」

いわれた平瀬は、顔面を蒼白にした。

「平塚君、いまの言葉は私が預っておく」

と槙野（勇、刑事部長）が中に入らなかったら、会議がどのような展開を見せていたか、予想もつかない。

勾留期限の切れる日、平塚は小原に新材料をぶつけ、勝負に出た。

小原が帰省中、土蔵で食べたというしみ餅などなかった、そもそも土蔵の鍵はかからなくなっていた、姿を見たという腰曲がりの婆さんの腰は曲がっていない、寝床にして潜り込んだという藁は片付けられていてもうなかった……。

平塚が声をあげるたびに、汗のしずくが床に落ちる。膝の上で握りしめた保の両の拳が、小刻みに震え始めた。

「お前は四月三日まで福島にいたというけど、おれの調べじゃ、三月三十日までしかいねえ。お前がいうのが嘘か、おれのいうのが嘘か、はっきりさせようじゃないか。なあ、小原」

保の震えは、拳から腕を伝って、肩先へと上って行った。望月（晶次、部長刑事）が見ていると、首筋のあたりが、たちまち鳥肌にかわった。

沈黙のあと、保の口が微かに動いた。だが、言葉は聞き取れない。

「なんだ。はっきりいえっ」

「嘘だ」

やっと絞り出した、かすれ声であった。

「どっちが嘘なんだ？」
「おれの方が嘘だ」

その日、小原は全面自供した。翌々日の未明、荒川区南千住にある円通寺の墓地内に、誘拐日当夜に絞殺された吉展ちゃんの、半ば白骨化した遺体が発見される。村越家にそのことを告げる辛い役目は堀にゆだねられた。

これ以前、吉展ちゃんの生存が絶望と見られて以降も、堀は家族から安否を問われるたびに「安心して任せて下さい」と答えてきた。それ以外の見通しを口にすることができなかったからだ。だがもう、目の前に明白なる事実がある。

正直にいって、二年三カ月にもわたる捜査の進展によって、私はすでに村越家のだれかれとも、親戚以上の親しみを持ち合う仲になっていた。

だれが、どんな物のいい方をするか、どんなときに泣くか、どんな考え方を持つか、そのすべてがソラで解るほどである。ことに母親の豊子さんは、なにごとでも私に相談してくれた。もう豊子さんの目の色を見ただけで、なにをいおうとしているかが、解るぐらいになっていた。

それだからこそ、本部は私にこの役目をいいつけたのである。まったく適任である。いや、適任を通り越して、こういうのを残酷というのだろう。

しかし、私も警察官である。この役目は果たさなければならない。いや、私がやらなければ、だれがやるのか。私は思い切ってダイヤルを回した。警視庁を離れた公衆電話からである。雨が降っていて、それがよけいに私の心を暗くした。

（中略）

女の人たちの泣く声が、電話の向うから爆発的に聞えてきた。

5

終章「遺書」では、別人となったごとく、模範囚として過ごした小原の日々が綴られている。獄中で小原は短歌を学び、短歌会の会誌『土偶』に「福島誠一」というペンネームで投稿し、幾度も採用されている。

【朝あさを籠の小鳥と起き競べ誦経しづかに処刑待つ日々】

本書には小原が『土偶』によせた二十首余が紹介されているが、並々ならぬ歌心の持ち主であったことが伝わってくる。「成育期の保に、もし、人並みの条件が与えられていたら、もっと違った人生がひらけていたのではなかったか」という本田の感慨に連なる思いに誘われるのである。

処刑の日、府中で起きた三億円事件特別捜査本部にいた平塚は、宮城刑務所の看守よりの電話で、「真人間になって死んで行きます」という小原の遺言を受け取った。本書のラストを本田はこう締め括っている。

一日、平塚は保の墓参りに出掛けた。生家の裏山に「小原家之墓」はある。だが、保が眠るのは、そのかたわらの、土盛りの下であった。

花と線香を上げて、胸をつかれた平塚は、手を合わせることを忘れていた。そして、短く叫んだ。

「落したのはおれだけど、裁いたのはおれじゃない」

後年、本田が病床にあった時期であるが、訪れた編集者との間で『誘拐』が話題に上ったさい、本田が小原についてこう口にしたことを編集者は覚えている。

――もし、少年期に足を悪くすることがなければ、もし、きちんとした教育を受けることができていたら、あのような事件を起こさずにすんだかもね、と。

『誘拐』以降、事件を扱ったノンフィクション、ノンフィクション・ノベル、小説……は数多く現われた。いくつかの作品を読んできたが、かくもずしりとくる、確かな重量感が残り続けた作品には出会っていない。

書き手の視線は、被害者、加害者、捜査陣、世間のそれぞれに複眼的に注がれている。文中の所々、調書類からの引用がなされているが、可能なかぎり直接取材を重ねた足跡が伝わってくる。全編にわたって文体のゆるみは微塵もない。読後、伝播（でんぱ）してくる量感は、おそらく書き手の〈全体像〉を描くという確固とした意思と、〈人間〉を見詰める柔らかい視線に由来しているのだろう。

雑誌原稿として執筆された元原稿は、一九七七（昭和五十二）年六・七・八月号の『文藝春秋』に掲載され、この年の文藝春秋読者賞が、また刊行された単行本には講談社出版文化賞が贈られている。

中井勝は後年、『別冊文藝春秋』『オール讀物』『文藝春秋』の編集長を歴任したが、一方で戦史の研究家となり、森史朗という筆名で『敷島隊の五人　海軍大尉関行男の生涯』『運命の夜明け　真珠湾攻撃全真相』『勇者の海　空母瑞鶴（ずいかく）の生涯』などを著している。

若き日、本田と取り組んだ仕事の記憶はいまも鮮明だ。

吉村昭、松本清張、城山三郎、井上ひさし、五味川純平、田辺聖子、山崎豊子……交流を深めた作家たちであるが、作家のもつ文体には固有の音色のごときものがある。本田の場合、あくまで事実をきちんと積み上げていくジャーナリストの作法を貫いた人であったが、同時に、行間から自然と情緒的なるものが匂い立ってくる。本来的なものでいえば、天性の作家だったのではないか――本田および『誘拐』にかかわってよぎる思いである。

『誘拐』は、テレビ朝日でドラマ化された（土曜ワイド劇場／戦後最大の誘拐・吉展ちゃん事件）。当初、「内容が暗い」ということで企画は流れかけ、テレビ嫌いの本田は嫌気が差して打ち切りを口にしたりするのであるが、脚本家で作家の向田邦子が、担当者ではなかったものの随分と肩入れし、主演の小原保役にフォーク歌手の泉谷しげるを推薦したりした。

向田が肩入れしたのは、本書に尋常ならざるものを、また書き手の本田に何事かを感じていたからなのだろう。ドラマが放映されたのが一九七九（昭和五十四）年。高視聴率を記録し、ギャラクシー賞・芸術祭優秀賞などを受賞している。監督をつとめたのは本田の中学（旧制）の同級生、恩地日出夫である。

「文庫版のためのあとがき」で本田は、放映のあと恩地らが村越家に挨拶に出向いた際、遺族より「『私たちは被害者の憎しみでしか事件を見てこなかったが、これで犯人の側にもかわいそうな事情があったことを理解出来た』という趣旨の感想を述べられたと聞き、原作者としてたいへんありがたく、やっと救われた気持になった」と記している。

向田が『花の名前』などを収めた短編集で直木賞を受賞するのが翌一九八〇（昭和五十五）年、台湾での航空機事故で亡くなるのが翌々年である。

向田が亡くなって間もなく、『別冊文藝春秋』（一九八一年秋季号）に、本田は「向田さんのこと」と題する追悼の一文を寄せている。彼女との短い交流を記し、六本木のジャズの生演奏を聴かせる店で向田からこういわれたと書いている。

「なんですか本田さん。いままで知らなかったけど、あなたは私より三つも弟じゃないですか。姉として申し上げますけどね、あなたそのまま行くと、ただの拗ね者になりますよ。あれがいけない、これがいやだなんていわず、いまは黙ってどんどん書きなさい。そういうことだって大切なんですよ。いいですか。ここで約束をなさい」

夜明けのお説教は身に滲みた。私が生涯で初めて持った姉は、それからどんどん書いて、あっけなく逝ってしまった。

本田は以降、「拗ね者」という言葉を好んで口にするようになった。もちろんそれは、本田流の諧謔的言い回しであって、秘めたる自負と矜持を込めた、そしていささかのペーソスを含み持つ言葉として、である。テレビドラマ化は、小さな置き土産というべきか、新たな〝本田語録〟を一つ残した。

第Ⅱ部

第七章　負の歴史を問う――『私戦』

1

『私戦』が潮出版社より刊行されたのは一九七八（昭和五十三）年である。月刊『潮』誌上に「ドキュメント　私戦・第一部」が載ったのが七七年十一月号で、以下、「第二部」十二月号、「第三部」七八年一月号、「完結編」二月号と続き、一冊にまとめられた。

単行本とすれば『誘拐』刊行の翌年であり、本田にとっては、もうひとつ、社会を揺り動かした事件をトータルに描き出さんとした意欲作であった。

一九六八（昭和四十三）年二月、静岡・清水市内のキャバレーで、暴力団・稲川組構成員の曾我幸夫、準構成員の大森靖司がライフルで撃ち殺された。撃ったのは、在日韓国人二世の金嬉老。現場から逃れた金は、大井川上流にある峡谷の温泉地、寸又峡（すまたきょう）の旅館「ふじみ屋」に立てこもる。大量のライフル弾とダイナマイトで武装した金は、経営者一家と宿泊客を人質に、〈私的な戦い〉を挑む。逮捕されるまでの四日間、警察やマスコミを巻き込んだ攻防と騒動が続いた。

本書の文庫版は講談社より刊行（一九八二年）されているが、「文庫版のためのあとがき」の冒頭で、本田はこう記している。

> この事件が持ち上がったとき、私は新聞社の東京本社にいて、現地へ派遣されたいわゆる事件記者たちから電話で送られてくる原稿を受けながら、大いに不満であった。なぜなら、そのどれもが事件原稿の域を一歩も出ていなかったからである。
>
> 事件記者の日常は、「夜討ち・朝駆け」が物語っているように、犯人を追う捜査員とのたゆみのない接触の繰り返しである。そのこと自体は取材活動の基本として、当然、認められてよいが、そこから生じる弊害を見落とすわけには行かない。

捜査員との密着は、知らず知らずのうちに、警察との一体感を育てて行く。その結果、時として事件原稿は、警察的な見方の反映として現れるのである。

金嬉老事件に関する一連の報道が、まさにそれであった。これを日本の社会が抱え込んでいる差別問題とのからみでとらえないことには、その本質が読者に伝わらない、という私の主張は、殺人犯を擁護するものであるとして、職場でかき消されてしまった。

殺人、監禁、爆発物取締罰則違反等に問われた金は、静岡地裁で無期懲役の判決を下される。控訴・上告は棄却され、刑は確定して金は服役した。罪状は明白であったが、事件をどう受け止め、なにを汲み取るべきなのか……。困惑と戸惑いを伴った特異な事件として波紋はその後も残り続けた。本書は、事件の全貌を描きつつ、その意味するものを探ったノンフィクションである。

『潮』編集部で担当した南晋三によれば、連載の企画は本田の発案であったという。在日の問題は、本田の〈故郷〉にもかかわる「内在的なテーマ」である。事件から九年──。本田のなかで本書は、いつか書かねばならないテーマであったのだろう。

時評コラム「時代を視る眼」（『現代』一九九一年六月号）で、本田は本書に触れているが、「（読売を）辞めるにあたって、はっきりしたテーマを二つ持っていた。その一つが金嬉老事件であった」と書いている。もう一つの具体名はあげていないが、後に『不当逮捕』として結実する仕事であったのだろう。

「文庫版のためのあとがき」では「本稿の執筆にあたって、金嬉老公判対策委員会と弁護団の刊行物に負うところがきわめて大であった」とし、委員会編の『金嬉老の法廷陳述』（三一書房）などが引用されているが、金の家族や周辺、警察官、人質たち、マスコミ人への取材が盛り込まれ、臨場感に満ちたドキュメントとなっている。

第一章「引金」は、清水のネオン街にあるキャバレー「みんくす」での出来事から書きはじめられている（以下、引用は講談社文庫版による）。

事件が起きる以前、「彼」は二度ほど店に現れていて、カネ離れのいい客としてママの淳子は記憶していた。二月二十日夜、「彼は、自分が招待したらしい三人連れと、ロイヤル・ボックスの十四番テーブルにいて、姿を見せない淳子に、二度、催促の伝言を寄越した」とある。八時頃、「彼」はちょっと用事があるといって店の外に出るが、ほどなく戻ってくる。手に、ゴルフ道具のような「布製の長い袋」をさげていた。間もなく、「ロイヤル・ボックスの方角で、何かが爆（は）ぜるように連続音が起こった」……。

それが事件の幕開けであった。

「彼」＝金嬉老は、一九二八（昭和三）年、清水で生まれ、育った。幼年期、父（権命述）は、波止場での積荷下しの作業中、落下物の下敷きになって亡くなる。母（朴得淑）は、極貧のなかで子供たちを育てる。金嬉老六歳のとき、母は再婚するが、母へ寄せる思いが深かった分、継父（金鐘錫）への反発が強く、それが非行へと走らせたとある。

　少年期を過ごした昭和十年代、植民地・朝鮮への露わな蔑視が見られた時代で、金もまた苛めや嫌がらせは日常的に受けていた。少年の憧れは、郷里の生んだ侠客、清水次郎長。敗戦時は少年院に入っていて、玉音放送をポロポロと涙を流して聞いていたとある。

　警察記録に残る金のはじめての犯罪歴は、戦後間もない十七歳時の詐欺罪で、以降、窃盗、詐欺、横領、脅迫、銃刀法違反、傷害、強盗……と、犯罪歴が重なっている。

　強盗とは、「留置場仲間」と横浜で起こしたタクシー強盗である。留置場仲間が旧陸軍の拳銃を運転手に突きつけ、金が車を運転して元箱根の山中に乗り入れ、運転手を縛り上げて所持金四千円を奪ったというもの。強盗罪では八年の刑に服している。

金が学校に通ったのは小学校五年までで、獄中が勉学の場となった。国語・漢和辞典を引きつつ本を読み、文学書や社会科学書にも親しんだ。自動車整備士を目指して数学などを勉強し、国家試験をパスするのであるが、刑務所帰りの在日韓国人を受け入れてくれる職場はなかった。

刑務所暮らしは都合、四たび。塀の内と外を行き来する、アウトローの見本のような来し方であるが、「底辺の人々に対してたいへん涙もろいところがある」「かわいそうな人を見ると自分を抑制出来なくなってしまう」「弱者に対する一見、奇矯なまでの同情」といった一面も持ち合わせていた。

2

金の周辺の人々にもページが割かれているが、ひときわ強い印象を残すのは母の朴得淑である。母から子に受け継がれたものについて、本田はこんな風に書いている。

ごく平均的な日本人の眼からすると、厄介な存在としての「典型的な朝鮮人」にしか映らないであろうと思われる金嬉老の中に、実は、彼を異端視する人々がついぞ持ち合わせたことのない優しさが秘められている。章を追うごとに明らかになるに違いないその優しさは、多分に、この母親に負うところが大きい。

本書の刊行時、オモニは静岡・掛川駅近くで、豚足（とんそく）を売りとする一杯飲み屋を開いていた。七十に手が届く年齢であるが、「女性に対する表現としては、はなはだしく不適当なのだが、赤銅色に日焼けした顔は見るからに健康そのもので、老婆の印象はまったくない」とある。

朴得淑は釜山近郊の農家の生まれ。少女期、日本人の農園主宅に奉公に出る。日本語が多少できるようになり、内地の飯場で朝鮮人労働者を束ねる請負師をしていた権命述に請われ、嫁になる。海峡を渡ったのは大正の末か昭和のはじめ、数えで十七歳だった。

自身の人生を「マムシ」に例えて語ったとある。

七転八起といったのでは、オモニの辛酸をあらわすのにとても足りない。日本人社会には、自分とひきくらべるべき対象が見出せないのであろう。マムシにおのれを擬（ぎ）してみる彼女の発想は、それこそ何十回となく踏みつぶされた苦闘の中で、だれに教わるともなく、自分でつかみとったものであるに違いない。

マムシでさえ、頭を踏みつぶされれば死んで終わる。生きている自分を不思議だというオモニの拙い日本語は、どのような雄弁にもまさって、きくものの胸に突き刺さるのである。


夫（権）が事故死し、オモニは四人の子供たち――そのうちの二人は夫と日本人女性の間にできた子であったが――を育てていく。幼児をおぶってリヤカーを引き、魚の行商に出る。あるいは「日中は日がな一日土方に出て、夜は月あかりを頼りに乳母車を引いて、ボロを拾い歩いた」ともある。足もとはいつも地下足袋だった。

夫の死後、姑との折り合いが悪くなり、家を追い出される。小学校の運動場の片隅で暮した日々もあった。「他人の何倍も働きながら、ゆとりが出るたびに、材木を一本、トタンを一枚というふうに、買い集めて行く。そして、かっていた（清水市内の）築地町に、総額四百円のバラックを建てた」ともある。

戦後は、密造酒、イモ飴づくり、焼酎づくりなどに携わり、ホルモン焼きの一杯飲み屋を出す。店が流行った時期もあったが、安寧のときはなかった。

二度目の夫、金にとっての継父・金鐘錫は長く神経を病み、金嬉老事件が起きる前年であるが、十二歳になる孫（金嬉老の妹の長男）を出刃包丁で刺し殺し、自身も農薬を飲んで自殺するという悲劇が起きている。

客が入って来て、焼肉の台に火をつけたオモニは、立ちのぼる煙を斜めによけて肉片を返しながら、深刻な事柄を淡々と話す。健康だとはいっても、さすがに、煙にしかめた顔の皺(しわ)は深い。……

「わざわざ来たちゅうから、こうして話しとるだけんども、わし、生きて話してるか、死んで話してるか、あんたらにゃわかりゃせんですよ。ほんとの腹は」

金嬉老事件に際しては、「この剛気なオモニは、寸又峡に立て籠った息子に『立派に死ね』と言葉を送り、生きたまま捕えられたと聞かされて、自殺を図ろうとした」とある。

まことに過酷な人生模様である。

事件を起こす前、金はさまざまに行き詰まり、追い詰められていた。

「和子」は金の二度目の妻で、オモニとともに金の出所を待って飲み屋を維持していたのであるが、出所した金に女性ができ、去っていく。

知人から借りたカネが——金によれば車の譲渡で代物弁済されていたというのであるが——手形となり、曾我幸夫の手に渡る。曾我の追い込みは執拗で、オモニにも脅しをかけた。金は他人名義で購入したライフルを保持していた。返済を迫る曾我に電話をし、「(静岡の景勝地)日本平で決闘しよう」と口走ったりしている。

この時期、金は厭世的な気分にあったとある。「行きずりの女性」藤子とともに東北地方に旅しているが、青酸カリを保持し、死に場所を求めての逃避行であったという。

その日、「みんくす」で金が銃口を向けるまでの模様を、本田はこう記している。


「いやあ、曾我さん、今日はどうもお金がまずいらしいよ」

用を足す曾我のかたわらに立って、金には卑屈な思いがあった。

「何をこの野郎、てめえら朝公が、ちょうたれたことこくな!」


朝公とは、「朝鮮野郎」とでもいうべき侮蔑の言葉である。『法廷陳述』によれば、金は当初から曾我に殺意を抱いていたのではなく、その言葉を浴びせられて一線を越えたと陳述している。

　黙って手洗いを出た金は、まっすぐ表の駐車場へ向かった。ライフルをケースから抜き出し、三十発の実包を弾倉に詰めて、銃身にはめ込んだ。撃鉄を引いて一発を薬室へ送り込むと、安全装置をはずして、銃口をにぎり、布製の袋の中へ銃把から滑り落とした。

　金の逃避行は、その瞬間に終わった。ロイヤル・ボックスへ入って行った金は、ホステスの民子に袋の底を引っ張らせた。

　抑圧の三十九年を生きた男性の少年じみた力への熱い憧憬を吸い込んでなお冷たく鈍色（にびいろ）に光る銃身が、明確に意識された武器として曾我に向けられた。

　曾我に撃ち込まれた銃弾は六発。「ライフル弾の一発は、（彫り込まれた刺青の）ひょっとこの右頰から入り、別の一発は竜の胴から抜けていた」。ほとんど即死。曾我の隣にいた若い男＝大森靖司には四発。大森は店では脈はあったが、搬送された病院で死亡している。

3

原田誠治は静岡新聞のＯＢである。長く朝刊コラム「大自在」の執筆を担当し、編集局長、主筆などもつとめた。

金嬉老事件が勃発したときは入社三年目の若手記者で、沼津支局勤務。夜回りで沼津署を訪れ、次長と碁を打っていると、隣の無線室から流れる緊急連絡が聞こえてくる。

「清水市内で猟銃発砲事件が発生……被害者一人は死亡……加害者は静岡市内方面に逃亡した模様……」

やがて、容疑者は金嬉老、寸又峡の「ふじみ屋」で宿泊客を人質にして立てこもっている――という情報も入ってきた。沼津からは遠いから駆り出されることはないだろう……と思っていると、社会部長より電話が入った。

「君、車の運転はできたよな。すぐ現地に入ってくれ。ガソリンは大丈夫か」

車は中古の日産サニー。沼津を発って西へ向かい、静岡から右に折れ、藁科（わらしな）川沿いの道を北上する。もう南アルプスの麓である。夜半、雪が舞っていた。曲がりくねった細い山道は凍てつき、幾度もヒヤリとした。ふと思った。

――谷底に落ちるか、流れ弾に当たるか。まぁ〝鉄砲玉要員〟として選ばれたのだろう……と。

静岡新聞から現地に入ったのは、計八人。報道各社のなかでは最大部隊だった。

ふじみ屋は二階建ての和風旅館。時折、二階窓から、ハンチング帽をかぶり、ジャンパー姿の金が姿を見せ、ライフルを乱射する。人に向けて撃つわけではなかったが、付近に跳弾が飛び散り、「キーン」という音がいまも耳もとに残っている。

〝ライフル魔による人質監禁〟としていえば、事件は奇妙な推移をたどった。

警察にとって金は幾度も事件を起こす厄介者であったが、人としての金を知る、いわゆる苦労人の警察官もいた。金は〝懇意な関係〟にある警察官に再三電話をかけ、自身の思いと要求を伝え、メディア各社にも意図を伝えた。〝選抜〟した警官や報道陣と旅館で面談もしている。やがて旅館の入口付近で、ライフルを手にした金の周りを報道陣が囲む〝記者会見〟が行われていく。個別の会見や写真撮りをめぐってさまざまな報道合戦が続いた。

金が要求したのは、清水署の小泉刑事の謝罪である。

金によれば、清水市内の路上でチンピラたちのいざこざがあったさい、小泉刑事が朝鮮人を侮辱する暴言を吐き、そのことに抗議した一件のもつれである。寸又峡に入る以前に金が記した「手帳」の日記ではこうなっている。

〈清水署の小泉よ！　お前が昨年秋にいった『てめい等、朝鮮人が日本え（ママ）来てろくな事をしない』とか、大きく恥しめる言葉をはいて俺がお前に電話したのを憶えているか。その返礼をする時が遂にやって来たようだ。俺は自分の命に代えてお前の取った態度に答えてやろう〉

金が大量のライフル弾とダイナマイトを保持していたのは、清水署との「戦闘」と自身の自殺に備えてのものであったという。本田はその心理をこのように推し量ってもいる。

名だたる一家の幹部を殺してしまったら、背後の組織がほうってはおかないであろう。かりに、その報復の手からのがれたところで警察の追及は避けられない。

引き金に手をかけるときは、自分の生命も捨てるときである。追いつめられていた金は、そう考えたに違いない。

そこで、どうせ死ぬのであればと、在日朝鮮人としての怒りを、「小泉刑事問題」にかりて、日本人社会へ叩きつけようとしたのである。

この推測に、おそらく、誤りはない。

新聞各紙に金の言い分が一部載り、NHKと静岡放送は、清水署長、県警本部長、小泉刑事の〝謝罪〟録画を流した。ひとまず軟化した金は、一部の人質を解放する。人質になっていたのは、ふじみ屋の経営者家族五人と宿泊客八人の計十三人。武器を手にした犯人が人質を脅して監禁する――というのが人質事件のイメージであるが、旅館内での様子は相当異なっていた。

宿泊客の一人、中日本基礎工業の柴田南海男は、同僚とともにボーリングによる地質調査のために滞在していた。金が侵入してきたさいは、「寝込みを襲われて、深く考えないうちに、催眠術にかけられた」と語っているが、金と時間をともにするうちに、「警察と対決する」という姿勢、「正当な言い分」に共感を覚え、一緒に風呂に入ったりもしている。

県警の方針は当初、金の射殺であったが、説得もしくはスキをみての逮捕に変更していく。説得のため、金が懇意にしていた警察官、また在日本大韓民国居留民団の幹部や韓国人牧師らがふじみ屋を訪れるが、不調に終わる。

事件勃発から五日目の午後、旅館玄関付近で行われていた〝記者会見〟中、記者の腕章を巻いて紛れ込んでいた捜査官たちが金に飛びかかって取り押さえ、〈私戦〉は終わった。

逮捕劇の起きる前、静岡新聞の原田は旅館前の空地で記者たちと焚き火を囲んでいた。このとき、県警が強行逮捕に踏み切ることは予期していない。〝記者会見〟の場に警察官が紛れ込んでいることは薄っすら感じていたが、「下っ端」のこと、各社の了解のもとであったのかどうか、それも承知していない。

事件終了後、原田は事後の関連取材にもたずさわった。金の母・朴得淑に会い、苦難の歩みを聞いた日もあった。「田舎のおばさん」風の、好感を持てる人だった。事件の背後にさまざまな「歴史の禍根」が潜むことに思いをやりつつも、やはり金の行為と主張の間には飛躍があり、複雑な思いが残り続けた。

4

静岡県警本部発行の『芙蓉（金嬉老事件特集号）』に、ある記者（通信社）の「幸い事件は最良の形で解決された」という文言があるのを取り上げつつ、本田は痛烈なマスコミ批判を書いて本書を締め括っている。

この記者は殺人犯に発言の機会を与えたことを強く反省しているようである。声高にも小声にも誇るべき何物も持たないが、かつて殺人をおかしたことのない私が、改めて彼に設問したい。

人間を人間らしく生きさせない不正な社会に対する問題意識は、いったいどこへ行ってしまったのか、と。金嬉老は日本の法律によって裁かれ、現在熊本刑務所に終身刑で服役している。彼に償いを求めた私たちの社会が、その後、いささかでもそれを改めたか。

記者のいう、事件の「最良の形での解決」とは、警察の立場からする結果でしかない。彼の問題意識は、権力と一体化して、金嬉老をひたすら凶悪な人間像に仕立て上げる方向にのみ働いたのであろう。それでなければ、警察の「信頼」と新聞社の「信頼」を同列に置くはずがない。

金嬉老事件の重大さは、在日朝鮮人の懸命の訴えを、権力とマスコミが呼応して葬り去り、差別と抑圧の構造を最悪の形で温存することに成功した点にある。

その裁きは、いったい、だれがつけるのか。

「文庫版のためのあとがき」では、『潮』での連載は不思議な沈黙に包まれて進行した、雑誌連載をすれば、賛否をとりまぜ読者から反響が寄せられるが、『私戦』の場合、まったく反応がなく、担当の編集者は戸惑いを隠さなかったと記し、「この沈黙の意味するものは、いったい何であったのだろうか」と続けている。

沈黙――の由って来たるものは容易に想像できる。読者にとって、金の訴えに耳を傾けるべきものが含まれていることは了解できよう。ただし、殺人を犯し、その上で無関係な人々を人質に取った上での脅迫的な訴えは、そのままうなずくにはなんとも抵抗感を伴うものがある。

本書を精読するのは久々であったが、本田作品のなかでは例外的に、薄っすらとした違和感はこのたびも伴ってあった。一方で、書き手の意図したものは以前より理解が深まってあった。

本書に埋め込まれた主題は、事件の解剖を素材として、その背後に潜むものを見詰めることにあった。アウトローが生まれてくる足跡には、日本社会が向き合うことを避け、遠ざけてきた負の歴史と差別とのかかわりがある。そのことをあぶり出さんとしたことである。

ノンフィクションは、対象との距離が常に問われる。本書については、書き手に、主人公への前のめり感があることはいなめない。けれども本田は、そんなことは十分に承知の上で書いている。金嬉老にひとまず寄り添う以外に本書は成立しなかったのだ。

書き手のスタンスということについて、私との対談において本田がこんな風に語ったことが思い出される。事件にかかわる内外の作品をめぐる流れのなかでの発言であるが、『私戦』を念頭に置いてのものであるように思われた（『漂流世代のメッセージ』収録）。


……一言でいうと、私の書くものは社会的弱者に対して甘いんです。そこが私の作品の欠陥だと思っています。それは正直な気持ちなんですが、ただ、ジャーナリストの延長線上ということともかかわってきますが、では自分はどこに立っているのかというと、強者と弱者がいたとしたら、迷わず弱者の側に立つというのが、私の基本姿勢なんです。見てしまったことについては目をつぶるわけにはいかないけれども、少なくとも私は、弱者を告発したり、非難したり、まして中傷したりすることを目的で書いてるわけではない。書くとすれば、そのペンは強者に向かうべきものだと私は思っている。ですから、強者からすれば、「なんだ、アンフェアじゃないか」といわれるかもしれません。

開きなおるわけではないけれど、それでいいじゃないか、というより、おれはこういうふうにしか書けないんだ、と。


『私戦』は、いかにも本田靖春らしい作品であったとも思う。

刊行から十三年後の一九九一（平成三）年、本書は共同テレビジョンでドラマ化され、フジテレビ系列で『金の戦争』というタイトルで放映された（監督・小田切正明、脚本・早坂暁、主演・ビートたけし）。そのことを本田は連載コラム「時代を視る眼」（前出）で触れている。

やっていただくのは結構ですがテレビでは難しいんじゃないですか——と、企画段階では消極的であったのだが、高視聴率の番組となった。高齢者から中・高校生まで、広範な層から感想が寄せられ、多くが民族差別の問題をきちんと受け止め、考えていかないといけないという内容のものだったと紹介しつつ、「私にも一つの感慨がある。それは、差別と抑圧の問題について、確かな答えを聞いた、という深い思いである。日本人の一人として、とてもうれしい」と締め括っている。

原作とドラマは別物であるが、読者（視聴者）は「沈黙」に終始したわけではなかったのである。

以下の事も後日談の一つといえようか。

本田早智の記憶では、金嬉老から本田宛に都合三度、葉書が届いている。一度目は獄中からで、『私戦』を読みましたという礼状だった。

事件から三十一年後の一九九九（平成十一）年、千葉刑務所に収監されていた七十歳の金は仮出獄し、母国・韓国へ帰った。二度目の葉書は、これから帰国しますという連絡、三度目は、釜山に落ち着きましたという便りであった。そのつど本田は、これからきちんと生きていってほしいが、暮したことのない母国で果たして大丈夫だろうか……という類の懸念を口にした。結果的にいえば、かんばしいニュースは伝わってこなかった。

帰国した金に対し、韓国では〝差別と戦ったヒーロー〟として迎えるむきもあったというが、帰国して一年後、金は男女関係のもつれから傷害等の事件を起こし、有罪判決を受けている。さらに十年後の二〇一〇（平成二十二）年、釜山の病院で亡くなっている。享年八十一。晩年、母の眠る静岡の地に墓参りするため再入国を希望していたというが、その願いは果たされなかった。

第八章　雑兵への憧憬──『K2に憑かれた男たち』

1

異色作という言葉がある。書き手の持ち味から外れた、あるいは著者の作品群からして異質と思われる作品を指していわれるが、本田靖春の〝山岳ノンフィクション〟、『K2に憑かれた男たち』（文藝春秋・一九七九年）、『栄光の叛逆者　小西政継の軌跡』（山と渓谷社・一九八〇年）の両著は異色作であろう。本田は山登りにはまるで無縁な人であったから──。

『栄光の叛逆者』の「あとがき」で、本田自身、こう書いている。「私は山に関してまったくの門外漢である。山と名のつくものは、それこそ高尾山くらいしか知らない」と。

そんな本田がなぜに未知の領域に踏み込んでいったのか。『K2に憑かれた男たち』の場合でいえば、「ヒントを与えてくれたのは、社の異なる総合雑誌の編集長」だったとある。編集長――『潮』編集長の西原賢太郎のように思われるが――によれば、K2への遠征の記事を雑誌に載せたところ、いい原稿ではあったが、全体のトーンが登山家の視点で書かれているため、人間臭いエピソードが全部抜け落ちてしまっていた、と。

彼はそのいくつかを披露し、山の話としてではなく、人間の話としてまとめてみてはどうか、と勧めてくれたのである。

飢えと寒さと遭難の危険にさらされる高所登山は、おそらく、またとない人間観察の場であろう。

実験室ともいうべきその極限状況の中で、下界の人々に通じる普遍性を探る作業に私は心を惹かれ、あつかましくも山の世界に足を踏み入れたのである。

ヒマラヤ・カラコルム山系の主峰、K2は標高八六一一メートル、エベレストに次ぐ世界第二の高峰である。戦前から各国の登山隊が幾度となく登頂を試みて敗退してきたが、一九五四（昭和二十九）年、イタリア隊が初登頂を果たす。以降、二十三年ぶりに再登頂したのが日本隊で、一九七七（昭和五十二）年八月のことである。

『K2に憑かれた男たち』はこの日本隊の物語であるが、通常の登攀記とは趣を異にする。それまでヒマラヤ遠征といえば、日本山岳会なり日本山岳協会（日山協。現日本山岳・スポーツクライミング協会）の主導・支援のもと、伝統ある大学山岳部が主軸となってきたものが、当日本隊は社会人の「雑兵の群れ」、町の登山家たちであった。本田の食指を動かしたのはまずもってそういう隊の性格にあった。

『K2に憑かれた男たち』は、『週刊文春』で連載されている（一九七九年一月十一日号～四月十二日号）。担当編集者は東眞史で、サポートする取材記者を高橋審也が担った。「あとがき」で本田は、「この取材にあたって、立場を同じくする友人、高橋審也君の協力を仰いだ」と記している。

高橋は読売新聞出身で、『週刊文春』の特派記者を長くつとめた。事件に強く、三浦和義事件を扱った「疑惑の銃弾」ではロサンゼルスでの現地取材にも加わっている。

K2遠征には記録映画班も同行した。取材のスタート時、有楽町の映画館で上映された『白き氷河の果てに』を、本田、東と並んで観たことを高橋は憶えている。

遠征に参加した隊員は計三十九人。全国に散らばり、居所をつかむのにかなり苦労した。高橋が先行して隊員に会い、その後に本田と同行して出向いたケースもあった。

隊員の一人、高塚武由は富山駅裏でスナック「小窓（こまど）」を営んでいた。

高塚の実家の家業は漁師。父の手伝いで、少年期より舟に乗って海に出ていた。富山湾から望む立山連峰は雄大で、山に心惹かれていく。高校卒業後は地元の魚津（うおづ）岳友会に加わり、岳人人生を歩んでいく。勤め人をやめて飲み屋のオヤジになったのは、自身の都合で休暇を決められる職が山行には好都合と思ったからだ。店名「小窓」は立山連峰剣（つるぎ）岳の小窓尾根にあやかってつけたもの。K２では事前の試登隊長もつとめている。

高塚を取材したデータ原稿を本田に手渡すと、店は流行ってました？　カウンターの席は何席ぐらい？　どんな銘柄の酒が並んでました？　……などと、細かいことを訊いてくる。ノンフィクションを書く作業の一端を教えてもらったようにも思った。

取材で印象的だったのは、高塚、若くて陽気な藤沢工業高校の教員・広島三朗（みつお）、福岡在住で登山隊の隊長をつとめた新貝勲（しんかい）などで、本田ともウマが合った人たちだった。

2

新貝は四十代半ば。「サムライ」「野武士」という異名をもつ九州男児であるが、思慮深く、包容力ある人物だった。

元は国家公務員。福岡少年院の法務教官を最後に民間に転職したのは、仕事よりも山行を優先させたからである。一時、事務機器販売会社の社長となるが、両立は無理だった。K2の準備段階では小さな事務用品会社の営業部長に転職している。

山は独学とある。自身で福岡登高会をつくり、海外遠征も重ねていくが、山岳界を仕切る日本山岳会や日山協から見れば「幕下の下の下」である。そんな片田舎の社会人グループが、垂涎（すいぜん）の的、K2への登山許可をパキスタン当局から得た。

それには、「女史」こと片倉静江の尽力大である。片倉の勤務先はルフトハンザ航空福岡営業所で、横文字達者な「福岡の山仲間」。K2以前のことになるが、カラコルム山系の鋭鋒、パスー遠征への登山許可を求めて新貝と片倉はパキスタン入りし、許可を得ている。窓口はパキスタン観光省のお役人であるが、人を動かすのは人間のつながりであることはどの国でも変わらない。

K2もそれまでの蓄積がモノをいった。やっかみの逆風も吹くなか、準備に奔走する新貝たちの姿にページが割かれている。

登山隊のメンバーは各地から寄せ集められ、「二流登山家の集まり」とも揶揄(やゆ)される。本田は当初、「雑兵の群れ」が奔放に活動する様を描くことを意図した。ところが、大きな遠征を具体化するには、やはり既成の秩序と折り合って妥協するしかない。資金集めにも日山協主催という看板が必要だった。文春文庫版に付されたあとがき的なエッセイ「ヒマラヤ登山と日本人」で、本田はこう記している。

新貝氏とは取材の域を超えて時間を重ね、その飾りけのない人柄に強く惹かれるものがあった。好もしい人物であるということにいささかのためらいも持たない。K2隊について、その出発の前、「二流の登山家の集まり」といったような冷ややかな評価がマスコミにあらわれていたことを私も知っている。一流か二流かをいう資格は私にないが、ほとんどの隊員が未知の間柄という混成チームを率いて、世界第二の高峰に第二登を果たした新貝氏のリーダーシップは、認められてしかるべきであろう。ただ、私が彼のために惜しむのは、この遠征が日山協に管理されたかたちで行われなければならなかったということである。

いまの私は、新貝氏の苦しい立場を理解している。大遠征の形式をとるからには、最低一億円からの資金を要する。その大半は財界からの寄付に頼らざるを得ない。そのためには、日山協のお墨つきを不可欠の要件とする。Ｋ２の計画が持ち上がり、その推進者の役割をになわされた瞬間から、新貝氏は囚われの身になったというべきであろう。

資金集めのため、新貝は幾度も上京し、経団連の窓口、花村仁八郎副会長の鎌倉宅も訪れている。財界の〝寄付担当部長〟のお墨つきを得てはじめて、大企業や団体の窓口ルートが開かれる。山男たちは髭（ひげ）を剃り、着慣れぬ背広とネクタイ姿で各所を回るのである。高峰Ｋ２に挑むには、同じほど高く聳（そび）える社会の山を越えねばならないのだった。

3

遠征への準備は野人たちの奔放なる活動――とはほど遠いものであったが、参加者たちの歩みと思考が紹介されるにつれて、本田の意図したものとの焦点が合っていくのがわかる。

「ヒマラヤ登山と日本人」ではこう書いている。

省みて、身の程知らずであったという気がしないでもない。事実、物書き仲間から、なぜお前が山のことを書かなければならないのか、という苦言をちょうだいした。しかし、私が書こうとしたのは、登山そのものではなく、K2遠征に集まった隊員たちが織りなす人間模様だったのである。彼らの中の少なからざる部分が、この遠征に参加するため、職場を捨てたという。私がまず惹かれたのは、そこのところであった。

新貝の山仲間、登攀担当副隊長の原田達也は京都教育大学山岳部OBで、帝人殖産の不動産事業部営業課長をつとめていた。妻の真知子とは職場結婚であるが、独身時代、真知子に映る原田はこんな男だつた。

いずれにしても、東大出身者が主流を占める、しかつめらしい帝人の中にあって、サラリーマン臭をまったく持たない原田は、真知子を楽しませてくれた。

昼食をともにするようなとき、この課長の口から語られるのは、知らない国のきいたことのない事柄ばかりであった。

ラワルピンディ（パキスタン）の空港に着いて、タラップを降りて行くと、機内冷房で冷やされた身体を、熱気が一段ごとに爪先から膝、膝から腿と浸し、それが顔まで来たとき、むっと異臭が鼻をつく。その瞬間「ああ、来たな」という感慨に襲われて最高の気分なのだ──といったような話に、真知子は時を忘れた。

二人は都内の社宅を新居としたが、遠征隊員たちの宿泊所ともなって、入れ替わり立ち代わりやって来る。Ｋ２隊の全員を真知子は見知っている。彼らが社宅にやって来たのは真知子が山の仲間を歓迎したせいもあったのだろう。

山に入れ込む原田に、真知子が秘書をつとめた部長はこういったとある。

「いいか原田君。山なんかのために仕事を台なしにして、どうするつもりなんだ。もう少し人生を大切にしなければいけないよ。それに君は独りじゃない。山に行く君はそれでいいとして、真知子さんはいったいどうなるんだ。自分の遊びのために真知子さんを不幸にするようなことがあったら、この私が許さん。つまらん考えは、ここできっぱり捨てなさい」

迷った末、遠征を前にして原田は社に辞表を出す。慰留はされなかった。真知子がどこにでもついて行くといったことが後押しした。原田は課長職を捨てると同時に、社宅も失った。パキスタンへの出発を前にして転居先を探す時間がない。そこで、原田が発った後、真知子が適当なところに移り住み、その居所を彼に手紙で知らせる段取りとした、とある。

食糧など総務担当副隊長をつとめた深田泰三は福岡市役所に勤める公務員である。振り出しの職場は市立動物園で、猛獣と爬虫類の飼育係。以降、衛生局などに所属した。上級職で入庁したものの、山行の長期休暇が重なり、出世は遅れた。すでに同期からは局長も生まれていたが、「彼一人だけ下水道管理局普及課の排水指導係長に甘んじている」。ノンキャリアにも追い越されてしまったことになるが、それを恨む気持はさらさらないし、仕事をおろそかにしてきたわけでもない。

だが、深田は仕事を投げたわけではない。山岳部の若い仲間に、彼はいつも口やかましくいう。山に登るからには、日頃は人の倍の仕事をしろ、と。人のいやがる仕事を進んでやれ、と。

ちょっとした登山になると、国内の場合でも、十日か二週間は職場を休まなければならない。普段、だれもが認めるほど働いていれば、そういうとき、周囲が快く送り出してくれる。普通の仕事ぶりしか示していなければ、その理解が得られない。だから、そういう人間は山登りをやめろ、というのが、彼の持論なのである。

本社勤務から下請けへ、さらに孫請け会社へと移り変わったものもいる。

広島山の会に所属する寺西洋治である。県立広島工業高校を卒業して三菱重工の広島精機製作所で設計に従事していたが、（カラコルム山系の）カンピレ・ディオールに遠征のため、十一年間勤めた職場を去らなければならなかった。帰国後、彼の働きぶりを惜しんだ上司が、三菱重工の下請けの菱船エンジニアリングにあっせんしてくれた。しかし、ここもK２のために辞めざるを得なくなる。

後日になるが、K２遠征から帰って来た寺西が職についたのは、菱船エンジニアリングのそのまた下請けの佐伯設計事務所であった、とある。

退職、出世の遅れ、下請け・孫請けへの転職……。もとよりそれらは彼ら自身の選択だった。山の男たちに接して真知子が感じるのは、「ひたむきさ」と「人生哲学の真面目さ」であった。彼らは「人生を大切に」しなかったのではない。より大切に生きようとしたのである。一面で、「社会の階段をずり落ちて行く」としても。

人生、何が大切か――。普遍的な正しい答えはあるまいが、世に、一般的な価値基準とはずれた志向をもつ人々がいる。それ故に失い、またそれ故に味わう果実もあろう。山男たちと本田は一見、遠く隔たりつつ、〈もう一つの生き方〉を受容する、あるいは希求することにおいてどこかで通じ合っている。それがまた、縁薄き領域への執筆を促したものだったのだろう。

4

遠征には大小さまざまなトラブルがつきまとうが、K2もそうだった。最たるものが高所登攀用の酸素ボンベで、軽量・高気圧のフランス製を選び、代金も納入したのであるが、製造会社の都合で納入が遅れた。最終、国産品との併用で間に合わせるのであるが、ボンベ調達担当の広島三朗が何度も大汗をかく様が記されている。

山積する問題をなんとかクリアし、登山隊の一行はカラコルム山系の玄関口、スカルドへ集結する。

四隊に編成されたキャラバン隊は、山道を歩き、川を渡り、氷河を踏みしめ、ベースキャンプ設営地へ接近して行く。優れたノンフィクションは、脇道であれ、ああそうなのか、と立ち止まる箇所があるが、本書も随所にそんなところがある。私は「ポーター」にかかわる箇所で立ち止まった。

ポーター一人が背負う荷の重量は二十五キロ。彼らの食糧を運ぶポーターも合算して、総勢九百五十人という大部隊である。

日当は七十ルピー（二千百円）。一日五ルピーあれば一家族が生活できるこの地方ではめったにない現金収入だ。警察署の庭で行われた〝選考会〟には大勢が詰めかけ、奥地から五日かけて出てきたものもいる。「ストロング」といって誇らし気に筋力を見せるもの、隊員に握手を求めて取り入ろうとするものがいて、そのたびに列が崩れ、警官が棍棒を振るって列を戻す。当地の貧しい暮しぶりが浮かんでくる。

登山史上、ポーターの背反によって遠征が頓挫した事例は数多い。K２登山隊の成功の一因として、ポーターとの友好関係をあげる隊員が少なくなかった。新貝は「使ってやっていると思うな。かついでいただいていると思え」を口癖に、キャラバンの一日の行程が終ると、率先してポーターの中へ入って行き、一人一人の労をねぎらった、とある。

本田はこうも書いている。

一日長ければその分だけ余計に労賃を得られるという好運に、最後の最後まで恵まれた三百三十一人の本隊のポーターは、その割に浮いた様子も見せず、最終行程を黙々と歩いた。彼らの大半が高度障害に冒されるか、風邪に見舞われるかしていて、K2が見えようと、見えまいと、関心はまるでないようであった。

新貝は、自分たちに向ける彼らの気持を忖度(そんたく)してみる。一文にもならないどころか、大枚を散じるだけの、長く、辛い旅に、なぜ好きこのんでくるのだろうか。彼らは、そう思っているに違いない。

そこまで考えて、新貝は、それが自分の気持であることに気づく。キャラバンは吉沢に次ぐ〝年長者〟の新貝にとって、いかにも長く、辛かった。いまはただ、ここから解放されることだけが救いである。

なぜK2へ、なのか……。登山隊長には自明のことであるはずなのに、ふとそんな自問自答をしてしまう。それが人というものなのだろうと思う。

吉沢一郎は、隊員たちから「ジイチャン」と呼ばれていた「総指揮」。一橋大山岳部OBで日本ヒンズークシュ・カラコルム会議議長をつとめてきたが、そもそもK2への遠征は吉沢のロマンと執念からスタートしている。七十三歳。総指揮を〝葬式〟と茶化され、隊員たちのサポートを得ながらではあったが、標高五二〇〇メートルのベースキャンプまで足を運んだ。

道中、高塚武由がいつも吉沢の側にいる「介護役」を受け持った。脂っこい現地食の苦手な吉沢用に、当地の小麦粉を練って即席の「手打ちうどん」をつくったりもした。スナックの厨房で磨いた調理力が生かされたわけである。

スカルドを出発して二十日後にベースキャンプ着。彼方の一角に、K2の頂が眺望できる。吉沢は「私の生涯の最良の年で、最良の日」という言葉を残して下山して行った。

ベースキャンプからC1、C2、C3、C4、C5、C6と小キャンプを伸ばし、最終、頂上へとアタックする。極地法と呼ばれる登山法である。

かつてイタリア隊は南東稜よりの登頂を果たしている。計画段階ではバリエーションルートとしてより困難な北東稜も検討されたが、南東稜に落ち着く。同じルートからの「第二登」となるが、登頂を最優先するというのが日山協の方針であり、ここでも新貝チームは〝諸般の制約〟から自由ではなかったのである。

誰もが、頂上を目指すアタック隊員に選ばれたい。個人負担額百万円を捻出し、勤めや仕事を犠牲にして当地にやって来た。食事では人より早く手を出して腹におさめ、荷上げ作業でもこれ見よがしに自身の強さをアピールする。赤裸々な人間模様が記されている。

アイガーやエベレストを体験している森田勝（まさる）は、重広恒夫とともに最強と見なされた隊員で、一番乗りを広言していた。

新貝は第一次アタック隊に五人の若手を、第二次に森田、重広などリーダー格の四人を選び、副隊長の原田達也を介して彼らに通知した。新貝の方針と隊員選択を不満とした森田は——体調不良を言い訳としたが——土壇場で下山してしまう。

本書の執筆時、森田は欧州在で、人を介した間接インタビューになったが、本田は「ヒマラヤ登山と日本人」で、「私は会ったことのない森田氏に、いちばん人間的な魅力を感じていた」と記している。〝造反者〟であれ、タテ社会の秩序をはみ出す「反逆者」の匂いを嗅ぎ、本書のモチーフの体現者の影を見ていたからである。
結果的に第一次隊は猛吹雪で進めず、頂上に立ったのは、第二次・三次隊の重広、高塚、広島らの七人。さらに二桁の登頂者を目指して第四次隊が組まれたが、酸素ボンベの欠乏等で断念する。キャンプ撤収の日、第一次隊の若手で「だれからも愛された好漢」馬場口隆一は、「雪面を叩いて」悔しがったとある。馬場口は鹿児島の農家の出身。農業高校を卒業後、実家で農業にたずさわっていたが、愛知・豊田のトヨタ自工に就職し、組立工となる。寮仲間に碧稜（へきりょう）山岳会のメンバーがいて、登山へのめり込む。「自分というものを全部出せる」「惚れて惚れて惚れ抜くような」対象を求めていたと口にする。

一人の組立工が、生涯を仕事に賭けたとして、たどりつけることの出来る地位は、知れているであろう。クラフトマンシップ（手仕事的技）も要求されなくなったラインについていて、彼は何でもいい、没入することの出来る対象を必要としたのである。

ヨーロッパアルプスやカラコルムで実績を積み、馬場口はK２のメンバーに選ばれる。度重なる長期休暇はトヨタでも認められず、愛知・刈谷のスポーツ店の店員となる。

社会人にとって共通の難問はトレーニング時間の捻出だ。職場の同僚が通勤用に自転車を譲ってくれたので、馬場口は下宿と職場の行き帰り、自転車を肩に担いで往復した。近所では「妙な人」となっていた。通勤途中、石垣を高く築いた豪邸があって、人目のない夜半、石垣をよじ登ってトレーニングの場とした。パトロール中の警官に見つかり、厳重注意を受けたこともあったとか。

本書に登場する山男たちは、個性も人となりもそれぞれであるが、自身が没入しうる無償の対象を求めた、その一点において括られる、そんな人々の物語である。

遠征中、ときに反目し、ぎくしゃくし合った隊員たちであったが、一同、号泣して喜びを分かち合ったのは、C5付近で、一時、行方不明となった荷上げ担当の隊員の生還が確認されたときだった。

三人までは殺していい——。出発前、日山協の幹部が新貝に向けて口にした言葉であったが、全員が無事、帰国した。所期の目的を達成し、また避けなければならない出来事を避け得た遠征だった。

5

本田は本書「あとがき」で「正直に告白すると、書き終った私に、物足りなさが残った。それは、当初、K2隊の面々に反逆者のにおいを、勝手にかいでいたからである」とし、「ヒマラヤ登山と日本人」では「門外漢の勝手な言い草とお叱りを受けるかも知れないが、私が登山家に切に望むのは、俗界では見られない真に自由な人間の魂の輝きであり、非妥協的な自己主張なのである」と書いている。

その「物足りなさ」は、翌一九八〇年に刊行された『栄光の叛逆者』において埋められたといえるだろう。先鋭的な登山家、小西政継の足跡をたどるノンフィクションである。

本書は、山と渓谷社の「山渓ノンフィクション・ブックス」シリーズの一冊として刊行されている。話が持ち込まれたさい、本田は「山は素人」とひたすら固辞したものの、担当者は素人がいいのですといって譲らず、書く羽目に追い込まれたとある。

「あとがき」ではこう述べている。

いまとなっては、彼に感謝するほかない。人には生涯に何度か、貴重な出会いがある。小西政継氏との場合が、私にとってまさにそれであった。

私はたまたま大学を出て、企業に入った。それで得たものもある。だが、そのために失ったものも決して少なくない。そして、独立の道を選んだ。

小西氏の行動の軌跡は、私に生きることの意味を教え、勇気と励ましを与えてくれる。

小西は一九三八（昭和十三）年、東京生まれ。戦時中、疎開先の千葉で父が病死する。小学校の通知簿にはいつも「内向的」と記されていた。

戦後、家族は東京に戻り、生計は母の和裁で支えられていく。千代田区の麴町中学校に在学時、母が病に伏し、「かあちゃん、おれ高校やめて働くよ」といって高校進学を断念する。

数寄屋橋に近い細川活版所に勤めた。イガグリ頭の「小僧さん」の初任給は、日給制で月千五百円。活字を運び、クワタ（鉛の薄板）を切り、先輩職人の昼のおかずを買いに銀座通りを走る。その姿を同窓生に見られることが嫌だった。社に山岳部があって、山登りに親しんでいく。岩登りを習得したいと、山岳雑誌の募集広告欄から

「山学同志会」を選ぶ。「『男子のみ』とある最後の一行が、しまりを感じさせたから」とある。そのことが、小西の生涯を決めた。

心の底に中卒であるコンプレックスがわだかまっていたことを、小西は否定しない。

「それはたしかにありましたね。かわりに何かやってやろう。いま考えれば、そういう気持が山に向かわせたのだと思いますよ」

山学同志会に入会してからまる五年というもの、小西は山行に明け暮れた。気がついてみると、もう二十三歳である。彼はふと考えた。金も時間もすべて山に注ぎ込んで来た。このまま行くと、精神的カタワになりはしないか――と。

ごくふつうの若者がするようなことを、小西は片っぱしからためしてみた。

麻雀、キャバレー通い、後楽園競輪……一年間、山をやめて遊んでみたが、熱中するに足る対象はなかった。以降、山ひと筋となる。

山学同志会は、関東配電（東京電力の前身）に勤める斎藤一男がつくった下町の登山クラブである。会の目的を、高度な登山技術を習得することに置いた。会員はほとんどブルーカラーで、事務所は江戸川区平井の斎藤宅。

岩登り、沢登り、ボッカ（歩荷）、雪渓技術、合宿などが義務づけられ、単位を修得して正会員となる。もともと素質豊かであったのだろう、小西は、冬山の縦走や谷川岳の岩場の登攀で抜群の耐久力と強さを発揮した。岩場での困難な冬季の未踏ルートをいくつか開拓し、同志会の有力メンバーとなっていく。

同志会は多数のメンバーを擁するようになり、黒のユニフォームを着、大挙して谷川岳の岩場を登るというような、集団主義的匂いがあった。厳しさは歓迎しつつ、その点で個人志向派の小西は肌が合わない。やがて小西たち若手が「クーデター」を起こす。

二十代半ば、小西は十二指腸潰瘍で胃を手術し、さらに腰のヘルニアでしばらく山から遠ざかる。「いちばん辛かった時期」であったが、この間、辞書を片手にヒマラヤの文献を読みふけり、『山学同志会論叢』に「エベレスト登攀史」を連載したりしている。目を海外に向ける契機ともなった。

その実績によって、同志会は屈指の社会人クラブとなるが、平均すると遭難者が毎年一人は生まれ、〝遭難同志会〟と揶揄もされる。赤石沢の氷壁で三人が遭難する事故もあった。この際、年輩者たちが自粛を唱えたのであるが、小西ら若手グループはこれに同調せず、会として自粛はしなかった。仲間の死を深く悼みつつも、岩場での転落などはあくまでクライマーの技量に起因する個人責任の範疇にあるもの、としたからである。

小西が会を主導するようになって、単位制は点数制となる。岩登りのランクでいえば「三級＝夏期五点、冬期二十五点」「四級＝夏期七点、冬期＝三十五点」「五級＝夏期九点、冬期四十五点」……のごとくに難度を数値化し、百五十点以上得たものを正会員とした。

小西は会員たちに「個の強さ」を求めた。そのことを通して事故を防ごうとしたのである。「自由」という言葉を好んだ小西は、物事に合理性を求める「近代的思想の持主」であった。

そして自身は、登れるか登れないか、ぎりぎりの境界にあって挑戦することを好んだ。生きるか死ぬかの瀬戸際で、自分の弱さに打ち克つ喜びが登山の基本だという気がするんです――。そんな言葉も残している。

同志会に入って十一年目の一九六七（昭和四十二）年、小西は会の同僚、遠藤二郎、星野隆男とともにアルプスの高峰、マッターホルン北壁に挑む。途中、小西がアイゼンを失うアクシデントがあったものの、三人は登頂を果たした。冬期登攀は世界で三番目、日本人では初である。

振り返って、小西は自身の「最高の山登り」にマッターホルンをあげている。「無償の行為として、純粋に山に賭けられた」故である。本田は、小西を「好運者」と書く。

そこで私は、中卒に終わった小西の好運を思わないわけには行かない。

かりに卒業の年に母親の病がなく、彼が人並に高校、大学と進学して社会に出たと仮定しよう。その彼に、マッターホルンの頂の十字架を握りしめた感激にまさる精神の完全燃焼の場面があったか。あるいは、一つの世界のあらたな時代とばくちに立つ機会があったか。

ともあれ、彼は登山界の新しい潮流の波先にちょうど居合わせた。山に入ったのが早過ぎても、逆に遅過ぎても、たぶん、いまの小西政継はない。やはり好運の人である。

6

新しい潮流――とは、山岳界のあり様が変容する過渡期にあったことを指している。日本山岳会―日山協主導の大遠征・極地法から少人数・速攻方式へ、バリエーションルートの開拓へ、大学山岳部から社会人クライマーへ、という流れである。新旧二つの流れの接点に小西がいた。

本田の意図したものではなかったが、二つの山岳ノンフィクションは、結果として日本山岳史の揺れ動く一時代を描いている。

一九六九年秋から七〇年春にかけて、日本山岳会は、東南稜および南西壁からのエベレスト遠征を企図した。高所の岩壁に立ち向かえる人材が大学には乏しい。難関の南西壁に偵察隊を派遣するとし、小西に白羽の矢を立て、大御所の槇有恒（まきゆうこう）（慶大OB）自らが出向いて協力を求めた。

小西は第二次偵察隊に加わるが、社会人グループ出身は彼一人だった。南西壁でザイルを結んだのが植村直己で、以降、二人は信頼し合う間柄となる。南西壁は難関で、偵察隊および本隊双方ともに敗退している。本隊においては、植村は東南稜から挑み、登頂を果たしている。

小西には「じじころがし」という異名があった。山については頑固であったが、別段、我を張る偏屈ものではなく、年配層の山岳人に可愛がられた。遠征の企画や資金集めにも手腕を発揮した。

小西と山学同志会の挑戦的な登山行が続いていく。

一九七一（昭和四十六）年、アルプスの三大北壁のひとつ、グランドジョラス北壁の冬期登攀に挑む。植村と同志会の四人とともに頂に立つが、欧州は二十数年ぶりの大寒波、小西は凍傷で両足指十本と左手小指を失っている。

夫人の郁子（いくこ）は細川活版所の山岳部で小西と出会った。小西が凍傷で入院を強いられた時期、毎日、病院に通い、小西を背負ってトイレにも運んだ。退院の近づいた日、二人は婚姻届を区役所に出した。小西が細川を退社した時期とも重なっていて、「失業者で身体障害者」であった。どん底にあって、だからこそ二人の絆（きずな）は深まったのだろう。

なんとか歩けるようになったころ、小西を「政（まさ）、政（まさ）」と呼んで可愛がっていた慶大OBの老クライマー、佐藤久一朗よりヒマラヤ旅行の誘いがあった。これ以前、二人はアイガーにも登っている。佐藤は登山用品メーカー「キャラバン」の創業者で、小西を槙に引き合わせた人でもある。旅から帰って後、小西を商品部次長に迎え入れている。

空白の日々を経て、小西はより困難な山へと回帰していく。一九七六（昭和五十一）年、ヒマラヤでも屈指の難峰、ジャヌー北壁（七七一〇メートル）に同志会の精鋭を率いて挑み、隊員十二人が無酸素で頂上に立つ快挙を成し遂げている。マッターホルンから十年目に刻んだエポックだった。

さらに四年後の一九八〇（昭和五十五）年、八五〇〇メートル級のカンチェンジュンガ北壁の未踏ルートに無酸素で挑み、隊員六人とシェルパ三人が頂上に立った。ただ、隊長の小西は体調不良で登頂を断念する。四十過ぎたら無酸素は無理だよな――とも口にしている。

隊、帰還す――の知らせを受け、郁子は二人の子供たちと一緒に、ネパールのカトマンズに向かった。家庭での小西は「やさしいだけのお父さん」であった。同じ便で本田もカトマンズ入りしている。

シェルパへの労賃の支払いなど、残務を片付けつつ、小西はひどく疲れていた。自身は登頂を果たせなかったけれども隊として目的を完遂し、全員が無事帰還できた。

満足と安堵と悔しさのミックスした、そんな小西の姿を描いて、本田は筆を置いている。

――『栄光の叛逆者』『K2に憑かれた男たち』に登場するクライマーたちのその後をいえば、小西政継は一九九六年、マナスルに登頂後、消息を絶った。馬場口隆一は七八年、ガッシャブルムV峰近辺で、寺西洋治は七九年、ラトックⅢ峰で、森田勝は八〇年、グランドジョラスで、広島三朗は九七年、スキルブルムで遭難死した。新貝勲は八九年、交通事故によって亡くなっている……。

人とは個別的(インディビジュアル)なるものであるが、彼らに通底するものを抽出すれば、〈夢見る人〉であったことだろう。世にある秩序と組織体に収まって生きることから遠ざかり、〈自分が自分である時〉を求めて生きた。そのせいで失ったものもあろうが、それ故に多くを得た〈贅沢(ぜいたく)な人々〉であったとも思う。

そのことに本田は共鳴を覚える人であった。両著は本田が宿す〈思想〉がよく出ていると思う。本田もまた、いったんは組織体の中で生き、やがてそこから外れ、より〈自身の時〉を求めて別路を選んだ一人である。彼らの足跡を追いつつ、どこかで自らの歩みを重ねていたに違いない。

「ヒマラヤ登山と日本人」にこんな一節も見られる。

　実をいうとこの私も、ほぼ一〇年前に一六年間身を置いた新聞社を辞めた。そのわけを限られた紙幅で正確に述べることはできない。ごく大ざっぱにいえば、言論機関といえども例外ではない管理体制の進行に対する反発、ということになろうか。

　ともかく、私は生活の安定を捨てた。高度経済成長期以降の日本は、いわゆるアフルーエント・ソサエティ（裕福な社会）である。敗戦直後ならいざ知らず、食べていくだけならどうにでもなる。私はたとえ収入が半減しようとも、人間として自由である途を選んだのである。

　本田にとって山の世界は、誘われて踏み込んだ縁遠い土俵ではあったが、人間が織りなす世界には変わりはなかった。彼らに接し、感受するものがあった。自身の来し方に密かにうなずき、ふっと背中を押してもらうような、そんな仕事ともなったように思える。〝異色作〟は〝自己確認の書〟でもあった。

第九章　国家を信ぜず——『村が消えた』

1

バス停で二時間待っていてもバスが来ないんだ。凍え死ぬかと思ったよ——。

青森県上北郡にある六ヶ所村（むつ小川原）の取材から帰ってきた本田靖春が夫人の早智にそういった日がある。

本州の北端、下北半島はマサカリの形をしている。柄の根もとに位置する三沢市から北方のむつ市まで、太平洋岸に沿って一本道の国道が伸びている。バス便は少なく、一日四、五便。冬場、吹雪になると視界不良となって定時運行は乱れる。そんな日であったのだろう。

だいたい本田は、取材先から帰ってきても、誰に会ってどうだったか、ということを口にしない男だった。いつか早智にこういったことがある。あちらこちらへ行って、随分と人に会ってきたが、お前さんから一度も、どうでしたかと訊かれたことがない。それはとてもありがたいことだったよ——と。

取材先の出来事は、夫がふっと漏らす、ひと言ふた言から思い浮かべるのがせいぜいであったが、このときは随分きつかったのだろうなと思ったものだった。

『村が消えた　むつ小川原　農民と国家』が潮出版社から刊行されたのは一九八〇（昭和五十五）年のこと。初出は、「国家」というタイトルで『文藝春秋』一九七九年四月・五月号に発表されている。雑誌掲載と単行本の版元が別になったのには事情があった。

『現代の理論』（一九八五年四月号）のインタビューで、本田が語っているところでは、テーマが『文藝春秋』にはなじまないということで紆余曲折があり、長期連載の予定が二回となって分量も随分と短くなったとのこと。このこともあって、以降、本田と文春との関係は疎遠になっていく。

潮出版社の南晋三によれば、雑誌原稿が宙に浮いていると耳にし、単行本はうちでやりましょうと申し出た。テーマとすれば地味ではあるが、無名の農民たちの、戦中・戦後にまたがる苦闘の物語は日本の近・現代史を底から問い直すものだと思えたからである。

　本田がはじめて六ヶ所村に足を運んだのは一九七〇年代はじめで、当時の雑誌原稿にその跡が残っている。単行本にまとめるまでおよそ十年を要している。本書を本田作品の代表作として挙げる人は少なかろうが、〈時代〉〈歳月〉〈運命〉……といった言葉が浮かんできて、遠くを見詰めることに誘(いざな)われるものがある。そして、著者の痛切な問題意識がじんわりと伝わってくるのである（引用は講談社文庫版による）。


　六ヶ所村の新緑の盛りは六月初旬で、東京あたりにくらべると、ほぼひと月遅い。

　晴れた日、肌を染める若葉の照り返しを抜けて、村はずれの高みに立つと、東へ展望がひらける。この時季、目路(めじ)をわずかでも遮るものがあるとすれば、一番刈りを終えてそこここに積み上げられた、牧草の堆積くらいのものである。

　足もとから始まる斜面は、なだらかな起伏のたびごと、緑の濃淡を微妙に描き分けながら、やがて沢へ下り、その先の灌木群を渡り、いったんは葦(あし)の茂みに消えて、遥かな湖面へと落ち込んで行く。

　野鳥の囀(さえず)りに包まれるであろう訪問者に何の予備知識もなければ、こののどかな田園風景の中から、そこに住みついた人々を近年まで苦しめて来た貧のにおいをかぎ出すことは、おそらく出来ないに違いない。

第一部「地の果て」の書き出しは、北国の牧歌的風景の点描からはじめられている。けれども当地は、暮らしを維持するにはまことに厳しい地で、「不毛の地」「陸の孤島」とも呼ばれてきた。

原野が広がる国有地に、開拓の鍬が本格的に入るのは戦後になってからで、満洲（中国東北部）からの引き揚げ者や復員軍人たちが主力を担った。食糧難解消を掲げる国策であったが、寒冷地に加え、特有のヤマセ（偏東風）が作物の生育を妨げる。専業農家が成り立つのは困難で、県内でも出稼ぎ率がとりわけ高い地域であり続けた。

「場当り農政」にも振り回された。一時期、砂糖の自給率を高める名目でビート栽培が奨励されたが、輸入自由化とともに製糖工場は閉鎖される。せっかく切り開かれた田畑であったが、やがて減反政策がはじまる。酪農に転換する農家も増えていくが、設備や飼料購入費の返済に追われて収益は残せない。農家の共通項は借財を抱えていることだった。

ふだんは馬車、冬には馬橇(ばそり)が長いこと代表的な移動の手段であった六ケ所村の村内で、見慣れない東京ナンバーのセダンを見掛けるようになったのは、昭和四十四年の初めころからである。

白一色のスロープを、ジープでもあればともかく、華奢(きゃしゃ)な車体でのぼりおりする遠来のセダンの出現は、いかにも時季はずれで、話題に乏しい冬ごもりの村民に一つのなぞを提供した。

この年、均衡ある国土形成をお題目に新全総（新全国総合開発計画）が閣議決定される。県の熱心な誘致もあって、大規模コンビナートの適地として「むつ小川原」が有力候補地となる。セダンに乗っていたのは視察に訪れた経済界のお偉方で、やがて不動産業者が土地の買い占めに入ってくる。

土地取得の計画は大規模なもので、六ヶ所村の村民たちのおよそ半分の世帯の立ち退きを強いるものだった。農地の代替地も一応提示はされたが、より生産性の低い未開の地でしかない。

一度は満洲へ、もう一度は六ヶ所村へ、さらに離農へ——。本書は、幾たびか国策に翻弄（ほんろう）された人々の足跡を、六ヶ所村に点在した開拓部落のひとつ、上弥栄（かみいやさか）の人々に焦点を当てて綴られている。

2

いま上弥栄に、その七十九戸は、跡形もない。……

最期を迎えようとしている患者に施される一本のカンフル注射のように、解散が決定した上弥栄に一戸だけとどまって、終りの日を一日のばしにして来たのは、清野光栄（せいのみつえ）であった。

冬の朝、自宅から上弥栄小学校まで直線にして五百メートルを、黙々とカンジキで踏み続ける彼の姿を他所者（よそもの）が見掛けたとしたら、その目に六十代半ばのこの農夫は、常人と映らなかったかも知れない。

だが、その懸念は無用であった。除雪車も入ってこなくなった清野家ただ一戸の上弥栄に、訪れる人のあろうはずもなかったからである。

清野が上弥栄に踏みとどまっているのは、廃校になった小学校の校舎の管理人を村役場から委嘱されているためだったが、もちろんそれだけではない。カンジキで踏みしめる道が「自分の土地の感触を」伝えてくれるように感じられるからだった。「紙切れの上の所有権」は失われていようとも——。

清野がこの地に入植したのは敗戦から四年後のこと。「開墾鍬一本」で松林と熊笹の茂る地に挑み、「三角小屋」を建て、地に大豆と小豆の種を蒔いた。日中はもとより、月明りがあれば鍬を振るったとある。この時点で、満洲で別れた親族の幾人かは「消息不明」であった。

関東軍の武力を背景に、開拓農民たちが満洲の地に足を踏み入れたのは満洲事変二年後の一九三三（昭和八）年。「五族協和」が謳われたが、〝匪賊〟に備え、有事には自ら対応する「屯墾兵」であった。入植者のほとんどは小作農たちで、広い大地に自前の農地を持てるという魅力にひかれての入植であった。

一九三九（昭和十四）年、山形出身の清野は第八次太平山開拓団の一員として渡満、三江省（現黒竜江省）通河県に入植地を得る。やがて妻子、両親、きょうだいたち、その家族もやって来た。同郷出身者たちが入植したエリアは弥栄村と命名されたが、六ヶ所村の上弥栄はその名残である。

一九四五（昭和二十）年——。終戦の三ヵ月前、清野は召集されてソ満国境の守備隊につくが、関東軍はもう無力と化していた。八月九日、ソ連軍は一斉に国境を越えて侵入、戦車隊は満洲の地を縦横に突き抜けた。生き残った守備隊の兵士たちは武装解除され、シベリアへと送られる。

入植地に残された高齢者と婦女子は逃避行を続けるが、早期に帰国できたものは幸運者だった。略奪、暴行、飢え、凍傷、衰弱死、病死、「満妻」、「満妾」……。流転が待ち構えていた。

シベリアから帰国した清野は上弥栄に入植する。この時期、三角小屋のランプの灯りの下で親族たちの「その後」を記したノートを残していた。それを本田は本書に書き写しているが、満洲に在った親族は計十八人。ノート記入時点で、満洲から引き揚げてきたもの六人、病死五人（母、妹、妹、弟の長男・次女）、残り七人は空白で、すなわち消息不明。メモ書き一枚から、満洲入植者たちを襲った過酷な運命がひしひしと伝わってくる。

清野光栄は十一人きょうだいの長男。妹の一人、四女タケヨもノートでは「消息不明」であったが、それは長く長く続いた。

タケヨが家族とともに渡満したのは数え年で十七歳。開拓団に付属する診療所で見習い看護婦となる。獣医を目指してハルピンの学校に入る男性と結ばれ、長女ひろみを授かる。十九歳の若妻であったが、「彼女のしあわせはそこまでで、束の間のものであった」。夫は召集され、敗戦期の混乱のなか、二人は生き別れになってしまう。

終戦前日の八月十四日、太平山開拓団に通河県公署から避難命令が届く。人々は身の回り品と食糧を馬車に積み込み、ハルピンを目指した。ソ連兵や中国人の武装集団に脅かされながら草原に野営し、転々としつつ旧開拓村の一つにたどり着く。夜になると周りを狼が取り囲んだ。

やがて、酷寒の冬が到来する。食糧の欠乏、栄養失調、発疹チフス……。ばたばたと人が死んでいく。一粒種のひろみもその一人となった。生きていくすべは現地の中国人の家に入るよりなかった。


「あたしな、その夜、だまって出たもんだから、うちの母は、何か食物でも拾いに行ったたと思ったの。

でも帰らねえもんだから、うちのお父さん教えたんだ。米のご飯おめえ食いたいっていうもんだから、おめえの娘が中国の家さ行ってもらってくるうって行ったんだあって。

教えたら母が頭にカーッときて、その夜亡くなれたんだ、は。まだ五十五だったかしんねえなあ。
だからって、悲しいこともあったけど、やっぱりね、まだお父さんだの妹だのいたんだしよう、どうしようもなかったのよ。だからあたしがこうして犠牲になって」

中国人の夫、王振江は、開拓部落の空家を改造してオンドルをつけ、清野の家族を住まわせ、食糧を届けてくれた。
敗戦から二年――。内地への引き揚げがはじまったが、タケヨは当地に留まった。夫から日本は焼野が原でとても生活ができないといわれたこと、さらに王家にはもう一人、幼い日本人の「満妻」がいて、彼女を残して去ることができなかったからである。それでも望郷の念にかられ、幾度も家出をしている。
時はめぐる――。夫とタケヨの間には七人の子供が生まれた。「夫が昭和四十年に世を去って、帰国の道がひらけ」「成人した長男と長女を中国に残し、五人の子供を連れてタケヨが郷里に帰り着いたのは、四十九年八月二十三日であった」と記されている。

渡満からいえば三十三年ぶりの、敗戦からいえば二十九年後の帰郷であった。

3

どんな壁でもぶつかったら破らなければなんないと思って、その気持ばかりで来たの。私、絶対まいんないの。やり通す方だもんで――。上弥栄の婦人会長をつとめてきた林登志子の言である。

本田ノンフィクションの特徴は、ディテールを丁寧に書き込むことによって人物や情景を伝えていくことであるが、登志子の逞しき人となりも細部の記述によって浮かび上がってくる。

上弥栄部落に入植して間もない時期、米も現金もない。麴とドブロク造りで糧を得たとある――。

山形の郷里に帰ったさい、いとこから一握りの麴菌をもらって帰る。隣家から五合の米を借りる。米をふかし、ムシロにあけ、麴菌をまぜてねかせ、発酵させる。やがて白い花が咲き、一升の麴ができる。それを持ってドブロクを造っている農家を訪ね、二升の米と交換する。隣家に五合を返し、五合を一家で食べ、残り一升で再び麴をつくる。登志子の麹はいいドブロクができると評判になり、室（むろ）をつくって〝麹屋〟をはじめていく……。

子供たちに自家製の「短靴」をつくったという記述もある。

打ち捨てられたゴム長の廃品を拾ってきて、傷んでいない部分を切り取る。松材で足型をこしらえ、ゴム長の切れ端を張り合わせる。乾燥ゴムで接着し、焼ゴテをあて、溶けたものを伸ばして仕上げる。不格好でも子供は喜んだ。雨降りになると、下駄をもったいながって、両腕に抱えて走ってくる子供には、うれしい雨靴となった、とある。

貧しくもまた慎ましい、往時の開拓村の暮らしの様子が伝わってくる。

林登志子もまた満洲帰りの一人である。見合いをしてすぐ満洲に渡った「大陸の花嫁」だった。二十一歳。当地での暮らし向きについて、「奥様の身分」で「何一つ不自由のない生活」と語っている。

家には「満人」の使用人がいて作男もいた。土地は肥え、作物はよく実る。除草期には、林家の大豆畑やトウキビ畑に十数人の「苦力（クーリー）」が入ったが、登志子の役割は農作業のリーダーに大まかな指示を行えば事済んだ。

小作にこそ出さなかったが、弥栄村の農業は、中国人の労働力で成り立っていた。視察者のあいだで弥栄村の団員を「殿様百姓」と陰口するものがあった。だが、人生のバランスシートは、そのしめくくりで見なければならない。

敗戦後の逃避行のなか、登志子もまた、小学校三年生の次女、幼児の双子の長男・次男を病と衰弱死で失っている。苦しむ幼児を抱きかかえながら「早く死んで、親孝行してくれ」という思いに駆られるような、切ない看取りであった。

戦後、登志子は、三男、四女、五女と、三人の子をもうけた。

「私、子供五人欲しかったの。三人亡くしたでしょ。だから、また三人つくったの」

と、この東北女性は、何でもないことのようにいう。

5から3を引いて、また3を足して——。算術であれば、それで計算が合う。だが、登志子の人生から差し引かれたものは、他の何を足してみても戻らない。

上弥栄で自立した農業を営む——それが開拓農民たちの共通の思いだった。略農業を軌道に乗せていった農民も登場するが、多くは将来展望を開けず、巨大開発の話が持ち上がる以前から離農者が生まれていた。

開発反対の運動も存在はしたが、大きなうねりにはならなかった。「これら巨大企業が名を連ねる『むつ小川原開発株式会社』を連合艦隊にたとえるなら、その目標に据えられた六ヶ所村は、演習に引き出された標的艦のごときものであった。初めから戦いにはならない。そして、沈むことだけを要求されたのである」。借金を抱える農家が、鞄に札束を詰めてやって来る不動産会社に抗するのは困難である。一軒、また一軒と土地の売買契約書にハンコを押していった。

六ヶ所村の一部地域では「にわか分限者」が生まれた。新・改築ラッシュを迎え、お定まりのカラートタンで屋根をふき、家々の応接間にはシャンデリアがきらめいた。

一過性の、そんな風景の出現を、本田は「全体を一点の絵にたとえるなら、その制作者は長い歳月である。人々はそこへ向かって安手な色彩を投げつけることにより、不如意だけを強いて来た歳月に、いささかの復讐を果たそうとしているかのようであった」とも書いている。

一九七三（昭和四十八）年四月、上弥栄部落は清算のための組合総会を開き、二十七年にわたる歴史を閉じた。新天地を求めて南米へ渡る農民も生まれたが、多くは東北各地に転居して行った。

高橋正由は、見知らぬ地、青森県上北郡百石町に家を建て、移り住んだ。国道に面する部分にガソリンスタンドをつくり、息子夫婦が切り盛りしている。隠居の高橋には、冬季、高校に通う孫を駅に送り迎えするほか、これといってすることがない。

福島、満洲、上弥栄、百石町と、幾度か転居を余儀なくされた。六ヶ所村の地つきの人たちは、上弥栄の連中は先祖代々の土地ではないから思い切りよく出ていくのだといったが、それは違うと高橋は思う。

しかし、四半世紀を費してわがものにした土地を捨てるには、「一口に声に出せない」さびしさがあった。お互い農民はそういうものではないのか、といいたい気持がいまも彼に残る。

農家に生まれついて、作物が伸びる楽しみ、仔牛が成長する喜びが彼の生甲斐であった。

お互いに喧嘩もしたが、裸同士の同じ境遇から出発して、上弥栄の仲間には兄弟以上のものがあった。見知らぬ人たちの好奇の視線にわが身をさらしながら、孤独感をもてあますとき、何とか同志でかたまって生きられる方法があったのではないかと悔い、一個の生き方として自分の選択は誤っていたのではないか、とおのれを責めた。

「国家というやつ」には、えらく迷惑を掛けられたという思いが深い。

「変転きわまりないという言葉があるが、われわれの場合、まさにその通りで、時代が時代だから、どうもこうも仕様がないでしょう。最後に行きつくのは、やっぱり経済問題ですからねえ」

いま高橋を両面からとらえているのは、生活の安定からくる安堵感と、人生の目的を失った無力感である。

農民から土地を奪う罪深さを、あらためて思うのである。第五部「巨大開発」の結びで、本田はこう書いている。

無人となった上弥栄は、冬枯れの中にある。旧上弥栄小学校のあたりに立つと、積雪がかつての営みの跡を一面に覆いかくして、目にする変化は、ゆるやかな高低と光と影が描き分ける白の濃淡と、その先に取り残された防風林の薄墨色くらいのものである。

広がる風景は、まさに地の果てのそれであって、小学校の廃屋は、荒地に挑んで空しく終った七十九戸の墓標と映る。

ここには一本の幟（のぼり）も立たなかった。まして砦（とりで）が築かれることもなかった。

従順な「国民」たちは、またしても、「国家的事業」に殉じたのである。……

上弥栄の人びとの大多数は、農民としては滅んだ。それを仕向けたのが「国家」だとして、いったい「国民」とは何であるのだろう。

4

『村が消えた』の文庫版（講談社・一九八五年）の解説を鎌田慧が書いている。これ以上ない適任者であろう。鎌田は取材から刊行まで二十年を要した大部のノンフィクション、『六ヶ所村の記録』（岩波書店・一九九一年、講談社文庫・一九九七年）を著している。

本田著が満洲―上弥栄をめぐる人々の歳月を追うことに力点が置かれているのに対

し、鎌田著は六ヶ所村全域にまたがり、巨大開発に抗する運動史という色彩が濃い。国策に翻弄された人々への思いは重なり、登場人物の重なりもある。評価の異なる運動家も含まれてはいるが――。

『村が消えた』をめぐって、鎌田に雑談してもらう機会を得た。

鎌田は青森・弘前の出身である。だからであろう、「僕にとって六ヶ所村は隣町へ行くという感覚であったわけですが、本田さんにとっては話し言葉の理解ひとつとっても大変だったと思いますね」という。そして、『村が消えた』で特筆すべきは、被害者でありまた加害者でもあった開拓民たちの両面を見据えていることだと指摘した。

「上弥栄の農民に会ったさい、僕も満洲と六ヶ所村、どちらが大変でしたかと訊いているわけです。するとほとんどの人々が六ヶ所村のほうがきつかったという。満洲では『満人』や『鮮人』を使っていたから楽だったと。その発言はとても衝撃的でしたね」

開拓民たちの、満洲の現地人にかかわる証言はシンプルで、そこに〈罪〉の意識はない。それがこの時代を生きた日本人の大多数の意識だった。そのことを十分に承知しつつ、その点での違和や齟齬感も本田は記している。視線は複眼的である。

顧みて、移民の一人一人は、わが国の満洲政策に進んで加担した尖兵というより、破綻に終った国策の被害者として位置づけられるのであろう。しかし、現地中国人からすると、彼らの土地を奪う加害者集団ということにならざるを得ない。

満洲への開拓史に触れた章での一文であるが、同じ言い回しをしている箇所がある。満洲及び上弥栄の両地で小学校の教員をつとめた教育者、江口秀が登場するページである。

秀を「明治女性の心根」をもった「誠心誠意の人である」と本田は記す。山形の出身。満洲の開拓団が子弟の教育に困り、教員募集をしているとのニュースを耳にし、渡満する。中国人子弟にも日本語と算数を教えた。満洲は「憧れの地」であり、「五族協和」を心から信じていたという。

六ヶ所村の学校へも「就職希望者は皆無」のなかでの赴任で、やがて上弥栄小学校の教員兼校長を、夫は上弥栄開拓農協の初代組合長をつとめていく。

山形に十六年、満洲に十二年、六ヶ所村に二十三年。骨を埋めるつもりだった上弥栄の土地を失って後は、青森・十和田に移り住み、和装学院を開いているとのことである。

秀の歩みへの敬意の念が伝わってくる記述であるが、一点、満洲国という〃仮構の国〃への価値観について、本田とは意見の相違があった。

> 信じる徳目に忠実に生き続けて来たと自負する秀は、満洲開拓の全否定は、自己の営為のそれにつながるように思えて、承服しがたいもののようである。
> 個人の善意は認めても、そこからは国策の犠牲者としての満洲開拓者が浮かび上ってこない。また、土地を奪われた中国人の苦悩や怒りも聞えてこない。
> 彼らは被害者であり、半面、加害者でもあった。

被害と加害がまだらに織り成す。戦争というものが引き起こす普遍的な構図であろう。

本田は鎌田慧という書き手を、ノンフィクション界にあって「別格」と記している(『我、拗ね者として生涯を閉ず』)。

鎌田は本田を、「向う気は強いけれども気は優しい。戦後が生んだもっとも良き社会部記者の一人」と評した。交流はごく淡いものであったというが、互いに認め合う間柄であったのだろう。

後年、本田は重い病に侵されつつも書くことをやめなかった。世のありように対する批判の精神を、世を去るまで失わなかった。そういう本田の晩年の処し方について、鎌田はこうも評した。

「もの書きの根性というものを見せてもらった。これはちょっと例のないものであって、そのことだけをもってしても残る人ですよね」

六ヶ所村の当地に、石油精製、石油化学、火力発電など大規模コンビナートをつくる計画は、オイル・ショック以降の経済環境の変化で頓挫した。「文庫版のためのあとがき」では、本田はこう書いている。

ほとんど手つかずのまま十数年間にわたって放置されている開発予定地に立つと、満蒙開拓の国策の下、満洲（中国東北部）に移植されて、そのために流浪の悲惨を味わい、故国に文字通り命からがらたどり着いて、下北半島の一劃（いっかく）にふたたび開拓の鍬をふるうが、結局、農民としては滅びることを余儀なくされた人びとのあわれが胸に迫るのである。

本田は朝鮮で生まれ育った。環境も意味合いも異なるが、その視線には、ともに外地からの引揚者というルーツが投影している。

その後、当初計画は土台から変更され、旧上弥栄周辺の一帯には、備蓄用の石油タンク群が立ち並んだ。またその後、「高レベル放射性廃棄物（核のゴミ）」関連の施設がつくられていく。時々の事情で、国策はいくらでも融通無碍（ゆうずうむげ）に変容するのである。そのようなものを望んで農民たちは土地を手放したのか――。

本田は、念を押すようにもう一度、「上弥栄の人びとの大多数は、農民としては滅んだ。それを仕向けたのが『国家』だとして、いったい『国民』とは何であるのだろう」という言葉でこの「あとがき」を締め括っている。

〈国家〉とは何か、〈国民〉とは何か――。本田のなかで、多分に疑念をともなった想念が芽生えはじめたのは、ずっと以前、おそらく少年期までさかのぼることになるのだろう。『村が消えた』の取材と執筆は、その問いを、いま一度切実に問い返さざるを得ないものだった。この後に続く言葉を読者に委（ゆだ）ねているかのようにも思える。私によぎった言葉を記してみるなら――。

だれも、いつの時代も、〈国〉の埒外で生きることはできない。時々の趨勢に押し流される寄る辺なき存在ではあるが、そうであってもなお一個の自立した〈民〉として生きていきたいものだ、というような——。

第十章　スクープ記者の陥穽（かんせい）――『不当逮捕』

1

雨には不吉の臭いがする、などと、気のきいた風なことをいってみたところで、しょせん後からのこじつけでしかない。

だが、降られると無性に気が滅入る。そのうち、何かよからぬことが持ち上がっても不思議でない、といった投げやりな気分にさせられる。ことに長い雨はいけない。

昭和三十二年十月二十四日も、たまたまそういう一日であった。

東京地方はこの季節につきものの不連続線の影響で、夜に入ってからも断続的な雨が止まず、本所警察署に設けられた警視庁第七方面の記者クラブに一人居残っていた私は、木製の長椅子を二つ並べてその上に仰向けになり、身の振り方を決めかねていた。


『不当逮捕』（講談社・一九八三年。引用は講談社文庫版による）の書き出しである。

本田が読売新聞の記者になって二年半、警察（サツ）回りの駆け出し時代である。帰るべきか泊まるべきか、ぐずぐず迷っていた深夜、懇意にしてきた丸の内署詰めの「N紙」の記者・平岩正昭より電話が入る——。「そんなばかな」と声を上げるような、驚くべきニュースであった。

〝私淑（ししゅく）〟してきた社会部の先輩記者・立松和博が名誉棄損容疑で逮捕され、署に留置されているという。異例の事態であり、しかも立松を逮捕したのは東京高検（高等検察庁）というのである。


平岩にいわれて、吹き降りの中をタクシーで急ぎながら、私には何から何まで解せないことばかりであった。

それもそのはずである。

検察部内の奥深く、その最高権力の座をめぐって対立して来た二派の一方が、立松逮捕を突破口に相手方の勢力を一気に突き崩そうとして仕組んだ暗闘劇の筋書など、記者経験の浅い私に見抜ける道理がない。

皆目見当のつかないまま丸の内警察署に乗り着けると、ちょうど靖子（立松の妻）が正面玄関の庇の下に細い身体を寄せて、皇居の堀端から横殴りに吹きつける風雨を避けながら、畳んだ蛇の目の雫を払っているところであった。

この六日前、読売新聞の社会面トップに「売春汚職／U、F両代議士（紙面では実名）／収賄容疑で召喚必至／近く政界工作の業者を逮捕」という見出しの記事が載った。

当時、売春防止法の制定をめぐって赤線業者の政界工作が進行し、東京地検が捜査に乗り出していた。両代議士の召喚間近という〝スクープ〟を放った立松であったが、名誉棄損の訴えを受け、高検により逮捕される。

立松は司法担当のエース記者だった。

芦田均内閣を瓦解させた昭和電工疑獄事件では「抜いて抜いて抜きまくった」。大蔵省主計局長（福田赳夫）、経済安定本部総務長官（栗栖赳夫）の召喚をすっぱ抜き、さらには検察庁舎の通路を挟んで建つ倉庫の壁に穴をあけ、望遠レンズを潜ませ、先日まで宰相の座にあった芦田の取り調べ中の写真まで撮って載せた。

その後、立松は肺結核と胃潰瘍で三度の手術を受け、二年余の休職を強いられる。社会部の「大遊軍」に復帰して間もなく、売春汚職でトップ記事をものにする。

不当な逮捕、取材源秘匿は当然、言論弾圧……と、新聞各紙は一斉に反発、検察批判が強まるが、二ヵ月後、読売は「両代議士、事件には全く無関係」という取り消し記事を掲載、全面屈服する。立松は重大な過失で社の名誉を傷つけたとして懲戒休職、〝堕ちた偶像〟となっていく。


本書の元原稿は『小説現代』で執筆されている（一九八二年九月号〜八三年八月号）。本田がフリーになって十二年目、事件からいえば二十六年目である。

蛇の目の雫を払っていた——というシーンは、四半世紀、本田の脳裡に留まっていた情景だった。

本作はずっとあたためていたテーマだったように思える。なぜ年月を経ての執筆になったのか。関係者への配慮であったのか、あるいは素材を寝かせ、発酵させるべき時間が必要であったのか……。本田に訊いた日がある。

お尋ねの前段の部分は、たしかにあったんです。でも、主たる理由は後段の部分ですね。自分のことに関してこういう言葉を使うのは気恥ずかしいんですけど、後藤さんがおっしゃってくださったからそのまま使わせていただきますと、発酵する、お酒でいうと寝かせる、……そういう時間はやはり必要だった。それは書いてみてなお強く感じましたね。

もちろん立松さんに対する私の思い、親愛の情というものは終始全体を流れているわけですけれど、しかし、これはやはり立松さんの落ち度ではないかというところは落ち度としてちゃんと書いている。一例をあげますと、立松さんがおかした大きな誤報の原因がそうです。ニュース・ソースは河井信太郎（のぶたろう）という検事だったのですが、そこから情報をもらってきて、裏をとらず、検証もきちっとやらないでそのまま書いてしまったというのは、やはり新聞記者として重大な落ち度です。そのために立松さんは自殺に等しい亡くなり方をされた。そういう悲劇的な結末に自分を追い込んでいったということがあるわけですね。

そういうことも含め、もちろん故人に対する気持ちは変わらないんだけども、やっぱりあるスタンスをきちんと保つ必要が絶対にある。そのスタンスはなにによって得られたかというと、やはり一つには時間の経過です。（拙著『漂流世代のメッセージ』）

樽の中でゆっくりと熟成することによって古酒の名品が生まれるように、名作は時を経ることによって生まれた。

2

本文にある最高権力の座――とは検事総長を、二派――とは馬場義続（よしつぐ）（法務事務次官）が率いる「馬場派」と岸本義広（東京高検検事長）が率いる「岸本派」を指している。

本田は本書で、戦前から戦後に連なる検察人脈の解剖にかなりのページを費やしているが、事件の理解に不可欠という判断があったからだろう。検察ピラミッドの序列をいえば、検事総長―東京高検検事長―大阪高検検事長―最高検次長―法務事務次官―名古屋、福岡、広島、札幌、仙台、高松の各高検検事長……である。

両派の流れをさかのぼれば、馬場派は戦前、司法大臣をつとめた小原直（おばらなおし）へ、岸本派は同じく司法大臣をつとめた塩野季彦（すえひこ）へたどり着く。小原は「自由主義者」、塩野は特高を束ねる「思想検事」の頭目とされた。

敗戦により司法界の勢力図は一変する。GHQに睨まれた思想検事閥は後退し、代わって、逼塞していた小原系の木内曾益が最高検次長のポストに就いて実権を振るう。塩野系も巻き返しに転じ、第三次吉田茂内閣で「古めかしい反共主義者」大橋武夫が法務総裁に就任すると、木内を切り、広島高検検事長に飛ばされていた岸本を後釜に据える。この時期、取材に当たっていた司法記者は「二つの権力が鬩ぎ合う凄絶さに、肌が粟立つ思いであった」という言葉を残している。

馬場は木内の衣鉢を継いだ検事だった。GHQの統治時代、「経済検事」として実績を上げ、昭電疑獄では次席検事、造船疑獄では検事正として──犬養健法相の指揮権発動により頓挫はするが──現場指揮に当たった。立松事件のキーマン、河井信太郎は馬場の配下にあって辣腕ぶりを発揮した主任検事である（後に大阪高検検事長）。立松事件時のポストは法務省刑事課長。

立松は馬場─河井ラインに深く食い込んでいた。留置した立松の調べの陣頭指揮に当たったのが岸本だった。〝スクープ〟のネタ元を吐かせ、馬場派を一気に追い詰める……。

魑魅魍魎たる検察の内部世界を、鋭利なメスで解体腑分けするごとく、本田は精緻によどみなく書き込んでいる。

　さらに新聞世界を書き込んでいる。この時期、読売の「社会部王国」は陰りを見せていたが、余熱はまだ十分に残っていた。編集局長、編集局総務、社会部長、社会部次長、前社会部長、元社会部長、社会部主任、司法記者、遊軍記者、警視庁二課担……たちが登場する。「サムライ」「狷介孤高」「苦労人」「仏」……など、人物評はそれぞれであるが、海千山千の面々である。事件発生前後の、記者たちの動きの詳細を記すことによって、生々しい臨場感を与えている。

　本書は、失脚した社会部記者の物語であるのだが、彩り豊かな物語となっているのは主人公の魅力によるものであろう。読点を続けた文章で立松像をこのように記している箇所がある。

> 　そうすることによって、いつも埒外に飛び出しそうな危うさを身に漂わせながら、風変わりで奇矯ともとれる言動を好み、それが地であるのかと思えば、周囲を楽しませるための計算されたサービスのようでもあり、では計算高い男かというと、知己、友人のために自ら失うことを厭わず、持てる限り散じ、その点にお

いて善意の人間であるのは疑いもないのだが、人に虚飾を見ると異常な情熱を以て引き剝がしにかかり、驕（おご）るものがいればちょっとした奸計を仕掛けて笑い物にする意地の悪さもけっこう持ち合わせていて、そのくせそうした相手からも恨みをかわず、つねに人気の中心にいるという、なんとも襞（ひだ）の多い立松和博の人となりに迫る手掛かりが、いくらかでも得られはしないか、と考えるからである。

立松は一九二二（大正十一）年生まれ。祖父・平（たいら）、父・懐清（かねきよ）とも判事をつとめた司法官の一家である。大正末、懐清は大逆罪に問われた無政府主義者、朴烈（ぼくれつ）と内縁の妻・金子文子の予審判事となるが、両被告に同情的で、予審廷で仲睦まじい二人の写真を撮る。これが外部に流れ（「怪写真事件」）、引責辞職する。「型破り」ぶりは息子へと受け継がれた。

立松の少年期、父は弁護士を開業し、母・房子は著名な声楽家。麻布本村町の広い屋敷で何不自由なく育つ。母は次男の立松を「猫かわいがり」したとある。

いたずら好きと無類の気前の良さをもった、一風変わった不良少年ぶりが紹介されている。中学時代。出入りのハイヤーで日本橋の三越百貨店に向かい、文房具売場で、一般には手の届きにくい舶来の万年筆を五十本購入する。勘定書は後日、親のもとへ届いた。さすがに父は驚き、三越に引き取らせようとしたが、無理だとわかる。すでに五十本はクラス全員にばらまかれていて、立松はこうのたもうたとある。

「だって、ぼくの欲しいものは、みんなだって欲しいだろうと思ってさ」

立松は戦中世代である。海軍予備学生となり、通信員として重巡「那智（なち）」に乗り組む。レイテ沖海戦直後、那智はマニラ湾で爆沈する。立松も海に投げ出されるが、命は助かった。

終戦後、父・懐清と正力松太郎のつながりから読売に入社する。持ち前の機転と機略、さらに信義の厚さがあって、飛び抜けた特ダネ記者となっていく。口の堅い検事たちが、どういうわけか立松には内部情報をもらすのである。司法界への食い込みには家系もプラスした。

本田の視線は、複雑な内面を宿した人間・立松和博を見詰めている。筆致は〈文学的〉でもある。

現役時代の記者立松和博は、つねにステージの中央でライトを浴びているような存在であり、私生活の面においても、突飛な言動で話題を提供し続けて、一際（ひときわ）目立っていたが、それは彼が周囲の目を意識した場合に限られており、人前を退いた後はめっきり口数が少なく、むしろ陰気にさえ見えた。

彼がそうしたときにのぞかせる心の翳りは、生まれつきからくるものなのか、あるいは、育った環境に由来するのか、それとも、戦争体験が落とした影であるのか、私にはいずれともいえない。ただ、職場で称賛や驚嘆や憧憬を以て語られる立松和博は、多分に本人自身によって演出されたものであり、彼のたぐいまれな人づき合いのよさは、むしろ、深い人間不信から出ているのではないかと思うときがあった。


本田にとって立松は、ひと回り近く上の大先輩だが、記者活動はともにしていない。「まったく個人的な付き合いに終始した」間柄だった。

本田が警察回りで知り合ったN紙の平岩記者は、親子二代にわたって立松家とかかわりがあり、「和ちゃん」を紹介するといって、手術後の療養中だった立松のもとへ本田を連れて行く。新宿御苑にある前田外科分院の個室で、それが初対面だった。

奇妙な暗さ――を感じたとある。

彼は見るからに高価な大島をさりげなく着こなし、左から七三に分けた長髪の先端を広い額の右の部分に垂らしていた。私は頬のこけたその風貌に、少年の一時期人並に熱中した津軽出身の作家を無意識のうちに重ね合わせていた。

立松が付添婦に耳打ちするとすぐ、テーブルを埋めつくすほどの中華料理が運び込まれ、冷えたビールの栓が抜かれ、ジョニ黒の封が切られる。「まだ陽の高いうちから始まった三人の宴会は、面会時間におかまいなく、延々と続いた」とある。

退院後も三人はつるんで遊んだ。立松の運転するクラウン・デラックスで山中湖畔の別荘に行ったりもした。本田の呼び名は「ポン公」となっていく。立松が明かす取材の手口や裏話はいつも本田を飽きさせなかった。

狙った女は外したことがない——というように、女性の出入りが絶えない立松であったが、世にいう漁色家とは異なっていた。

いまかりに、女性と交渉に入ろうとしている立松の姿を想定してみて、そこにぎらついた欲望とか淫らさとかは浮かんでこない。見えてくるのは、冷めたさとないまぜになった倦怠である。

どの時期からとはいえないが、少なくとも私が立松を知ったころ、すでにして彼はそう思わせる雰囲気を漂わせていた。それでいてなお彼が女性遍歴をやめなかったのは、相手の着衣と一緒に虚飾を引き剝がして、その下に隠されている人間（この場合は女性）の本性をあらわにすることに、情熱と呼ぶには暗く冷ややかに過ぎるが、それと一脈相通じる屈折したよろこびを見ていたからではなかったか。そうなってからの立松にとって、相手とのあいだの性行為はつけ足しであり、別になくてもそれはそれでよかったはずである。

立松のもつ固有の〈磁場〉が伝わってくる。それに引き込まれて本田は立松との交流を深めていく。

和博はあなたがお気に入りでしたから――亡くなった立松の枕元で、母の房子が本田にいった言葉である。

立松がなぜ本田を〝可愛がった〟のか。人と人には、短時間のうちに互いを見抜き、深いところで了解し合う関係性が生ずる場合がある。「立松は二十三歳の私から、いずれは組織の枠組をはみ出して行くアウトサイダーの臭いを嗅ぎ取っていたのであろう。それ以外に、彼が私を身辺に近付けた理由が思い当たらない」と記している。

立松との関係を「一方的に与えられるだけの関係」とも記しているが、立松もまた本田の宿す磁場を感じていたのだろう。もとより二人の磁場の質は異なるが、どこかで交差するものがあったのだろう。本書で本田は、立松を描きつつまた自身をも語っている。

3

三日間、丸の内署に勾留された立松であるが、もとよりネタ元は明かさない。釈放され、一時、ヒーロー扱いもされるが、読売の腰は据わっていなかった。

本来、立松逮捕の時点で即、猛反発すべきところ、翌日の朝・夕刊ともに沈黙し、各紙の模様を眺めつつ立松擁護の論陣に加わった。そのことに本田は釈然とせず、強い憤りを覚えたと書いている。

立松は微熱が続き、周りからの〝隔離〟も兼ねて前田外科分院に入院するが、本田は入り浸るように訪れていた。ネタ元が、立松のいう「デブ信」、河井信太郎であったことも耳にする。

おれの射ったミサイルは、必ず標的に命中したんだがなあ……と、立松は口にしたとある。命中の精度が落ちたのは、時代の変化もあったろう。

昭電疑獄時、占領下の日本社会を塗り変えていたのはGHQの改革者たち、民政局だった。やがて冷戦時代のはじまりとともに仕切り役はGⅡ（参謀第二部）へと移り、いわゆる「逆コース」の時代を迎えていく。立松が病と手術で休職していた時期、政界では保守合同―五五年体制が確立し、より安定的な保守政権の時代が到来していた。


「立松さんが休んでいたあいだに、舞台が変わっていたということですね」

私はそれだけをいうのがやっとであった。

現職の閣僚から前総理、副総理まで下獄させた検察による昭電疑獄の徹底追及も、その動きを的確にフォローしてスクープを放ち続けた立松の活躍も、GHQという超権力の内部分裂がもたらした時代の気まぐれでしかない。造船疑獄捜査の頓挫は、GHQに代わった保守支配体制が検察を圧倒する権力を確立していたことを意味する。時代という舞台が暗転して検察の出番が封じられると同時に、立松が光芒を放つ場も失われていたのである。

立松はその認識を欠いたまま舞台に復帰しようとして陥穽(かんせい)にはまり、奈落の底へ転げ落ちた。しかし、いかに親しい間柄とはいえ、私はその状況確認を本人に迫ることは出来なかった。立松にとっての幸福な時代は、まさに一場の夢だったのである。

U・F両代議士の容疑を裏付ける事実は出てこない。分院で本田が目撃したのは、守勢に立たされたさいの立松の弱さと脆さだった。鬱か躁、あるいは朦朧状態のときもあって、このまま帰って彼を一人にして大丈夫か、と思う日もあった。

看護婦と同衾している現場にも本田は出くわすが、彼女を手なずけて「オピアト」(阿片剤)を入手し、中毒症状に陥っている様子も目撃する。過度の睡眠薬を常用し、科は神経科へと移って行く。

「懲戒休職」後、立松は社に復帰するが、飼い殺し的な部署に配属される。さらにその後、城南支局長をつとめるが、もはや抜け殻だった。睡眠薬中毒で病院に運ばれる際、「運ちゃん、読売はひどい会社だぞ。おれを助けてくれなかった」という言葉も吐いている。

本書の「あとがき」ではこんな一文も見える。

立松が放った数々のスクープは、「言論の自由」とか「知る権利」とかといった、ジャーナリストの建前から生まれたものではなかったように、私は思う。彼における取材活動は、周囲に次々といたずらを仕掛け、あるいは、あまたの女性に身も心も開かせようとする、あまり一般的とはいえないパースナルな満足の追求と同じ次元にあった。

それらを成功させるために、立松は異才を傾け、あまつさえ、時間も労力も費用も惜しまなかった。職業人としての新聞記者にはおのずから限界があって、職業意識というより「業（ごう）」に動かされて突き進む立松に、取材競争で太刀打ち出来る道理がない。その意味で、立松は稀有の存在であった。

本文の中で書いたことであるが、そういう立松の「実」は、ただ一筋、紙面につながっていた。その絆を断たれたとき、彼には空しさだけが残った。

立松の晩年、本田は自身の結婚の仲人を依頼するなど、関係は続くが、あえて遠ざかった時期もあった。会えば深酒となり、深夜の〝暴走ドライブ〟となる。付き合うのは命がけだった。そして、事件から五年後の秋、訃報に接するのである。

「暗闘」の勝者は馬場だった。

事件から三年後の一九六〇（昭和三十五）年、岸本は東京高検検事長のまま定年となる。同年秋、大阪五区から衆議院議員選挙に出馬して当選するが、大量の選挙違反者を出し、自身も買収容疑で起訴される。意趣返しであったのか、馬場派が制した大阪地検の摘発は仮借ないもので、二百余人が検挙されている。さらに三年後、岸本は再出馬するが、「選挙史上最大」の折り紙をつけられた前回の違反が祟り、落選する。

さらに事件から七年後の一九六四（昭和三十九）年、東京高検検事長にあった馬場は検事総長に上り詰め、岸本には有罪判決（禁固一年三ヵ月、執行猶予三年、公民権停止三年）が下った。本田は「片や検察の最高位をきわめ、敗者は法務大臣どころか、社会的にも葬り去られたのである。明暗を分けるというが、この懸隔を表すにはそれでは足りない」という言葉を添えている。

岸本の退官や選挙出馬が伝えられる日があったが、立松が話題にすることはなく、恨みつらみを口にすることもなかった。「彼は岸本を一個の人間として、別に好きでも嫌いでもなかった」。馬場や河井に対してもそうだった。立松が取材源秘匿を守り通したのは、職業上の倫理からそうしたのであって、彼らに対する好悪の感情とは無関係だった。

しかし、社との関係は違う。立松は仕事に関してノンシャランを装い、「虚」を生きているように振る舞っていたが、彼の「実」はただ一つ新聞記者の誇りにつながっていた。家庭をまったくといってよいほど顧みず、酒と薬と女に明け暮れた彼の私生活は、「虚」そのものであったかも知れない。それであればなおのこと、彼の唯一の「実」が重みを持ってくる。そこにつながる綱を社の側に断ち切られて、立松にどのような生きる術があったか――。

一九六二（昭和三十七）年の秋、本田は社会部で最年少の遊軍になっていた。社で、城南支局からの一報を受けた本田は、「自殺か」と大きな声を出した。周りのデスクたちはかぶりを振る。ただ、「立松の最期が、世にいう自殺によるものであろうとなかろうと、私にはもうどちらでもよいことであった」。事件以降、立松がたどったのは、だれにも止めようのない、「緩慢な自殺」であることは明らかだったからである。

通夜の席で、本田は妻の靖子から立松がかなりの額が打ち込まれた銀行通帳を残していたと耳にする。〝浪費王〟の立松からして意外なことであったが、そのわけを本田は知っていた。

「だれにもいうなよ。おれ、飛行機を買うことに決めたんだ」

立松のいうことにはたいてい驚かないが、このときは耳を疑った。

「えっ、飛行機ですか」

「うん、単発のセスナ。中古だと五、六百万で買えるらしい」

「そんなもの買って、どうするんです？」

「飛ぶのよ」

「飛行機っていうくらいのものだから飛ぶでしょうけど——」

立松はそこでにやりと笑った。得意なときに見せる表情である。……

「いいか、そのときが来たら、君に時間を知らせるから、社会部の連中を屋上に集めろ。おれさ、鳩小屋の屋根をかすめて、野郎どもに手を振ってみせるんだ」

ラスト、「私は靖子のそばをそっと離れて、立松の枕元に戻った。おのれをこの世につなぎとめようとした、かつてない壮大ないたずらも、しょせん立松の生きるよすがにはなり得なかった——。そう思うと、初めて悲しみがこみ上げて来た」と記して、本文を閉じている。

4

講談社のPR誌『本』（一九八四年八月号）に、本田は「『不当逮捕』その前夜」と題するエッセイを寄せている。

――（一九八〇年）五月の連休、『小説現代』編集部のO氏に、半ば拉致される格好で神楽坂の旅館Wにカンヅメにされる。一階奥の、薄暗い八畳の部屋だった。段ボール三杯の資料を持ち込み、執筆に専念するのであるがはかどらない。

O氏とは小田島雅和である。入社後間もなく『現代』に所属し、ここで本田と面識ができた。その後、小田島は『小説現代』、文芸図書第二出版部、第三出版部など、文芸畑を歩いていくが、本田が亡くなるその日まで親交を続けた編集者である。

鉛筆が遅々として進まないときの書き手は、担当の編集者に対して、サラ金の取り立てに遇っているような卑屈な気持ちでいるものだが、旅館の払いが編集部持ちのカンヅメになると、いよいよもって、何とかしなければならないという心境に追い込まれる。脱稿が一日遅れれば、その分だけ余計な負担を編集部にかけるのだから、自宅もしくは自分の仕事場にいるときより、いやでも執筆のスピードを上げざるを得ない。編集部サイドからすると、そこが付け目なのである。私の場合も、心組みとしてはそのように運ぶはずであった。

執筆上の制約と困難性が筆先を重くしていた。主人公・立松和博への個人的な思いはいいとしても、主人公に肩入れする余り、公正な眼をくもらせてはいけない。私情を抑制してどこにスタンスを置くか……。検察の二大派閥を昭和初期までさかのぼって書き込むことが必要だが、読者の興味を減じさせるものとならないか……。登場人物の多くは現存しており、書き手が名誉棄損の告訴を受ける可能性だってある。かといって、筆を抑えることはできない……。

さらに翌六月、ネパール・カトマンズへの取材予定が以前から組み込まれていた。これは第八章で触れた『栄光の叛逆者　小西政継の軌跡』にかかわるもので、その準備もある。

さらに加えて、体調の不良である。ネパールから帰国するとついにダウンし、床についてしまう。下痢、発熱、悪寒、発汗が続く。体重はがくんと減った。一週間ほど自宅で静養し、再度、旅館にこもるが、体調は元に戻らない。肝炎が進行していたことが後に判明する。

秋が行き、冬が来て、年の瀬も押しつまった十二月二十八日、Wの滞在を切り上げて自宅へ戻った。O氏は奥さんのヘソ繰りと称して、私的に越年資金を届けてくれた。それは筋道が違う。いったんは辞退したのだが、結局、彼の好意を受けることにした。原稿は予定の半分にも達していなかった。「カンヅメに穴があいて、空気が入っちゃった」と冗談をいいながら、私の心は惨めであった。『不当逮捕』にはこれからも、暗い八畳間の思い出がつきまとうのであろう。

本田の年齢でいえば、『不当逮捕』の執筆時は四十代後半である。書き盛りであるが、この作品が文字通り、身を削って書かれていたことを知って感慨を覚えるものがある。また、随分と仕事を抱え込んで、同時並行的にそれらをこなしていたことに対しても。

原稿の仕上げにはさらに時間を要し、区切りがついたとき、小田島は『小説現代』

から文芸図書第二出版部副部長に異動していた。単行本は担当したものの、『小説現代』での連載は藤岡啓司へバトンタッチされた。彼も純文学系の『群像』などに在籍した文芸畑の編集者である。

連載開始を前にして、藤岡は本田宅を訪れた。和机を前に座布団にどっかと座る姿は、「かつて存在したであろう文士」を想起させた。本田はメモ用紙にタイトル案を書いていて、⑴「不当逮捕」⑵「陥穽」⑶……とあった。内容的には「陥穽」が一番ふさわしいが、タイトルとしては少々抽象的だ。本田と話し合って「不当逮捕」に決めた。

密度濃い内容、彫琢された文体、構成の妙、人間存在への洞察と表現力……。生原稿を一読し、「この編集部にいたかいがあったと思えるような」原稿だった。『小説現代』はエンターテイメント系の文芸雑誌である。これ以前、このような硬派の本格的ノンフィクションが連載されたことは記憶にない。本田原稿は他の掲載作品とは明らかに異質であり、毎号、そのページ分だけ、硬質の紙が挟まっているような、そんな感触を受けた。

物語の終盤、立松が亡くなった日の朝方であるが、就寝中の本田の枕元に、和服姿の立松が立ち現われるシーンがある。「夢枕」である。

一面の闇である。その奥に、なぜか、立松の和服姿だけが、ぼんやり浮かび上がって見える。

はて、と考える間に、動いた気配もなく、彼は私をのぞき込む位置に来ていた。

戸外か、屋内か、それさえも定かでないのだが、どうやら私は仰向けに寝ているらしい。

彼はひどく黒ずんだ顔色をしており、抑揚のないくぐもった声で、ぼそっといった。

「最近、冷たいぞ」

責める口ぶりではないが、元気だったころのからかう調子がない。

いわれて私には気が咎めるところがあった。

何と受け答えしたものだろうか。

そんなことを考えながら言葉をさがすうち、彼の姿はかき消えていた。

小説において「夢枕」は折々に使われるが、この場面での挿入はいかにもふさわしい。巧みな小説的構成と思えて本田に尋ねてみた。「いや、実際その通りだったのでね」というのが答えだった。

『群像』時代、藤岡は本田にエッセイを依頼したことがある。受け取った原稿の表題は「禁じ手」となっていた（一九八八年三月号）。

あるノンフィクション作品の心理描写を素材に、どこまで想像力を駆使することが許されるか、を論じている。

作品化の過程でノンフィクションもまた想像することを伴う。一切合切、そのことを杓子定規に封じるとなれば、これはもう作品化は困難だ。ただ、ノンフィクションには「許容範囲」があって、背後にしかるべき根拠がなくてはならず、自由に想像世界を羽ばたいていいというものではない――。

ノンフィクションを、手を使うことを禁じられたサッカーに例えたもので――このことを本田は他の場所でも書き、語っているが――、書き手の自制を促す禁欲的な論考である。このことにおいても本田は「硬派の人」であった。

その書きもの、姿勢、風情……「文士」という言葉がよぎる人が本田であった。

5

『不当逮捕』が刊行されて五年後ということになる。異例なことに、検察の内部から事件の深層をほのめかす著が出た。〝ミスター検察〟とも呼ばれた元検事総長、伊藤栄樹の『秋霜烈日』（朝日新聞社・一九八八年）である。

売春汚職で収賄起訴された代議士は三人（U・F代議士とは別人）で、二人が有罪判決を受けている。事件当時、伊藤は若手の「応援検事」の一人だったが、立松逮捕の顛末について、こんなふうに記しているくだりがある。

> 話を元へ戻すと、売春汚職の捜査においては、初期からしばしば重要な事項が読売新聞に抜け、捜査員一同は、上司から疑われているような気がして、重苦しい空気であった。
>
> そのうち、読売新聞に抜ける情報は、どうも赤煉瓦（法務本省）へ報告したものであることがわかってきた。だんだんしぼっていくと、抜けた情報全部にタッチした人は、赤煉瓦にも一人しかいない。そこで、思い切ってガセネタを一件、

赤煉瓦へ渡してみた。たちまちそれが抜けたのが、例の記事だったのである。事の反響の大きさにあわてはしたが、犯人がわかってホッとした気分がしたのも正直なところであった。

あれから三十年余、赤煉瓦にいた男の名前も、捜査員の中でガセネタを仕掛けた男の名前も、すっかり忘れてしまった。ただ、数年前に出版された本田靖春氏著『不当逮捕』のT記者をめぐる客観的記述部分は、比較的正確だなと思いながら読んだ記憶がある。

人物名について伊藤は「すっかり忘れてしまった」ととぼけているが、「赤煉瓦にいた男」とは河井信太郎である。「ガセネタを仕掛けた男」とはだれであったのか――。

『秋霜烈日』には本田のコメントも見られる。すなわち、「これを書いた時、私は問題の記事はおそらく誤報だろうと思っていたが、T記者のネタ元とみられた法務省の幹部がなぜ、ガセネタをもたらしたのか、がわからなかった。しかし、今回の『秋霜烈日』で、馬場次官の右腕だったこの幹部をあぶりだすためにガセネタ流しが仕組まれたことを初めて知った。仕組んだ人間は、岸本派とはいえぬまでも非馬場の立場ではないか。検察内部にもあった権力闘争の恐ろしさを改めて感じた」、という談を寄せている。

細部において不明な部分は残してはいるが、事件の筋は『不当逮捕』で書き示された通りであったことがわかる。

「あとがき」で、本田は本書を「個人的な立松和博のレクイエムに終わらせたくなかった」とし、執筆中、「ロッキード事件が私の意識を片時も離れなかった。私は、検察の公正、新聞の自由を心からねがう一人である」と記している。本書の底流にある主題はジャーナリズムの復権である。

U・F両代議士に容疑なし、とされた以上、立松に着せられた汚名は仕方がない。新聞記者であった一人として、私自身にも苦い悔恨と反省がある。

戦い取ったわけでもない「言論の自由」を、いったい、だれが、何によって保障するというのだろう。それを、まるで固有の権利のように錯覚して、その血肉化を怠り、「第四権力」の特権に酔っている間に、「知る権利」は狭められて行ったのではなかったか――。

立松事件以降、事件記事はあたりさわりのないものとなり、社会部の士気は落ちた。事件取材に身をすり減らしたところで、いったん失敗すれば、見捨てられ、骨は拾ってもらえない。事なかれ主義がはびこり、立松のような埒外的な記者を包み込む上司もいなくなっていく。

立松は戦後間もない時代なればこそ出現した、特異な才をもつ記者だった。あるべきジャーナリズムを体現していたわけではあるまいが、その破天荒な活動ぶりに、潑溂としていた往時の新聞界の一端がしのばれる。

新聞記者のサラリーマン化がしきりにいわれている今日、第二の立松が出てくるはずがない。万が一、出て来たとしても、組織がかならず排除するであろう。

私は、貧しくはあったがとらわれの少なかった「戦後」の時代に、与えられた言論の自由に有頂天になり過ぎたきらいはあるが生々としていた読売社会部に、そして、一個の人間としてもジャーナリストとしても欠けるところは多々あったがすぐれて魅力的であった先輩立松和博に、年が経つにつれますます心惹かれる。そして、失ったものの大きさを思わないわけにはいかない。

いろいろとあって、私はこの重い宿題を果たすまで、前田外科分院いらい二十五年を要した。もし、もっと早くに書いていたら、故人に寄せる心情ばかりが浮き立っていたであろう。歳月は、書き手としての私を故人から剝離させるためにも必要であったと考えている。

あるいは、故人の名誉を傷つける箇所があり、ご遺族に不快な思いを与えたかも知れない。他の登場人物に関しても同じおそれを抱いている。そうだとすれば、たいへん心苦しい。

段落の後半部、ふと連想されることがなくはないが、ともあれ、十分過ぎるほどの歳月を濾過することによってこの作品は生まれた。

すぐれたノンフィクションの要件はさまざまにあろう。物語としての豊かさ、主人公の魅力、時代の息吹きを伝えるもの、執筆の根拠……などであろうが、すべてを備えている。

本書は一九八四（昭和五十九）年講談社ノンフィクション賞の受賞作であるが、辛口の選者たちも一様に、高い評価の言葉を寄せている。

……検察内部の対立によって、不当に逮捕され、はなやかな歴史の舞台から淋しく消えていったシテの近くにいて、シテの内面をつぶさに観察するワキとして作者は存在するのであるが、ワキは能同様、いつの間にか観察者から鎮魂者に変ってゆく。私はこのノンフィクションに、よい能を見た時のような感動をおぼえた（梅原猛）。

……ノンフィクションのいい作品は、プロが取材して書いたものと、アマチュアが自分の実体験をもとに書いたものとから生まれることが多い。ところがこの作品は、プロ中のプロが自分の実体験を素材としてその上に取材をつみ上げて書いたものである。しかも、素材に人間的魅力が満ちあふれている。社会的にスケールの大きな事件が背景となっている。これで傑作が生まれないはずはない（立花隆）。

……『不当逮捕』は、主人公の先輩記者および新聞ジャーナリズムへの本田さんの主体的かかわり合いが、表味・隠し味の両面から濃密に投影されている。著者が書きたいと温めてきた事柄を十分に出し切った熱気のある作品であり、段違いの出来ばえである（柳田邦男）。

……なかでも本田氏の『不当逮捕』は、素材にたいする筆者の特別の情熱が光り、書かうとする動機が迫力をもつて浮かびあがる傑作であつた。主人公にたいする筆者の私的な愛情と、それにもかかはらず客観的な人間観察との均衡が、生きた魅力的人間像を浮彫りするのに成功してゐた（山崎正和）。

本田の全著作を眺望すると、高峰の連なる山脈が浮かぶ。いまだ山道を登る途上にあるが、初期作品の前方から眺めても、後期作品の後方から眺めても、やはりひときわ高く聳（そび）え立つのが本書である。『不当逮捕』は本田作品の頂点を成すものだつた。

第十一章　アウトローの挽歌——『疵(きず)』

1

語り継がれてきた「荒くれ」がいた。花形敬という。敗戦後の混乱と混迷の時代を、おのれの肉体と胆力を頼りに渡り歩いた。弱いものいじめはしない。「ステゴロ」（素手の喧嘩）をもって立ち向かうことを流儀とし、刃物や拳銃を使うことは一度もなかった。プロレスラー力道山さえも気迫で圧倒し、ストリート・ファイターとしては最強ではなかったかという伝説が残っている……。

『疵(きず)　花形敬とその時代』（文藝春秋・一九八三年）は、花形の短い生涯を描きつつ、かつて日本社会に確かに存在し、やがて薄れ、消えていった〈濃い戦後〉を描き出している。

『疵』の初出は『オール讀物』（一九七七年十一月号）だが、担当したのは東眞史である。

東の記憶では、本田と雑談していて、「中学の二年先輩なんだけれど、とんでもなく強い奴がいてねぇ、あの時代だからこそ生まれたアウトローだな……」という話を耳にし、「それ、是非やりましょうよ」ということでスタートしたという。『オール讀物』は伝統ある文芸誌であるが、この時期、ノンフィクション作品も扱いはじめていた。同号での『疵』のサブタイトルは「男の生きざまを描くドキュメンタリー・ノベル」となっている。

雑誌の編集部は各界にさまざまな取材ルートをもつが、さすがに組関係は乏しい。花形が属した安藤組（東興業）はとっくに解散していた。ようやく見つけたルートは、スナックの経営者で、彼はすでに堅気になっていたが、かつて安藤組にあって花形を慕い、亡くなるまで深いつきあいをしていたという。この人物がさまざまな〝業界人〟を紹介し、渡りをつけてくれた。

長い編集者生活であれほどその筋の人に集中的に会ったことはありませんねぇ――と東は苦笑まじりに振り返る。

困惑することも起きた。スナック経営者より、取材先には「お車代」を手渡すようにといわれていた。取材経費で賄える額であったが、「領収書をもらうのはダメだ」という。社の経理を通すのにやや手間取った。

未知なる体験を強いるテーマではあったが、やがて百数十枚の原稿がまとまった。花形には顔に傷があった。東がひねり出したタイトルは「向う傷」であったが、本田と話し合い、彼が生きた時代も込めて「疵」とした。

雑誌掲載から単行本になるまで六年ほどかかっているが、本田が追加取材と執筆に時間を費やしたこと、加えて、本書の内容ではなかったが、調整すべき事柄が持ち上ったりして時間を置いたことによる。

取材はじめに、本田と東は、世田谷区経堂にあった花形の実家を訪れている。母の美以は高齢ながら健在であったが、視力を失っていた。

私が美以を取材の目的で訪ねたのは、夏の暑い盛りであった。八十歳をとうに越える彼女は、家政婦の案内で通された私を自室に迎え入れると、それまで寝ていた敷き蒲団を家政婦の手助けで二つに折り、畳の上に端座して、私がいくらすすめても横になろうとしなかった。

美以は老人性白内障で失明しており、家政婦が運んで来た麦茶のグラスをさぐる手元こそあぶなげであったが、背筋をきちんと伸ばした姿勢に、いかにも士族の生まれ育ちと思わせるものがあった。

ごく品のいい老婦人――という印象を東にも残している。

花形敬は一九三〇（昭和五）年生まれ。少年期から思春期にかけて、戦争と敗戦に翻弄（ほんろう）された世代であるが、旧家の資産家の坊ちゃん育ちをしている。

花形家のルーツは甲斐（かい）・武田家の武将に辿り着くとのこと。明治の後半、父・正三は渡米、西海岸にある名門ハイスクールを卒業、ワシントン州立大学に進むが、結核に罹患（りかん）する。病の回復後、「キャディラック・ディーラー」に勤める。母・美以は長州の士族の出。縁あって正三と結ばれて渡米する。やがて正三の結核が再発し、帰国する。関東大震災の翌年とある。敬は六人きょうだいの末っ子で、日本で生まれている。

経堂小学校に進んだ花形は、「勉強も一番、スポーツも一番」。級長をつとめ、体格の良さは図抜けていた。千歳（ちとせ）中学（旧制）は、東京府の人口急増に対応するため世田谷に新設された府立中学の一つで、第十二中学とも呼ばれた。ここに花形はトップクラスの成績で入学している。

本書では、小・中の同級生たちが幾人も登場する。度胸があって、腕力に優れ、喧嘩の強い花形を記憶するが、この頃の花形にはだれも「不良性は認めていない」。

中学入学が一九四三（昭和十八）年。太平洋戦争たけなわである。「鬼瓦」という綽名の校長は筋金入りの「国粋主義者」。スパルタ教育を掲げ、生徒たちのズボンのポケットは手を入れないよう縫い潰された。登下校時、生徒が教師の姿を見かけると、リーダーが「○○教官殿に敬礼、頭、右ッ」と号令する。下級生が怠ると上級生から鉄拳制裁が下る。「誠忠行軍」を名物行事とし、「教練の千歳」は都内でつとに有名だった。

戦況は悪化の一途をたどり、中学生たちにも勤労動員がかかる。千歳の生徒たちが出向いたのは銃器工場であったが、ここでは絶対服従すべき教員や上級生はいない。花形は生徒を理不尽にいじめる工員たちと五分で渡り合った。少年とはいえ体軀では負けていない。本田は「花形の不幸は、この動員先に始まっているように思われてならない」と書いている。

それまでは、喧嘩といっても、子供の世界のことである。しかし、相手が不良工員となると、簡単にはゆかない。彼らを向こうに回してわたり合っているうち、花形は下世話でいう腕と度胸を磨いていった。

その方面での資質に彼ほど恵まれていた男も少ない。のちのことになるが、東京における暴力の世界で彼に勝てる喧嘩相手は一人も出なかった。

「教育」と翻訳された「education」の元となる動詞「educate」には「引き出す」という意味があるのだそうである。殺伐とした時代が花形から引き出したのは、たぐいまれな喧嘩の資質であった。

2

他の著書でも触れているが、本書『疵』で本田は、引き揚げ後の日々をより詳しく書いている。

終戦後、朝鮮から引き揚げてきた本田の一家（母、兄、本田、弟）は、長崎・島原の在所、母方の縁者の家にとりあえず落ち着く。軍需会社、日本高周波重工業の会計課長などをつとめた父は、残務整理のため京城の本社にとどまったがやがて帰国し、一家は調布の社宅へと移る。旧「某宮家」が建てたという広い家であったが、次々と社員とその家族たちがやって来て、「難民収容所」の感があったと記している。

父は結核に病んでいて、社宅で寝込む日々が続く。社は戦後、特殊鋼製錬を生かしてカミソリ製造などを手がけていくが、休職中の社員宅に届けられる給料はわずかなもので、家を包む空気は暗かったとある。

社宅の近隣にあったのが千歳中学で、一九四七（昭和二十二）年一月、本田は二年生として転入している。最寄り駅は京王線・千歳烏山（ちとせからすやま）。当時の世田谷は畑と雑木林が点在する農村地帯で、校舎も殺風景な風景の中にぽつんと建っていた。学校内にも、住む家のない先生が居ついていて、学校もまた「難民収容所の趣」があった。

本田が転入した翌年、中学は戦後の学制改革によって都立千歳高校となる。本田は七期生であるが、二歳上の兄は花形と――面識はなかったというが――同期の五期生である。

敗戦は日本社会に大混乱をもたらしたが、教育界もまたその極みにあった。新しい教科書が出揃うまでの間、戦時中の教科書が暫定的に使われたが、日本史が問題視され、ＧＨＱの担当官は、皇国史観的な記述箇所の抹消を命じた。授業時間に教師が問題の箇所を指摘し、生徒たちは帰宅後、それに相当する部分を墨で塗り潰すのである。

それまでサーベルを手に皇国史観を説いていた教師が、黒板に、慣れない手つきで

「三権分立」と書き、にわかに立ち現れた新理念「民主主義」を説く──。

本書で本田は、同級生で後に映画監督になった恩地日出夫が十七歳の日、「千歳ペンクラブ」の機関誌に寄せた一文を引用している。共感を呼ぶ文であったからであろう。

〈……比喩的にいえば、昨日までミソ汁とタクワンを唯一の食物であるとして、我々に食べることをしいていた教師というコックが、八月十五日からは一転して、昨日までのミソ汁には毒が入っていたから、今日からはこのデモクラシーという西洋料理を食べなさい、といって、食卓にそれを出してきたようなものである。

これは教育の背景となる思想が、軍国主義からデモクラシーへと変っただけで、いぜんとして、天降り式の〝かくあるべし〟、〝かくあるべからず〟の教育の再現に他ならない。昨日まで毒物をくわされて来たわれわれには、とてもコックの言を信用する気にはなれないのである。

生まれ落ちてから十数年間、心の中につくり上げられて来た価値基準が、すべて、いとも簡単に崩されてしまったいま、我々の世代の拠りどころとして求めら

れるのは、現在という瞬間と、おのれの生命と肉体、それだけしかない〉

恩地はさらに、「自己の知性と感性、そして肉体のすべてによって、つかみとって行く以外には、我々の〝かくある〟を認識するための方法は見出し得ないのである」と続けているが、同世代の少年たちの気分をよく抽出しているように思える。とりわけ、「自己の肉体」に拠りかかって生きたのが花形であったのだろう。

敗戦の翌年、千歳中学にラグビー部が創設される。花形三年生であるが、長身で頑健な体軀を見込まれて勧誘される。ポジションはフォワードのロック。強烈無比のタックラーだった。創部から二年、ラグビー部は全国大会に出場しているが、退部・退学していた花形の名前は見当たらない。

ラグビー部のOBたちは、毎年五月に「ラグビー祭」を開く。その席で、物故者の名を読み上げ、黙禱するのが習わしとなっているが、花形もその一人となっている。「同時代を生きたかつての仲間たちの変わらない友情の証なのである」とある。

花形と交友のあった同級生で、いま大会社の幹部となっている一人は、花形の思い出を語りつつ、「私には、悪くなるだけのゆとりさえなかったのです」と回想している。敗戦から間もない日、両親が列車の脱線転覆事故で亡くなり、「孤児の境遇」となる。

早朝は新聞配達、放課後は古新聞の回収、夜は各種のアルバイト、夏休みは工事現場の土木作業員……と働き続け、残された祖母と弟妹の一家の生計を支えた。肺結核にもなっている。

旧制五年生修了で一橋大学に進めたのは、試験に合格したことに加え、「貧困学生につき学費免除」になったおかげという。卒業後の選択もまた、一にも二にも生活の確保であった。

入社試験を受けるとき、彼に人生設計といえるものはなく、大学への求人申込がもっとも早かったその会社を選んだ。生活費稼ぎに忙しかった彼は、一日も早く定職につきたかったのである。

いまの時代では、一流企業の幹部と暴力団の幹部は、まったく別の世界に住んでおり、両者に共通点を見つけるのはきわめて難しい。

しかし、彼は中学校四年生のとき、「ヤサグレしたんだ。面倒見てくれないか」といって来た花形を泊めてやったことがある。一つ蒲団に寝た二人を大きく分けたものは、いったい何であったのだろう。

本田一家の暮す社宅には、日本高周波重工業の城津工場長をつとめた元重役の一家も転がり込んできた。工場長は東京帝大出のエリートであったが、侵入してきたソ連軍に施設もろとも連れ去られ、戻らなかった。

本田は自身を「中間管理職の小倅（こせがれ）」と書いているが、元工場長の長男は、言葉遣いもていねいな、いかにも良家の子弟だった。やがて本田の兄と中央大学の同窓になるのだが、兄に、新宿で賭け麻雀の手ほどきをした人物ともなる。

もともと本田兄弟に麻雀を教えたのは父だった。裏庭に生えていた竹を切り出し、細かく切って手製の麻雀牌（パイ）をつくった。「息子たちが荒（すさ）んだ世相に刺激を受けて悪い遊びに走るのを心配し、その予防策として家庭麻雀を思いついた」。結果は裏目に出たようである。

その方面の素養があった兄は腕を磨き、夜な夜な新宿界隈にたむろするようになる。本田も兄に連れられ、「和田組のマーケット」で「丼に山盛りの白い飯を食べさせてもらった」日もあった。元工場長の長男からは、ハジキを手に「賭場荒らし」までやったという一件を聞いて驚くのであるが、彼はやがて暴力団の世界で生きていったとある。

幾人もの〈花形敬〉がいたのだ。遵法者とそうでないものは「襖一枚分の隔たり」に過ぎず、だれもが花形になりえた……。そういう視線でもって、本田は若き日々を追想している。

本田一家のその後に触れておけば、父は新薬のおかげで病から回復し、やがて経営陣の一員にも加わった。兄は「紆余曲折こそあったものの大学を卒業、……正業を営んで現在に到っている」とのことである。

敗戦は資産家の暮らしも一変させた。預貯金は封鎖され、物価は暴騰、カネの価値は急落した。花形家では、結核が進行する夫は病床についたままであり、生計を担うのは美以しかいない。

英会話のできた美以は、仕事を求め、お濠端のＧＨＱを訪ねた。紹介されたのは、旧子爵邸を宿舎とした、単身赴任中の大佐のコック職だった。以降、働き先は変わったが、美以のコック生活は数年、続いている。

この時期、自宅裏庭の柿の木に、手製のサンドバッグをぶら下げ、パンチと蹴りの練習に熱中していた花形の姿を級友たちは目撃している。

花形の喧嘩には流儀があって、中学の同級生や下級生には手を出さず、相手はもっぱら日大や明大など年上の大学生たち。同窓生の一人は、千歳での花形を「孤高の人」と評している。

花形には複数、顔に傷があった。喧嘩によるものだが、なかに自身が傷つける自傷行為によるものもあった。彼は自身の内部に鬱屈したものを抱えた若者だった。

本田は自身の少年期も想起しつつであろう、花形の日々をこんな風に考察し、描写している。

静まった住宅街の中にあって、裏庭に立つ少年に聞こえてくるのは、遠く弱々しい父親の咳の音だけである。サンドバッグへ向かって発散される力とは逆方向に、彼の内側に忍び込んできてわだかまる何かがあったに違いない。……

「強く、強く、という時代だったから――」

息子を失った美以の嘆きは、強くあれ、と教えた時代に向けられるのである。それでも戦時中には、国家が設定した方向しか許さない拘束力が、社会全体をしばり上げていた。ところが、敗戦でその枠組が壊れ、人びとは一斉に解き放たれた。そのとき、飼い慣らされるべき時期を迎えていた花形の内なる虎は、彼ごと野に放たれたのである。

人はだれも思春期に、前触れもなく内側から突き上げてくる衝動を抑えかねた経験を持つ。そこで思うのだが、われとわが顔面を切り裂いた花形の刃は、いつの間にか強大に育ち上がり、暴力を指向して猛り狂う、内なる虎に向けられていたのではなかったか――。

花形敬という人物の根幹にあるものと触れ合っているように思える。花形家を訪れた本田に、別れ際、母の美以は長く残る言葉を残した。

話し終えて美以は、見えない両眼を廊下越しに遠くへ向けた。いまは寝たきりだと聞く年老いた母が、しばしの沈黙のあと、半ば独り言のように漏らした言葉が、私の耳の底に残っている。

「あんな殺され方をしちゃって――。時代が悪かったからねえ」

3

復員軍人、特攻隊帰り、予科練崩れ、外地引揚者、浮浪者、戦災孤児、朝鮮人・台湾人徴用工、かつぎ屋、闇屋（やみや）、故買商、娼婦、シケモク売りの少年、ヤクザ、すり、かっ払い、追い剝（は）ぎ、強盗……それら流民、窮民がその日の糧を求めてごった返す焼け跡・闇市の時代に、東京の盛り場渋谷を足場にして暴力の世界でのし上がった彼は、その時代を表徴する「花形」であり、周囲に畏「敬」される存在であった。

彼の名前は、非業の死をとげてから満二十年になるいまもなお、極道者のあいだで、喧嘩の強さにかけて花形の右に出るものは、過去にいなかったしこれから先もたぶん現れない、といったふうに、感慨をこめて語られている。

千歳中学を中退した花形は、国士舘中学へ、さらに明大予科にも在籍するが、喧嘩三昧（ざんまい）に明け暮れ、やがて本格的なアウトローの世界へと踏み込んでいく。

国士舘の番長は石井福造（のち安藤組の幹部、住吉連合会常任相談役）であったが、花形には「貫禄負け」したとある。

　あるとき、渋谷の盛り場で、石井がトラブルを起こし、ツルハシやハンマーを手にした「十人を越えようかという、土方の一団」に囲まれた。そこへ出合わせた花形は、リーダー格の男を一発でぶっ飛ばし、周りの一団を次々と片付けていった。

「さあ、行こうか」

　息も乱れていない。

「そういうとき、花形は恰好つけないんですね。何事もなかったような顔してる。強いのも強かったけど、度胸が凄い。十人くらいいたって、平気なんだから。負けるなんて、全然、考えたことないんじゃないですか」

　花形を安藤組に誘い入れたのは石井であるが、桁違いの武勇伝をいくつか語っている。中には、石井との間で起きた一件のもつれであったが、花形が拳銃の弾を身に受けてなお、報復を期して巷（ちまた）を徘徊（はいかい）した「不死身」ぶりもある。

　やがて花形は、塀の内と外を行き来する身となる。刑務所内の同じ棟で、一時、二人が同時期に収監されていたが、静かに本を読んでいる花形の姿も石井は目撃してい

る。「いったいどちらが彼の素顔であるのか、いまもってわからない」とも語ってい
る。

本書において本田は、『東京闇市興亡史』(猪野健治編)などを引用しつつ、〝解放区〟闇市の世界にかなりのページを割いている。

新宿、新橋、渋谷……など焼野が原となった都心には「マーケット」が林立した。食べもの、古着、石鹸、酒、煙草、日用雑貨……などなど。進駐軍の横流し品から怪しげな物資まで、なんでもあった。新宿マーケットの値段表示では「ご飯茶碗一円二〇銭」「下駄二円八〇銭」「素焼七輪四円三〇銭」……だったとある。マーケットを仕切るのは、テキヤ・露店商・香具師の親方であり、組組織の親分だった。警察はなきに等しかった。

一億総犯罪人の時代――という言葉も見える。だれもが生きるためにヤミ物資を手にした。本田は「遵法者を良民だというのであれば、厳密な意味でその名に値するのは、ヤミ物資を拒否して餓死した山口(良忠・東京地裁)判事一人だったのではないか」とも書いている。

たとえ世の中がひっくり返ろうとも、人はまた明くる日からしたたかに生きてい

く。需要のあるところ供給あり、だ。飢え、貧、欲、暴……たっぷりと負の出来事に満ちた戦後史であるが、天井板がぽっかり抜けて青空がのぞいているような、そんな解放感も漂っている。

渋谷一帯に勢力を張ったのが、安藤昇（のち俳優）率いる「愚連隊」である。安藤は一九二六（大正十五）年生まれ。予科練の世代である。「最後の特攻隊」ともいわれた人間機雷「伏竜隊」の基地、横須賀で終戦を迎えている。

闇市の利権をめぐって、組組織といわゆる〝第三国人〟──敗戦国民でも戦勝国民でもないという意味で、あるいは台湾・中国・朝鮮人を指して使われた言葉──が幾度も衝突した。「新橋事件」はその一つ。事件が起きた時期、安藤は法政大予科の学生だったが、彼の著書『やくざと抗争』からの引用文は、半ば無法状態の、アナーキーな時代の空気を存分に伝えている。

〈当時、警察官の武装は棍棒だけであり、武力的にはまったく無力にひとしかったから、猟銃、拳銃などで武装した三国人に抗すべくもない。そこで、警察側は背に腹はかえられないということで、日ごろくされ縁の博徒・テキヤの親分衆に援軍を依頼するといったことが多かった。……

新橋事件のとき、私たちも学校帰りに五、六人で、松田組に助っ人にかけつけた。

「今日の喧嘩は、GHQも警視庁も公認ですから、思う存分、やってください」

鳶(とび)足袋にニッカズボン、白鉢巻の若い衆が握り飯をくばりながら、

「ご苦労さんです、ご苦労さんです」

事務所には、東京中から駆けつけたやくざ者があふれ、だれもかれもフトコロから物騒なものをとり出して点検したり、日本刀のツカにすべり止めのホータイをまいたりしていた。

そのうちに、屋根上の物干台に備えつけた旋回機銃が「ダダ……」と威勢のいい音を立てた。

「いまのは試射ですから……。敵はいま、新橋方面から裏道を抜けてやって来るようです」

「よーし」

と、みんながいきごむ間もなく「ウーウー」と、MPのサイレンが聞こえてきた。

「みなさん、事情が変わりました。手入れですから、おそれ入りますがズラかっ

てください」

私たちはなにがなんだかわけもわからず、すばやく裏口から西桜小学校裏の石炭山にハジキや日本刀をうめこみ、一目散にズラかった〉

安藤もまた不良から伸し上がったが、進駐軍物資の横流しや賭場の開帳など裏稼業をビジネス化していく才覚があり、バーや旅館の経営にも携わった。花形をこう語っている。


「強いったらどうしようもないね。いたずらっぽい悪いことはやるけど、道にはずれたことはしないし、正義感が強いんだね。

あれで、柄に似合わない繊細な字を書く。丁寧で正確で印刷されたようなうまい字だよ。こまかい神経があるんだろうな。

太い神経と繊細さが交錯していて、そのバランスがときどき崩れるんだけど――。……

おれたちはいろんなことやったけど、悪いことやってる意識はないわけよ。そのころはね。相手にしているのはヤクザ者だから、悪い奴をやっつけてる意識ですね。いつの間にか、こっちが悪い奴になっちゃったけど」

安藤は自著で、力道山と花形の対決模様も記している。初対面、渋谷にあるキャバレーの「用心棒料」をめぐって睨みあった二人であったが、気で圧倒されたのか、先に折れてきたのは力道山だった。以降、力道山は花形を「敬さん」と呼んで一目置いたとある。

4

ヤクザとしての花形のスタイルをこんな風に本田は書いている。

花形は無法がまかり通る宇田川町界隈を遊弋(ゆうよく)しながら、地元と外部から流れ込んでくるヤクザに目を光らせていたが、安藤のようには商売に興味を示さず、かといって、他の幹部のようには業者からカスリを取ることもしなかった。

そのために、花形はいつも金に不自由していた。仲間や若い衆で彼の住まいを教えられたものはほとんどいない。見せられるようなアパートに住んでいないからだろう、という噂がもっぱらであった。……

花形は金を持たなくても、飲み食いには困らなかった。渋谷の街を歩いていれば、「寄って行きませんか」といったふうに、店々から誘いがかかったからである。

安藤組はヤクザ世界の秩序をはみ出すアウトローであったが、「なかでも、花形のアウトサイダーぶりは際立っていた。彼には安藤組の構成メンバーという意識さえ希薄で、『花形敬』を一枚看板に世の中を押し渡っていた」とある。

横井英樹・東洋郵船社長襲撃事件を引き起こした安藤は殺人未遂の罪で収監され、以降、安藤組は弱体化し、瓦解していく。敗戦から十余年、混乱期を脱した日本社会で愚連隊が闊歩する余地はなくなりつつあった。花形が組長代理となるが、組織を維持する「経営マインド」はまるでなかった。

深夜の路上。対立組織の組員二人が突き出した柳葉包丁を脇腹に受け、「花形はアパートの方へ二百メートルほど走って逃げたが、力尽きて昏倒し、その場で絶命した。生涯で初めて敵に背中を向けたとき、彼の三十三年の人生は終わったのである」。一九六三（昭和三十八）年九月のこと。翌年、東京オリンピックが開かれ、日本は経済成長への道を歩んでいく。〈戦後〉が終わろうとしていた時期だった。

本書では割愛されているのだが、『オール讀物』では、ラスト近く、花形を比喩する言葉として、千歳中学の同窓が「西部劇のガンマン」という言葉を使っているのは暗示的である。己の腕だけを頼りに一匹狼が荒野を渡り歩く。ただし、西部開拓史のなかでもガンマンが生きられたのはわずかの期間であったという……。

冒頭近くで、本田は本書の意味づけについてこんな風に記している。


暴力が忌むべき反社会的行為であることは論をまたないが、体制が崩壊して法と秩序が形骸化し、国家権力の行方さえ定かではなかった虚脱と混迷の時代を背景にした暴力を、国民の八割までが中流意識を表明する今日の感覚で捉えたのでは、何も見えてこない。

東京の闇市にひしめいていたのは、ひとしく飢えていた人びとであり、焼け跡には良民とアウトローを分ける明確な境界線は引かれていなかった。

したがって、暴力団幹部といえども、彼を時代から抹殺するいわれはない。むしろ、花形敬を採り上げることにより、「戦後」に至る昭和史の一つの側面が浮かび上がってくるはずである。

私にとっての花形は、千歳中学校における二年先輩であった。彼を暴力の世界に、私を遵法の枠組内に吹き分けたのは、いわば風のいたずらのようなものであった。

ごく短い期間であったにせよ、花形と私は一つ屋根の下にいて、時代を分け合った。彼について語るとき、私が抱き続けている、飢えてこそいたが、人間臭さが立ちこめ、解放感に満ち溢れていた「戦後」への郷愁と無縁ではあり得ないのである。

風のいたずらのようなもの――という形容にうなずくものがある。『疵』は、戦後の残影を色濃く曳(ひ)いた同世代人とその時代への、愛惜を込めた挽歌だった。

畢竟(ひっきょう)、だれもがたまたま生まれ落ちた時代のなかで時代的に生きる。人というものがそういう存在であることは時代のあり様にかかわらず普遍なのだろう。本書を読了してよぎる思いである。

――東眞史にとって『疵』は、本田と取り組んだまとまった仕事としては、『私のなかの朝鮮人』『K2に憑かれた男たち』に次いで三作目ということになる。

本田靖春という書き手について真っ先に浮かぶのは「文体」である。文は人なりといわれるが、文体は書き手の芯にあるものを伝えてくる。

「あれほど生き生きとした文章を書ける人はちょっと浮かびませんね。常に自身の生活感に照らし合わせて、内面をくぐらせるなかで書いていく。体内に湧き出づる言葉の泉があって、あくまで自分が納得できることだけを選んで言葉化されていた。だからあのような文が書けたのではないでしょうか」

本田の全著書を当たりながら私も改めて気付いていったのであるが、本田の文体はあくまで自然体である。湧いてくる思念と意識の流れを、作為を施すのではなく、そのまま言葉に置き換えていく――。言葉を綴る作業において自身に正直な人であったとも思う。

固有の文体は、ジャーナリストとしての体験やノンフィクションへの研鑽や人生の織り成す歳月が形づくっていったのであろうが、やはり天性持ち合わせていたものなのだろう。

『戦艦武蔵』『深海の使者』『破獄』『零式戦闘機』『高熱隧道』……など、吉村昭の作品群はもちろん小説であるが、優れた記録文学であり、ノンフィクション的要素も多分にもっている。吉村と本田は大宅壮一ノンフィクション賞の選考委員をつとめた時期の重なりがあるが、吉村の本田評として、「上質の小説を書ける人」と語っていたことを東は覚えている。このことは別の編集者やジャーナリストからも私は耳にした。

ジャーナリストとは川井龍介で、旬報社から刊行された『本田靖春集』全五巻の企画と編集の手助けをした。このことは後章で触れたいが、本田の意向もあって、その一冊の解説文を吉村に依頼した。

吉村の返事は、どなたの作品であれ解説文はすべてお断りするという原則を決めてしまっていて、まことに申し訳ない。ただ、常々本田さんの文章には敬服することが多く、優れた作家と思ってきた。くれぐれもよしなに伝えてほしい――というものだった。

読売時代、本田はごく近しい人々に「小説を書いてみたい」と口にすることがあった。あるいはその道にすすむこともあり得たかもしれない。密かに宿す〈夢〉のままに時は過ぎ行きたが、胸底に〈文学〉を秘めた人であったがゆえに、秀でた新聞記者に、また優れたノンフィクションライターになり得たのだと私は思う。

第十二章　わが青春記――『警察（サツ）回り』

1

「バアさんが死んだ」――。

『警察（サツ）回り』（新潮社・一九八六年）は、こんな一行からはじまっている。

バアさんとは、上野署近くの裏通りにあったトリスバー「素娥（そが）」のママさん、呉素娥（新井素子）である。本田靖春が読売社会部の若手記者だったころに出入りした店であるが、やがて各社の記者たちの溜まり場となり、署内の記者クラブと並ぶ、裏のクラブともなっていく。

素娥という店があったのは昭和三十年代前半から後半にかけてであるが、人々の交流はその後も継続し、バアさんや記者仲間が集う「素娥の会」が続いていく。バアさんのいう「これも何かの因縁」であったのだろう、終盤の章では、〝遺言授かり人〟として、本田がバアさん没後の後始末をしたことも記されている。

本書はいわば私史的ノンフィクションであるのだが、味わい深い。まずは本田が自身の若き日々を書き込んでいる。さらに、バアさんやバーに出入りした面々の姿を点描しつつ、この時代の匂いと息吹を生き生きと伝えていて、〈ある時代の物語〉といった感もある。

本書の元原稿は、『小説新潮』で連載されている（一九八六年四月号〜七月号）。担当したのは横山正治である。

新潮社は担当部署を動かさない社として知られるが、横山もまた、出版部担当役員などをつとめた後年を除けば、『小説新潮』ひと筋の編集者生活を送った。近年、名を成した作家のほとんどを見知ってきたことになる。

――編集者は自身の好みを口にはしないものですが、好みはあるもので、時代小説でいえば藤沢周平さんの『用心棒日月抄』や池波正太郎さんの『剣客商売』はゲラを読むことが楽しみだったですね、という。

『小説新潮』の巻頭で、「往復写簡」というカラーグラビアの連載があった。作家の横顔を伝える短文を別の作家が寄せるという趣向で、顔写真の撮影者は篠山紀信。連載された五年間、横山が担当を続けた。

本田が登場しているのは一九八四（昭和五十九）年四月号で、沢木耕太郎が「伝法（でんぽう）な口調に含まれている無頼のにおいには深い魅力があった」と書いている。沢木の登場する号では本田が「たぐいまれな資質」という一文を寄せている。

このシリーズ、作家たちの撮影場所はほとんど自宅や仕事場であるが、本田は異なる。本田らしいというべきか、場所は品川区にある地方競馬、大井競馬場のスタンドだ。競馬場が仕事場みたいなものでして――という本田の言を横山は覚えている。

それが本田との初仕事であったが、『誘拐』や『不当逮捕』を読んでいて、いつか登場してほしいと思い続けていた。

「優れたノンフィクションであると同時に、文芸作品でもあるなとも思いましたね。文章に血が流れているといいますか、文学的なんです。ご本人に会うと、なんともいえない男の色気があって、モテル男は文章もうまいという言葉を想起させるものがあった。何度か酒席もともにしましたが、文も生身の本田さんも魅力的でしたね」

本田と交流を重ねるなか、出版を前提に『警察（サツ）回り』の連載をはじめたが、打ち合わせは大雑把（おおざっぱ）なものだった。バアさんはじめ主要登場人物の断片的な話は耳にしていたが、全体的なストーリーは原稿を受け取ってはじめて知った。こりゃいい、いただきだ——と、ピンとくるものがあった。
『警察回り』は、目の肥えた、生粋の文芸編集者のお眼鏡にかなう作品だった。

2

社会部所属となった本田は、警視庁第七方面、甲府支局、第三方面などを経て、上野・浅草・荒川・足立を管轄する第六方面担当となる。入社四年目の一九五八（昭和三十三）年、二十五歳である。

拠点署は上野署で、界隈を同僚とぶらついていた夕、たまたまドアを開けた店が素娥だった。「カギ型のカウンターにスツールが七つ、八つ」という小さなバーで、「肉付きのよい身体をチャイナ・ドレスに包んで」いたママがバアさんである。まだ三十代半ばであったのだが、本田たちには「かなりの年増」に見え、故に「バアさん」となった。父方が台湾、母方が日本の日台混血と知る。後にそうではないことも知るのであるが——。

『警察回り』はまずもって新聞記者の青春記である。

第一章第一節の締めは、「深代が逝き、バアさんが逝って、私に宿題が残された。

その宿題とは、二人とともに生きたあの時代をここに再現することである。この際、あえて、手放しでいうとしよう。いい時代であった。私たち警察(サツ)回りにとっては、とくにそうであった」となっている。

深代とは、素娥の常連の一人、朝日の深代惇郎(じゅんろう)である。後に朝刊コラム「天声人語」を担当し、洛陽の紙価を高からしめる名文家となったが、急性骨髄性白血病で急逝する。

バアさんは素娥の思い出を記した「ノート」五冊を残した。本書の縦糸として引用されているが、そもそもは深代がバアさんに、「昭和三十年代の記者達の青春がいっぱい詰まっていて」「見たままを書き留めておけばいい」「当方には本田という専門家がいるから、彼にまとめてもらえばいい」とすすめたおかげであった。

本書で本田は、敬意と親愛を込めて「畏友・深代惇郎」を幾度も書き綴っている。本田は〝無頼派〟、深代は〝紳士然〟と、持ち味の異なる両人であったが、二人はいい仲だった。交友は、訣(わか)れのときまで続いた。本書のかなりのページが深代に割かれているが、彼と記者仲間にかかわる部分は、拙著『天人　深代惇郎と新聞の時代』(講談社文庫)に譲りたく思う。

記者にとっていい時代――というのは、確かにそうだったのだろうなと思わせる。

本田の入社時、読売の給料は額面一万三千円で、当時の大卒初任給ではトップクラス。「遊軍乞食・サツ貴族」という言葉があって、警察回りには記者手当、張り込み代、泊まり代……などが支給され、「給料を含めて一カ月に十三回も現金入りの封筒をもらっていた」。月収は「ゆうに三万円を越え」「若造には過ぎた場所で」酒も飲めたとある。「理想の恋人」のトップに新聞記者が挙げられたころでもあった。

本田は喧嘩早い記者だった。

第一方面担当時、丸の内署での出来事。当時、記者クラブには一般加入電話は引かれておらず、通話はすべて署の交換台を経由しなければならない。日頃、電話の交換業務でいやがらせをする警務係官がいて、売り言葉に買い言葉、本田は手を出してぶっ飛ばした。暴行罪で告訴云々という騒ぎになりかけるのであるが、記者クラブとの和解を優先する署長が丸くおさめた。「新聞記者という特権的立場にいて驕りたかぶっていた若い日の自分の姿を思い浮かべると、まさに冷汗ものである」と書いている。

痛切な失敗にも触れている。

顔写真の入手にかかわる一件である。当時、カメラのない家庭は珍しくなく、比例して各家庭が保持する家族写真も少なかった。

ある日、交通事故の現場に出くわした。大型トラックが暴走、道路下の農家に突っ込み、トラックの下敷きとなって五歳の男児が亡くなった。放心状態の母親から顔写真を借り受ける。社に上がって原稿を書き、「要返却」として社内処理をしたのであるが、後日、母親から返してもらっていないという連絡が入った。我が子のたった一枚の顔写真だったという。「血の気の引いていく」なか、八方探し回るが見つからない。「心から詫びたが、詫びて済む問題ではない。こうして書いていて、いまなお慚愧の念に堪えない」と記している。

警察回りの時代を本田は「放牧期」とも表現している。

夏のボーナスが出ると休みを取り、川崎競馬場へ、次いで浦和の競馬場に居続ける。資金が切れて帰京するとバアさんの住むアパートに転がり込み、下着とシャツを買いに行ってもらって……などとある。

バアさんのノートに、「ポンちゃん（本田の愛称）は、付き合っている女性がしつこくなると、『素娥』に連れてくる……」とあって、銀座の女性とやって来た日があり、連れ立って店を出て行ったのであるが、間もなくポンちゃんが一人で戻ってきた。「すっかりその気にさせておいて、やめたあ……はないでせう。女性を馬鹿にして失礼ぢゃないの」と書かれているのを受けて、本田は弁解気味に（?）こう記している。

いろいろな女性を「素娥」へ連れて行ったのは事実だが、後段の部分はまったく記憶にない。実際にあったことだとすれば、バアさんの言葉は正しい。若い男がそういうかわいげのない振る舞いをしてはいけない。だいいち、もったいないではないか。

3

かようにユーモアタッチの記述が随所にあるが、もちろん青年記者・本田靖春は遊びほうけていたばかりではない。放牧期は、一人前の記者へと巣立つ訓練期でもあった。

上野署詰めのころ、区版と警察回り（サツ回り）を統括する警察デスク（サツデスク）に加藤祥二が就いた。東大法学部出身の加藤は、戦後第一回目の読売の採用試験合格者の一人であったが、読売争議最中の混乱期で、いったん決まった採用が取り消される。ただ、「あまりにも成績が優秀だったため、手放すのは惜しい、という声が上がり、彼一人が採用された」とある。

警察(サツ)回りの若手記者たちを集めた場で、加藤はこんな提案を行った。

「題材は一切問わない。何を書いてもかまわない。文章も問わない。極端なことをいえば、英語やフランス語で書いてもかまわない。

君たちも警察で漫然と事件を待っているだけでは退屈だろう。区版で続き物をやろうじゃないか。改めて取材しなくても、ふだん見聞きしているだけで、十分材料はあるはずだ。それをみんなで自由に楽しく書こう」

警察(サツ)会議の席で加藤デスクがそう提案したときの興奮を、私はいまでもありありと覚えている。うそも誇張もなく、身体(からだ)が震えた。

続き物は「東京の素顔」という通しのタイトルがつけられた。本田が取り上げたのは、浅草のストリップ劇場「カジノ座」にまつわる人々の物語――。

〈五分前を知らせるブザーが鳴るまで、幕間(まくあい)は踊り子たちにとって限られた自由な時間である。

「あっ、失敗した」

楽屋の隅で大きな声を上げたのがいる。本を読んでいたローザ・ユキ。だが仲間のだれもが〝ガッチリ・ローザ〟としかいわない。

そのローザ、三日ほど前に百五十円出して本を買ってきた。この本がちょうど百五十ページある。一日に十ページずつ読んでいけば、一日十円で十五日間のお楽しみ。こう計算が出来てスタートしたのだが、マが悪く面白いところへやってきたので、ついつい今日の予定量を三ページ突破してしまった。それに気づいて、思わず「あっ、失敗した」と叫んでしまったのである。……〉

慎ましくもまたしっかりものの踊り子、ローザを取り上げた編の書き出しである。北海道・室蘭で育ち、歌手を目指して上京したローザであるが、まずはドサ回りのダンシング・チームの一員となる。低賃金でこき使われるが、色白ですらりとした肢体をもつ彼女はカジノ座の人気者となり、さらに銀座の一流キャバレーでもソロで踊るようになっていく……。

本田担当の連載は二十八回続くが、毎回、原稿を書いて社に上がると、加藤デスクが添削(てんさく)してくれた。「少なくともその回数だけ加藤氏によって個人レッスンを授けられたことになる。これがなかったとしたら、今日、私が物書きのはしくれにつらなっていたかどうかわからない」と記している。

「加藤学校」から社会部の精鋭が数多く育った。加藤は後年、朝刊コラム「編集手帳」の書き手となり、編集局長もつとめた。ノンフィクションライター・本田靖春が生まれる、遠い日のルーツの一つに数えてもいいのだろう。

一九六〇年代、遊軍時代に取り組んだ「黄色い血」追放キャンペーンは、本田にとって記念碑的な仕事だった。

これ以前、輸血用の保存血液のほとんどが「売血」によってまかなわれ、献血の占める割合はわずか〇・五パーセント程度に過ぎなかった。提供者の多くはドヤ街で暮らす売血者である。採血は月一回以内という法規制は有名無実。一袋十円で売られている「鉄粉」を飲んで血液の比重検査をクリアし、毎日のように売血しているものもいた。「供血者貧血」による事故死も発生していた。こういう血液売買の仕組みを支えているのは営利業者であり、血液産業であり、黙認してきたのは厚生省である。

一九六二（昭和三十七）年秋、本田は山谷のドヤ街に住み込み、自身が売血者の一人ともなって「ケツバイ」の実態を調べ上げる。三回にわたるルポを書いたが、反響は乏しかった。「献血一〇〇パーセント」など「夢物語」であり、売買血をやめれば輸血を要する外科手術がストップしてしまうというのが厚生省の見解であり、世の通念であったからである。

けれども、売血の実態を知った本田はもう後には引けない。何年かかろうとも、このテーマに取り組んでいこうと決める。普段の仕事の合間を見ては山谷をのぞいたり、血液関係の専門書を読んだり、専門家の意見を求めたりしつつ再度のキャンペーンの機会をうかがっていた。

一九六四（昭和三十九）年三月、エドウィン・ライシャワー駐日米大使が、精神を病んだ少年にナイフで太ももを刺される事件が起きた。さらに大使が輸血によって血清肝炎に罹患（りかん）するニュースが伝えられ、自分たちにも起こりうる、身近な問題として売血問題への関心が高まった。

この年の秋に開かれた東京オリンピック。本田は開・閉会式の「雑感」を担当する社会部のエース記者になっていたが、五輪取材の合間を縫って、キャンペーンの第二弾「〝黄色い血〟追放・献血一〇〇パーセント」を張る。五月から七月にかけて朝・夕刊合わせて七十二本の原稿を書いた。朝日でも連載がはじまっていた。新聞のキャンペーンに連動したのは大学生たちの献血運動で、保存血液に占める献血の割合は、六パーセント台へ（五月）、九パーセント台へ（七月）と急上昇し、十月には一〇パーセントを突破する。

事態は動いた。さらにひと押し――。都道府県に一台、移動採血車を配置する予備費の計上が焦点となり、本田は渋る大蔵省に乗り込み、主計局次長を相手に、これを認めなければ大蔵批判のキャンペーンを張ると脅し上げ、予備費を認めさせる。この一幕は第二章でとりあげた『日本ネオ官僚論』でも記しているが、本書ではキャンペーンの動きをより詳細に書き込んでいる。

献血率は上昇し続け、二年後の一九六六（昭和四十一）年は五〇パーセントに迫った。この年、本田は五年間にわたるキャンペーンの総括「血といのち」を連載する。やがて売血は姿を消し、献血一〇〇パーセントの時代が到来する。

私は「黄色い血追放」のキャンペーンを進めながら、「献血一〇〇パーセント」のゴールが見えて来たところで社を辞めよう、とひそかに決心していた。そのわけは短い言葉で言い尽くせない。社会部記者にとっての良き時代である「戦後」がいよいよ暗転する中で、私は東京オリンピックの開会式と閉会式が自分にとっての最後の舞台だった、と思わずにはいられなかった。

キャンペーンは、社と訣別するにあたって、何か一つ社会部記者であった確かな証が欲しい、というあがきの産物であった。

輸血という医療行為が続くかぎり、献血制度は残る。街で移動採血車を見掛けるたび、私は社会部記者であったことを誇りに思う。キャンペーンによってだれよりも救われたのは、私自身だったのである。

4

バアさんは戦後間もなく台湾から来日し、熊本・八代で暮して後、上京してきた。苦労を重ねて店をもつが、立ち退き問題が生じて素娥を閉める。その後、バアさんは中華料理店のマネージャーなどをつとめていく。本田も読売を退社し、二人の環境は変わるが付き合いはずっと続いていった。

バアさんは「常識の埒外」にある人で、夜間でもお構いなしに、しばしば長電話をかけてくる。執筆に追われる日の本田は、そうそうお相手はしておれない。受話器を早智夫人に手渡して一時退避をするのだが、その時間が延々三時間半に及んだときもあったとか。

バアさんの人となりをいえば、「動物的嗅覚」と「たぐいまれな親和力」の持ち主で、他人の家庭にも私事にも「無遠慮に」入り込んでくるのであるが、一方で、美質も持ち合わせていた。本田はこんな風に書いている。

バアさんには、図々しく、押しつけがましい面があった。彼女は、お喋り(しゃべ)で、出しゃばりで、自己顕示欲の強い女性であった。計算高く、ややずるくもあった。

それらの欠点が度を越して現れるとき、私は正直なところ辟易(へきえき)させられた。しかし、バアさんとの付き合いを絶とうとは、ただの一度も思わなかった。なぜなら、彼女は陽気で、大らかで、基本的に並はずれた善人だったからである。

時は流れる――。バアさんは老い、病を得て入院する。親族が台湾にいたが、日本では孤独の身の上だ。素娥時代に、またその後に培(つちか)った人脈がバアさんを支えた。旧満洲育ちで中国語の堪能な「東先生」、「節ちゃん」こと高木夫人、かつて素娥を手伝っていた「艶子(つやこ)さん」などの婦人たちが身の回りの世話をしていく。交渉事や保証人など、男手を要する事柄は本田が担っていく。

亡くなる前、バアさんは葬儀その他の処理を頼むとする遺書を本田宛に書き残していたが、いわれるまでもなく覚悟してきたことだった。

恥を告白するが、バアさんの入院が決まったとき、私の頭を真っ先に横切ったのは、どの出版社に前借りを頼もうか、ということであった。バアさんの最期を引き受けるのは、私しかいない。その覚悟はあった。しかし、浪費家の私に蓄えはまったくなかったからである。

結果的に、バアさんの入院費用は、彼女の預金と友人、知人からの見舞金で賄うことができ、福祉の世話にならずに済んだ。

葬儀と四十九日に代わる金の支払いは、彼女が掛けていた生命保険で十分間に合った。

ということであるのだが、海外取材や原稿書きの合間を縫いつつ、病院の転院や持ち上がったトラブルに応対し、ときに「よれよれ」になりつつ本田はつとめを果たしていく。本書の終盤は、人が、この世で結んだ縁(えにし)に対して果たすべき心得を教えてもらっているような、そんな趣もある。

　バアさんが逝き、来日中の親族から母方も台湾の出であると耳にする。そのこと自体は本田にはどうでもいいことだった。「日台混血児であろうが、純粋台湾人であろうが、バアさんはバアさん以外の何者でもなく、私はそのバアさんと付き合ってきた」のだから——。

　ただ、本田の胸を衝いたのは、「生涯うそをつき通さなければならなかった、バアさんの哀れさ」であり、そのことに無知だった自身の「不実」についてであった。

　四十九日の会を済ませて後、迷いつつもそうすべきだと定め、本田は遺骨を台湾の地に持ち運ぶ。納骨し、親族から感謝と謝辞を受けつつ、本田の耳はなお、遠くから届くバアさんの声を聞いていた。

　ポンちゃん、バアさんをこんなとこに押しこめて、どうして自分だけ帰るの——。

　ラストは、帰路の機中、胸中によぎる思いを記して締め括られている。


　十二月一日（一九八五年）、羽田へ向かう機中、私はずっと耳鳴りに悩まされた。台湾での三日間、バアさんの弟たち、その家族、従兄弟（いとこ）、徐家の人々との連夜の乾杯（カンペエ）で、東京を出るときの睡眠不足がついに解消されずに終わったからである。

日本側を代表した恰好で受け切れないほどの謝辞を浴びた私に、安堵感（あんどかん）がなかったわけではない。しかし、耳鳴りのその奥から、バアさんの叫び声は消えなかった。

私のしたことの意味は、バアさんと分かち合った「戦後」に照らして何であったのか。その答えを出すには、自分の胸の中の不実の点検から始めなければならない。それには疲れすぎていた。ともかく眠ろう、と思った。

確かなこと、それは、バアさんとともに、私たちの「戦後」は完全に過去のものになった、ということだけであった。

本田にとって、バアさん及び素娥は、〈戦後〉と自身の青春を象徴的に共有していた存在だった。それ故に、バアさんの死はイコール、〈戦後〉の終焉（しゅうえん）と思えたのだろう。

5

『話の特集』を創刊し、編集長を長くつとめた矢崎泰久は、本田が上野署詰めにあった時期、夕刊紙『内外タイムス』の記者だった。持ち場は第一方面（丸の内署）であったのだが、上野署にはしばしば出向いていた。麻雀仲間からの誘いで、その一人が本田であった。やがて「ポンちゃん」「ヤーさん」と呼び合う間柄となった。

競馬場でもよく顔を合わせた。本田の買い方は一点張りが多く、気風(きっぷ)のいい競馬だった。麻雀でも、差しの勝負を挑まれて引くことはなかった。「勝ちっぷりもいいが、負けっぷりもいい」のが本田であった。

本田と取材現場で鉢合わせしたのが、一九六二（昭和三十七）年五月三日夜、常磐(じょうばん)線三河島駅構内で発生した列車脱線多重衝突事故である。貨物列車が脱線して普通電車と衝突、乗客たちは線路に逃れ出るが、そこへ反対方向から電車が走り込んで来て──。死者百六十人を数える大惨事となった。本田の遊軍時代である。

暗闇の中、混乱が続いていた。死傷者が運ばれた病院に駆けつけると、玄関脇の公衆電話から送稿している本田と出くわした。

「ポンちゃん、いつから現場に？」
「ヤーさんか、その顔ではすぐわからなかった。ほとんど何もつかめていない……」
言葉をかわしてから気がついた。現場を歩き回った二人は、足もとから頭まで血を浴びて赤く染まっていた。

矢崎は『話の特集』の座談会で本田に登場してもらったこともある。本田作品はほとんど目を通してきたが、『警察(サツ)回り』は特に印象深いという。

「互いに悪ガキだった時代の思い出がたっぷり書かれていて、まずはひたすら懐かしい。酒もギャンブルもたっぷりやりつつ、社会部記者の魂を人一倍もっていたのが本田さんだった。戦後のさまざまな混乱が残る時代でしたが、あっけらかんと空が抜けているような時代でもあった。そんな時代に縦横に生きた新聞記者の青春記ですよね」

愚かさや勇み足、表裏にある正義感や純粋性。青春記が魅力に富んだジャンルであるのは、人の季節に付着する普遍性からであろう。『警察(サツ)回り』が幅広い読者を得てきたのは、そういう要素をたっぷり含んでいるからなのだろう。

作家はどこかで、昔日(せきじつ)の心事を作品のなかで〈消化〉していく。本田は少年期を『私のなかの朝鮮人』で、思春期を『疵』で、青年期を『不当逮捕』と『警察(サツ)回り』

で、そのような内なる作業を果たしていったようにも思える。

『警察回り』以降も『小説新潮』ではいくつか本田作品が載っている。『私たちのオモニ』（新潮社・一九九二年）もそうである。

横山正治に会った際、『警察回り』掲載当時の手帳を持参してもらっていた。一九八六（昭和六十一）年二月から五月では、「本田氏、クラブに入るはずがキャンセル／ペラで114枚／ペラ6枚しか書けず／ペラ91枚／ペラ73枚／ペラ118枚／上野の焼肉屋で打ち上げ……」というような、原稿の受け取りにかかわるメモが残されている。

クラブとは新潮社近くにある一軒家で、作家たちのカンヅメ部屋として使われていた。メモからは、丁々発止、催促をして原稿を受け取っていたようにも映るが、別段、そうではなかったという。本田は原稿がはやいという人ではなかったが、約束は固く、面倒をかける人ではなかった。

前年の十一月二十八日付では「本田氏　台湾へ　羽田　8・50　CAL19便」とあり、この日に本田はバアさんの遺骨を手に台湾に向かっていることがわかる。

――いま思い出したのですが、台湾への取材費を用意していたのですが、これは私事だからといってどうしても受け取られなかった。そういう人でもありましたよね……。

担当者のメモから立ち上がってくる、人・本田靖春の一面である。

第十三章　大スターの物語
――『「戦後」美空ひばりとその時代』

1

元木昌彦の講談社入社は一九七〇（昭和四十五）年で『現代』に配属された。デスクの佐藤洋一から、何か得意なものがあるだろう、それをプラン化してもってこいといわれるのであるが、思いつかない。早大時代は「軟派学生」。平日はネオン街でバーテンダーをしつつ週末はバイト代を競馬につぎ込んでいた。

得意なもの――。競馬がらみの企画を数本揃えて出すがボツ。再度、出すがボツ。

「あのなぁお前さん、うちの雑誌は競馬雑誌じゃないんだ。他のものを考えてみろ」

といわれた。新入社員だった日のひとこまである。

この翌年、フリーになったばかりの本田靖春と出会っている。依頼した仕事は原稿のリライトであったが、原稿を本田に預けてから断りの電話が入った。

「いったん引き受けてからいうのは申し訳ないんだが、読売を辞めて、辞めたらやらないと決めたことがいくつかあって、そのうちの一つが読売巨人軍にかかわることでね……」

そこから先の記憶は薄れているが、そこをなんとか……と頼むと引き受けてくれたように思う。それが本田との出会いであったが、以降、佐藤の差配で何本か、アンカー的な仕事を本田にしてもらった。三人で幾度か酒席もともにした。朗らかで、実に座持ちのいいのが本田の酒で、酒の飲み方を教えてもらったという記憶が残っている。

本田と本格的な仕事をともにするのは十数年後、元木が『週刊現代』『婦人倶楽部』などを経て『現代』に再所属してからである。本田はもう「大ライター」になっていた。

人物を通して戦後を描く――という企画は本田の志向と価値観を勘案してのもので、元木原案にあったのは、美空ひばり、長嶋茂雄、石原裕次郎の三人。「うーん……」というのが本田の返事で、「フランク永井ではどうかな」という。本田がフランクのファンであることを元木は承知していたが、雑誌的なインパクトとしては少々弱い。

やがて本田は、ひばりならやってみよう――といった。二人が目黒区青葉台の「ひばり邸」を訪れたのは一九八六（昭和六十二）年夏である。

これ以前、本田は雑誌で美空ひばりを取り上げたことがある。

一つは――第一章で触れているが――『文藝春秋』の連載の一編で、『現代家系論』に収録された。ここでのレポートは、ひばりの育ての親、「一卵性母娘」「ゴッドマザー」ともいわれた加藤喜美枝（きみえ）を主人公格としている。もう一つは後述するように『週刊現代』の「委細面談（いさいめんだん）」で、『戦後の巨星　二十四の物語』に収録された。

本田があらためて腰を上げたのは、すでに予備知識としては十分なものがあり、ひばりとの面識もあったこと。そしてなにより、美空ひばりが〈戦後〉を体現しているという思いがあった故であろう。

『「戦後」美空ひばりとその時代』は、『現代』誌上で連載され（一九八七年五月号～八月号）、同年秋、講談社より刊行された。書き出しの近くで、本田は簡略に自身の歩みに触れ、ひばりと石原裕次郎の対比も行いつつ本書で意図したものについて述べている。

敗戦の年、京城の中学一年生だった本田は、陸軍幼年学校に願書を出した「典型的な軍国少年」だった。八月十五日を境に立ち込めた反日感情を体感しつつ引き揚げ者となる。敗戦期の敗北感、虚脱感、喪失感を昂揚感へと転化させてくれたのが「戦後民主主義」だった。物資は極端に不足し、生活はひどく不自由ではあったが、「暗雲が払われたあとの青天を仰ぎ見るような」「精神の自由」があった……。

石原裕次郎の映画は一本も観たことがないとある。芸能界における彼の存在の大きさと好もしい人柄は知りつつ、「彼と私は一つの時代を共有していなかったから、ということになりそうである」と記す。裕次郎はむしろ「もはや戦後ではない」といわれた時期に登場したスターだった。それに対し、ひばりの足跡には〈戦後〉という一つの時代をくぐり抜けた共有感がある。

> 私が石原裕次郎に関して言いたかったのは、要するに、私とは出発点が違っていたということである。

そこで「戦後」を代表する大スターはだれかとなると、美空ひばりを措いてはない。しかも彼女は今日まで、一貫して第一人者の地位を守り続けてきた。

くどくどと書いてきたが、ここでのテーマも大きくは「戦後」である。美空ひばりのたどってきた半生を縦糸とし、そこに直接、間接に関わった人々の軌跡を横糸にして織り上げていけば、いまや風化したといわれる「戦後」の一断面が浮かび上がってくるのではないか、というのがこの本の狙いである。

2

美空ひばり（本名・加藤和枝）は一九三七（昭和十二）年生まれ。父・加藤増吉、母・喜美枝。横浜・磯子区滝頭（たきがしら）、下町の一隅にある、通称「屋根なし市場」の魚屋の娘として生まれ、育っている。

本田は本書で、往時を知る人々の証言を得ながらひばりの少女時代をたどっているが、浮かび上がってくるのは歌における天才少女ぶりと時代の風景である。

ひばりの幼年期は戦中であるが、出征兵士の壮行会などで『九段の母』を歌い、大人たちの涙を誘った。増吉は浪曲好きであったが、ひばりは一度聴くと節回しを覚えてしまい、父が間違うと間違いを指摘したという。

終戦時はひばり八歳。音楽好きの増吉が素人楽団をつくる。さらに芸能好きの喜美枝が娘の伴奏楽団として「美空楽団」を結成、界隈の「劇場」に売り込み、出演の機会を得ていく。

雨後のタケノコのごとく、各地に劇場ができていた。歌謡、芝居、浪曲、漫才……。人々は食を求め、同じように娯楽を求めていた。

美空楽団の旗揚げ公演は磯子にあるアテネ劇場。元は市場だった小さな芝居小屋で、「場内には五人掛けの木製ベンチ十脚が二列に分けて並べてあるだけであった」とある。

美空楽団が何度も前座に出演したのが杉田劇場。ここは町工場を改装したもので、専属の劇団があり、照明係もいて、アテネに較べれば立派だったが、やがて経営不振に陥る。ある朝、劇場にトラックに乗った税務署の署員たちがやって来て、差し押さえ用に場内の椅子を荷台に積んで持ち帰ってしまった。

片山（経営者の甥）たちはそれからがたいへんであった。その日も昼からの興行を予定していたからである。どうあっても穴をあけるわけにはいかない。総出で劇場の裏にあった松の木を切り倒して、即製の椅子をこしらえた。これこそ即席である。どうにか開演時刻に間に合ったが、まさに冷汗ものであった。

杉田劇場について本田は、「敗戦翌年の正月に新築されて、わずか四年で閉館に追い込まれてしまったこの劇場の短い歴史をたどれば、そこにもやはり『戦後』を見ることができるであろう」と記しているが、確かに、哀感とおかしみをも伴った戦後の一風景が浮かんでくる。

芸名・美空ひばりの名づけ親は喜美枝である。貧しく慎ましく、満足なモノは何もない終戦後の日々、それでも上空に「美しい空」だけは広がっていた。芸名は奇しくも、時代の空気を映し出していた。

ひばりの持ち歌は『リンゴの唄』『旅姿三人男』『港シャンソン』など。リズム豊かなポピュラー曲、笠置シヅ子の「ブギウギ」が流行していたが、その物真似も大いに受けた。

並木路子の『リンゴの唄』は戦後になって最初に大ヒットした流行歌である。杉田劇場などで、ひばりと一緒に出演した「マー子ちゃん」こと杉山正子によれば、劇場でのフィナーレは『リンゴの唄』と決まっていて、舞台に呼応して客席からも大合唱が沸き起こったとある。

子供ながら抜群の歌唱力は評判を呼び、ひばりは横浜国際劇場で本格的なデビューを果たす。少女歌手の誕生は、ステージ・ママたる喜美枝の手腕と尽力なしにはなかった。ただ、ひばりは本田の問いに、それ以上に自身が歌うことが大好きだったと答えている。

「いまのお子さんたちを見ていると、ちびっ子何とかという番組なんかでも、そんなに歌が好きじゃないんだけど、お母さんが言うからうたっちゃう、っていう子と、それから、私、歌大好き！　って感じで出てくるのと二通りありますよね。見てると分かるんです、私もちっちゃいときからうたってるから。私はその大好き！　のほうでしたから、親なんか関係ないですよ」

昭和二十年代半ば、ひばりの年齢でいえば十代前半から半ばである。滝頭小学校も出席日数足らずで留年となるところ、マネージャーが学校長と幾度も談判し、補習を受けてなんとか卒業を認めてもらった顚末も記されている。

日本社会を包む風景は、露（あら）わな貧困だった。ひばりが小学六年生時、「滝頭小学校の在籍児童は千六百八十八人だが、そのうち雨具のない子が百人以上、学校に弁当を持ってこれない子が二百人以上、という推計の数字も残されている」という記述も見える。

貧しくはあったが、その後の豊かな時代になって蔓延した〈閉塞感〉はなかった。「可能性の時代」であった。それがひばりを押し上げていったとして、本田はこう書く。

いまとは社会の状況が違うことも、また美空ひばりが天稟において並はずれていたことも承知のうえで言うのだが、彼女が母喜美枝の女手一つに支えられて世に現れ、ついに歌謡界の女王と言われるまでの地位を築くに至ったのは、その出発点が「戦後」つまり可能性の時代にあったからである。

世は少女歌手を熱く迎え入れたが、一方でひばりは「児童虐待」「畸形児」「ゲテモノ」……など、バッシングにさらされた歌い手でもあって、なべて文化人やインテリ層の拒否感は強かった。児童福祉法違反と指摘されれば黙する他にないが、本田はこう書いて上から目線を一蹴している。

横浜国際で和枝（ひばり）は、いち早く歓呼を以て迎え入れられた。その説明に、難しい理屈はいらない。庶民の歌は庶民に通じる、というだけで足りるであろう。庶民は率直に反応した。美空ひばりの今日を持ち出すまでのこともなく、それが健全な反応というものである。

『悲しき口笛』『東京キッド』『リンゴ追分』……ヒット曲が続き、ひばりはコロムビアレコードのドル箱となる。『リンゴ追分』は当初、ラジオ・ドラマ用に制作されたレコードのB面に入った曲であったが、七十万枚という空前の数字を刻んでいる。

〽歌も楽しや　東京キッド
いきでおしゃれで　ほがらかで
右のポッケにゃ　夢がある
左のポッケにゃ　チュウインガム
空を見たけりゃ　ビルの屋根
もぐりたくなりゃ　マンホール

『東京キッド』（藤浦洸（ふじうらこう）作詞・万城目正（まんじょうめただし）作曲）の歌詞である。歌は世につれともいわれるが、あっけらかんとした時代の息吹を伝えている。

本書では、ひばりの中学時代（精華学園中等部・東京）の家庭教師をつとめた中村三兄弟が登場するが、後年、三兄弟はともに医師となり、病院チェーンを営んだ。滝頭小学校の同期生で『月光仮面』『隠密剣士』で人気俳優となる大瀬康一、同じ学区の出身で「月光仮面」を描いたことでも知られる漫画家の桑田次郎の人生模様も詳述されている。あるいは、新宿ゴールデン街でひばりの〝リサイタル〟を実現させたイラストレーターの黒田征太郎、本土復帰前にひばりの興行を手がけて島人たちを熱狂させた沖縄芸能社の川上喜好……らも登場する。

ひばりとのかかわりもさることながら彼らの人生遍歴を本田が書き込んでいるのは、可能性だけはたっぷりとあった〈戦後〉を共有しているという思いからであろう。

地方での興行には、ひばりが「田岡のおじさん」と呼んでいた山口組三代目・田岡一雄の姿がよく見られた。「三兄弟」の次男は〝出張教師〟として愛媛・宇和島の巡業に同行した日があったが、そこで、田岡が——何者であるかは知らなかったが——地元のヤクザたちと怒鳴り合う「緊迫した場面」を目撃したりしている。

田岡は「お嬢」ひばりの熱いファンであったが、もとよりそれだけで出向いていたのではない。芸能界と裏世界の関係はもちつもたれつであって、山口組は地元組織への〝抑え〟の役割を果たしつつ、芸能人という「荷」を預かることが勢力拡大につながる。

このことが後年、ひばりバッシングの一つともなるが、裏世界への〝仁義〟を欠いて興行を打つことはできない。これまた戦後の一風景であった。

3

ひばりとともに「元祖三人娘」とも呼ばれた雪村いづみ、江利チエミが登場する。いずれも一九三七（昭和十二）年の生まれ。レコード・デビューでいえば、ひばり十四歳、チエミ十五歳、いづみ十六歳である。

三人に本田は四つの共通項をあげている。早い時期から片親に育てられたこと、普通であれば親がかりの年齢のころから経済的に一家の大黒柱の役割を担（にな）ったこと、巨額の所得を上げながら肉親の不始末ないしは背信行為によって経済的にも精神的にも苦しみを味わったこと、離婚を経験したこと――である。

戦前、雪村いづみは「戦前における恵まれたホワイトカラーの家庭の典型」で育つが、戦後間もなく父が自ら命を絶つ。母は洋裁店などの経営に失敗、借金を背負って

「どん底の生活」となる。

いづみは三きょうだいの長女。一家を背負い、新橋のダンスホールで歌うようになるが、電車賃にもこと欠き、「東急池上線の駅数にして二駅の間を毎日歩いた」、あるいは「ステージのために買ったハイヒールのかかとがへるのがもったいなくて、裸足でとっとことっとこ歩いたの」とも語っている。

進駐軍回りや喫茶店で歌っていた日、たまたまビクターレコードのディレクターに見出され、デビュー曲『想い出のワルツ』がヒットする。「ブリッコ」は「シンデレラ」娘へと変貌していく。

江利チエミも貧乏を味わっている。父はクラリネット奏者であったが、失業期があり、「配給物もとれず、学校の教科書も買ってやれず、弁当も持たせてやれないので昼休みに家にお粥（かゆ）を食べに来させたり、子どもにとって実に悲しい想いをさせた」という一文を残している。

やがて父は進駐軍関係のバンドマスターとなり、チエミも歌いはじめる。折りからのジャズ・ブームで、キングレコードから出た『テネシー・ワルツ』がヒットした。はっきりした性格の「新人類」は「ひばりに続く時代の寵児（ちょうじ）」となっていく。

三人が十八歳の日、共演映画『ジャンケン娘』は大ヒットし、シリーズとして四作までつくられていく。三人の交友関係も長く続くが、ともにプライベートにおいては試練が続いた。

ひばりは小林旭と、チエミは高倉健と、いづみはアメリカ人の青年、さらにサックス奏者と結ばれるが、いずれも結婚生活は短い。身内の不始末でいえば、ひばりは弟・かとう哲也の暴力団との関係が取りざたされ、一時期、公共施設での出演を閉め出された。チエミは異父姉の背信行為から膨大な負債を背負った。いづみも母が高利の融資に手を出したことにより借財を抱えていく。

チエミは四十五歳で世を去る。晩年は一人暮らしで、体が弱ってからなお「ウイスキーの牛乳割り」をやめなかったという。

私たちって寂しいもんですからね――ひばりが口にした言葉であるが、チエミを語りつつ自身を語っているように本田には思われた。

本田はいづみを、「率直でフェア」「自分をも客体化」できる人で、「聞くべき要素が多く含まれていた」とし、「戦後といま」について語ったくだりを記している。

「私の場合、戦後は『マイ・フェア・レディ』の逆ですからね。いきなり花売り娘に転落したという……。いまそれを過ぎちゃったから、希望があって良い時代だった、って言えるんであって、当時の実感としては決して良い時代ではなかったですね。

ただ、物がほんとうになくて、苦しくて苦しくて、という中にも、一生懸命何かを目指して頑張れば、成功できる時代だったでしょう。いまは、物は山ほどあるけど、何を頑張っても成功するのは、宝くじに当たるといったような時代ですよね。だから、どっちが不幸だといえば、いまの子のほうがもしかしたら不幸かも知れませんね」

4

日本社会が〈戦後〉を脱却していくなかでひばりの歌もまた変容していく。一九六〇年代、『柔(やわら)』『悲しい酒』『真赤な太陽』はミリオンセラーとなり、ひばりはさらに歌謡界の女王として君臨していくが、本田は「文庫版あとがき」で、「『柔』にいたって、私はひばりと心の中で訣別した」と記している。

「スポ根」をうたい上げた「柔」が大ヒットしたとき、「戦後」を体現してきた美空ひばりの輝きは失せた。私の彼女に対する訣別の理由は、そこにあった。

しかし、それは、美空ひばりのせいではない。「一億総中流」へと向かいはじめた時代の流れが、彼女をしてそうさせたというべきであろう。

「柔」の翌年（一九六六年）に発表された「悲しい酒」は美空ひばりの代表的な歌とされていて、いまでもカラオケのリクエストが最も多いと聞くが、私にとっての美空ひばりは、あくまでも「悲しき口笛」であり、「東京キッド」であり、「私は街の子」であり、時代的に線を引くなら、昭和三十二（一九五七）年の「港町十三番地」あたりまでである。

本田のなかで、すでに〈美空ひばり〉は終わっていた。取材のスタートに当たってしばし躊躇したのはそういう思いがあった故であろう。

本書での取材・執筆の時期は、歌手・美空ひばりの晩年に当たっている。長年、ひばりの歌手生活を支えてきた「ゴッドマザー」喜美枝はすでに亡く、二人の弟も鬼籍に入っていた。本田との面談の席で、ひばりはアガサ・クリスティーの『そして誰もいなくなった』という書名を口にしたりもしている。

人・美空ひばりは、「私の接したかぎりにおいて、彼女は明るくざっくばらんで、隠し立てをするようなところがなく、それこそ庶民的でいたって気さくな女性である」「母のこと、弟たちのこと、田岡のことなど、触れられたくない部分に関しても、いやな表情ひとつ見せるでなく、率直に答えてくれた」とある。

さらにその人物風景として、「ある時期の美空ひばりは、『ひばりじゃなくいばりだ』と陰口された。しかし、私のそばにいるのは、歌謡界の女王というより、胸の孤独を隠そうとしない一人の女性であった」とも記している。

ゴッドマザー亡き後、〝庇護と隔離〟の壁が取り払われ、一人となったひばりがふと垣間見せる本来の地の姿であったのだろう。取材者が本田であった故に見せるものもあったろう。

取材はじめに青葉台のひばり邸を訪れた日、本田は「彼女の歩き方に異常を感じていた」とある。階段を上る様はいかにも辛そうに見え、歩く歩幅は「履いていたスリッパの長さほど」しかない。

その後、劇場の楽屋などで取材を重ねていったのであるが、やがて入院の報に接する。難病とされている「両側大腿骨骨頭壊死（えし）」、さらに「肝機能障害」等の病名も伝わってきた。再起不能説も流れたが、その後、ひばりは退院し、芸能生活四十周年記念公演などをこなしていく。ただ、活動は長くは持続できなかった。

本書の刊行から二年後、昭和が終わった年であるが、美空ひばりの訃報が流れた。五十二歳。「文庫版あとがき」は追悼の文ともなっているが、彼女が世を去った日、本田宅にはコメントを求めるマスコミ各社からの電話が鳴りやまず、ひばりがいかに偉大なる存在であったかをあらためて実感したとある。

本田と取材行をともにしながら、元木は本田にある提案をした日がある。それを本田は是としなかったのであるが、本田靖春という書き手の姿勢として脳裏に留めている。

美空ひばりの出自にかかわることで、噂の類であるが、朝鮮半島の出身ではないかというものがあった。そのことを質(ただ)してもらえないか、と持ちかけた。「雑誌屋の好奇心」であったが、彼女が率直な語り手で、かつ本田には胸襟を開いていることもあった。

ひと呼吸置いてから、本田はこう答えた。

「人がもし秘匿したいと思っている事柄があるとすれば、それに踏み込む権利は誰にもないと思うよ。そもそも取材なんてこちらの勝手な都合でやっているわけだから。ただ元木君がどうしてもというなら、その旨を記した手紙を書いて、彼女が了解するというなら尋ねてみてもいい」

元木は手紙を書いたが、その後ひばりに会ったときにその話題は出ず、そのままに終わった。

以下のことも取材者・本田の姿勢を物語っている。

ひばり十九歳の日であったが、浅草国際劇場に出演中、山形出身の少女ファンに塩酸をかけられ顔に火傷を負う事件が起きた。

事件から三十余年、加害者の少女は幾度も引っ越しを繰り返し、「心に生涯の傷を負った」まま二児の母親となっていた。本田たちは住所をつきとめ、手紙を出し、電話で話をしている。ただ、固有名詞等の情報は一切伏せている。「取材の影響がいかなるかたちでも彼女の身辺に及ばないよう、十分に配慮した」上で「取材を打ち切った」とある。

本田は取材力に富んだ人だった。それはもちろん、対象者の奥座敷に土足で踏み込む図々しさではない。まずは礼儀を踏み、筋を通す。それは相手に伝わるものであって、相応の見返りが返ってくる。そういう関係性を熟知するプロのジャーナリストとしての取材力である。

元木が本田の人物風景として覚えていることに「機械オンチ」がある。この時期、ようやく本田宅にもファックスが入って、元木宛に「これから原稿を送るから」という連絡が入る。が、待てど暮せど送られてこない。電話で操作手順を説明するのであるが、ラチがあかない。「本田さん、これからもらいに行きますから」と出向いたことが複数回、あった。

この後、元木は本田の連作ノンフィクション「『時代』をゆく」を、また『週刊現代』編集長時代には〝未完のノンフィクション〟の連載を手がけている。この折りには積年の〝競馬学〟も生かされたのであるが、そのことは後述したい。

5

本書の中で本田は、戦後最大の大衆運動といわれ、〈戦後〉の分水嶺を成した一九六〇（昭和三十五）年の安保闘争についてもページを割いている。

六月十五日、全学連主流派が国会に突入、警官隊と乱闘になり、東大生・樺美智子が亡くなる。この日、社会部長に命じられ、雑感を書くため本田は国会構内にいた。翌日、「わたしはこの目で見た／にくしみの激突／デモ指導者にも責任」という見出しの〝署名記事〟が載った。この記事の顚末について、本田は第四章でとりあげた

『体験的新聞紙学』ではこう記している。

その夜、私は原稿を書いた。社会部長がじかに朱筆をとった。彼の判断による「不穏当な」箇所は、次々に削られた。私の執拗な抗議は、「未熟」という理由でしりぞけられた。それでも、私の文章の半分は残っただろうか。そのあとに先輩記者の文章がくっつけられた。私の最後の抵抗は、署名を記事からはずすことであった。

だが、それもきき入れられず、社会面トップに〝私〟の雑感がのった。見出しの下に署名が入る、異例の扱いであった。安保報道の批判のさい、表現を弱められて行ったこの記事が、何かにつけて引き合いに出され、そのたびに新聞社を去るべきかと思い悩んだ。

元原稿は多分に学生寄りのものであったのだろう。それが手直しされて「デモ指導者にも責任」という〝客観報道〟に訂正されたのであろう。

本書では、新聞七社（朝日、毎日、読売、産経、東京、日経、東京タイムズ）による「共同宣言」について触れている。宣言は「六月十五日夜の国会内外における流血事件は、その事の依ってきたる所以を別として、議会主義を危機に陥れる痛恨事であった」とするものである。

記者として現場にいた本田の見方はまるで違っていた。「暴力はいけない。そのこと自体に、何の異論もないが……」、ごく一部の学生を除いて過激な行動は見られなかった。負傷者の多くは学生であり、署名記事で「警官隊から警棒を取り上げなければならない」と書いたのであるが。

ともあれ、この日を境に運動は沈静化していく。以降、戦後を支えた民主主義という理念も少しずつ後退し、やがて経済成長の時代に飲み込まれていく。

社会が貧困を脱して豊かになる。これまたなんの異論もないことだ。けれどもそれは、「物質的充足と引き替えに、人々が折角得た自由を差し出していく過程でもあった。だれかの言葉を借りていえば、『社会人間』ではなく『会社人間』の時代になっていったのである」。かけがえのない「精神の自由」を売り渡して、いったい「何のための経済成長か」――と。

本田の思想の基底にあるものであろう。〈戦後〉という言葉で意味するものを一九六〇年以前に置いているのは暗示的である。貧困をはじめ深刻な社会問題が山積していたが、それでもなお、戦争の放棄を心から喜び、稚拙であろうと民主主義を育て、個人の自由を重んじ尊ばんとする社会的な気運はそれ以降の時代に比してより濃厚にあった。本田が固執し続けたのは、それらをひっくるめた〈戦後的精神〉ともいうべきものである。

国会で安保条約の改定が成立したとき、去来したのはこのような思いだった。

六月十九日午前零時、新安保は自然承認された。

国会周辺に坐り込みを続ける人たちの中を歩きながら、私は「よき時代」の終わりを感じていた。

本田は本書の冒頭近くで、〈戦後〉への想いをこう吐露している。

これは何度も書いたことだが、才薄い私がいまこうして物書きでいられるのは、ちょうど自我の形成期に「戦後」というまたとない時代にめぐり合わせたからこそである。はからずも、時代が私に一生のテーマを与えてくれた。その幸運に対する感謝の気持ちは、年とともに薄れるどころか、強まる一方なのである。

念を押すように、ラスト近くではこう記している。

私は、高度経済成長以降の世の中の移り変わりに、自分を合わせまいとして生きている。言いかえるなら、戦後に授けられた民主主義を「墨守（ぼくしゅ）」したまま人生を終えたいと考えている。だから、私はここでも「戦後」をテーマに選んだ。

あるいは、歌の場合と同様、ジャーナリズムと時代状況との幸せな関係は、安保闘争の終焉と同時に始まった高度経済成長の中で、過去のものになってしまったのかも知れない。そうであるのなら、私はなおのこと、自分の「歌」をうたい続ける。それは「戦後」への賛歌である。

人びとは飢えていた。私の場合は、住む家がなく、納屋の暮らしから戦後の生活が始まった。着る物がなく、履く靴がなく、鞄がなく、教科書がなく、エンピツがなく、ノートもなかった。

しかし、人びとは桎梏（しっこく）から解放されて自由であった。新しい社会を建設する希望に満ちていた。そうした可能性の時代の子として美空ひばりはいた。

無頼記者の栄光と挫折を活写した『不当逮捕』も、闇市時代のアウトローを描いた

『疵（きず）』も、記者時代の若き日々を綴った『警察回（サツまわ）り』も、底流に流れていた主題は〈戦後〉だった。その時代を体現した大スターをたどる物語が、本田の最後の〝戦後ノンフィクション〟となった。

第十四章　放牧の自由人――『評伝　今西錦司』

1

いまグリーンランドでも最北の村、北極圏に近いシオラパルクというエスキモーの村に来ております。帰国後、いつでもお目にかかれると存じます――。

山と渓谷社の神長（かみなが）幹雄に、『評伝　今西錦司』（山と渓谷社・一九九二年）にかかわる思い出を訊きたいと連絡したところ、折り返し返信があった。北極圏でも即座にメールが届く……と感慨を覚えつつ、いかにも山や冒険の雑誌と図書を手がけてきた編集者らしい文面と思えたりした。

しばらくして、帰国した神長に会った。顔の鼻あたり、薄っすらと日焼けあとのようなものがうかがえる。軽い凍傷の名残とのことだった。

植村直己、山田昇、長谷川恒男、小西政継、星野道夫、河野兵市。極地や銀嶺で幽明の境を越えた登山家や冒険家であるが、神長はそれぞれと交流があった。長い編集者生活の区切りとして、六人の足跡をたどった一冊を綴りたい――。グリーンランドもそのかかわりで出向いていたとのことである。

最北の村へは、デンマークのコペンハーゲンから小型飛行機とヘリを乗り継いで入る。帰路では途中まで、犬ぞりを使った数日間の旅を挟んだ。凍傷はそのさいに負ったものであるが、「いまどき贅沢な旅でした」という。なおこの後、一冊は『未完の巡礼』（山と渓谷社・二〇一八年）として刊行されている。

ノンフィクション作品は、大なり小なり編集者のサポートがあって世に出るが、『評伝　今西錦司』はそのウエートが高い作品だった。

今西錦司。生物界の「棲みわけ論」、「パイオニア・ワーク」の提唱、南島や大興安嶺への学術探検、動物社会学や類人猿の研究、ヒマラヤ遠征、独自の進化論と「自然学」の提唱、七十六歳で千山、八十三歳で千五百山登山を達成……。足跡は多岐に及んでいるが、いわゆる〝山系〟京都学派の総帥であり、その〝門下生〟から多くの逸材が世に出た。

神長にとって今西は、直接的には日本山岳会の会員同士という淡いかかわりがあるのみで、「仰ぎ見る存在」であったが、なぜ京都という地からかように魅力的な山岳人たちが生まれるのか、その〝元締め〟たる今西錦司とはいかなる人物であるのか……という問題意識を持ち続けてきた。

さらに神長は本田ノンフィクションの熱い読者であった。今西の評伝を本田が書くという企画はどうだろう……。山と渓谷社ではかつて、小西政継を描いた本田の『栄光の叛逆者』を刊行している。担当したのは先輩編集者であったが、社としてお付き合いもある。

趣旨を書いた手紙を出し、本田宅に出向いたが、返事は固辞したいというものだった。生物学には無知であり、山にも探検にも素人、とても任に堪えずというものであったのだが、神長は粘った。二度、三度と本田宅を訪れる。本田という人は「情の人」であって、顔を合わせるごとに拒否の度合が甘くなっていく感触はあった。

本書の「あとがき」で本田はこう書いている（引用は岩波現代文庫版による）。

しかし、私の誌面起用を先に考え、私にふさわしいテーマとして今西錦司氏にいきついたという神長氏は、まったく退かなかった。何度かの来訪を受けて、私は氏の熱意に心を打たれる。その一方で、これほどまで誘われるのは物書き冥利というものではないか、と思うようになった。

かねてから私は、今西錦司氏のエッセイや対談、座談会などはよく読んでいた。その意味では、あまたいる「今西ファン」の一人であったといってよい。取り組む対象としてはこちらが位負けしそうだが、「人間」の物語として書けば、それなりに読めるものになるであろう。

神長の記憶では、四度目であったか、学者でも山岳人でもなく人として今西を描くなら、ということでようやく本田は承諾してくれた。

本田と神長が取材を開始したのは一九八九（平成元）年初夏であったが、すでに高齢の今西は病床にあってインタビューがかなわず、さらに本田の病が挟まり、刊行に至るまで難路行が続いた。

『山と渓谷』の一九八九年十月号より「今西錦司　自然を闊歩した巨人」の連載がはじまったが、九〇年二月・三月号は休載。再開はされたものの七月号から再び休載となり、二度目の休載は十一ヵ月に及んだ。

闘病記と貧乏物語は嫌い――とは、本田がよく口にした言葉である。本田が生涯保持したダンディズムであったが、『潮』の巻頭コラム、「波音」で連載された「人生の風景」（一九九三年五月号〜九五年五月号）では、病のはじまりから幾度も入院を強いられるに至ったころの模様を記している。本田の長い闘病の歳月の中でいえば〝とば口〟であるが、この時期が『山と渓谷』での連載期と重なっている。

当コラムでは、K病院や東京女子医大糖尿病センターの医師や患者たちが登場する。患者にはヤクザの組長もいて、面識を得、やがて「兄貴」と呼ばれて困惑する〝オモシロ闘病記〟ともなっているが、その模様は後章（第十八章）に回したく思う。

病のおおよその推移は以下のようである。

二十年来の持病、糖尿病は徐々に進行し、合併症の一つ、眼の異常が現れはじめた。視界がかすみ、めっきり視力が落ちた。K病院の診断では眼底出血を起こしているという。レーザー光線を用いた光凝固という治療を受けるが、症状は好転しない。特に右眼の視力低下ははなはだしかった。K病院を通院先としたのは自宅からほど近いという以外の理由はない。

この年、一九八九年の暮れであるが、本田は自宅で心不全を起こし、救急車でK病院に担ぎ込まれた。幸い、心不全からは回復したのであるが、『山と渓谷』での休載を余儀なくされた。

眼の不調は続き、糖尿病治療では定評のある東京女子医大糖尿病センターに転院する。K病院での治療は不良で、右眼は糖尿病性網膜症に起因する緑内障に侵され、もう視力は戻らないと診断される。放置すると眼圧が高まって眼球を摘出しなければならず、それを防ぐ手術を受ける。左眼の視力は光凝固でなんとか現状を維持することができたが、この時期が二度目の休載期に当たっている。

五十代の後半に入り、視力ある眼は片方となり、また折々にぶり返す病状を癒やしながらの日々がはじまっていく。

2

『山と渓谷』での十五回の連載が完結したのは一九九一（平成三）年十二月号で、単行本が刊行されたのはさらに一年後である。

本田が病床にあった時期、神長が〝代行者〟として積み残していた取材先にも出向いている。休載中に『skier』編集部に異動するが、本田の連載はずっと担当した。

「あとがき」で本田は、神長への謝辞を重ねつつ、「本書は、私にとって、もっとも思い出深い著作になることであろう」と記しているが、刊行に至る苦難の日々を想起してのことであろう。

『評伝　今西錦司』は、今西の葬儀の模様から書きはじめられている。晩年、病室暮らしが続いた今西であったが、退院することなく老衰で彼岸へと旅立った。享年九十。生前に本書を届けたく願ったがかなわず、本田は「申しわけなくもあり、残念でもある」と記している。

今西は一九〇二（明治三十五）年、京都・西陣の織元「錦屋（にしきや）」の御曹司として生まれ、育っている。大正期の今西家の「菜暦」が書き写されているが、今風にいえば超グルメなる献立である。祖父・平兵衛は西陣織物製造業組合の頭取。欧州から最新の織機を導入して西陣に盛況をもたらす。今西の「たぐいまれなリーダーシップと溢れんばかりの進取の気性」は平兵衛譲りとある。

京都一中から三高に進んだ今西が打ち込んだのが山登りである。京都の裏山、北山からはじまり、日本アルプスへと足を伸ばす。登山というものの黎明（れいめい）期である。リュックサックは軍事教練用の背嚢（はいのう）。雨具は和紙に油塗りをした合羽（かっぱ）。足もとはといえば「脚絆（きゃはん）」「紺足袋」「わらじ」で、わらじは一日二足、履きつぶす。「出発に当たっては各自十足ほどを腰にぶら下げていた」というから往時の登山風景がしのばれる。

山仲間に西堀栄三郎、桑原武夫、四手井綱彦（しでい）がいた。後に南極観測、フランス文学、物理学などの分野で足跡を残すが、西堀と四手井は今西の妹たちをめとり、義兄弟の間柄ともなる。西堀は、アメリカ民謡「いとしのクレメンタイン」を元歌（もとうた）とする『雪山讃歌』の作詞者としても知られる。

京都は三方を山に囲まれた盆地である。彼らが山に入れ込んだのは、狭い盆地から外に出たいという京都人の属性にも関わっているようだと本田は書いている。

今西自身、日経新聞に連載した「私の履歴書」で、自身の性癖についてこう語っている。

〈……自由を好むことと、山を好むこととは結びつく。また人によって広所恐怖症と閉所恐怖症があるとしたら、私は極端な閉所恐怖症だろう。つまり広い場所に出よう、出ようとする傾向が自由を求めるということに結びついているのである。学問でも専門の分野をどこまでも深く掘り下げていく人があるが、私にはそれができない。閉所へはいることを好まず、いつでも広いところへ出ようとするからである。この傾向が一生涯つきまとっている〉

三高に進んだ彼らは山岳部を発足させる。北山にある三国岳に出向いたさい、「今西と西堀が宿を発つときに心付けを五円も渡したものだから、相手が目をむいたという。それもそのはずで、そのころの大工の手間賃は三円前後であった」とある。西堀もまた裕福なちりめん問屋の息子であった。

後年、今西・西堀コンビはいくつかのプロジェクトで協同するが、「課題」を思いつくのが今西、そのための「方策」を立てるのが西堀。「ワンセットで素晴らしい力を発揮した」と、後輩の山岳人、岩坪五郎京大教授（森林生態学）は語っている。

「私の履歴書」によれば、京都一中の山岳部長は地理の教諭であったが、放任主義者で、アルプスに行っても「先生も生徒もみなバラバラに登り、一緒には歩かなかった。一緒になるのは弁当を食べるときぐらいだった」とある。一中の校長もまた「徹底した自由主義者」で、「三高の自由主義的な校風にたがをはめるため文部省が送り込んだと噂された」退役陸軍将校の校長がストライキで追われたのち、三高校長に就任している。

彼らの一中から三高時代は大正期であるが、恵まれた環境のもと、のびのびと「贅沢な遊び」に興じていた若者たちの姿が浮かんでくる。

自由の精神――は今西が生涯貫いたバックボーンであったが、本田の今西への共鳴感はまずこのことに置かれている。こうも書いている。

ひと口に大正デモクラシーというが、そこには晴れの日も曇りの日もあった。したがって、「古き良き時代」にも限定がつく。今西錦司が京都一中で過ごした少年期がそれに相当するのであろう。彼は一貫して、何よりも「自由」に価値を置いて生きてきた。その基礎は、古き良き頃の京都一中で築かれたのである。

今西錦司はその生涯を通じて、〝繫牧（けいぼく）〟ではなく、〝放牧〟の自由を行動によって主張しつづけてきた。平成のいま、周囲を見渡して、〝繫牧〟されている人たちのなんと多いことか。

3

今西が京大農学部農林生物学科を卒業したのは一九二八（昭和三）年。芸者の腰に巻くようなものを作らずに、もっと気のきいたことをしろ――。父・平三郎が今西に言い残した言葉である。すでに平三郎は他界し、錦屋も廃業してしまっていたが、息子が学究の世界で生きていくには十分なる資産を残した。卒業後、今西は理学部の無給講師となる。

今西が下鴨（しもがも）に転居してから、すぐそばを流れる賀茂（かも）川で、彼の姿がほぼ毎日見られるようになった。川底の小石を拾い上げては裏返し、そこから何やらつまみとっては小石を捨て、また別の小石に手を伸ばす。通りがかりにその奇妙ともいえる行動に気づいた人がいたとしても、それが何を目的になされているかについて察しをつけた人はあるまい。

今西は小石についたカゲロウの幼虫をひたすら採取し、観察を続けた。岸辺のゆるやかな流れの川底と流れの速い中心部の川底では、生息している幼虫の種類が微妙に違っている。魚に襲われたさい、地に潜るか、泳いで逃げるか、身を潜めるか、その必要性から体形が異なっているのではないか……。やがて今西は、埋没的、潜伏匍行（ほこう）的、自由遊泳的、滑行的社会という四つの形態の同位社会（種）が、互いに相対立しつつ相補っているという「棲みわけ論」を構築する。ダーウィンの「適者生存」的な進化論とは異なるもので、やがて独自の今西進化論へと発展していく。

研究論文は、『京都大学動物学教室紀要』に十年にわたって英文で連載され、太平洋戦争の開戦直前、『生物の世界』として刊行された。「遺書のつもりで」あったという。

学問研究の一方、今西の山岳熱はいよいよ高まっていく。「初登山」を目指す志向は自然とヒマラヤへと向かい、ＡＡＣＫ（京都学士山岳会）を立ち上げ、遠征を企図するが、満洲から中国本土へと戦火が広がろうとしていた時代のこと、具体化には至らない。ヒマラヤの夢は遠ざかったが、パイオニア的な登山、探検、学術調査の意欲的な試みの足跡がいくつか残されている。

ポーラー・メソッド（極地法）を使って朝鮮の高峰・白頭山への冬季登山（一九三四年）、内蒙古への学術調査（一九三九年）、南洋委任統治領だったポナペ島の生態調査（一九四一年）、地図上の空白地帯だった北部大興安嶺の縦断（一九四二年）……などである。

各遠征隊に若手メンバーとして加わったのが森下正明、吉良龍夫、川喜田二郎、梅棹忠夫、藤田和夫らで、後年、動物生態、植物生態、文化人類、比較文明、地球科学などの分野で一家を成す。

遠征先で隊員たちがキャンプ地を決めると、今西はしばしば「あかん」の一言で変更させた。理由はいわない。桑原武夫の表現を借りれば、「直観に到達すると、彼はとたんに転進する」のであった。

敗戦の前年、今西は北京の西北およそ百五十キロ、張家口に設けられた西北研究所（蒙古善隣協会）の所長に就任、若手の研究者たちを呼び寄せた。蒙古善隣協会とは大東亜共栄圏の確立という国策に則った団体である。

もとより大東亜共栄圏云々は本田の思想信条には相容れぬものである。戦争期の今西の選択を、戦争のために若手研究者がむざむざ殺されてはならないとした今西の言を紹介し、「今西が『大東亜共栄圏』の共鳴者であったとは、毛頭思わない。彼の夢はあくまでもヒマラヤにあった」と記している。

一方で、白頭山、内蒙古、ポナペ島、大興安嶺など、今西グループが足跡を残した先々は「いずれも『大東亜共栄圏』の『夢』の跡」であり、「調査・探検の学術的成果にだけ絞りこんでこれを称賛するのでは、視野狭窄のそしりを免れないのではあるまいか」とも記している。

今西の指向と行動を解く鍵の一つは、西北研究所の一員でもあった中尾佐助（応用植物学）のいう「町人精神」にあるやもしれないとする。

町人に求められるのは自活する精神である。自分の働きで自分が食べ、家族を食わせ、雇い人に妥当な待遇をすること。余ったカネは自由に使って遊んでいい。今西は学問の世界で業績をあげつつ長い間無給だった。それでも自分の好きなことをやってきた。それこそ町人精神のなせることだった——と。

なるほど、そういう見方を借りると、大東亜省の禄をはもうが、西北研究所の所長に就任しようが、今西には権力に進んで奉仕しようという気持ちなどさらさらなかったことがいっそうはっきりしてくる。私の立場からは、国民の一人として日本が戦争に勝つことを念じるのは当然、といった考え方は首肯しかねるのだが、その留保条件をつけたうえで、今西の頭の中を占めていたのは純粋に学問的な探求心であったことを認めるにやぶさかではない。「探検や山登りのためなら軍とでも手を結びまっせ」というのは、中尾のいう町人精神の延長線上のことであったのだろう。

かように、今西の戦時下の選択に一定の理解を示しつつも、このくだりの記述はいまひとつ歯切れが悪い。

戦後、動物学教室に復帰した今西は、宮崎県内に群生する半野生の馬、さらにニホンザルの生態研究を手がけていく。ようやく有給の講師となり、やがて理学部から京大人文科学研究所に移る。なお人文研の教授（社会人類学）となるのは後年、五十七歳のとき。これ以前、教養部教授の誘いを断ったということであるから、地位や肩書にはほとんど無頓着な人だった。

ニホンザルの餌づけに成功し、ゴリラ、チンパンジーなど霊長類学の大家となる伊谷純一郎は理学部の学生時代に今西と出会い、アフリカへの旅にも同行している。今西が先鞭をつけた動物社会学は、愛知・犬山の日本モンキーセンター所長をつとめた河合雅雄にも引き継がれていく。河合は本書の岩波現代文庫版の解説で、今西と〝門下生〟のかかわりを、「吉田松陰と若い志士たちが活躍した維新を思い起こす」とも記している。

今西の活動は戦後も多岐に及ぶが、ヒマラヤへの再挑戦を試み、マナスル登攀への扉を開けたことはその一つ。

八千メートル級の未踏峰マナスルに目をつけた今西は、ネパール政府に渡りをつけ、京大生物誌研究会なる学術団体を立ち上げ、入国許可願を出す。外貨を確保するため日本学術会議に根回しをし、渡航費調達のために新聞社の後援を仰ぐ。企画が軌道に乗ると、ＡＡＣＫではなく日本山岳会に計画を委譲して最強チームで大イベントを敢行しようとした。

あらたな目標が設定されると、今西は既存の組織にこだわらず、それを達成するのに最も好都合な別組織を新しくつくり上げる。そのときの彼には迷いもためらいもない。要は、彼の意図した計画がより望ましい形で実現できれば、それでよいのである。

その障害となる要素は、ときに冷酷と映るほど容赦なく切って捨てる。それが生涯を通じての今西のやり方であった。つまり、彼は機能主義者だったのである。

探検は陰謀である――という言葉を今西は残している。〝陰謀〟の駒にされた面々は腹を立てるが、そのさいはアタマを下げて事を収める。メンツよりも実利という「町人精神」である。

京大探検部の創設者で朝日新聞記者だった本多勝一は、今西錦司論のなかで、「大ダヌキ」という形容を使っている。

一九五二（昭和二十七）年夏。今西五十歳の日であったが、偵察隊を率いてヒマラヤ入りし、六千メートル級の山に登って積年の夢に区切りをつけた。ロキシーという地酒をたっぷり水筒に詰めての、飄々（ひょうひょう）たる登山行であった。

日本山岳会によるマナスル制覇が実現したのは、四年後の五月九日。第三次隊の今西寿雄（としお）（京大ＯＢ）が最初に頂上に立ったが、隊長の槙有恒（まきゆうこう）（慶大ＯＢ）が、先鞭をつけた京大グループに花をもたせたともいわれた。

4

京大を定年退職した後、今西は岐阜大学学長や日本山岳会会長などをつとめている。各地の山を登り、渓流釣りを楽しみ、酒を飲む。二十万分の一の地図に、踏破した道に沿って赤線を入れ、千山、千五百山登山を目指した。「赤線のために」、あるいは地図の「美的完成」のためにあるような山行だった。

そこにはもはや、往時、パイオニア・ワークを目指した探検家の、あるいは〝陰謀家〟の面影はない。今西の晩年に漂うのは、「天下の副将軍」であり、くだけた人柄の「好々爺」であり、老いの「孤影」であった。

棲みわけ論から出発した進化論と自然学は深化していった。作家の日野啓三との対談では、こんな発言をしている。

〈今西　全体とおっしゃいましたけどね、全体論というのがあるんですな。ホーリズム。南アフリカの総督を務めたスマッツという人が提唱したんだけれどもね。それを学生のとき読んで刺戟を受けたということはあったとしてもね、もともと自分の中にそういう物の見方、感じ方があったということだろうね。

とにかくぼくは全体論で貫いてますな。一時、昆虫をやったり生態学をやったりして、ぼく自身科学者のつもりでおりましたけれど、科学はね、窮屈でね。イヤになりまして、もう科学から足を洗ったつもりで、いまおるんです。窮屈なのは大きらいなんで。(笑)〉

全体を巨視的に見詰めるという指向は、「大悟(だいご)の境地」へと達したようである。個体と種の変異を生物社会の「歴史」ととらえた今西は、変異にいたる時と理由を「変わるべくして変わる」と表現して学界を煙に巻いた。もはや科学ではなく哲学という批判もあったが、もともと今西の思考の基底には哲学的世界観があり、「自然科学者廃業」を宣言して意に介さなかった。

数理生物学者との対談では、こんな言い回しの発言もしている。

〈進化の要因論なんちゅうようなもんね、なんぼせせくってもあんなもんだめです。（略）それで細胞に、「なんで分裂しなはんのや」ちゅうたら、「いや、わしにもわからんねんけど、先祖代々分裂してますので分裂します」こういうようような。（笑）〉

このような発言を受けて、たとえ学界内では今西進化論が過去のものとして扱われつつあるとしても、本田は共感を込めてこう書いている。

今西錦司に対する評言として「破(くだ)けた大思想家」というのがあるが、言い得て妙ではないか。右の発言などは〝破け〟もいいところで、今西の面目躍如たるものがある。悟りとは、なにも行ないすました境地だけをいうのではない。

本書の「あとがき」で本田は、映画『寅さん』シリーズの長寿のわけは、足の向くまま気の向くまま、自由に流れ歩く主人公への憧憬にあるとし、自身と今西を重ねつつ、こう続けている。

いま、「あとがき」を書いていて改めて感じることは、この世を思いのままに生きた人物が現にいたという事実の重みであり、その貴重さである。しかも、ただ単に、思いのままに生きたわけではない。いまさらいうまでもないが、数々の輝かしい業績を積み、多くのすぐれた人材を膝下から輩出した。

私もかなり自由に生きてきたつもりでいたが、振り返ってみると、せいぜい寅さんといい勝負で、私における自由は、身勝手さと言い直すべき性質のものであったと反省している次第である。そのうえで、偉大であった自由人、今西錦司氏に対して、尊敬と親愛の念を捧げたいと思う。

——本書を企画・担当し、その後も本田と交流を続けた神長は、「私がいうのはおかしな話ですが、本書は不幸な本だったかもしれませんね」と口にした。

今西と本田の面談が実現しなかったこと、さらに本田の病が重なったことである。幾度か、もっとはやく取りかかっておれば、と思った。はたして連載が完結するかと案じた日もあったが、なんとかゴールへとたどり着いてくれた。振り返っていえば、本田という書き手と時間をともにできたことが幸せなる思い出として残っている。

本書の出来栄えについては、本田自身、満足はしていなかったようである。「『著者の顔が見えない』というお叱りをちょうだいするのではないか、と少しく不安を覚えている」と記し、後年、旬報社から刊行された『本田靖春集』にも収録しなかった。

その点での私の感想を付記すれば、人物論の要諦は十分満たしつつ、〝本田節〟全開というには至っていないという不足感はある。病という困難のなせることでもあろうが、いわば〝嚙み合わせ〟に由来するものもあったのかもしれない。

今西錦司と本田靖春。ともに度量豊かな〈自由人〉であり、取り組み相手としていえば不足はない。ただ、今西が向かう視線の行く手はあくまで〈自然〉にあり、本田のそれは〈人と社会〉である。人が有する、そもそもの形質として二人の交差領域は限られたものだったとはいえるだろう。

他者を描くノンフィクション作品としていえば、本書が本田の最後の作品となった。

第III部

第十五章　インタビュー人物論――『戦後の巨星　二十四の物語』

1

時系列からすれば前後するが、本田靖春には『週刊現代』で連載した「委細面談」というインタビュー人物論がある。連載開始は一九八四（昭和五十九）年四月二十一日号からで、五十一回、一年間続いた。この内二十四人については、没後、『戦後の巨星　二十四の物語』（講談社・二〇〇六年）としてまとめられた。

月二回刊行の雑誌『ダカーポ』（マガジンハウス）においても、同年四月から本田は社会時評コラム「いまの世の中どうなってるの」の連載をはじめている。時評コラムはやがて柱の仕事ともなっていくが、その皮切りとなったもので、連載は二年半続き、単行本として残されている（文藝春秋・一九八七年）。

　この年、本田は五十代に入っている。テーマとして抱えてきたいくつかの作品を刊行して一段落し、仕事のウイングを広げていきたいという気持はあったろう。外見は大いに元気であり、酒量も落ちてはいなかったが、糖尿病の兆候が徐々に現われ、体調を崩すことも増えていた。本田のなかで、作家人生の後半期に向かっているという心境があったやもしれない。

「委細面談」には、史上最年少、二十一歳で将棋名人となった谷川浩司との対談が含まれている。話の流れの中でのふとした弾みであろうが、こんな言葉も吐いている。

谷川　そうですね。まあ、将棋はスポーツと違って、だいたい五十ぐらいまではできるんですけども、いま、私があと三十年、四十年やるのかなと思うと、ちょっと気が遠くなりますね。

本田　私などは馬齢を重ねて五十一歳ですから、ちょうど出来のわるい推理小説と同じで、もう犯人がわかっちゃってるわけですね。ただ、本を買ったからには、最後までページをくってみるかっていう感じの人生だけど……（笑）。

「委細面談」を担当したのは、若手の編集部員だった渡瀬昌彦である。

講談社入社が一九七九（昭和五十四）年。『現代』に所属し、月刊誌の仕事が手の内に入りつつあった五年目、編集長の田代忠之より『週刊現代』への転属をいわれた。うーん……という表情をしたのであろう、田代はこうつけ加えた。「週刊で本田さんの連載をはじめるらしい。要員としてお前をもらっていくと杉本さんがいってたぞ」と。それなら是非行かせてください──と渡瀬が口にすると、田代は「現金な奴だ」といって笑った。杉本曉也は『週刊現代』の編集長。両編集長とも本田と懇意な関係にあった人物である。

杉本に連れられ、杉並区井草の本田宅を訪れたのが、渡瀬にとって本田との出会いであった。

学生時代、渡瀬はジャーナリズム志望で、本田の主な作品には目を通していた。遠くから敬意を抱いていた作家であったが、入社してから編集部にやって来る本田を見かける日もあった。気配から伝わってくるのは、編集長や幹部との話は手早く済ませ、担当者や契約記者の席近くに腰を下ろし、しばらく雑談すると「じゃあそろそろ一杯行こうか」と声をかけているような姿である。本田さんってこんな人なんだ──と思うときがあった。

出会いからいえば二十年──。渡瀬は本田の〝生涯の担当者〟ともなっていくが、もとより予期していたことではまるでなかった。

「委細面談」に登場する人物は、俳優、作家、歌手、コメディアン、映画監督、演出家、漫画家、落語家、棋士、経営者、新聞記者OB、力士、プロ野球選手、ラグビー選手……など、多彩な人々にわたっている。

毎週の連載は気ぜわしかった。まずは本田にリストアップした人名から候補者を選んでもらう。すべて超多忙な人々である。編集部内にチームをつくり、候補者に渡りをつけ、了解を得ると日時と場所を設定する。対談が済むと速記を本田に手渡す。原稿はすべて本田自身が書いた。双方にゲラ刷りを送ってチェックしてもらい、校了するとすぐ翌週の締め切りが迫っている。校了日と対談日が重なり、対談中に中座して社に戻ったこともあった。

『戦後の巨星』を読むと、ごく自然体の対話がなされている感触を受ける。当然といえば当然であるが、本田はプロのインタビュアーである。ゲストの世界が何であれ、多分にユーモアを交えつつ、彼(彼女)がもっている固有のものを探り当て、その人の本質的なものを引き出さんとする……。

インタビュアーは見取り図のごときものを描いて場に臨むが、対談は予定調和的な一方通行とはならない。ホストが自身を語ることでゲストもまた自身を語る。漫画家・手塚治虫との対談終了後のコメントでは、「余談だが、対談のホスト役は、これでけっこう辛いものである。自分の中身をいわばレントゲン写真にさらしているようなことであるから」と書いたりしている。

場の空気に左右されるインタビューは生きものであって、思わぬ着地点に行き着く場合もある。それがいいインタビューなのかもしれない。そんな流れに乗った対談もいくつか見られる。

2

互いにいかにも胸襟を開いてやりとりしているのは、ハードボイルド作家・生島治郎との対談である。生島については第三章でも記したが、二人はともに一九三三（昭和八）年生まれ。本田の一家は朝鮮・京城からの、生島は中国・上海からの引き揚げ者。『週刊現代』連載の「世界点点」シリーズの一つ、『オリエント急行の旅』をともにした間柄であり、生島は本田の『私のなかの朝鮮人』の文春文庫版に解説も寄せている。

この対談時、韓国生まれのソープ嬢との再婚を素材にした私小説、『片翼(かたよく)だけの天使』が話題を呼んでいた時期で、作品をめぐるやり取りをしつつ、自分たちのルーツ、立脚点、五十代に入った心境……などを吐露し合っている。

終戦時、二人は中学一年生。帰国後、本田はしばらく長崎の片田舎で、生島は金沢で暮すが、京城や上海のほうがよほど都会だった。闇米や芋類の入手においても植民地育ちの引き揚げ者は露骨に差別され、所詮「よそ者」「流れ者」「かりそめの地」という違和感は抜きがたく留まり続けた。古き社寺、茅葺(かやぶ)きの農家、熟れた柿……郷愁を誘う日本的風景にさほど感応しないのも共通しているという。

『片翼だけの天使』にかかわって、本田は自身をさらす作家の「業(ごう)」という言葉を口にしてこう続けている。

本田　もう一つ、こういうことがあるんだよね。オレはノンフィクションの書き手で、他人(ひと)の個人的な部分に土足でずいぶん入り込んできたわけだ。そういうことをしながら、どこまで取材をしても、ある人物の内側を完全につかんで分析するってことは、結局のところ不可能なわけだよ。

生島　そりゃそうだ。

本田　それが一つある。もう一つ、他人(ひと)のことばっかり書いててさ、いわばアバいて、自分が無傷でいるわけにいかんじゃないかっていう気持ちもあるんだよな。その二つが重なってね、この商売やってて最終的に書くことは何だっていったら、やっぱり自分のことだと思う。ちょうどそういう思いがあったときに、あなたのあの作品にぶつかったから、わが身にひきあててみてね、書けるかと。ああいうふうに……。オレにとっては差し迫った大きな宿題だな、これは。

本田の内なる覚悟とも読み取れる。後年の『我、拗ね者として生涯を閉ず』、あるいは未完のままに終わった連載「岐路(きろ)」が、これに該当するのであろうかと思いやったりもする。

柔らかい低音の歌い手、フランク永井との面談は、本田の強い希望で実現したとある。

読売入社一年目、本田が甲府支局勤務のころ。市内で開かれた雪村いづみショーに前座をつとめるフランクを目当てに出向いて行った。あるいは年末のNHK紅白歌合戦ではフランクの出番のみを見計らって観てきたという。「終始一貫三十年」のファンというからこれは筋金入りだ。

フランクの持ち歌に『公園の手品師』がある。手品師がカードを撒くごとく、公園の銀杏の老木が季節折々に色を変えた葉を舞い落としていく……。シャンソン風の歌であるが、これが本田の十八番。「都内のごく限られた地区ですけれども……ボクが、広めさせていただきました」という本田の言に、フランクはひたすら恐縮している。

ごくシャイな人――というのが、やりとりから感じ取れるフランクの人となりである。

この対談が行われて半年後であったが、フランク永井の自殺未遂事件が伝えられた。このことにかかわって、本田は『いまの世の中どうなってるの』のなかで一文を寄せている。

自殺未遂の原因が、巷間伝えられた男女関係のもつれからと見るのは短絡に過ぎる気がする。近年、五十代の自殺が急増しているのは「退行期鬱」に加え、昭和ヒトケタ世代が敗戦期に潜り抜けた体験に起因する「人嫌い」「ニヒリズム」がかかわっているように思えるとし、こう結んでいる。

フランクさんは人当たりのよいことで定評がある。いつもダジャレを連発して、周囲を明るくすることに気を配っていたという。それは取りも直さず、人嫌いの裏返しの表現ではないのだろうか。そういえばフランクさんは私との対談の中で、対人関係について、いくら親しい間柄であっても、お互いのあいだにほどのよい距離を保つのが望ましい、といった。人当たりのよさは、ためにするものではない。そこに、私たちの世代に特有のニヒリズムのかげを見るのである。

フランクを語りつつ本田は自身を語っている。五十代に入った日々の心境の一端も垣間見えるのである。

『戦後の巨星』には、戦後世代の「文壇の暴れん坊」、中上健次との対談も含まれている。

二人はジャズ好きであるが、フリージャズの大御所、アルバート・アイラー、ジョン・コルトレーンから入って、話題はニューヨーク、韓国、都はるみ……などへ移っていく。中上が八割方しゃべり、本田はホスト役に徹しているが、一方通行ではなく、中上という書き手のコアにあるものを引き出している。たとえばこのような発言

──。

中上　そうね、全部ブチ込んでいけるってのはコルトレーンとかアイラーとかっていう、結局、破壊的なフリージャズの連中ですね。やっぱり全身でやってるっていうのがボク好きなんだよね。本田さんはわかってもらえると思うんですけどね。自分に家はないと、家があっても、火宅であろうと、家が燃えてても、オレは関知しないっていう……家も定住も求めないで飛び歩いてるでしょう。そうすると例えばさっきまで元気だったカブト虫が急にバタッといくみたいに、いきなり死んじゃうかもしれない。それでもいいじゃないか、そういうことがあるからこそ、ひとより余計なものを書いて、余計なことやって生きてるんじゃないかっていう気がするんです。

酒、音楽、セックス、風呂、執筆……なんであれ「血管をふくらませること」を好み、「ハードパンチ」を振るいつつ、全身で対象と切り結んだ作家の志向がよく伝わってくる。

この対談が二人の出会いであったが、数年を経て再び、『週刊現代』で対談をしている（一九九〇年十二月二十二日・九一年一月一日合併号）。中東の湾岸危機が高まっていた時期であるが、ひたすらカネ儲けに励んで世界の嫌われものになるのではなく、平和憲法に誇りをもち、「むしろ小国への道を」──と、日本の行く末について語り合っている。

さらにこの一年八ヵ月後になるが、中上が四十六歳で病死した報を受け、本田は『現代』の時評コラム「時代を視る眼」で追悼文を寄せている（一九九二年十月号）。再対談が最後の面談の機会になったとし、中上流の想いを込めた「パンチ」を食らったことを披瀝しつつこう締めくくっている（『時代を視る眼』講談社・一九九三年）。

「行くでしょう」

対談が終わるなり、中上さんはマイクを持つ手つきをしてみせた。そのころ私は病いでほぼ寝たきりの状態にあって、歌どころではなかったが、「もちろん」と答えた。

中上さんは、私が精神的にも落ち込んでいるのを聞き知っていたようで、別れ際に強い調子でこういった。

「本田さん、戦えよ。ぐずぐず考えてないで、戦わなきゃだめだよ。おれ、今日は、それをいいに来たんだ」

初めて私を見舞ったハードパンチだったが、明らかに急所ははずされていた。

いまここで、一度だけ中上さんを友と呼ばせてもらおう。戦友よ、おれ戦うかな。血管をふくらませて、残された時間を生きるからな。ありがとう、中上健次さん。

3

『いまの世の中どうなってるの』は、五十六本のコラムが収録されている。テーマは多岐に及ぶが、一九八〇年代半ば、「国民の九割が中流意識」をもつに至った〝ポスト戦後社会〟の世相や現象を取り上げ、痛切で、胡椒（こしょう）の効いた論評を行っている。

「誘拐を報道するマスコミの不遜」など、テレビ報道批判が数本あるが、ワイドショーに見られるテレビ・ジャーナリズムには腹に据えかねるものがあったのだろう。

深夜の一時過ぎ、ディレクターから電話が入った。他人の家に電話をするには非常識な時間帯であるが、たまたま締め切り原稿を抱える本田は起きていた。都内で起きた小学生誘拐事件にかかわることで、「モーニング・ワイド」のため、早朝、本田宅にスタッフを送り込みたいという。本田著の『誘拐』を念頭に置いてのことだったのだろう。冗談じゃないと思いつつ、「ジャーナリズムにたずさわる者としてのある種の義務感から」応諾した。

午前六時という約束の時間よりも二十分前に、自宅の呼び鈴が鳴った。「訪問先に早く着いたときには、約束の時刻がくるまで表で時間を潰さなければならない、という常識を、どだい彼らに期待する方が間違っているのかもしれない」。スタッフたちに、夫人が大慌てで淹れたてのコーヒーを出し、本田は執筆で徹夜明けの時間を割いて応対した。

ところが、放送を見ればコメントは短くカットされて趣旨は伝わっておらず、わざわざ出演した意味がまるでない。さらには「いやな話になるのでいわない方が賢明であるのだが、あれから今日にいたるまで、その局から何の挨拶もない」。

礼節を欠いたテレビ・ジャーナリズムのありようの一端を記している。やがて本田は、依頼があってもテレビ出演はすべて断るようになっていく。

「テレビ朝日社長への質問状」では、アフリカ・ザイールの火山を舞台にした番組での、ビデオ撮りに参画したC・W・ニコルの苦言を紹介しつつ、悪質な「やらせ」を指摘している。

番組ではマグマが噴出するさまが幾度も映し出されるのだが、映像はずっと以前に撮影されたもので、実際には火山は静まり返っていた。ライオンがヌーを仕留めるシーンも登場するが、どこからか入手したフィルムが使われている。「なぜなら、ザイールにヌーはいないからである」。

事実を扱うのがジャーナリズムの最低綱領であるとするなら、果たしてこれらはジャーナリズムであるのか……。新聞の事件報道や写真週刊誌への批判も見られるが、マスメディアの劣化というしかない状況への本田の慨嘆は深い。

外国人力士・小錦への偏見、ジャパンカップに出場した外国馬への悪罵、帰化した新井将敬代議士への露骨な差別記事……など、国際化時代を標榜しつつ、「世界の田舎」に染み入った「偏狭なジャーナリズム」批判を行っている。

マイホーム至上主義、飽食時代のグルメ、〝名水〟やスポーツ・ドリンクなどいかがわしい流行(はやり)もの……。一方で「いじめ」「父権の放棄」「男性の女性化」……など、社会病理的な現象への考察もいくつかある。

時の政権は「新保守主義」を推し進めた中曾根康弘内閣。野党の非力と相まって本田の嘆き節は尽きないのであるが、本書をめくっていると、三十余年前にすでに、排外的な国家主義、歴史修正主義とよばれる風潮がはびこりつつあったことを知る。

このような論考を、本田は一人で立つ作家という位置から、嫌なものは嫌、おかしいことはおかしいという目線で縦横に切っている。コラムニスト・本田靖春は〈戦う人〉であった。

憂国の、ときに憂愁漂う時評集であるのだが、本田流のウイットを効かせた筆致はここでも健在だ。「ノンフィクション作家の一週間」は、こんな風に書いている。

電話で何かを依頼されるとき、先方は決まって、「お忙しいところ申し訳ありませんが……」といったような言葉を口にする。

儀礼的な挨拶である場合が多いのだが、なかには、ほんとうに私が忙しくしていると思い込んでいるらしい人がいて、当方、つい、いわずもがなの台詞を吐いてしまうことがある。「いいえ、私など、忙しいことなんてめったにないんですよ」

先方の用件が原稿の注文であったりすると、この台詞はまずい。断る理由としては多忙というのがいちばんなのだが、それを自ら封じてしまったことになるからである。

私はあまり仕事を引き受けない。早い話が怠け者なのだが、そういう自分を気に入っているので、家人あたりにいわせると、困った人間ということになる。長いものを一本仕上げた後はもう当分の間、原稿書きはご免だ、という心境に陥る。実際にも、仕事をしない。

というスタイルをずっと続けてきた。忙しいことはめったにないのであるが、どういうわけか、この一週間はばたばたと予定が詰まった。母校（高校）で新しい体育館ができたのを機に同窓会総会が開かれることとなり、記念講演なるものを仰せつかった。同期生の連中と遅くまで飲み歩いて宿酔いとなり、単行本『警察回り』のゲラの返却が遅れている。潮賞ノンフィクション部門の選考会があり、「人の運命にかかわるもの」であるからして慎重に再チェックして臨んだ。さらにマスコミ関係者との会食などがあって……とある。

十三日は……。ここまで書いてきて、急に気恥ずかしくなった。

私ごとき物書きでも、ときとして右のようなスケジュールで手帳が埋まる、ということを知っていただければ、それで十分である。

狭い日本そんなに急いでどこへ行く、ではないが、マスコミの世界はあまりにも忙しすぎるのではないか。その先がどうのと、気がきいたふうなことはいわない。

私に許されたぜいたく。それは、なるべく仕事をしないことである。

4

「委細面談」を担当することを通して、渡瀬は本田との交流を深めた。酒もよく飲んだ。「斗酒なお辞せず」が本田であった。

――渡瀬君、今日は九時には切り上げような……。

その九時は翌朝の九時で、本田流のジョークなのだった。食い物の好みは肉類で洋酒党。本田は酒強く、乱れるというようなことはまったくない。話題が豊富で、軽妙洒脱、席を明るくするいい酒であった。

一方で、本田は厳しい人だった。「毛穴はいつも締めておかないといかんぞ」と、叱られたことが幾度かある。

ゲストとの面談が済み、二次会に流れていく。ゲストが懇意にしている店に入り、つい失念して支払いがゲスト持ちになってしまったような折り。あるいは、ゲストの運転手が駐車場で待機していて、軽食などを届けることを忘れてしまったような折り……。気配りや思いやりを怠ると叱責を受けた。

本田は公私のけじめがはっきりしていて、仕事がらみ以外の酒席の勘定はいつも自分持ちで押し通した。

「委細面談」は好評で、「委細面談 in U.S.A」編へと続いていくが、ここで渡瀬は「ドジを踏んで」しまう。

U.S.A編は、米国トヨタ自動車販売社長の東郷行泰、本田の中学（旧制）・高校（新制）の同級生でニューヨーク医科大学外科教授のロイ・アシカリ（芦刈宏之）、ロサンゼルスでスーパーマーケットを経営しつつ老人ホームの開設者ともなったフレッド和田……などが登場するが、ひと足先に本田がニューヨークに入っていた。

遅れて渡瀬が合流したのであるが、当地駐在でテレビ局のキャスターをつとめる内田忠男との情報交換を兼ねた夕食の場へ、時差ボケのままにケネディ空港から駆けつけた。本田と内田が話し合っている横で、空腹に耐えきれず二人より先に食事に手をつけた。会合が済んでから、「君はここへメシを食うために来たんじゃないんだろう！」と、ガツンと一喝された。

翌日、本田はプイと郊外にある競馬場に出かけてしまう。ホテルの本田の部屋に、ドアの下から〝詫び状〟を差し入れ、ようやく機嫌を直してもらった。

いまも本田さんの夢をよく見るのですが、叱られていることが多くて――と、渡瀬は笑う。

連載が一段落し、しばらく本田宅への足が遠のいた時期があったが、田代を通して〝伝言〟が届いたりもした。

渡瀬君、しばらく顔を見せないがどうしているんだい。俺のこと、嫌になっちゃったのかな……。本田一流の気配りであった。

後年、渡瀬は『VIEWS（ヴューズ）』『現代』の副編集長や編集長をつとめた時期、「本田靖春の『コラッ』『むっ』」「本田靖春の少数異見」などの時評コラムを掲載した。本田の晩年は定期便のように病床を訪れていた。遺稿となった『我、拗ね者として生涯を閉ず』は、没後、渡瀬の責任編集で刊行された。『戦後の巨星　二十四の物語』もそうである。公私にわたる交流は、早智夫人とのかかわりを含めていえば、本田が故人となったいまも続いている。

「なぜだったのか……。とにかくしばらく会わないと顔が見たくなってくる。病気が進行してからはお見舞いという名目で足を運んでいたのですが、会えば逆に、いつもこちらが元気をもらっていた。そんな人でしたよねぇ……」

今日、渡瀬君が来る日だったよな――。朝、病室で本田が早智にいう。約束の日ではなかったはずで、早智は「そうだったかしら……」と言葉を濁す。午後になって、ひょっこり渡瀬が顔を出すと、「そら見ろ」と、本田は早智に向かって勝ち誇ったようにいうのであった。そんな日が幾度かあった。

『戦後の巨星』の「編集付記」で、渡瀬は、本田がよく「ひととは深くちぎらない」という言葉を口にしたと記している。確かに本田は、他者とべたべたしたつき合いを好まず、〈独り〉を好む癖があった。同時に、特有の磁力を有する人物であって、多くの人を引き寄せた。本田に叱られた編集者は数多いが、それでもなお慕われた。

以下のことも、そんな挿話の一つに加えていいであろうか。『VIEWS』『現代』で本田のコラムを担当した吉田仁（現法務部長）から耳にしたことである。

阿佐ケ谷の病院で本田が人工透析を受けていた時期である。その日、夫人の早智の他に、仕事がらみの用件もあって渡瀬と吉田が待合室で待機していた。透析を受け、タクシーで井草の自宅に戻った。住まいはビルの三階にあって、エレベーターがない。本田は透析を受けて疲労困憊、さらに右足指の壊疽が進行し、階段を上れない。

背中を差し出した渡瀬に本田は身をゆだね、それを後ろから吉田が支えた。踏み外せば三人とも転落する。一段一段、階段を踏みしめて上っていく渡瀬の必死の息遣いが伝わってくる。柔らかい日差しが残る、冬の日の夕刻であった。

第十六章　未完のノンフィクション――「岐路」

1

本田靖春には「岐路（きろ）」という表題の未完のノンフィクションがある。『週刊現代』一九九五（平成七）年一月十四日・二十一日合併号からスタートし、およそ半年間、続いた。〃最終〃第二十一回（六月十七日号）での末尾は「以下次号」となっているが、以下は書かれることのないままに終わった。

病の進行が原因であったが、本田のなかで「以下」を綴っていくことへの苦渋があって、書くことを断念したという気配も残っている。幻の作品ともなったが、ある意味では完結しており、もちろん作品のレベルは十分に保持され、本田節も健在である。加えてあるのは、本田の人生風景の断面であって、さまざまな思いに誘われるものがある。

　本作の主題は、まずは本田が趣味とした競馬にかかわるノンフィクションである。若いころ、雀豪で鳴らした本田であったが――雑誌のインタビューに答えているところでは――だんだんと遠ざかり、やがて人間相手のギャンブルには嫌気が差してやらなくなったとある。競馬は生涯、好きだった。

　主人公の馬はヒカルイマイ。一九七一（昭和四十六）年、第三十八回日本ダービーの優勝馬である。

　六月十三日、東京競馬場。待機策に出たヒカルイマイは、勝負を、切れる末脚（すえあし）の一点に賭けた。この年、ダービーの出頭数はフルゲートの二十八頭。「ダービー・ポジション」という言い伝えがある。先頭馬から十番手以内で一コーナーを回らないと勝ち負けの勝負にならないという意であるが、ヒカルイマイはまるでセオリー外の位置にいた。ずっと後方につけ、最終四コーナーを回った地点でもまだ後方馬群中にあったが、直線に入って一気に加速、大外から前を行く二十余頭をなぎ倒すように差し切った。ダービー史上、屈指の鮮烈な勝ち方をした伝説の馬である。

　そのシーンは、いまも瞼の裏に焼きついている。しかし、それは追い込みの鮮やかさの故ばかりではない。

そのとき、私は人生の岐路に立たされていた。四か月前に新聞社を辞めたのだが、退社した直後に、思いもしなかった事態が持ち上がったのである。

省みて、その事態を招いた遠因は、家庭をおろそかにした私にあったと思う。だが、直接的には、妻（前妻）が私に隠れてやったことが原因のすべてであった。私は社会的にけじめをつける必要があると判断して、彼女の同意を取りつけたうえで離婚に踏み切った。

もちろん、それで事は片付かない。私は、手にした退職金の数倍に相当する、彼女がこしらえた借財を背負い込んで、その返済に長いあいだ苦しむことになる。小学校四年と一年だった二人の子供も、家を出た私が引き取った。

フリーの物書きをはじめた時期、本田が大きな困難を抱えていたことを知る。

フリーを目指すといっても、展望があったわけではない。勤めていたあいだ、ある種の潔癖感から社外原稿は書かなかったので、編集者に知り合いは一人もなく、辞めるにあたって考えていたのは、一年間ほどかけて何かまとまったものを書いてみよう、といった程度の漠然としたことであった。

ところが、職はなく、二人の子供を抱えて、債権者たちにせっつかれる身となったのである。尻に火がつくというが、全身火達磨の感であった。気がつくと、眉間に、それまではなかった縦じわが、深く刻まれていた。

そうした状況にありながらダービーへ出かけて行ったのは、梅雨空に晴れ間を求めるような心境からであった。

ヒカルイマイの胸のすく追い込みは、鬱屈した私の心を束の間にせよ晴らしてくれた。そして、仮死状態にあった闘志を甦らせてくれたのである。いま、思い出の一頭を、といわれれば、私は迷いなくヒカルイマイの名前を挙げるであろう。


連載第一回での記述である。

いずれこの馬のことを書く日がくるのかもしれない。そう思って資料を集めた日もあったというが、それまで扱ってきたテーマとは異なっており、趣味に属することを書くのは躊躇するものがある。そう思ってお蔵入りさせてきたものが、歳月を経てようやく、私的な出来事にも一応の整理がついて、踏み出す気になったのだろう。競馬ノンフィクションのモチーフは、本田の新しい出発時に到来した私事にもからまってあるものだった。

2

まずはオーソドックスな競馬物語といっていい。ヒカルイマイの終の住処となった、鹿児島・大隅半島にある小さな牧場を訪ねた日のことから書きはじめられている。

ヒカルイマイは六歳――いまの数え方でいえば五歳――となって、競走馬の持病である屈腱炎から回復せずに現役を引退するが、種牡馬としての評価は低く、買い手がつかなかった。

競走馬は血統の世界である。父シプリアニはイタリア産。母セイシュンの四代前の牝馬はオーストラリアから輸入されたサラブレッドであったが、明治期のこと、血統証明書が紛失し、子孫は「血統不詳のサラ系」とされてしまう。ようやく北海道・静内に引き取り手が現れ、ヒカルイマイは種牡馬生活に入るが、走る仔は出ず、数年を経て鹿児島のニルキング牧場へ、「都落ち」していく。当地では「当て馬」にも使われつつ余生を過ごし、二十五歳で老衰死している。

種牡馬としては名を成さなかったが、奇特なファンたちが「ヒカルイマイ友の会」をつくり、会費を積み立てていた。会費はニルキング牧場に寄付され、墓碑がつくられる運びとなり、その竣工除幕式に本田は訪れた。一九九三（平成五）年春である。

この時期、本田の体調は、左眼の視力は維持されていたものの、前後、入退院を繰り返しており、秋からは人工透析を余儀なくされている。遠出の取材行ができる最後の頃でもあった。

連載では、ヒカルイマイ生誕の地である北海道・東静内の生産牧場、栗東（りっとう）トレセンの谷八郎調教師、田島良保騎手、蛭川（ひるかわ）年明調教助手、「ヒカルイマイ友の会」の人々……などが登場する。

ヒカルイマイが生まれ育ったのは兼業農家の小さな牧場、中田牧場である。北の寒冷地では稲作の収穫量は限られている。副業として、繁殖牝馬を二、三頭置いて競馬の生産・育成を手掛ける農家が増えていたが、儲かることはめったになく、「馬は百姓が手を出すものではない」という言い伝えが残っているとか。中田次作・繁次親子が営む中田牧場もそんな一つ。

たまたまセイシュンの発情期に種付料の安いシプリアニが空いていたのでお相手を

してもらったとある。生まれた仔馬は、裏庭から広がる沢の放牧地を駆け回る、捨て育ち的な「野生児」だった。仔馬時代に肋骨を折っていたが、判明したのは後日というから期待のほどもわかろう。「サラ系」であり、体に欠陥がある。買い手のつきにくい馬であったが、仲介業者が「安馬（やすうま）」として売り込み、二歳春、谷厩舎へやって来る。

調教師の谷は、戦前、苦労の多い地方競馬の騎手を経て京都（中央）へと移ってきたベテランのホースマンであるが、騎手・調教師時代を通して、華やかな舞台は無縁のままに過ごしてきた。

騎手の田島は鹿児島の出身。中央競馬会馬事公苑の実習生時に預けられたのが谷厩舎で、その縁で所属騎手となる。騎手デビューして数年、未熟さは残すもののコンスタントに勝ち鞍（くら）をあげる若手有望騎手の一人だった。

谷厩舎にやって来たヒカルイマイ。飼葉食いが良く、すぐ調教に馴染む賢い馬だった。気に入らないことがあるとツムジを曲げ、闘志も旺盛のようだ。ただし、走る力としての評価は、谷や蛭川の見立ては高いものではなく、田島にしても「一つは勝つかな、ちょこっとは走るかな」という程度であった。

ところがこの馬、明け三歳の新馬戦から三連勝し、一躍、期待馬となる。が、以降のレースでは、道中で脚を使うと末脚が鈍って二着、二着、四着、二着……といったレースが続く。その力量、いまひとつはっきりしない。

　クラシックの第一関門、皐月賞に臨む前、谷が田島に与えた指示は、道中、じっと我慢し、ラストの追い込みに賭けよ、というものだった。騎手にとって、行きたがる馬を制御して折り合いをつけ、じっと辛抱することが一番むつかしいとされる。田島は後方待機策に徹し、三コーナーから追い出しにかかり、直線に入って一気の豪脚を発揮させた。四番人気馬の、よもやのクラシック制覇であった。

　このレース、本田は家でテレビ観戦をしていたとある。


　他の馬が止まって見える、というのは使い古された陳腐な表現だから避けるとして、私の目には、スロー・ビデオの中を、ヒカルイマイ一頭だけが、早送りで駆け抜けたかのように映った。

　小さな牧場で、よそでは見離されたサラ系の腹から生まれ、肋骨を折っても気付かれないような環境の中で育ち、安値でも売れ残っていた日陰の馬が、堂々とクラシックを制覇して光を浴びたのである。

鹿児島、北海道、滋賀、広島……などへの取材行には講談社文芸局第三出版部の鈴木宣幸（現編集総務局長）が同行した。いずれ文芸局から本にする含みがあってのことで、部長の小田島雅和の差配であった。

『不当逮捕』を担当した小田島が本田と懇意な間柄にあったことは以前に触れた。小田島は故人となっており、不明な部分はあるが、もう一冊、本田の本を手がけたいと思い続けていたようである。

小田島は俳句をたしなんだ。句集『だんだんみんなゐなくなる』（角川書店・二〇〇五年）を残している。亡くなった本田の納骨にも立ち会った一人であったが、そのさいの一句も収録されている。

【残されてなすすべのなきふところ手】

「岐路」の連載開始にさいして、小田島が鈴木を担当者としたのは、信頼する若手編集者であったことに加え、鈴木が『週刊現代』時代に競馬欄を担当したこともあったのだろう。

その後、鈴木はエンターテイメント系の文芸畑を歩いた。交流を重ねた作家たちは幾人もいる。本田もその一人ということになろうが「特別な存在」という。

本田は気配りのきいた人だった。取材を終え、夕食をともにする。これから先はプライベートタイムとしよう──と本田がいう。そういってから「俺はちょっと飲みにいくよ」といって、ホテルのバーに向かう。もちろん鈴木も同行するのであるが、強要はしない。席に着くと、本田はいつもオンザロックと水を注文したが、ウイスキーはもうなめる程度になっていた。

そんな席で、本田が重ねてきた仕事の思い出話を聴くのは楽しかった。言い回しやニュアンスまで、いまも覚えている。

一度、ガツンと叱られたことがある。北海道行きのさいで、羽田空港のゲート前で待ち合わせたのだが遅刻した。息せき切って駆けつけたが、「馬鹿も〜ん！」と一喝された。

申し訳ありません、言い訳はしません──周りの人が視線を向けるほど、鈴木は大声で謝った。ひと呼吸置いて、本田はいった。

「わかった。君にも何か事情があったんだろう。小言はこれでおしまいだ。仕事に行こう！」

雑草育ちで末脚勝負──ヒカルイマイが本田好みの馬であることはよくわかる。ただ当初、鈴木は本作を競馬ノンフィクションであると思っていたのであるが、旅をともにするなかでどうやらそれだけではないことを知っていった。

「……よく『不当逮捕』が代表作といわれるんだけれど、もう一冊、代表作的なものを書きたい……読売を辞めた時期は借金まみれの地獄だったんだよ……私事にも踏み込んで書くつもりでいるよ……これを書ければ書きたいものが書けたということになるのかもね……」

本田にとって本作が、ある覚悟を込めた仕事であることが伝わってくる。結果として、未完のままに終わったことを惜しみつつ、鈴木は本田と一緒に歩いた日々を大切な記憶としてしまい込んできた。

「たまたま小田島さんにいわれて、短い期間ではあったけれども本田さんを担当させてもらった。大きい人というか、魅せられる人といいますか、近場で接しているとそういうものを感じてしまう。おそらく本田さんに叱られた最後の編集者でしょうが、そのことを含めて、かけがえのない思い出です」

本田との取材行がひとくぎりついた一九九四（平成六）年夏、鈴木三十四歳の日であったが、体調を崩して入院する。悪性リンパ腫、余命半年……が診断結果であった。幸い、化学療法が功を奏し、回復することができた。その後、再発もあったけれども、今日までおおむね元気に暮らしてきた。

東京医科大の血液内科病棟に入院中、本田が見舞いに来てくれた日があった。ベッドに横たわる鈴木を見るなり、こういった。
――まさか俺の方が宣（のぶ）ちゃんを見舞う日がくるとはねぇ……。

3

連載の半ばから後半にかけて、本田の〝競馬私史〟が書き込まれているが、本田その人が滲み出ている箇所があって趣深い。

競馬との出会いは、「ひょんなことがきっかけ」だった。読売入社二年目の一九五六（昭和三十一）年、警視庁第三方面（渋谷署）担当の警察（サツ）回りの頃。ある日、記者クラブにたむろしている記者たちの中で、繰り返し席を離れ、また立ち戻ってくる他社の記者がいた。独自のネタ元を訪ねているのか……こっそり跡をつけてみると、行先は署の外、木造平屋の建物で、だれもが周囲の目を憚（はばか）るように入って行く。場外馬券場だった。

競馬がレジャーもしくはギャンブル・スポーツとして認知されるのは後年のことで、世間からは博奕事（ばくちごと）として白い眼で見られ、「馬券に手を出すような人間はろくな者ではない」「競馬場は女子供のくるところではない」と思われていた時代である。

この記者と知り合ったことがきっかけとなって本田の競馬遍歴がはじまる。『経済白書』が「もはや〝戦後〟ではない」とうたった年でもあったが、やがて記者仲間たちの間でもマイカー族やマイホーム主義者が増えていく。けれども、〝無頼派〟の、「公先私後」たらんとする本田は、記者のサラリーマン化に背を向ける。それに、本田は生来、勝負事が好きだった。

競馬ファンの流儀もそれぞれであるが、本田のそれは、生身の馬を見て判断する「パドック派」であった。休みの取れる土日は中央競馬へ、平日は南関東の公営競馬、大井、川崎、船橋、浦和へと足を向ける。

当時、浦和のダート・コースの内側は田んぼで、秋にはレースの傍で菅笠(すげがさ)をかぶったモンペ姿の農婦たちが稲刈りをしていたというからのどかなものだ。施設類は見劣りするが、生でレースを楽しむ分に優劣はない。それに、公営には〈戦後〉の匂いが漂っていた。

場内に、屋台まがいの店が並ぶ。味噌仕立てのモツの煮込みに人気があって、これに七味をたっぷりかけると寒風にさらされた身を温めてくれる。まとめ買いの「筋馬券」や興奮剤の「嚙ませ」など、怪しげな情報が乱れ飛ぶのも公営的風景であって、ファン層もまた中央競馬とは異なるものがあった。

少々、おどけた調子も織り交ぜながらこんな風に書いている箇所がある。

だが、初心忘るべからずである。私は貧苦の中で新聞記者を志した。照れずにいえば、貧しい人、弱い人の側に立って、役に立つ仕事をしたいと考えたのである。

ところが、新聞記者になって、富める人、強い人に接していると、調子が狂ってくる。自分までもが、その仲間入りをしたような錯覚にとらわれる。政治記者をやっていて、保守党から代議士に打って出るのは、錯覚の現実化である。

貧のにおいのしみついた、底辺に近い人たちが集まる大井、川崎は、代議士からの連想でいうと、私の選挙区のようなものである。代議士の「金帰火来」よろしく、時間をやりくりして、こまめに足を運ばなければならない。

というのは冗談だが、大井、川崎の帰りに一杯飲み屋に立ち寄って、独りでビールのコップを傾けながら、競馬帰りの男たちが交わすたあいのないやりとりを聞いているのは、銀座あたりで気取って飲んでいるときよりも、はるかに居心地がよかったのは事実である。

ある日、川崎で勝ち続けた。もう帰ろうとしたが、ふとひらめくものがあって、最終レース、人気薄の8―8に幾枚かの万札を投じて的中させた日もあった。

私は年収をはるかに超える大金を手にして、改めて帰路についた。道々、不思議でならなかったのは、昂揚感が少しもなかったことである。

鏡に写してみたわけではないが、私は浮々するどころか、逆に、沈痛にさえ見える表情をしていたのではないか、と思う。駅へ向かう同好の士たちの目には、手ひどくやられて放心状態に陥っている男と映ったかも知れない。

そんなことを考えるゆとりがあったのだから、間違いなく気はたしかであったのだが、浮々した気分に遠かったのは事実である。

昂揚とはほど遠い表情が目に浮かぶようである。本田が競馬に入れ込んだのは、世にいう良俗に抗したい気分であり、「刺戟的なリフレッシュメント」であり、いわくいいがたい刹那(せつな)の魔であったのだろう。もとより競馬はトータルで勝てるものではない。「競馬必敗の信念」のもと、「軽く家一軒分はすっているであろう」とも書いている。

その金銭感覚にも本田その人がよく出ていると思う。
敗戦後、朝鮮からの引き揚げ者の一家の少年として育ち、困窮もなめた。高校時代まで、小遣い銭を持たされたことは一度もなかったとある。その反動としてカネに執着する人間になってもおかしくなかろうが、本田の場合はその逆、いたって物欲の薄い人間となった。「私は戦後、難民さながらの暮らしの中で、心に芽生えた物欲は、芽であるうちに摘み取る術（すべ）を覚えた。習い性（せい）となるというが、そのせいで私は物を欲しがらない人間に育ち上がった。強がりでも何でもなく、私には欲しい物がない。いまもそうである」とも書いている。

昭和三十年代に入ると、電化ブームが訪れ、洗濯機、冷蔵庫、掃除機（もしくはテレビ）が「三種の神器」となり、経済成長社会は人間の欲望を解き放った。このことは止めようのない時代的流れであったが、モノを得るなかで失っていったものもあるであろう。

「由緒正しき貧乏人」とは本田語録の一つである。諧謔（かいぎゃく）的言い回しであるが、本田家の由緒がそうであるという意も含まれていようが、要は、カネやモノによって得られるのは限られたものであり、そのために己（おのれ）を売ることはしない――という意である。

もとより、競馬は余技の遊び事である。

競馬の話をしていると、若いころの私は競馬狂いに明け暮れていたような趣きになるが、これでもけっこう仕事はしたのである。その話も少しはしておきたい。そうでないと、この連載だけを読む人は、私を誤解してしまう。それでもかまわないようなものだが、私にも世間体がある。

かように本田節を織り交ぜつつ、筆は「黄色い血」追放キャンペーンへと飛ぶ。時代は移り変わる。大井や川崎で夜間照明に照らされたトゥインクル・レースがはじまり、若い女性客の姿も多くなった。競馬場を男たちの博奕場と信じてきた本田は公営から足が遠のく。「老兵は消え行くのみ」「退場のときがきたのを悟ったのであった」。時代の風景と変容を点描し、またウイットと秘めたる志も披露しながらの馬物語が綴られていく――。

『週刊現代』の編集長は元木昌彦がつとめていた。『現代』所属時には、『「戦後」美空ひばりとその時代』としてまとめられる連載を担当し、積年の競馬ファンでもある。小田島から連載の話を打診され、すぐ承知した。

担当者は乾智之（現広報室長）。元木に連れられて本田宅に出向いたのであるが、乾には「わだかまり」があった。これ以前、本田が「『ＦＲＩＤＡＹ（フライデー）』廃刊」を提言していたことである（『ダカーポ』一九八六年十一月十九日号など）。乾は『ＦＲＩＤＡＹ』在籍が長く、雑誌に愛着をもっていた。

本田提言の趣旨は、多部数を発行する写真週刊誌にはスキャンダリズムが伴うことは一定理解しつつ、本来、権力に向けられるべきレンズの刃（やいば）が「有名人の周辺」一般にまで向けられるのは行き過ぎであり、講談社は英断をもって廃刊すべし、というものである。

突っ張り青年がおりまして……と、元木は本田に乾を紹介した。乾には乾の、写真週刊誌の果たしてきた役割についての自負がある。双方、引かずに論じ合った。

それが出会いであったが、取材行や原稿のやり取りを通して乾は本田との交流を深めた。本田は、正面からぶつかってくるこの若い編集者が気に入ったようである。後年、乾の結婚披露宴にさいして――体調不良で出席はできなかったが――このような一節を含む手紙を寄せている。

正直にいうと私は、近頃の若者たちに、食い足りないものを感じています。小さくまとまりすぎていて、覇気がない。それが全体的にいえることではないでしょうか。

そう思っていたのですが、あなたと出会って、その認識を改めざるを得なくなりました。そして、接するうちに、老境にさしかかった私の中で、甦るものがあったのです。それは、若やいだ昂揚感とでもいったものでした。いい仲間にめぐり会えた。この青年と組んで、仕事にひと花咲かせてみよう、と思ったのです。

……

連載の方は、私の病状の悪化で中断に追い込まれ、紆余曲折を経て、完成を見ないまま打ち切りを余儀なくされ、あなたにはお詫びのいいようもない結果になってしまいました。

心苦しいかぎりですが、その間、あなたは『週刊現代』から『FRIDAY』編集部へ移籍されたにもかかわらず、自ら申し出て私の担当を続けてくれました。私はボロボロになった心の中で、温かく見守り続けてくれていたあなたの友情に、どれほど感謝したことか。そのことを伝えたくてペンを執った次第です。

乾にとって本田は、「なんでも話せる不思議な人」であった。十代の半ばであったが、少々グレて家出し、ネオン街でバイトをしつつ暮した時期があった。そんな私事を、どういうわけか本田には話せるのであった。それに、本田は〝不良少年物語〟を好む人でもあった。

さらに後年、乾は本田の最後の担当者となり、より関係を深めるのであるが、そのことは後章に譲りたい。

4

「岐路」連載中も、本田の体調は落ち気味であった。もう競馬場にも行けなくなったよ、という言を耳にした元木は、乾と図り、ハイヤーを仕立てて東京競馬場に本田を連れて行った日がある。本田は馬券購入を乾に頼みつつ、杖を片手にゴンドラ席から感慨深げにターフを見やっていた。それが、本田が現場に出向いた最後の競馬場となった。

元木はこれ以前、競馬場で本田と出くわしたことが幾度もある。ゴール前、興に乗ると本田は「All the way!（そのまま!）」と掛け声をかける。ニューヨーク時代に耳にして覚えたということであったが、なんともさまになっていてかっこ良かった。ただ、馬券が的中したのか外れたのか、まるで態度には出さないのでわからない。

玄人筋と旧友からの本田評として、元木は記憶している言がある。

平岩正昭は、『不当逮捕』では立松和博逮捕の第一報を本田に伝えた「N紙（内外タイムズ）」の記者として、『疵（きず）』では千歳中学（旧制）における花形敬や本田の先輩として登場する。

『疵』によれば、父・平岩巌は大杉栄に傾倒して無政府主義運動に走り、長く刑務所に入った人物であるが、出所後、伸銅業などを手がけて「戦時成金」となる。息子の正昭は千歳中に一番の成績で入学した優等生であったが、父の血を受け継いだというべきか、配属将校に徹底して反抗して「問題児」となる。四年修了後、大陸に渡り、北京大学に在籍している。戦後、夕刊紙の記者になる。

平岩と立松が親子ともどもかかわりがあったことは以前にも触れたが（第十章）、ともあれ平岩は本田とは古い付き合いである。元木とも本田を介して交流が生まれていた。

以下は、元木が平岩から耳にしたことである。

平岩の交遊範囲は広く、一度、本田を「手本引き」に案内した夜があるそうだ。その筋が開帳する本格的な賭場である。席に座った本田は、パッパッと散財した。胴元が申し出た貸与は断り、しばし賭場を眺めて退席した。後日、胴元からこんな寸評が平岩に寄せられたという。

「ああいうきれいな勝負をする人はギャンブルには向いていない。やめた方がいい」

と。

そして、本田の古い友人は、本田評の補足としてこう付け加えた。

「まぁポンちゃんは心根の優しい男だからねぇ」


「岐路」の〝最終回〟、ニューヨーク勤務を経て読売退社に至る経緯を述べつつ、本田は前妻との別れに至る事情について記している。

妻が重ねていた借財の先はサラ金などを含め二十件にも達していた。彼女の母親は心を病んでおり、「その病質を受け継いだ前妻にも、同じ病が発現したに違いなかった」とし、こう締め括っている。

私は彼女をしかるべき病院に連れて行った。診察の結果、その場で入院と決まる。私が保証人となった。離婚した夫が別れた妻の保証人になるのは前例がない、と医師にいわれたが、他に適当な人物はいないのである。

二人のこどもは私が引き取った。莫大な借金の処理に、くる日もくる日も追われた。家庭をおろそかにした報いが、いちどきに襲いかかってきた感じであった。満身創痍というか、全身火だるまというか。人生の再出発に当たって、こういう状況に立たされようとは、想像さえしていなかった。いわばどん底の状態で、私はヒカルイマイが優勝した第三十八回日本ダービーを迎えるのである。

この回で筆を止めた事情について推測できるものはある。病の悪化は人の心を弱らせる。当初の構想を萎(な)えさせる心理上の作用をもたらしていたのではないか。前妻は故人となり、二人の子供たちも成人して社会人となってはいたが、さまざまに配慮すべき事柄もあったろう。

前妻と離婚して後、本田は早智と再婚し、早智夫人の手を得て子供たちも大きくなっている。

本田の一読者としていえば、完結した作品を読みたくはある。ただ、企図されたものは伝わっており、なにより、本田が大きな困難を抱えつつも「仮死状態にあった闘志を甦らせ」、再出発し、なすべき仕事を果たしてきたことに感慨を覚える。連載の中断は、本田を長く苦しめ続けることになるのではあるが――。

以降、『週刊現代』目次ページの枠外には「筆者の都合によりしばらく休載いたします」という一行が長く見られることになった。

ネオユニヴァースがダービーを制したのは二〇〇三年六月一日である。本田が亡くなる前年であるが、この日、元木は小田島と連れ立ち、埼玉のみさと協立病院に入院中の本田を見舞っている。病室に入ると、隅のテレビがダービーのパドックの模様を映し出していた。

「もうレースを見て楽しんでいるだけなんだが、そうなると予想がよく当たるんだよ。この馬、よさそうだね」

といったのがネオユニヴァースであった。いつもと同じように、快活に人に接する本田であった。

病院の玄関横に喫煙所がある。早智夫人が本田を抱えて車椅子に乗せ、元木たちが玄関口まで押した。いかにも旨そうに紫煙をくゆらせる本田を見やりつつ、辞した。

講談社を退職後、元木は早大近くのビル内に「オフィス元木」を設け、Ｗｅｂマガジンへの寄稿など活発な編集者活動を続けている。オフィスで、本田との長い交流についてうかがったが、黒いモンブランの万年筆を手にしつつ思い出を語ってくれた。

「……本田さんの？」

「ええ、大事に使わせてもらっていますよ」

早智夫人から耳にしていたことだった。本田はモノには何の執着ももたない男であったが、仕事道具の数本の万年筆は大事にしていた。本田が亡くなって線香を上げに来てくれた幾人かに〝形見分け〟としてもらってもらった。死蔵させてしまうより本田も喜ぶだろうと思って、である。そのうちの一本はいまも現役生活を送っている。

第十七章　灯を手渡す――『複眼で見よ』

1

『ちょっとだけ社会面に窓をあけませんか』（潮出版社・一九八三年）は大阪読売新聞社会部を取り上げた作品であったが、その後、社会部長だった黒田清は大谷昭宏とともに読売を退社して黒田ジャーナルを設立、『窓友新聞』（月刊）を発行するなど活発なジャーナリズム活動を展開したことは、第四章などで触れた。本田との親密な関係も続いていった。

黒田ジャーナルの設立は一九八七（昭和六十二）年春のことで、事務所は大阪キタの歓楽街、北区兎我野（とがの）町の梅田グリーンビル内に設けられた。ビルの持ち主は米穀類を扱う大阪食糧卸株式会社で、黒田の一歳上の兄、脩（おさむ）が社長をつとめていた。往時、二人はともに野球少年で、「キヨボン」「オサボン」と呼び合う仲の良い兄弟だった。

　この年、神田憲行は大学を卒業、マスコミ志望で新聞各社を受けたものの合格には至らなかった。学生時代、大阪読売社会部の仕事には大いに感銘を受け、共感を寄せていた。黒田ジャーナルが設立されたと耳にして訪れてみた。ひょっとして使ってもらえるかもしれない……と思ってである。

　黒田や大谷に希望を伝えてみたものの「発足したばかりの小さな事務所やからなぁ」と、断られた。当然であろうが、それでも神田は間近で黒田たちの仕事に接してみたかった。採用された企業に勤めつつ、夕刻になると事務所に顔を出し、コピーを取ったりコーヒーを入れたり、「勝手に押しかけて雑用係をつとめていた」。黒田ジャーナルの発足を祝うパーティーにも、当然のごとく手伝いに出向いた。

　パーティーの挨拶で、黒田が「常々、新聞記者は頭が高いといわれますが、私も読売を退社し、ようやく人並みにアタマを下げることを覚えました……」と語りはじめると、脩の茶々が入った。同志社大学野球部で鍛えた声量豊かな声であった。

　いまから覚えてももう遅いわい――。会場は爆笑につつまれた。会は二次会、三次会へと流れていく。機嫌よく酔っぱらったニコニコ顔の本田靖春も席にいた。神田にとって本田は「憧れの人」であった。『警察回り』や『ちょっとだけ社会面に窓をあけませんか』には「しびれた」。

酔った勢い、あるいは若さの勢いというべきか、手もとにあった色紙を出して頼んでいた。

「本田さん、僕は黒田さんの弟子になりたいんですが、何度頼んでも断られるんです。ここに推薦文を書いていただけませんか」

「ん……？　いいよ。君、名前はなんていうの？」

神田が名をいうと、本田は色紙にマジックでさらさらと推薦文を書いてくれた。

〔神田憲行君を黒田ジャーナルに推薦します　本田靖春〕

多分に、本田のもつ茶目っ気であったのだろう。翌日にはもう覚えていない事柄でもあったろうが――。

翌日、事務所に出向いた神田は色紙を黒田に差し出した。しばし色紙に見入った黒田は、一呼吸置いて、こういった。

「よっしゃ、採用や」

それが、神田が業界に参入する契機となった。

神田が黒田ジャーナルに在籍したのは二年ほどで、その後は東京に出てフリーランスのジャーナリストになった。さらにベトナム・ホーチミン市にある日本語学校の教員をしつつ、ベトナムの風物と人々との交流を綴った『サイゴン日本語学校始末記』（潮出版社・一九九四年）は第十三回潮賞（ノンフィクション部門）の受賞作となった。その後も、高校野球や教育の分野を中心に活発な執筆活動を続けている。

ただ一度、本田との短い接点であったが、何かの折り、ふっと自慢げにこう口にするときもある。

――本田靖春さんの推薦をいただいて業界に入ったものです、と。

2

黒田ジャーナルのはじめたものに「ジャーナリスト入門講座　黒田清のマスコミ丼（どんぶり）」（略称・マス丼（どん））がある。

まっとうな若い連中がマスコミ界に参入してほしい、そうでないとこの先、業界の行方は暗い、塾的なものができないものか――。大谷が言い出し、黒田が賛同してスタートしたものである。「受講申込み用紙」のくだりが『窓友新聞』（一九九一年十月号）に載っているが、この講座の趣旨がよく伝わってくる。

おい、キミら、ええかげんにせえよ。就職といえば、なんとかのひとつ覚えみたいに「志望動機」やとか「自己ＰＲ」やとかを上手にまとめることばっかり気にしよってからに。断っとくけどな、僕らの〝マス丼〟では〝面接試験突破マニュアル〟みたいなこと教える気はあらへんぞ。

東京でのマス丼がはじまったのは一九九一（平成三）年十一月で、講座は月三回で四ヵ月間。ゲスト講義、作文と講評、若手ジャーナリストたちの座談会……といった内容で、各月末の講座終了時に、出前のかつ丼を食べて散会するというもの。参加者の多くは就職を控えた大学生であったが、社会人もマスコミ関係者もいた。

会場は高田馬場に近いセミナーハウスの一室で、講座終了後、西新宿の「英（はなぶさ）」というスナックに移動し、講師たちを囲む懇親会も持たれた。英は「マミー」という店名時代から本田の馴染みの店で、やがて黒田の東京滞在時の行きつけの店ともなった。講師陣は黒田、大谷、本田の他に、筑紫哲也、斎藤茂男、吉永みち子、鎌田慧、高野孟……といった顔ぶれであった。

この当時、本田は入退院を繰り返しつつ、『山と渓谷』での「今西錦司」の連載をなんとか完結までこぎつけたころである。体調はよくなかったものの、作文講座の担当も引き受けていた。

林壮一は大学三年生。文章を書くことに興味をもち、将来はスポーツ・ノンフィクションの分野で仕事をしたく思っていた。『ある中学生の死』『OL殺人事件』『ドキュメント　新聞記者』……大阪読売社会部の刊行した本は何冊か読んでいたし、本田ノンフィクションのファン読者でもあった。就活支援雑誌でマス丼の記事を見つけ、アルバイトで参加費を貯めて受講申し込みをした。

作文のテーマは「新聞」「テレビ」「クルマ社会」「散歩道」「死」「うそ」……など。本田は受講生の作文の添削をした上で講評を行い、懇親会にも付き合った。その席でこんなアドバイスをもらったことを林は覚えている。

「お前さんの書くものは平均点以上だ。ただ形容詞が多い。まずは名詞と動詞だけで書くことを心がけてみたらどうか。心温まる話があったとすれば、『心温まる』とは書かずにその事実だけを取り出して書いてみる。そうすれば、読者もまた本当に心温まる話だよなと思ってくれるもんだ」

参加者と本田の問答で覚えていることもある。

――会いたい相手に会うにはどうすればいいのか。

「まずきちんとした手紙を書いて出しなさい。その上で連絡を取ってみる。ダメだったらもう一度書く。三回書いてなお断られたら仕方がない。あきらめろ」

――文章を書くことで批判をされて敵をつくってしまうことをどう考えるべきか。

「書くことでいろんな批判を受ける。それはもう当たり前のことなんだ。書くなんてことは誰かに求められてやってるわけじゃない。そもそもお呼びじゃないことをやってるわけであって、批判は自分で受け止め、引き受けるしかない」

本田自身がやってきたことを話し、またこの世界で生きていく上での覚悟を語っているように林には思われた。

林壮一という若者に本田は興味をもったようだった。懇親会でも、林の姿を見ると横にやって来て座った。うれしく思ったものである。

それには林が、ライター志望の一方でボクサー志望の青年であったこともかかわりがあろう。学生生活のかたわらボクシングジムに通い、すでにジュニア・ライト級のプロテストにも合格していた。近々、デビュー戦が組まれる手筈になっていた。

「君しか書けないものがあるだろう。グローブをはめたさいの手の感触とか、殴られたときの痛みとか。リングに上れば恐怖心だって湧くよね。下手でもいい、自身の心理を含めて細やかに具体的に書く。そうすれば人に伝わる。デビュー戦は応援に行くよ」

林のデビュー戦は実現しなかった。左肘を痛め、ボクサーへの道は頓挫してしまったからである。

この年、一九九一年の暮れ、冷え込みのきつい日であった。明け方近くに帰ってきた本田の姿を夫人の早智はよく覚えている。

玄関口に、硬直したように突っ立っている。顔が腫れ、全身がむくんでいる。靴を脱ぐのもスムーズではなく、背広やズボンを脱ぐのもひどく手間取った。後日、夫人は夫に「あの日は鉄人28号みたいでしたよ」といったものである。

この日の模様を本田は時評コラム「時代を視る眼」(『現代』一九九二年三月号)でも触れている。「マスコミ丼」という言葉は伏せているが、マス丼での懇親会から帰宅した夜の出来事だった。

――会合は夕刻に終わったが、「よんどころない事情」(この日、本田の作文講座があった)があって、新宿のスナック(「英」)へと流れた。これ以前から酒の席はもう出ないようにしていたのだが、例外もあって、この日がそれに当たる。会は十一時過ぎにお開きとなったが、残留組に引き留められ、最後まで付き合った。出入り口に近い席にいたので体が冷え込んだ。帰宅し、風邪だろうと思って寝床に伏す。

午後から起き出し、徹夜で単行本のゲラ戻しの作業に当たるが、はかどらない。咳が出、浮腫が引かず、呼吸も苦しい。心不全の兆候を感じ、救急車を呼んで東京女子医大に入院した。「危険な状態」と診断され、入院は三週間余に及んだ。「病院での年越しは生まれて初めてである」――と記している。

早智によれば、本田の体力がさらに落ちていく節目となった入院で、腎機能が低下していくのもこれ以降である。

文字通り、身を削って本田はマス丼と付き合っていた。黒田・大谷との友情もあったろうが、若い世代のためにできることはしておきたいという気持ちのなせることであったのだろう。

大学卒業後、林はテレビ制作会社に入った。こき使われることは苦にならなかったが、やはり活字の世界で生きていきたいと思う。翌年度の、マス丼の懇親会の席に出向き、黒田に相談してみた。

黒田は「一番信頼している男を紹介するよ」といって、携帯を取り出し、「哲ちゃん、いますか？」とか言っている。間もなく、「哲ちゃん」こと鈴木哲が「英」にやって来た。当時、鈴木は『ＦＲＩＤＡＹ』の編集長（現講談社顧問）。

鈴木の講談社入社は一九七七（昭和五十二）年。研修期間の間、先輩社員が一人つく。誰か会いたい人はいるかい？　と問われて「本田靖春さん」と答えている。その晩、青山のサパークラブにいた本田のもとへ連れて行ってくれたのは、「世界点点ニューヨークの日本人」などで本田を担当していた堀憲昭である。

『週刊現代』『ｗｉｔｈ（ウィズ）』『週刊現代』……と回り、後年、鈴木は『ＦＲＩＤＡＹ』『ＶＩＥＷＳ（ヴューズ）』『週刊現代』の編集長をつとめていく。本田を直接担当することはなかったが、さまざまなかかわりはあった。

『週刊現代』の副編集長時代、黒田との付き合いが深まった。一九八七（昭和六十二）年七月から半年間、「黒田清の『ぶっちゃけ』対談」を担当したからである。毎週のように兎我野町の事務所に出向いたものだ。連載対談のトリを本田がつとめている。東西で読売の禄（ろく）を食（は）んだ二人のこと、記者時代からその後と、さまざまに「ぶっちゃけ話」を披露し合っている。

マス丼で一番光っていた、ボクシングジムに通っていたから喧嘩も強いだろう――というのが林を紹介する黒田の口上であった。林は二年余、契約記者として『ＦＲＩＤＡＹ』で働いている。いろいろとモノは申すが陰日向（かげひなた）なくよく働いてくれた――そんな印象を鈴木に残している。

その後、林は渡米、ネヴァダ州立大学リノ校ジャーナリズム学部に籍を置きつつ、ベースボールやボクシングなど、スポーツにかかわるさまざまなレポートを日本の雑誌に寄稿した。請われて、アメリカの公立高校の教壇にも立った。

在米十三年余、集大成として書いたのが『マイノリティーの拳』（新潮社・二〇〇六年）である。ひと時代を築いた重量級ボクサーたちの光と影を情感豊かに描いたノンフィクション作品であるが、本場のボクシング世界を日本人ライターが描いたのは本書がはじめてだろう。もう黒田も本田も故人となっており、献本先に二人の宛名を書くことができなかった。そのことが悔しく、悲しかった。

帰国後、林は『アメリカ下層教育現場』『神様のリング』『間違いだらけの少年サッカー』などを著し、旺盛なライター活動を続けている。林は勉強家でもあって、東京大学大学院情報学環教育部を修了している。若き日、黒田と本田に出会った意味について、こんな風に語った。

「日本にはじめて本場の欧州サッカーを伝えたデットマール・クラマーの言葉ですが、少年がはじめてサッカーボールに触れたとき、どのようなコーチに接したかによってその後のサッカー人生が決まるという言葉を思い出します。黒田さんも本田さんも志の高い人だった。一番いい人たちに出会っていたんだと思います。僕にとってかけがえのない財産であるし、それはとても幸運なことだったのだといまになって思いますね」

3

二〇一六年、第四十七回大宅壮一ノンフィクション賞の受賞作は、書籍部門が堀川惠子の『原爆供養塔』（文藝春秋）、雑誌部門が児玉博の「堤清二『最後の肉声』」（『文藝春秋』二〇一五年四月号～六月号、単行本の表題は『堤清二 罪と業』）だった。

たまたま私は雑誌部門の選考委員の一員をつとめていたのであるが、セゾングループの総帥であり、作家でもあった堤清二の晩年を描いた作品が際立って優れていると思えた。

「業」と「矛盾」を背負った父・康次郎の否定が清二の出発点であったのだが、やがて父の跡を追うように「創造と破壊」に駆られた事業家となり、輪廻（りんね）のごとくに「堤家の家長」へと戻っていく。人は老いて〈故郷〉へと回帰していくものなのか……。入り組んだ内面を宿した人物像を浮き彫りにし、いまと過去が織り成す構成が巧みで、文体はなめらか。読み応えがあった。

それまで雑誌で児玉の署名記事を読むことがあったが、顔を合わせたのは選考会終了後の席がはじめてだった。本田靖春とのかかわりを知るのはさらに後日であったのだが、新たに一つ、本田が若い書き手に遺した足跡を見る思いがした。

児玉は大学を卒業後、ジャーナリズムを志してフリーランスとなったが、二十代はビルの清掃、塾の講師、夕刊紙やカタログ雑誌での執筆など、雑多な仕事にたずさわっている。三十代に入り、講談社で雑誌『VIEWS』が創刊されるとともに契約記者となり、本格的なライター業をはじめていく。

オウム、投資ジャーナル、金丸信逮捕……など事件ものに数多くかかわった。沖縄出身のボクサーの人物論なども書いた。

書く仕事の優劣を決めるのは取材力と文章力である。取材力には定評があったが、文章力はいまひとつ。文章上の瑕疵（かし）を指摘されて編集者から原稿を突っ返されることが幾度もあった。

文章力向上のひとつとしてはじめたものに筆写がある。選んだのは、幾度も読み返していたお気に入りのノンフィクション、『不当逮捕』。

雨には不吉の臭いがする、などと、気のきいた風なことをいってみたところで、しょせん後からのこじつけでしかない――。冒頭の書き出しから原稿用紙に書き写していく……。「写経」のごとくであった。

『VIEWS』創刊時の編集長は須川真（故人）であったが、二代目に渡瀬昌彦が就く。児玉にとって本田は「雲の上の人」であったが、本田を話題に渡瀬と話が弾む日もあった。

『VIEWS』に、本田は時事コラム「本田靖春の少数異見」を連載していたが、一九九五（平成七）年九月号の見出しは「在日朝鮮人・全鎮植氏が同級生の私に残したメッセージ」とある。

高校の同窓会からの通知を手にしてしばらく考え込んでしまった——という書き出しからはじまって、都立千歳中学（戦後の学制改革で高校となる）時代の同級生、全鎮植への取材を重ねていたことに触れている。

同期の1人に全鎮植（ジョン・ジンシク）という朝鮮人がいる。いや、いまとなっては、いたと過去形でいわなければならない。

彼は、兄演植氏（故人）と力を合わせて、遊戯場を皮切りに、スーパー、ボーリング場、朝鮮料理店の経営や、ジャン（焼肉のタレ）など食品の販売を手掛けるさくらコマースを一代で築いた。また、朝鮮民主主義人民共和国（北朝鮮）における合弁事業にも先鞭をつけた。

その全が5年前、肝臓ガンに冒された。手術をしても腫瘍は再発し、転移する。30回にも及ぶ肝動脈塞栓術やエタノール注入術が施されたが、今年の2月5日ついに逝ったのである。

去年の夏から暮れにかけて、私は前後4回、15時間にわたって全をインタヴューした。彼がたどった50年を、本誌に連載のかたちで書きとどめておくための取材であった。

高校1年にして、非合法組織である「山村工作隊」に加わり、実弾射撃の訓練を経験するなど、全の少年時代は波乱に富んでいる。彼はそういう秘話まで明かしてくれた。

「どっちが先になるかわからないけど、オレたちのメッセージを後に続く世代に残しておこうよ」

企画を全のもとへ持ち込んだとき、私はそれだけをいった。彼は何一つ問い返しもせず、黙って受け入れてくれた。そのときから、覚悟するところがあったのだと思う。

幹事が同期会の会場をさくら食品館に設定したのは、全に対する追悼の気持ちからである。雨の中を約40人が集まった。

連載の準備を進めるなかで、渡瀬は児玉に取材サポートの仕事を依頼した。この時期、本田の体調は悪く、各地へ取材行を重ねるのは困難だった。全の足跡をたどるとなれば、さまざまな分野での裏付け調査が必要となる。タフな取材力があってかつ、本田への敬意を抱いている書き手――児玉の顔がすぐに浮かんだ。

本田さんの仕事ならもう喜んでお手伝いさせてもらいます――と児玉は答えている。

渡瀬に連れられ、児玉が本田宅を訪れたのは一九九五年三月九日である。日付がわかるのは、児玉が日記をつける習慣をもっていたおかげである。

鼻たれ小僧ですが――と児玉が挨拶すると、「ごくろうさんだね。まあよろしく頼みますよ」と、本田は丁寧な物言いで客人を迎えた。一通りの打ち合わせが済むと、本田が「こんなところまでわざわざ来てもらったんだ。近所に居酒屋があるのでちょっと行きましょう」という。本田はもう酒を飲めない体になっていたのだが、そういって児玉を誘った。

〝監視役〟の早智夫人を含めて四人が店の席に座った。本田はコップ一杯のビールがせいぜいで、それだけで顔色が灰色になってしまう。辛そうであったが、それを押し隠して応対した。

本田が口にした児玉への寸評について、渡瀬と児玉の記憶は少々異なっている。児玉はいまもそうであるが、細身の、イケメン風の好男子である。

君は実にきれいな目をしているね――というのが渡瀬の記憶。

君は昔風のヤクザみたいな目をしているね――というのが児玉の記憶。

ともに本田が口にした台詞であって、それぞれを記憶してきたということなのかもしれない。後になって児玉はこう思ったりした。往時の闇市における安藤組の若い衆のごとくということなのか、ひょっとしてほめ言葉であるのかも……と。

日記に、この席で本田から言われた言葉を記している。

署名で書きなさい。データ原稿には責任はないんだよ。署名で書くと様々な風圧を受けるけれど、その風圧が書き手を育ててくれる。三冊書けば周りの風景が違ってくる。その風景を眺めるのもいいもんだよ。

帰りの車中、渡瀬とかわした会話も書き残している。

「あんなことを話す本田さんははじめてだ。今日は何年ぶりかの上機嫌の日だった」

「がんばります」

この企画は実ることのないままに終わった。全の遺族より、全の歩みが詳細に伝えられることはさくらグループに差しさわりがあるやもしれないので辞退させてほしい、という意向が伝えられ、本田は連載執筆を断念する。児玉の仕事もスタートすることがないままに終わった。

この日から数えると二十余年。この間、児玉は主に人物評伝を手がけてきた。『幻想曲』ではソフトバンクの孫正義を、『〝教祖〟降臨』では楽天の三木谷浩史を、『テヘランからきた男』では東芝凋落の戦犯とも呼ばれた西田厚聰を、『日本株式会社の顧問弁護士』では村瀬二郎を――。

村瀬二郎は本田の『新・ニューヨークの日本人』（潮出版社・一九八三年）のなかの

一章、「日・米・欧企業二百社の顧問弁護士」としても登場している。

村瀬はニューヨーク生まれの移民二世。父九郎は日露戦争に従軍した軍医だったが、その後、アメリカに留学、眼科医に、さらに貿易商となった。父の方針で、村瀬は少年期、戦前から戦時下にかけての日本で過ごし、「軍国少年」として成長した。戦後間もなく〝帰国〟し、徴兵により米陸軍第三歩兵師団に入隊している。「二つの祖国」を知る若者は法律家を志し、ジョージタウン大学ロースクールを卒業。日米経済摩擦がかまびすしい時代、日米両国に影響力をもつ有力な弁護士となった。本田は、開かれた国際社会への対応力に欠く日本企業のありようを指摘しつつ、村瀬の起伏に富んだ歩みを記している。

村瀬は二〇一四年、八十六歳で亡くなるが、児玉の『日本株式会社の顧問弁護士』（文春新書・二〇一七年）は、二郎の長男で弁護士になった悟にも触れつつ、激動の世紀を生きた日系三代の物語となっている。本田著とはモチーフを異にするが、村瀬二郎物語の完結編ともいえる著となっている。

児玉にとって本田は、「いまも雲の上の人」である。

直接の接触はただ一度、スタートすることのなかった仕事の打ち合わせと居酒屋での会食であったが、忘れがたい記憶を残した。風圧を引き受けるなかで書いていく

――。留まり続けた言葉だった。歳月を経て、かつて本田が取り組んだ仕事を違う形であれ自身がたどったこと。縁という細い糸がつながっていたことに、ふと感慨めいたものを覚えるのである。

4

二〇〇九年の暮れであるから本田が亡くなって五年後である。夫人の早智にとって夫の不在にようやく慣れていったころであるが、河出書房新社の武田浩和という未知の編集者から手紙を受け取った。本田靖春にかかわる特集ムックの刊行を企画しており、一度、お目にかかってご相談させていただきたいという趣旨のもので、本田への思いが伝わってくる手紙だった。会ってみると、いかにも好青年という若者で、生前、夫がこんなことを口にしたことが思い出された。

――俺が死んだら多分、いろんな話が持ち込まれてくるだろう。そんなものはうっちゃっておいてかまわない。ただ作品を読んできちんと応対したいという若者がやって来たら、そのときは考えてみたらどうかな、と。

生前、本田は講演の依頼などは断ることが多かったが、憲法擁護の集いや学生たちの催し、その趣旨に賛同できると判断するものには手弁当で出かけて行った。別段、若者層に甘いという人ではなかったが、次世代へ何事かを伝えておきたいという気持ちを持ち続けた書き手だった。

武田の河出書房新社入社は二〇〇五年春。出版社で仕事ができる――意気込んでいた入社前、本田靖春の遺稿『我、拗ね者として生涯を閉ず』が出された。デカイ本であったがスイスイと読める。それまでにも本田作品は何冊か読んでいた。真っ当に怒り、それでいて温か味があり、かつ無頼風の匂いが漂う――。お気に入りの作家であった。

営業と文芸の部署を経て、『文藝別冊』の担当となる。やりたいことをやっていい――。職場の空気は良かったが、『現代』『月刊PLAYBOY・日本版』『論座』『諸君！』……など有力雑誌の休刊が相次ぎ、業界は出版不況の時代を迎えていた。状況は厳しいが何か新しい展開を試みてみたい。加えて、「同世代への決めつけ的な烙印を覆してみたい」という気持ちを持ち続けていた。

ムック『文藝別冊／本田靖春　「戦後」を追い続けたジャーナリスト』が刊行されたのは二〇一〇年七月であるが、「編集後記」で、武田は同世代に向けられてきた視線への違和感をこう記している。

14歳の少年Aが神戸連続児童殺傷事件を起こした時、自分は14歳だった。17歳の少年がバスジャック事件を起こした時、自分は17歳だった。25歳の青年が秋葉原で無差別殺傷事件を起こした時、自分は25歳だった。いつも、「危ない」と指を差されてきた。指を差された側から言わせてもらえば、それは、曖昧な不安を世代論にこびり付けて輪郭化し「ひとまずオレには関係ない」と宣言する珍妙な保身に過ぎなかった。起きた事象に向かって解析を試みず、システマティックに区分けするのを急ぐ事をジャーナリズムと呼ぶのかと、その態度を疑った。

ムックは、対談（佐野眞一×吉見俊哉、魚住昭×元木昌彦）、早智夫人へのインタビュー、かかわりあった人々よりのエッセイ、本田の単行本未収録作品・再録インタビュー・対談、概要を付した著作一覧、年譜……など、盛りだくさんの内容となっている。

岩手・盛岡にある「さわや書店」の若い書店員、松本大介より寄せられたエッセイも見られる。

——ちくま文庫から復刊された『誘拐』によってはじめて本田本と出会い、衝撃を受けた。「これほど魂を揺さぶられる本には今迄出会ったことがない。それはこの本が『生きるとは？』『人間とは？』といった根源的な問いを孕むが故だろう」という感想をそのままPOPの手書き広告に書き、『誘拐』を文庫コーナーの平台に積み重ねたとある。

本田にかかわりのあった識者たちにエッセイや対談を依頼する電話をしつつ気づいたことが武田にはある。挨拶の段階ではぶっきらぼうな応対が多かったのであるが、「本田靖春さんの……」という固有名詞を出すと相手の声のトーンが変わり、「本田さんのことなら……」とほとんどの人が応諾してくれたことだ。ふと、人・本田靖春の生前の姿に触れたようにも思った。

「編集後記」の後半はこう続いている。

……しつこく指を差された側には、その本末転倒に対する嫌悪感があった。本田靖春は、本末転倒に厳しかった。しかし、転倒しない本末には優しかった。常に重層的な視線を事象にぶつけた。左だ、右だ、ではなく、信号を渡るように左右をよく見ながら悠然と直進した。この真っ当な拗ね者の歩みが、長年指を差されてきた自分には箴言として響いた。本田靖春の作品群は、現代の諸問題にも明答を続けている。この特集が、引き続く明答に辿り着く一助となれば嬉しい。

本田ムックを出して九ヵ月後、武田はもう一冊、本田の短編を集めた『複眼で見よ』を編んでいる（河出書房新社・二〇一一年）。ムック制作の過程で浮かんできたものを形にしたものである。

特集ムックで武田がはじめて制作したのは、鉄道紀行文学の大家、宮脇俊三であったが、宮脇は自身の書いたものをきちんと整理整頓し、遺族がそのままに保管していた。原稿の保存模様は人それぞれであって、本田はといえば、雑誌や新聞に寄稿したものはあまり手もとに残しておらず、散逸してしまっている。国会図書館や大宅文庫などに通い、本田署名の記事を収集した。宝物探しのような気分になって、途中から作業が楽しくなったものである。

そのなかから「不況の底辺・山谷」「沖縄返還　もうひとつのドキュメント」「虫眼鏡でのぞいた大東京」などのノンフィクション作品を、さらにジャーナリズムにかかわる論考、植民者二世としての自画像などのエッセイを選び出して収録した。ノンフィクションにせよエッセイにせよ、複眼であることが本田作品に貫いてあるものと思え、『複眼で見よ』というタイトルをつけた。

本田の〝最後の著〟は、若い編集者の発掘によって世に出たのである。さらに付記すれば、収集された資料類を武田の好意で私は借り受け、本拙著においても活用させてもらってきた。

河出書房新社に九年半勤務した武田であったが、二〇一四年に退社し、フリーランスの道を選んだ。

ムックと本を制作する過程で、武田は幾度も夫人の本田早智と面談している。夫人の本田の思い出話の一つであるが、こういったときがあった。

「本田はよく言っていましたね。俺は三十七歳でフリーになったけれども三十代のはじめになるべきだった。やりたいことがあるなら出発ははやいほうがいい」――と。

新しい途を選ぶにさいしての、小さな後押しをしてくれる言葉ともなった。

武田がフリーになっての第一作、『紋切型社会　言葉で固まる現代を解きほぐす』（ペンネーム武田砂鉄／朝日出版社・二〇一五年）は、第二十五回ドゥマゴ文学賞を受賞したが、さらに評論集『芸能人寛容論』『コンプレックス文化論』などを刊行、気鋭のライターとしての活動を続けている。

――本田靖春と袖触れ合った四人について書いてみた。たまたま私が知り得た人たちであって、本田とかかわりのあった若い世代は他にもおられよう。本田の人と作品をたどるなかで、本田作品を愛読する若い新聞記者やジャーナリストたちが少なくないことも知った。そのような人々を含め、本田の遺した灯(ともしび)は、小さくとも確かな明かりとして在り続けている。

第十八章　病床にありて――『時代を視る眼』

1

本田靖春のコラム連載の皮切りとなったものが「いまの世の中どうなってるの」（『ダカーポ』）であったことは以前に触れた。以降、雑誌でのコラム連載はいくつか見ることができる。

▽「時代を視る眼」（『現代』一九九一年一月号～九四年十二月号）
▽「『コラッ』『むっ』」（『VIEWS（ヴューズ）』一九九二年八月十二日号～九四年六月二十二日号）
▽「人生の風景」（『潮』一九九三年五月号～九五年五月号）
▽「本田靖春の少数異見」（『VIEWS』一九九四年十一月号～九七年八月号）

▽「私の同時代ノート」(『現代』一九九五年一月号〜九九年十一月号)
一九九〇年代は、本田の五十代後半から六十代後半であるが、進行する糖尿病の合併症とともに歩んだ年月だった。コラム執筆は病床にあってもできる仕事という一面があったろうが、社会時評は本田の持ち味を発揮する一つであって、このジャンルを得て広がった視野と筆致もあったように思える。

その日々を、「時代を視る眼」でこんな風に記している回がある(一九九二年一月号)。


病気がきっかけで、この二年間ほど、すっかり家に居ついてしまった。外へ出るのは、通院を含めて、月に三回前後といったところである。「亭主元気で留守がよい」の時世に、家人は貧乏くじを引き当てたことになるが、彼女もどうやら居ついている。

以前は、家にいる時間がきわめて少なかった。名義だけの主で実質は下宿人といったような時期もあった。だが、いったん居ついてみると、わが家はそれなりに居心地がよい。……ひと声かければ、座ったままで用が足りる。三十余年、せわしなく取材に歩いてきた反動もあって、いまは半休業状態を楽しんでいるところである。

先夜、知人に誘われて、久しぶりに夜の街へ出てみた。週末にあたっていたので、帰りのタクシーがうまくつかまえられるかどうかを気にしていたのだが、なんのことはない。空車が続々とやってくる。

続いて、不景気風で車の販売台数が低迷しているという話を耳にし、そもそも東京には車が多すぎる、人々の車への情熱は持ち家を諦めた代償であろう、バブル経済は必ずはじける、いっそ土地・マンションの不買運動を展開して住宅政策の根本的な転換を促してはどうか……と筆は進んでいく。

自宅に、あるいは病室にあって本田は世の中を見詰め、政治の腐敗と無策に憤り、右旋回する世の流れに異議申し立てをし、モノとカネを至上とする品性なき社会風潮を嘆いた。悲憤慷慨（ひふんこうがい）しつつもまた、特有のユーモアと諧謔（かいぎゃく）の味をまぶしながら――。

「時代を視る眼」の連載は四年間続いたが、二年余の分が単行本にまとめられている（講談社・一九九三年）。担当者は籠島（かごしま）雅雄。これ以前、『「戦後」美空ひばりとその時代』も担当したから本田本は二冊目であった。

講談社入社が一九七一（昭和四十六）年で、入社時の所属は『現代』。本田の〝ブリー元年〟であり、出張校正先の大日本印刷でその姿をよく見かけた。本田がアンカーの仕事を引き受けていた頃で、〝本誌特別取材班〟などの無署名原稿である。あー、くたびれたよ——。校了のゲラを戻しつつ、そんな一声を発して引き上げていく。

編集部の本田への信頼は厚く、「困ったときは本田さん」という空気があった。

籠島の編集者生活を並べていえば、『現代』及び学芸図書など学芸畑が三分の一、『群像』及び文芸図書など文芸畑が三分の二。『時代を視る眼』刊行時の肩書は学芸図書第二出版部副部長。

学芸・文芸時代を含め、籠島は多くの作家たちと交流したが、本田とどこか重なるモチーフをもった作家たちがいた。三木卓、清岡卓行（たかゆき）、後藤明生、五木寛之、日野啓三などで、共通項は少年期に外地からの引き揚げ体験をもつことだ。内地への違和感を引きずりつつ、自身のアイデンティティーを探し求めてさまよう。その過程がまた、自身の作家性を深めていく……。

社を退いて年月が経つが、作家たちから感受した「気とたたずまい」はいまも体内に残っている。本田もその一人である。

「まずはひたすら懐かしいですね。陽気で優しい人ではあったけれども怖い人でもあった。本田さんの家で和机を挟んで向き合っていると、頭を少し低くした位置から目線が返ってきて、時折、鋭く光るように感じるときがある。いいかげんなことは許さん、といっているような迫力があった。特有の字体で原稿用紙の升目を埋めていく。ペン字で一字一字力を込めて書き込んでいく。文士という言葉がありますが、本物の物書きでしたねぇ……」

2

『潮』の巻頭随筆「波音」で連載された「人生の風景」については第十四章でも触れたが、副編集長だった南晋三（現社長）のすすめではじまったものである。南のもとで『体験的新聞紙学』『私戦』『村が消えた』『ちょっとだけ社会面に窓をあけませんか』など、本田の主要作品のいくつかが刊行されたことも触れてきた。

東京女子医大の糖尿病センターに入院していた本田が一時帰宅していた時期、南は見舞いがてら杉並区井草の本田宅を訪れた。入院中の出来事や出会った人々の〝おもしろ話〟に耳を傾けて辞したのであるが、「お見舞い」を本田は受け取らない。困った南はのし袋の入った封筒をこっそり座布団の下に残して立ち去った。

後日、「ご厚意のみ受け取っておきます」という丁寧な礼状とともに送り返されてきた。本田さんらしいと思いつつ、南は余計に困った。

もう長い付き合いである。本田が闘病記の類を好まないことは十分承知していたが、本田流の〝おもしろ話〟をまぶした連作エッセイとして書いてもらう手はあるまいか、原稿料なら受け取ってもらえる——ということでスタートしたものである。

入退院を重ねるなか、体力は落ち、取材に出向くことも資料を自分で集めることもむつかしくなった。そんななかで何ができるのか……。さまざまに思いをめぐらせているエッセイも見られる（一九九三年十月号）。

前段ではこう記す。

そもそもノンフィクションは書き手の「主観」のもとに成立する。仮に、十人のノンフィクション作家が同一の出来事に取り組んだとすれば、十通りの作品が生まれる。事実の取捨選択からして「人生観ないしは社会観、ひいては世界観、歴史観といった主観に基づいて」行われるからだ。「言い換えるならば、一編のノンフィクションは出来事に仮託した書き手の存在証明ということになるのであろう」と記し、後段では本田流の諧謔味をきかせながらこう続けている。

フリーになってからの私は、ほぼ一貫して「戦後」というテーマを追い続けてきた。その延長線上で自分史を綴ることは可能である。これならば取材も資料集めもとくに必要としない。

しかし、印刷に値するだけの作品を仕上げられるかとなると、正直なところ心が揺らぐ。自分史には、おのれを客体化して凝視する、強靭で冷静かつ公正な〝眼〟が不可欠だが、自分がそれを備えているとは言い切れないからである。甘えて生きてきた私のことだから、ペンの先でおのれをかばい立てするに違いない。

そういう思いで越し方を振り返ると、恥以外に書くべき事柄はないような気がしてくる。月並みな言い方だが、いまさらながらいい加減に生きてきたことを悔やまずにはいられないのである。

さいわいにも、左眼の眼底出血は矯正視力〇・四でいちおうくい止められた。だが、私は右眼の失明によって精神的な棚卸(たなおろ)しを迫られ、六十年になんなんとする半生が空疎であることを思い知らされた。これは、せめて残された時間を少しは大切に生きろ、ということであろう。

前にかかっていた（K病院の）医師の落ち度は不問に付すことにした。残された時間を係争などで費やすのはもったいないという気持ちになったからである。

本田のもつノンフィクション観、また病を得て六十代に入った心境の一端が垣間見える。

連載エッセイでは、入院中に出会った医師や患者たちも登場する。入院や通院を重ねるなかで、本田は糖尿病センターの医師や看護婦とはすっかり馴染みとなった。「おそらく、これからも何回かはご厄介になるであろうが、何があっても病院を移る気はない。ここで人生を終わりたいと思っている」と書いている。本田を担当した「勝気な」S女医、「お嬢さん育ち」のA医師も幾度か登場する。A医師は新宿の盛り場にも行ったことがないという「箱入り」であったが、心ばえのいい女性で、本田のお気に入りであったようである。デンマークへ留学すると耳にして、「一方に保護者のような気持ちがある。大きく成長して戻ってくるであろう彼女の二年後を、見届けたい」とも記している。

「組長の入院」という小タイトルのコラムが五回続いている。本田は二人部屋に入っていたのだが、個室の特別室に入っているのが新宿・歌舞伎町に事務所をもつ「Q組の組長」。周りの入院患者たちによく話しかけ、親切心のある人物だった。本田とも面識ができて世間話をするうちに、やがて組長から「兄貴」と呼ばれはじめて困惑したとある（一九九四年六月号）。

> 私は花形敬という渋谷のヤクザを主人公にした作品を書いたことはあるが、ヤクザとのつき合いは一切ない。そのときは取材だから数十人のヤクザと会ったが、それですっかりヤクザが嫌いになった。いいヤクザというのは、東映の映画の中にしかいない。それが、そのときに得た結論である。
> 組長もしょせん別世界の人間であって、私とは交わるところがない。

そうではあるが、互いに無聊（ぶりょう）の病院暮し。特別室では喫煙が黙認されていたこともあって、足を運ぶようになり、自然と互いの人生を語り合う間柄となっていく。本田の体験談を聴くとき、組長は「お伽話（とぎばなし）に聞き入る幼児のような瞳の輝きを見せた」ともある。

本田の退院が決まると、組長はしきりに「もっと早くに知っていればなあ」と残念がった。クラブ勤めの妻に、アルミ・ホイルに包んだ焼き立ての生鮭を届けさせ、ウーロン茶を飲んでの「お別れパーティ」を開いてくれたとあって、こう締めている（一九九四年七月号）。

食事のあと組長の部屋に移ってから、私はイタリアのブランド物のシャツを贈られた。退院の「晴れ着」という寸法である。ジャーナリストがヤクザから物をもらうなどはあってはならないことだが、ここは素直にちょうだいすることにした。この範囲なら世間も許してくれるであろう。

私の手を引いて歌舞伎町を隅隅まで案内するといった組長の申し出は、聞かなかったことにしてある。惜しいような気もするのだが。

組長が本田を〝慕った〟のは同病相憐むであり、本田が何者であるかを知った上でのことではないようであるが、それでも人・本田靖春に何事かを感受してのことであろう。いかにも本田らしいエピソードと思える。

右眼の視力を失って以降、左眼が光の窓となっていたが、視力は落ち気味で、新聞を読むのも天眼鏡で活字を追わねばならない。時評的コラムを連載している本田にとって新聞を読めないのは辛い。

やむなくニュースの情報源をテレビに切り替えたのであるが、「しかし、テレビはからだによくない。番組の愚劣さにかっときて、血圧が上がるからである。とくに、ワイドショーはひどい。まさに、愚昧にして下劣」とこき下ろしている。週刊誌の記事には「私は、いまのテレビを見つづけていると血圧が上がってしまいます。思わず、番組や出演者の質の悪さに、『馬鹿もん！』と叫んでしまうのです」という談話も寄せている。

左眼に進行していた白内障の手術がうまくいって、新聞が読めるまでに視力が回復する。一九九四年春のことで、「……数年来、次々にやってくる合併症の諸症状に消耗を強いられ続けてきた私にとって、これは初めて味わう『快癒』の感覚であった」とある。

連作エッセイの最終回（一九九五年五月号）では、闘病のなかで薄日の差す日、靴屋に早智夫人と出掛け、「黒と茶の革靴をそれぞれ一足ずつ買った」とある。買物嫌いの本田には珍しい記述であるが、厄介をかけ続けてきた夫人への気持ちでもあったのだろう。

エッセイは好評で、「お客（読者）」がついていることがわかる。南の心積もりとしては「エンドレス」であったのだが、開始から二年、「とりあえずこのあたりで」という本田の意向を尊重して「了」とした。本田と組んだ最後の仕事となった。

「時代を視る眼」の中で、多分に南を念頭に置いてであろう、本田はこう記している箇所がある（一九九一年六月号）。

……

（金嬉老事件から）そのちょうど三年後に、私は会社を辞めた。辞めるにあたって、はっきりしたテーマを二つ持っていた。その一つが金嬉老事件であった。

いざフリーになってみると、業界にはなんの実績もない〝中古新人〟に、厄介なテーマで書かせてくれる雑誌など、おいそれとは見つからない。あれやこれやで六年が過ぎてしまった。

誌面を与えてくれた『潮』にはいまも感謝している。……

潮出版社は、売れないのを承知で『私戦』を本にしてくれた。また、講談社からの文庫化の申し出に、快く応じてくれた。

単行本も文庫も、さっぱり売れなかった。そんなことでがっかりはしない。おれの書くものがそうそう売れるわけがない、とふだんから納得しているからである。

このくだりに目を通した南は、苦笑しつつ、こんなふうな感想を口にした。

「いま社員に売れる本をつくれとケツを叩いていることとは矛盾するようですが、本田さんを担当しているときにはそんなことは微塵(みじん)も思っていなかった。ただ本田さんと組んで仕事ができることがうれしかったし、むしろ増刷にならなくてもうしわけないと思っていましたからね」

――本田靖春とは何者だったのか。一言でいえばどんな言葉が浮かびますか？

「……ダンディな人だった。その立ち居振る舞いにおいて、とりわけその精神において」

3

いま講談社の法務部長をつとめる吉田仁には、学芸局在籍時、拙著『天人　深代惇郎と新聞の時代』を担当いただいた。取材行もともにしたが、都内北区のドナルド・キーン宅を訪れたさいもそうで、マンションの前で待ち合わせた。いつも時間前に到着しているのが吉田で、この日もそうであった。約束の時間になったので、玄関口に向かおうとしたところ、「一、二分遅れて行きましょうか」という。「?」と思ったのであるが、「本田さんに教えてもらったことなんですが……」という。

――訪問先の家では準備をして客を待ち構えているだろう。ただ、間際になって、し忘れていることに気づくこともある。その時間を見込んで訪ねるのがよい、と。なるほどと思いつつ、本田のもつ細やかな神経に触れたようにも思った。

吉田は『週刊現代』『FRIDAY（フライデー）』『VIEWS（ヴューズ）』『現代』など、雑誌畑を歩いてきた。『VIEWS』時代は、「『コラッ』『むっ』」及び「本田靖春の少数異見」を担当した。タイトル名が異なるのは、同誌が月二回発行から月刊に移行したさいの変更によるものである。

時評のテーマは、金丸信逮捕にかかわる東京地検の及び腰、自衛隊海外派遣の落とし穴、中国残留孤児たちへの薄情、なぜコメはまずいか、ペットを飼う資格なき飼い主たち、蔓延（まんえん）する豊かな社会の卑しさ、弱者を切り捨てるお役所仕事の罪、無党派ならぬ「無脳派層」への嘆き、軟弱男子「冬彦さん」の情けなさ……など、九〇年代の政治社会動向を俎上にのせ、本田節が書き綴られている。

本田は現場に足を運びたいのだが、それがかなわない。吉田に〝代行取材〟を頼む折りもあった。取材から帰ると、原稿用紙七、八枚にメモを書いて本田に手渡す。ジンちゃん――いつしかそう呼ばれるようになっていた――自身がどう思ったのかも書いてくれよな、といわれたこともあった。

一九九五（平成七）年四月号の「本田靖春の少数異見　スペシャル」は二ページ立てになっていて、見出しは「『マルコポーロ』を廃刊にした文藝春秋会長は身を引かれよ」。この折りに行われた田中健五社長の記者会見に吉田は出向いている。

『MARCOPOLO（マルコポーロ）』（同年二月号）は、「戦後世界史最大のタブー／ナチ『ガス室』はなかった」と題する記事を掲載したが、ユダヤ系団体などからの抗議が相次ぎ、広告ボイコットの動きも広がっていた。田中社長は記者会見で謝罪、同誌の廃刊と花田紀凱（かずよし）編集長の解任を発表した。本田原稿の趣旨は、広告ボイコットという手段を容認するものではないが、このような虚偽の記事が出る背景には、行き過ぎたセンセーショナリズムと歴史的事実を捻じ曲げる風潮があるとし、こう締め括っている。

思えば、文春の右傾化はこのあたりから始まっている。それまでの文春は保守的ではあったが、大方のインテリがそうであるように、右にも左にも偏しないリベラリズムを基軸としていた。それが、右寄りにシフトを変えていったのは、田中健五氏の社内における権力の増大と軌を一にしている。

私はフリーになったばかりのころ、田中氏からひとかたならぬ恩義を受けた。だから、氏に対して弓を引くのは、個人的にはたいへん心苦しいのだが、あえて言わざるを得ない。……

度重なる不祥事の最終責任は、いうまでもなく田中健五氏にある。氏は社長を辞任したが、代表権のある会長に就任した。これでは、責任を取ったことにはならない。

僭越ながら申し上げれば、日本雑誌協会理事長の職をも合わせ、潔く身を引かれるのが筋であろう。


こういう原稿を書くのは辛いものがあるんだけどね――。本田からそういわれて原稿を受け取ったことを吉田は憶えている。

本田がフリーになって間もなく、田中が『諸君!』『文藝春秋』編集長にあった時期であるが、本田をいち早く見出し、それが第一作『現代家系論』の刊行につながった。恩義ある編集者への批判は個人的な思いとしては辛い。けれども筆で立つ作家は公（おおやけ）の存在であり、言うべきことは言わねばならぬ。終生貫いた本田の姿勢であった。

ただ、一方で、本田は〝湿地帯〟を有する人であって、生前最後の原稿において、田中への私的メッセージ的な意を含んだ文を残している。このことは後に触れたい。

吉田の本田とのかかわりはその後も続き、『現代』誌上で連載された本田の最後の仕事、「我、拗ね者として生涯を閉ず」を担当する一人となり、本田の最期を見送った一人ともなった。

「私の同時代ノート」は一九九〇年代半ばから末まで、『現代』誌上で連載された。この時期、本田の病状はさらに厳しいものがあった。同コラムにおいても、折々、自身の体調に触れているが、週三日の人工透析以外はめったに外出しなくなり、外出時には「右手に杖を握りしめ、左手を妻にとられて、ゆらゆらとボウフラのように歩く」と書いたりしている。車椅子を使用することも増え、しばしば入院も余儀なくされている。

体調不良で休載の月もあったが、それでも本田は健筆を振るった。見出しを何本か並べてみると以下である。

「『サリン事件』捜査と報道に異議あり」「フランス『核実験再開』を糾弾する」「あ

えて言う平成不況よありがとう」「ミドリ十字よまだ罪を重ねるか」「TBSよ『報道の魂』を売るなかれ」「自治省よ『外国人職員』のどこが悪い」「カイワレ買い控えの愚かさを知れ」「野村證券を『業務停止』にせよ」「『欲望全開』の日本人に必ずや天罰は下る」「どうかしているぞ、地域振興券」……などなど。折々の時事問題をまな板にのせて切れ味のある論考が綴られている。

論考を読みつつ、こんな感想がふとよぎる——。

新聞社でいえば、それまで現場を歩いてきた社会部記者が、病を得て「論説」に配置換えとなった。以降、社説や時評というジャンルで健筆を振るいつつ、心は第一線の記者のままでいる。本田靖春は病床にありてなお、社会部記者だった、と。

一九九九（平成十一）年十一月号、連載最終回のタイトルは「ガンを患う私の苦渋の結論『しばしのお別れ』」となっている。この年の夏、通算二十回目の入院となったのであるが、このさいに肝臓ガンが見つかった。

私の身体をかりにたとえるなら、来客で賑わっている客間のようなものであろう。そこへガンがひょっこり顔を出した。「やあ、よく来たな」とはいわないいまでも、「おう、来たか。一杯飲んで行きなさいよ」といった程度のものである。

早晩、死ぬことははっきりしている。覚悟というほどのものでもないが、死を受け入れる準備はとっくに出来ている。そこへガンが新たに加わったところで、心に波風は立たない。

疾患部にエタノールを注入するペイト療法を勧められるが、当初、もうこれ以上痛い目をするのはゴメンと思う。

主治医の「A医師」――ここでは佐藤麻子医師と本名が記されている――は留学から帰国し、病棟長となっていた。「いつしか、医師と患者というよりは、親戚づき合いのようなものになって」いたのであるが、「麻子先生」の説得を受け入れ、治療を受けることを決める。

この時期、左眼が眼底出血し、視力がほぼ失われる事態も起きていた。明るさは感じられても、部屋に入ってくる看護婦の顔が判別できない。

目を閉じたまま、三日間ほど考えに考えた――とある。たどり着いた結論はこのコラムを打ち切りにするということだった。言うべきこと、異議申し立てをすべき社会的課題は山積しているが、もうそれらに費やすべき時間と体力がない……。

しかも、大きな精神的負債を負っている。「週刊現代」における『岐路』の長期休載がそれである。この醜態は百万言を費やしても詫びきれるものではない。私はそのことで、自分を責め続けてきた。

たいへん勝手な言い草だが、この負債を発展的に解消したかたちで、物書きとしての締めくくりになる文章を書けないか。その一点に、残された時間と体力を集中したい。それが、苦渋の末の私の結論であった。

片隅の物書きである私を、陰に日向に支え続けてきてくれた講談社の仲間たちは、寛大にもこの筋にはずれた願いを聞き入れてくれた。ありがたい。でも、申しわけない。

左眼はレーザー光線による治療で出血が収まり、視力は乏しいながらも拡大レンズを使うと原稿が書ける程度まで回復した。肝ガンは、ペイト療法によって進行が止まったようである。

生きて二十一世紀を迎えることはあるまい――。近しい人々に本田はそう口にしていた。いくたびか死神が至近距離までやっては来たが、それを押し返すものが病者に宿っていたようである。病床で新しい世紀を迎えるなか、本田の最後の仕事がはじまっていく。

第十九章　自伝的ノンフィクション
——『我、拗ね者として生涯を閉ず』

1

本田靖春の「我、拗ね者として生涯を閉ず——体験的ジャーナリズム論」の連載が『現代』誌上ではじまったのは、二〇〇〇年四月号からである。編集長にあった渡瀬昌彦が本田と懇意な関係にあったことは触れてきた。

タイトルをどうするか——。「渡瀬君にまかせるよ」と本田は口にしていたが、渡瀬は悩んだ。「拗ね者」とは〝本田語録〟のひとつであったが、雑誌の連載タイトルとして「生涯を閉ず」とは尋常な言葉ではない。ただ、連載が通常のものではないことも確かであった。覚悟を決めた上でのラスト原稿。そうであるならそのことをはっきりうたってもいい……。本田にタイトル案を示したところ、「うん、いいんじゃないか」という返事があってほっとしたことを覚えている。

最終回は二〇〇五年一月号。連載期間は四年十ヵ月に及ぶが、この間、手術や体力低下によって幾度も休載が挟まった。タイトル通り、この連載を書き終えて――正確にいえば一回分を残して――二〇〇四年（平成十六年）十二月四日、本田は七十一歳の生涯を閉じた。翌年二月、講談社より渡瀬の責任編集で単行本が刊行されたが、全十一部プラス絶筆、五百八十二ページの大部の著となっている。

私の肩書はノンフィクション作家ということになっている。いくつかのノンフィクション作品を手掛けているうちにそうなってしまったのだが、実をいうと本人はこの呼称をあまり気に入っていない――本書の書き出しである。

続いて、ジャーナリスト、評論家と呼ばれた時期もあるが、どうもぴったりこない。要は肩書などどうでもよくて、「新聞社を辞めて長い年月が経たいまも、変わりなく社会部記者をやっているつもりである」と記しているが、確かにそうだった。場は変われども、本田に貫いてあるのは社会部記者の問題意識であり生き方だった。

本田がノンフィクション界に参入したのは一九七一（昭和四十六）年であるが、記者時代と同様、密かに抱く志を――本田の言い方を借りれば「小骨」を――持ち続けてノンフィクション界を歩んでいく。当時の業界模様に触れつつ筆はやがて自身の生い立ちへ立ち戻り、朝鮮半島へ、父母のことへ、引き揚げ体験へ、最初の内地・長崎県島原へと及んでいく。さらに中学二年で都内に転居し、高校時代へ、新聞記者を志した大学時代へ……と進んでいく（第一部～第四部）。

一九五五（昭和三十）年、本田は読売社会部記者となるが、それは「社会部が社会部であった」「最後の絶頂期」であった。個性豊かな上司に出会い、鍛えられ、あるいは歯向かいながら「生意気な」若手記者は成長していく。六〇年安保、三河島駅構内の列車脱線多重衝突事故、東京オリンピック、「黄色い血」追放キャンペーン……と、縦横に筆を振るう（第五部～第八部）。

本田は社会部のエース記者となるが、やがて「正力コーナー」に象徴される社会部の退潮がはじまり、抵抗を試みるが頓挫する。欧州移動特派員を経てニューヨーク支局に赴任するが、もう心は折れていた。やがて「さらば読売」の日を迎える。終盤近くでは、自身の私生活上の出来事について、未完に終わった連載「岐路」での記述を補う形で言及している（第九部～第十一部・絶筆）。

このような事柄は、『私のなかの朝鮮人』『ニューヨークの日本人』『体験的新聞紙学』『不当逮捕』『疵』『警察回り』「岐路」などでも散見できる。内容的に重複している箇所もあるが、時系列に沿って編み直し、人物群像を登場させつつ新たな物語として書き進めている。集大成の自伝的ノンフィクションである。折々に、時評や心境の吐露は見られるけれども病状報告はごくごく短く、闘病を語らずという流儀は最後まで貫かれた。

人はだれも原点的なものを持つが、本田にとって少年期の引き揚げ体験がそのひとつであったことを改めて知る。

本田一家の乗る引き揚げ船・興安丸が山口・仙崎沖に錨を下ろしたのは敗戦からひと月後のこと。一家が頼ったのは、母方の遠縁、島原半島・有明海に面した寒村の家だった。住居は茅葺(かやぶ)きの納屋で、毎食の主食はイモだった。

雑誌のコラムで本田は「食べ物に関して、好き嫌いはない。唯一の例外がサツマイモで、これは、いまかりにヤキイモ好きの女性を想定して、彼女が十回生まれ変わって来たとしても食べ切れないであろうと思われるほどの量を戦後の一時期にこなしたので、どのようなかたちであれ死ぬまで口にしない、と家人に申しわたしてある」とも書いている。

地元の中学に汽車通学するが、ダイヤが乱れることもしばしばで、片道四、五時間を要する日もあった。制服も鞄も靴も教科書もない。制服は予科練の払い下げ、鞄は手縫いの布、足もとは高歯の下駄。教科書は級友に借りて写した。「暴力を伴うイジメの洗礼も受けた」とある。少年期の自身を「一歩外に出ると、満足に口が利けないほど内気な少年であった」とも記している。

やがて、京城で日本高周波重工業の残務整理を終えた父が帰国し、一家は東京に転居する。島原での暮らしは一年四ヵ月間であったが、試練多き日々だった。

私は恨みがあってこのことを書いているのではない。実をいうと、こうした体験ができてたいへんよかった、と思っている。京城時代の私は、末端であったにしても、支配者の側にいた。そこからは見えないもの、感じられないもの、理解できないものがある。もし、あの環境で育ち上っていたら、私はかなり偏頗（へんぱ）な人間になっていたに違いない。だが、引揚者の身となって、多くを学ぶことができた。たとえば、他人の痛みがわかる、といったようなことである。

世間的にいうと、私は苦労したくちに入るのかも知れない。しかし、私自身は、苦労といわれる一つ一つが、実りのある学習だったと思っている。労せずして学習の機会を与えられたのだから、これこそ幸運というべきであって、それがなかったとしたら、今日の私はなかったと心底から思う。

続いて、「難民」という体験を経たおかげで、狭量、排他的、ムラ意識、島国根性……というものからいささかでも免れ得たこと、さらには少数派や社会的弱者の位置からものを見ることが自然と身についたとし、それらは島原での体験がもたらしてくれた大いなる財産であるとしている。

2

本田は早大政経学部新聞学科に入り、新聞記者を志す。

戦後しばらく、新聞界の両雄は朝日・毎日で、読売は全国紙を呼号しつつ「関東圏のブロック紙」の域を出なかったが、本田は読売を第一希望とする。社会面で、新宿にはびこる暴力団と警察の癒着をあばく果敢な「粛正キャンペーン」を展開していたからである。「読売の社会部に入って、おれもキャンペーンを張ってみたい」と思ったのである。

まだ入社内定の時期であったのだが、本田が紙面にはじめて書いた原稿は社説だったというびっくり話も披露している。宿酔（ふつかよ）いの抜けない論説委員から依頼されて書いた「十大ニュースと世相」の下書き原稿であったが、ほぼそのままに載った。当時の読売が「いかに自由で伸び伸びとしており、とらわれがなかったか」を物語るエピソードとして、あえて紹介してみたとある。

一方で「ムリ偏にゲンコツ」がまかり通る時代でもあった。若手の警察（サツ）回りだった時期のこと。T江東支局長に理不尽なことでいちゃもんをつけられる。「バカヤロー。（支局に）上がってこい、というのに、なんで上がってこないんだ」と怒鳴られてぶち切れ、「よおし、いますぐ行くから帰らないで待ってろ」と乗り込んでいった〝武勇伝〟なども記している。

これがもとで甲府支局に飛ばされたとあるが、T支局長は嫌われもので、先輩記者たちは本田の肩をもって小宴まで張ってくれた。

あの人たちは、弱い私の肩を持ってくれた。生意気でいいんだ、生意気でいいんだ、と背中を叩いてくれた。そう思うから、私もそのような人になりたい、と心に決めた。以来、乏しい勇気をかき立て、卑怯未練なおのれを叱咤しながら「正義漢」として振る舞ってきた。「良き社会部」は幻と消えたけれども、私は生涯を終えるまで「良き社会部記者」で通したい。

いいではないか。単純な思い込みに生きた人間が、片隅に一人くらいいても。

社会部にいた個性ある面々の人物点描が興味深い。「社会部の三汚（きたな）」と呼ばれていたタローさん、シンジさん、タケさん。名コラムニストとうたわれた村尾清一や細川忠雄から随分と可愛がられた思い出も記している。

「三汚の真打ち」、タローさんは社会部の最古参格で都内版を担当していた。日陰のポストである。

目を引くのは身なりだ。古ぼけた派手な紺のジャケットは進駐軍の放出品を裏返して仕立て直したものとわかる。左側の胸ポケットが右側に移動しているからだ。ズボンはよれよれで、ベルト代わりに女性用の腰ひもで結わえている。足もとの革靴はボロ布のごとくにささくれ立っている。

出自はといえば、タローさんは箱根の名門旅館の御曹司で、慶大の出身。坊ちゃん育ちのタローさんがなぜ汚くしていたかはわからないとある。

ホームレスまがいの身なりだったからであろう、とある深夜、社の裏手で築地署員に職務質問された。身分証明書を出すと、「お前、どこでこれを盗んできたのか」と詰問される。正面玄関受付まで警官と同行し、身元を確認してもらってやっと放免された。さすがのタローさんも憤然とし、社会部の面々に愚痴ったのであるが、一同、警官は悪くないとした。怪しい風体の男を職質しない方がどうかしているとなって、格好の笑い話が残ったとある。

そのタローさんが、通信部から支局に昇格する武蔵野支局の初代支局長に就任することになった。

その人事は、部長から部会の席で発表され、タローさんは促されて挨拶に立つ。いつもの癖で、アゴをさすりながらもぞもぞと立ち上がったタローさんは、こう切り出した。

「えー、永いこと前頭筆頭をつとめてきましたが、このたび——」

社員名簿のなかで、タローさんの氏名は、久しく社会部のヒラ記者の最上位にあった。そのことを大相撲になぞらえて、マクラに振ったのである。

これが大受けして、室内の爆笑はしばし収まらなかった。その笑いには温かみがあった。みな、タローさんが好きだったのである。

自由でわだかまりのない社会部で、伸び伸びと若い日を過ごすことができて、私はしあわせだった。いや、命が尽きようとしているいまも、しあわせである。

タローさんのような奇人が、当たり前のように受け容れられる世界だから、私も置いてもらえた。その環境のなかで学びとった、記者としての精神とでもいったものが支えになって、今日までどうにか背骨を曲げずに生きることができた。その思いがあるから、私はしあわせなのである。

入社六年目の一九六〇（昭和三十五）年、本田は社会部遊軍となる。抜擢であったが、社会部長、長谷川実雄の「引き」によるもので、これ以前、小さな記事が目に止まったこともあるようだった。

長谷川は後年、「江川問題」が起きたさいの読売巨人軍代表をつとめ、すっかり悪役にされてしまうが、戦後間もなく吹き荒れた読売争議にさいしては「最後まで正力派と闘ったスト派の一人」であり、「苦労人で、心優しい人情家であった」とある。

本田が警視庁第一方面担当のころ。明日から小学校が夏休みに入る。デスクからどこかへ行って写真を撮ってこいと命じられ、港区立桜田小学校に出向いた。夕刊用の、息抜き的な囲み記事である。

同行のカメラマンは、校門で待ち構え、一斉に駆け出して来る児童たちをアップで撮った。いい写真だった。本田は一気に原稿を書いた。

〈○…「カゼをひかないよう。交通事故にあわないよう」との校長先生のお話もウワの空です。だってあすから夏休みですから。
○…青い広い海を思っている一人の子のそばで、もう一人が涼しい山の家を胸に描きました。だから、通信簿をいただいてフロ敷につつんだ子らは、「サヨナラ」の声とともに、足もはずんで校門へ一斉に走りました。
○…ところでお天気ですが、梅雨前線が弱まっているので、梅雨はなし崩しに明け、二、三日後には本格的な夏が来るそうです。どうぞ元気で。〉

定番の客観報道からすれば外れた書き方である。別段、奇をてらうつもりはなかったが、写真を見ているうちに自然と手が動いた。提稿を受け取った当番デスクの長谷川は、原稿を前に両腕を組んで長考した。

かなり長い時間だったように記憶するが、実際には一分間かせいぜい二分間であったろう。長谷川さんは考えるのをやめて、背後に立つ私を振り向いた。
「なんだお前、小学生の綴り方みたいな原稿を書きやがって」

やはり、まずかったか。そう思うから黙っていると、長谷川さんは続けた。

「いろいろいうやつはいると思うが、これはこのままのせるとしよう」

私はうれしかった。長い時間のなかで出来上がっている、記事の定型とでもいうべきものに背を向けて、新しいスタイルを試みた若輩者の挑戦を、たしなめるでもなく正面から受けとめてくれた長谷川さんの柔軟性が、職場の豊かな可能性につながるもののように思えたのである。

3

大事件や大イベントがあると、各社とも社会部のエース記者が「雑感」を担当する。一九六四（昭和三十九）年、本田は東京オリンピックの開・閉会式の雑感を書いている。この前後、「黄色い血」追放キャンペーンに備えた取材に奔走していたが、五輪報道にも駆り出されていた。

以下は、閉会式の模様を伝える記事であるが、国立競技場の記者席で、目の前の光景を目で追いつつ電話で口述する「勧進帳（かんじんちょう）」によるものである。

〈選手入場──それはもう、式次第でいう「選手入場」などというものではない。その先頭は、歓声をあげ勢いよくかけこんできた若ものたちの一団だった。白い顔も、黒い顔も、黄色い顔も……若ものたちはしっかりスクラムを組んで一つになり、喜びのエールを観客とかわしながら、ロイヤル・ボックスの前を〝エイ、エイ〟とばかりに押し通った。

その前を行く日本チームの福井誠旗手は、あっという間に一団にのみこまれ、次の瞬間、かれのからだは若ものたちの肩の上にあった。かれがささげる日の丸は、そのミコシの上で、右へ、左へ、大きく揺れた。

その光景は、素朴な日本の農村の秋祭りを思わせた。

若ものたちは声を合わせ、一つの掛け声に和している。おそらく一人一人は、それぞれのお国ことばで叫んでいるのだろうが、それらが一つになるとき、まるで〝ワッショイ、ワッショイ〟と聞こえてくるのだ。そういえば、オリンピックも若人のお祭りだった。……〉

このくだりを読んでいると、遠い日の記憶が甦ってくる。東京オリンピック時、私は高校生。熱心にテレビ観戦をしていたが、いまもくっきりと記憶に残る画像は閉会式の様である。「世界の平和」がオリンピックのうたい文句であったが、そういう〈共同幻想〉が本当に具現しているかのような思いに駆られたものである。

この記事については、本田は『警察回り』でも触れていた。社に帰り、遅版用に、スタンドから送った口述原稿に手を入れ、文章を整えて入稿したのであるが、刷り上がった紙面を読んだ先輩の「前の方がいいと思うよ」という助言に従い、元に戻したとのことである。

この年、本田は入社十年目の働き盛り。ただ前を向いて記者活動に打ち込んでいた時代であったろう。

本書で、本田は幾度も、当時の読売社会部の気風を「いい加減」「大雑把」「でたら目さ」といった言葉をまじえて評しているが、もちろん「ほめ言葉」としてである。当時、社会部は約八十人の大世帯であったが、別段、派閥といったものはなかった。もともと新聞記者は、干渉されたり管理されたりすることを嫌う。派閥の親分・子分関係なんてとんでもないという人種である。要は、仕事さえできればいいというのが記者たちの価値観であって、「サケの上での蛮行」とか「男女関係のもつれからくるごたごた」などは「些事」とされて不問に付されるのである。

些事問わずの放牧の地で、若き無頼派記者は奔放に駆け巡っていた。そんな「黄金時代」は過ぎ去りつつあったのであるが――。

『現代』での連載は長期にまたがり、担当者は吉田仁（現法務部長、第一部～第二部）、藤田康雄（現『FRIDAY』編集長、第三部～第九部）、乾智之（現広報室長、第十部～第十一部・絶筆）の三代にまたがっている。

三人に会った際、私は共通の質問を一つした。本田さんに何か叱られたことはありませんか、と。彼らの先輩たちから〝叱られ話〟を耳にしていたからであったが、いずれも「ありませんでしたね」という。

三人が本田を担当したのは三十代、本田は六十代後半から七十代である。本田がノンフィクションを書きはじめたころ、担当編集者は同世代人だった。やがて〝弟たち〟となり、さらに〝息子たち〟の世代へ――。三人がいずれも、本田の叱責を受けることのない、良き編集者であったからでもあろうが、そこに歳月の移り変わりを見ることもできよう。

藤田の講談社入社は一九九二年。『週刊現代』を経て『現代』に移り、本田の担当者となった。『週刊現代』在籍時、オウム事件があって奔走したが、本田に一度、登場してもらったことがある。南青山の教団本部で〝外報部長〟上祐史浩へのインタビユーを行い、事件の行く末を見詰めたレポートである。体調の悪いなか、無理をいって引き受けてもらった仕事だった（一九九五年五月二十七日号）。

連載担当となり、原稿とゲラの受け渡し、資料類の届けと、月に幾度か代々木病院もしくは埼玉のみさと協立病院に足を運んだ。

みさと協立の場合は半日仕事となるが、本田のもとに出向くのは少しも億劫(おっくう)ではなかった。書き手への「リスペクトの念」があった。いつも本田に会うさいは緊張したものであるが、病状はきつくても、一つか二つ、笑わせてくれるのが本田という人で、「かっこいい人」であった。さらに早智夫人からの茶々が適宜(てきぎ)割り込んできて、漫談をしている感もあった。

そんな合間に、本田がふっと真顔になっていうことに注意していた。いま聴いておかないと後々もう聴けない……と思っていたからである。

「藤田君なぁ、作家と編集者ってどんな関係だと思う」

「……？」

「二人して一緒に人の家にドロボウに入るようなものじゃないのかな。そう思ってきたよ」

互いに共通の意図を秘めて行動し、一蓮托生(いちれんたくしょう)となって結果責任を負うもの──そういっているように藤田には聞こえた。

原稿をファックスで受け取ることもあった。字がかすれて読み辛いときはパソコンで打ち直した。本田の原稿はリズム感があって読んでいて心地よいのであるが、書き写していると、ああ、ここで句読点を打つのか、だから文章が生き生きとする……。学ぶことが多かった。

受け取った原稿に目を通していると、本田が〝残り時間〟を量りつつ物語を進めていることがわかる。話が横道に入っていく回があって、まだ少々残り時間があると踏んでおられるのだろうと思う。書けるうちにはやく完結まで辿り着いてほしい、いや物語を終わらせずにずっと生き続けてほしい……相反する思いが交錯するのだった。

4

本書の後半部で、本田は読売退社に至る事情を記している。社主・正力松太郎およびその権勢にひれ伏す社内体質が大きな要因だった。

正力は警察官僚の出である。警視庁警務部長にあった一九二三（大正十二）年、摂政宮（後の昭和天皇）が狙撃された虎ノ門事件に遭遇して懲戒免官となり、新聞界に転身する。弱小新聞だった読売新聞の経営権を買収、社長となる。戦後は公職追放を経て社に復帰、部数拡大に手腕を発揮し、テレビ、プロ野球、ゴルフ場、レジャーランド、超高層タワー計画……などの事業に乗り出す。代議士となり科学技術庁長官、国家公安委員長なども歴任した。

読売には社会面があればそれでいい、あとは付録のようなものだ――。かつて正力はそう公言した。下町の庶民層を主力購読者とする読売に高尚な紙面は不要とする意で、経営感覚には長けた人物だった。そういう指向が社会部隆盛時代をつくったことは確かであったが、正力が新聞以外の事業に熱心になるにつれて、弊害が増してくる。

本田の遊軍時代、社長室に韓国の新聞界の長老たちが訪れた日があって、デスクに命じられて同席した。そのさい正力の「私がいちばん大切だと思っているのは、新聞発行で得た利益を、いろいろな事業を通じて読者に還元すること、これだね」という発言を耳にして唖然とする。

言論機関の役割とかあるべきジャーナリズムなどというものはまるで聞かれない。かつて掲げた社会面重視も、そのことが部数増に結びつくからなのであって、この人のアタマにあるのは宣伝媒体としての新聞なのだ――。「この分では早晩、読売を去ることになるだろう――私が、はっきりしたかたちで退社を考え始めたのは、このときからである」と記している。

社主の動向を伝える「正力コーナー」が三日にあげず紙面に載るようになるが、紙面の私物化であり、読者にとっては読みたい記事でもなんでもない。

読者からの「あのカボチャ面（づら）」を載せるのはいい加減にしてほしい、もう購読をやめるという苦情電話を取ったさい、おっしゃる通りだと本田は答え、便りにして直接社主に伝えてほしいと自宅の住所を教えた。社会部に住所メモを紙バサミでつるしておいたのだが、もとよりというべきか、同調者は出ない。

コーナーを担当する遊軍記者もたまらない。

正力と大学総長の懇談を本田が原稿化したさい、横にいたＮＴＶ（日本テレビ）専務の読売ＯＢは、言い回しの文言に嘴（くちばし）を挟んできて正力のご機嫌取りに汲々とする。アメリカのプロゴルファーが表敬訪問したさいも本田が担当させられたが、記事化する要素はなにもない。思わず「こんなもの記事にするんですか」と問うと、「しなくていい。こんなもの」というのが正力の返事だった。正力コーナーの存在は「チンケなゴマスリ野郎」のなせることでもあった。

「逗子（ずし）三段」という言葉があったとか。正力の住む神奈川・逗子周辺に配られる版では三段記事にしておいて、他の地域ではベタ一段に落としてしまうことで、記者たちのささやかな「騙し作戦」であり、抵抗だった。

本田は部内で幾度か執筆拒否を呼びかけ、自身は書かないと宣言するが、周囲は「大元帥」の前では沈黙するばかりだった。やがて本田は「浮いた存在」となり、「プロテスト」（抗議）として無断欠勤をするようになっていく。

すでに社会部王国の時代は過ぎ去りつつあった。

売春汚職での政治家の召喚にかかわる誤報（「立松事件」一九五七年）、スクープを狙って起きた犯人隠避（「三田事件」一九五八年）などで打撃を受け、おおらかで溌溂とした部風は失われていった。事なかれ主義、マイホーム主義、マイカー族、ゴルフ熱……経済成長社会のなかで記者気質も変容していく。総じて「ポチ化」が進行するなか、本田のいう〝ヤクザ〟たる記者は少数派になろうとしていた。

5

社会部記者であった証がほしい——本田は「黄色い血」追放キャンペーンに奔走する。後年の言葉でいえば「調査報道」である。記者時代、もっとも情熱を傾けたこの仕事については『警察回り』等でも記している。

一九六二（昭和三十七）年、本田記者は山谷のドヤ街に住み込み、売（買）血の実態を調べ上げ、「黄色い血の恐怖」と題するルポを連載する。二年後の東京オリンピックを挟んで、第二弾、第三弾のキャンペーンを張る。血清肝炎（C型肝炎）が蔓延する一因に売血があることが知られはじめて世の関心は高まり、献血率は上昇していく。さらにひと押し。第二章で触れているが、移動採血車の予算計上が焦点になると、本田は大蔵省に乗り込み、予算を認めなければ大蔵批判のキャンペーンを張ると脅し上げる。この仕事に区切りがついたところで社を去ろう――。

本書の第八部「渾身の『黄色い血』キャンペーン」では、輸血と血液制度の歩み、医学者、日赤、製薬会社、厚生官僚、献血運動を担った大学生たち……などを登場させながらより詳細に、キャンペーンの内実を書き込んでいる。後日談についても言及している。

人物では二人の対照的な医学者に焦点を当てている。一人は「献血の鬼」と呼ばれた日赤中央血液銀行所長の村上省三。本田がはじめて訪れたとき、「巨漢というにふさわしい体軀を持つ寡黙で無愛想な彼は、孤立無援の苦しい状況の中で、売血業者を相手に悪戦苦闘を続けていた」とある。

東大の血清学教室で学び、戦時期は軍医として各地を転戦、南方の島ではマラリア研究にたずさわった。戦後は日赤にあって献血の推進役を担っていく。

この当時、保存血液のなかで献血が占める割合は〇・五パーセント。保存血のほとんどが売血でまかなわれる日本の状況については国際学会でも批判の的となっていた。村上は日赤の買血部門を閉め、献血一本へと踏み出す。「日赤を十重二十重に取り囲む買（売）血連合軍への宣戦布告」であった。

もう一人は村上の「宿敵」、日本ブラッドバンク（後のミドリ十字）専務の内藤良一。京大で細菌学を学び、陸軍軍医学校を経て、旧満洲の地で細菌戦や人体実験に手を染めた七三一部隊の中核メンバー（軍医中佐）となる。部隊長石井四郎（軍医中将）は京大微生物学教室の先輩であり、その懐刀ともいわれた。

血液業界の最大手、日本ブラッドバンクは、戦後、七三一部隊の残党が設立した会社である。

ひと筋縄ではいかない内藤氏が率いる買血軍団を向こうに回して、軍勢を持たない村上省三医博は、単騎、「挙兵」した。彼が頼みとしたのは社会正義だけであった。

とても合戦にはならない。ひともみで消されてしまうだろう。そう思われていたときに、強力な援軍が現れた。それが、この私である。私そのものは取るに足らぬ青二才だが、私の背後には数百万という読者がついている。新聞の力がいかに強いか、目に物を見せてやろう。私は勢い込んでいた。

血液業界と病院間はリベートや供応でつながっていて、せっかくの献血を拒否する病院がある。怒りに駆られた本田は、厚生省を動かし、国公立病院長宛に献血を使用すべしとの局長通達を出してもらう。それを報ずる記事の末尾に、「献血の受け取りを拒否した病院は、読売新聞がその実態を調査して、定期的に違反リストを紙面に公表する」と記した。

客観報道主義からすればはっきり逸脱していた。「私の書く原稿は主観の塊りのようなものであった」のだから。あるいは「顧みて、私は新聞記者の範(のり)を超えていたのかも知れない」とも書く。けれども、〝青い正義感〟に突き動かされた記者の仕事が、厚い壁を突破し、事態を動かしたのである。

キャンペーンと献血運動が連動し、献血率は上昇していく。腰の重い病院や厚生省も姿勢を変えていく。日本ブラッドバンクはミドリ十字と社名を変更し、買血からの撤退を表明した。キャンペーン開始からいえば七年後の一九六九（昭和四十四）年、「保存血液の買（売）血は完全に消滅」した。

その報を、本田はニューヨーク支局で知る。すでに半ば退社を決めていて、心ならずもの海外赴任だった。

仕方なく私は赴任したのだが、鬱々と心楽しまなかった。そこへ、この朗報である。私は独り、ロックフェラー・プラザのあのクリスマスツリーを見下ろす、支局の窓辺に立って、手製の水割りを飲んだ。ささやかな祝杯のつもりであった。

なお、ニューヨーク支局員時代について本田は幾度も「自他ともに認める落第特派員」と書いているが、「たった一本のヒット」として「ウッドストック」のいち早い打電をあげている（『戦後の巨星』）。この年の夏、ニューヨーク郊外で行われたロックフェスティバルで、ベトナム反戦など時代の新潮流を伝える象徴ともなったが、本田の感性に触れるものがあって書いた記事だったのだろう。

「黄色い血」をめぐる闘いには勝った。ただ、その後「大ドンデン返し」が控えていた。

血液にかかわる需要は変わりつつあった。献血量は増えたが、保存には期限があって、死蔵されたまま廃血されるものが増えていく。赤血球、血小板などの成分製剤、とりわけ血友病患者に必要な「血漿(けっしょう)分画製剤」の需要が増していた。

こういう時代の趨勢(すうせい)を先読みしたミドリ十字は、日赤の廃血を原材料に血漿分画製剤の製造を手がけ、さらにアメリカの製薬会社から血漿を輸入し、新ビジネスを展開していく。それが後年、血友病患者のエイズウイルス感染を生んだ。

「黄色い血」追放キャンペーンは、文字通り、世のため人のために役立った仕事であったが、本書で本田は「悔い」もあると記している。ミドリ十字の息の根を止められなかったこと、それが罪なき多数のエイズウイルス感染者を生んだことにつながっていることに対して、である。

したがって、あのキャンペーンを手柄とすることができない。私は肝ガンを抱えている。これは取材で何回も血を売りに行ったのが原因であろう。

できることなら、図々しくこのガンを「銅メダル」くらいにはいいたい。だが、「記念メダル」というにとどめているのは、責任を自覚している表れとお受け取りいただきたい。

6

本書では、「異能」の「名デスク」、辻本芳雄が幾度も登場する。第四章のくだりでも触れているが、読売社会部全盛期の個性を体現していた一人であった。

辻本は一九一九（大正八）年、大阪生まれ。母子家庭で育ち、中学しか出ていない。学業もそこそこに働きに出た先が読売新聞大阪支社。「こどもさん」である。よく働く少年に目をつけた支社長が、大阪に置いておくのはもったいないと、東京社会部に移籍させる。戦時中はマニラ支局にあって南方での報道にもたずさわった。

戦後、二十八歳で最年少デスクとなった辻本は、「ついに太陽をとらえた――原子力は人を幸福にするか」など、刮目に価する連載を連発する。綽名は「あほらしさん」。「異能の人であるが故に、凡人とは異なった思考回路を持っていて、私たちが面白いと思う企画も、彼にかかると『あほらし』の一語で退けられる。それで通り名が『あほらしさん』になった」とある。

本田の警察回り時代、日曜連載「食卓に贈る話題」も辻本の企画であったが、ここで本田は「〈(引き揚げ船の）興安丸を恐れる妻／ウソを重ねた11年／病身、夜の街に立つ〉」という見出しの原稿を書く。敗戦とシベリア抑留を潜り抜けた男女の秘話的なルポであったが、読み返すと「まことに稚拙」「辻本デスクがよく載せてくれたものだ」とも記している。

遊軍時代、三河島駅構内で起きた列車脱線多重衝突事故の現場にいち早く入った本田が社に一報を入れたさい、電話を取ったのが「御大（おんたい）」、辻本デスクであった。

「どや、現場は凄いか？」

開口一番そう訊いてきたので、いってやった。

「ネコの死体が百匹転がっていても、凄いでしょう。私が見た感じでは、おそらく百人以上死んでるでしょう。そして、その数倍の負傷者が呻（うめ）いているんですよ。凄い、なんてもんじゃありませんね」

「――――」

大阪人の例に漏れず、多弁な辻本さんが沈黙してしまった。

現場は「雑感」に集中し、「本記」は国鉄本社に記者をやって書かせたほうがいい

――本田の判断を「御大」は了とした。報道は「読売の圧勝であった」とある。本田が「書ける記者」と認知されるきっかけにもなった。

あるとき、東大の安田講堂で、世界学長会議なるものが開かれた。辻本から取材を命じられた本田が、英語力が乏しいので……と尻込みすると、辻本はこういったとある。

「君、大学出てるんやろ。ほな、英語できるやないかい」

御大の指示とあれば従うしかない。ハーバード大学の学長には帰国途上の車中インタビューを行い、外報部員の手助けも得て夕刊で十回連載となった。

本田が読売を辞めるといっている――社内で噂が広まっていく。退社の二年前、本田は欧州移動特派員を経てニューヨーク支局勤務となるが、社会部員の赴任は異例のことだった。「これは私の推測なのだが、私の師匠に当たる前社会部長の辻本芳雄さんあたりが、かつてのお仲間たちと諮(はか)って、私の退社予防策にニューヨーク支局への派遣を思い立ったのではないか」と書いている。

帰国後一年弱して退社届を出すのであるが、入れ替わり立ち代わり、慰留者が現れる。「最後に説得に乗り出したのが、わが師、辻本さん」であった。

白昼、銀座のビヤホール、ニュートーキョーのバーに連れて行ってくれた辻本さんは、こう切り出した。

「ほかの人間が、会社辞める、ちゅうなら、わかるでぇ。なんで、お前が会社辞めるんや。わけわからんぞ。しっかりいうてみぃ」

私が理由を説明していると、辻本さんの表情はみるみる変わっていった。怒気をはらんでいったのである。

「おまえにはチャンスを与えてきた。カネもようけ掛けた。どうしても辞めるというなら、それを返してからにしたらどうや。それをせえへんやったら、おまえは、拐帯横領犯人やで」

辻本さんは、本気で怒っていた。そういうと、いきなり伝票を鷲づかみにして、去って行ったのである。

辻本さんの最後のことばは、胸に突き刺さった。私はしばらくのあいだ、席を立てずにいた。

本気で怒った辻本、席を立てずにいた本田――。それ以上の言葉は添えていないが、辻本の本田への、また本田の辻本への思いが伝わる、ひりひりするような記述である。

こう続けている。

社外から救いの手を伸ばしてくれた人もいる。（朝日の）深代惇郎さんと、上野署記者クラブの彼の後任であった伊藤邦男さん（のちにテレビ朝日会長）である。二人して私を食事に誘い、「うち（朝日）にこないか」と熱心に勧めてくれた。それも一度や二度ではない。友情が身に染みたが、心は動かなかった。私を育ててくれた、「よき時代のよき読売社会部」に、深い恩義を感じていたからである。

私が朝日に移ったとしたら、社を辞める以上に先輩方は悲しむであろう。

私は生涯、「読売ＯＢ」の看板を背負い続ける。それが、私の誇りであり、古巣に対する愛着心の表明でもある。

7

『我、拗ね者として生涯を閉ず』第九部のタイトルは「病床で飽食日本を斬る」。往時の、また昨今の世相を取り上げつつ、筆は自在にあちらこちらへ飛んでいる。昔は良かったという類の感傷を本田は好まぬ人であったが、世の中、果たして良くなったのか……という痛切な思いを随所に記している。

本田が高校二年生というから昭和二十年代半ばである。家計の足しにと思って、新橋駅前で大学ノートの路上販売に立った日があったが、警官に退去を求められ、泣き出してしまった。騒ぎになりかけたとき、通りかかった若い女性が「あのー、一冊いただけますか」と申し出てくれた。思わぬ人の親切に触れて、よけい慟哭(どうこく)したとある。

それにつけても、敗戦の焦土の中にいて、人びとはいまとは比較にならないほど優しかった。それは、あまねく貧窮のどん底をくぐって、生きることの切実さが身に染みていたからではなかったか。だからこそ、他人の悲しみや苦しさにも、見て見ぬ振りはできなかった、ということであろう。いまは、自分さえよければいい、という身勝手さに、この国は染め上げられている。

「興安丸を恐れる妻……」の記事を回想するくだりで、こんな一節も見られる。

　私は前に、豊かさは諸悪の根源といった。貧しい時代を切実に生きた人びとは、真面目で、努力家で、忍耐強く、前向きだったように思う。いまは、それらがすべて失われている。
　だから日本を昔の貧乏国に戻せ、とは、いくら私でも言いはしないが、いまの日本人は嫌いだ、とだけは力をこめていっておこう。

繰り返し、飽食時代の〈内なる貧困〉を撃っている。戦後、われわれが等しく奔走したモノとカネへの情熱は、見える形の見返りとしてはそれなりの成果を残した。けれども、衣食住足りて、あるいは暖衣飽食（だんいほうしょく）となりてなお、人の〈徳目〉や〈品性〉が豊かになったとは思えない。経済成長と消費社会の進行に沿うように、空疎なる事象は増え続ける。いったい何のために大汗をかいてきたのか……。本田の論考は、〈時代の進歩〉というものへの切実な問い返しを誘うのである。

いささか小言幸兵衛的ではあるのだが、随所に本田流の諧謔（かいぎゃく）が利かせてあって、かつての麻雀仲間がいずれも「神に愛され」若死してしまったというくだりでは、「くたばりそうでなかなかくたばらない。いい加減、店じまいしないと周囲に申しわけない、という気分でいるのだが、どうやらこの私は神に嫌われたようである」と書いたりしている。

本田の生涯を通して、拗ね者の「小骨」は折々に顔を出した。往時のこんな思い出も記している。

結婚披露宴に招かれた日のこと。新郎は早大、新婦は慶大の出身。司会者も早大出身者で、宴たけなわとなって、「都の西北」を斉唱するので早大出身者は前に出ろ、と促す。本田は自席を動かない。

雑誌のインタビュー（『プレジデント』一九八六年十一月号）では、「桜」「祭」「校歌」「社歌」……といった、帰属意識の共有を促すもの一般が苦手だと答えている。

で、披露宴でのくだり――。

その私は、がぜん出席者の白い視線にさらされることになった。もっとも、非難の眼を向けてきたのは、私を早大出身と知っている連中で、あの拗ね者がまた突っ張りやがって、といいたげであった。

たしかに私には、大人気ないという欠点がある。要するに、ガキなのである。嫌だ、となったら、ボディ・ランゲージにしろ、そいつを表明しないことには、気が済まないのである。我ながら幼稚だと思う。でも、齢七十の今日まで、改めよう、と思ったことはない。これからは、物分かりの悪いクソ爺いの道を極めたい、と願っている。

かように、拗ね者の突っ張りはいささかも減じることなく、『現代』での連載は続いていった。

〔読者から多数ご質問がありました。二月号の連載第七回で膝下からの右足切断に触れ、先月、今月号が休載となった本田靖春さんの病状についてです。術後は順調ですが、これまで背負ってきた病が消えるわけもなし。でも、ご自分の余命を覚悟の上、最後の一作への情熱は揺るぎません。まず健康を、という安易な言葉は本田さんの前では無力です。「死を賭けて」書き遺す個人史に小誌は伴走します。来月はお届けできるでしょう。（中）」

『現代』二〇〇一年四月号の最終ページ「編集室だより」である。

本田の連載がはじまって四ヵ月後、渡瀬昌彦が学芸図書第二出版部担当部長に転任し、後任の編集長に中村勝行（現第一事業局次長）が就いた。

中村もまた、本田との付き合いが長い編集者である。一九八一（昭和五十六）年入社。『週刊現代』、『現代』、学芸図書を経て『現代』に戻った。本田とのかかわりでは、往時の連載コラム「時代を視る眼」を、さらに「私の同時代ノート」を担当している。

本田さんが書ける限り連載を続ける、いくら休載があってもいい、最後まで伴走させてもらう、歴代の担当者みんなが思っていたことだと思います――中村の言である。

病魔は止むことなく本田を襲った。大量下血から大腸ガンの切除、壊疽（えそ）の進行による右足の切断、左足の切断、大腸ガンの再発……。四ヵ月、三ヵ月、二ヵ月、三ヵ月の休載を挟みつつ、本田は通算四十六回に及ぶ連載を書き続けた。

悲壮感というやつは嫌いなので、ごく軽く読み流していただきたいが、私はこの連載を書き続けるだけのために生きているようなものである。だから、書き終えるまでは生きていたい。正直なところ、寿命が尽きる時期と連載の終結時を両天秤にかけながら、日を送っているのである。

残された時間を勘案し、カウントダウンを知覚しつつ、本田は原稿を書いた。苛酷極まる、それでも書くことが本田を支えていた。

終章　漢(おとこ)たらん

1

病床にあった本田靖春が、壊疽(えそ)の進行によって右足を大腿部から切断したのは二〇〇〇年十二月である。手術は東京女子医大で行われたが、女子医はいわゆる治療病院であって、術後順調な患者は退院を促される。本田の場合、自宅療養は困難であり、療養病院へ転院することになる。

講談社の学芸図書出版部長にあった渡瀬昌彦は、夫人の早智とともに受け入れ病院を探すが、なかなか見つからない。「片足を切った患者など余命わずかなんだよ。とてもうちでは面倒みられないいな」。心ない言葉を口にする某病院の某医者などもいた。

困っていたとき、ジャーナリストの川井龍介より耳寄りな情報が寄せられた。それが本田の晩年、入院先となった千駄ケ谷の代々木病院（東京勤労者医療会）であり埼玉のみさと協立病院（同）である。川井は渡瀬と、また本田とも付き合いがあった。

川井は毎日新聞出身である。静岡支局で五年間勤務したが、抜いた抜かれたにはあまり関心をもてないタイプの記者だった。東京本社整理部への転属辞令が出たのを機に退社する。この時期、本田の著を読んで自宅に電話をしたところ、一度会いましょうという返事をもらい、面識を得ている。

毎日退社後、川井はフロリダ半島中部、大西洋に面した町の日刊紙、『デイトナビーチ・ニュース・ジャーナル』で一年間、研修生活を送っている。草の根的なジャーナリズムの現場を体験してみたかったこと、フロリダを選んだのは日本との縁が少ない地がいいだろうと思ったことによる。

出迎えてくれたのは、髭面（ひげづら）のマッチョな大男で校閲部員。ビーチのビアハウスで合流した記者は元海兵隊員で太い二の腕に入れ墨が入っている。国が違えば記者像も随分異なると思ったものだ。一九八六（昭和六十一）年、三十路に入る時期である。

デイトナビーチは観光地で、広大な砂浜が広がり、カーレースにも使われる。陽光と温暖に恵まれたフロリダはリタイアした人々の老後の地でもある。老人ホームを訪ねたり、パトカーに同乗して麻薬の取り引き現場に踏み込んだりもした。

帰国後しばらくして、川井は報告がてら杉並区井草の本田宅を訪れた。「ご参考までに」と、当地での〝滞在手記〟――ワープロで打った生原稿――を本田に手渡しておいた。その後に会った際、思いもしなかったことに、本田が原稿に、鉛筆で丁寧な添削をしてくれていた。いちいちうなずける指摘で、これは宝物だ――と思ったものである。

これはと思う若い世代の書き手に、本田が親切だったことは以前にも触れた。仕事の評価については厳しかったが、川井もお眼鏡にかなう一人であったのだろう。

本田との交流は淡いものではあったが、ずっと続いていく。会えばいつも歓迎してくれた。本田その人から伝播（でんぱ）してくるのは、「戦後の青空」を大切に思う良きリベラリストであり、人とのつながりを大事にする情誼（じょうぎ）の人であり、座談の名手というものである。

俺は組織とはあまりうまくいかないんだけれども自分自身とは気が合うんだよ――と口にしたときがある。自身に忠実にあること。本田の根っ子にあるポリシーを耳にしたようにも思ったものである。

川井はその後、日経BP社を経てフリーになった。福祉、島唄、日系移民、海外の邦字新聞……など幅広いテーマの執筆を重ねてきた。青森の県立深浦高校の球児たちを描いた『0対122　けっぱれ！　深浦高校野球部』（講談社・二〇〇一年）は、渡瀬の担当で刊行されている。

渡瀬の記憶では、川井が渡米する前後――『週刊現代』在籍時であったが――本田宅でたまたま川井と鉢合わせた。それが初対面であったが、同年代ということもあり、以降、付き合いが続いていく。

初対面からいえば十数年後になるが、日本海に面した深浦の高校へ、川井と同行した日もあった。療養病院を探していた時期と重なっていて、そんな旅路で耳にした情報であったかもしれないという。

ともあれ代々木・みさと協立の両病院は、川井が取材のなかで知り合った医師のルートから紹介された病院である。本田の入院先が代々木↓みさと協立↓代々木と変わったのは、療養病院とはいえ、一定期間を過ぎると転院を促されたからである。川井にとっては「ささやかな恩返し」のつもりであったのだが、もう一つ、川井は「恩返し」をしている。『本田靖春集』（旬報社）の刊行にかかわることである。

昨今の出版事情のもとでは大手出版社から全集的なものを刊行するのはなかなかむつかしい。本田さんの作品集を出したいのだが……という渡瀬の言を耳にして、川井には浮かぶ出版社と編集者があった。

旬報社の編集部長、木内洋育（ひろやす）（現社長）である。これ以前、川井は『阪神淡路大震災　消防隊員死闘の記』『福祉のしごと』『介護のしごと』などを旬報社から出しており、木内が「志ある出版人」であることを知っていた。

木内は本田作品の読者だった。川井の話を聞いて書店での本田本の状況を調べてみると、多くが品切れ状態になっていて、なんとももったいないなぁと思った。刊行を決め、本田の応諾を得るため、川井とともに代々木病院に出向いた。それが本田との初顔合わせだった。

『本田靖春集』は全五巻、収録されたのは以下の十作である。

▽第一巻『誘拐』（解説／鎌田慧）『村が消えた』（同／内橋克人）

▽第二巻『私戦』（同／野村進）『私のなかの朝鮮人』（同／三好徹）

▽第三巻『「戦後」　美空ひばりとその時代』（同／伊集院静）『疵（きず）　花形敬とその時代』（同／佐木隆三）

▽第四巻『K２に憑（つ）かれた男たち』（同／足立倫行）『栄光の叛逆者　小西政継の軌跡』（同／後藤正治）

▽第五巻『不当逮捕』（同／魚住昭）『警察（サツ）回り』（同／大谷昭宏）

収録する本、解説者、推薦人などの選定は、本田の意向をもとに渡瀬と川井の助力を得て進めた。宣伝チラシには五木寛之、澤地久枝、筑紫哲也が推薦の一文を寄せている。これは別の場所であるが、本田と交流のあった筑紫は、本田の人物像を「誇り高き〝無頼〟」「精神の貴族」と評しているが、その通りだと私は思う。

宣伝チラシに、本田は自身の半生を振り返った一文を寄せている。

私は中学一年のとき、外地で敗戦を迎えた。引き揚げてきた私を待ち受けていたのは、民主主義教育である。

ご多分にもれず軍国少年だった私だが、年齢的にはまだ軍国主義に染め上がっておらず、初めのうちこそ戸惑いはあったものの、さしたる抵抗感もなく民主主義に馴染んでいく。

人間として眼を見開きはじめた時期に、民主主義と出合えた意義は大きい。かつての日本がいかに間違った道を歩んだか。植民者二世として生まれ育った私には、過去の日常の中に、思い当たる節々をたくさん持っていた。

引き揚げたのちの暮らしは、世俗的にいうと苦労の連続であった。貧乏もしたし、日本社会の閉鎖性や排他性をいやというほど味わいもした。だが、それらを通じて弱者の視点を獲得した。

ある時期から私は、「由緒正しい貧乏人」を自称するようになった。それは、権力に阿（おも）ねらず財力にへつらわない、という決意表明であった。

いま私は不治の病を三つばかり抱えている。消えてしまった戦後民主主義のあとを追って、間もなく逝くであろう。この作品集から、遠くなった「戦後」という時代のにおいを、いささかでも嗅ぎ取っていただけたらさいわいである。

二〇〇一年十月　　本田靖春

この年の夏、本田は左足も切断を余儀なくされ、両足を失っている。第一巻が出されたのは十二月で、以降ほぼ隔月ごとに刊行されていく。作品集が世に出ることは、本田にとってささやかな励みであり支えともなるものであったろう。

見本ができるとすぐ、木内は代々木あるいはみさと協立病院に届けに出向いた。辛い病状ではあっても本田は客人をにこやかに迎える人だった。かたくなで譲らぬものを持ちつつ、本田はユーモリストだった。その著から受けるものと人となりとの間に乖離感がなかった。しばし雑談し、車椅子の本田に見送られて病院を辞しながら木内はいつも思っていた。もっとお元気な時に出会っていて一度は酒を飲みたかったなぁ……と。

作品集の装丁は田村義也で、二段組みのA5変型判。五巻が並ぶとなかなか目立つ。私は図書館で、また知人の自宅や仕事場の本棚で、本作品集を見かけたことがある。

「……そうですか。ありがたいことです。編集者をやってきて、担当してよかった、やらせてもらって本当によかったと心から思える仕事でしたね」

2

或る冬、東京、府中競馬場であった。

本馬場から吹き込む木枯しに馬券売り場に散った外れ馬券が舞っていた。つい今しがた締切りのベルが鳴り響き、男たちは血走った目で馬券を握りしめ、スタンドに消えて行った。あとは清掃の老人と、フロアーの床を外れ馬券が風に攫(さら)われているだけだった。私はトイレに行った友人をフロアーの隅に立って待っていた。

一人の男がフロアーのむこうから歩いて来るのが見えた。大きな体軀の男だった。右手をポケットに突っ込み、やや前傾姿勢で、少し片方の足を引きずるような歩行で、フロアーのセンターをすすんでいた。遠目にも、男が勤め人、商いをしている人間ではないことがわかった。素人ではないことが、男の雰囲気に漂っていた。私は子供の時、遊郭や繁華街のある、三業地と呼ばれる場所で育っていたから、そこに屯(たむろ)する人間に対して、或る種の嗅覚を持っていた。

第三巻収録の『「戦後」美空ひばりとその時代』に、作家の伊集院静が寄せている解説文の一節である。同行の友人から、男が本田靖春であることを知らされる。

——あれが本田靖春か……。

私の中に、大きな体軀と鋭い眼光が残った。

その秋、私は本田の『疵』を読んだばかりだったので、アイロンを手にして殺された、伝説のヤクザ、花形敬のイメージが、立ち去った作家と重なった。

歳月が過ぎ、私は法埒(ママ)な暮しから抜け、アルコール依存症だった身体を建直し、作家の端に席を置くようになった。そんな或る日、私はまた府中競馬場で、本田靖春に再会した。よほど競馬場に縁があったのだろう。その時は漫画家の黒鉄ヒロシ氏と同行していたので、氏が本田を紹介してくれた。私が名前を名乗ると、彼は少し照れたように目を瞬き、丁寧に頭を下げた。その含羞にふれた瞬間、作家以前の、この人物に好感を抱いた。いや、惚れてしまった。勿論、作品は愛読していたが、その愛着とは別の感情が湧いた。その感情を、どう説明したらいいのかわからないが、敢えて言葉にすれば、年長者の本田に、私は喪失感が漂っているのを見た気がした。その、或る種、独特の気配は、若者であった私が敬愛した数人の大人たちと共通するものだった。以来、私は本田の作品を読む時に、その折の印象がいつも頭の隅に揺れていた。

本田の人物像を鮮やかに切り取った、いかにも作家らしい文だと思う。伊集院と本田について語る場を得たく思い、機会をつくってもらった。作品集の中で選んでいいというなら『私のなかの朝鮮人』の解説を担当したかったともいう。それは伊集院の出自にかかわっている。

伊集院は山口・防府で生まれ育っている。父は海運業などを営む事業家であったが、朝鮮半島の南部、慶尚南道の出身である。昭和のはじめ、「釜山から片道の船賃を手に」海峡を渡った少年は、徒手空拳、苦労を重ねて事業家となった。母も同地の出身で、少女期に来日している。彼女の父は瀬戸内沿岸に広がる塩田で働く男たちの「まとめ役」をしていた。縁あって結ばれた二人の長男が伊集院である。

思春期から青年期、伊集院にとって自身のアイデンティティーにかかわることは大きな問題であり続けたが、『私のなかの朝鮮人』に出会ったことが大きな転換になったという。

「まったく対等の、同じ人間という目線で朝鮮と朝鮮人を見詰めてきた日本人がいたんだということですね。書き手の慈愛と寛容ともいうべきものに心打たれた。日本社会でどう生きていけばいいのかと思い悩んでいたときに、こういう人もいる、日本人と日本社会を信じていいんだというずしんとくる安堵感を残してくれた。僕にとってコペルニクス的転回を促す本だったわけです」

伊集院の自伝的小説『海峡』三部作（『海峡』『春雷』『岬へ』）は、瀬戸内の町と大家族「高木の家」を舞台に、幼年期から少年期へ、さらに青年期へと成長していく若者の歳月を抒情豊かに描き出している。

伊集院が本田の作品群から受け取ってきたのは、中身もさることながら「どこからともなく滲み出る情感」であり、「背中に漂う含羞」であり、「風情ある大人のたたずまい」である。

伊集院の中で本田の人物像を形作ったのは、「二人の大人」からの評も加わっている。

一人は『麻雀放浪記』で知られる色川武大（たけひろ）（阿佐田哲也）。「ギャンブルの神様」ともいわれたが、往時、色川と本田は麻雀台を囲む日々があった。伊集院にとって色川は〝私淑（ししゅく）〟した作家であり、連れ立って全国の競輪場を旅打ちした兄貴分である。旅路の模様は『いねむり先生』に詳しい。

「色川さんによれば、概して新聞記者の麻雀は短期勝負の勝ち逃げ麻雀だけれども、本田さんは違っていて、しぶとくて深みある麻雀を打ったという。色川さんはいつも麻雀をしつつ人間というものを量っていた。あの色川さんがほめるんだから大した人なんだと思ってきたわけです」

『疵（きず）』（文春文庫）の解説で、色川は「動乱期への郷愁」と題する秀抜な一文を寄せている。

もう一人は黒田清である。『現代』の特集「こういう人に私はなりたい」（一九九六年八月号）のなかで、黒田が「無頼作家・伊集院静」の名をあげたことがきっかけで二人の交流が生まれた。『岬へ』では、黒田がモデルと思われる「新聞社の社会部長・白井巌（いわお）」も登場している。

ふと連想に誘われるものがある。

私は、黒田とのかかわりは淡いものだったが、「黒田軍団」の面々もまじえての酒席をともにしたことが複数回ある。そんな席で、黒田が旧制四高（しこう）（現金沢大）から京大に進んだ時期、小説家志望で創作に手を染めていたと口にし、『夫婦善哉（めおとぜんざい）』の織田作之助や『西部戦線異状なし』のエーリヒ・M・レマルクについて熱っぽく語ったことを思い出す。

私は黒田を生粋のジャーナリストと思い込んでいたので、文学青年であったことを意外に思ったのであるが、いや、そうであるから秀でたジャーナリストになり得たのだと思い直し、そういえば本田もまた……と思ったりしたのだった。

黒田が病床にあったころ、伊集院のもとに「ちょっと顔を見せてくれませんか」という伝言が届き、阪大病院に入院中の黒田を見舞った日がある。病室でこういわれた。

「もう酒飲めんようになってね、悪いけど、そこの冷蔵庫に缶ビールが一本あるから、ワシの代わりに、ぐーっと旨そうに飲んでみてくれんかな」

いわれた通り、伊集院は缶ビールを飲んだ。およそひと月後、黒田は亡くなるが、黒田の長女より「父はあれで気が済んだといっておりました。ありがとうございました」という謝辞を受け取った。

黒田と本田の交友については触れてきたが、伊集院の知る黒田は「人間通の大人」であった。本田への人物評が聞かれることもあったが、深い敬意を伴うほめ言葉しか耳にしていない。

伊集院は本田と語り合ったことはない。飲んだこともない。競馬場以外では、一度、どこかのバーで姿を見かけ、軽く会釈したのが接触したすべてである。あたかも二人の〈侠客〉が擦れ違いざまに目線を交わして互いを了解するがごときシーンが浮かぶ。本田もまた伊集院という作家から何事かを感受していたのだろう、解説文の依頼は本田の意向によるものだった。

――本田靖春とは何者であったのか、ということですが……。

「漢（おとこ）という言葉が浮かびますね。いまやめったに出会うことのなくなった、漢という言葉が似合う人であったと……」

ノンフィクション作家の魚住昭は、第五巻収録『不当逮捕』の解説をこのように書きはじめている。

3

おそらく『不当逮捕』は、戦後に書かれた数多（あまた）のノンフィクションの中で最上のものの一つだろう。少なくとも私はこれ以上に心を深く揺さぶられるノンフィクションを知らない。そんな名作を下手な解説で汚すより、この作品のキーワードであるガセネタについて語りたい。

魚住は共同通信社会部に在籍時、検察を担当している。検察内部の暗闘劇のなか、スクープ記者・立松和博は仕組まれたガセネタの罠（わな）にはまった。ネタ元の検事（河井信太郎）はいかなる人物だったのか。第十章で触れた元検事総長・伊藤栄樹の遺稿『秋霜烈日』を引用しつつ、事件に潜むもうひとつの謎を解きほぐしている。そして、本書に「新聞ジャーナリズムの再生」を託した本田の思いに言及している。

しかし主人公の悲劇的な最期にもかかわらず、この作品は不思議な明るさと伸びやかさに満ちている。おそらくそれは本田が、自由と希望と熱気をはらんだ「戦後」という時代の息吹きを見事に捉えているからだ。その息吹を浴びながら、強烈な個性の光を放って疾駆した先輩記者の姿を生々と描いたからだ。

確かに、『不当逮捕』には「不思議な明るさと伸びやかさ」がある。本書を不朽の名著としているのは、作品に流れる、そのような色調にもかかわりあるのだろう。社会部記者からノンフィクション界へ、それでもなお社会部記者の精神を持ち続ける――。魚住の解説を読みつつ、本田靖春を語り得る最良の一人であろうと思え、伊集院と同じように、懇談する時間を割いてもらった。

魚住は『不当逮捕』と「特殊な出会い方」をしている。東京地検特捜部担当となって間もない日、司法記者クラブの共同通信ブースの本棚に、『不当逮捕』（単行本）が置かれていた。検察を知る参考図書として手に取ったのであるが、引き込まれた。一九八七（昭和六十二）年春である。

「夜回りを終えて、遅くに自宅に帰って寝るまでの一、二時間、熟読しました。四日間で読了したと思いますが、本を読む幸せ感といいますか、かつてない感触に包まれていったのを覚えていますね」

――なぜ幸せ感が湧いたと……。

「検察の世界が細部にわたって正確に書かれている、社会部の記者が生き生きと描写されている。……ただ、それだけではなかった。当時の僕は、家庭は維持していたものの（前妻との）離婚問題を抱えていて、孤独であったし寂寥（せきりょう）感にまとわりつかれていた。空洞を抱えつつ取材に追われるなか、一冊の本にひたり切って癒されていく。おそらく『不当逮捕』が文学の力をもつノンフィクションだったからでしょうね」

この翌年、リクルート事件がはじけ、魚住は連日のように一面トップ記事を書いた。特ダネ司法記者の快感を味わいはしたが、「だんだんとむなしくなっていった」。そのときどきのビッグニュースもすぐに消えていく。『不当逮捕』の深みには遠く及ばない……。『誘拐』『警察（サツ）回り』を含め、本田の著は人生の転機を促すものともなっていく。

本田のように、戦後という混沌とした時代を生きた人間の物語を書いてみたい。その思いが、「地下経済の帝王」と呼ばれた稲川会二代目会長・石井進（隆匡（たかまさ））の、「竹下登の金庫番」と呼ばれた青木伊平の、「昭和の参謀」と呼ばれた瀬島龍三の半生をたどる調査報道へとつながっていく。

共同を退社し、フリーになったのが一九九六（平成八）年。取り組んだのが読売のドン、渡邉恒雄の人物ノンフィクションである。その関連取材で、渡瀬に連れられて本田宅を訪れたのが本田との初対面だった。憧れの人、とても緊張した。そんな様子を察してであろう、本田はさっそくジョークを飛ばしてきた。

「最近ボケてきてね。今朝も、起きると側にどこかで見たような人がいる。失礼ですがどちらさんでしたかといったのでカミさんにひどく叱られたよ」

思い描いていた通りの人だった。読売でもノンフィクション界でも、当人が望みさえすればより順風な歩みができたろう。けれども本田はあえて困難な道を選び、貫いた。であるが故に、あのような作品を書くことができたのだ……。

フリーになって心からうれしかったことが二つある。いずれも本田がからんでいる。

『現代』に連載した「『日本の首領』渡邉恒雄読売新聞社長の『栄光』と『孤独』」が「編集者が選ぶ雑誌ジャーナリズム賞（作品賞・二〇〇〇年）」に選ばれた。その日、渡瀬はたまたま本田宅にいて、本田宅から魚住に一報した。電話を代わった本田は魚住にこういった。

「魚住君、君はもうこれからは好きな仕事をすればいい。自分の思う通りにやっていきなさい」

一本立ちした書き手として認めてもらえた——。賞ではなく、本田が認めてくれたことが無性にうれしかった。

もう一つは、本田の作品集の解説を依頼されたことである。まさか……俺でいいのだろうか……。魚住の回想を耳にしつつ、私も思い起こしていた。第四巻『栄光の叛逆者』の解説文の依頼があったとき、まったく同じ思いがかすめたことを。

——二〇〇〇年春にスタートした「我、拗ね者として生涯を閉ず」の連載は、二〇〇二年・二〇〇三年は休載なく続いたが、二〇〇四年春、本田に大腸ガンが再発し、夏から秋にかけて三ヵ月の休載を余儀なくされる。体力はさらに低下していった。このころ、本田は余命の日数を数えはじめた気配があった。

九月、講談社ノンフィクション賞の選考会があり、魚住昭の『野中広務　差別と権力』（講談社・二〇〇四年）が選ばれた。選考会の翌日、その報告もかねて渡瀬は代々木病院の病室を訪れた。魚住の受賞を喜んだ本田は、こう口にした。

「そりゃよかった。これでもう安心して死ねるというもんだな」

亡くなる三ヵ月前であったが、いつものように、ごく明るい口調のものいいであった。

4

「我、拗ね者として生涯を閉ず」の最終回が『現代』に載ったのは二〇〇五年一月号である。内容的には前月号から続くもので、ここで本田は二つのことを書いている。どうしても書き残しておきたいということであったのだろう。

一つは、ノンフィクション界に参入した時期、格別のかかわりをもった文藝春秋の田中健五との親交と別れについてである。『諸君！』『文藝春秋』編集長にあった時期、田中は本田の力量を高く買い、幾度も雑誌に起用した。本田もまた田中という人物に好意を寄せていた。

正直に告白すると、私は田中健五という人物が好きだった。彼は教養人で、取材に同行してくれた際など、たとえばホームで列車を待つあいだに、様々な話を聞かせてくれた。いわゆる四方山（よもやま）話なのだが、そのひとつひとつが学識に裏打ちされていて、含蓄に富んでいるのである。

田中は「嵩高（かさだか）なところがなく、温厚な紳士であった」ともある。本田の原稿に異論があるさいも「これはご相談でございますが……」と、やんわり自身の考えを述べつつ、本田が同意しないとわかるとすぐに引き下がり、考えを強要することはなかった。出張校正に出向いたさいも、いつも帰りのタクシーを用意し、引き揚げる本田を見送った。業界に新たに参入してきたばかりの新人に対しても礼節を怠ることはなかった。

当時はノンフィクションの黎明（れいめい）期であったが、やがて隆盛期が来ると見抜いた田中は柳田邦男、立花隆、上前淳一郎、沢木耕太郎、児玉隆也などを登用し、原稿料を格段にアップして職業としてのノンフィクションライターが成立するよう環境整備にもつとめた。「彼の登場によって、ノンフィクションは花を開いたのである」。

手腕、見識、人格……いずれにも秀でた田中が、大いに期待する書き手の一人が本田だった。であるなら「田中さんに将来を委ねればよかったのである」。だが――。

本田には田中と相容れない一点があった。「田中さんは、かなり確固たる信念に基づく、保守主義者であった」。執拗な中国敵視や朝日新聞批判といった「右」寄りの誌面内容に違和感を抱く本田は、田中からの執筆依頼を断るようになっていく。「人間的には好きでも、越えられない一線がある。いわせてもらうなら、それが信条の差であり、思想というものである」。本田の宿す「小骨」であった。

もう一つは、このこととも関連するのだが、『諸君！』に掲載された「向井少尉はなぜ殺されたか――南京『百人斬り』のまぼろし」にかかわる問題である。筆者は鈴木明。このレポートは加筆されて『「南京大虐殺」のまぼろし』と題されて出版され（文藝春秋・一九七三年）、第四回大宅壮一ノンフィクション賞を受賞している。

いわゆる「南京事件」の全貌についてはいまも不明な部分を残しているが、本田はこう記す。

なるほど、「百人斬り」は彼が説くように虚妄であったのだろう。でも、彼の作品をノンフィクションとして読むとき、書かれてはならない典型である、と断じて憚（はばか）らない。

その理由は、「百人斬り」の大状況である中国侵略という歴史的事実に、鈴木氏は一行も触れていない、ということである。つまり、鈴木氏は、作為的に部分拡大をした、といわざるを得ない。……

「百人斬り」はなかったのだから、南京大虐殺もなかったのではないか、といっているがごとしである。

この手口を許容するなら、「『中国侵略』のまぼろし」という作品も認めなければならなくなるのではないか。

中国側が主張する三十六万人規模の大虐殺は、実際にはなかったのではないか、と私も思う。しかし、かりに、犠牲者の数がその十分の一の三万六千人であったとしても、あるいは、百分の一の三千六百人であったにしても、「虐殺」はあったのではないか。戦争とはそういうものだから、である。

この本が世に出てからいえば四十余年——。天空の小さな黒雲がどんよりと拡散していくように、右傾化の風潮にも乗って歴史的事実の変造を企図する試みは止まない。本田にはそのような危うい行方が視えていたのだろう。だから最後の気力を振り絞って、このような一文を書き遺したのだろう。

東京・三鷹に暮らす田中健五を訪ねた。いわゆる高級老人ホームで、瀟洒なつくりの新しい建物である。一階にはダイニングルーム、談話室、図書室、ビリアード室などがあって、中央部に広い中庭が設けられている。訪れたのは午前の時間であったが、フロアーでは入居者たちがインストラクターの指導で軽い体操を行っていた。

庭に面した、明るい陽光が差し込む一角に置かれたソファーで向かい合った。一九二八（昭和三）年の生まれであるから八十代後半になる。文春の社長・会長を、さらに日本文学振興会・日本雑誌協会の理事長などをつとめてきたが、いまは公職から退いている。先に夫人を失い、当ホームへ移り住んだとのことである。

住み心地はいかがですかと訊くと、こんな答えが返ってきた。

「暮らしていく分には何もかも揃っていて、いたせりつくせりではあるんだが、まぁ高等刑務所というところだな」

洒脱で、さばけた感じの老紳士であった。

田中に二つ、尋ねたいことがあった。一つは本田と出会い、さまざまなテーマで雑誌に起用し、『現代家系論』を刊行した時期の思い出である。このことは第一章で記した。

もう一つは、本田の〝最終原稿〟にかかわることである。これは私の深読みであるのかもしれないが、田中への〝私的メッセージ〟が含まれているように感じ取れることである。

文春の社長在任時、『MARCOPOLO』誌上で「ナチのガス室はなかった」とする虚偽の記事が載った。田中は社長を退任して会長になるが、前記したように本田は『VIEWS』連載のコラムでこれを痛烈に批判、田中は会長職を含めて公職を退くべし、と書いた。作家・本田靖春の譲れない見解であったが、〈私人・本田靖春〉の〈私人・田中健五〉への思いはまた別のものもあったろう。そのことを、最後の機会に触れておきたいということではなかったのか——。

田中は、「我、拗ね者として生涯を閉ず」の連載を記憶していた。

「……まぁ、最後には緩めてくれた気配はあったがね」

本田のラストメッセージは田中に届いていたのである。

5

『FRIDAY』『週刊現代』『FRIDAY』を経て『現代』編集部に所属した乾智之が、「我、拗ね者として生涯を閉ず」の最後の担当者となった。本田との出会いが『FRIDAY』をめぐる〝論戦〟からはじまり、やがて心通わせる関係になっていったことは前記した。

『週刊現代』での連載「岐路（きろ）」からいうとおよそ十年ぶりの、再びの担当だった。「岐路」が未完のままに終り、本という形にならなかったことには無念の思いを覚えてきた。今度は形の残るものになる、それに、また本田さんと頻繁に会える――。うれしく思ったものである。

本田の最晩年、月に二、三度、乾はみさと協立あるいは代々木病院に足を運んだ。来月は原稿をもらえるだろうか、本当に完結まで漕ぎ着けられるのだろうか……と不安を覚えるときもあった。病状が進行し、本田の体力が落ちていったからである。そんな月日が一年半続く。

再びの担当は、本田その人をより深く知る歳月ともなった。

乾君なぁ、俺はセンターレフトでいいと思ってきたよ――と本田が口にしたことがある。本田はリベラルの原意、「個人として自立した自由の民」という意味でのリベラリストだった。戦後の民主主義を大切に思う人だった。それは理屈（イデー）として身に着けたものではなく、時代的世代的体験の中で体内に染み入った思想だった。終始、その視点からモノを考え、論じた。「センターレフト（やや左寄り）」というのは、本田の立ち位置をよく言い表していると私は思う。

ただ、本田はイデオロギーの人でも思弁の人でもなかった。世に、高邁（こうまい）な理念を語りつつ、品性乏しき世俗人はゴマンといる。「由緒正しい貧乏人」とは、本田流の韜晦を含んだ、そうではあるまじとする固い意志表示であった。

本田靖春の基底にあるものはなにか――。この間、抱え続ける問いとなっていたが、乾が口にした「義」という言葉に、はっと立ち止まるものを覚えたのである。

「日本人が義というものを失っていった戦後の社会のなかで、『不当逮捕』や『疵』もそうだったと思いますが、どこかで義を秘めて生きんとした人を描いた作品が好きですね。『拗ね者』でもそういう本田さんの価値観はずっと流れていたように思います」

〈義の人〉――本田靖春をトータルに表す言葉であるのかもしれない。

絶筆となった原稿を乾が受け取ったのは二〇〇四年十一月二十二日である。ペラ（二百字詰め原稿用紙）で三十枚。分量はいつもの半分以下だ。ところどころ字が升目からはみ出し、大きさも異なっている。筆圧が弱く、かすれて判読し辛い文字もある。ここまで書いて精根尽きた……そんな気配が伝わってくる。

死ぬのは一向にかまわない、でもペンを持てなくなるのは困る――本田はそう口にしていた。

この時期、危惧されていた右手の指先に壊死が現れ、近々、右腕の切断手術も予定に組まれていた。たまたま乾は、看護婦が指のガーゼとテープを取り換えるさいに傍にいて目撃したのであるが、人差し指の第一関節から先は黒く変色し、爪も見当たらない。チョコレートの棒のようになっている。中指、薬指、小指も黒ずんでいた。

もう万年筆が持てない。モルヒネの投与で激痛を緩和し、指に、軽い水性ペンをテープで巻きつけて固定し、書いていた。乾は口述筆記にそなえてテープレコーダーを持って出向いた日もあったのだが、本田は「書き言葉と話し言葉はどうしても違うからね」といって、あくまで書くことにこだわった。そして、最終回用の原稿を書いて乾に手渡したのであるが、完結はしていなかった。ラスト、こう記されている。

私には世俗的な成功より、内なる言論の自由を守り切ることとの方が重要であった。

でも、私は気の弱い人間である。いささかでも強くなるために、このとき自分に課した禁止事項がある。それは、欲を持つな、ということであった。

欲の第一に挙げられるのが、金銭欲であろう。それに次ぐのが出世欲ということになろうか。それと背中合わせに名誉欲というものがある。

これらの欲を持つとき、人間はおかしくなる。いっそそういうものを断ってしまえば、怖いものなしになるのではないか。

いかにも私らしい単純な発想だが、本人としては大真面目であった。

その私に、やがて救いの手が伸びる。それがなかったら、私は疑いもなく尾羽打ち枯らしたキリギリスになって、いまごろホームレスにでも転落して、野垂れ死していたであろう。これは誇張でも何でもない。

乾がざっと原稿に目を通すと、本田はこういった。

「申しわけないんだが、ご相談がある。あと一回、書かせてもらいたい。そうでないと意を尽くしたことにならないのでね。……俺はまだ死なないよ。(右腕切断の)手術の前に書き上げるよ。もし書けない状態になっていたら、そのときは口述筆記でもかまわない」

この日は比較的、表情も口調もしっかりしていた。〝最終回後半〟はもうひと月先でいい。口述筆記なら大丈夫だろう。そう思った本田の読みも、乾の判断も、結果的に誤っていた――。

6

「救いの手」とは講談社を指している。意を尽くしておきたいとは講談社で親交を結んだ編集者たちへの謝辞だった。そのことを、乾、『現代』編集長の中村勝行、第一編集局長の渡瀬昌彦たちは知っていた。本田から耳にしていたからである。

儀礼的な意味での謝辞ではなかった。本田はかつて他社のコラムで『ＦＲＩＤＡＹ』廃刊を提言したことは前記した。この問題にもかかわって乾にこう口にしたことがある。

——さんざん世話になっていた講談社の雑誌を公然と批判したので、もう縁を切られると覚悟していた。その覚悟があって書いたことだ。ところがそうはならず、社の編集者たちとは以前にも増して親密に仕事をしていった。だれもが社への批判と個人のかかわりは別のことと受け止めてくれた。そのことへの感謝の念を書いておきたい、と。

「岐路」が未完に終わったことへの自責の念を負い続けていたこともあったろう。

「岐路」「私の同時代ノート」「我、拗ね者として生涯を閉ず」などの連載は、体調不良によって幾度も休載が挟まったが、講談社側は連載を打ち切ることはせず、毎号、休載を報じつつあくまで再開を待った。

最終回後半が書かれないままに終わったことについて、渡瀬はこう話した。

「もちろん本田さんに最後まで書いていただきたかった。それが講談社への謝辞を含むものであったとすれば、うれしいことではある。けれども、本当に感謝すべきはわれわれの側なんです。本田さんに叱られ、批判され、諭されながら実に多くのものを教えてもらってきた。本田さんへの敬愛の念は担当したもの全員がもっていた。そのことは他社の編集者も同じでしょう。講談社との間のことはいわば私事です。その意味では、書かれることがないままに終わってそれでよかったのだ、と……」

——代々木病院玄関横の喫煙所で、乾は本田から最後の原稿を受け取った。辞する時がきた。本田がもごもごっとした口調で「カミさんが何か渡すものがあるとか……」という。夫人の早智から「お嬢ちゃんに」といわれて四角い和菓子の箱を受け取った。乾の長女は四歳になっていた。

千駄ケ谷の駅に向かう道すがら、箱を開けてみた。お菓子ではなかった。四角い箱は十字に仕切られ、それぞれに手縫いのお手玉が入っていた。赤とピンクの模様入りの、浴衣地のような布にくるんだ、鈴のついた可愛いお手玉だった。

早智によれば、別段、深く考えて手渡したものではない。人工透析は三、四時間かかる。透析室前のソファーで待っているさい、手芸か編物か、そんなことをしながら時間を費やす癖がついた。そんな時間にふと思い立って作ったものである。

ぼろぼろっと涙が溢れてきた。

――人の子供のことを案じている場合じゃないでしょうが。なんていう人たちだ……

ぬぐってもぬぐっても涙がとまらない。道を行き交う人から怪訝（けげん）な視線を向けられてもどうすることもできなかった。駅までの数分、乾は泣きながら歩き続けた。

この日から十二日後の十二月四日、本田は彼岸へと去った。

合併症を伴う糖尿病が進行して以降、困難な日々が続いてきた。心不全、右眼の失明、左眼の弱視化、人工透析、肝臓ガン、大腸ガン、壊死の進行による右足の、ついで左足の大腿部からの切断……。右足を失ってからは自宅に戻ることのないままに四年間、病室のベッドもしくは車椅子での暮らしが続いた。

そのような状態で執筆活動を持続した。言い表すべき言葉が見つからないほどのがんばりであったが、それは、早智夫人のサポートなくしては決して成り立たなかったろう。

似たもの夫婦という言葉があるが、夫人はからっとした人柄の女性である。ユーモア混じりの、特有のリズム感ある話術の持ち主である。本田がよく、「お前さんが明るい奴なんでよかったよ」といったそうであるが、首肯するものがある。

『我、拗ね者として生涯を閉ず』においても、本田はさらっとした感じで夫人への思いやりを書いている箇所が見られる。たとえば――。

……いちいち悩んでいたのでは切りがないから、病気に関しては深刻にならないようにしてきた。だいいち、考えたところでどうなる問題でもない。不都合が起こったらその都度、対応する。それが私の基本方針である。

命のあるあいだは、くよくよせずに、明るく、楽しく、仲良く、朗らかに過ごそう。かみさんにそういってある。ノーテンキに徹するのである。

月並みな言い方だが、彼女には苦労をかけた。私と結婚してから、世俗的にいういいことは、一つもなかったのではないか。

私は、せめて、老後を一人で生きる彼女のために、いやではない思い出を少しでもつくってやりたい。「あの亭主には散々苦労させられたけど、そうひどい人でもなかったわ」と私のことを懐古できるような。

本田の〝作戦〟はうまくいったようである。

さまざまにはあったけれども、早智は夫に人として不信を抱くことは一度もなかった。しばしば悪たれ口を叩いたが、底に、人としての優しさがあった。根本において、明朗で、真面目な男だったと思う。病床に伏してからは何度か、夫人への感謝やいたわりの言葉を口にした。

病院食が嫌いな本田のために、早智は毎日、弁当を作り、ポットに吸い物やコーヒーを入れ、食の荷を背負って病院に日参した。大変とも辛いとも思ったことはない。毎日、やるべきことに追われて、あれこれ思いわずらう暇がなかったというのが実感である。

早智は小柄な人であるが、本田が足を切ってから鉄アレイで腕力をつけた。両足を失っても本田の体重は六十キロあった。ベッドから車椅子へ、また車椅子からベッドへ。正面から抱きかかえる要領で移動させるのであるが、最後まで人手を借りることはなかった。

病が重くなってから本田は底力をみせてくれた——振り返って、そう思う。ついぞ泣き言の類はいわなかった。足を失ったときも「アタマが残って良かったよ」といったものである。わずかに、亡くなる前日であったか、意識が混濁したなかではじめて「もう家に帰らないと……」と口にした。それが、最後の言葉となった。

危篤状態になって、主治医から延命処置について問われ、早智はこう答えている。

「すでに夫婦の間で延命治療はやっていただかないと決めておりました。本田は最後の作品を書き上げるために生きておりました。それがかなわなくなって残念でしょうが、もう十分がんばってくれました。これ以上、がんばれとは申せません。皆さんに異存がなければそうさせていただきたいと思います」

早智夫人、渡瀬、乾、『不当逮捕』を担当した小田島雅和、「拗ね者」を担当した吉田仁、藤田康雄らに見守られ、本田は穏やかな表情のままに呼吸することをやめた。

遺言に従い、通夜、葬儀は行わず、翌日、荼毘(だび)に付された。

「「連載のために生きている」と繰り返し言っていた本田靖春さんの、最期の姿は大きく見えた。連載46回1200枚。あと1回で完結だった。本田さんの考えと意見を異にする点もあったが、かけがえのない先達。伴走していた筆者と添い遂げたんだなと、遺骨を拾いながら思った。至らぬ相手ですみませんでした。亡くなった日、寝つけぬまま何冊かの著作を読んで迎えた朝、季節はずれの大風が吹いていた。(中)」

『現代』二〇〇五年二月号の最終ページ、中村勝行による「編集室だより」である。〝雑誌葬〟なるものは世にないが、そんな言葉が浮かぶ、稀なる事例であったろう。編集者を代表しての、故人へ送る言葉だった。

本田靖春の遺骨は、静岡県駿東郡小山町、富士山麓にある冨士霊園の一画「文學者之墓」に納められ、眠っている。公益社団法人・日本文藝家協会の管理する共同墓地である。

亡くなる数年前のこと。本田が早智に向かってふと思いついたように、文藝家協会の会報を手にして「こんなところだったら墓参りの帰りに温泉でも浸かってきたら悪くないか」と言ったことがあって、没後に墓地に入る手続きをしたものである。本田家の墓は東京・小平市にあるのだが、本田は次男であり、新たな墓地は必要といえば必要なものだった。ただ、当地を本田も早智も下見に訪れたことはなく、「アバウト流」とのことである。

――五月の連休明け。緑豊かな丘陵地に設けられた区画に墓地が点在している。気持ちのいい墓地といえば妙な言い方になるが、良い季節、広々とした地を歩いていると、すがすがしい気分に誘われる。

ほどなく、講談社のＰＲ誌『本』で「拗ね者たらん」の連載がはじまる。物事のけじめとして、本田の眠る地を一度は訪れ、ひと言、意図するものを伝えておきたく思った。墓碑に手を合わせ、書かせてもらうことにします、と小さく口にした。

静かだった。人にはだれも、静寂につつまれた久遠のときが訪れる。長い闘病の果てにようやく、本田にもそのときが訪れ、以降、そのままのときがゆったりと流れている。

「文學者之墓」の決まり事として、墓標には氏名（筆名）、代表作品名、没年月日、享年が刻字される。作品は生前、当人が選ぶ。人名が並ぶプレート状の墓碑の縦一列に、「本田靖春　不当逮捕　二〇〇四・一二・四　七一歳」という文字が刻まれていた。

あとがき

ずっと本田靖春の仕事が好きだった。その人物にも心惹かれるものを覚えてきた。ただ、大部の自伝的ノンフィクションがあり、他者による評伝的なものが成立するとは思えない。そう思い込んでいたのであるが、本田とかかわった編集者たちの思い出を織り交ぜていけば「人と作品」は成立するのかもしれない……。そんな思いを抱いて動きはじめた。

氏の作品群は幅広く、はじめて読んだものも何作かある。すべてが名作というわけではあるまい。エッセイや時評を含めて、共感の度合いに強弱はあったが、全体を通してひとつの主調音が流れていて、読者である私に感応してくる。それが、本書の執筆を促し続けたものであろう。

主調音の軸を成しているのは、「戦後」への思いである。さらに絞れば、経済成長がはじまる以前、打ちひしがれた敗戦国の底流にあった解放感、非戦への意思、自由の息吹……といった、いわば戦後の原液への思いである。そのことは、終生、本田の中で生き続け、作家としての拠り所を成すものともなった。もはや戦後も遠いものとなったが、本田の作品を読み込むなかで、このような戦後的精神は時代を超えて継承されるに足るものと思えた。

主にエッセイ類において見られるのであるが、主調音のそばに控えているのは、諧謔とユーモアであって、趣きある味わいとなっている。文は人なりといわれるが、この伴奏音もまた、本田という書き手の原質から発せられている。人・本田靖春が人々を吸引したのも、この硬軟合わせもつ人となりに由来しているのだろう。

本書は、講談社のPR誌『本』で連載したもの（二〇一五年八月号～二〇一七年五月号）が元原稿となっているが、本書刊行まで随分と月日を要してしまった。

私の病（スタンフォードB型急性大動脈解離）も一因で、本田のそれと比べれば〝病もどき〟というべきものであったが、ひと月余、入院生活を余儀なくされた。病状が落ち着いてからは、ただ本を読んでは寝入るという日々の繰り返しであったが、気がつくと夕暮れが迫っていて、一日の過ぎるのが早い。そうそう、『我、拗ね者として生涯を閉ず』に同じ意味の一文が書かれていたなぁと思ったりした。この間、いつの間にか、本田の享年と重なっていた。

老境差し込む昨今ではあるが、本田にかかわることは、一個の凜乎たる精神に接する心地よさがあって、ぽんと背中を押してもらっているような、そんな感触を受け続けた。

本文内で、往時、本田が対談に応じてくれたことには触れているが、終了後、タクシーに同乗して帰路についた際だったと思う。こんな励ましの言葉をかけてくれたことを思い出す。

——ノンフィクションを書くとは報われることの少ない稼業でしょうが、持続してやっていくうちには何か面白いこともあるでしょうよ。めげずに頑張ってください、と。

そう、持続してやっていくなかで面白いと思えることはさまざまにあった。この稼業を続けてきてよかったと思う。本書の刊行もその一つであるが、淡いものであれ、本田と直接交わった思い出があって本書への第一歩も踏み出せたように思う。出会いがあったことへの幸運をかみしめている。

ここまで、早智夫人はじめ、本田を担当した各社の編集者たちから多大のご協力を得た。本書の刊行にさいしては、講談社の中村勝行、柿島一暢両氏の、文庫版にあたっては講談社文庫出版部の岡本浩睦氏のお世話になった。作家の伊集院静氏よりは過分で秀逸な一文を寄せていただいた。本書にご登場いただいた方々はじめご助力いただいた方々に深く感謝する。

二〇二一年夏

後藤正治

解説に代えて

伊集院 静（作家）

一冊の本が常宿に届いた。

『拗（す）ね者たらん　本田靖春　人と作品』後藤正治著、講談社刊である。

表紙に写った本田靖春の顔が実にイイ。写真の背景から見て、そこが大井競馬場であることが一目でわかる。本田のうしろに屯（たむろ）する男たちの身なりから、昭和40年代後半から50年代にかけてのものだ。

あの頃、ギャンブル場へ行く男たちはだいたい同じ恰好をしていた。冬なら安物の吊しのコートである。経済成長の時期と言うが、皆金はなかった。今のように洒落（しゃれ）た身なりで博奕場へ入ると、コーチ屋やチンピラの絶好のカモにされた。競馬場にコートが必要なのは、競馬新聞、タバコ、鉛筆、財布……と物入りだったからだ。同時、オケラになった時、競馬場を吹き抜ける風は思いのほか冷たいのである。帰りすがら屋台の酒一杯分の小銭はコートのポケットが似合った。

表紙の写真の本田の顔がイイと書いたのは、昭和を代表するジャーナリスト、本田靖春がめったに笑うことがなく、この写真の本田がどこか笑っているようなやわらかな表情をしているからだ。

私が初めて本田と逢ったのも競馬場だった。東京、府中競馬場で締切りのベルが鳴り響いているフロアーに、一人の男が着古したコートで、やや片方の足を引きずりながらスタンドにむかっていた。鋭い眼光を見て、一目で男が素人(しろうと)ではないことがわかった。サラリーマンでも商い人でもない。今回の本のタイトルにある拗ね者（つむじまがり。異分子の意）はおそらく彼の畏友(いゆう)である著者の後藤氏か、彼を愛した編集者が、本田の人一倍強い含羞(がんしゅう)を知っていて付けたのだろうが、本田ほど編集者に愛された物書きは珍しい。

私は連れていた遊び人の編集者に、

「あの男は誰だ？」と訊くと、相手は、

「あれが本田靖春だ」と自慢気に言った。

——あれが本田靖春か……。

丁度、本田の作品、伝説のヤクザを書いた『疵』を読んだばかりだったので、或る種の憧憬を持ってその姿を追ったのを覚えている。

二度目も競馬場で人を介して挨拶した。照れ臭そうに名前を名乗る仕草が少年のようで驚いた。この男が、昭和の衆目された事件の暗部を徹底した取材と鋭い洞察力と静謐(せいひつ)な文章で社会に問い続けている男とは思えなかった。

同じ印象を持つ人物を二人知っていた。本田と同じ読売新聞の記者からジャーナリストになり、〝黒田軍団〟のトップ、清っつぁんこと黒田清と、作家の色川武大だ。

あとは盛り場の焼鳥屋のカウンターで独り飲んでいた本田を見ただけである。

そうであるのに本田は彼の全集が刊行された折、全集の中の一冊の本の解説文を丁寧な手紙とともに依頼して来た。

嬉しかった。自分も物書きの端くれになったのかもしれないと思った。それほど本田の仕事を支持する同業者、作家は多かった。

送られた本は、暮れの締切りに追われていたので、正月にでもと思っていたが、読みはじめると止まらなかった。後藤氏の逝(い)きし戦友に対しての思いと無駄のない文章がどんどん先へ連れて行った。

今年、さまざまな本を読んだが、おそらくこの本が、今年のベストワンであろう。

平坦な文であるのに、激昂する本田、勇躍する本田、静かに目を閉じている本田の姿が臨場に居るごときにあらわれた。

『不当逮捕』『誘拐』『警察回り』『疵』……数々の名著を、私は今の若い人が一冊だけでもいいから読んでくれればと思う。

晩年、本田は疾患のため、足を切断せねばならなかった。それでも本田は書き続けた。

こう書くと本田の生涯が凄絶でしかなかったように思うが、若き日の本田がニューヨーク支局に配属され、異国の地で書かれた『ニューヨークの日本人』は、洒落た大都会への憧憬と四季の描写に感傷があらわれロマンチックこの上ない。

エディターズ・ハイという言葉がある。それは成長期にある作家と担当編集者が作品を通して同じ高揚感を抱き、ともに成長する時期のことを言う。

エディターズ・ラブ。本田にはさしずめその言葉が似合った気がする。彼に出逢った多くの編集者はしあわせであったろう。

若者よ。『拗ね者たらん』を読みなさい。そうすれば、君も少し大人の男に近づくだろう。

（『ひとりで生きる　大人の流儀　9』二〇一九年、より）

本作品は二〇一八年十一月に講談社より刊行されました。
初出〈読書人の雑誌〉『本』二〇一五年八月号～二〇一七年五月号

第十一巻への覚書

記憶というのは不思議なものだ。

時折、寝物語に、当拙著のシリーズ、全十巻を読み返したりしている。多くは遠い日々のこと。文を追っていると、こんな人に会ってこんな話を訊き出している……ということはわかるのだが、まるで記憶に残っていない場面がある。逆に、細部まであありありと鮮明に覚えている事柄もある。

第二巻収録の『甦る鼓動』に、ピッツバーグ大学医学部の移植チームに同行し、プロペラ機でノースカロライナの救急病院の一室に横たわる脳死者の臓器摘出に出向いた一夜を記している。帰路の飛行は、夜明けの時間帯で、窓からまばゆい朝の光が差し込んでいた。移植コーディネーターが、メンバーに、大きな丸いサラに載ったピザを差し出した。そんなささいな情景はもとより、ピザの味までを覚えているのだ。

そもそも私はピザ類が苦手で、それまで、うまいと思って食べたことがないのだが、実にうまかった。緊迫した時間帯が過ぎてほっとしたからか、単純に腹がすいていたからか……。

あるいは、「時間の価値」ということを思う。第三巻に、大阪にあったボクシングジムの青春を描いた『遠いリング』を収録している。

主人公は八人の若者で、もとより彼らのことは一人ひとり克明に覚えている。刊行後、「遠いリング」その後を耳にすることもあった。いい話ばかりではなかったが、いまも、記したことを修正する必要は覚えない。たとえ短い期間であったとしても、彼らは、〈青春〉という名に値する凝縮した時間帯を持った。その後がどうあろうと、そのことは動かない。そう思うのである。

あるいは、その人への「理解度の深化」といったものもある。第五巻収録『スカウト』の主人公は、長く広島カープに在籍し、カープ黄金時代の選手たちを入団させた名スカウトである。

野球シーズンに入ると、氏と並んで地方球場のバックネット裏に並んで座った。帰り道、喫茶店に入り、お目当ての選手の評価を訊き、昔話に耳を傾ける。そんな日々を重ねた。

スカウトに求められるのは、その選手がプロで通用する素材かどうかの判断である。それ以外のことは求められていない。能力判定者としていえば、老スカウトは冷徹ともいえる眼力の持ち主だった。

ただ、一方で、野球少年を見詰める目にはどこか、ぬくもりがあった。戦時下、彼もまた野球少年であり、広島の上空に走った閃光を浴びた一人だった。ふと思う。複眼の目をもつことが、この人を名スカウトにしたのではないか……。


——かれこれ四十余年、ノンフィクションを書いてきた。密かにテーマを抱き、調べ、歩き、人に会い、原稿化する。孤独な作業である。ただ、振り返って、ぜいたくな仕事をさせてもらってきたのかもしれないと思う。そう思えるのも、追想を誘う本シリーズの存在故であるが、このたび、補巻を加えてもらうことになった。

『天人』および『拗ね者たらん』である。

『天人』の主人公は、一九七〇年代、朝日新聞の朝刊コラム「天声人語」を担当した深代惇郎である。急性骨髄性白血病で急逝し、執筆期間は二年九ケ月と短いが、他紙を含め、新聞紙上、最高のコラムニストだったという声をいまも耳にする。

深代は権力と対峙することにおいて硬派のジャーナリストであったが、ウイットとユーモアを好むコラムニストでもあった。

没後、『深代惇郎の天声人語』が刊行され、愛読書となった。ただ、一気に通読できたことが一度もない。一ページ一編。一つひとつの分量はわずかであるが、読み手にふっと思考を誘うものがある。五つ六つ読むと、小休止してごろんと横になりたくなるような、不思議な味わいの本であり続けてきた。

このような文を書く人とはいかなる人物であるのか……。そう思い立って動きはじめた。結果が本書である。


『拗ね者たらん』の主人公は、本田靖春である。私のもっとも好きなノンフィクション作家であり、『誘拐』『不当逮捕』は教科書的愛読書だった。

拙著の文庫本（『空白の軌跡』）の解説を書いてもらったことがあって、御礼方々、自宅を訪ねた日がある。御礼を口実に、本田その人に私は会いたかったのである。書きものと人物の間に乖離感がない。人もまた魅力的だった。

晩年、本田は大部の自伝的回想記『我、拗ね者として生涯を閉ず』を記し、没後に刊行された。他者による評伝が成立する余地はないと思ってきたが、担当編集者の思い出をたどれば「人と作品」は成立するかもしれない……。結果が本書である。

本田の『警察（サツ）回り』は、読売の記者時代、上野署詰めだったころの青春記であるが、他社の同僚記者に深代がいた。本田は〝無頼風〟、深代は〝紳士然〟と、まるでタイプの異なる二人であったが、いい仲だった。二人の仲は、記者時代を通して、またその後を含めて続いていった。

たまたまの偶然であるが、二人の評伝的な作品を書いた。ジャーナリズムの世界で、心より敬意を覚える二人の先達の物語に取り組むことができたのは幸運というよりない。

本書によって、本シリーズは「全十一巻」と相なった。ノンフィクションを書くことを志して以降、変らぬ友誼を持ち続けてくれたブレーンセンター代表の稲田紀男氏に深く感謝する。

二〇二四年一月

後藤正治

後藤正治ノンフィクション集　補巻（第11巻）

発行日————2024年3月25日
著者————後藤正治
発行者————稲田紀男
発行所————株式会社ブレーンセンター
〒530-0043　大阪市北区天満4-2-13
TEL06-6355-3300　FAX06-6881-2630
http://www.bcbook.com
表紙デザイン————鈴木一誌
印刷・製本————モリモト印刷株式会社

落丁·乱丁は送料小社負担でお取り替えいたします。

ISBN 978-4-8339-0261-8

Published by BRAIN CENTER, Printed in Japan.